国家社科基金重大项目

上海市促进文化创意产业发展财政扶持资金项目

◆ 当代西方叙事学前沿理论的翻译与研究 ◆

当代西方叙事学前沿理论译丛

主编 ◆ 尚必武

故事讲述
与心智科学

STORYTELLING
AND THE SCIENCES
OF MIND

著 ◆ 戴维·赫尔曼

译 ◆ 陈礼珍等

上海外语教育出版社

外教社 SHANGHAI FOREIGN LANGUAGE EDUCATION PRESS

图书在版编目（CIP）数据

故事讲述与心智科学 /（美）戴维·赫尔曼
(David Herman) 著；陈礼珍等译. -- 上海：上海外语
教育出版社，2025
（当代西方叙事学前沿理论的翻译与研究 / 尚必武
主编. 当代西方叙事学前沿理论译丛）
ISBN 978-7-5446-7921-3

Ⅰ.①故… Ⅱ.①戴… ②陈… Ⅲ.①叙述学②认知
科学 Ⅳ.①I045②B842.1

中国国家版本馆CIP数据核字(2023)第232272号

图字：09-2018-1078 号

出版发行：**上海外语教育出版社**
（上海外国语大学内） 邮编：200083
电　　话：021-65425300 (总机)
电子邮箱：bookinfo@sflep.com.cn
网　　址：http://www.sflep.com
责任编辑：杨　洋

印　　刷：上海中华商务联合印刷有限公司
开　　本：635×965　1/16　印张28.25　字数380千字
版　　次：2025年4月第1版　2025年4月第1次印刷

书　　号：ISBN 978-7-5446-7921-3
定　　价：118.00元

本版图书如有印装质量问题，可向本社调换
质量服务热线：4008-213-263

译 丛 总 序

2022 年,多萝特·伯克(Dorothee Birke)、埃娃·冯·康岑(Eva von Contzen)和卡琳·库科宁(Karin Kukkonen)在《叙事》杂志第一期发表了《时间叙事学:叙事学历时变化的模式》("Chrononarratology:Modelling Historical Change for Narratology")一文。文章伊始,伯克等人指出:

> 毫不自诩地说,叙事学不仅在 21 世纪成功地幸存下来,而且还在批评、适应与扩展的过程中重新发明了自己。在保留核心术语与特征的同时,叙事理论已经超越了形式主义和结构主义的源头,与诸如女性主义批评、社会学、哲学、认知心理学、神经科学以及医学、人文等许多学科结成了激动人心的联盟。叙事学家们再也无须为他们的方法辩护或驳斥那些认为他们过于形式主义、脱离叙事语境的指责。历经数十年,叙事学现在已经证明了自己对语境保持敏感的理论建构能力和分析能力。①

伯克等人对当下叙事学发展现状的描述切中肯綮。进入 21 世纪以来,叙事学非但没有死,反而在保留其核心概念与术语的同时,脱

① Dorothee Birke, Eva von Contzen, and Karin Kukkonen. "Chrononarratology: Modelling Historical Change for Narratology." *Narrative*, 30.1 (January 2022):27. 除特别说明,本书译文皆为笔者自译。

离了纯粹的形式主义色彩,充分关注对语境的分析,同时与其他相邻学科交叉发展,涌现出诸多引人关注的前沿理论。

从某种程度上来说,当代西方叙事学前沿理论指的就是当代西方后经典叙事学理论。20世纪90年代,西方叙事学发生了令人醒目的"后经典"转向。后经典叙事学以"叙事无处不在"的理念为导向,以读者、认知、语境、伦理、历史、文化等为范式,在研究方法、研究媒介和研究范畴等多个领域取得了重要突破和进展,跃居为文学研究的一门显学。就其发展态势而言,当前盛行于西方叙事学界、具有"后经典"性质的前沿理论主要有女性主义叙事学、修辞叙事学、认知叙事学、非自然叙事学和跨媒介叙事学五大派别。

女性主义叙事学是女性主义批评与叙事学相结合的产物,重点考察叙事形式所承载的性别意义。女性主义叙事学不仅极大地复兴了叙事学这门学科,而且还直接预示和引领了后经典叙事学的崛起。1981年,苏珊·兰瑟(Susan Lanser)在《叙事行为:散文体小说中的视角》(*The Narrative Act: Point of View in Prose Fiction*)一书中,初步提出了关于女性主义叙事学的构想。1986年,兰瑟在《文体》杂志上发表了具有宣言性质的论文《建构女性主义叙事学》("Toward a Feminist Narratology")。此后,西方女性主义叙事学家笔耕不辍,发表了大量富有洞见的论著,其中代表性成果有罗宾·沃霍尔(Robyn Warhol)的《性别介入:维多利亚小说的叙事话语》(*Gendered Interventions: Narrative Discourse in the Victorian Novel*, 1989)和《痛快地哭吧:女性情感与叙事形式》(*Having a Good Cry: Effeminate Feelings and Narrative Forms*, 2003)、兰瑟的《虚构的权威:女性作家与叙事声音》(*Fictions of Authority: Women Writers and Narrative Voice*, 1992)、艾利森·布思(Alison Booth)的《著名的结语:性别变化与叙事结尾》(*Famous Last Words: Changes in Gender and Narrative Closure*, 1993)、凯茜·梅泽伊(Kathy Mezei)的《含混的话语:女性主义叙事学与英国女作家》(*Ambiguous Discourse: Feminist Narratology and British Women Writers*, 1996)和艾利森·凯斯(Alison Case)的《编织故事的女人:18、19 世纪英国小说中的性别与叙述》(*Plotting Women: Gender and Narration in the Eighteenth- and Nineteenth-Century British Novel*, 1999)。上述论著充分将历史语境、读者认知、叙事形式、性别政治进行有机结合,基本奠定了女性主义叙事学的批评框架。尤其是进入 21 世纪之后,西方女性主义叙事学以更加迅猛的态势向前发展,在理论建构与批评实践上都取得了诸多重要成果。譬如,琼·道格拉斯·彼得斯(Joan Douglas Peters)的《女性主义元小说以及英国小说的演进》(*Feminist Metafiction and the Evolution of the British Novel*, 2002)、沙伦·马库斯(Sharon Marcus)的《女人之间:英国维多利亚时期的友情、欲望和婚姻》(*Between Women: Friendship, Desire, and Marriage in Victorian England*, 2007)、露丝·佩奇(Ruth Page)的《女性主义叙事学的文学与语言学研究视角》(*Literary and Linguistic Approaches to Feminist Narratology*, 2006)、伊丽莎白·弗里曼(Elizabeth Freeman)的《时间之困:酷儿时间与酷儿历史》(*Time Binds: Queer Temporalities, Queer Histories*, 2010)、凯瑟琳·桑德斯·纳什(Katherine Saunders Nash)的《女性主义叙事伦理:现代主义形式的隐含劝导》(*Feminist Narrative Ethics: Tacit Persuasion in Modernist Form*, 2013)和凯莉·A.马什(Kelly A. Marsh)的《隐匿情节与母性愉悦:从简·奥斯丁到阿兰达蒂·洛伊》(*The Submerged Plot and the Mother's Pleasure: From Jane Austen to Arundhati Roy*, 2016)等。上述论著结合文类、语言学方法和性别身份对女性主义叙事学做了深度挖掘,一方面促进了女性主义叙事研究的繁荣,另一方面也使得女性主义叙事理论日渐多元化。女性主义叙事学多元化研究的最集中体现便是沃霍尔和兰瑟主编

的文集《解放了的叙事理论：酷儿介入和女性主义介入》(*Narrative Theory Unbound: Queer and Feminist Interventions*, 2015)。

修辞叙事学是当代西方叙事学中最为成熟和最有活力的分支之一。按其学术思想和传统而言，修辞叙事学又可分为若干不同的派别。最值得一提的是自 R. S. 克兰(R. S. Crane)以降、以芝加哥批评学派为代表的修辞叙事学，其中尤以詹姆斯·费伦(James Phelan)的研究最为突出。费伦的修辞叙事学主要聚焦于作者、文本和读者之间的叙述交流，同时考察在叙述交流背后叙述者和作者的多重目的，在此基础上考察叙事的读者动力和文本动力，并对"隐含作者""不可靠叙述""双重聚焦""叙事判断""叙事伦理"等叙事学概念做了修正和拓展。费伦在修辞叙事学领域的重要成果包括《阅读人物，阅读情节：人物、进程和叙事阐释》(*Reading People, Reading Plots: Character, Progression, and the Interpretation of Narrative*, 1989)、《作为修辞的叙事：技巧、读者、伦理、意识形态》(*Narrative as Rhetoric: Technique, Audiences, Ethics, Ideology*, 1996)、《活着是为了讲述：人物叙述的修辞与伦理》(*Living to Tell about It: A Rhetoric and Ethics of Character Narration*, 2005)、《体验小说：判断、进程与修辞叙事理论》(*Experiencing Fiction: Judgments, Progression and the Rhetorical Theory of Narrative*, 2007)、《某人向某人讲述：修辞叙事诗学》(*Somebody Telling Somebody Else: A Rhetorical Poetics of Narrative*, 2017)。与费伦一脉相承的修辞叙事学家还有彼得·J. 拉比诺维茨(Peter J. Rabinowitz)、戴维·里克特(David Richter)、哈利·肖(Harry Shaw)、玛丽·多伊尔·斯普林格(Mary Doyle Springer)等人。其次，与以芝加哥批评学派为代表的修辞叙事学相对应的是以色列特拉维夫学派主导的修辞叙事学。该修辞叙事学派的灵魂人物是《今日诗学》杂志前主编梅厄·斯滕伯格(Meir Sternberg)。斯滕伯格在其经典著作《小说的出场模式与时间顺序》(*Expositional Modes and Temporal Ordering in Fiction*, 1978)和其一系列长篇论文如《讲述时间：时间顺序与叙事理论》("Telling in Time：Chronology and Narrative Theory", 1990, 1992, 2006)、《摹仿与动因：虚构连贯性的两副面孔》("Mimesis and Motivation：The Two Faces of Fictional Coherence", 2012)中提出并完善了著名的"普洛透斯原理"(Proteus Principle)，即一个叙事形式可以实现多种功能，一个功能也可以由多种叙事形式来实现。与之相应的是斯滕伯格关于读者在阅读时间顺序上决定叙事性的三种兴趣，即"悬念"(suspense)、"好奇"(curiosity)与"惊讶"(surprise)。受斯滕伯格的影响，该学派的重要人物及其成果还包括塔马·雅各比(Tamar Yacobi)对不可靠叙述的研究，以及埃亚勒·西格尔(Eyal Segal)对叙事结尾的探讨等。此外，关于修辞叙事学的重要研究还有迈克尔·卡恩斯(Michael Kearns)在《修辞叙事学》(*Rhetorical Narratology*, 1999)一书中从言语行为理论视角对修辞叙事学的探讨，以及理查德·沃尔什(Richard Walsh)在《虚构性的修辞学：叙事理论与虚构理念》(*The Rhetoric of Fictionality: Narrative Theory and the Idea of Fiction*, 2007)一书中从认知语用学角度对修辞叙事学的研究等。

叙事学借助认知科学的最新发现和成果，促成了认知叙事学的诞生。认知叙事学在心理与叙事之间建立关联，重点聚焦于叙事理解的过程以及叙事之于世界的心理建构。作为一个术语，"认知叙事学"由德国学者曼弗雷德·雅恩(Manfred Jahn)1997年在《框架、优选与阅读第三人称叙事：建构一门认知叙事学》("Frames, Preferences, and the Reading of Third-Person Narratives：Towards a Cognitive Narratology")一文中提出。此后，认知叙事学朝着多个方向发展，势头迅猛。戴维·赫尔曼(David Herman)主编的文集《叙事理论与认知科学》(*Narrative Theory and the Cognitive Sciences*, 2003)便是认知叙事学多元发展态势的集中体现。21 世纪以来,认知叙事学发展迅速,取得了诸多重要成果。其中,可圈可点的研究有:(1) 戴维·赫尔曼借助认知语言学方法对认知叙事学的建构,其代表性成果有《故事逻辑:叙事的问题与可能性》(*Story Logic: Problems and Possibilities of Narrative*, 2002)、《叙事的基本要素》(*Basic Elements of Narrative*, 2009)《故事讲述与心智科学》(*Storytelling and the Sciences of Mind*, 2013)等;(2) 莉萨·尊希恩(Lisa Zunshine)从心理学,尤其是思维理论角度出发建构的认知叙事学,其代表性成果有《我们为什么阅读虚构作品:心智理论与小说》(*Why We Read Fiction: Theory of Mind and the Novel*, 2006)《奇怪的概念及因之才有的故事:认知、文化、叙事》(*Strange Concepts and the Stories They Make Possible: Cognition, Culture, Narrative*, 2008)《进入你的大脑:认知科学可以向我们讲述怎样的通俗文化》(*Getting Inside Your Head: What Cognitive Science Can Tell Us about Popular Culture*, 2012);(3) 艾伦·帕尔默(Alan Palmer)对叙事文本中虚构心理和社会心理的讨论,其代表成果有《虚构的心理》(*Fictional Minds*, 2004)《小说中的社会心理》(*Social Minds in the Novel*, 2010)等;(4) 玛丽-劳勒·瑞安(Marie-Laure Ryan)从可能世界理论和人工智能角度出发对叙事的认知研究,其代表性成果有《可能世界、人工智能与叙事理论》(*Possible Worlds, Artificial Intelligence and Narrative Theory*, 1991);(5) 帕特里克·科尔姆·霍根(Patrick Colm Hogan)从神经心理学角度对叙事的认知探索,其代表性成果有《理解民族主义:论叙事、认知科学和身份》(*Understanding Nationalism: On Narrative, Cognitive Science, and Identity*, 2009)、《心灵及其故事:叙事普遍性与人类情感》(*The Mind and Its Stories: Narrative Universals and Human Emotion*, 2003)《情感叙事学:故事的情感结构》(*Affective Narratology: The Emotional Structure of Stories*, 2011)、《叙事话语:文学、电影和艺术中的作者

与叙述者》(*Narrative Discourse: Authors and Narrators in Literature, Film, and Art*, 2013)。此外,还有莫妮卡·弗鲁德尼克(Monika Fludernik)以自然叙事研究为主的自然叙事学,其标志性成果为《建构"自然"叙事学》(*Towards a "Natural" Narratology*, 1996),以及马里萨·博尔托卢西(Marisa Bortolussi)和彼得·狄克逊(Peter Dixon)试图从实证角度建构的心理叙事学,其标志性成果为《心理叙事学:文学反应实证研究基础》(*Psychonarratology: Foundations for the Empirical Study of Literary Response*, 2003)等。

进入 21 世纪之后,非自然叙事学迅速崛起,在叙事诗学与叙事批评实践层面皆取得了诸多重要的研究成果,引起国际叙事学界的普遍关注。非自然叙事学以"反摹仿叙事"为研究对象,以建构"非自然叙事诗学"为终极目标,显示出异常迅猛的发展势头,迅速成长为一支与女性主义叙事学、修辞叙事学和认知叙事学比肩齐名的后经典叙事学派。自布莱恩·理查森(Brian Richardson)出版奠基性的《非自然的声音:现当代小说的极端化叙述》(*Unnatural Voice: Extreme Narration in Modern and Contemporary Fiction*, 2006)一书后,扬·阿尔贝(Jan Alber)、斯特凡·伊韦尔森(Stefan Iversen)、亨利克·斯科夫·尼尔森(Henrik Skov Nielsen)、玛丽亚·梅凯莱(Maria Mäkelä)等叙事学家纷纷撰文立著,从多个方面探讨非自然叙事,有力地促进了非自然叙事学的建构与发展。2010年,阿尔贝等人在《叙事》杂志联名发表了《非自然叙事,非自然叙事学:超越摹仿模型》("Unnatural Narrative, Unnatural Narratology: Beyond Mimetic Models", 2010)一文,正式提出"非自然叙事学"这一概念,并从故事和话语层面对非自然叙事做出了分析。随后,西方叙事学界连续推出了《叙事虚构作品中的奇特声音》(*Strange Voices in Narrative Fiction*, 2011)、《非自然叙事,非自然叙事学》(*Unnatural Narratives, Unnatural Narratology*, 2011)、《叙事中断:文学中的无情节性、扰乱性和琐碎性》(*Narrative Interrupted: The*

Plotless, the Disturbing and the Trivial in Literature，2012）、《非自然叙事诗学》（*A Poetics of Unnatural Narrative*，2013）、《非自然叙事：理论、历史与实践》（*Unnatural Narrative: Theory, History, and Practice*，2015）、《非自然叙事：小说和戏剧中的不可能世界》（*Unnatural Narrative: Impossible Worlds in Fiction and Drama*，2016）、《跨界的非自然叙事：跨国与比较视角》（*Unnatural Narrative across Borders: Transnational and Comparative Perspectives*，2019）、《非自然叙事学：拓展、修正与挑战》（*Unnatural Narratology: Extensions, Revisions, and Challenges*，2020）、《数字小说与非自然：跨媒介叙事理论、方法与分析》（*Digital Fiction and the Unnatural: Transmedial Narrative Theory, Method, and Analysis*，2021）等数部探讨非自然叙事的论著。尽管非自然叙事学的出现及其理论主张引发了一定程度的争议，但它毕竟在研究对象层面上将人们的学术视野转向了叙事的非自然维度，即"反摹仿"模式，以及逻辑上、物理上和人类属性上不可能的故事，同时又在学科理论体系层面上拓展和丰富了叙事学的基本概念与内涵。

如果说上述四种叙事学在研究方法上体现了后经典叙事学之于经典叙事学的超越，那么后经典叙事学对经典叙事学的另一个重要超越突出体现在叙事媒介上，即超越传统的文学叙事，走向跨媒介叙事。由此，跨媒介叙事学成为后经典叙事学阵营又一个举足轻重的流派。就总体发展和样态而言，西方学界对跨媒介叙事的研究主要分为对跨媒介叙事学的整体性探讨与针对某个具体叙事媒介的研究两种类型。就跨媒介叙事学的整体研究而言，可圈可点的重要成果有瑞安主编的《跨媒介叙事：故事讲述的语言》（*Narrative across Media: The Languages of Storytelling*，2004）、玛丽娜·格里沙科娃（Marina Grishakova）和瑞安主编的《媒介间性与故事讲述》（*Intermediality and Storytelling*，2010）、瑞安和扬-诺埃尔·托恩（Jan-Noël Thon）主编的《跨媒介的故事世界：建构有媒介意识的叙事学》(*Storyworlds across Media: Toward a Media-Conscious Narratology*，2014)、托恩的《跨媒介叙事学与当代媒介文化》(*Transmedial Narratology and Contemporary Media Culture*，2016)。就针对某个具体叙事媒介的研究而言，首先必须要提西方学界日渐火热的绘本叙事学，其主要成果有蒂埃里·格伦斯滕(Thierry Groensteen)的《漫画与叙述》(*Comics and Narration*，2011)、阿希姆·黑什尔(Achim Hescher)的《阅读图像小说：文类与叙述》(*Reading Graphic Novels: Genre and Narration*，2016)、凯·米科宁(Kai Mikkonen)的《绘本艺术的叙事学》(*The Narratology of Comic Art*，2017)等。其次是电影叙事学的研究，其主要成果有爱德华·布兰尼根(Edward Branigan)的《叙事理解与电影》(*Narrative Comprehension and Film*，1992)、彼得·福斯塔腾(Peter Verstraten)的《电影叙事学》(*Film Narratology*，2009)以及罗伯塔·皮尔逊(Roberta Pearson)与安东尼·N. 史密斯(Anthony N. Smith)主编的《媒介汇聚时代的故事讲述：荧幕叙事研究》(*Storytelling in the Media Convergence Age: Exploring Screen Narratives*，2015)。随着数字叙事的兴起，数字叙事和相关社交媒体的叙事研究也成为跨媒介叙事研究的一个重要范畴，这方面的重要成果有露丝·佩奇的系列论著，如《叙事和多模态性的新视角》(*New Perspectives on Narrative and Multimodality*，2010)和《故事与社交媒体：身份与互动》(*Stories and Social Media: Identities and Interaction*，2012)，以及佩奇和布朗温·托马斯(Bronwen Thomas)主编的文集《新叙事：数字时代的故事和故事讲述》(*New Narratives: Stories and Storytelling in the Digital Age*，2011)、瑞安的《故事的变身》(*Avatars of Story*，2006)和《作为虚拟现实的叙事：文学和电子媒介中的沉浸与互动》(*Narrative as Virtual Reality: Immersion and Interactivity in Literature and Electronic Media*，2001)等。此外，还有戏剧叙事学，这方面成果有丹·麦金太尔

（Dan McIntyre）的《戏剧中的视角：戏剧和其他文本类型中视角的认知文体学研究》（*Point of View in Plays: A Cognitive Stylistic Approach to Viewpoint in Drama and Other Text-Types*，2006）、雨果·鲍威尔斯（Hugo Bowles）的《故事讲述与戏剧：剧本中的叙事场景研究》（*Storytelling and Drama: Exploring Narrative Episodes in Plays*，2010）等。从某种程度上说，由于跨媒介叙事研究突破了传统叙事研究以文字叙事作为主要考察对象的做法，也不再狭隘地将叙事看作必须涉及"叙述者"和"受述者"的特定言语行为，它在后经典叙事学阵营中呈现出特殊的颠覆性，具有革命性的突破意义，既涉及对经典叙事理论不同概念的重新审视和调整，也包含对不同媒介叙事潜能和表现方式的挖掘和探索，由此不但可以为叙事理论的进一步拓展和深化提供动力，而且也可以为媒介研究和文化研究等相关领域提供重要的理论指导和实践分析工具。

此外，在后经典语境下西方学界还有诸多重新审视叙事学基本概念的研究成果问世，如汤姆·金特（Tom Kindt）和汉斯-哈拉尔德·米勒（Hans-Harald Müller）的《隐含作者：概念与争议》（*The Implied Author: Concept and Controversy*，2006）、约翰·皮尔（John Pier）和何塞·安赫尔·加西亚·兰达（José Angel Garcia Landa）主编的《叙事性的理论化》（*Theorizing Narrativity*，2008）、埃尔克·多克尔（Elke D'hoker）和贡特尔·马滕斯（Gunther Martens）等人的《20世纪第一人称小说的不可靠叙事》（*Narrative Unreliability in the Twentieth-Century First-Person Novel*，2008）、彼得·许恩（Peter Hühn）等人的《视点、视角与聚焦》（*Point of View, Perspective and Focalization*，2009）和《英国小说的事件性》（*Eventfulness in British Fiction*，2010）、扬·克里斯托弗·迈斯特（Jan Christoph Meister）等人的《时间：从概念到叙事建构》（*Time: From Concept to Narrative Construct*，2011）、多萝特·伯克和蒂尔曼·克佩（Tilmann Köppe）的《作者与叙述者：关于叙事学辩题的跨

学科研究》(*Author and Narrator: Transdisciplinary Contributions to a Narratological Debate*, 2015)、薇拉·纽宁的(Vera Nünning)的《不可靠叙述与信任感：媒介间与跨学科视角》(*Unreliable Narration and Trustworthiness: Intermedial and Interdisciplinary Perspectives*, 2015)、朱利安·哈内贝克(Julian Hanebeck)的《理解转述：叙事越界的阐释学》(*Understanding Metalepsis: The Hermeneutics of Narrative Transgression*, 2017)、弗鲁德尼克与瑞安合编的《叙事真实性手册》(*Narrative Factuality: A Handbook*, 2020)、拉塞·R. 加默尔高(Lasse R. Gammelgaard)等人的《虚构性与文学：核心概念重访》(*Fictionality and Literature: Core Concepts Revisited*, 2022)。

其间也不乏部分西方学者对当代叙事理论的发展态势做出观察和思考，如汤姆·金特等人在《什么是叙事学？——关于一种理论状况的问答》(*What Is Narratology?: Questions and Answers Regarding the Status of a Theory*, 2003)中对叙事学本质及其地位的考察，詹姆斯·费伦等在《叙事理论指南》(*A Companion to Narrative Theory*, 2005)中对当代叙事理论的概述，扬·克里斯托弗·迈斯特等人在《超越文学批评的叙事学》(*Narratology beyond Literary Criticism*, 2005)中对叙事学超越文学批评之势的探讨，桑德拉·海嫩(Sandra Heinen)等人在《跨学科叙事研究时代的叙事学》(*Narratology in the Age of Cross-Disciplinary Narrative Research*, 2009)中对跨学科视阈下叙事学内涵的分析，阿尔贝和弗鲁德尼克等在《后经典叙事学：方法与分析》(*Postclassical Narratology: Approaches and Analysis*, 2010)中对后经典叙事学发展阶段的划分，格蕾塔·奥尔森(Greta Olson)等人在《叙事学当代潮流》(*Current Trends in Narratology*, 2011)中对跨学科、跨媒介方法之于叙事学研究的反思，赫尔曼等人在《叙事理论：核心概念与批评性辨析》(*Narrative Theory: Core Concepts and Critical*

Debates，2012)中围绕叙事学研究的核心概念与基本原则展开的对话和争鸣，等等。

长期以来，国内学界对西方叙事学的接受与研究基本局限于经典叙事学的范畴。譬如，在经典叙事学翻译方面的重要成果有张寅德编选的《叙述学研究》(1989)、王泰来等人编译的《叙事美学》(1990)、热奈特的《叙事话语，新叙事话语》(王文融译，1990)、米克·巴尔的《叙述学：叙事理论导论》(谭君强译，1995)等。在经典叙事学研究方面的重要成果有罗钢的《叙事学导论》(1994)、胡亚敏的《叙事学》(1994)、傅修延的《讲故事的奥秘：文学叙述论》(1993)、申丹的《叙述学与小说文体学研究》(1998)、谭君强的《叙事理论与审美文化》(2002)等。直至2002年，这一状况才有所改变：这一年，北京大学出版社推出了包括戴维·赫尔曼的《新叙事学》、马克·柯里的《后现代叙事理论》、苏珊·兰瑟的《虚构的权威》、詹姆斯·费伦的《作为修辞的叙事》、希利斯·米勒的《解读叙事》等在内的"新叙事理论译丛"。随着申丹等人的《英美小说叙事理论研究》(2005)以及费伦、拉比诺维茨等人的《叙事理论指南》(2007)、赫尔曼等人的《叙事理论：核心概念与批评性辨析》(2016)中译本的问世，西方后经典叙事理论开始涌入中国，引起了国内学者的热切关注。

在"哲学社会科学工作座谈会"上，习近平总书记明确指出：

> 我们既要立足本国实际，又要开门搞研究。对人类创造的有益的理论观点和学术成果，我们应该吸收借鉴，……对国外的理论、概念、话语、方法，要有分析、有鉴别，……对一切有益的知识体系和研究方法，我们都要研究借鉴，不能采取不加分析、一概排斥的态度。

本着"立足中国、借鉴国外"的理念，为加强同国际叙事学研究同行的对话和交流,借鉴西方叙事学研究的优秀成果,继而立足本土实际,建设具有"中国特色""中国风格"和"中国气派"的叙事学,实现文学批评领域的"中国梦"等愿景提供坚实的学术支撑,对当代西方叙事学前沿理论展开翻译与研究,不失为一条重要的实践途径。

当下,距"新叙事理论译丛"的出版已逾20年之久,国内学界对西方后经典叙事学最新成果的认知亟待更新。近年来国内对西方经典叙事学的译介硕果累累,如普罗普的《故事形态学》(贾放译,2006),布斯的《修辞的复兴——韦恩·布斯精粹》(穆雷等译,2009),热奈特的《热奈特论文选·批评译文选》(史忠义译,2009),杰拉德·普林斯的《叙述学词典》(乔国强等译,2011),茨维坦·托多罗夫的《散文诗学:叙事研究论文集》(侯应花译,2011),热奈特的《转喻:从修辞格到虚构》(吴康茹译,2013),西摩·查特曼的《故事与话语:小说和电影的叙事结构》(徐强译,2013)、《叙事学:叙事的形式与功能》(徐强译,2013)、《故事的语法》(徐强译,2015),罗伯特·斯科尔斯等人的《叙事的本质》(于雷译,2015)等。与之相比,对当代西方后经典叙事学前沿理论的翻译明显滞后,这种局面亟须扭转。

作为国家社科基金重大项目"当代西方叙事学前沿理论的翻译与研究"的部分成果,本译丛坚持以"基础性、权威性、前沿性"为首要选择标准,既注重学科建设的根本价值,又力求引领国内叙事学研究的潮流和走向。如前所述,当代西方叙事学前沿理论主要是指当代西方后经典叙事学理论,代表性理论主要包括当代西方女性主义叙事学、当代西方修辞叙事学、当代西方认知叙事学、当代西方非自然叙事学和当代西方跨媒介叙事学,而它们自然也成为我们的主要研究对象和内容。在修辞叙事学部分,我们选择了詹姆斯·费伦的《体验小说:判断、进程与修辞叙事理论》。在认知叙事学部分,我们选择了戴维·赫尔曼的《故事讲述与心智科学》。在非自然叙事学部分，我们选择了扬·阿尔贝、布莱恩·理查森等人主编的《非自然叙事诗学》。在跨媒介叙事学部分，我们选择了玛丽娜·格里沙科娃和玛丽-劳勒·瑞安主编的《媒介间性与故事讲述》。希望本译丛可以达到厚植国内叙事学研究的史料性、前沿性和学科性的目的，进而深化叙事学研究在国内的发展，为中国叙事学的建构和发展提供借鉴，在博采众长、守正出新中推进中国叙事学的理论创新和学术创新。

我们已经竭力联系了本译丛所用图片和插图的版权方，如有疏漏，请版权所有者及时联系我们。本译丛是团队合作的结晶。衷心感谢胡全生教授、唐伟胜教授、段枫教授、陈礼珍教授及其研究团队的支持与友谊。感谢国家社科基金、国家出版基金的大力支持。感谢上海外语教育出版社孙静老师、梁晓莉老师付出的辛劳。

尚必武

2022 年 10 月

译 者 序

　　20 世纪后半期，纵贯叙事学研究领域的历史主要潮流是由经典叙事学向后经典叙事学的转向。到了 20 世纪 80 年代后期，由普罗普和热奈特等人引领的构筑在结构主义基石之上的经典叙事学研究大潮逐渐退去，取而代之的是注重语境、历史、读者和文化维度的后经典叙事学。后经典叙事学研究注重跨学科发展，主要的理论派别有女性主义叙事学、修辞叙事学、认知叙事学、非自然叙事学、跨媒介叙事学等。在这些生机蓬勃的后经典叙事学理论中，由叙事学跟认知科学交叉融合而产生的认知叙事学占据了极其重要的地位。

　　认知科学和叙事学这两大学术潮流在 20 世纪后半期都进入了快速发展的新时期，彼此交叉发展并产生了互惠效应。学界一般认为曼弗雷德·雅恩 1997 年发表的论文《框架、优选与阅读第三人称叙事：建构一门认知叙事学》正式提出了"认知叙事学"概念。这个学术理念已经成为当代西方叙事学前沿发展领域中的重要分支，是后经典叙事学发展历史过程中极有生命力的一大理论思潮。认知叙事学跟神经科学、心理学、社会学、认知语言学、认知文体学、人工智能等领域交叉渗透，成为跨学科整合资源的研究平台。莫妮卡·弗鲁德尼克和格蕾塔·奥尔森在《叙事学当代潮流》中将认知叙事学作为当代叙事学研究之首，认为这种研究方法"关注叙事被感知和被识别时读者的心理过程，而不是语言叙事,尤其是散文叙事的功能分类"①。跨学科是认知叙事学的重要特征,它关注语言形式概念,不断吸取认知语言学的理论养分,从一个崭新的理论视角丰富发展了叙事学理论。认知叙事学试图从新的维度来阐释叙事,打破经典叙事学专注于文本研究的局限,将叙事文本视为读者感知和阅读过程的中间环节,将叙事研究的重心拉回到人本身,更加关注语境和读者,顺应了西方学术发展历程中最新的语境化潮流。

已有诸多优秀学者在认知叙事学领域作出了开创性的贡献。帕特里克·科尔姆·霍根、艾伦·帕尔默、玛丽-劳勒·瑞安、莉萨·尊希恩、H. 波特·阿波特(H. Porter Abbott)、莫妮卡·弗鲁德尼克、凯瑟琳·艾默特(Catherine Emmott)、马里萨·博尔托卢西和彼得·狄克逊等人均从不同维度开拓了认知叙事学研究的疆界。在当今人才济济的认知叙事学界,戴维·赫尔曼是当之无愧的领军人物。赫尔曼是美国俄亥俄州立大学"叙事研究所"(Project Narrative)的创始人,是最早投身认知叙事学研究的国际顶尖学者之一,他的认知叙事学研究是公认的权威成果,具有前瞻意义。他发表了大量认知叙事学方面的文章和专著,其代表性成果有《故事逻辑:叙事的问题与可能性》《叙事的基本要素》《故事讲述与心智科学》等。近年来,赫尔曼在认知叙事学的道路上不断开拓,将关注目光延伸到了超越人类的动物和其他物种。2016 年他主编了《生物小说:20 与 21 世纪文学中的人与动物关系》(*Creatural Fictions: Human-Animal Relationships in Twentieth- and Twenty-First-Century Literature*)。2018 年他出版了《超人类叙事学:叙事与动物生命》(*Narratology beyond the Human: Storytelling and Animal Life*),讨论超越人类的叙事和自我、纠缠自我、超人类家族、动物心理,以及多物种故事世界等新兴话题。赫尔曼认知叙事学

---

① Monika Fludernik and Greta Olson, "Introduction," *Current Trends in Narratology*, Berlin and New York: De Gruyter, 2011, p. 3.

研究的两大核心关键词是"故事讲述"和"世界建构"。世界建构理论是 21 世纪以来西方叙事学界的一个重要议题。赫尔曼认知叙事学的主要思想是将叙事视为"一种认知风格"。赫尔曼一直致力于讨论"世界建构方式"的时间维度与空间维度,有意前置世界建构的过程,把世界建构看作叙事体验的重要维度。赫尔曼等认知叙事学批评家讨论世界建构问题时都受惠于尼尔森·古德曼(Nelson Goodman)《世界建构的方式》(*Ways of Worldmaking*, 1978)一书所提供的理论资源。詹姆斯·A. 麦克吉弗雷(James A. McGilvray)的《时态、指称和世界建构》(*Tense, Reference, and Worldmaking*, 1991)也为认知叙事学的发展提供了语法分析的坚实基础。赫尔曼提出,叙事如何创造世界的研究可以聚焦于话语模型提示的认知过程或判断,包括绘图叙事中图像和语言激发的认知过程、特定故事世界的本体地位、存在物以及时空形态等。赫尔曼聚焦于叙事与心理之间的关系,认为世界建构是叙事经验的主要标志,是故事和故事讲述的基本功能,也构成了叙事研究的起点。他主张世界建构主要包括两种类型的推断:讲述行为激起什么类型的世界的推断和为什么会发生这种行为的推断。

《故事讲述与心智科学》堪称赫尔曼近年在认知叙事学领域最具代表意义的成果,受到学界一致好评。此书延续了他在《故事逻辑》中关于叙事理解和认知模式的理念,同时在叙事诗学建构方面迈进了一大步。赫尔曼在书中探讨了一系列前沿话题,系统地阐释了他的"叙事建构世界"理论。全书分为"意向性与叙事世界建构""故事世界化:作为阐释目标的叙事""世界故事化:作为一种意义赋予方式的叙事"三个部分。赫尔曼在本书中开创性地讨论了话语模式提示的认知过程,从认知角度展开对叙事世界和现实世界之间的交互作用的研究,为叙事学研究开拓了新领域。赫尔曼的研究体现了主题的深度与锐度,从认知科学的角度切入,深入讨论了叙事学中的"行动""叙事交流模式""人称""媒介""视角"

"镶嵌""时空"等重要概念。不仅如此,赫尔曼还在书中设置了五个实例分析,用翔实的文学文本实例来阐释自己的理论架构,使得全书既有足够的理论深度,又有让人信服的文本分析。

赫尔曼从认知科学的基本框架开始理论建构,将心智科学的最新发展引入叙事学研究,丰富了叙事学领域基本概念的内涵。《故事讲述与心智科学》体现出赫尔曼认知叙事学研究超广角、大纵深和高水准的特点,是他倾注多年心血的学术代表作,对众多叙事学概念的梳理和修正均极具洞察力。此书出版以后在认知叙事学界产生了重要影响,引领了近年认知叙事学发展的主流方向。我们希望此书中文版可以为广大学者提供有益借鉴,更好地推动我国认知叙事学研究事业的发展。

尚必武教授领衔的国家社科基金重大项目"当代西方叙事学前沿理论的翻译与研究"以"权威、深度、前沿、前瞻"为准绳,精选了一批国外著名叙事学家的代表作译成中文,希望有助于推动我国叙事学研究向纵深发展。感谢尚教授的信任,将"当代西方认知叙事学前沿理论的翻译与研究"委托我牵头负责。我们选择了将《故事讲述与心智科学》作为认知叙事学领域的代表性论著来翻译。本中文版是团队精诚合作的成果:前言、导论和第一部分由陈静翻译,第二部分由陈礼珍与陈海容翻译,第三部分和尾声由骆蓉翻译。在翻译过程中,我们多次讨论、修改和统稿,力争拿出高水平的译文。本书文风晦涩,句式复杂,内涵丰富。我们水平有限,不足之处还请学界同仁批评指正。

在本书的翻译过程中,我们得到了很多师友的支持,在此尤其要感谢浙江大学聂珍钊教授对项目的精心指导;感谢中山大学肖明文,杭州师范大学管南异、应璎、张学宾、吉灵娟、郭景华、时霄、魏燕萍等对译文提出的修改建议;感谢研究生王燕、周丽影、吴芬芳、孙田田、刘昊楠等所做的校对工作。

陈礼珍

献给 S.:

纪念我们仍在展开的故事世界里那些珍贵场景

石屋旁亭亭如盖的梧桐树

海豹从冰冷的海底钻出

薄暮时知更鸟在归巢

目　　录

前言　　I

导论　　1

第一部分　意向性与叙事世界建构

第一章　行动理由背后的故事　　23

实例分析 I　CAPA 模型：超越叙事交际图　　57

第二章　将人（及其理由）置于故事世界　　73

第二部分　故事世界化：作为阐释目标的叙事

第三章　跨媒介与跨文类建造故事世界　　103

实例分析 II　叙事阐释的振荡光学：故事的世界化/非世界化　　145

第四章　叙事世界的视角取向　　163

第五章　人物、分类和"人"的概念　　195

实例分析 III　故事世界中的对话场景　　217

第三部分　世界故事化：作为一种意义赋予方式的叙事

第六章　作为思维工具的叙事　　229

实例分析Ⅳ 作为智能活动框架的转变故事　253

第七章　叙事嵌入和分布智能　265

实例分析Ⅴ 叙事、空间和地点　285

第八章　故事化思维(再论人与理由)：大众心理学的叙事支架　295

尾声　叙事和心智——走向跨学科研究方法　313

注释　317

参考书目　367

前　　言

　　本书围绕两个关键问题展开：其一，跨媒介的故事如何与阐释者的心智能力和性情相互关联，从而产生叙事体验？其二，叙事如何（在何种程度、以何种具体方式）支撑起对经验本身的理解？在提出这些问题的解决策略时，我试图超越从心智科学向叙事学术研究的单向输入。相应地，我的目标是促进跨媒介的叙事研究与智能行为研究之间的交叉融合。因此，本书试图促使叙事研究与其他领域展开更全面、更开放的对话，例如社会心理学、认知心理学和生态心理学，语言学和符号学，交际理论，人种学，人工智能和机器人技术，心智哲学及属于认知科学范畴的其他领域。通过审视不同时期在各种媒体和流派中呈现的叙事，我使用这些故事实例为讨论定位，即讨论叙事研究的传统与智力活动的问题形成和解决方式之间是如何相互作用的。因此，本书概述了我在结尾处所述的"跨学科"方法，揭示了多种调查机制如何能汇集在复杂的研究问题上，而这些问题正好位于叙事和心智的交叉点。

　　我的论点是，简单地说，叙事学的理论家们可以对关于智力活动的本质和范围的争论有所贡献，也可以从中获益。为了证实这一论点，我提出了一种方法来探讨叙事和心智之间的关系，而这种关系处于**个人与个人-环境相互作用**的层面。我认为正是在个人层面而非遗传及生物因子层面上，叙事学家们处于最有利的地位，为理解思想的框架作出贡献，而不仅仅是借鉴。这点不同于第二章中充分讨论的还原主义研究方案，即假设个人以及个人层面的现象的概念必须屈服于一些更根本层面的阐释,如大脑中的神经元活动、信息处理机制或在遗传及生物因子层面的其他原因。[1]部分研究者(例如 Hogan 2007;Young and Saver 2001;Zacks and Magliano 2011)借助大脑神经生物学理论来考察叙事产生或加工与大脑结构和使用过程之间的映射关系。与他们不同,我的研究方法偏重个人层面,即由人类日常经验构成的中等大小的人类世界(Baker 2000,2007a,b;Gibson 1979;另见第二章)。由于叙事以及叙事研究对这个世界的日常经验很有发言权,并带有与各种各样的社会和物质环境交集的成长故事,我关注个人层面,旨在利用这种方式去探索叙事世界建构的实践如何教我们了解人类心灵,而不仅仅是从心智研究中被动获取信息。同时,在**叙事世界建构**的标题下,我提出了两个主要的研究领域:一方面,叙事性设计如何促进不同类型故事世界的共同建构,使探索这些故事世界成为可能;另一方面,建构故事世界的过程是如何依次支持各种各样的意义创造活动。因此,我致力于通过一种双重策略来开发叙事和心智科学的新视角。这种方法认为叙事既是阐释的目标,同时也是产生意义的资源。

在探索我所谓的"故事世界化",即阐释叙事的过程中,我首先假设阐释者将文本线索临时植入个人的思想——更具体地说,是植入作者(有时是叙述者)产生所讨论的这种文本模式的理由中,从而将这些模式映射到故事世界中。因此,我的主张是,阐释叙事容易招致,甚至可以说强制叙事主体成为行动的理由。[2]这种做法使文本线索集可以理解为叙事设计,即触发叙事体验的话语模式。通过将叙事研究与心理语言学、话语分析及相关领域的研究想法相联结,我的方法在这里探讨了与故事交集需要如何使用文本线索或可供性,来协商精神世界的这些维度:**何时、何物、何地、何人、如何**和**为何**(WHEN,WHAT,WHERE,WHO,HOW and WHY)。这些维度包括叙述事件的时空状况、与其对应的叙事时间和地点、故事世界中的人物及其行动理由和手段等等。通过使用线索大致说明或"填写"这些维度,阐释者在阅读给定文本时,可以根据目的,对展开的故事世界的问题组织临时答案。

阐释者在接触叙事性组织话语并回答是什么、怎么样以及为什么等问题时所创建的具体反应模式，或者说故事世界里各维度间的相互作用，解释了投射在文本基础上的世界结构及其总体影响。

虽然刚提到的问题关系到阐释者的推断，即关于讲述行动旨在唤起何种世界的推断，但这些问题又与下一步的问题联系起来，也就是关于给定叙事如何定位于更广泛话语环境的问题，即实施讲述行动的原因和目的。这些问题属于我建构叙事世界方法的另一方面。我的方法关注的是，故事不仅是阐释的对象，还是理解经验本身的一种手段。我将这第二个心智-叙事联结称为**世界故事化**。在将叙事作为一种赋予意义的手段对其进行研究时，我验证了这样的假设：与人相关的信念、欲望和意图，或用于描述人的这类特征，通常被定位在叙事行为中。[3] 从第二个角度来看，叙事构成了将环境和事件配置成或多或少涉及个人经验的连贯场景的主要资源。叙事不仅仅需要采用意向立场来阐释，它还提供了一个基础来记录和理解意图、目标、感觉和行动。这些都来自智能主体与适当规模环境的协商。换句话说，叙事支撑起行动理由的归因，这是与人类心智众多交集的核心。

我写这本书得到了美国学术协会的一笔研究经费的支持，以及俄亥俄州立大学艺术与科学学院提供的一笔额外的外部研究经费补贴。我感谢上述支持，也感谢俄亥俄州立大学英语系系主任 Richard Dutton 的帮助和鼓励。对于麻省理工学院出版社，要感谢 Judy Feldmann、Phil Laughlin、Katie Persons 和 Sharon Deacon Warne，感谢他们为这个项目所做的积极努力和专业帮助。还要感谢外审专家，他们帮助我修改了书中提出的论点。感谢 Milliande Demetriou 慷慨地允许将她特具思维拓展性的作品用于封面。

此外，在从事这项研究的过程中，我受益于许多不同机构从事不同领域研究的学生和老师的见解、评论和帮助；许多期刊和合集的编辑以及多名审稿人（其中一些是匿名的），同样提供了宝贵的帮助。帮助过我的人员名单很长，我担心可能会漏掉一些人。在过去的十年里，对这个项目以不同方式作出贡献的人们，我在这里就不一一介绍了。我将简短的致谢包含在一些独立章节里。与此同时,我在学术会议、座谈会和研讨会上介绍了这个项目的部分内容,与会者们也作出了贡献,谨在此向他们表示感谢:(除了由现代语言协会和国际叙事文学研究协会主办的一些会议之外,还)包括北卡罗来纳大学格林斯伯勒分校召开的关于人工智能和叙事艺术的阿什比对话(2002),亚拉巴马大学召开的第三届南方语言变异研讨会(2004),比勒陀利亚大学召开的南非应用语言学协会(2005),加州大学圣巴巴拉分校召开的STAR(科学、文本、作者、读者)会议(2005),赫尔辛基大学芬兰文学研究所(2006),乔治敦大学语言学系(2006),康涅狄格大学文学与认知科学会议(2006),汉堡大学叙事学跨学科中心(2005,2006),伯明翰城市大学PALA(诗学和语言学协会)召开的叙事学和多模态研讨会(2007),坦佩雷大学召开的第三届坦佩雷叙事会议(2007),伍珀塔尔大学跨学科叙事学研究中心(2007),南丹麦大学叙事学研究中心(2007),中西部现代语言协会(2007),乔治敦大学语言学圆桌会议(2008),由欧洲科学基金会赞助、在圣马力诺举办的社会认知与社会叙事大讲堂(2008)、赫特福德大学"艺术、人文和社会科学叙事视角"秋季研讨会(2008),在高等社会科学学院由CRAL(艺术和语言研究中心)主办的当代叙事学研讨会(2009),多伦多大学主办的认知诗学工作坊(2009),由鲁汶大学主办的心理与叙事国际会议(2011),由俄亥俄州立大学"叙事研究所"主办的"叙事、科学和表现"研讨会(2009),以及由英国牛津大学圣约翰学院的"巴尔赞项目"(the Balzan Project)赞助的"意识再现工作坊"(2011)。然而,我最深的谢意一如既往地献给Susan Moss。不仅是因为我开展这个项目时,她给予的珍贵友谊和坚定支持,也为在这项研究记录的、有幸与她邂逅的多种世界,有熟悉的,也有不熟悉的,有经历过的,也有想象的,有人类世界,也有非人类的世界。我把这本书献给她。

本书部分内容的早期版本已以期刊文章和书籍章节的形式呈现过。尽管所有这些材料自首次出版以来已经进行了大幅修改,但我还是很感谢以下材料被允许在此引用:

Herman, David. 1997. Toward a formal description of narrative metalepsis. *Journal of Literary Semantics* 26 (2): 132 – 152.

Herman, David. 2000. Lateral reflexivity: Levels, versions, and the logic of paraphrase. *Style* 34 (2): 293 – 306.

Herman, David. 2003. Stories as a tool for thinking. In *Narrative Theory and the Cognitive Sciences*, ed. David Herman, 163 – 192. Stanford, CA: Center for the Study of Language and Information.

Herman, David. 2003. Regrounding narratology: The study of narratively organized systems for thinking. In *What Is Narratology? Questions and Answers Regarding the Status of a Theory*, ed. Jan-Christoph Meister, Tom Kindt, and Hans-Harald Müller, 303 – 332. Berlin: de Gruyter.

Herman, David. 2003. How stories make us smarter: Narrative theory and cognitive semiotics. *Recherches en Communication* 19: 133 – 153.

Herman, David. 2006. Genette meets Vygotsky: Narrative embedding and distributed intelligence. *Language and Literature* 15(4): 375 – 398. Adapted and reprinted with permission by Sage Publications.

Herman, David. 2008. Narrative theory and the intentional stance. *Partial Answers* 6 (2): 233 – 260. © 2008 The Johns Hopkins University Press. Adapted and reprinted with permission by The Johns Hopkins University Press.

Herman, David. 2009. Cognitive approaches to narrative analysis. In *Cognitive Poetics: Goals, Gains, and Gaps,* ed. Geert Brône and Jeroen Vandaele, 79 – 118. Berlin: de Gruyter.

Herman, David. 2009. Storied minds: Narrative scaffolding for folk psychology. *Journal of Consciousness Studies* 16 (6 – 8): 40 – 68. Adapted and reprinted with permission by Imprint Academic, Exeter.

Herman, David. 2009. Beyond voice and vision: Cognitive grammar and focalization theory. In *Point of View, Perspective, Focalization: Modeling Mediacy*, ed. Peter Hühn, Wolf Schmid, and Jörg Schönert, 119 – 142. Berlin: de Gruyter.

Herman, David. 2010. Directions in cognitive narratology: Triangulating stories, media, and the mind. In *Postclassical Narratology: Approaches and Analyses*, ed. Jan Alber and Monika Fludernik, 137 - 162. Columbus: Ohio State University Press.

Herman, David. 2010. Multimodal storytelling and identity construction in graphic narratives. In *Telling Stories: Building Bridges among Language, Narrative, Identity, Interaction, Society and Culture*, ed. Anna de Fina, Deborah Schiffrin, and Anastasia Nylund, 195 - 208. Georgetown: Georgetown University Press. Reprinted with permission. www.georgetown.edu.

Herman, David. 2010. Word-image/utterance-gesture: Case studies in multimodal storytelling. In *New Perspectives on Narrative and Multimodality*, ed. Ruth Page, 78 - 98. London: Routledge.

Herman, David. 2011. Narrative worldmaking in graphic life writing. In *Graphic Subjects: Critical Essays on Autobiography and the Graphic Novel*, ed. Michael Chaney, 231 - 243. Madison: University of Wisconsin Press. © 2011 by the Regents of the University of Wisconsin System. Reprinted courtesy of the University of Wisconsin Press.

Herman, David, and Becky Childs. 2003. Narrative and cognition in *Beowulf*. *Style* 37 (2): 177 - 202.

导　　论

在探讨叙事和心智的研究方法时,本人在书中做了两种区分:

区分一:(a)利用心智科学来研究故事;(b)利用叙事学家的观点来研究认知科学中的焦点问题。

区分二:(c)以叙事为阐释目标;(d)以叙事为赋予意义的资源。

从(a)到(d)的不同变量排列和组合产生了探索心智-叙事之间关系的不同策略。尽管对所有相关研究进行全面概述超出了导论的范围,但在本节的剩余部分中,我将描述前面所列变量的四种排列组合方式,而我自己的方法就在这个范围内。在这个领域先前的研究可根据以下所述的四个策略分为不同的研究路线,且优先考虑其中的一个或另一个策略。为促进叙事研究和心智科学研究更紧密地融合发展,在这本书里我会使用所有的这四个策略,因为我认为它们互为补充,相辅相成。然后,导论的第二部分强调了一些后面章节里会继续探讨的关键问题,以及我总体方案的动机、好处和更广泛的影响,并聚焦于 1938 年奥逊·威尔斯(Orson Welles)对 H. G. 威尔斯(H. G. Wells)的《世界大战》(The War of the Worlds)的电台改编版,将其作为第一个案例研究。第三部分,也是最后一部分,提供了关于本书内容的更多细节。

现在,我将谈谈我在探索叙事与心智之间的关系时试图综合运用的四种策略。

策略一(a + c):利用心智科学来研究被视为阐释目标的叙事。到目前为止,在文学叙事与认知科学两个领域研究成果的对话中,这一策略一直占据主导地位。艾默特(Emmott 1997)使用话语处理的研究来推进叙事语境中代词的消歧;阿尔贝(Alber 2009,审稿中)使用"脚本"和"框架"的概念来应对某些文本所带来的独特挑战,因为这些文本使人联想到的故事世界在现实中或逻辑上是不可能存在的;格里格(Gerrig 1993,2010)、博尔托卢西和狄克逊(Bortolussi and Dixon 2003)使用心理语言学研究的实证方法来解决与叙事经验的认知和情感维度相关的问题;帕尔默(Palmer 2004,2010)根据对智能行为在具身、物质和社会方面的研究,对虚构人物的心智研究进行了重新定位(参见 Crane 2000; Hart 2011; Herman 2011b);伯克(Burke 2011)和霍根(Hogan 2003,2011)探究情感研究对世界叙事传统中叙事结构分析的意义;伯克(Burke 2011)、霍根(Hogan 2007)、基恩(Keen 2007)、理查森(Richardson 2001,2010)、杨(Young 2010)、杨和萨韦尔(Young and Saver 2001)将神经科学的思想引入文学叙事研究;奥斯丁(Austin 2010)、博伊德(Boyd 2009)、伊斯特林(Easterlin 2012)、戈特沙尔(Gottschall 2012)、梅尔曼(Mellmann 2010a,b)、斯波尔斯基(Spolsky 1993,2001)和尊希恩(Zunshine 2006,2008)通过对人类进化认知能力的研究,探索虚构文本的结构和功能(注意与下面策略三的重叠部分);卡拉乔洛(Caracciolo 即将出版,审稿中)、库兹米科瓦(Kuzmičova 即将出版)、特洛先科(Troscianko 2010)和赫尔曼(Herman 2011b)将来自(新)现象学和心智哲学的见解用于研究虚构故事;埃德、詹尼迪斯和施耐德(Eder, Jannidis, and Schneider 2010a, b),詹尼迪斯(Jannidis 2004,2009)和施耐德(Schneider 2001)努力借鉴社会心理学和其他研究,为虚构人物阐释过程提供语境,这在第五章中将会讨论。在第一章和第二部分中回顾的所有这些研究,以及其他相关研究,主要目标是展示认知科学的发展对于理解叙事的意义。我自己早期对这一广泛倡议也作出过一些贡献(如 Herman 2000, 2001a, 2002,2005b, 2008,2009b)。正如已指出的那样,本研究和我之前的研究的区别特征之一是它也强调了逆向操作的重要性。因此,本书把策略二作为策略一的补充提出来,还探讨了由叙事学家提出的观点如何能对关注叙事理解问题的心智科学,即我在本研究中所称的"故事世界化"过程有所启发。

策略二(b + c):利用叙事学家的观点来研究被视为阐释目标的故事。如前所述,我使用**叙事学家**这样的字眼,来指称那些集中研究叙事的生产加工问题的研究者——与之对照的是科学社会学家、计算机工程师、大脑研究人员,或者广泛地说,其他任何可能从事这类调查研究的人。他们探究其学科基础问题中与叙事相关的问题,比如叙事在实验中的作用、模仿人类语言处理能力的算法或工作记忆与长期记忆的神经科学基础。因此,尽管我完全承认,跨学科工作的分析师都有理由被称为"叙事学家",只要他们关心的是故事和故事讲述,但为了便于理解和讨论,我在这里将这一范畴定义得更窄一些。具体来说,我用这个术语来指叙事学研究本身固有的传统,即从一开始就试图建立概念框架和命名法来描述和分析叙事实践的背景、结构和效果的传统。然而,一些有争议的研究传统,如跨媒介叙事学(Herman 2004a;Ryan 2004;Ryan and Thon 即将出版),试图开发出理解这些跨媒介实践的方法,而其他人则专注于用特定媒体叙述的关键方面,例如面对面的互动(Johnstone 1990;Norrick 2000;Ochs and Capps 2001)、有方案的口头表演(Lord 1960,1995;Magoun 1953)、印刷文本(Genette 1972/1980;Prince 1982;Stanzel 1979/1984)、数字环境(Montfort 2007;Punday 2012;Ryan 2001a, 2006)等等。正如我在第二部分中强调的那样,所有这些叙事实践领域的研究者们已经发展出一些术语和概念,为尝试研究被视为阐释目标的故事提供了至关重要的支持。术语和概念关乎叙事结构的各个方面:从叙事行为在更大的社会互动环境中的嵌套,到帮助推断故事世界时空剖面的各种文本线索,到组织某个阐释的透视结构,到会影响阐释者对所述事件理解的讲话再现模式,再到更大的文本模式与人物刻画的结合。

这些研究框架的相关性来自各种研究传统,包括叙事学、叙事的社会语言学方法、文学批评(包括有时被称为小说史和小说理论的广泛领域)、电影叙事研究、数字叙事研究等领域。这种相关性直接回应了一位曾评论过本研究最初提案的审稿人对我的写作计划的批评,理由是它包含了不必要的术语。作为一个近二十年来一直向各级学生教授富有挑战的叙事学术语的人,我对审稿人的抱怨表示理解。但同样的课堂经验也教会了我,如果使用得当,专业术语对于特定的描述和阐释目的,以及为学术研究合作建立可靠的基础,绝对是至关重要的。因此,本书利用叙事研究的固有传统来探究故事的某些方面,那些故事不能用人们广泛使用却不精确的描述语(如全知叙事)来进行识别。进而,本书将这些方面作为聚焦的交叉学科或更确切地说是"跨学科"[1]对话的基础。换句话说,与策略一所涉及的研究模式不同,在使用策略二的研究中,我探讨了把故事作为阐释目标时,叙事研究如何可以补全,并在某些情况下充实来源于认知科学的术语和概念。正如下面所讨论的,同样的目标也指导着我对策略四的运用,尽管我在这方面的目标是将叙事视为一种赋予意义的资源。

策略三(a + d):利用心智科学来研究被视为意义赋予资源的叙事。正如我在第六章中所讨论的,维果茨基(Vygotsky 1934/1962,1978)对"心理工具"的论述,即对于激发或扩展思维的文化和物质资源的探讨,包括"语言、各种计数系统、助记符技术、代数符号系统、艺术作品、写作、图式、示意图、地图、机械制图及各种各样的传统符号等等"(转引自 Wertsch 1985,79)。这有助于推动认知科学的最新研究,即把叙事作为一种赋予意义的资源。因此,在布鲁纳(Bruner 1990,1991)和哈托(Hutto 2007,2008)的分析中可以发现一种基本上是维果茨基式的灵感,他们分析了叙事是如何架构大众心理学或对自己和他人的行动理由进行推理的(同见 Ritivoi 2009,以及第八章)。本书的第二章和第三部分也遵循同样的学术传统,但本研究的这些部分也与多个学科中更广泛的尝试相联系,即将故事描述为跨多个经验领域的意义建构活动。我的标题"世界故事化"就旨在包含这些活动的全部范围。

与此相关的是在叙事疗法以及精神分析实践的叙事基础研究(Schafer 1981)中取得的进展。在叙事疗法中,客户和治疗师(或助手)共同创造新的、更积极的、可提高生活质量的自我和他人的故事（见 Mills 2005 和实例分析Ⅲ）。与此相关的还有历史哲学方面的研究，探索叙事框架如何将事件置于动态的时间进程中（Ankersmit 2001；Danto 1968/1985；Mink 1978；Kellner 1989）。此外，从进化理论的发展中汲取灵感的研究也值得重视（对此持怀疑态度的有 Cameron 2011 和 Kramnick 2011）。这些研究之前已和策略一及把叙事作为阐释目标的专门研究一起讨论过。因此，伊斯特林（Easterlin 2012）探讨了这样的假设："叙事思维的产生……是因为它促进了对环境中事件的阐释，从而促进了功能行动"（47；参见 190—192）。博伊德（Boyd 2009）将叙事虚构和其他虚构形式与一种逐渐形成的参与倾向联系起来，也认为关键的适应功能是建构虚构世界并想象自己居于其中的这种倾向导致的。"虚构吸引我们留意社会信息丰富的传播模式，这种关注从模仿游戏的婴儿期延续到成年期。它一次又一次地引导我们沉浸在故事中，同时帮助我们不断演练，完善对事件的理解。……虚构也扩大了我们替代性体验和行为选择的范围。……通过设计事件和人物来激发我们对诸如慷慨或威胁，欺骗和反欺骗之类的思考。它能有效地唤起我们强烈的情感投入，而不需要我们相信"（192—193；比较 Abbott 2000；Austin 2010，17—40；Dissanayake 2001；Gottschall 2012，64）。[2]

所有这些研究都用心智科学的成就来考察叙事如何成为一种智力活动的手段，无论是虚构的还是非虚构的叙事。然而，本研究的中心目标是超越认知科学到故事研究的单向思想转移。因此，就像将叙事视为阐释目标时，策略二与策略一可以联手一样，在故事被看成一种赋能或延伸心智的资源时，策略三可以与策略四配对。

策略四（b + d）：使用叙事学家提出的观点来研究被视为意义赋予资源的叙事。 叙事探究的多种传统可以有助于研究我所说的世界故事化的过程，或使用叙事来理解经验。因此，研究自传和生命写作的学者们已经探索过叙事如何在初期和后期的自我描述版本之间，提供塑造连续性和间断性的手段。这种自我描述模式有助于叙述者讲述自己或他人的人生故事(Olney 1999；Smith and Watson 2010)。[3] 同理，正如我在第一章和第三章中所讨论的，叙事学家已找到描述虚构叙事与非虚构叙事独特性质的方法。例如，通过对比读者如何适应两个世界：一个是虚构文本唤起的自主世界，在这个世界中，想通过与其他描述的交叉对比来证伪是一个类别错误；另一个是与非虚构叙事相关的世界，假定可通过与叙事报道事件相关的其他故事用三角互证法来证伪。这项研究直接关系到进化心理学、认知人类学、发展心理学和其他领域的研究。正如在策略三标题下讨论的那样，这些领域将模仿游戏和虚构经历更普遍地描述为增强适应性的改编。

类似地，反事实情节叙事的学术研究已经产生了富有成效的洞见，指示了故事如何为支持协商而付出努力(同见第八章)。正如多勒泽尔(Doležel 1999，265—267；2010，101—126)所讨论的那样，替代性的或反事实的历史，允许历史学家通过重新配置前因后果，来(重新)评估历史事件的重要性。分析家通过将事实上并未发生的事件想象为实际发生的事件来探究事件的相对结果，反之亦然。另一种反事实的讲故事方式是未来战争故事的传统，我在下一节中用一个范例文本，即 H. G. 威尔斯(H. G. Wells)于 1898 年创作的小说《世界大战》，同样表明了叙事研究在这方面的相关性。与我所描述的世界故事化过程直接相关，许多评论家(Clarke 1992，1997，1999；Matin 2011；Reiss 2005)以这种方式讨论了切斯尼(Chesney)的《多尔金之战》(*The Battle of Dorking*，1871/1997)，* 关注它如何塑造了未来战争叙事的整个体裁，并引发了许多后续的尝试，即用虚构的叙事来营造与事实相反的场景，以达到战争计划的目的。这是 H. G. 威尔斯写外星人入侵故事参考的一个先例，是一部被广泛阅读和模仿的中篇小说。切斯尼的小说从一名志愿者回忆的视角出发，设想了五十年后的一场战争，这场战争是德国入侵准备不足的英格兰。马丁(Matin，2011)对切斯尼及其后续作家所提出的问题进行了特别精辟的阐述。

---

* 多尔金是英国东南部小镇名。——译者注

马丁指出，颇有讽刺意味的是，平民作家描绘的未来战争往往比军事作者更接近即将到来的第一次世界大战的真实状况。因为对平民作家评头论足的军事作家常常过分执念于当时占主导地位的战略战术，比如面对敌人优势火力时仍要进攻。[4] 这里出现了一个更大的问题：虚构的叙事在多大程度上（以及在哪些特定领域）有时比非虚构的叙事更具有知识性且更能引发行动？这对虚构与非虚构的区别本身的研究有什么启示？

最后一个问题再次表明，要不是有叙事研究的贡献，即我所说的叙事本体研究，那些试图促进叙事和心智科学之间对话的分析家将无法获得描述性和阐释性的关键资源。因此，就像策略二相对于策略一一样，本研究认为策略四与策略三完全互补（而不是仅仅补充策略三）。[5] 用这种方式，同时前瞻一下书末会更详细讨论的问题，我会尝试用一种可称为**跨学科的**方法来研究叙事和心智科学。

术语和概念从一个学科到另一个学科的单向传输，只能抑制而不能促进真正的跨学科对话。与此不同，跨学科叙事研究的目标是使不同研究框架聚集在复杂的研究问题上，例如，建构世界的过程在叙事和心智的联结上产生，同时对这一联结形成反馈。因此，我从一系列描述性命名法和分析方法中选取了必要者，并提出了叙事研究可如何与专门的叙事研究模式紧密结合，这些模式与社会心理学、发展心理学、认知心理学、生态心理学、心智哲学等以心智为导向的领域相关。我这么做的目的是利用与所讨论的问题相关的各种学科资源，使故事世界化和世界故事化的过程居于阐释中心。新的研究策略能够以自下而上的方式产生于当前问题相关领域的相互作用，而不是由一个或其他相关学科以自上而下的方式预先设定并强加于其上。[6]

对某些我之前一直用抽象术语讨论的问题，为使其更加具体化，我在下一个部分中适当地转向关注某种特定的叙事——准确地说，是建立在一个文本基础上的叙事集合，这个文本经过多次翻译和改编，突出了叙事本身的复杂性、范围和力量。[7] 然后，我在导论的结尾对本书内容作一概括。

叙事和编织世界

1938 年 10 月 30 日,欧洲政治条件恶化,卷入另一次世界大战的恐惧笼罩着美国。22 岁的奥逊·威尔斯(Orson Welles)执导并参与改编了 H. G. 威尔斯写于 1898 年的《世界大战》,这部被誉为科幻小说先驱的作品讲述了火星人入侵地球的故事,[8] 于万圣节在美国系列广播节目《水星空中剧场》中播出。包括文本和语境在内的诸多因素使它在听众中造成一些恐慌,[9] 且已被充分记录下来(Cantril et al. 1940;Gosling 2009;Koch 1970;Lovgen 2005;Speitz 2008)。尽管播音员一开始就提到了 H. G. 威尔斯的小说,尽管故事的发生设置在一年以后,即 1939 年,但一些广播听众还是感到恐慌。除了万圣节的氛围萦绕在广播中和由希特勒上台使德国发动侵略战争概率大增而带来的更具体的焦虑外,广播时段也很关键:听众从另一个受欢迎的节目调到这个波段时,本节目已经开播,听众错过了节目开头对虚构叙事的声明。此外,霍华德·科施(Howard Koch 1938/2009)在为广播节目撰写的脚本中,借用了当时非虚构小说体裁的一个新模板,即"突发新闻"报道的创新格式。因此,这次广播的主要构想是:一场事先安排好的音乐表演,在新泽西州境内播放的时候,不断被外星人入侵的消息打断。科施的剧本还使用特定的地名验证了这一行动,就像 H. G. 威尔斯在原著中写的那样。[10] 此外,奥逊·威尔斯还仔细研究了有关"兴登堡号"灾难(Hindenburg Disaster)的广播新闻报道。"兴登堡号"灾难同样发生在新泽西州。在《水星空中剧场》中占很大比重的模拟新闻简报中,演员对官员、记者和目击者进行了戏剧化的报道,他们用同样的语气表达了一种恐惧的怀疑,这正是赫伯特·莫里森(Herbert Morrison)对飞艇灾难实时叙事的特征。[11]

我的祖父,即与我同名的戴维·赫尔曼(David Herman)和他的儿子威廉·赫尔曼(William Herman)住在新泽西州,当晚正在收听奥逊·威尔斯的广播。威廉当时 12 岁,后来长大成人,成了我的父亲。

几十年后,我的父亲向我讲述了当广播播出时,他的父亲是如何平静地把收音机调到其他电台的。他的想法是,如果真的有星际入侵,其他电台也会报道这样惊天动地的事件。这个关于在我出生之前便已去世的祖父的故事和 1938 年电台广播制造恐慌的故事以及后来 H. G. 威尔斯的原作文本紧密交织在一起,通过家庭叙事的方式进行传播(Langellier and Peterson 2004)。与我的其他亲戚提到的我祖父高超的逻辑能力和敏锐的解决问题能力一致,我父亲所讲的故事,实际是祖父如何去应对解读故事的挑战,堪称一个面对压力、混乱时保持冷静的典范。我祖父对广播故事的反应本身就带有警示作用,它强调了避免鲁莽行动、进行理性思考的重要性。但现在回想起来,这个家庭故事的其他特点也很突出,而这些特点恰恰是我在本书中概述的研究方法要揭示的对象。

例如,我祖父对奥逊·威尔斯改编 H. G. 威尔斯的小说作出反应的故事,表明了保罗·格雷迪(Paul Gready 2008)所描述的叙事公共生活是如何与这些叙事的个人和家庭生活紧密地融合在一起的。因此,在我父亲的叙事中,我祖父对 1938 年广播做出的有理有据、合情合理的反应,不仅成为基于家庭的行为模式,还成为一种决定性的性格属性。这一广播使得 H. G. 威尔斯的原始叙事在一个新的时期、地理环境和文化环境中被公布于世。与此同时,我祖父的反应说明,在这种叙事环境中,有多少叙事层会纠缠在一起。问题是,不仅我自己在这里对我父亲早期讲述的讲述,而且还有奥逊·威尔斯对 H. G. 威尔斯原作的复述,现在都与收音机广播一起,成了一个更大的改编集群或网络的一部分。这个集群或网络跨多种故事讲述媒体和体裁,包括多种语言的翻译(和这些语言中多个版本的文本),1953 年和 2005 年的电影版本,多种漫画叙事改编(包括收入"插画经典"漫画系列出版的 1955 年版),1988 年的美国电视连续剧,甚至还有 1978 年杰夫·韦恩(Jeff Wayne)[12] 的音乐剧改编。这个叙事网络帮助我了解 1938 年的广播改编作品及其在我家族历史中的地位。

此外,H. G. 威尔斯在从自己的原始文本之后的诸多故事版本转向构成其前史的文本传统的过程中,他本人是在未来战争叙事体裁所提供的背景下写作的(Clarke 1992)。如前一节所述,这一体裁包括其他有影响力的流行文本,如切斯尼的《多尔金之战》。这里有一些重要的问题:如何阐释某些故事世界似乎拥有的持久力量?换句话说,是什么让有些故事被反复改编、多次演绎,而在另外的情况下,一个故事世界,不管是不是虚构的,仍然与它最初关联的特定文本绑定在一起?与特定的叙事媒体相关的约束和可供性,以及不断变化的历史和文化背景,如何塑造了 H. G. 威尔斯关于外星人入侵故事的新版本?当一个故事被改编时,故事世界的哪些特征保持不变,哪些特征发生了变化,总体效果又是如何呢?就此而言,一个故事世界的不同版本什么时候会完全消失在另一个世界里?设计、演绎 H. G. 威尔斯的火星人入侵故事不同版本的语境如何允许我们将交际意图归于这些版本的创造者?这种归因是试探性的、可废止的。它与那些未经改编或复述的自发性、"一次性"叙事的归因有怎样的不同?在改编历史中,虚构的故事世界,比如那些与《世界大战》有关的故事世界,是如何与所遇到的更大世界相联系?在这一系列故事中,个体文本提供了怎样的叙事经验?反过来,这些文本及其所属的更大的故事网络又如何架构对经验本身的理解?

本研究使用各种体裁和媒体的叙事实例,意味着建构世界的叙事实践在范围和多样性上建立、支持和丰富着人们的生活,表明学科间的融合在故事研究和心智科学的发展上,努力提供方法去解决(多个版本的)《世界大战》提出的问题。在这里,我聚焦于 1898 年 H. G. 威尔斯的原作和 1938 年奥逊·威尔斯的电台改编,思考几个相关的问题,解释本书在处理叙事世界建构问题时所用的双重策略——它对故事的强调是双重的,既将其视为阐释目标,又将之当作意义赋予的资源——如何在理解故事时变成了一种特定的调查研究方法。当分析者以同样的尺度突出叙事行为既来自特定形式的智力活动,同时又支持这些智力活动这一点时,这些方法就显现出来了。

- 在这一系列故事中,个别文本提供了怎样的叙事体验?

如前一节所述,我的一个主要可行假设是,阐释叙事的过程会导致,更确切地说,会强制将行动理由归于故事的讲述者或创作者。这样的归因使得文本线索集有可能被阐释为叙事设计,或旨在触发叙事体验的话语模式。我的方法的这一面探索了叙事理解如何使得文本线索或可供性被用于协调心理配置世界的**何时、何事、何地、何人、如何、为何**等维度,协调的程度取决于阐释者在处理给定文本时的目的。

例如,与 H. G. 威尔斯的小说和奥逊·威尔斯广播所激发的故事世界的**何地**和**何时**维度相关,具体地说,就地点而言,所叙事件的发生地和叙事地点以及阐释者所处环境都有关联;值得强调的是,入侵故事的两个版本都将叙述事件定位于靠近叙事地点的地方。奥逊·威尔斯的广播的特点是现场直播,由官员、记者和目击者报道"突发新闻"。更重要的是,可以假定对于那些在预设行动附近的广播听众,事件的空间距离与(准)同时叙事同步,目的是使他们增强临近感,产生危机意识:未解决的事件很可能波及听众所在地区。而 H. G. 威尔斯笔下的叙述者兼主人公,则从一个在空间上接近但在时间上远离事件发生地的位置来叙述事件。因此,文本的最后一段写道:

> 我必须承认,时间的压力和危险在我的头脑中留下了一种持久的怀疑和不安全感。我坐在书房里,借着灯光写作,突然我又看到了燃烧着熊熊火焰的山谷,感到身后和周围的房子空空如也,凄凄凉凉。我走到拜弗里特路上,许多车辆从我身边驶过……突然间,车辆变得模糊了,不真实了,我又和炮兵一起,在这炎热、阴郁的寂静中急急前进(Wells 179—180)。

在这里,H. G. 威尔斯又回到了未来战争叙事中使用的一种修辞手法,例如切斯尼的《多尔金之战》,书中一个熟悉的地方因为叙述者和目击者的战争经历而变得陌生。但是,任何对读者的威胁感都进行了调节和缓和——通过区分对入侵的叙述和当前讲述时刻之间的时间间隔。

- 反过来,《世界大战》的不同版本,以及它们所属的更大网络,是如何构建起对经验本身的理解的努力呢?

H. G. 威尔斯和奥逊·威尔斯的入侵故事表明了叙事是如何通过让事件与人,或更广泛地说,与智能主体的意图、欲望和经验相吻合,从而为理解所发生的事情提供了最佳的环境。因此,落入地球的圆柱形物体实际上是由外星智能生物制造的,这样的想法一旦建立起来,入侵故事就开始围绕人类角色试图破解火星人的行动理由,同时预测并避免外星人对人类的未来掠夺而展开。随着时间进程的递延,外星人的行动会得到更合理的解释和预测,这就替代了最初的印象和推断。H. G. 威尔斯的文本和奥逊·威尔斯的广播利用叙事资源完整追踪了这一时间进程,并借此示范,一旦给定行动得到更全面的语境化,意图、欲望和其他行动理由就可以如何被调整和精细化——故事本身就成为此类语境化的重要工具。实际上,奥逊·威尔斯的广播结构模拟了故事的片段如何能串联成对故事发展的整体性描述。这种描述反映了更为笼统的主体意图和目的。缺了这些意图和目的,发生的事情很难组成一个因果关系和时间顺序合乎逻辑的整体:"女士们,先生们,我有一件严肃的事要宣布。尽管看起来不可思议,但是科学的观察和我们眼见的证据都导致了一个不可避免的假设。今晚登陆泽西岛农田的那些奇怪生物是来自火星入侵军队的先头部队"(Koch 1938/2009, 205)。

H. G. 威尔斯则用叙事反讽的手法,强调了人类角色对火星人行动理由的归因在最初和后期的差异,甚至小说将故事的创作和传播作为弥补这一反讽差距的手段。天文学家奥美讽刺性地把穿过地球大气层降落的外星人称作"烤得半死的人",以为火星人一开始只不过是渴望逃离他们的飞船(15)。后来,奥美被火星人用还不熟悉的热射线对准并杀死。他的死亡故事对那些后来遇到外星生物的人们是一个教训。之后,叙述者挖苦自己对火星人行动理由的推理是过度自信和信息不足,具体而言就是他错误地认为,外星人没有正确估计人类的反击能力。有大量类比用非人类和人类之间的关系去理解人类和火星人的关系,叙述者采用其中之一来挖苦自己的上述推理:"所以,毛里求斯相当数量的渡渡鸟(一种现已灭绝的鸟类)会在它的巢里称王称霸,并讨论那一船缺乏动物食物的'无情水手'的到来。'亲爱的,我们明天会把它们啄死的'"(34)。这里叙述者采用反事实的故事里套故事的方式,不仅制造出与奥美的命运相捆绑的情境反讽,还产生了一种戏剧性反讽,而后者之所以能产生是因为年轻的经验自我所设想的内容与年长的叙述自我认知的差异。[13] 渡渡鸟的比喻强调,一个人对他人动机和意图的判断可能多么错误,会产生多么严重的后果。它还说明,叙事如何提供实例或先例来增强一个人对行动理由进行适当推理的能力。反过来,通过比较未来战争的叙事,叙述者的故事作为一个整体,以及叙述者和同伴们先前"对未来的平静信心,是最富有成效的堕落之源"(179)的贬低性描述,构成了一种对人类在宇宙中的位置,以及面向其他智能生物的动机和目的的呼吁,要求一种灵活、不自满的立场态度。

如上文所述,从更加宏大或超个人的层面来看,把叙事作为建构意义的手段来重点讨论的做法强调了如下观点:故事不仅唤醒了世界,而且也介入了话语场域、再现策略范畴和一系列观看方式之中——时而也会介入一系列彼此角力的叙事中,如法庭审判、政治运动和家庭纷争(比较 Abbott 2008a, 175—192)。H. G. 威尔斯的阐述介入了由切斯尼的《多尔金之战》开辟的与未来战争叙事相关的文本传统。H. G. 威尔斯的著作基于对外国侵略的担忧,把反事实的战争故事作为警示传说。奥逊·威尔斯的广播尽管(又或许是因为)其归属位置模糊不清(参见我下面的评论),但还是介入了与 20 世纪中叶德国在欧洲的侵略行为相关的战争新威胁论的当代话语中。

- 导致一些故事世界拥有经久不衰的力量的原因何在?

如前文所言,H. G. 威尔斯的原作已经充分论证了通过各种媒介,故事可以产生多个版本。在这个意义上,与《世界大战》相关的叙事网络和故事集群构成共谋关系,利斯贝思·克拉斯特鲁普和苏珊·托斯卡(Lisbeth Klastrup and Susan Tosca 2004)将故事集群追溯至"跨媒介世界"或"抽象的内容体系,所有的虚构故事和人物通过各类媒体形式在这一体系中变为现实,或者来源于这一体系"(页码不明;引自 Ryan and Thon 即将出版;比较 Jenkins 在 2006 年对"跨媒介故事讲述"的阐述或在网络普及的时代,随着媒介整合兴起的各种形式的叙事实践)。有关心智-叙事联结研究的主要问题是,如何分辨故事能够体现类似于跨媒介再生性的普遍特质。在《世界大战》中,跨新旧媒介叙事的持久性和广泛性不仅源于 H. G. 威尔斯原作的身临其境之感,还来源于用来描述世界的模板的简洁性(因此具有再循环性)。在其最简要的框架中,模板可以描述如下:来自遥远**他地**的一群强大的主体把入侵行为规划到附近**此地**所熟悉的周遭之中;这样的入侵行为对关于环境的本土认知的改变是永久性的,这环境曾被视为理所当然,但现在却岌岌可危,因而更加难能可贵。其他同样框架简洁、被广泛修订和修正的叙事是否有可行的方法,让这种基本的行动模板为本土的情节细节扎根于新地理和文化语境提供机会,以便吸引后来的读者呢? 如果是这样,既然简洁的情节结构可能是跨媒介再生产的必要条件,但显然不是充分条件,那么有哪些其他发挥作用的因素呢?

- 在修订叙事的历史上,像与《世界大战》相关的虚构的故事世界在(众多)更大的世界相遇时,它们是如何与之发生关联的?

奥逊·威尔斯的广播剧沿承了 H. G. 威尔斯的著作,以新奇的方式复制了故事世界的结构。这表明了现实领域,而不仅是虚构情节的展开,是如何通过众多世界的冲突而形成的(参见第三章)。通过收音机广播,《世界大战》的确引发了世界(虚构对抗真实)之战,它的接受史效仿了真实世界一贯新兴的本质——换言之,通过持续不断的进程,一些世界可能掌控了其他世界,并或多或少地占领了更加宽广的领地,至关重要的是从这一进程中产生了实际结果。此外,从一些对该广播的反应中可以看出,对现实范畴和真实世界本质构成的焦虑,不仅来自诉诸军事力量的行动场域上以一个世界替代另一世界的暴力倾向的威胁,还来自故事讲述和故事阐释的行动场域上对具体情势判断的直觉的颠覆。

很显然,相比我最初针对《世界大战》研究而列举的诸多主题清单,这本书仅仅讨论其中一小部分的问题。这些问题既强调阐释是为了叙事(故事世界化),又强调叙事作为阐释经验的手段(世界故事化)(关于这一点,我会在 Herman[即将出版 b]中进一步阐释)。部分问题将重新出现在本研究之后关于其他叙事问题的讨论中,我用安布鲁斯·比尔斯(Ambrose Bierce)1890 年发表的短篇小说《鹰溪桥上》(An Occurrence at Owl Creek Bridge)的改编本来探讨叙事理解问题时(见实例分析Ⅰ)就是如此。我利用这个改编本是想探究,比起独立叙事或"一次性"叙事,故事有多个版本时叙事理解的发生会有何不同。同样,在第三章中,我使用其他几个叙事实例作为研究分析的工具,去分析与特定的故事讲述媒介相关联的约束因素与可供性,并阐释这些因素将如何影响共同建构故事世界的过程。但是我希望上述评介至少已经开始揭示研究问题的类型及其处理方式,这些研究问题通过我处理叙事与心智这一联结的双重策略而成为研究的焦点。

关于主要的假设、研究方法和主题的讨论到此暂告一段落,接着我要对本书各个章节做简要的介绍。本书中,我也会给出一些指示,表明某一章节在研究的整体结构中的位置。所以这部分仅提供本书内容概要,在文本探索方面给予读者初步引导帮助。

本书章节概要

本书第一部分为整个研究提供了概念基础,第一章为第二部分的基础,第二章则为第三部分奠定了基础。这两章都强调叙事学研究者与心智科学研究者之间应该展开更为开放、互惠的对话。在第一章中,我使用的案例研究不仅有比尔斯的《鹰溪桥上》,还包括一桩关于考古发现的丑闻,它触发了意图问题。通过这些案例研究,我重点探讨阐释者如何把行动理由归因于故事创作者——有时也归因于叙述者,此时叙述者或多或少被完全角色化了——从而实现了对叙事的理解。因此,叙事理解需要对人们在特定的叙事语境中创造和运用特定类型的叙事设计的原因进行推理;在对叙事行为进行归因时,阐释者可以利用这些事件产生的文本意义作为与故事化的世界发生关联的手段。有鉴于此,尽管我在文献回顾中指出了叙事中的反意向主义是普遍而明显的,但我认为叙事之所以能产生叙事世界,正是因为它建立在丹内特(Dennett 1981, 1987)命名的"意向系统"或命题和动机态度的集合,如相信和意向之上。相应地,我在第二章中强调,故事为理解人们何以在复杂、动态变化的社会物质环境中产生行为关联的原因提供了线索。第二章以体育报道和著名作家菲利普·罗斯(Philip Roth)的《遗产》(Patrimony)等为例,说明我称之为世界故事化的过程,从而提出叙事如何提供一个场域,使环境、事件与人,或更广泛地说,智能主体的意图、欲望和经历相吻合。我还讨论了叙事在意义产生方面的局限性和潜力,承认在与不属于叙事范畴的世界接触之前概念或非概念方式的重要性。

第一部分还包括本书中五个"实例分析"中的第一个实例,即对比尔斯的《鹰溪桥上》1969 年漫画改编的分析,我用其来重点探查第一章介绍的叙事理解的意向性方法的方方面面。我用第一个实例分析批评"叙事交际图"的反意向主义传统,反意向主义包含了隐含作者和隐含读者的概念;相反,我提出了一个替代模型,用缩写词 CAPA 来表示语境(context)、行动(action)、人(person)和归因(ascription)。不过我愿意多花一点时间来阐释使用这些实例分析的目的。这些实例的设置有策略上的考虑,它们与其说是小插曲,不如说是简洁地展示了如何充分利用讨论中的理论概念,其目的在于深化本研究作为一个整体要实现的解释目标。因此,我们将故事讲述行为的范围进一步拓宽,并提供了一个更详细地探索本书其他例子的途径,如在实例分析Ⅲ中,我再次使用第三章中出现过的威廉·布莱克(William Blake)的诗作为实例。此外,在使用"**实例分析**"一词时,我借鉴了阿特金森等(Atkinson et al. 2000)所讨论的观点,他们将这些实例分析描述为"有关陈述问题和解决问题的指示性工具;包括说明如何解决其他类似问题……实例通常以逐步论证的方式呈现解决方案"(181)。

尽管本研究中被称为实例分析的部分不一定提供叙事与心智关系研究所带来的复杂问题的解决步骤,但通过对这些问题细致的分析,我希望能够提供诸如阿特金森等(Atkinson et al. 2000)预测的那些益处,例如提高人们对某一特定研究领域中类似问题的多种解决办法的认知(同上,208)。

　　本书的第二部分建立在第一章的基础之上,确定了叙事结构的关键要素,研究这些要素如何在不同故事讲述媒介中发挥作用,并为叙事性的故事世界建构提供依据。为了探索多模态故事讲述模式或从多个符号学渠道获得的叙事形式,并对叙事世界做出更有效的探索,第三章将探讨布莱克《天真与经验之歌》(*Songs of Innocence and Experience*)中的插画诗《毒树》("A Poison Tree")、连环漫画《绿巨人》(*The Incredible Hulk*),以及几部以文字和图像形式叙事的非虚构文本(回忆录)。在分析中,此章将故事研究与心理语言学、话语分析和相关研究领域的研究联系起来,为分析不同符号环境和不同话语类型(如虚构与非虚构)的叙事理解过程建立了一个通用模型。第二部分的另外两个章节通过进一步深入探讨叙事与故事世界化问题联系的两个中心特征——用于标记叙事场景的事件视角的策略和在故事世界中呈现人物的方式——来扩展这个模型。第四章第一部分论述了詹姆斯·乔伊斯(James Joyce)1914年的小说集《都柏林人》(*Dubliners*)中几个故事的视角取向模式,论证了将视角或聚焦的叙事学理论引入认知语言学研究的益处;本章的这一部分还将回到第三章中讨论过的《绿巨人》,这一次研究文字-图像组合如何在序列中索引视角立场。第四章第二部分用伊迪丝·华顿(Edith Wharton)1934年的短篇小说《罗马热》("Roman Fever")探讨叙事视角研究与社会分布认知的关联性,反之亦然。

　　第五章介绍了一系列不同的实例,从罗伯特·路易斯·史蒂文森(Robert Louis Stevenson)1886年的中篇小说《化身博士》(*Strange Case of Dr. Jekell and Mr.Hyde*)到尼尔·布隆坎普(Neill Blomkamp)2009年的电影《第九区》(*District 9*),一方面探讨在(社会)范畴研究与性格研究之间建立更紧密对话的益处,另一方面则是为人物塑造提供借鉴。此章讨论与叙事中角色的交互如何不仅取决于特定的文化和亚文化中传播的关于人的理解,而且还有力量去重塑这种广阔的理解。如此一来,讨论就转向了第三部分的问题。第二部分还包括两个实例分析。实例分析 II 聚焦叙事如何让"故事非世界化"——通过反思性地对建构世界的方法进行了有意识的审视,而这些方法是叙事同时又提示阐释者去激活的对象。实例分析 III 探讨了另一种叙事的自反性及其对叙事理解过程的影响。在这部分,我将考察"对话场景"的结构和功能,如或多或少地扩展对话,嵌入交流,构建文本,使得布莱克的《毒树》这样的文本可以组织起故事讲述行为,从而对自身的叙事地位作出评价。

最后,第三部分重提在第二章中讨论的观点,将焦点从故事的世界化转移到世界的故事化。相应于第三章中列出的关于叙事理解的普遍模式,第六章以《贝奥武夫》(*Beowulf*)为主要实例,探讨如何将本土叙事学传统的叙事观点与心智哲学、社会心理学和其他研究领域的工作相互沟通,探究叙事作为心智赋能和心智延伸资源的可能。第七章和第八章(与第四章和第五章平行,与第三章相对)重点讨论故事和故事讲述如何帮助人类理解意义的各项活动。第七章将使用框架叙事模式,以威廉·华兹华斯(William Wordsworth)的《废毁的茅屋》(*The Ruined Cottage*)为例来研究嵌入叙事,即故事中故事的展开,探讨嵌入叙事为何不仅能促进理解过去之于当下的意义,同时也能帮助理解个人与他人行为关联的原因。第八章紧接着第七章遗留的问题,以伊恩·麦克尤恩(Ian McEwan)2007 年的小说《在切瑟尔海滩上》(*On Chesil Beach*)为例,探索叙事作为大众心理资源的作用方式。然而,在这里,我关注的不是叙事嵌入,而是叙事的瞬时性。更具体地说,我讨论叙事如何操控时间,如通过加快或减慢叙事速度,或策略性地运用非历时性的叙事方式,使故事本身变成一个理想的环境,用于模拟人们行动的理由、结构以及行为产生的后果。

第三部分中包含的两个实例分析提供了关于故事被视为智能行

为资源的视角。实例分析Ⅳ探讨了聚焦于彻底的角色转换的叙事如何构建各种意义创造活动,而实例分析Ⅴ则涉及面对面互动中的故事讲述例子——更准确地说,涉及在故事语境中使用身势语的方式,以此来研究叙事、空间和地点之间的关系。我的分析揭示了一系列方法,在这些方法中,叙事可以作为一种资源,将抽象空间重构为生活过、体验过因而具有意义的地点。最后,尾声部分结合语境阐释了我的总论点。在尾声中,我回到本导论讨论过的问题上,呼吁从多学科的研究方法转向跨学科的研究方法,对叙事和心智的关系进行讨论。

第一部分

意向性与叙事世界建构

第一章

行动理由背后的故事

在本书的第一部分中，我提出了两个互补的观点。虽然路径不同，但它们都得出了相同的结论，即故事讲述行为与人们意向的归因有着密不可分的联系。更广泛地说，叙事与行动理由的归因密不可分，而行动理由是由信念、意向、目标、动机、情感以及其他相关的心理状态、能力和性情共同组成的（Anscombe 1957/1963；Davidson 1980，3—19；Gallagher and Hutto 2008，26—28；Hutto 2007，2008；Lenman 2011）。[1] 无论是作家或电影制作人以某种方式呈现事件，还是我的朋友、同事或家人选择奉行某种行为，我都能找到动机或阐述原因。这一章探讨了第一种情况。本章认为，对故事的阐释，即我所谓的"故事世界化"过程，要求将行动理由归因于故事的讲述者或创造者。[2] 这与其说是一种要求，不如说是一种必需。关于虚构人物和非虚构人物在叙事世界中的角色归属问题，我将在第五章中详细讨论，而本章的重点是将意向（先于其他行动理由）归于作者或故事创作者这一群体。[3] 第二章探讨了第二种情况，从以阐释为目标的叙事，转向作为意义赋予资源的叙事，即从故事世界化转向世界故事化。阐释者扎根于"意向系统"[4]（Dennett 1981，1987），对故事意义作出阐述。然而在第二章中，我认为故事提供了将经验整合到意向系统的手段，或者广义地说，集中到行动理由的集合。通过这种方法，人物形象得以构建或获得。根据第二个观点，叙事为行动意向和其他行动理由的归因奠定了基础,这里的归因是与人类心智众多交集的核心问题。[5]

正如这些初步评论所表明的,本章概述的方法与 W. K. 维姆萨特(W. K. Wimsatt)和门罗·比尔兹利(Monroe Beardsley)颇具影响力的论文《意图谬误》("The Intentional Fallacy",1946/2001)中的方法大相径庭。接下来我将讨论维姆萨特和比尔兹利的文章,以及其他关于文本实践和产物的反意向性观点,是如何深刻影响了近几十年来文学叙事研究的。[6]维姆萨特和比尔兹利认为,用作者意图作为文学阐释的尺度既不可能也不可取。他们将意图谬误描述为更广义的"起源谬误"的特例之一,而这种"起源谬误"混淆了事物的本质和起源。我对维姆萨特和比尔兹利的说法提出了异议,并让叙事的学术研究与认知科学研究进行对话,强调在叙事语境中——在整个故事讲述媒介和交际环境中[7]——行动意图和其他行动理由的归因起到了关键作用。一方面,心智哲学、比较行为学、语言习得等领域的研究表明,找出行动或不行动的理由是人类进行行动推理的核心特性。相关的行动包括交际行动,如故事讲述。这些行动理由表现为命题态度和动机态度(如信念和意图)的集合。另一方面,故事分析家阐释了特定类型的文本模式是如何通过意图归因来共同建构叙事世界的。争论的焦点是,由特定文本结构所揭示的理由(不可行或可能是错误的),使阐释者能够推断出讲述行为唤起了什么样的世界,以及叙事行为得以进行的原因和结果。

首先,要指出的是,我的论点与克纳普和迈克尔斯(Knapp and Michaels 1982)对文学理论或其方法的批评是截然不同的。克纳普和迈克尔斯将文学意义等同于作者意图,认为文学阐释的意向性和反意向性方法都主张"有效的阐释只能通过诉诸作者的意图而获得",并否认"重现作者意图的可能性"。这两种方法都建立在一个不合逻辑的假设之上:

> 一旦文本意义被视作与作者意图完全相同,意图中的背景意义似乎就不太合逻辑了。正因为它不合逻辑,也就无所

谓成败了。因此,关于意图的理论态度(如意向主义和反意向主义)就无关紧要了。理论家们所犯的错误是,当两个术语实际上相同时,他们却想象着从一个术语(作者意图)转换到另一个术语(文本意义)的可能性或可取性。从一个术语派生出另一个术语无所谓成败,因为掌握其中一个就相当于掌握了两个。(Knapp and Michaels 1982,724)

因此克纳普和迈克尔斯断言,文本意义等同于作者意图。而我的重点是,在理解故事(故事世界化)和使用故事理解经验(世界故事化)的过程中,叙事文本结构是如何组织理解意义的活动或从其中浮现、"启动"的,而不是放在对意义应该如何定义上(或放在有效阐释的定义标准上)。我认为参与叙事世界建构的这些方面会对反意向性的方法,比如维姆萨特和比尔兹利的方法,产生不利影响;相反,分析家必须将故事讲述行为放在一个更广泛的生态环境中,使意义建构活动包含意图和其他行动理由的归因。哲学家丹尼尔·丹内特(Daniel Dennett 1987,1999)将这种归因与他所用的"意向性立场"联系起来(见下一节讨论)。

接下来,我将对反意向性叙事研究方法进行更详细的批评。但是,我会先从一个故事开始,来强调在叙事研究和围绕意向问题的心智科学之间建立对话的好处。这个故事阐明了人类基本倾向是探寻解读意图,并探讨了这种倾向的后果。这个故事讲述的是 19 世纪北欧的两位学者卷入了一桩关于考古"发现"的丑闻,他们的阐释恰好取决于:这一有争议的纹路究竟是人为的,还是自然环境下各种力量作用的随机结果。[8]

解读诺那摩岩(Runamo Rock)

丑闻的焦点是瑞典布莱金厄(Blekinge)的诺那摩岩。在那个时期,研究北欧文物的考古学家对该岩石产生了浓厚的兴趣。研究冰岛如尼文字的学者费努尔·马格努森（Finnur Magnússon）将这石头上的标记理解为如尼文铭文，这似乎是一项权威的研究。他早在1834年的文章就是以此为主题的，后扩展为一本742页的巨著，于1841年出版。马格努森的书中收录了一位艺术家对这些标记的素描（见图1.1）。

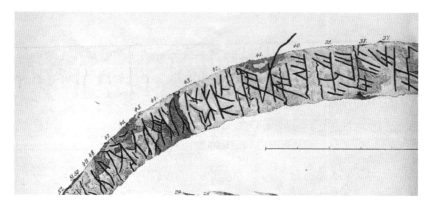

图 1.1　费努尔·马格努森的书 *Forsög til Runamo-indskriftens palæographiske Udvikling og Forklarung*（1841）中 **C. F. 克里斯滕森（C. F. Christensen）**的素描。

　　马格努森将这些标记阐释为如尼文诗句，这些诗句赞颂哈拉尔国王是丹麦王国的合法统治者，并请求奥丁神和其他斯堪的纳维亚神帮助他击败敌人（Rix 2005，601）。但是，在1844年23岁的丹麦学者延斯·雅克布·阿斯穆森·沃尔赛（Jens Jacob Asmussen Worsaae）出版的一本38页的小册子中，诺那摩岩上的印记被认为是自然产生的裂缝组成的网状结构。在这本小册子中，沃尔赛描述了他的沮丧，即在现场，他没有发现任何类似于马格努森研究中所包含的草图，并指出他委托另一位画家绘制了新的画作（见图1.2）。此外，为支持自己的观点，沃尔赛用石膏将岩石上的部分印记拓了下来。这些拓印清楚地表明，马格努森的阐释无法得到考古实证的支持。由此产生的丑闻破坏了这位年长学者的声誉，导致媒体上出现了大量讽刺漫画（Rix 2005，604）。

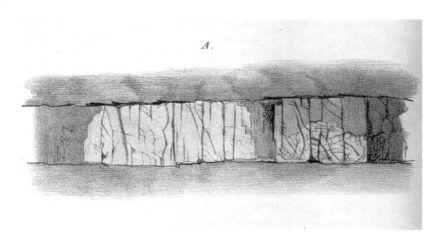

图 1.2 克里斯蒂安·O. 措伊滕(Christian O. Zeuthen)的素描,收录在延斯·雅克布·阿斯穆森·沃尔赛的书 *Runamo of Bravalleslaget*(1844)中。

正如罗伯特·里克斯(Robert Rix)在《如尼文、岩石和浪漫主义》("Runes, Rocks and Romanticism",2005)一文中所指出的那样,这一丑闻源于对过去的两种态度之间的冲突,并突出了这一冲突:一方面,浪漫主义的古文物学家从考古记录中寻找证据来验证书面文学传统中详细刻画的北欧文化传奇人物和丰功伟绩(590—594);另一方面,一种更具实证性的新方法是,考古学家们寻求发展一种缜密的描述和阐释方法,对考古学与其他硬科学(如地质学)一视同仁,而不是把考古学看成传说的附属品(596—599)。然而,在当前背景下,这个丑闻的故事也可以用于其他目的,即反思阐释策略的强大力量,这种策略基本上可被描述为意图解读。无可否认,鉴于马格努森在如尼文字学方面的训练,更不用说萨克索·格拉玛蒂克斯(Saxo Grammaticus)早在 1200 年就有了这样的阐释先例,即认为诺那摩岩包含了由国王哈拉尔致父亲的铭文(Rix 2005,595),在某种意义上,马格努森是基于前人的做法预先准备好将岩石标记阐释为所谓铭文师的有目的的交际行为。但值得注意的是,这个最初的阐释性假设对马格努森(和他的素描艺术家)的想象力产生了影响,它至少使这位如尼文字学家没有模糊自己的主张。为什么马格努森一开始就认为这些岩石是被人为因素故意改变的,却完全忽略了阐释的其他可能性?而其他线索指向了一种非人类的纯物理阐释,认为这些痕迹或多或少是随机的地质构造。我们能否将这一事件的阐释归咎于马格努森对学术名誉的渴望,或者如里克斯所说,这种如尼学阐释反映了马格努森浪漫有余、严谨不足的古文物学研究心态?

在我看来,这里的问题指向更深层的人类进化倾向,这种基本而又普遍的启发式策略随时随地都是适用的,丹内特(Dennett 1981, 1987,1991,1999)将其描述为"意向立场"。[9]总的来说,丹内特区分了三种广泛的启发式策略,它们可以用来阐释或预测对象、实体、产物或系统的行为。风险最小或者较为肯定的是物理立场。阐释者决定对象或人工制品的构造,然后用他/她所知的物理定律预测任何涉及对象的行动或事件的结果(Dennett 1987, 16)。设计立场的风险多少更大一些,持该立场的人会忽略物体、人工制品或系统的实际物理构成而把自己的解释和预测基于他们认为所讨论的实体或系统应该具有的设计功用,例如这样两种情形:人们预测,设好闹铃后,他们实际就能推断闹钟在设定的时刻会响起,或人们会以同样的方式理解响动中的闹钟。正如丹内特(Dennett 1999)所指出的那样,设计立场的阐释要求人们接受可能没有根据的额外假设,但是这些阐释所提供的预测便利能够弥补这种风险。想想看,如果一个人每次起床时都要站在闹钟前,对着其物理部件重新计算动能、力、摩擦力等等,那么使用闹钟会是多困难的一件事啊!

风险更大的是意向立场,因为其中牵扯更多假设。当采取这个立场时,你决定:

> 将行为被预测的对象视为理性主体,然后根据地位和目的找出它应有的信念,再以同样的依据找出它应有的欲望,最后预测这个理性的主体会根据信念来行动以实现目标。在很多情况下(但并非所有情况下),从所选的信念和欲望中

进行一点实际的推理,都能得出主体应该做什么的决定,这
就是你预测主体**会**做的事情。(Dennett 1987,17)

例如,人类作为有意向的系统,即行动的集合体而彼此接近。通
过对信念、欲望和理性敏锐度的归因,人类的行为可以得到阐释和预
测(同上,49)。你举止不安,而且不断地在看手表,如果我由此断定你
认为我的课很无聊,并认为你想(这是可以理解的)一刻也不要再听枯
燥的授课,那么通过肯定前件的假言推理,我会推测现在任何时刻你
都可能起身走向出口。或者,如果我是在讲课时看到这一串事件的发
生,我就能如此解读这个事件序列,而不是把它看作不相关事件的随
机组合。当然,采用这种立场的风险不可忽视:你可能不是感到无
聊,而是要去看医生,或可能只是想起把茶壶放在家里开着的炉子上
了。但是,采用这种意向立场的效率和启发式力量是不容否认的。想
想如果我试图用物理或设计立场来预测或阐释你的行为,情况会怎
样。即使这两种立场可能都会预测到你在从座位到出口路线上的相
对位置,或影响人们保持在同一位置上一般时长的设计限制,物理立
场和设计立场都不会允许意向立场给出的那种草率的推理过程。

值得注意的是,自丹内特首次提出意向立场以来,这一阐述并非
没有受到质疑。例如,加拉格尔和哈托(Gallagher and Hutto 2008)借
鉴了人类认知发展研究、关于社会互动具身实践的现象学视角和认为
智能行为产生于有机体与其环境间的功能性耦合的生成论观点(Noë
2004,2009a;Torrance 2005;Varela,Thompson,and Rosch 1991),认
为丹内特所描述的意向立场并不是针对主体间遭遇的默认方向,而是
一种特殊的态度或方法,只有在它变得实际可行时才会被采用。这些
预测的问题将稍后在本章以及第二章进行更详细的讨论。从这个角
度看,我与人互动时会采取意向立场的唯一条件是,个体发育上领先
且认知上更为基本的意义建构模式——它们是默认的、具身的、前概
念或非概念的——不足以清楚表达某人在做什么或为什么在如此做。
正如加拉格尔和哈托所说:

　　一个孩子能理解别人**想要**食物或**打算**开门,也能理解别人能**看见**他(孩子)或正**看着**门。这不是采取意向立场,即认为别人**好像**心中隐藏着欲望或信念。而意向性是通过他人的具身行动来感知的。人们开始明白,他人的动作和表达往往依赖于有意义的语用语境,并受到周围世界的调节。他人存在的初衷并不是(也从来不是)作为我们认知上遇到的对象,也不是(作为)需要阐释的对象。我们把他们看作在语用语境中形成的行动主体。(2008,23;同见 Dreyfus 1992, 235—282; Noë 2009a, 30; Searle 1983, 141—159)

　　然而,正如加拉格尔和哈托也承认,在某些情况下,这样的语用语境可能很难解析,甚至是不可用的,如一个人接触到一种不熟悉的文化习俗、一种特殊的人工制品或者毫无经验的新环境时。(为什么地中海国家的晚餐时间比北美国家晚? 为什么在英国的高级餐馆里,顾客到达后不直接进入餐厅?)在这种情况下,为了在实践中维持一个基本的理性假设,人们事实上可能采取一个立场,即如丹内特描述的那样,试图整理行动的可能理由和当下行为的模式,从而理解发生了什么。(在地中海气候炎热的下午,午餐后最好休息一下[即使不是必要的],这样就推迟了晚餐的开始时间。在那些高级的英国餐馆里,客人们先在舒适的休息厅点饮料,同时也从晚餐菜单上点菜。)同样地,在与书面叙事——包括在面对面互动语境中所讲叙事的文字转录或岩石上被解读为如尼文字的印记——的接触中,故事生产者的具身行为不会被立刻感知到,因此阐释者需要临时将文本模式映射至行动理由上,这些行动理由也许可以解释当前讨论的故事为何采用那些文本模式。

　　可以说,丹内特关于意向立场的主张可按照以下思路重组:在理解他人的行为时,意向立场不是默认取向;但在与世界接触时,如果前(非)概念性的方法失败或不能取得进展,需要更慎重合理的策略来分析行动理由时,意向立场的确富有成效,称得上最佳立场。[10] 而且,为了铺垫下一章所概述的论点,丹内特所描述的这种立场不仅与意义建构的叙事模式相协调,还从中获得了支持;在与他人的非概念性接触被证明受阻或封闭的情况下,"世界故事化"中以人为本的策略就会变得相关和有效。正如加拉格尔和哈托(Gallagher and Hutto 2008)在引用魏尔曼(Velleman 2000)关于实践理性的著作时所说,"行动理由最好被认为是'可能的故事情节元素'。……因此,明确一个人的叙事,是理解和评估动机并使行动有意义的媒介(无论所讨论的叙事是由其他来源拼凑而成的,还是由这个人讲述自己的行动理由而形成的)。这样的叙事让我们能够理解一个人的'根本原因',尽管这不是显而易见的"(27—28;见 Hutto 2007, 2008 和本书第二章)。

林恩·拉德·贝克(Lynne Rudder Baker 1987)对丹内特的观点提出了批评,认为丹内特接受了工具主义的思维方式。受物理主义的激励,这种方法的目的是将人和人层面的现象简化为潜在的物质成分、状态和过程,并试图将两者兼容。一方面,对任何系统或对象都采用意向立场的相对合理性是"实际上已经解决了的问题",其决定因素是意向立场能多有效地帮助一个人预测或阐释系统或对象的行为——"不管对象是否真的有信仰、意图等等"(Dennett 1981, 238,转引自 Baker 1987, 151)。因此,贝克认为,对致力于取消式唯物主义[11]的丹内特来说:"意向性的阐释仅仅是在设计或物理构成方面阐释的中间步骤"(152)。他认为人类是理性行动的主体,其行动受信念和欲望的规律性和规范性支配,换句话说,是"依赖于立场的";它是意向立场的产物,而不是心智本质的真实反映。因为对于取消式唯物主义者来说,像信念和渴望这样的心理现象可以被简化为与这些现象相关的潜在大脑状态(见 Dennett 1991, 369—411)。但另一方面,尽管人类理性表面上是依赖于立场的思想特征,但丹内特也暗示理性是"一种不依赖于立场的特征,是有机体本身的特征,与他人的预测策略无关"(Baker 1987, 159)。这是丹内特在讨论进化是如何塑造人类的认知能力时特别提出的。与之间不同的是,丹内特表明进化创造和改善了人类的智慧,从而通过自然选择将理性与设计联系起来。此时他"将理性视为有机体本身的特性,而不是有机体(可能)作为某种立场的对象的特性"(同上，160)。

正如下一章中更详细的讨论，贝克的观点也是针对如丹内特之类取消式唯物主义者进行批判的一部分，是针对某些取消论者提倡的以工具论观点看待心理现象的一种反击。贝克提出了人的"构成"理论。她指出，即使人是由物质粒子(集合)构成的，也并不意味着人可以还原为粒子。然而，用贝克的构成主义论取代丹内特的工具主义方法，并承认对象和活动与人类经验密不可分，这从根本上说就是依赖于意向的(Baker 2007 a,b)。上述观点略加修改后仍有可能说，在多个领域和活动中，人类经常采取意向立场来对待人、实体或产物，将其作为意向系统的实例或源头，从而采用启发式解决问题的策略，使得推理便捷，判断精简。[12] 从这个意义上说，意向立场可以促成心智哲学家们在**大众心理学**(Bruner 1990，1991；Fletcher 1995；Hutto 2007，2008)的指导下所采用的意义建构策略，我将在本书的第二章和第三部分继续讨论这个问题。丹内特(Dennett 1987)将这种大众心理学的经验法则概括为："大体上说，大众心理学认为，**信念**是人们从感知中产生的信息承载状态，加上与之相适应的**欲望**，会导致智能**行动**"(46)。因此，争论的焦点是对思维如何运作的日常理解，即人们在理解思维本身时诉诸的简单而现成的启发式。

正如延斯·布罗克梅尔(Jens Brockmeier)在私人交流时指出的，"**大众心理学**"一词的内涵具有潜在的缺陷。具体地说，它将心理学称之为"富有科学性"，而将行动归因的动机称之为"日常理解"，这种区分是不公平的(例如见 Stich 1983)。与这类贬义用法相比，我认为与大众心理学相关的概念、分类和推理过程，与广义的大众分类系统、民族植物学、民族动物学、民族语言学和其他领域的研究成果具有可比性(比较 Herman 2007b)。像这些其他的系统一样，所谓"民族心理学"包含了阐释心智的方法。这些方法需要与科学或学术心理学中的阐释法一起研究，而不是被看作一个有缺陷的先例(见 Sorrell 1991，147—148)。探索这种民族心理学的方法如何影响过程的叙事理解和叙事如何反过来构建民族心理学的域界(见第二章和第三部分)，可以促成叙事研究和其他相关领域研究之间的新交流。这些研究领域关注大众心理学的范围和本质，包括心智哲学、认知心理学、演化心理学、社会心理学、认知语言学以及语言习得的研究。这样的对话在文学叙事学研究领域中显得尤为重要。在下一节中，我将讨论反意向主义的偏见，该偏见起初是由对"意图谬误"的新批判主义的责难所驱动。后来索绪尔的语言理论在这一领域的研究中脱颖而出，获得结构主义叙事学家的青睐，进一步激化了这种偏见。

　　进化和发展的观点进一步阐明，关于意图的推论在人类的意义创造活动中具有中心性和普遍性；因此，在多种行动理由中优先关注意图，并将其融入对叙事理解的研究中非常重要。之前我讨论过有关主体间参与的具身和前（非）概念性模式重要性的研究，这项研究恰当地包含了来自多个研究领域的发现。这些发现表明，在阐释自我和他人的行为时，意图解读或采用意向归因立场，无论是对人类的系统发育或人种级别的遗传，还是对个体发育或个人发展，都起到了关键的作用。一方面，认知行为学（Allen and Bekoff 1997；Griffin 1976/1981；Ristau 1999）和进化心理学（Barkow, Cosmides, and Tooby 1992；Williams 1966）相关领域的研究将人类把心理状态和性情归因于同种个体的倾向视为一种进化的认知能力——在复杂的社会环境中被证明具有适应性的能力。因此，根据马基雅维利智力假说（Machiavellian Intelligence Hypothesis，有时也称为"社会智力假说"），人类需要参与协商复杂而多变的联结活动，这大体上塑造了人类的认知过程。该假说是以尼古拉斯·汉普弗雷（Nicholas Humphrey 1976；比较 Byrne and Whiten 1988；Whiten 1999）的研究为基础的。这一社会要求特别重视的能力是，将心理状态和性情归于特定目标个人和群体，并为战略目标而有意欺骗。这种马基雅维利式动态发挥作用的过程如下：我认为你有实现目标 X 的意图，然后，为了提高我自己实现 X 的机会（并减少你的机会），我故意欺骗你，让你认为我的意图是实现不同的目标 Y。

　　另一方面，迈克尔·托马塞罗（Michael Tomasello）提出了意图的

（相互或递归）归因在个体发展过程中如何发挥关键作用。在他扎根于社会互动、基于使用的语言习得论述中，托马塞罗强调了共同注意框架的发展重要性，以及在这些框架中推断对话者交际意图的过程（Tomasello 1999, 2003; 同见 Claassen 2012, 107—111; H. Clark 1996; Evans and Green 2006, 136—140）。在托马塞罗的描述中，"语言参照是一种社会行为。在这种行为中，一个人试图让另一个人把注意力集中在世界的某件事上"（Tomasello 1999, 97）。因此，儿童是通过理解"有意义的共同注意场景中成人的交际意图"来习得语言的（108）。[13] 孩童熟练地运用符号再现来表达意图，以操纵他人的注意力焦点，同时他们认识到成人的交际意图也指向同一个目的：

> 当孩童在一个共同注意场景中使用特定的符号，试着分辨成人的交际意图，学习语言符号的常规用法时，他们发现这些被称为"语言符号"的特殊交际工具的特点有二：一是具有主体间性，因为所有使用者知道这些符号的使用是与他人"分享"的；二是具有视角观，因为它们体现了一种情况的不同形式，可以阐释为不同的交际目的。（Tomasello 1990, 132）

正如托马塞罗同样强调的那样，当一个人在这样一个共同注意场景中实施一个交际行动时，他不仅要让别人意识到他想要表达的是什么，还要让别人意识到他表达行动的意图是什么（同上，94—133; 见 H. Clark 1996, 129—132; Grice 1989, 217）。因此，如果一个孩子和她父母正在整理房间，当孩子问某样物品摆放到哪里时，孩子不仅是要让父母了解其话语的命题内容和言外之意，也是展现其交际行动的意图，在这个例子中，交际行动意图的呈现方式就是提问。[14]

　　更普遍的是，解读意图在人类认知系统中起着基础性的作用。无论是就其物种进化的结构或共时评价而言，还是从个体发展来看，马格努森对诺那摩岩上如尼文字的阐释只是个人或集体的错觉而已。然而，马格努森的阐释源于一种意向立场的倾向。这种倾向经过了时间检验,使用意向导向的启发式(如果已经具体化了,与世界相关的前概念式就不再可用),直到证据显示这种半自动化应用已不再适用。从这个意义上说,只有那些愿意违背人类认知原理的人,才能推翻如尼文的阐释。此外,里克斯(Rix 2005)提出截然不同的世界观。他认为诺那摩岩丑闻也可以完全被重新定位,从意向立场转向物理立场来描述,或者反之。意向立场所提供的推理捷径代表了认知效率程度的重大突破。可以理解的是,人类有一种内在的偏好,认为现象来自意向系统——直到大量证据迫使他们作出其他阐释。[15]

但如果诺那摩岩的故事指出了意向解读的先天倾向,而意向性又是人类系统发育以及个体发育的标志,那么在某些叙事探究的领域,特别是以文学叙事为主要研究对象的领域,意图归因的倾向与反意向主义的偏见是否能握手言和? 在某种意义上,这里的问题与马格努森-沃尔赛争端中利害攸关的问题正好相反。在一些现象中,意向立场是一种不恰当的启发式策略。叙事性文本不属于这类现象,而是被固定在意向系统中,该系统允许使用那些超越物理立场和设计立场的阐释策略。在下一节中,我将简要回顾近年来叙事研究中反意向主义的一些来源,即英美形式主义、早期法语叙述者所借鉴的结构主义语言模型和后结构主义框架。这一框架继承并激化了结构主义者的非(反)意向主义观点。我还认为,布思(Booth 1961/1983)的"隐含作者"概念,对形式主义批评家如维姆萨特和比尔兹利提出的反意向主义论点,作出了毫无根据的让步。然后,我再次强调,我自己致力于一种严格的意向主义却更简约的解释模式。根据这一模式,对叙事的理解取决于作者或故事创造者——有时是叙述者(取决于给定文本的结构),这往往是可推翻的或可能是错误的。叙事理解也就依赖于此。[16]

我转向了另一个说明性叙事,从诺那摩岩轶事转到1890年安布鲁斯·比尔斯的短篇小说《鹰溪桥上》(Bierce 1909/2004),目的是更详细地指出反意向主义叙事研究方法的局限性,同时突出此处提出的意向主义模式的优点。故事围绕美国内战期间南方邦联的拥护者佩顿·法夸被绞死之事。法夸想象自己被吊在铁路桥上时绳子断了,这样他就能逃回家了。我的方法以一种假设开始：阐释者将文本线索映射到比尔斯的故事世界中,方法是在每个人的头脑中临时构建文本模式,即提供作者(有时是叙述者)的动机来构建当前的文本模式。在概述这种以意图为导向的叙事理解时,我是在为第二章作准备,其中要探索相反的问题,即叙事为理解故事世界中的智能主体的行动(尤其是情境动机)是如何提供方法的。

反意向性在叙事探究中的来源与表现

如前所述,维姆萨特和比尔兹利(Wimsatt and Beardsley 1946/2001)在其学科的重量级论文《意图谬误》中写道,以作者的意图作为文学阐释的标准既不可取,也不可能。维姆萨特和比尔兹利反对新批评主义以前的文献学和传记方法,试图通过突出客观、可公开观察到的文本特征,为批评实践奠定坚实的基础。在阐述论点时,维姆萨特和比尔兹利提醒要避免意图谬误表现出来的几个问题:

- 将作者的设计智慧(也是这首诗的目的)与其评判或阐释标准混淆起来;因此,根据维姆萨特和比尔兹利的观点,意图谬误是广义上"起源谬误"的特例,即混淆了事物的本质和起源;
- 错误地认为人们可以出离诗歌为作者的真实意图寻找证据;
- 将诗歌与"当且仅当我们正确推断意图时才有效的实用信息"混淆(1375);
- 将文本中表达的思想和态度直接归咎于传记作者而不是文本中的讲话者(在叙事中,讲话者就是叙述者)。

这些评语既加强了赫尔曼等(Herman et al. 2012)对维姆萨特和比尔兹利的批判——例如,参见第47页和第226—227页——同时又为实例分析 I 中的分析奠定了基础。

首先,值得注意的是,《意图谬误》将诗歌作为一种误读意图的范例。这种策略留下了一个问题,即交际意图的归因在长篇叙事(无论是散文还是诗歌)中的作用是否与抒情诗中的作用相同。其次,在区分诗歌与实用信息时,维姆萨特和比尔兹利的观点可能会被指责具有循环性,他们认为实用信息比诗歌文本"更为抽象"。在这里,他们提出了区分诗歌/文学信息和实用信息的标准,即对意图推论的依赖程度,而这正是他们用同样的对比想分离出来的特征。另外还要注意的是,"成功"一词在相同语境中的歧义。日常话语中交际成功的标准究竟是什么?这些标准与文学话语语境中成功交际的标准又有何不同?事实上,我认为文学叙事中的交际,一方面依赖于与日常故事讲述相同的一般推理过程,另一方面也需要量身打造一种交际情境。在这种情境中,信息设计下的意图起着特别突出的作用。

最后,在维姆萨特和比尔兹利的文章之后的研究说明为什么要对混淆作者和叙述者的做法提出批评。一方面,勒琼(Lejeune 1989)和科恩(Cohn 1999)等学者强调,作者和叙述者的同一性或非同一性可以被视为叙事体裁的标志,或者是将给定的叙事分配到一般类别的结果。因此,根据勒琼(Lejeune 1989)自传契约的概念,作者与叙述者之间的同一性标志着非虚构类体裁,如历史、传记和自传;相较而言,非同一性则标志着虚构叙事,这在狄更斯的《大卫·科波菲尔》(David Copperfield)[17]等虚构自传中得到了证实。这些问题将在第三章中得到更详细的讨论。另一方面,在虚构小说的语境中,当叙述者是隐蔽的或无特征时,沃尔什(Walsh 2007)质疑区分作者和叙述者的必要性。在赫尔曼等(Herman et al. 2012)中,我同样认为"叙述者"的范畴会因为某个叙事行为的特点变得或多或少更为明显(例见 47—48)。例如,比尔斯故事的叙述者,不仅仅是躲在幕后安排事件发生,同时也围绕正在进行的行动展开陈述。因此,如下段中第二、三句的描述,有一种从虚构世界的细节中游离出来的神秘感:"上尉(监督法夸的绞刑)双臂抱胸而立,正对着河岸,默默地看着那一方队士兵,没有做任何示意。死神显贵,当它宣告它的来临之时,必须以合乎条理的举动来迎接,以示对它的尊重,即使是那些对它并不陌生的军人也要如此。在军人礼仪的代码中,沉默和专注便是表示遵从的形式"(Bierce 1909/2004,第二段,译文出自安布鲁斯·布尔斯《鹰溪桥上》,程闰闰译,重庆大学出版社,2013年,第3页,译名有所调整,后同)。法夸自己提供了回顾鹰溪桥事件的描述,这给了叙述者特殊性和显著性。即便如此,比起参与更大叙事事件的叙述者(而非比尔斯所指的交际意图),这种特殊性和显著性显得微不足道。

更广泛地说,作为一种最近几十年文学研究领域里的"既定"成果,维姆萨特和比尔兹利的描述有助于阐释为什么韦恩·布思(Booth 1961/1983)提出"隐含作者"这个关键概念,以及这一概念通过"叙事交际图"模型对文学叙事研究持续的影响。[18] 作为一种折中的形式,隐含作者允许文本设计——即读者、观众或对话者将其阐释为文本特征的非随机模式——通过找出设计主体的意图来加以阐释。但是,这些阐释性归因现在被转移到一个(文本标记的)角色或人物的模拟心理上,其推理的交际目的和更大的价值取向为阐释叙事行为提供了修辞语境。大体上来说,这种分析策略就意图而言堪称一举两得(比较 Kindt and Müller 2006,49—50)。它允许"隐含作者"概念的支持者在叙事文本中谈论交际目的和设计,但不会落入维姆萨特和比尔兹利所谓的意图谬误陷阱。

然而,人们只要不承认解读作者意图是一种起源谬误,就不再需要诉诸隐含作者并把它作为叙事学的一种变通方案。这种方法既不会陷入意图谬误,同时又把文本阐释为交际行动的结果。这种交际行动像所有其他行动一样,有自己特定的原因。许多分析家认为,行为(behaviour)和行动(action)虽然都有物理或物质方面的原因,但只有行动才涉及理由,即一个行动主体为何选择某种方式的行动,而非其他可能的方式。[19] 虽然对什么物理机制和过程**导致**了讲述者的行为进行探究是有可能的,但当一个人进入叙事行动的领域时,关于为什么或**理由**的问题就变得息息相关了(比较 Gibbs 1999,21—22)。行动理由可以被分析为一系列相互关联的信念和意图(或者更普遍地说,命题和动机态度)。例如,对于我未能在社会意义上承认你,你可能把它归因于：（1）你觉得自己冒犯过我；（2）通过我对你的冷淡，我意在向你表示我已了解所发生的事；（3）希望你也了解我的想法。因此，维姆萨特和比尔兹利提出，当他们基于意图归因作出阐释时，也就等同于承认了起源谬误的产生。因为找出原因来阐释叙事行动，这跟用他/她为什么那样做的理由来阐释其粗鲁行为一样，相当于混淆了这种行动与其因果起源。然而，它确实是行动本质的一部分，因为它如何产生或起源于一个或一组理由，涉及意图及其他动机和命题态度，这是可以阐释的。

因此，布思提出"隐含作者"的概念，使得读者能够推断在叙事文本中表现出来的交际意图和目的，同时避免违反维姆萨特和比尔兹利的反意向主义限制。在我看来，更好的解决方案是从一开始就质疑反意向主义的前提，以免把叙事阐释放在可推翻的或可能错误的推论范围内进行。该推论有关作者的交际意图，而非隐含作者的。[20] 从这个角度看，像比尔斯这样的叙事行动，可以基于其所产生的文本表现进行分析，就像其他行动可以从它们的理由来分析一样。有鉴于此，我们能获得一个嵌套的行动结构：局部的文本选择服务于更广泛的叙事世界的目的，而该目的又嵌套在更广泛的再现目标生态体系中。例如，我认为比尔斯的意图是唤起与虚构绞刑有关的一系列行动和事件。然后，这一系列行动和事件让比尔斯详细描述一个形而上的反事实场景：在被绞死之前的一瞬间，故事角色幻想着逃离这种命运。[21]更全面一点讲，法夸的逃离幻想可以说有助于比尔斯塑造一个理想化和浪漫化的角色，而这种理想化和浪漫化可视为战争本身的根源（比较 Davidson 1984, 48）。因此，故事第二部分的开头是：

佩顿·法夸出生于亚拉巴马州一个有些历史和名望的贵族之家，是一名家境殷实的农场主。他做事果敢，像其他的奴隶主那样热衷于政治，自然而然地成为了最早的南北方分裂主义者，并且狂热地投身于南方的政治事务中去。由于专横傲慢的性格（这里就不再赘述），他未能如愿成为一名军人,在那场毁灭性的战争中展现他的英勇,那场战争最终以科林斯城的沦陷而终结。这种无法施展抱负的境地使他恼怒,他渴望着自己能大展拳脚,渴望军旅生涯,渴望出人头地的机会。(Bierce 1909/2004,第八段,地名有所调整,后同,译文出自安布鲁斯·布尔斯《鹰溪桥上》,程闰闰译,重庆大学出版社,2013 年,第 5 页)

或者,再次转回故事,对其中可见的文本模式进行更细致地描述。叙事理解——即故事世界化的过程——需要可修改的临时答案来回答问题,这些问题与比尔斯为什么使用特定的叙事策略相关。比尔斯不按时间顺序编排事件,而在故事的第二部分里添加了一个倒叙或闪回,具体地说,就是回到法夸与联邦便衣侦察兵的互动,这使法夸企图破坏铁路大桥,结果行动失败,故事开头他在那座桥上被绞死。为什么比尔斯要以这样的顺序来叙述?就此而言,为什么比尔斯在故事展开的过程中没有更早地指出,法夸想象中的逃跑只是想象或跟事实相反,并不是真实的?同样地,为什么文本在故事世界中会不断地转换时间点,使法夸脱离其有利的叙事视角?毕竟,比尔斯本可以利用斯坦泽尔(Stanzel 1979/1984)提出的作者叙事情境使叙事脱离法夸的特定视角;或者用斯坦泽尔所说的人物叙事情境将所有的事件都通过法夸的知觉过滤,因为他在故事世界中是占据特定视角的"感知者"或意识中心(参见第四章对斯坦泽尔想法的进一步讨论)。

关于这个故事的非时间顺序叙事,[22] 我想比尔斯认为(在这个虚构的世界中)可以通过价值观和态度来部分解释法夸目前的困境,也就是引起法夸行为最终招致绞刑的原因。我还认为作者希望突出法夸的价值观、态度和选择对他当前遭遇的影响,包括通过他的幻想展现的与事实相反的场景。法夸逃跑幻想的非现实状态被延迟揭露,关于这一点我认为是比尔斯有意放大故事结局所产生的震撼效果。直到结局才透露叙事文本的细节,这使读者能够将逃跑事件解读为一个被原始故事世界掩盖的想象世界。更确切地说,比尔斯通过这种方法创造了一个诱导性叙事（Jahn 1999b）。要脱离这个（特意创建的[23]）诱导，读者必须重新建构故事世界，为逃跑事件分配一个非事实的模态和促使读者进行这种重新判断的线索，这些线索让他们把故事结尾的残酷场景视为真实而非想象："佩顿·法夸死了；他那折断了颈部的尸体正悬在鹰溪桥后面的横木下轻轻地摆动"（译文出自安布鲁斯·布尔斯《鹰溪桥上》，程闰闰译，重庆大学出版社，2013 年，第 13 页）。最后，叙事在作者叙事和人物叙事构成的连续体上不断转换，我由此认为比尔斯的目的是让读者在故事世界的广义解读和狭义解读之间穿梭。这在一定程度上凸显了讽刺对比：与法夸逃跑幻想相关的强烈情感——恐惧、解脱、欢乐和惊奇——最终在不可阻挡的大环境下，变得毫无意义。

很明显，对比尔斯叙事方法的各种动机，这些只是初步粗略的描述。这是阐释者根据《鹰溪桥上》中的文本模式，将其归因于比尔斯的叙事特点。更完整的描述需要更精确地判断归因的过程、激发这些归因的文本设计、命题态度（相信、怀疑或想象 x）和动机态度（对 y 的渴望、厌恶或冷漠）的配对，这有助于构成归因的动机。但我相信，我的讨论将确保在此进一步推进更广泛的主张：不管维姆萨特和比尔兹利等形式主义者的反意向主义观点如何，各种叙事都可以作为一种交际行动模式，采用这种模式来推断作者（有时是叙述者）的行动理由不仅是相关的，而且是必要的。[24]

结构语言学和结构主义叙事学

紧跟反意向主义英美新批评派的步伐，结构主义叙事学家也开始开展一项研究，该研究对意向立场同样不友好，甚至可能更不友好。经典叙事学试图把索绪尔以符号为中心的结构语言学作为研究范式，其反意向性在很大程度上来源于此。作为 20 世纪 60 年代法国结构主义的产物，经典叙事学试图详细阐述个体叙事信息的潜在符号或语言，即特征和对比体系，据此故事接受者能够识别叙事话语并对其进行正确识解。以所谓的法国结构主义先导科学（Dosse 1997，59—66）

（即结构语言学）为模型，叙事学的设计目的不是关注叙事组织系统的含义，而是关注如何产生含义，更具体地说，是关注它们如何具备作为叙事的含义（同见 Prince 1995b）。相反，后索绪尔时代语言理论的发展强调，对语言系统的某些特征——言语行为、会话含义、语篇回指、会话中的话轮转换规则等，必须根据它们在各种交际语境中可能发挥的作用范围进行研究。例如，奥斯丁（Austin 1962）区分的言内行为和言外行为不能在没有交际意图的情况下阐述（比较 Knapp and Michaels 1982, 733）。因为言外行为只是一串符号再现，用于实施特定交际目的，如询问、主张、要求等。关于语言结构和交际语境之间界面的最新研究表明，语法系统产生于语言使用中的迫切需要，而不是先前的调节性交际行为（Ginzburg 2012；Hopper 1988, 1998）。与之相反，早期的叙事学家一般试图在叙事文本中引入一种以符号为中心的语言，而这种语言缺乏分析故事的必要资源。关键是，他们所依赖的模型导致无法考虑按叙事组织使用的语言是如何与意图（先于其他行动理由）适配并用意图来阐释的。

与此相关的是，结构主义叙事学家也没能抓住叙事的指称属性，因为指称是出于特定原因而进行的一种交际行动。如果行动本身要成功或"通过"，就必须将其廓清和解析。正如我在第三章中详细探讨的那样，结构主义者对叙事指称问题的忽视，部分原因可以追溯到索绪尔语言理论中对指称对象的排斥，[25]而以能指和所指取代。索绪尔语言理论也被早期的叙事学家当作范式。与之相反，在过去的几十年中，叙事话语的指称潜力或创造世界的潜力，已经成为叙事理论最基本和最持久的关注点之一（Abbott 2008a, 160—164；Doležel 1998；Emmott 1997；Gerrig 1993；Herman 2002, 2009a, 105—136；McHale 1987；Pavel 1986；Ronen 1994；Ryan 1991, 2001a）。这里所说的世界，既指虚构文本中想象的世界，可以自给自足，也指非虚构描述的世界，其主张会被证伪。然后，阐释者能够使用文本模式来探索故事世界，其规则依赖于对交际意图的推断。争论的焦点是，印刷体叙事故事的读者、面对面讨论的对话者和电影的观众如何使用（按顺序呈现的）符号线索群来建构叙事世界。相关的意图导向的规则是这样发挥作用的：阐释者将给定的叙事暂时归入虚构或非虚构的范畴，然后进一步鉴别体裁和次要体裁；此外，特定的媒介可以为讲述者提供意图，去推断世界或所述世界的结构、居民和时空的情况。[26]

除了依赖于能指和所指、话语和故事的二元模型，结构主义者消除指称对象的另一个原因是他们认为**语言**比**言语**更重要。也就是说，语言系统超越了个体的言语行为，而个体言语行为必须通过语言系统才得以实现或有可能被理解。托马塞罗（Tomasello 1999，2003）描述如何在共同注意场景的语境中，使用语言系统来表达交际意图。当分析者关注点不在此，而是在于语言系统时，他/她会自然忽略叙事语境中的世界创造过程。这里的问题是，叙事是如何提示阐释者将话语模型或故事世界作为参照目标的。可以说，要确定这些目标，只有把意向立场作为一种阐释性启发式，假定给定的文本或话语可以建立在意向系统——具体地说，就是一组交际意图上。

比尔斯的《鹰溪桥上》也可以再用来强调这种阐释性启发式的重要性，尽管它被结构主义叙事学家淡化或完全否定。基本上，参与叙事需要为文本模式设计特别提示，引导阐释者（必要时）填补建构心理世界的维度；同样，在参与给定叙事所需的范围内，接受者使用这些文本特征来架构关于故事世界，如**何时**、**何物**、**何地**、**何人**、**如何**和**为何**等方面的问题答案。这将在第三章中作更详细的讨论。（我将在下一部分中重述这里使用的模糊限制语的意义，如"必要时""在参与文本所需的范围内"。）直接相关的问题涉及：相对于叙述时刻，所述事件是何时发生的；相对于其他所述事件，某一事件是何时发生的；所述世界上有何种环境和实体；参与所述情况和事件的行为个体或多人的概况，他们的行事动机及参与手段。因此，读者可以从《鹰溪桥上》的开场白分析，假设比尔斯打算用一些表达方式，如"一个男人""湍急的流水""对他行刑的人""联邦军队"等，或一些指示词语，如"下"，这些表达方式需要借助相关的故事世界来落实，而不是比尔斯本人在创造文本时所处的世界，或读者在阅读时所处的世界（同见 Herman 2009a，112—118）：

亚拉巴马州北部的铁路桥上，一个男人站在那里俯视着桥下二十英尺处那湍急的流水。这人的双手被人用绳子绑在身后，一根绳索紧紧地套在他的颈部，绳索的另一端被系在他头顶上方交叉着的架子上，一段绳子松松垮垮地垂在他的膝盖处。铁轨枕木上铺着几块木板，他和对他行刑的（联邦军队的）一名中士和两名列兵就站在上面，那名中士在入伍前曾经做过副郡长的职位。（括号内文字为笔者所加，译文出自安布鲁斯·布尔斯《鹰溪桥上》，程闰闰译，重庆大学出版社,2013 年,第 2 页）

读者也可以以过去时态动词为线索，将行动置于当前叙事的时刻之前，从而将文本特征映射到故事世界的**何时**维度。同时，意向立场或归因于比尔斯实际设计文本的方式（见实例分析Ⅰ）的临时原因，使得"亚拉巴马州北部"等地名和"联邦军队"等显著的历史描述可以指导在**何时**、**何地**、**何物**、**如何**维度上的映射，即使**何人**与**为何**还不明晰。

更重要的是，先预告一下第三章的讨论，这种意向立场也阐释了故事接受者如何定位不同话语类型中叙事世界的总体差异。具体来说，问题在于虚构和非虚构故事世界的区别。比尔斯故事的副文本（paratext）[27]和特定文本本身的特点一起决定了阐释者是如何在参与故事的同时，投身于指示转移（Segal 1995）或叙事传输（Gerrig 1993）的过程。这则故事最初发表于 1890 年 7 月 13 日的旧金山《观察家报》（*Examiner*）（Owens 1994, 83），随后收入比尔斯 1891 年出版的《士兵和平民的故事》（*Tales of Soldiers and Civilians*）选集。各种类型的叙事促使读者共同建构并在想象中重新定位到故事世界；但在虚构叙事（沃尔顿[Walton 1990]所描述的虚拟游戏与瑞安[Ryan 1991]的虚构重定位过程）中，阐释者将自己重新定位于一个自治的，或如多勒泽尔（Doležel 1998）所说的"主权的"世界。换句话说（正如我在导论中初步讨论的那样），在这种虚构的世界中，与其他描述交叉对比从而证明代表情境和事件是虚假的，这是一个范畴错误。这种对虚构语境中世界建构的理解，与最近的一些研究相吻合。这些研究表明，有必要将谓词"虚构"与"虚假"分离开来。这样一来，虚构叙事的范畴就与事实叙事完全不同，因为事实叙事同时包含真假描述（见 Abbott 2008a，145—159；Cohn 1999；Genette 1991/1993；Gorman 2005）。因此，将比尔斯的叙事作为小说阅读时，读者对它的定位要有所不同。因为如果把它当作鹰溪桥事件的历史叙述，通过适当的努力该事件就可能被证伪——例如，通过发现法夸被绞死的另一种叙述。[28]构成《鹰溪桥上》故事世界的情境和事件既不是真实的也不是虚假的，而是虚构的。要以恰当的方式对文本进行定位，就需要确定比尔斯想要将其归为哪一类范畴。引用戈尔曼（Gorman 2005）的定义："虚构叙事是一种[29]有意为之而非有意欺骗的虚假话语"（163）。因此，对叙事的理解需要将整体性的、与其类别相适应的交际意图赋予作者。这种交际意图进而规范了用来理解文本的世界建构规则。

在这一点上，请对比亚瑟·佩罗努·福特（Arthur Peronneau Ford）1905 年出版的自传性记述《南方邦联军中生活琐记》（*Life in the Confederate Army*）实现的世界建构程序。此书以两种方式标示自己参与了事实性话语类型：不仅通过自己的副书名——'南方邦联军队中一名列兵的个人经历'，还通过开篇一段意在让人产生真实感的提醒语句：

> 以下描述是我在 1861—1865 年美国内战期间，在南方邦联军队中作为一名列兵的服役经历。它不涉及战役、军事演习或作战计划，只涉及一名普通士兵的日常生活和他所观察到的有限事物。（7）

因为副文本和文本特征标志着福特的叙事是事实性的，而非虚构的，读者有权判断福特的描述可能是真实的或虚假的。而比尔斯的作品不同，是有意为之而非有意欺骗的虚假描述，因此原则上不能被证伪。我的论点是，能够作出这样的对比——拥有建构世界规则的全面能力——决定性因素在于：通过故事讲述及其衍生产物采取意向立场。

附记：文本可供性和叙事世界建构

下一小节我将讨论后结构主义的方法如何扩展和推进反意向主义的假设，这些假设为结构主义叙事学提供了基础。但在这个附记中，我首先回到前面小节中使用模糊限制语结构的原因。在前面的小节中，我论证了阐释者将叙事文本模式作为线索来填补心智上建构的故事世界——"必要时"或"在参与给定叙事所需的范围内"——用哈钦斯（Hutchins 2010）的话（同见第六章）说，这些模糊限制语是为了表明，本研究中呈现的叙事世界建构的描述与最近研究之间的兼容性。后者描述的心智不但是具身的和扩展的，而且是由它们在更大的"认知生态系统"中的位置构成的。

与早期认知科学的趋势相反，这一最新研究的特点是，心智的特征不是无实体的心理再现，脱离于广阔世界的内心舞台（见 Clark 1998；Thompson 2007, 4—8），而是具体的动态互相作用，这种互动存在于智能主体及其广泛的行动和交互环境中。因此，瓦雷拉、汤普森和罗施（Varela, Thompson and Rosch 1991）建议使用"生成"这一术语，表明"认知不是由先前的心智构成先前的世界来再现……而是以人类在世界上实施各种行动的历史为基础，生成一个世界和一个心智"（9）。据此，理论家们提出了生成主义的，或生成主义启发的情感（Thompson 2007, 360—381）、视觉和其他知觉模式（Gibbs 2005b, 42—78；Noë 2004；Noë and Thompson 2002；O'Regan and Noë 2001）及意识（Noë 2009a；Hutto and Myin 即将出版）描述。这些描述都有一个共同的重点，即强调意识体验不再被描述为瞬间的、图像式的内部再现，而是来源于主体及其所处环境之间的功能性耦合，并受其引导。世界给出特定可供性，有机体参与世界活动。这种主体与环境的相互作用，以及由之产生并起反调节作用的意识体验，就是通过这种方式得以实现的（同见 Gibson 1979；Uexküll 1934/1957；Warren 2006；第二章）。[30] 在诺伊（Noë 2009b）的构想中，世界呈现给人类的可供性是根据人类自身的有机体结构作出的，所以"我们不构建世界的内部模型——思想上、知觉上都不构建。世界就在那里,就在我们身边,因为我们有能力去认识它,伸手触碰它或去和它搏斗"(138)。

　　通过类比,在讨论故事阐释者"在参与给定叙事所需的范围内"使用文本模式来架构关于故事世界的**何时**、**何物**、**何地**、**何人**、**如何**和**为何**等问题的回答时,我的意思是说,叙事的接受者同样利用文本线索作为与相关故事世界协商的可供性。在阐释者参与叙事的过程中,并不是故事世界中所有这些维度都具有同等的相关性。正如在其他类型的主体-环境互动中有些可供性会更显著一些,这取决于主体与世界关系史的某一阶段中主体的目标或要求。树木为炎炎夏日提供了阴凉,但它们也阻挡了西红柿、菠菜或草莓生长所需的阳光。同样,在叙事中,要识别谁由于什么原因采取什么行动时(见第五章),人辖域中的文本提示尤其显著。而在其他阶段,当我试图确定一个给定的事件在哪里展开,或者与事件 y 相比,事件 x 何时发生时,关于时空描述的叙事线索可能提供最显著的可供性。还有一些情况下,某些类型的文本可供性会因为对文本类型的期望值而被优先考虑,比如当我开始接触一篇标记为侦探小说或玄学侦探小说的文本时(Merivale and Sweeney 1998)。但我主张,在更广泛的范围内,叙事理解涉及的文本提示,被策略性地部分映射到故事世界的维度,文本可供性的相对显著性也受到特定叙事使用目的的限制(比较小说沉浸式阅读与对相同文本进行批判分析)。同样地,主体当前的迫切需求和他与整个世界更为丰富的互动经历会促使他从所有可能获得的资源中选用那些会支持他当前目标和需求的环境特征。[31]

　　本研究将文本设计视为建构叙事世界的(更显著或不那么显著的)可供性,这与近来其他试图采用生成主义观点的文学叙事研究大体一致(例如,Caracciolo 即将出版,审稿中;Herman 2011b;Troscianko 2010)。但有些明显的变化值得注意。首先,生成主义模型的原始形式直接来源于生态学(Gibson 1966,1979)和生物学的心智模型(Maturana and Varela 1980),因此需要其他分析资源来研究物质和社会文化的可供性是如何从主体-环境的互动中产生和构建的(见

Gibson 1966，26—28；Heft 2001，206，327—370；Hutchins 2010，708；Laland and Brown 2002，241—286；Laland，Odling-Smee and Feldman 2000，135—139）。因此,本研究审视了叙事设计是如何提供可供性来创造、摧毁和重塑世界的,目的是将具身心智的模型整合到社会心理学研究、可以上溯至维果茨基的文化历史活动理论和其他关注世界建构实践的社会文化方面的研究框架中。[32] 此外,不同活动中可供性的显著性是可变的,我对这一点的强调不仅基于文本,还基于文本之外的东西。这一关注可以与特洛先科（Troscianko 2010）的主张相比较。她认为,某些文本设计策略比别的策略更具有"认知现实性"（165）,这样,"当我们将与视觉意识的工作和本质相关的现象学观点应用于文学分析时,我们发现有些文本更直接地影响认知和知觉过程"（153）。

在弗兰兹・卡夫卡（Franz Kafka）所著的《审判》（*The Trial*，德语名为 *Der Prozeß*）的开篇,虚构世界的细节是如何按要求出现的——在评论这一点时,特洛先科（Troscianko 2010）大体上认为,"由卡夫卡文本引发的阅读过程……基本上是生成性的。卡夫卡的作品触及了从根本上来说是非线性的、非图形化的知觉过程,正是通过知觉的生成作用唤起了虚构世界,直接激发了读者的想象力"（159）。然而,特洛先科不仅仅用生成主义概念分析卡夫卡极简主义叙事方法的相关性,她还继续将这些方法与现实主义作家,如特奥多尔・冯塔纳（Theodor Fontane）的方法进行区分:"他的小说开头总是详细描述行动发生的场景"（160）。特洛先科认为,"场景设置基于以下假设,即我们需要口头叙述的'图片'描绘场景,这样我们可以生动准确地想象它们——这（策略）（在读者的脑中创建图片）就像实际上看到这些情况,因为观察者在脑海中创建图片时就能亲身体会到这种场景"（160）。她通过对比表明,被最低限度唤起的"卡夫卡式虚构世界是引人注目的,因为它比传统的现实主义世界更具有认知现实性,而传统的现实主义世界是通过线性、累加和整体化的回溯叙事过程来唤起的"（165）。然而,在我看来,这一说法似乎为认知现实主义设置了过高的门槛,因为在生成主义模型中,环境的不同潜在特征或多或少地取决于主体的背景、情况和目标。从这个角度看,那些现实主义小说中的场景设置策略可以作为文本模式特征,突出故事世界的**何地**、**何物**维度。这就跟人或动物在陌生的环境中寻求坐标一样,会利用带有当前定位目标的线索。因此,**所有**产生可供性的文本模式都可以与生成主义对知觉的描述一致,而知觉作为对世界的熟练探索过程,特定的叙事方法需要各种技能或专门知识与之对应。接着,在此发展起来的描述中,各种各样的叙事——包括卡夫卡和冯塔纳的——构成了更广泛的认知生态系统的一部分。在这个生态系统中,人类主体根据自己利用可获得的文化物质可供性的方式占据着特定的生态位。

从 2012 年 3 月开始的电子邮件往来中,通过回应这份附记的草稿,特洛先科将描述进一步语境化和细化。她认为,在使用场景设置策略的现实主义文本中,"绝不会总是存在一个文本给定的视角来展示'动物在尚不熟悉的环境中努力建立自己的坐标',据我所知,'何地'和'何物'的维度总会受到具体偏见的影响。然而,文学现实主义往往试图通过知觉的某种表现(总是主观的)给人一种客观的印象,而不带有现实世界中具身行为产生的限制和强调"。特洛先科在这里提出了一些重要的问题——这些问题本身就值得单独研究。但是斯坦泽尔(Stanzel 1979/1984)的想法为初步的反驳提供了基础。重要的是,在斯坦泽尔的模型中,[33] 第一人称和第三人称或作者叙事情境之间存在结构上的相似性;在这两种情境中,讲述者都在协调所报道的事件。在第三人称或作者叙事的现实主义文本中,故事世界中**何物**和**何地**的维度有时可以被解读为对讲述者而不是对故事世界中被告知的智能主体具有显著性。从这个意义上说,阐述的场景设置模式可以与讲述者的尝试相联系起来。讲述者试图通过某种模拟或效仿读者自身定位的方式,与所述世界相关联。相反,这种场景设置方法在叙事中出现的次数越多,读者就越倾向于使用这些文本可供性来建构故事世界的情境视角,从而将一个具有某些特征的讲述者形象的知觉轮廓赋予叙事主体。

大体来说,本附记讨论的问题将在第三章变得特别相关。在第三章中,我将扩展本章概述的方法,讨论在所有故事讲述媒体和叙事类型中世界建构的规则。我关于这些规则的描述是建立在文本设计和故事世界维度之间的映射关系之上,即一种新兴的、概率性的、基于显著性的关系。[34] 这样一来,在故事类型、创作者的猜测意图和阐释者参与文本的历史的广泛约束下,接受故事的人吸收各种不同的文本可供性来探索叙事世界。但是,在本书的第二部分继续讨论所述的映射关系之前,我先回到本章的重点,即意图的归属,它使文本模式能够被解读为参与故事世界的提示。更准确地说,对于叙事探究中反意向主义的来源和表现,我会继续进行研究和批判。

从结构主义到后结构主义

像雅克·德里达(Jacques Derrida)之类的后结构主义者从结构主义前辈那里继承了前一小节中所述的观点,即语言系统脱离于语言使用中的交际意图和指称意图。结构主义者已经证明,**语言**与**言语**的分离、语法与言语行为的分离,具有非常宝贵的分析意义,例如,研究不同语言中特定标记或发音(狗、汪汪、犬)与特定概念("狗")之间的任意性联系。然而,语法系统与情境话语的分离应该与启发式策略区分开来,或者更确切地说,应该对照着考虑。这些启发式策略指导其他基于语言或涉及语言的实践,包括文学叙事和非文学叙事的产生和阐释。后结构主义方法强调把语言符号的结构从交际实践的大生态环境中分离出来,并把该结构作为阐释单个文本的模板,激化了与法语国家结构主义相联合的反意向主义。这是一个原则问题,反对用阐释学的术语来表述其发现,也就是说,反对以规定的形式进行阐释。

例如,在《结构、符号和游戏》("Structure, Sign and Play")中,德里达对所谓的"先验所指"的批判(Derrida 1966/1999, 83—86;比较Derrida 1967/1976, 44—73),可以看作结构主义模型的遗产。德里达在阐述解构主义项目时借鉴了这些模型。语言作为一个差异系统,没有任何背景或中心。这是结构主义者关注的焦点,这种关注部分意义上改变了结构本身的概念。德里达(Derrida 1966/1999)认为,一旦

"语言入侵普遍性问题……一切都成为一个系统,其中中心所指、原始的或超验所指绝不存在于差异系统之外"(90)。反过来,假设"先验所指的缺失无限扩展了意义的领域和发挥"(90),这推动了特定的阐释学程序:给定文本的前景化特征使得其可能的阐释有可变性和可修正性。与此相反,以使用为基础的语言结构模型关注能指、所指和指称对象。在这种三位一体的框架中,阐释的可变性呈现出一个新的面貌。这种可变性不是阐释的目的所揭示的,而是语言实践与不断变化的特定交际活动语境相结合的手段。因此,正如上一节所讨论的那样,托马塞罗(Tomasello 2003)以使用为基础的模型将可迭代的符号再现扎根于共同注意场景。从这个角度出发,语言学习者首先要掌握如何在计算特定交际意图时解析语言再现。这种解析是暂时性的,并且会经历反复试验和错误。意图又涉及策略,将符号再现与所讨论的场景特征相关联。然后,语言新手(或使用不熟悉结构的老手)测试他们的计算在多大程度上可以推广到其他具有相同或类似符号串的语境中。因此,阐释的可变性不再是读者与文本接触的结果,而是情境化交际实践过程的一部分。通过这一过程,情境化交际实践形成了一种新兴的语言系统或符号,同时也被这种语言系统或符号所塑造。

比尔斯的故事也可以用来强调,阐释的可变性并没有削弱叙事语境中的意向立场,反而增强了其相关性。例如,请看一下比尔斯故事结尾中的一段。这一段叙述了法夸幻想逃脱的最后时刻:

> 到夜幕降临时,他已经走得精疲力竭,腿也酸痛无力,饥肠辘辘。可是,一想到他的妻子和孩子们,他又竭力地继续向前走。最后,他终于找到了一条通往他家里的路。那条路像城市里的街道那样笔直而宽阔,可却像是无人从此处通行过。路的两边并没有田野,也没有房屋,连一声能表明有人居住的犬吠声都听不到。树木那黑沉沉的躯干在路的两侧构成了两堵笔直的树墙,一直延伸到地平线的某一点,像透视画课中的一个图例一样。透过树梢的缝隙抬头仰望,天上

的星星又大又亮,闪着金色的光,不像常见的那样,它们以一种奇怪的布局排列在天幕之上。他能肯定这些星星奇异的排列之中透露出一种隐晦的邪恶。两边的树木间充斥着一种奇异的声响,一次又一次地重复着,清晰可辨,却是以一种他无法听明白的语调在轻声地耳语。(译文出自安布鲁斯·布尔斯《鹰溪桥上》,程闰闰译,重庆大学出版社,2013年,第12页)

　　可以肯定的是,这段文字中令人不安的意象——"路的两边并没有田野,也没有房屋""奇怪的布局""透露出一种隐晦的邪恶""一种他无法听明白的语调在轻声地耳语"——证明它被设计为衡量法夸情感状态的一种手段。读者可在令人不安的意象基础上,沿着如下轨迹定位法夸目前的情绪:他先是在以为绳子断了时感到震惊,然后是沿着鹰溪漂流时因躲开士兵射击而兴高采烈,最后是我们当前讨论的段落中写到的他所处(想象出的)环境状况带给他的恐惧和焦虑。但在这个广泛归因框架中,阐释者可以将情节的发展与主人公的情绪状态变化相关联(比较 Hogan 2011, 28—67)——根据这篇文章,怎样才能确定比尔斯交际意图的范围呢? 例如,比尔斯在第七句中提到"树木那黑沉沉的躯干"形成"笔直的树墙",是为了促使读者将法夸的命运追溯到他对奴隶制的支持,还是说这一所指与具体的历史无关? 同样地,在倒数第二句中提到神秘而邪恶的星群布局排列,是否意在暗示法夸本人对现实世界的种种限制有着不安的认识,而这些限制很快就会让他的幻想以如此残酷的方式终结? 还是说法夸对星星邪恶意义的焦虑并不清晰或确定?

　　在比尔斯叙述的其他段落中,归因过程就没有那么紧张:故事的开头详细描述法夸是如何被执行死刑的,第二部分叙述法夸是如何被联邦侦察兵诱捕的。但在上述被引用的段落中,可以说比尔斯以这样一种方式设计文本:它邀请读者进入所谓阐释学问题的空间,并使用意向立场来生成可能的方案,解决阐释问题。例如,如何阐释树木那黑沉沉的躯干组成的笔直的墙和星星的神秘和邪恶? 在这一章中,我提出对各种叙事的阐释,无论是文学还是非文学的,都需要采取意向立场。但《鹰溪桥上》的选段指出文学叙事的一种独特功能:不要排除将意图归属于作者或故事的创造者的可能性,或认为这样做没有意义,而应该关注参与意图归因的过程,加强这方面的意识,增加可能归因的数目,进而使文本阐释的可能策略更多元化。反过来,如比尔斯这样的协商叙事文本,促使人们更广泛地依赖意向立场,将所说的或所做的与各种交流环境中发生的事情结合起来。[35] 或者,从另一个角度来讨论这个问题:在之前的研究中,我强调了研究叙事世界的建构如何将文本线索可变模式的限制与对故事世界的推断相关联是非常重要的(Herman 2002, 12; Herman et al. 2012, 153—154);给定叙事会有不同版本的阐释,这些限制会影响它们的分歧或趋同程度。然而,在这里我要强调的是,为测试叙事世界创造者的意图归属,这种变化的模式本身是如何提供机会,从而在整个交际语境中,在反复试验的基础上,提供了一种方法来提高用于计算意图的技能。[36]

对比德里达在《签名事件语境》("Signature Event Context")中强调的观点,他断言"语境永远不是可绝对确定的,或者说,语境的确定绝不会是完全无疑或饱和的"(Derrida 1972/1988, 3)。这一论断也可与本节所述的研究方法联系起来,即分析家将语言系统的各方面同启发式策略分离开来,这些策略支持在特定交际环境中的语言使用。[37] 虽然说,语境绝不会饱和——换句话说,使用意向立场作为推论捷径不可能避免阐释和预测人们在特定情况下的交际行为和其他行为的所有风险——但这条附加条款的确证实了以下主张:采用意向立场为阐释通常的语言实践提供了重要参考资料,对文学(和其他)叙事尤其如此。用德里达的术语来说,在《鹰溪桥上》那些极具暗示意味的段落中,解读意图本质上并不是一种以理性为中心的行为。相反,只有当分析者将交际意图归因的启发式策略看作一种绝对安全的阐释或预测方法时,解读意图才会以理性为中心。在此概括的叙事理解的方法中,对交际意图的推理从本质上说是可推翻的,或存在着潜在错误。即使阐释者努力阐释叙事文本的意义,这种可修改的临时意图一直贯穿于这一过程中(同见实例分析Ⅰ)。

结语：叙事探究中的意图再现

在这一章中,我认为,将叙事的学术研究与心智科学的思想进行对话,强调了重新思考反意向主义的必要性。这种反意向主义建立在对叙事的形式主义和结构主义以及后结构主义的看法之上。我用比尔斯的《鹰溪桥上》来指出这些观点的局限性,并提出与之相对的彻底意向主义的优势。我还提出,像"隐含作者"这样的概念可以被看作反应的形成元素,这种反应是由反意向主义方法引起的。为了恢复讨论交际目的和作者设计的能力,而又不与维姆萨特和比尔兹利的反意向主义禁令相悖,布思(Booth 1961/1983)的描述限制了交际意图推断的范围,以隐含作者,一个介于传记作者和叙述者之间的影子代理人的模拟心理学替代意图。然而,我在这一章中已经指出,布思在采取这一步骤时,对反意向主义者作出了太多让步。[38] 与布思的方法相比,在有时被称为"假设意向主义"的框架中,分析家可以在更广的范围内推断交际意图。这样"叙事的意义是鉴于创造的语境通过假设作者可能的意图所确立,而不是依赖于或者试图寻找作者的主观意图"(Gibbs 2005a,248;同见 Kindt and Müller 2006,172—176)。假设意向主义又可与所谓的"实际意向主义"区分开来(Kindt and Müller 2006,176—178;同见 Carroll 1992;Livingston 2005)。实际意向主义甚至允许对交际意图进行更广泛的推论;但正是由于这个原因,这种方法仍然容易受到"理性中心主义"的指责,因为它忽略了意向立场的基本启发式,并把(假定的)作者意图看作意义的"万全保障"。

在本研究中,我追求一种不同的策略,在叙事探究的背景下对意图进行重现。我的目的不是为交际意图的合法归属找到界线或一个临界点。在这个临界点上,这些归因成了非法映射,将读者直觉映射到假设作者的意识上——因为如果按照这种方式进行,可能会进入反意向主义者设定的条件的辩论。相反,为了促进叙事研究和心智科学之间的进一步对话,我描绘了在本章开头提出的研究假设带来的启示:意图和其他行动理由是可推翻的归因,它们不可避免地与经验相交织,经验和各种叙事活动是支持或被支持的关系。因此,在第二部分讨论叙事理解的过程如何需要将文本线索视为共同建构叙事世界的提示时,我直接将其建构在本章概述的论点之上。我的主张是,当阐释者将文本模式映射到故事世界的各个维度(**何人**、**何物**、**何地**、**何时**、**如何**和**为何**)时,他们是基于这样一种假设:所述模式源自(产生文本的)行动理由,即由设计该叙事的个人或人们所实施的行动。

然而,在讨论这些问题之前,我在第二章中描述了我使用的研究意向性和叙事世界观方法的另一面,从而为第三部分奠定基础。因此,第二章不是把故事描述成需要以理由为基础才能被解释的行动结果,而是把它作为一种手段,以建立一种理由的基础结构来解释人的行动。[39]

实例分析 I

CAPA 模型：超越叙事交际图

在第一章中，我用比尔斯的《鹰溪桥上》对叙事研究中反意向主义的各种变体进行批判，认为将交际意图归因于故事创作者是叙事理解的基础。尽管这种归因是可以取消的，甚至可能是错误的。在第二章的分析中，我改变了论点，提出叙事将意图和其他动机暂时归因于故事世界里的人物，用这种方式来解读经验。相应地，我在第一章中对反意向主义的批判服务于更大的目的：探讨在建构叙事世界的语境时，对意向性的关注如何为叙事学家和认知科学研究者之间的对话提供新的机会。在第一个实例分析中，我把"鹰溪"作为主要案例研究，继续探索这种跨学科或学科间的对话，[1] 旨在揭示归因实践是如何在任意叙事媒介中支持介入叙事的。具体来说，我关注的是鲍勃·詹尼(Bob Jenney)和阿奇·古德温(Archie Goodwin)根据比尔斯的故事改编的漫画(Jenney and Goodwin 1969)，该漫画 1969 年发表于漫画杂志《怪诞杂志》(*Eerie Magazine*)上。[2] 我的一个主要观点是，彻底的意向主义超越了产生于"隐含作者"概念的叙事理解模式。"隐含作者"这一概念最初是对文学的反意向主义阐释的一种让步。

从叙事交际图到 CAPA 模型

如前所述，布思(Booth 1961/1983)关于隐含作者的观点是对维姆萨特和比尔兹利(Wimsatt and Beardsley 1946/2001)在《意图谬误》中反意向主义立场的回应。相比之下,我认为,对这种反意向主义的主张应该从根本上进行攻击。对这些主张可以进行反驳,表明它们如何与相关研究相悖,包括心智哲学、比较行为学和语言习得等研究领域。这项研究表明,对包括故事讲述等交际行动的**行动理由归因**是人类推理的一个核心特征。归因行为表现为一系列命题和动机态度,如信念和意图。反过来,通过拒绝承认对作者意图的解读是起源谬误的一个实例,人们就不再需要诉诸"隐含作者"的概念。它也是一种避免意图谬误的策略,同时允许人类将文本解读为由特定原因造成的交际行动产生的结果。相反,阐释者对叙事文本的解读过程,从一开始就可以把它看成充斥着对意图可修改的、临时的归因。这些归因,从本质上来说,是可还原的,或者可能是错误的。我的主张是,这种对意图归因的必要性及可取消性的双重强调使我们不再需要引入一个隐含作者来阐释当前的归因实践,从而消除了以"隐含作者"的概念为前提的叙事交际模型的基础。[3]

在这里,我的批评目标是所谓的"叙事交际图"。它将叙事行为分析为三个层次:最外层是真实作者和真实读者,下一个层次是隐含作者和隐含读者,最后是叙述者和受述者。图 I.1 再现了查特曼(Chatman 1978)极具影响力的模型版本。

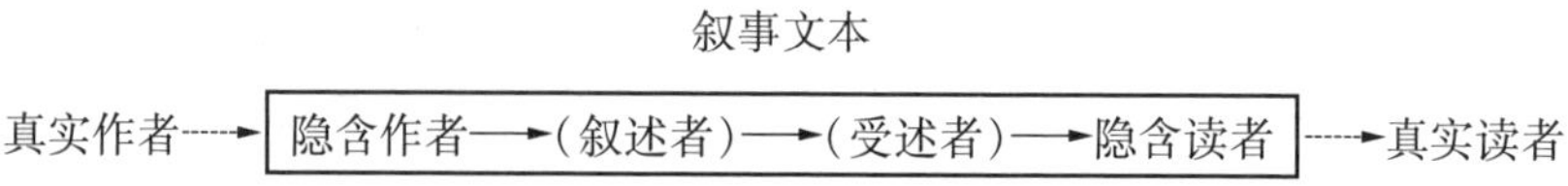

叙事文本

真实作者----→ |隐含作者——→(叙述者)——→(受述者)——→隐含读者| ----→真实读者

图 I.1 查特曼的叙事交际图(Chatman 1978, 151)

用该模型的术语来说,比方说,生活中实际上有个名叫"安布罗斯·比尔斯"的人。他 15 岁离开他俄亥俄州的家,在一家废奴主义者报纸《北印第安纳》(*Northern Indiana*)(Joshi and Schultz 2003, 16)做印刷工学徒。后来,他在美国内战中加入了联邦军。1890 年,他在旧金山的《观察家报》上首次发表了《鹰溪》("Owl Creek")。同样,一个真实读者,即使看过詹尼和古德温的漫画,对比尔斯的原版故事有可能熟悉,也有可能不熟悉;而在漫画 1969 年首次出版时,有可能看过,也有可能没看过;对文本的叙事结构,有可能密切关注,也有可能没有密切关注;如此等等。同样在查特曼的叙事中,如图 I.1 所示,真实作者和真实读者都处于叙事范围之外,尽管查特曼也说他们"在最终的实际意义上对叙事而言是不可或缺的"(Chatman 1978, 151)。相比之下,叙事范围内的参与者除了叙述者和受述者,[4] 既包括隐含作者(被定义为"叙述者及一切叙事的产生规律……正是这样,隐含作者建立了叙事的规范[148—149]",还包括隐含读者(被定义为"作为叙事本身前提的观众"[150])。[5] 在后面的研究中,分析家对查特曼的说法提出了质疑和修改。因此,对于费伦(Phelan 2005, 38—49)来说,在撰写特定叙事时,隐含作者是真实作者所采用的角色或"第二自我"。这种标签使他转移到了文本之外的位置,而隐含读者则留在文本内部。然而,我认为,对于叙事交际图,与其进行具体细节的争论,还不如对其更广泛的历史和概念基础进行重新评估。在我看来,这个交际图不仅增加了启发式结构,还使之具体化。这些结构对支持共建叙事世界的推理活动的阶段或方面进行描述,但不是理解故事的先决条件。这一点在交际图中变得模糊不清。[6]

我认为,从本质上讲,正是通过反意向主义,交际图为阿尔弗雷德·诺斯·怀特海(Alfred North Whitehead 1927/1956, 58—59)所描述的"错位的具体性"问题打开了一扇门。当探究模型的启发式状态变得模糊或被遗忘时,这个问题就会出现。交际图禁止将意图归因于作者或设计叙事的人,同时也赋予隐含作者执行力,即可知的行动理由,两者是成正比的;而原为启发而设计的实体也因此被具化为文本阐释的基础。这可以参见我关于费伦的讨论和拉比诺维茨(Rabinowitz)对马克·吐温(Mark Twain)的《哈克贝利·费恩历险记》(Adventures of Huckleberry Finn)的分析(Herman et al. 2012, 226—232)。但是,一种公开的意向性叙事解读方法避免了这种错位的具体性。从这类方法所提供的角度来看,各种叙事行为使得阐释者对叙事设计者的行动理由作出的推断,是可还原的或可能错误的。如果没有关于行动理由的推断来提供叙事设计的信息,就不可能有故事世界的建构,那些假设的原因也不可能有确定性。相反,对一个文本中的特定模式用法,只有可还原的意图和其他行动理由的归因。这种归因支持阐释者的努力,用于建立和重建叙事世界。在进一步的文本和语境信息中,通过持续努力,该世界的轮廓可能改变:某个叙事原本被认为是生命写作的一个实例,结果却包含杜撰的事件,因此可以理解为故意设计误导读者(Frey 2003);一篇叙事文,最初被认为出自一位作者之手,后来却被证明是另一位作者代写的;或者是关于合作文本的更多信息(比如詹尼和古德温改编的《鹰溪》或 1962 年导演罗伯特·恩里特[Robert Enrico]改编的法语电影《鹰溪桥上》)成为可用信息。只有找到更为详细的演变理由,才能对文本进行重新分析。[7]

因此,我提出的论证分为两个部分来驳斥基于"隐含作者"概念的模型。第一部分的观点是,隐含作者的想法源自适应反意向主义立场的努力。我相信,一开始就应该对它质疑。叙事行为原因可以临时归因于作者或故事的创造者,并在此基础上进行世界建构。论证中相关的第二部分是,对隐含作者的讨论需要将推理过程中的一个阶段具体化或实体化。若阐释者把回忆重新理解为欺骗,或意识到图像叙事或电影如何通过多个贡献者的协调行动(和行动理由)来实现联结,我就不需要通过大量增加说明性的实体来阐释这些改编的版本,以求将文本中或借助文本隐含的作者与实际创建文本的作者(或作者集合)区分开来。相反,我可以假设,只有作者或故事创作者产生特定叙事的理由,才是阐释者在与文本接触的过程中,甚至是在接触文本之后,可能需要去重新语境化从而以不同的方式进行解读的。

与此同时,这种方法对叙事语境中读者角色的描述也产生了重大影响。简而言之,我在这里主张的是一种没有隐含作者的意向性理论,因此也就没有隐含读者(对比 Iser 1974)。隐含读者是一种简称,指的是对特定的阐释者来说,可积累形成一个或多个文本特征的推理许可范围。因此,这种启发式结构也受制于错位的具体性。诉诸隐含读者可以产生这样一种印象,即一系列推理的结果实际上却是推理的原因或前提。叙事性理解,即故事世界化,并不依赖于真实读者进入隐含读者的角色。相反,真实读者和隐含读者的界线在于使用某人对叙事文本的理解,将那些与文本适切相关的推论和那些不能与文本相关的推论区分开来。然后,为了启发或阐释的目的,将隐含读者定义为对所有不适切的推断免疫。但这一理解本身需要进一步阐释。它不是提供而是预设一个标准,判断根据一组特定的文本线索,可允许的或适当范围内的推理是由什么构成的。换句话说,在诸如隐含读者的读者类别基础上建构的阐释性论断回避了基本问题,即关于建构叙事世界的适切条件的问题。[8]

不同于图 I.1 中叙事交际图所提供的方法,我认为,通过使用其他描述性和阐释性词汇可以规避这类困难。沿着这些思路,对于叙事理解,我的方法脱胎于一种严格意义上的意向主义而又极简的阐释性模型,简称"CAPA 模型"。这个模型包含了用于阐释的**语境**(包括关于叙事语体的知识、作者以前的作品、关于骗局或代写实例的揭示);在这些语境中的故事讲述**行动**及由此产生的文本,后者为世界的建构和探索提供了条件(在前述意义上);实施叙事和阐释行动的**人**;以及可还原的**归因**。相关人物实施这些行动,由此产生了叙事结构。根据这种语境,对叙事行为实施者的交际意图和其他意图的归因是可以还原的。我提出这一模型作为叙事交际图的替代方案。可行的假设是:所有社会交际过程,事实上所有交际互动,都可以用 CAPA 模型来分析。此外,不管是反意向性的描述,还是基于叙事交际图的模型,都不可避免地会出现问题,但我认为 CAPA 模型避开了这些问题。CAPA模型的优势包括以下四点:

(1)它假定,将交际意图归因于故事创造者,远不是与叙事阐释过程无关,而是深植于成为一个能够识别他者的人的基本要求。这里我提到的想法将在第二章专门讨论。弗里茨·海德(Fritz Heider 1958)、P. F. 斯特罗森(P. F. Strawson 1959)、彼得·霍布森(Peter Hobson 1993, 2002, 2007)和其他人的著作中提到,只要我把观察到的行为视为个人的行为(或其结果),我就会根据归于这个人的心理谓词和物质谓词来理解发生了什么。我认为,当涉及"作家"这一子类所实施的叙事行动该如何理解时,这一命题同样成立。"作家"被宽泛地定义为文学作家、漫画创作者、电影制作人和其他故事制作人。

(2)它阐释了叙事交际图所针对的现象,但用到的阐释实体的数目减少了,而且不依赖隐含作者或隐含读者的观点。换句话说,叙事交际图所能做的事情,这个模型都可以做,所需成本更少,而且还避免了标准图所涉及的不良性预设和衍推(见以下第4点)。

(3)关于叙事阐释和日常推理的过程,它提供了一个更统一的全景图。同时它也为两方面提供了一个单一的框架:一方面是针对叙事世界建构的研究行为,另一方面是针对叙事世界中角色的非语言行动和语言行动。

(4)它一直关注关于故事创造者意图的推断——推断局部文本选择以及更整体性的再现目的背后的理由——是如何从可还原的、受制于语境的归因实践中产生。与此相对,如果模型假定隐含作者和隐含读者不再关注这些结构及相关结构,那么模型本身就可以从叙事阐释中产生,而不会作为外部的准自主性力量去限制从何种文本线索和文本模式中可以产生何种推断。

在下一节中,我将使用詹尼和古德温(Jenny and Goodwin 1969)改编的《鹰溪》,来演示 CAPA 模型在处理特定的叙事文本时是如何被使用的(同 Herman et al. 2012,228—232)。CAPA 模型将叙事世界建构的研究作为一种交易过程(或实践),但不考虑叙事交际图中存在问题的方面。它再次强调了其优势在于,将故事研究与心智科学的重要发展进行对话。

利用 CAPA 模型:再探《鹰溪》

詹尼和古德温(Jenny and Goodwin 1969)将比尔斯的故事改编成了漫画,实际上是利用漫画的资源,以叙事的形式呈现了他们自己对《鹰溪》的诠释。为了做到这一点,漫画的共同创作者们共同建构故事世界,相关信息在语言轨和图像轨之间进行分配。这是建立在他们与比尔斯的原创单轨文本进行合作和叙事互动的基础上。[9] 图 I.2 是六页改编本倒数第二页中的前三幅图,其中詹尼和古德温修改了比尔斯故事第三部分结尾段落的部分。在这个幻想的逃跑场景中,法夸"冲上鹰溪的斜坡""跳入森林",比尔斯在小说中这样写道:

图 I.2　选自鲍勃·詹尼和阿奇·古德温对《鹰溪桥上》的改编,第 26 页。
Eerie © 2012 New Comic Company LLC.

　　那一天,他都依照着太阳往前走。那片森林太过茂密,像是永无尽头,他到处都找不到一个可以休息的地方,甚至都找不到一条樵夫走过的小道。他这才知道,自己竟然在这样一片荒野的地域里生活着。想到这里,他感到有些离奇的可怕。

到夜幕降临时,他已经走得精疲力竭,腿也酸痛无力,饥肠辘辘。可是,一想到他的妻子和孩子们,他又竭力地继续向前走。最后,他终于找到了一条通往他家里的路。那条路像城市里的街道那样笔直而宽阔,可却像是无人从此处通行过。路的两边并没有田野,也没有房屋,连一声能表明有人居住的犬吠声都听不到。……

即使是这样的难受,他还是在行走的时候睡着了,看到了另一幕场景——或许他已经从精神混乱的状态中恢复过来了。他站在自己家的门口,所有的一切都像他离开时一模一样,在清晨的阳光下,一切是那么的明亮绚丽。他肯定是走了整整一夜。当他推门从那条宽敞干净的过道里穿过时,他看到了女人的衣裙在飘动;他的妻子,还是那么的清新甜美,正从门廊中走出来迎接他。她走下了台阶,脸上带着不可言喻的愉悦笑容,那种气质简直无与伦比!啊,她多么的美丽啊!他伸开双臂冲过去。(Bierce 1909/2004,译文出自安布鲁斯·布尔斯《鹰溪桥上》,程闰闰译,重庆大学出版社,2013 年,第 12—13 页。)

在创作改编这一部分时,詹尼和古德温必须决定从故事中呈现什么视觉信息,保留什么语言信息,以及在从源叙事到自己的目标文本的过程中如何协调这两种信息轨。如图 I.2 表明,詹尼和古德温选择将改编的语言内容分为两个领域或分域:一部分是图片顶部的文本框,复制于比尔斯的原始叙事(但改变或省略了其他元素);另一部分是关于思想和言论的气泡,使用直接引语,表示法夸的情绪或话语。这在比尔斯的故事版本中是找不到的,或至少没有相同形式的呈现。[10] 漫画对信息进行了删减,删去了比尔斯有关法夸关于战争的浪漫想法和他同情南方政权的下场(参见第一章倒数第二节)。可以说,比起比尔斯的最初描写,以上这两种策略使读者与这个角色更紧密联系。这里对法夸的态度和动机运用批判、讽刺的写法,在故事的第二部分中尤其如此。换句话说,尽管詹尼和古德温的改编版确实把法夸的刽子手描绘成联邦士兵,从而提供了展开的行动的内战背景,但它也在一定程度上使鹰溪事件脱离背景。或者更确切地说,漫画在某种程度上弱化了法夸行动的社会历史背景,而更倾向于将背景更牢固地锚定在他个人和家庭的经历中,图 I.3 的第一张图生动地展示了这一点。

图 I.3　选自鲍勃·詹尼和阿奇·古德温对《鹰溪桥上》的改编,第 27 页。

Eerie © 2012 New Comic Company LLC.

正如图 I.3 所示,詹尼和古德温使用漫画媒体的资源,不仅纠正(和重新改变)了他们认为是比尔斯源叙事的关键元素,而且还创建了一个有凝聚力的故事复述。因此,图 I.3 中第 3 至 6 幅图与图 I.4 的四幅图相呼应。同时,通过对比这两处漫画的最后一幅图,突出了法夸反事实的幻想世界和实际世界的差别。在实际世界中,绞刑的绳子并未断开。值得注意的是,詹尼和古德温在这里采用的也是比尔斯原著中的诱导性叙事方法。与比尔斯的版本一样,没有文本特征将较早的漫画(图 I.4)标记为假想的而非实际的。

图 I.4   选自鲍勃·詹尼和阿奇·古德温对《鹰溪桥上》的改编,第 24 页。
Eerie © 2012 New Comic Company LLC.

然后,在理解詹尼和古德温的文本时,漫画的读者不仅必须理解文字和图像所描绘的事件性质和含义,还必须理解支撑艺术家们自己对比尔斯叙事的阐释原则或规范。因此,在漫画改编版初次发表时(发表于一份 20 世纪 60 年代中期开始刊载恐怖漫画的杂志),读到它的读者对漫画文本的体验与那些现在回头读它的读者可能不同;同样地,事先读过比尔斯文本的读者对漫画改编版的体验也可能与那些没有事先读过的读者不同,会将其作为一种"一次性"叙事作品来阅读。但是,怎样才能最好地阐释这两个问题呢? 对于这个故事的漫画杂志版本,有着不同背景知识的读者如何作出潜在可变的反应? 詹尼和古德温对比尔斯的故事作出了阐释,而现代读者对詹尼和古德温的文本也进行了解读,这两者之间存在什么关系?[11]

为了解决诸如此类的问题,叙事交际图增加了阐释实体和阐释层次,这是最初把隐含作者假定为一种基本假设所必需的。因此,正如第一章中提到的,隐含作者的概念将意图归因于设计者,使文本设计得以阐释。尽管如此,这些说明性归因现在转移到(文本标记了的)某个角色或人物的模拟心理上,从这些角色或人物推断出的交际目标和更大的价值取向为解读叙事行为提供了修辞语境。在这个模型中,必须给隐含作者一个知觉和态度的侧写。在这个侧写中,作为视觉艺术家的詹尼和作为作家的古德温汇合,共同构成他们的故事讲述(或故事复述)。同样,该模型促使改编版的阐释者提问:其隐含作者的个人侧写是否与比尔斯原著中的相匹配? 在这里,进一步的问题浮现出来:改编版的隐含作者是否假定目标读者——改编版的隐含读者是熟悉比尔斯文本的? 更明白地说,比尔斯的隐含读者与詹尼和古德温的读者相比孰高孰低?

我认为,这类问题产生于它们所属的阐释机制。这在某种意义上是由反意向主义论点所规定的,这些论点从一开始就塑造了叙事交际图。相比之下,着眼于对叙事提出新的问题,并用跨学科的新策略来解决这些问题,将交际意图(和其他行动理由)归因于在特定叙事语境下执行叙事的人,我不认为这种可还原的归因属于维姆萨特和比尔兹利(Wimsatt and Beardsley 1946/2001)所描述的"意图谬误"。全面启发式结构由 CAPA 最简模型替代,包含交际图的产生和接收。我认为,不诉诸作者和叙述者之间的影子主体为讲述归因,这是有可能的。围绕詹尼和古德温文本或比尔斯自己的叙事有着不同的阐释,增加读者或观众的种类来阐释这一多元现象,是没有必要的。(对于这个问题**可**再去看第一章倒数第二部分关于文本益智功能的评论,如比尔斯的文本促进阐释的可变性。)相反,CAPA 模型可以用来说明阐释实践,其基础是为特定的文本设计以及与改编过程密不可分的更大、更全局性的阐释问题给出理由。模型还可以重复使用,探测这些叙事世界中由故事讲述者所述的世界与交际行动及其他行动之间的关系,因为在允许将行动理由归因于所涉人物的语境中,故事世界里的人们同样执行着言语和非言语行动。[12]

　　因此,在文本局部细节的层面上,当涉及图 I.3 中最后一张图和图 I.4(选自前文)之间的对比时,前者是绳子未断,而后者是绳子断了,我暂时把提示读者的目的归因于詹尼和古德温,目的是“对照”两处漫画,以便能够重新理解作为法夸幻想场景一部分的早先的断绳的图片,而这从事件的实际进程来看不是真实的。在作出这种归因时,我利用了各种语境信息,包括将詹尼和古德温文本中的两组漫画联系在一起的衔接纽带,尽管这两组漫画之间插入了大约 17 张图。这一衔接纽带源自两组漫画的相似设计,还有我自己对漫画中故事讲述传统的熟悉。[13] 我作出这一归因还有其他相关背景,包括我事先对比尔斯故事的了解,尤其是比尔斯如何利用明显的断绳之举诱导初次阅读的读者。《鹰溪》这一方面又与比尔斯的总体倾向有关。在他的全部作品中,比尔斯倾向于将感知过程主题化,并探索这种过程如何出错、会产生什么后果(Davidson 1984)。该归因还与更普通的处理策略有关,因为这两处漫画不是某个特定流派、作者或文本的。基于在其他情境中使用这类人工制品的经验,这与绳子的物理特征和性能有关。对于这种阐释语境,不同的读者有不同程度的接触,也有不同的利用方式,因此他们很可能会对詹尼和古德温使用的这种文本设计和其他文本设计进行不同的归因。这种归因实践的可变性与其说与文学阐释有独特的联系,不如说在理解人们行为的所有尝试中或多或少是显而易见的。这是因为对行动理由的推理,本质上是一种概率事件。将把行动理由归于詹尼和古德温等故事创作者谴责为意图谬误,为推断隐含作者的意图和其他动机提供保护伞,从而使隐含作者变得具体化,成为正确解读文本的基础。与其这样,我的建议是,分析者要接受这一点:推断作者意图是必要的、可还原的,意图的归因为建构叙事世界提供了基础,尽管是临时性、非固定的。通过这种方式,研究故事的学者们可以达成这样一种基本的连续性:一方面,与人的思想打交道;另一方面,与文本设计打交道。这些文本设计来自文学作家、漫画作者、电影制片人,以及叙事行为的其他执行者。

经过必要的修改,同样的论点也适用于基于隐含读者结构的叙事阐释。正如我在 2012 年的论述中(Herman et al. 2012)所写的那样,**隐含读者**之类的表达式及相关术语——例如,**模型读者**(Eco 1979)和**作者型观众**(Rabinowitz 1977)——掩盖其阐释同样来源于真实读者的交际意图归因。此外,这种掩盖有一种功能:如果真实读者和隐含读者之间有可以推动的纽带,叙事文本的特定阐释或世界建构的特定方法可以作为文本本身要求的阐释呈现出来,条件是解读的角度是从"作者"或与隐含读者并列的位置出发。从定义来看,隐含读者被调整为接收来自隐含作者的文本信号(Herman et al. 2012, 151—154)。当人们从没有争议的问题过渡到未解决的阐释性问题时,这类行动合法化的问题就变得显而易见了。因此,可以说,比尔斯、詹尼和古德温的目标读者都不会假定佩顿·法夸是伪装的半人马或无生命的地质层。但是,当比尔斯写故事的最初版本时,他想引发目标读者产生的反应,一个是对法夸困境的同情,另一个是对导致他被捕和被处决因素的批判性评价。这两者之间的确切比例是多少? 相反地,尽管删除了一些导致法夸被捕的可疑信念和态度,但詹尼和古德温究竟在多大程度上假定读者(尤其是熟悉比尔斯原著的读者)有一种与法夸保持距离的遗留的倾向? 此外,隐含读者的构造(连同相关构造)优先实现交际意图的归因,而后才有必要继续之后的归因(再归因)。这类归因会根据可能的附加语境细节,使不同理解的行动理由支撑特定文本设计。

詹尼和古德温版本《鹰溪》的其他特性也可以用更简化的 CAPA 模型来阐释,而不需要使用标准图。例如,有一种说法认为,合作撰写的文本有理由或有必要诉诸隐含作者(Abbott 2011;Genette 1983/1988;Richardson 2006)。因为包含在改编版第一页底部说明文字的副文本信息中——"鲍勃·詹尼的绘图/阿奇·古德温撰文"(Jenney and Goodwin 1969, 22),我可以将文本理解为两个漫画创作者持续努力来协调故事各个部分的结果,基本无缝衔接,构成单个叙事行为。换句话说,我可以把詹尼和古德温视为协商合作者,通过合作本身,将协商行为归因于他们共同拟定的行动理由；而不是对隐含作者进行态度侧写，那样的话，他们就不得不就隐含作者达成一致来进行改编。例如，我可以假设，詹尼和古德温要修复故事的哪些元素，如何利用漫画媒体的优势，并适应漫画的限制，创建适当的文本设计。他们将比尔斯的故事刊登在恐怖漫画杂志上，就不得不考虑自身作为改编者的角色。詹尼和古德温版的故事以及比尔斯版的故事靠一定的态度和规范来支撑。我不是诉诸隐含作者的概念来对比这些态度和规范，而是依靠 CAPA 模型中的 C——语境——来阐释原作中比尔斯对法夸的战时经历更多维的铺陈为何在漫画改编时变得平淡。合作改编者遵从最初出版发行媒介的惯例，强调了故事世界中发生的事件对法夸的噩梦般的心理影响，这时的法夸与特定的时间、地点和思维方式联系不太紧密。在这里，我认为詹尼和古德温对法夸的特征描述不如比尔斯全面。从部分意义上看，这加强了结局的冲击力。角色留白越多，阐释者就越能从角色的立场去想象，因为抑制这种认同的细节越少，就越有可能促进角色和阐释者之间的共鸣（比较 Herman 2002，331—371）。因此，我可以把这种原因归于詹尼和古德温。他们把比尔斯的叙事重新转变为某个人的可怕发现，并把对法夸的认识从对过去的重新评估中分离出来。这种过去涉及更广泛的文化层面，内战结束仅仅 25 年之后，比尔斯就对此作出了自己独特的回应。

此外，正如我前面提到的，CAPA 模型可以迭代，以阐释故事世界中的行为模式以及那些与故事的叙述和阐释相关的行为模式。因此，如图 I.2，法夸的行动可以进行解析，因为根据视觉和口头叙事，这些行动涉及精神和物质方面的人物特征集合（见第二章和第五章）。它们也在可识别、结构化的语境下展开：法夸在努力找回家的路，刚刚逃脱了绞刑，或许这只是他的想法。因此，在这一组漫画的第三幅图中，我根据法夸的口头话语、身体姿势、空间运动轨迹，将一个与他妻子团聚的强烈渴望归于他。与此同时，我用同样的策略来完成故事世界化，并用故事来阐释叙事的总体行为，一系列行动嵌在其中。同样，在比尔斯版本的故事中，我将这样阐释倒霉的法夸与联邦侦察兵的聊天(这在詹尼和古德温的改编版中被省略了):为人物的行为赋予语境,为他们执行的言语行动和其他行动给出可能的原因,进而使用相同的资源来阐释比尔斯的高阶叙事行动。

结　语

在这个实例分析中,我使用了詹尼和古德温对《鹰溪》的图片改编版,来继续对叙事研究中反意向主义的批判。更具体地说,我认为与叙事交际图相关的启发式结构——尤其是隐含作者和隐含读者的概念——是作为一种尝试而出现的。而这种尝试包含了反意向性的论点,对它最好是直接予以质疑。试图分配行动理由给詹尼和古德温这样的故事创作者,承认这是意图谬误的实例,然后将意图推断转移到隐含作者上,从而具化为正确解读文本的基础——与其这样,分析者不如将叙事理解的过程定位于可还原的意图及其他行动理由归因。这些行动支撑起与更广阔世界的交集。这种分析策略不仅为叙事学和心智科学研究之间的对话开辟了新的可能性,还强调了其优势,也就是将叙事世界的建构置于一种更广泛的意义创造活动生态中,这种方法可以揭示故事的独特属性,恰如它揭示这些故事根植于人类经验的其他方面的根源和显著性。

第二章

将人(及其理由)置于故事世界

正如我在导论中指出的,贯穿本书各个章节的论点是:叙事理论家可以在关于智力活动的本质和范围的辩论中有所贡献,也可以从中获益。为了证实这一论点,本章翻转了第一章奉行的研究方向。第一章强调了叙事理解是如何将行动理由归因于当前故事的设计者。相比之下,我在此讨论的焦点在于,故事如何提供一个最佳的环境,来帮助我们理解正在发生的事情,同时使环境、事件与人们的意图、欲望和经验相吻合,或者更广泛地说,与智能主体相吻合。为了保持第一章的重点,即意向系统和叙事实践之间的交叉领域,在本章中,我更明确地评论了追求一种心智–叙事联结的优势,这种方法仍停留在**个人**与**个人–环境相互作用**的层面上。还原主义研究的基本假设是个人以及个人层面的现象的概念必须屈服于一些更根本层面的阐释,如大脑中的神经元活动、信息处理机制或在遗传及生物因子层面的其他原因。与其从事基于这一假设的还原主义研究方案,现在我努力更充分地阐述导论中提到的不同假设:正是在个人层面而非遗传及生物因子层面上,叙事学家们处于最有利的地位,能够为理解思想的框架作出贡献,而不仅仅是借鉴。[1] 前一章认为,阐释叙事时需要,或更确切地说,要求将意向和其他理由归因于人——不仅包括在叙事世界中扮演角色的虚构人物(见第五章),还包括被称为作家或故事创造者的这一类别。本章探讨了相反观点的优势,测试了一种假设:与人物相关的(或者可以用来描述人物的)信仰、欲望和意图,通常是基于叙事实践的。[2]

从第二个角度来看,叙事构成了主要资源,将环境和事件配置成或多或少涉及个人经验的连贯场景。叙事不仅仅需要采用意向立场来阐释,它还提供了一个基础来记录和理解意向、目标、感觉和行动。这些都来自智能主体与适当规模环境的协商。与此相关的是,叙事支撑起行动理由的归因,这是与人类心智众多交集的核心。故事的动机是可分析的,包含连锁的信念和欲望(或者更普遍的命题态度,如相信、不相信或者对 x 保持中立,以及动机态度,如欲望、被排斥或对 y 的冷漠),将其配置成内在连贯的、情境上适当的描述,可以阐释为什么有人能够或未能以他/她自身的方式行动(Gallagher and Hutto 2008, 26—35; Hutto 2007, 2008)。例如,我可能会用一个叙事,既阐述又试着解释一次会议中我同事的勃然大怒事件,同时构建事件序列的框架作为一个场景。在这个场景中,他认为他的想法没有被给予应有的关注,因此想要别人知道他的恨意。推断:除了促使阐释者把意向分配给那些负责创建或呈现故事的主体或发挥作用的人物,叙事可以通过对人们经验的描述来解读世界上发生的事情。其中人物经验主要涉及信仰、动机和目标的集合,但并不仅限于此。

我应该强调的是,在这项研究中,我使用"个人"作为技术术语。在我的分析中,这个术语指的是由一系列相互关联的物质属性和精神属性所标识的一类实体。更确切地说,人是精神属性和物质属性以特定方式组合而成的。一个人的精神与肉体联系在一起,不可分割,却不能被还原为肉体(Heider 1958; Hobson 1993, 2002; Jopling 1993, 304—305; Strawson 1959; Baker 2000, 2007a, b, 2009)。[3] 我的研究始于这样一个前提,即尽管对叙事和思想之间关系的研究可以吸引多层次的阐释,但对个人层面的阐释进行全面探索,能使这一领域的探究受益。因此,我将在下一节继续讨论,与取消式唯物主义(Stich 1983, 1999; Churchland 1986; Dennett 1991)和其他还原主义的框架相对,[4] 我和林恩·拉德·贝克(Lynne Rudder Baker 2007a, b)在以下假设上达成共识:日常世界充满了人工制品、机构和事件,如球拍、职业网球协会、特定的网球比赛或在比赛中一个特定的镜头，这些都取决于个人的存在，或是贝克所谓的"意向依赖"（2007a，31—35；2007b，11—13）。因此，与人和人层面的现象有关的普通中型世界是大量的因果阐释最适用的层面。这正由如下文的话语风格的普遍性（和彻底的非标记性）所证实：她用那记正手球赢得了网球比赛；因为吃了一个香蕉，所以我不饿；她的位置使她看不到比赛；因为他的自尊被冒犯了，所以他举止粗鲁。这类表达式的绝对频率表明，沿着分析者在现象学的广泛传统中草拟的路线，从埃德蒙德·胡塞尔（Edmund Husserl 1936/1970）和马丁·海德格尔（Martin Heidegger 1927/1962）到莫里斯·梅洛-庞蒂（Maurice Merleau-Ponty 1945/1962）和马克斯·舍勒（Max Scheler 1954），再到休伯特·德雷弗斯（Hubert Dreyfus 1992）、丹·扎哈维（Dan Zahavi 2007 a，b）和肖恩·加拉格尔（Shaun Gallagher 2005），以人的经验为基础的中型世界，也许是人类心智最经常发挥其造意能力的领域，心智科学需要以这种方式进行研究和理解。意义创造的日常（个人层面）世界也是故事本身所关注的领域，同时它提供了语境，故事在语境中被讲述、交换、用于实现特定交际或阐释目的，等等。

在下面几节中，我的讨论可以用几个实例叙事来定位，包括《遗产》，即菲利普·罗斯在 1991 年写的回忆录，记录了他父亲临终前的疾病和死亡。我探索叙事研究如何与个人的概念和个人层面描述的相关研究对话。这些描述是关于人类主体与物理、社会和文化环境的互动。需要澄清的是：一些相关的研究表明，与人的思想打交道并不需要明确的、有意识的归因，即通过叙事或其他协商的再现模式，对信仰、欲望和意图进行归因。重要的是给这种与人的思想碰撞所进行的前概念或非概念的活动留出空间，为了能够过筛出语境，其中的故事确实提供了一个关键的资源，通过将一些事件（序列）视为由故事世界中智能主体实施的目标导向行动的部分结果，来阐释自身和他人的行为。指定相关语境中，即将叙事作为一种手段来理解某些个人层面现象时，我奠定的基础不仅是为了第五章中作为"典型人物"的人物的论述,也是为了第三部分中将叙事作为思维工具的更广泛的讨论。

人、心智和故事

本节认为,关于个人概念的非还原主义,或更确切地说,反还原主义的阐释,可以帮助重塑叙事研究领域的研究议程,而叙事实践本身提供对个人层面现象的范围和性质的洞察。同时,因为研究人的基本概念和个人层面的现象,比如意图、行动、价值观和情绪,汇集到卡根(Kagan 2009)所说的三种文化——自然科学、社会科学和人文科学的交集点,聚焦于人、心智、故事之间关系的方法为这本书尾声所描述的叙事学家和认知科学研究者之间的跨学科对话提供了机会。

海德(Heider 1958)对人的感知作了开创性研究,斯特罗森(Strawson 1959)对人的概念作为一种特定类型的个体作了平行研究。这些研究为我讨论叙事探究中个人层面现象的相关框架提供了一个便利的起点。在海德和斯特罗森的叙事中,根本性对比不是在自我和他人之间,而是在人和事物之间,或者个人和非个人实体之间(同见Hobson 1993, 264—265;Hobson 2007, 43;Jopling 1993, 299)。因此,海德将"物知觉"或"非社会知觉"与"人知觉"或"社会知觉"进行了区分。"物知觉"或"非社会知觉"包括对无生命物体的知觉。海德(Heider 1958)将人的知觉与无生命物体的知觉进行对比,并提出:

> 在讨论人的知觉时,我们也假定这些"对象"(即人)……在环境中占据一定的位置。然而,他们很少仅仅是操控者;相反,他们通常被视为行动中心,因此可以对我们做一些事情。他们可以有意地使我们受益或受损,我们也可以使他们受益或受损。人有能力,有愿望,有感情;他们可以有目的地行动,可以感知或观察我们。他们是对周围环境有感知的系统,他们的行为参照这个环境,这个环境有时也包括我们自己。然而,非社会环境的内容是通过某种合法联系相

互关联的。无论是因果关系还是其他关系，这些合法联系定义了什么可以发生或将要发生。同样，我们假设在社会环境的内容之间存在着类似性质的联系。(21)[5]

接下来，斯特罗森(Strawson 1959, 87—116)的阐释表明，海德在这里将人的知觉联系起来的联系或规律，源自人的概念是人类基本生活设备的一部分，或是人类与世界沟通的方式。斯特罗森认为，"个人"的概念是一种原始概念。这为强调的海德把个人层面现象作为一个真正的研究领域的研究提供了独立支持。对斯特罗森来说，一个人的想法使心理或个人谓词(如"打算打网球""不舒服")和在时空上与人的身体和身体情况有关的物质谓词(如"刚走到网球场""脸红着躺下")不可分割地结合在一起。能够将心理谓词和物质谓词归于同一实体是一种通过观察他人而非自己的行为实现的归因实践，而这构建起被归为"个人"范畴的成员。更重要的是，这种对待"个人"概念的方式重新构造了他人思想的整个问题。他人的思想不是一个需要解决的问题，而是融入"个人"这个概念中(见 Hobson 1993, 2002, 243—252, 2007; Noë 2009a, 29—35; Seemann 2008)。从这个角度来看，个人的概念**要求**心理谓词在个人情况下是可自我归因的，而在他人情况下是可他人归因的。正如斯特罗森(Strawson 1959)所说："个人的概念是被理解为一种实体的概念。有些谓词是对意识状态归因，有些谓词是对身体特征(特定于人体)或物理状况等归因，这两类谓词也同样适用于这一类型的独立实体"(104)。[6]

海德和斯特罗森的描述与贝克最近关于个人的概念的研究是一致的，并为其提供了基础。贝克采用了她所描述的非还原性唯物主义的观点，阐明了我在第一章中提到的人的"构成"理论。根据这一理论，人是由其身体的物质粒子集合构成的，但人与物质粒子的集合是不相同的(因此也是非还原性的)。贝克(Baker 2007a)写道："根据人的构成观，一个人与其身体之间的关系(我在此称之为"构成"关系)完全是一种雕像与其大理石构成物之间的关系。当一块大理石与一个艺术世界恰当地联系在一起时,一种新的东西——一座雕像,就诞生了。当一个人的身体发展出第一人称的视角,一个新的事物——一个人,就会出现"(24;同见 Baker 2000, 91—117; 2007b, 67—93)。[7] 此外,贝克认为,在人类用来理解经验的概念体系中,人可以被描述为"主要种类"(在无数其他类似的种类中)。因此,学生、教授和音乐家都属于这个主要种类,就像蝌蚪和青蛙都属于非人类动物的主要种类一样。正如蝌蚪变成青蛙不会导致其失去非人类动物主要种类成员的身份,你可能不再是一个音乐家,大学毕业了或离开学术界,但是这样你也不会失去作为人的状态(Baker 2000)。

目前对我至关重要的是,可以认为,人的概念和其他主要种类的出现,部分意义上来自日常世界的叙事,贝克(Baker 2007b)的模型为描述日常世界而设计。在描述"日常生活的形而上学"时,贝克认为:

> 日常生活中充斥着我们谈论、遇到和互动的所有事物:无生命的物体、他人、活动、过程,等等。这是我们生活和死亡的世界,是我们的计划成功或失败的世界,是我们能或不能找到爱和幸福的世界——简而言之,是对我们来说重要的世界。……一份包括所有(曾经)存在的对象的完整的清单,必须提到我们所熟悉的中型对象:日常世界的显性对象属于不可归纳的现实。(Baker 2007b, 4)[8]

贝克(Baker 2007b, 25—48)阐述了为什么普通中型个人层面的活动和事物(利他主义行为、毕加索的画作、花生酱果酱三明治、网球拍)需要包含在任何现存清单中,而不是还原。不仅这些普通物体和事件是人类兴趣和关切的中心,在所有自然语言中都能明显地识别出来,更重要的是,许多(或大多数)阐释诉诸因果有效的物体和事件,比如当我告诉你,我不饿是因为我吃了一个花生酱果酱三明治,或者毕加索的一幅画让我感到高兴或悲伤。这个由中等大小的物体组成的日常世界,其真实性、价值和因果效力在人类语言中得到了表达,这也是叙事处于最佳状态的水平。正如我在这本书中讨论的,故事是唤起各种各样世界的主要手段,盘点在这些世界里的人和其他实体,跟踪行动和事件的后果,看它们如何影响当前世界中虚构或非虚构人物的领域。实际上,正如 H. 波特·阿波特(Abbott 2003,2008b)所指出的,当再现的叙事模式外推到涉及微观和宏观过程的领域时,问题就出现了,微观过程例如基因通过自然选择的传递,宏观过程例如暴民的突发行为。相比之下,叙事可以被看作一种不可或缺的工具,用来协商构成日常世界的中型物体、人工制品和活动。正如在下一节有关叙事相对于生态心理学的讨论中,我进一步强调了这点。而且,因为作为科学,心智科学有义务研究人类如何在这个日常世界中行进,所以叙事学家能够对人类智力的范围和本质作出贡献,而不仅仅是借鉴研究成果。

从另一种方式来说,叙事提供了一个语境,在这个语境中直觉可以被制定、编纂、竞争,有时也可以转换(参见实例分析Ⅳ)。这里所说的直觉是关于构成普通世界的各种事物及保证隶属于或脱离这种或那种主要种类的各类现象。当涉及个人和个人层面的现象时,这种叙事协商尤其突出。例如,先提一下第五章中更详细讨论的问题,斯托夫人(Harriet Beecher Stowe)出版于 1852 年的反奴隶制小说《汤姆叔叔的小屋》(Uncle Tom's Cabin)的部分影响来自它改变直觉的方式,而这里的直觉是关于人的范畴领域的。斯托夫人的文本促使读者将"奴隶"的概念或范畴重新阐释为一组只与人类相关的衍生属性,因此必须将其重新归为主要种类"人"的成员,从而从非人类或可拥有物体的范畴中移除。接下来,安娜·西维尔(Anna Sewell)于 1877 年出版的小说《黑美人》(Black Beauty)以斯托夫人的文本为范本,以一匹马的自传呈现,建议将与主要种类"人"有关的权利和特权,包括免于不必要痛苦的权利,扩展到非人类主体。通过这种方式,在斯托夫人和其他反奴隶制作家所树立的废奴主义先例的基础上,西维尔的文本为后来的话语(叙事、哲学辩论、法律论证)提供了基础。这些话语敦促人们承认另一种主要种类,即非人类的主要种类(Cavalieri 1998;Giroux

2002，2007；Herzing and White 1998；Smuts 1999；同见第五章）。[9]

正如在这一节中我试图初步表明，反还原主义方法将个人视为基本概念或类别，将个人层面的现象视为一个连贯的、自主分析的领域，[10] 这种方法对于心智研究具有深远的影响，因此也会影响把叙事研究与认知科学的发展进行对话的尝试。接下来，我将更详细地探讨对个人层面的关注如何在故事讲述研究和心智科学的发展之间架起桥梁。

从人格学方法到叙事/从叙事方法到人格

基于研究者在 Neisser（1993）中的先例，本节表明叙事研究与人的概念的生态和主体间性方法之间的关联性，同时这种关联性凸显出叙事研究的传统是如何促进人-环境相互作用和主体间性的研究。主体间性对于人性来说，既是一种条件，也是一种体现。同时，考虑到研究结果指出前概念和非概念活动与人的思想碰撞的重要性，无论是通过叙事，还是其他协商再现模式或实践活动，这类碰撞都不涉及明确有意识地将信念、欲望和意图归因于自我和他人。我还评估叙事意义本身的范围。斯特罗森（Strawson 2004）、扎哈维（Zahavi 2007b）等人都警告过，不要过分夸大叙事实践可能在个人身份的构成以及自我与他人关系的动力中所发挥的作用。[11] 认识到这些问题，我试图发展有关叙事意义建构或世界故事化的方法，我的方法承认把叙事视为一种思维工具的局限性和可能性。事实上，正如对个人层面现象的生态学研究和主体间性研究所表明的那样，研究叙事和心智科学的关键任务是绘制出叙事（最佳）适用范围的边界。在涉及对人的理解——或更普遍的对世界的理解时，为了避免过度扩展关于叙事权力的主张，有必要将意义建构活动从那些与故事临时相关的活动中分离出来，更不用说在叙事术语中那些有害的活动了（比较 Tammi 2006 和实例分析 II）。在意义建构活动中，叙事作出了核心贡献。

叙事生态学：人类尺度环境中的摩尔思维

吉布森（Gibson 1966，1979）在帮助建立生态心理学领域的过程中,强调了对人类的世界经历进行个人层面描述的必要性。与微观和宏观物理主义模型相反,这些描述是针对人类尺度的环境和事件的——也就是说,境况和事件是作为有机体的人类(和其他动物)所遇到的,以物种的形式——甚至是有机体特有的方式——嵌入环境中(Hutchins 2010；Laland et al. 2000)。[12] 正如吉布森(Gibson 1979)所言:

> 现代物理学、原子物理学和宇宙物理学所强调的世界,其大小层面对心理学家来说是不合适的。我们在这里关注的是生态层面上的事物,关注动物和人类的栖息地,因为我们所有的行为都与我们能看到、感觉到、闻到和尝到的事物有关,与我们能听到的事件有关。动物的感觉器官、感知系统等,不能探测原子或星系。然而,在它们的能力范围内,这些感知系统能够探测到一定范围内的事物和事件。(9—10；比较 Gibson 1966, 21—22)[13]

因此,由于人类心理性情和能力在一个特定的时空范围或分辨度内为所遇到的情况和事件提供最佳导航,这些心理能力需要根据相应的生态标准进行研究。这些生态标准也就是人类规模的环境提供的行动启示或机会,显示出具身性的人类思想。在赫福特(Heft 2001)的构想中,与物理主义框架可用于描述的亚原子和宇宙层次相比,"心理层次以中等规模运作,其规模在整体和目的性上与有机体相媲美"(111),或可以作为一个综合功能系统(112)。至关重要的是,"从摩尔层面的分析考虑的(这类)有机体的功能特性,不能简化为更分子的层面"(112；比较 Noë 2009a, 40—41)。个人层面的经历来自与世界的交集,因此无法简化为超个人的神经过程。这些神经过程却在分子层面上使个人经历成为可能,而不是更大的宏观物理过程(如碳排放水平、宏观经济行为或人群流行病学特征)。反过来,个人经历可能会对这些宏观过程作出贡献。[14]

正如吉布森的研究所表明的,必须在适当的生态环境中或在适当的空间和时间尺度上,研究个人层面的经历。以下是几个例子:

- 在特定活动的环境下,形成一个动作的意图——例如,在网球比赛的某个特定时刻击出正手球;
- 在某些情况下,将自己的行为方式归咎于他人的原因(例如,在同一场网球比赛中,她击球的原因);
- 利用主体和环境之间的功能耦合所带来的行动机会(例如,在展开的回合中,利用对手在网球场上某一特定位置所提供的击球机会);
- 参与活动,或使用物品,即贝克(Baker 2007a, b)所称的"意向依赖",这些活动之所以具有这种性质,是因为它们与更广泛的人类意向网络相联系;例如读书、使用信用卡、进行辩论或打网球;
- 在事件中采取特定的视角(例如,从球场上的球员或看台上的观众的角度观察网球比赛中的一个回合);
- 用正常的或有价值的方式来评估事件,比如裁判认为网球运动员为了获得优势在比赛中大喊大叫是不公平的,并因为这次"妨碍比赛"扣了他一分;
- 对事件有情绪反应,如在网球比赛中对自己的表现感到沮丧或庆祝胜利;以及
- 定性地体验世界,由于我自己与世界的互动历史,所以情境和事件对我有一个特殊的现象学侧写(Gibson 1979;Noë 2004;Rowlands 2003, 171—172)。正如在一场长时间的回合中击球时,我能感受到球拍在球上发出令人满意的拍击声,或者失误用球拍框打球发出不那么令人满意的"嗡嗡声"。

在这些例子中,虽然原则上可以将所涉及的中等规模或"克分子"现象缩小到更小规模或"分子"过程,但这种缩小在所有描述和

分析语境中不一定具有阐释优势。换句话说,转向"较低"层次的阐释并不总是对目标现象提供更好、更精确的阐释;相反,阐释性的减少有时会导致分析者忽略这些现象——或者,就像俗话说的,为了树木而失去森林。如果我试图阐释如何在网球比赛中打出正手球,诉诸构成网球运动员、球拍、场地、球网等的原子或亚原子颗粒也不会取得多大进展。诉诸大脑生理学也不能**阐释**打好球的感觉(Davies 2000;Dennett 1969;Jackson 1982;Noë 2009a)或者我对一场精彩比赛的热情。更普遍地说,再一次回到吉布森(Gibson 1979)的描述,当一个人试图将生态事件简化为"基本的物理事件,它们变得不可思议地复杂,而物理的复杂性使我们对生态的简单性视而不见。因为在更高的层次上可以找到规律,而这些规律现在还不能被简单的力学和物理学方程所包含。……过分严格遵守力学规律阻碍了对地球事件的研究"(100)。[15]

我想在这里强调的一点是,当要理解吉布森所说的"地球事件"时,叙事提供了不可或缺的阐释资源。叙事源于人们与中型实体(包括其他个人)的接触,并与之相适应。它是一种经过时间考验的工具,可以引导人类尺度的环境行动和互动。或者,换句话说,故事是一种意义建构的工具,与摩尔思维能最佳程度地校准。更全面地阐述这一观点要等到本书的第三部分,我在第三部分将更详细地讨论故事所促进的意义建构策略。但以下叙事为更全面的说明做了一个预告,它最初刊登于2012年2月26日体育网站espn.com的网球版块(为了方便参见,我添加了段落编号;第7至14段已省略)。

尤根·梅尔泽(Jurgen Melzer)赢得孟菲斯冠军
美联社
[1] 美国田纳西州的孟菲斯——周日,右脚趾受伤的尤根·梅尔泽以7∶5、7∶6(4)的比分击败加拿大选手米洛斯·拉奥尼奇(Milos Raonic),结束了他在摩根·基根锦标赛上的惊人表现。这是他职业生涯的第四个冠军,也是2010

年以来的第一个。

[2] 获胜后,梅尔泽跑过去拥抱了他在前排的教练约金·尼斯特罗姆(Joakim Nystrom)。进入孟菲斯赛时,背伤让梅尔泽从去年春天的世界第 8 名跌至第 38 名。

[3] 2 月 16 日,这位奥地利人在午夜时分被酒店的床罩绊了一下,脚趾骨折。作为回应,他淘汰了头号种子选手约翰·伊斯内尔(John Isner)和三号种子选手拉德克·斯泰潘内克(Radek Stepanek),然后又将四号种子选手拉奥尼奇击败。拉奥尼奇本想在今年第三次夺冠,并在两周内第二次夺冠。

[4] 梅尔泽说:"如果我为了赢得一场比赛这样打球,我的脚趾迟早会骨折。"

[5] 30 岁的梅尔泽拿到了 277,915 美元的奖金,这是他自 2010 年在家乡维也纳夺冠以来的第一场胜利。

[6] 梅尔泽反击了 21 岁的拉奥尼奇的进攻力量。他的击球很好,很多球都打到了加拿大人的反手。梅尔泽在 97 分钟内结束了比赛,拉奥尼奇反手触网,结束了第二盘的平局。

这篇报道描述紧凑,其惊人之处在于它的意义建构能力,这能够以在如此短的空间里组织了多少(或多少不同种类)个人层面的信息来衡量。(节选部分只有 200 多词。)通过将人物置于一个故事世界中,该描述为广阔的时间框架、地点、事件和活动提供了结构。结果描述的丰富性来源于个人层面信息的范围和种类,包括依赖于意图的对象和活动(Baker 2007 a,b),如盘、球网、教练、决胜局和球员的排名,以及由信仰、欲望、目标、意图、行动、情感和经历组成的网络。在此网络中,这些对象和活动被定位,并由此树立起角色形象。叙事支持意义建构的运作,其复杂性可以通过列出故事世界的一些显著特征来衡量,这个故事世界是通过我摘录的六段话所投射出的。而这些特点反过来又使锦标赛被吉布森描述为一种地球活动,在这种活动中,个人

层面的意图、目标、活动和反应都是根据人类尺度的环境或生态的特定特征来校准的:

- 在美国田纳西州孟菲斯,奥地利网球职业选手尤根·梅尔泽在网球锦标赛中打出了惊人成功的表现。锦标赛以企业赞助商的名字命名,赞助商为比赛提供经济支持,为胜者提供可观的奖金——近 300,000 美元。
- 梅尔泽的胜利如此出人意料,其中一个原因是他能够带着脚趾的伤在比赛中与其他老将(斯泰潘内克)以及后起之秀(伊斯内尔、拉奥尼奇)对决。在决赛战胜拉奥尼奇的十天前,梅尔泽的脚趾受伤,很明显,他带伤参加了决赛以及之前的几轮比赛。
- 尽管梅尔泽曾经排名前十,并在职业生涯中获得过三次冠军;但由于背部受伤,他的排名有所下滑。在此之前的两年里,他没有获得过一场锦标赛的冠军。
- 在最后一场比赛中,梅尔泽通过巧妙的击球扰乱了更年轻、更有实力的加拿大选手米洛斯·拉奥尼奇。更具体地说,是把目标对准了拉奥尼奇的反手弱点。
- 梅尔泽表现出了幽默感和冷静,开玩笑说为了确保其他比赛的胜利,将来他脚趾还要骨折,他发挥他作为老手的经验在第二盘平局决胜,而不必在第三盘和决赛盘面对一个可能恢复精力的拉奥尼奇。尽管他控制住了自己的紧张和焦虑,但是梅尔泽在取得胜利后拥抱教练时表现出了积极的情绪反应能力。事实上,没有启发式方法是不可能解析第二段的,启发式可以用来推断行动-情感联系(见实例分析 III 中关于"情感学"的讨论)。同时,主体间的交往也有更直接的、预先概念或非概念性模式,这在本章后面会讨论到。

梅尔泽在比赛中的行为和经历可以追溯到微观物理过程;然而,正如我在前一节对贝克(Baker 2000, 2007a, b, 2009)"构成"理论的讨论,承认叙事中所述的情境和事件具有这种物理基础是不合理的,更不用说对锦标赛中发生的事情进行还原主义的阐释了。这并不是说梅尔泽从伤病中走出来的漫长道路,他在比赛中控制住自己的情绪,或者允许自己在比赛中表达自己的情绪,或者他在比赛中争夺并赢得分数和比赛仅仅是一种现象,或是依赖于更基本的、遗传生物因子的现实。相反,对梅尔泽的“惊人表现”从个人层面和遗传生物因子层面进行阐释,这构成了对孟菲斯事件描述的对比——尽管不同但同样有效。此外,我的重点是,如果由神经科学到量子物理的学科提供工具来分析行动和事件的微观物理学,叙事就像 espn.com 上的帖子一样,作为主要工具映射出日常生活的中观物理学以及个人层面上与人类尺度环境相互作用的生态学。事实证明,对于捕捉梅尔泽在球场上感知引导行动的神经过程,叙事并不具有最佳针对性;但用故事将梅尔泽的胜利从个人层面置于情境之中,由于描述了愈合的背伤和骨折的脚趾、用危险的正手球打对手反手球在战略上的得分以及在激烈的比赛后情感上的庆祝,这次胜利就具有了中级地球事件的意义。换句话说,叙事构成了一种手段,把情境和事件作为摩尔思维能够理解的体验来处理。阐释地球活动需要其他描述性和阐释性资源,可以根据意识阈值以下的分子机制和流程,或根据聚合模式。例如,聚合数据统计如梅尔泽这样的左撇子球员赢得锦标赛的数量,这些数据需要列表统计和阐释。[16]

具体化的主体间性和叙事意义建构的范围

我在前一小节中的分析与一系列论点相关联,这些论点反对对日常人类经验所包含的环境、机构、活动、对象和事件进行还原处理。这些论点以不同的术语表述,源于各种各样的研究传统。它们都反对这样的假设,即如果要真正理解个人层面的经历,就需要将其转化为较低层次的实体、机制和过程。可以肯定的是,科学和技术领域已经取得了显著的成功,其基础是将明显现象的日常直觉简化为关于其基本结构的数学物理理论,涉及的领域从医学、机械工程和航空学到生态学本身。但是，这些成功并不能保证更广泛的主张，即显化世界的所有方面都可以而且应该有类似的简化过程，即使是在科学领域（比较Merleau-Ponty 1945/1962，84—102）。在本节中，我继续发展这一论点，转向发展心理学和心智哲学的相关工作。我主要关注霍布森（Hobson 1993，2002）和特雷沃森（Trevarthen 1993，1999）关于个人身份的主体间基础的心理学著作以及现象学研究，如哲学家梅洛-庞蒂（Merleau-Ponty 1945/1962）、加拉格尔（Gallagher 2005；同见 Gallagher and Hutto 2008；Gallagher and Zahavi 2008）、扎哈维（Zahavi 2007a，b）和其他学者同样强调具身互动如何塑造对自我和他人的理解的研究。这项研究表明，一方面，神经科学对（某些）个人层面现象的描述，并不表示在人类经历的叙事中取消个人层面是合法或必要的，这是行不通的；另一方面，与社会物质环境的接触是具体的、预先的或非概念性的，而意义建构策略将人置于故事世界中，是有意识的、深思熟虑的。本研究也强调了研究这两者之间的关系是有必要的。既然具体化的主体间性有助于个人层面经历的形成和协调，那么叙事实践与这些通过人际协调而非深思熟虑地创造意义的方法究竟有何关联呢？或者，换句话说，叙事意义建构的范围是什么？

当应对这些问题时，发展、心理治疗、现象学和其他观点聚焦的结论如下：并非所有个人层面的经历都由叙事实践搭建，尽管它们很可能，或从发展的角度来说，导致更大的能力和性格集合，使故事讲述本身成为可能之后让自己转向叙事化。在这方面尤其相关的是几个相互重叠的概念和视角。

（1）主要的主体间性

在关于主体间性的著作中，特雷沃森（Trevarthen 1993，1999）认为主体性或作为自主主体的自我意识源于主体间关系，而不是相反。[17]从这个意义上说，**人们**的概念可能比**个人**的概念更为基本。特雷沃森的研究强调，在任何情况下都有必要用个人层面现象的术语来处理个人层面的现象，而不是通过阐释性简化过程来绕过它们（或将它们视为外显现象）。此外，尽管特雷沃森在描述主体间性的基本模式时调用了叙事的概念,但他对这种主体间性参与的参照更主要是比喻性的,而不是字面意义上的故事功能。

特雷沃森区分了主要主体间性和次要主体间性。特雷沃森将主要主体间性置于"每个人的意识核心","似乎为自身和他人思想的融合提供了一种即时的、非理性的、非言语化的、无概念的、完全非理论的可能性"(Trevarthen 1993,121),而次要的主体间性,或可称为"同情意图,指向共享环境的功能和有目的的行动对象"(1999,416)。特雷沃森认为,"有证据表明,婴儿通过情感参照来学习,通过协调熟悉的陪伴者的动机来评估体验。例如,他们对谁有好感,又从谁那里得到了好感。这就证明,社会上的个性意识是思想的根源状态,是与更基本的主体间需求和义务形成对照的"(Trevarthen 1999,417)。换句话说,"人类的自我意识……是一种心智的表现。一个人从出生起,就能在情感层面上成为他人的伴侣和密友,根据他人的反应而作出自己的反应"。特雷沃森特别强调主体间交往的具体化性质,因此也强调主观经验本身。正如特雷沃森(Trevarthen 1999)所说,人的主体间性"是通过身体的运动(尤其是面部、声道和手的运动)传播的。这些运动经调整提供即时视觉、听觉或触觉信息,而这些信息是关于目标、兴趣、情感和活跃在主体头脑中的符号化想法"(415—416)。

下文对所涉及的传播过程进行了更详细的描述。在以下讨论中,关于母婴之间的具体交流的情感动力中如何产生主要主体间性,特雷沃森建议可以用叙事的方式来描述这种动力:

> 人类动机系统的内在组织中的细节,适应于对象之间细微和快速转移的心理动力。这些细节可能在各种滑动和跳跃的音调或音量、眉毛闪动、节拍前音节、后缀词素、节奏细节和装饰音、快速的手势、头部快速移动、目光转移等时被观察到。……这些行为粒子被组织在一个情感信号流中。这些信号流相当于句法组织或叙事结构,可以被描述为形成一个**情感叙事**。语素和句法两个层面的组织都适应于主体间的功能,

即认知动态的协调、注意力的转移、目的冲动、动力变化等等。这在每个自我和自我之间都是如此。（Trevarthen 1993，151）

然而，在这里，叙事提供了一个用来描绘出相关的主体间联系的模板，而不是在字面意义上从人与人之间的联系模式中产生。主要主体间性过程是本身具有**事后**叙事化过程，还是依赖于或基于叙事实践，这两种主张是截然不同的。同样，特雷沃森（Trevarthen 1999）写道，"一个小孩子习得的信仰和概念（即通过二级主体间性过程习得的概念和信仰）是在一个充满'常识'的熟悉世界中可共享意图和意识的似叙事模式的重新描写，而没有语言和理性分析"（416），他此时或许指的是对具体实践的重新描写，实践在事实后被重现为"似叙事"。[18]

（2）认知发展中以人为本的视角

在对发展过程以及这些过程在自闭症儿童身上的明显中断进行研究时，霍布森（Hobson 1993，2002，2007）引用斯特罗森（Strawson 1959）对人的描述，即"同时具有身体和思想的那类事物"（Hobson 2007，45），来强调他所说的以人为本的视角在认知增长上的重要性。尽管在这些视角之间识别和转换的能力可以与叙事实践联系起来，但对霍布森和特雷沃森来说，这种能力是建立在主体间体验的基础上的。一开始这种体验是作为与他人具体交集的前理论、前概念或非概念模式（Hobson 2007，33，44—45）。[19]因此，虽然"婴儿通过自己的主观心理活动认识人的本质，这种不断发展的认知是认知发展以及社会发展必不可少的"，"这种意识严重依赖于婴儿的情感承载和感知定位的人际关系体验"（Hobson 1993，254），婴儿与具有身体的人最初的、前概念的、情感的接触在其中发挥着基础性的作用（1993，265—266；同见Hobson 2007，44）。正如霍布森所述：

对婴儿观察的是他们对事物的敏感性，这些事物是通过他人的身体行为和表情所表达出来的，因此婴儿通过对他人的感知来理解主观生活。……只有在后来……他们才构想出心理状态,而这些心智概念又与具身的人或自我的概念有着本质的联系。从遗传认识论的角度来看,与其说这是一个将我们的精神理解与身体活动联系起来的问题,倒不如说,它是从关系事件的理解中提炼出来的问题。这里的理解指的是个人生活的主观和身体层面。(Hobson 2007, 45)

前概念对他人身体行为和表达的协调显然不属于叙事实践的范畴,尽管也可以讲述这样一个故事,即**关于**这种协调是如何在给定的互动环境中展开的。就这一点而言,婴儿的协调能力,正如霍布森所述,可以被插入一个更大的叙事中,而这种叙事是关于人类认知发展阶段的。然而,引用段落的最后一部分只是基于特雷沃森对主要和次要的主体间性的区分,在某种程度上表明心理能力和性格是如何产生于二级主体间性的过程中。这种能力和性格,尤其是将事件置于以人为本的可能视角范围内的能力,可能有利于促成支撑叙事生成和理解的相同的能力复合体。[20]

维果茨基论述了内在心理能力和倾向是如何产生的。自我、他人和世界在"最近发展区"中进行心理协调,儿童从年龄较大、经验更丰富的同龄人那里学习以任务为导向的解决问题的技能(Vygotsky 1934/1962, 1978;Rogoff 1990;见第四、六、七章)。与此同时,霍布森(Hobson 1993)提出"儿童首先与他人和周围环境的心理联系(包括情感联系)的可感知形式相联系。为此,必须认识到其他人也是这样的人。通过这种经历,他掌握了心理关系和态度的某些本质,与'稳定'的外部世界相对。正是通过这个途径,孩子开始以自己方式与世界关联起来"(269)。这种对物体和事件的多角度观察,从而使其相对化的能力,使一个人能够与其自身的视角(其他类似于以人为本的可能视角)保持某种关系。这种能力可以追溯到第一章中讨论的共同注意场景(同见 Tomasello 1999, 2003)。同时,学习如何对定位于人的主体性视角进行识别和参与,能使符号使用和象征性的模式起作用:可重复的符号再现必须从定义上来定制以适应不同环境的使用,而伪装的形式也需要能够在以人为本的不同视角之间摆动（Leslie 1987）。
在霍布森（Hobson 2007）的构想中：

> 　　生命的第一年即将结束时，婴儿在情感上接触到他人对
> 共享世界的态度。正是通过这种接触，婴儿被带离了他或她
> 自己理解事物和事件的单轨模式。正是通过这种非推理、非
> 概念的角色扮演模式，在接下来的几个月里，蹒跚学步的孩
> 子获得了一个概念，那就是成为一个接纳以人为本的视角的
> 自我。这就意味着要把握思考和被思考之间的区别，这一区
> 别对于想法结构化和符号再现至关重要。（44—45）

多亏这种想法的升华，或者说，来自与他人具身的、前概念的交集
以人为本的视角体验，世界上的对象既可以被看作他们本身的样子，
也可以在伪装的条件下被视为他们可能的样子。他们被（实际上）想
象为另一种可能的样子（Hobson 1993，269—270），例如当我假装认为
一棵树是一艘火箭飞船或一幢摩天大楼，或一根树枝是一架望远镜或
一把光剑。此外，因为这种多视角的能力最早可以出现在生命的第二
年（同见 Barresi 2007，88—90），与其将这些能力描述为生成意义的可
行叙事模式的结果，不如将能够容纳多个视角的能力看作使叙事成为
可能的认知能力集合的一部分，这似乎更为可信（比较 Nelson 2006）。

（3）核心意识与具身互动的现象学

心智哲学家的灵感来自现象学思想家的榜样，如胡塞尔、海德格
尔、梅洛-庞蒂和舍勒。心智哲学家与这些思想家同样强调的重要性
体现在生命后期自我和他人之间交互的具体模式，即意义创造实践。
因为前概念或非概念都不属于叙事的领域，尽管它们当然可以被追溯
性地**叙事化**。例如，利用梅洛-庞蒂的现象学传统思想来批判近期成
了心智哲学的最新趋势，加拉格尔的互动理论表明，理解他人的关键
方面存在于具体的互动过程本身（见 Gallagher 2005，205—236）。[21]
正如加拉格尔所说，由于"对他人的了解**主要**既不是理论性的，也不是

建立在内在刺激的基础上,[而是]一种具体实践的形式"(208),"在与他人交往时,我们必须将一种看不见的信念或'读心术'理论化,这种观念是有问题的"(212)。相反,回到第一章中已经初步讨论过的问题,"只有当第二人称语用互动或对理解的评估尝试失败时,我们才会求助于更专业的第三人称的阐释和预测实践"(Gallagher 2005, 213;同见 Hutto 2008, 1—21; Stawarska 2007, 79; Zahavi 2007a, 38)。加拉格尔的描述表明,人类与他人的思想交集的默认策略源自具身实践的非心理化形式。他们首次获得这种实践是个体发生的,而只有当(或如果)根据以故事为基础的阐释和理解模式变成务实的权宜之计后,才会转向创造意义的叙事模式。[22]

　　同时,从舍勒、维特根斯坦和其他评论家的研究中汲取观点,扎哈维(Zahavi 2007a)认为,根据这一哲学传统,"**体验**其他有思想的生物"是有可能的,因为从广泛的现象学视角来看,"情感和情绪状态不仅仅是主观经验的品质,而且是在表达现象中既定的。也就是说,它们通过身体的手势和动作来表达,因此对他人可见"(30)。在社会互动的语境下,这种具身性实践的现象学概述致使扎哈维(Zahavi 2007b)得出以下结论,由于"[许多]主体间性形式……处在基于叙事的互动之前"(196),因此"必须以一种更为原始和基本的自我概念来运作,而不是仅由叙述者认可;这个概念不能用叙事结构来表达,而且它[指出了]叙事所提供的对自我和他人的理解的限制"(200—201)。换句话说,"体验的核心自我"——这种自我能够拥有"以第一人称规定性为特征"的体验(189;见 Damasio 1999, 82—105)——"必须被视为任何叙事实践的前语言预设。只有具有第一人称视角的人才能将自己的目标、理想和抱负**视为**自己的,并讲述有关的故事"(Zahavi 2007b, 191)。

　　刚刚总结的研究结果表明,对叙事相对于人类心智的阐释范围进行仔细评估是非常重要的;也就是说,关于叙事(行为)对构建个人层次体验的权力的主张,不应该过度扩展。在讨论的一些情况中,主体间的交往包括具身的、非精神化的实践。这些实践排除了对行为动机进行归因的需要,脱离了叙事的范畴,尽管它们可能被插入事后的叙事中。在其他情况中,比如孩子们对事件的视角以人为本的意识越来越强(Hobson 2007),促使叙事成为可能的心理能力似乎也在发挥作用,尽管这种能力不一定来自叙事实践。然而,正如本章前面所强调的,叙事确实支持其他适用于个人和个人层面现象的意义生成策略。相关策略的范围现在可以更精确地定义,因为它们是在反对其他前概念或非概念性参与模式的背景下形成的,而这种参与是植根于具体实践的。具体地说,与此相反,在可及的实用语境中,当这些原因或信仰、欲望、意图和价值观的组合仍然没有得到充分的说明,并存在潜在不确定性时,叙事立即产生并促进更深思熟虑的、理性的努力,使人们的行动理由变得有意义。

以叙事如何为理解故意的暴力行为提供关键支持为例。警方调查员、检察官和辩护律师、心理健康专家或受暴力行为影响的个人或人们的朋友和家庭成员都可能会采取叙事形式来试图解决以下问题。不同的故事产生于不同的视角(以及不同的话语语域),其中这些描述逐一展开(比较 Abbott 2008a,175—192):为什么会有这样的行为呢?行凶者的人生经历及其直接的环境中,究竟是什么可能导致其暴力行动?行凶者之前是否与暴力目标有任何关系?如果有,又是何种关系?是否有一个"触发器",构成唯一或主要原因来阐释行凶者的行为(比如复仇的愿望,相信暴力是唯一的实现方法)?还是涉及多个因素,每个因素都更广泛地构成了当前行动的部分原因?暴力的影响是什么?如何才能最好地衡量这些影响?可以说,通过允许人们及其理由置身于故事世界,在人类尺度的环境中,叙事最适合解决这类关于个人层面体验的问题。

一般来说,正如我在第一章中所指出的,加拉格尔和哈托(Gallagher and Hutto 2008)认为"明确一个人的叙事……是理解和评估理由并理解行动的手段。这样的叙事让我们理解一个人的'基本原理',当这一点不那么明显时"(27—28)。这一论点与哈托(Hutto 2007,2008)的其他研究相一致。哈托在布鲁纳(Bruner 1990,1991)的研究基础上提出了"叙事实践假说"（Narrative Practice Hypothesis, NPH）。正如我在第八章中更详细地讨论的那样，布鲁纳（Bruner 1990）为 NPH 假说提供了一个重要的先例：他认为大众心理能力和实践是定位于故事的。对于布鲁纳来说，大众心理学相当于一种文化定位和传播的阐释系统，它允许行动——包括我在前一段中提到的暴力行动——与意向状态相吻合。相应地，叙事是这个系统的组织原则（Bruner 1990, 35）。正如布鲁纳（Bruner 1990）所说："大众心理学的组织原则本质上［是］叙事的，而不是逻辑的或范畴的。大众心理学是关于人类主体根据他们的信念和欲望行事，为目标奋斗，遇到他们征服或被征服的障碍，所有这些都随着时间的推移而延伸"（42—43）。哈托从布鲁纳的模型中推断，通过赋予故事一个关键的发展角色，他提出接触故事是让儿童获得大众心理能力的首要因素。

因此，哈托的 NPH 假说认为在通过参与叙事实践接受大众心理学训练之前，儿童已经掌握了基本的命题态度和动机态度——信念和渴望的态度——然而，故事首先使他们能够理解这些复杂的、不断变化的相互关系。对哈托（Hutto 2008, 23—40；同见 Hutto 2007）来说，即使孩子在四岁左右获得元再现能力，并能掌握如何从不同认知视角来理解不同的情况和事件，或者霍布森（Hobson 2007）称之为的以人为本的视角，这种能力不会转化为架构阐释人们行动理由的大众心理学的描述能力。相反，架构这样的阐释需要进一步理解信念和欲望之间**相互关系**的能力。如果有人需要阐释，例如，人的信仰和欲望的相互关系如何导致那个人实施暴力犯罪，或者因为对怎样完成分配的任务有不同的看法，相似的连锁态度如何导致了同事之间的（非暴力）纠纷，这时就需要考虑这种相互关系。NPH 假说认为，故事构成了一种"训练集合"。通过这种方式，孩子们可以学习如何从理解离散的命题态度过渡到能够组合原因——人们为什么在特定的行动和互动环境中做他们所做的事情："通过参与故事……孩子们会对命题态度的方式，包括信念和欲望，有一个直接了解，根据他们彼此和熟悉的伙伴、情感、感知等来实施行为。更重要的是，在……故事中，一个人的理由会在适当的背景和场景下展现出来。例如，孩子们学习一个人的理由如何受到性格、历史、当前环境和更大的项目等因素的影响"（Hutto 2008，28）。[23] 因此，通过引导参与故事讲述实践，孩子学习到"当涉及理解别人的故事，讲述他们的行动理由时，哪种因素必须考虑和调整，并且学习到在提供自己的描述时需要提及什么"（29）。因此，NPH 假说认为，大众心理学不需要掌握一套理论或一套规则，而是一种实用的知识或技能。叙事既为这种专门知识提供了一个有利的条件，也为后来使用这种知识提供了手段。

本研究中，在探索"世界故事化"的实践如何在整体上为理解个人层面的现象，特别是为参与行动理由提供资源的过程中，我主要关注作为一种实现技巧的叙事，而不是在个体发展中叙事的可能作用，或者是在个体发展的不同阶段中获得和利用叙事知识（Berman and Slobin 1994；Nelson 2006；Peterson and McCabe 1994）。（话虽如此，还是请大家参阅我在第七章关于华兹华斯《废毁的茅屋》运用框架叙事的讨论，描绘和探讨叙述者在故事讲述时的心智赋能和延伸的学习阶段。）同样，关于叙事如何在人类尺度的背景下支持智能活动，更详细的讨论将推迟到第三部分，第七章，尤其是第八章，将围绕叙事实践支撑推理的方式展开。在这里，推理的是大众心理或自己和他人的行动理由。为了预告一些相关问题，下一部分简要讨论了菲利普·罗斯的《遗产》。这是一部关于他父亲的临终疾病和死亡的回忆录，[24] 利用赫尔曼·罗斯的生命叙事作为手段，在他因病临终时识别、语境化并阐释赫尔曼的行动理由。而这些行为反过来塑造起罗斯对行动理由的理解，可以认为这些理由延长了生命时间。

罗斯《遗产》中的行动理由

此处预告第八章中的一些问题，后面将详细探讨。我在这里主要关注的是罗斯如何利用叙事的时间控制能力（Abbott 2008a，3；Matz 2011；Ricoeur 1983—85/1984—88）。叙事有能力及时重新定位事件，或以其他方式重塑事件的时间轮廓,揭示行动理由的网络——与一个人更长的生命史紧密相连(只有通过研究生命史才可见)的网络。令人吃惊的是,《遗产》在很大程度上致力于尝试近乎全面地描述支持赫尔曼·罗斯一生中的行为的信仰、意图、恐惧和欲望。而且,这已经通过菲利普·罗斯对他父亲的人生故事叙事的主要片段显现出来。这提供了一个语境,来理解赫尔曼在他最后的几年选择做(不做)什么的理由。然而,语境本身是部分通过后来的行为揭示出来的,菲利普·罗斯认为与之相连的行为也有此作用。例如,赫尔曼·罗斯在 86 岁时被最初诊断为贝尔麻痹症,但最终被证明是一个大的脑瘤。罗斯通过回到一个更早的时间框架(或者说一系列时间框架),再加上迭代叙述,[25] 来阐释当他父亲发现右边脸瘫痪时的行动:"他试图告诉自己,他在床上躺错了方向,他的皮肤只是在睡梦中起了皱纹,但他相信自己是中风了。早在 20 世纪 40 年代初,他的父亲就因中风致残。当他自己也上了年纪后,他曾对我说过几次,'我不想走他走的路。我不想那样躺在那儿。这是我最害怕的'"(10—11)。之后,在一段关于赫尔曼对里尔的"无情的谴责"中——他妻子贝斯·罗斯死后他和那女人有过一段情——罗斯再次使用迭代叙述,体现为使用带有持久性的虚拟语气(**永远理解不了**)、隐含重复行动意义的名词短语(**始终不渝的忠诚**),以及表明多个时间框架的介词短语(**有时**)。这些叙事资源使罗斯的行为勾勒出的,不仅是一个更长的行为历史,也是一个激励信念、欲望、意图的网络,来阐释赫尔曼最后几年的行为。正如追溯行为造就了罗斯对行动理由的评估,这些动机已经勾画出赫尔曼的整个人生轨迹。这里讨论的是"鲁本式振幅"(即增肥的倾向)。为此,赫尔曼批评里尔,"一餐接着一餐,一道菜接着一道菜,不停地吃"(79):

> 他永远理解不了,像他这样的克己和自律是非凡的能力,不是所有人都拥有的天赋。他认为如果一个有着他所有缺陷和局限的男人拥有这种能力,那么任何人都能做到。所需要的只是意志力,就像意志力是从树上长出来的一样。对

那些他要负责的人，他始终不渝的忠诚似乎会迫使他对他们的失败作出反应，就像他对他所认为的他们的需要——不一定是错误的——作出反应一样发自内心。因为他是个专横的人，而他的内心深处也潜藏着一种纯粹陈腐的无知，所以他不知道他的训诫是多么没有成效，多么令人恼火，有时甚至是多么残酷。（79）

或者为了理解就在亡妻贝斯的葬礼之后，他父亲开始扔掉她的东西的决定，罗斯将赫尔曼的行为与他 30 年前的行动进行交叉对比。他送给一个侄孙两本满满的邮票集，这是罗斯在小学时辛苦积攒的。将最初分离的事件拉近彼此距离，以便使用他父亲在以前的时间框架中（可以或可能的）行动理由为基础，来评估他三十年后的行为。罗斯再次利用叙事的时间控制能力，在这里它控制了热奈特（Genette 1972/1980）所说的**顺序**，或事件叙事的序列。这跟假定它们发生在故事世界的序列是相对的。罗斯回忆道，当他第一次得知失去了十五到二十年之前收集的邮票本的时候，他克制住了冲动，没有批评父亲将它丢弃，部分原因是"他（赫尔曼）最公然轻率的行为都是由自发的冲动引发的，去支持、帮助、拯救、救赎，是因为坚信自己在做的……是慷慨的、有用的，在道德教育上有效的"（30）。然后罗斯努力阐释赫尔曼将贝斯·罗斯的物品马上处理掉的原因。他将这次行动置于一个关于动机的大历史环境下，即使罗斯接下来寻求澄清历史，将他父亲在葬礼后的行为从这个整体趋势中分离出更具体的原因——"一个更难理解和定义的原因"（30）。因此，尽管当时罗斯告诉他的父亲要振作起来，在葬礼结束后回到客厅一起致敬，但在叙事的这一刻，他对自己先前的评估重新进行了评价："但他**已经**振作起来了。他看上去既没有发呆，也没有歇斯底里发作——他只是在做他一生都在做的事：下一件困难的事。30 分钟前，我们埋葬了她的尸体；现在把她的东西处理掉"（31）。在之后的故事中，罗斯花了大量的心力和费用为他父亲挑选的礼物被赫尔曼退回。这一事件可以通过罗斯描述赫尔曼处理邮票集和贝斯物品中体现出来的行动理由来阐释,同时也得到了进一步的澄清。正如罗斯所写的那样,"我一点一点地把一切都收回来,每一次都让我震惊的是,那些象征着他最珍爱之人之爱的东西,其情感价值——甚至物质价值——对他来说是多么无关紧要。我觉得很奇怪,在这样一个男人身上发现一个特别的空白点,他对家庭的要求在情感上是如此的专横——或者也许一点也不奇怪:对他来说,仅仅是纪念品怎么能概括出血脉相连的强大力量呢?"(90—91)

罗斯的叙事不仅举例说明,叙事有能力在时间上重新定位事件,暂时投射出扩展的行为模式,为理解人生中的特定行动提供了资源(反之亦然);而且,《遗产》也为这个故事驱动的意义建构过程提供了主题。因此,当赫尔曼第一次了解到最终将杀死他的脑瘤的真相时,他自己也借鉴了其他家族疾病的故事,并努力去理解和改善它们,试图把它们融入故事中,从而缓解自己的焦虑:

> 不断地,赫尔曼想起了疾病、手术、发烧、输血、复苏、昏迷、守夜、死亡、葬礼,他的思维以其惯常的方式,致力于将他与他的痛苦孤立分离。他一个人站在遗忘的边缘,将他的脑瘤与更大的历史环境相连。他把痛苦置于这样一种背景下,他不再是一个独自承受着自己特有的、可怕的痛苦的人,而是一个家族的成员,他知道并接受了这个家族的考验,除了分享之外别无选择。(70—71)

这个段落描述了赫尔曼本人使用叙事来建立联系的形式,这与罗斯本人在整体回忆录中追求类似的目的相似。罗斯推断他未来行为的一个指令是:"你不能忘记任何事"(238)。从信仰、意图、价值观和情感的反应来看,他父亲的人生故事给他启示,并使他构造起一套大致连贯的行动理由,来阐释赫尔曼在他人生轨迹中的行动。同样,赫尔曼试图用他家庭成员的患病史来规划他自己应该遵循的行为准则,因为他面临着一个困难和不确定的未来。

结　语

在这一章中，颠覆第一章所使用的策略，我探索了如何将故事视为一种意义赋予资源，而不是阐释的目标，从而促进叙事学和心智科学研究之间的对话。只要它仍然牢固地扎根于人的层面，这里所概述的方法与第一章的方法就是一脉相承的；这两章都为我更大的论点奠定了基础，即通过关注个人层面的现象，叙事学家不仅可以从认知科学中学习，而且促成认知科学中的辩论。20世纪中期心智科学领域有两大关键贡献：海德（Heider 1958）对人的感知的研究和斯特罗森（Strawson 1959）将人的概念视为人类理解世界的图式的原始概念。回顾这两大贡献后，我提出如何将海德和斯特罗森的研究与非还原性唯物主义融合在一起。这种唯物主义即贝克在人的"构成"理论中提出的主张（Baker 2000，2007a，b，2009）。对贝克来说，人是由物质粒子构成的，但无法完全简化为物质粒子（的集合）；因此，个人层面的现象，包括意向依赖对象和活动（如网球拍和网球比赛）在内，需要被置于一个独立的分析领域，而不是简化到较低层次的遗传及生物因子过程（如那些神经科学中研究的过程），也不是就此被同化为宏观层面的过程（如人口趋势）。我认为故事提供了一个至关重要的背景来表达、争论和转换与这个普通中型世界相关的直觉，特别是关于居住在其中的人，他们的体验和动机的直觉。我也将我的叙事与对智能行为的生态取向和主体间展开的研究联系起来。

此外，吸收发展心理学、现象学和心智哲学的见解，一方面是有意识、审慎地与他人心智互动的策略，另一方面是非心理化参与模式与在主体间性的语境中具体实践的绑定，我强调这两者的区分。叙事可以为与他人交往的协商策略提供关键支持，而非概念性的联系方式则不属于叙事实践的范畴，除非它们是事后叙事（个人发展或自我-他人关系）的一部分。这样，了解到斯特罗森（Strawson 2004）、扎哈维（Zahavi 2007b）和其他人的研究后，我试图避免在涉及对人们的理解时对叙事力量作出过度延伸的主张,并从更广泛的意义建构活动中分离出来叙事所集中描述的。最后,在对《遗产》的讨论中,我关注的是罗斯如何利用叙事的时间控制能力,将他年迈父亲的行为与行动理由的更大网络联系起来。这种网络出现于在罗斯自己讲述赫尔曼的人生故事的行为中。通过这种方式,我试图在其最佳校准的领域(即人的领域和个人层面的现象)中展现故事的阐释力。

正如第二部分建立在第一章对叙事阐释问题的讨论的基础上,第三部分建立在本章关于叙事作为阐释体验资源的论述基础上。第六章概述了叙事作为思维的工具,而第七章和第八章衔接这种概述并对这一章中的分析进行了延展,详细描述了心智延伸或心智赋能的功能。这种功能根据使用的语境由特定的叙事结构提供。[26]

第二部分

故事世界化：
作为阐释目标的叙事

第三章

跨媒介与跨文类建造故事世界

叙事学创立于 20 世纪 60 年代中后期，那时结构主义理论家未能在叙事的两个维度达成一致：其一为故事的指涉（referential）或创造世界的潜力，[1] 其二为媒介特异性（medium specificity），或者说包括众多与世界创造有关的故事讲述实践可能如何受制于既定符号学环境的表达能力。本章关注的重点正在于此。自学界采用"后经典"方法观照故事以后，有关这些叙事维度的研究已经成为显学（Herman 1999）。人们的争论和质疑围绕着叙事探究的架构展开，这些架构建立在经典和建构主义模型之上，却又用一些不为罗兰·巴特（Roland Barthes）、热拉尔·热奈特（Gérard Genette）、A. J. 格雷马斯（A. J. Greimas）和茨维坦·托多罗夫（Tzvetan Todorov）等早期理论家所知的概念和方法对其进行有益补充。我所用来研究故事讲述和心智科学之间交叉领域的叙事性世界建构概念就是这样的一个实例。[2] 本书第二部分的第一章意在突显指涉性和媒介特异性如何作用于我所谓的故事世界化。与此同时，本章认为要想阐发这一过程，我们就得考察叙事结构的方方面面、故事讲述媒介的属性，以及使叙事经验成为可能的心理倾向和能力的相互关系，或者研究出三角化策略。因此，认知科学的进展可以揭示出阐释者面对不同符号格式所承载的叙事时通过文本提示来跟故事世界建立联系，在故事讲述方面进行跨媒介研究对心智科学而言仍然至关重要。确切地说，叙事探究的各种传统可以烛照出不同媒介的长处和短处如何对读者、观者、听者在特定故事讲述环境中所进行的建构叙事世界行为产生塑形作用。

本章主要关注几种类型的文本,它们采用文字和图像促成并深入探究不同种类叙事世界之间的共同建构。我首先要做的是通过这些实例分析来研究对故事进行世界化的过程如何牵涉使用文本提示来勾勒出被讲述事件的时空构造,同时还为被叙事范畴提供一种本体论,也就是一种实体模态,此外还研究由叙事唤起的它们存在于这个世界中的各种特征和联系。[3] 不仅仅因为故事的世界化在不同的叙事文类,比如说虚构叙事和非虚构叙事中以不同方式展开,更重要的是,特定故事叙事媒介的属性对世界建构过程产生直接影响。我探讨本人提供的实例如何在不同程度上依赖于文字-图像组合,借此来研究文本如何征用多种符号渠道来触发关于被叙述世界中的主体、事件和境况的推论。故事世界可以被视为差不多完全具体化的模型,它们使得阐释者对叙事文本或话语直接或间接提及的情境、主体和发生事件构造出推论;相应而言,叙事利用一个或多个符号学环境(说的、写的或者符号化语言;默剧;摄影、描绘或移动的图像,等等)来架构跟这些模型世界的关联(见 Herman 2002,9—20;2009a,105—136;2011e)。

此处需再次强调,我在描述故事的指涉性或创造世界的潜力时,所用的"指涉"一词的含义要比多利·科恩(Dorrit Cohn 1999)等人所用的更加宽泛。科恩(Cohn 1999)探讨了菲力浦·勒琼(Philippe Lejeune 1989)、卢博米尔·多勒泽尔(Lubomir Doležel 1998)、玛丽-劳勒·瑞安(Marie-Laure Ryan 1991)等理论家已经谈及的话题。科恩认为虚构叙事是非指涉性的,因为跟历史编纂学、新闻报道、传记、自传,以及其他非虚构叙事类型相比,虚构叙事无关真伪判断(15,并参见本章最后一节)。然而,正如我在第一章所言,我将世界建构与广义的"叙事的指涉维度"联系在一起,本人想要保存一种直觉——虚构叙事和非虚构叙事都由**指涉表达序列**组合而成(见 Schiffrin 2006),这些序列的本质和范围将根据所涉及的不同故事媒介和文类而产生变化。

叙事促使阐释者跟话语模型或者模型世界（即故事世界）发生关联，涵盖情境、事件和实体，它们由唤起世界的表达方式或提示来再现（详见Herman 2002；2009a，106—135）。在此意义上，叙事指模型世界，无论是想象的、独立自主的虚构模型世界，还是声称有真伪之别的非虚构模型世界。

正如上面这个构想所示，虽然叙事提供了各种方式跨越各种背景和媒介来创造、转换和集成故事世界，[4] 不同种类的叙事实践势必造成世界建构的不同规则，也带来不同的结果和效应。本章，甚至是本书，试图说明让叙事方面的学术研究跟心智科学展开更密切的对话，可以提供启示，有益于阐释那些建构的规则如何用于阐释者处理故事，不仅可以为研究故事的学者提供新的分析工具和研究框架，还可以为认知学科的研究人员提供叙事学家们所缔造的工具和框架的进路。我在本章和整个第二部分着重探讨特定话语模式激发叙事经验的方式，指出心理语言学、话语分析及相关研究领域的观念如何跟故事研究整合在一起，进而表现叙事理解的各种进程。我认为凡是谈论故事均牵涉将文本线索映射到心灵所创建世界的**何时**、**何物**、**何地**、**何人**、**如何**以及**为何**等维度之上。通过尽量征用文本可供性来或多或少地详述与"填写"这些维度，阐释者可以为下列问题提供临时的答案，处理某一特定文本时必当如此：

- 在故事世界中，事件的时间框架如何跟叙事行为或创造世界行为的时间框架发生关联？（用莱辛巴赫［Reihenbach］在 1947年的术语来说：**事件时间**和**话语时间**之间是何种关系？）
- 相对于叙事地点——以及为此相对于阐释者现行位置而言，被叙述事件曾经/将要/可能在哪里发生？
- 被叙述事件范畴如何确切地进行空间构型？随着时间推移，此领域的构型会发生何种变化？
- 在行动展开的某一特定时刻，和边缘（背景化）构成要素相对，什么是被叙述范畴的中心（前景化）构成要素或占有者？
- 在某一个特定时刻，在被叙述世界里，谁在情境、对象和事件方面所占据的有利位置塑造了对这一世界的呈现方式?

- 在叙事世界的**何物**维度,哪些因素跟**何人**、**如何**以及**为何**相关?换言之,在故事世界里,"行动"在何种范畴内发生并对"行为"带来影响,以至于关涉询问何因产生了何果,以及何人做(或者企图)何事,经何途径,为何原因?

这些诸多维度互相作用,造成了所涉及故事世界的结构、功能和总体影响。阐释者处理叙事时会对上述问题形成相应答案,随之又会造就不同模态的具体回应。因此,这些问题关注讲述行为召唤出何种故事世界,同时它们又反过来连接起其他与特定叙事如何跟更广阔话语环境产生联系的问题——讲述行为为何,或者说出于何种目的,会发生。叙事不仅仅唤起世界,而且会介入话语场域、再现策略、观看的众多方式中,有时候是一系列冲突性的叙事,就像法庭审判、政治选举或者家庭争议(见 Abbott 2008a,175—192)。[5]

同时,也有一些关于媒介特异性的问题——比如说各种符号环境如何限制和使得故事讲述行为发生——可以被归到**跨媒介叙事学**的范畴(Herman 2004a;Ryan 2004;Ryan and Thon 即将出版)或者跨媒介叙事研究中。跟经典的结构主义叙事学不同,跨媒介叙事学对过去的概念进行质疑,认为叙事(=被讲述的内容)的情节和故事在跨媒介的过程中无法完全保持不变(被呈现之"物"如何被呈现)。它认为故事中的有些要素的确可以或多或少地被完全而可辨认地进行修复,这部分取决于源媒介和目标媒介的符号学特性。因此跨媒介叙事学一开始就认为,虽然通过不同媒介传达的故事共享一些特征,原因在于它们都是叙事文本类型的实例,然而故事讲述的行为却被各种跟特定符号学环境相关的限制和可供性所曲折改变。各种成套的限制和可供性在多模态的故事讲述或者来源于多符号渠道的叙述形式中互相作用,以唤起故事世界。

在下文中,我将为分析跨媒介叙事世界建构做一些额外的基础工作,为本章之后将讨论的实例分析提供更多细节,然后将用这些案例叙事来勾勒出一系列策略来构成故事、媒介和心智的三角形。我旨在描绘出研究各种心智能力和性情的方法,看它们如何跨越不同文类和媒介来支撑叙事经验或使得故事世界化发生。

跨媒介建构故事世界

媒体特异性与方法论:重新评估语料库和理论之间的匹配

在叙事研究领域,分析者们已经意识到需要多样化的叙事文本语料库——故事讲述行为的范围——在此基础上他们试图弄清楚故事为何物,故事如何运作,故事可以作何用途。不妨引用一下杰拉德·普林斯(Gerald Prince 1995a)在对女性作家文本的关注能够如何影响叙事学的讨论中的一段话:"或许可以说,对叙事学语料库的修正(比如说偏向于使用女性作家的作品)……可能对叙事学产生的模型本身有影响;如果说结果表明这种变化并不会导致模型发生变动,后者才会更加可信,才不易导致负面批评"(78)。叙事学理论必然基于特定的故事语料库,包括在特定语料库之内的故事塑造了分析者对叙事本身的功能和形式的主张。在重新评估上述方式的过程中,关于故事讲述的**媒介**的研究已经被推至叙事学研究的前沿阵地。问题在于各种媒介中呈现出的叙事是否需要对现存故事研究方法进行重新语境化和重新校准。[6] 因此,近年来学界试图推出一种跨媒介的(Herman 2004a;Ryan 2004)或者"有媒介意识的"(Ryan and Thon 即将出版)叙事学,一种跨媒介研究叙事的框架,这可以被视为持续对方法论问题——尤其是语料库和理论的匹配——进行思考而形成的有机产物,也就构成该领域研究的基础部分。

的确,在后经典叙事学旗帜下,对故事讲述媒介的关切在反思叙事研究的经典和结构主义方法的过程中已经起到了关键作用。可以说,结构主义叙事学理论家未能合理阐释叙事行为如何被某一特定符号学环境的表现能力所塑造,就像克劳德·布莱蒙(Claude Bremond)在1964年的文章《叙事信息》("Le message narratif")中所言的,"任何叙事信息……都可以从一种媒介置换到另一种媒介并保持其基本特征:故事的主题可以被用于芭蕾舞,小说的主题可以被置换到舞台或者荧屏,我们也可以用言语来向人重述一部他没看过的电影"(转引自 Chatman 1978, 20)。相比而言,跨媒介叙事学并不认同布莱蒙的观点,驳斥那种认为故事(*fabula*)或叙事的故事层,以及阐释者通过情节(*sjuzhet*)或话语层呈现的信息来重建的情境序列和事件序列在跨媒介的转化中完全保持不变的观点。相反,如前文所述,这种现行假设认为源媒介和目标媒介的符号学特征决定了一种格式讲述的故事在何种程度上完全可以被另一种格式所重新整合。

本章指出,所有试图勾画出叙事研究和认知科学交叉地带的研究——不管主要专注于将叙事视为阐释目标还是将叙事视为赋予意义的资源——都必须将通过各种符号学环境呈现出的叙事可能性的范围考虑在内。为此,我运用可归于多模态叙事的更大类别之中的包含文字和图像的实例分析,或者使用了一些可以利用多种符号学渠道来唤起叙事世界的故事。这些实例为故事讲述和心智科学提出了一些核心议题:在一个图文并举的叙事中,行动如何在图像轨和语言轨之间进行分配,这种信息的划拨对接洽叙事世界的过程有何影响?换言之,读者可以在何种程度上精确地将话语-视觉构思设计作为探索故事世界的基础,图文并存的叙事所提示的世界建构行为跟其他故事讲述的媒介所促成的行为之间是何种关系?就像本章所谈实例一样,对单模态或单渠道叙事相关的叙事现象(叙事模态、视角策略、人物塑造,诸如此类)进行的先在描述或许需要如何加以调整,以适应双渠道的故事讲述行为?[7]

在随后的小节中,我将对叙事种类进行分类,它们旨在为解决这些问题提供必要条件,并在此过程中为本章及第二部分其他章节奠定基础。

走向叙事种类的分类

结构主义叙事学之后的研究进展会对故事讲述媒介之间的差异

如何影响世界建构这个问题提供进一步的线索。尤其值得指出的是,克雷斯和范·列文(Kress and van Leeuwen 2001)在他们关于多模态交际的研究中对模态和媒介作出了极佳的区分。他们认为,模态是一种符号学渠道(不如说环境),它可被视为一种在特定话语中用于**设计**表达的资源,同样,它又会被嵌入某种交际互动之中。相比之下,媒介可被视为**生产**和**分配**相应表达设计的方式;因此,媒介"是用于符号学产品和事件生产的材料资源,包括所用的工具和材料"(Kress and van Leeuwen 2001, 22)。比如说,会话型的故事讲述者在叙事组织话语中使用两种典型的模态来设计话语和视觉表达。然而说出的语言和动作不仅形成模态,同时也形成媒介,因此故事制品可以在或多或少地在局部范围进行生产和分配:如果没有辅助录制设备在影音媒体中来传播叙事,其范围将会更加局限;如果故事讲述过程被录像,则会范围更广。进一步而言,当交际互动用这种方式得以弥补,所选媒介可以影响互动的原初多模态被保存与否。因此,对一个面对面故事讲述情境的录音不仅可以弥补互动,而且可以将它转化成一个单模态设计。当小说或短篇故事被拍成电影时,情况正好相反。

　　图 3.1 到 3.4 从这些普遍的因素推断和概述出故事类型的分类。这个分类指出了单模态和多模态的对比如何对世界建构过程产生影响,还有各种故事世界语义复杂程度的各种差异因素,以及世界建设过程中我称之为的内指(endophoric)和外指(exphoric)策略的差别。外指策略使故事世界跟当前交际互动正在发生的环境发生联系;内指策略则会或多或少地为被叙述的、独立于环境的领域建构一个心理模型。[8] 图中所绘制列出的各种关系展示出故事逻辑如何用更普遍的符号学的多模态表现系统得以表达,这些系统可以由多种信息渠道构成。

　　图 3.1 为单模态叙事示意图,源于单一符号渠道(印刷文本、符号语言或不带音轨的图像轨)的文本设计被锚定在一个单一的参照世界中,它又构成故事世界。比如说,一个印刷的虚构叙事可以使

用文字唤起一个单一的非事实参照世界,这个参照世界跟故事世界相对应,阐释者必须进行本体论或指示转移。[9] 相对而言,图 3.2 则表征了另一种单模态叙事,它同样运用了单一符号渠道,唤起多种参照世界,比如说印刷出来的框架故事。在这种情况下,要想涉足故事世界,便需要将这些参照世界投射到一个混合的概念空间中(比较 Fauconnier and Turner 2002),这个空间既包括起框架作用的故事层(diegetic),也包括镶嵌于内的被框(次故事)层。

叙述→文本→参照世界→故事世界

图 3.1　唤起单一参照世界的单模态叙事

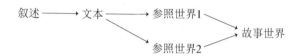

图 3.2　唤起多重参照世界的单模态叙事

在第二种单模态叙事中,我们可以分出两种次类型。在一种次类型中,没有任何参照世界跟叙事展开的背景一致。比方说,一个虚构文本可以营造出人物角色的一个私人的心理世界以及"文本真实世界"(Ryan 1991),这些人物角色以它作为真实参照,或者一个虚构叙事可能同时含有框架故事和被框架的故事(见第七章)。在另一种次类型中,叙述过程在叙事唤起的参照世界发生,就像电台新闻广播时,播音员或在现场讲述故事的目击者说起一种景观的情状来为他或她正在通过这个符号渠道重新描述的过去事件提供参照空间(见实例分析 V)。第一种次类型可被视为内指单模态叙事,第二种则是外指单模态叙事。

图 3.3 和 3.4 则表征了多模态叙事的情形,内指和外指的区分在此也适用。图 3.3 表征了一种使用多符号渠道唤起单一参照世界的情形,它直接映射于被叙述领域之中。当关于故事世界的现状信息通过图文互动的协同形式在连环画或绘本小说出现之时,或者当一个

传达非现场叙事的故事讲述者在面对面交流中使用肢体语言和话语来唤起非现在故事世界之时，这种格局就形成了。在图 3.4 中，与之相反，多种符号渠道的互动之中产生了多个参照世界。同样，我们也可以发现两种次类型。第一种次类型涉及对多重参照世界的内指多模态再现。此处可用电影为例，它使用来源于早先时间框架的声音来表示特定人物正在回忆的经历，而图像轨却正在显现同样故事世界的现在状态。回忆中的声音也可跟现在时刻的声音混合在一起，正如图像可以闪回描述先前的时间，也可以描述人物现在经历的世界；随之产生的结构就对应了图 3.4 所示的符号渠道和参照世界的剖面线。

图 3.3　唤起单一参照世界的多模态叙事

图 3.4　唤起多重参照世界的多模态叙事

　　第二种次类型涉及对多重参照世界的外指多模态再现。这有一个恰当的样例：一个故事讲述者在现场讲述一个叙事之时同时使用语言和肢体动作——本书第三部分的实例分析 V 将会对此详述。在这个样例中，两种符号渠道——配合肢体动作交流的视觉渠道和配合语言交流的听觉渠道——都可以使得故事讲述者唤起多种参照世界。然而，现在有一种参照世界将正在进行中的叙述过程镶嵌在内。因此，故事讲述者可以使用指示性的肢体语言或要点来在现在环境中建立一个基准，后者反过来又可以推动故事世界产生过去发生时同样的经历体验。同样，语言指示词可以在此时此刻建立起参照点，而包含在叙事中的其他话语则促使谈话人尽量对非现在的故事世界进行指示转移或详细列举叙事领域的特点或事件。

多模态故事叙述案例研究

在接下来的小节中,我将以多模态叙事的几个案例详细阐释上文所用分类法,研究这个分类法如何跟跨越不同故事讲述媒介建构叙事世界的规则交叉汇合。我为此选用了图文结合进行故事讲述的形式;然而,为了说明某一特定故事讲述媒介可以带来多样性的叙事行为,我选了这个范畴内的完全不同的典型。因此,首先的两个案例分析一个是威廉·布莱克的插画诗,另一个是《绿巨人》(《无敌浩克》,*The Incredible Hulk*)连环画片段。它们很好地展示出图文结合的方式可以如何广泛地运用于唤起虚构情境。同时,第三个案例囊括了两个作家的三个非虚构的自传性质的描述,它们分别是玛丽·弗雷纳(Mary Fleener)的《狂欢生活》(*Life of the Party*,1996)和杰弗里·布朗(Jeffery Brown)的《笨拙》(*Clumsy*,2002)与《不幸》(*Unlucky*,2003)。布朗的这两部作品来自他那著名的"女友三部曲"。

虽然所有这些案例叙事都有视觉轨和语言轨,它们在不同程度上(以不同方式)依赖于图文,以二者的结合为资源来建构世界。在第一个案例中,威廉·布莱克的《毒树》("A Poison Tree")于1794年首发于诗集《天真与经验之歌》(*The Songs of Innocence and Experience*)。这首诗歌是一个简单的图像配一个包含多重情境和事件的语言轨。与此相反,在我第二个案例所用的连环画《绿巨人》以及玛丽·弗雷纳的《狂欢生活》和杰弗里·布朗的两个文本中,一系列的画格(panel)将一个正在展开的故事世界的一些时间片段封装起来,画格的设计和顺序都或多或少地在细节上服务于基态再现故事世界中人物的经历。因此,布莱克的文本用一个视觉轨提供了故事世界的一张"快照"(或者说一个时间片段),由语言轨造就的这个故事世界其实更为丰富生动。我的其他案例研究则凸显出图像的顺序,它们传达出被叙述领域一刻接一刻发展演进的感觉。进一步而言,我在下文将论及,虽然布莱克文本的语言轨使用了否定式暗示存在至少一个以上的参照世界,但是图像轨却只能捕捉住单一参照世界中的一个瞬间,以致文本的结构并不能完全跟图3.3或图3.4保持一致。诚然,图像构成了信息的自主来源,被阐释者用来建构故事世界。这个来源对诗歌的语言轨提供的信息产生互补和不可约化的作用。[10]然而在我所用的一些其他叙事案例中,不仅语言轨和视觉轨在此意义上互相不可约化,它们还连接起一个以上的参照世界,如图3.4所示。

最后,为了跟历史编纂学、新闻报道和传记保持一致,本书第三个案例研究将讨论玛丽·弗雷纳以及杰弗里·布朗的连环画,它们都属于非虚构范畴。虚构叙事唤起既有主权又独立的故事世界,如果想要通过额外的证据渠道来进行驳斥,那就犯了范畴错误。如弗雷纳和布朗笔下的非虚构叙事所及的情境和事件则可以通过跟其他潜在有矛盾的描述进行比较而得以证伪。因而,我在此所言的图像生命写作对叙事的参照性提出质疑,这些叙事参照性跟媒体特异性的诸多问题交叉在一起,表明多模态故事讲述的方法如何既可被用于虚构文类,又可被用于非虚构文类。

案例一：建构布莱克《毒树》的故事世界

正如菲利普斯(Phillips 2000)所言,布莱克在1788年发明了一种图文并茂的创作和复制方法,他称之为"饰字彩印"(illuminated printing),后来的批评家则称其为"凸版蚀刻"(relief etching):"使用抗酸性的清漆在铜板上写字与作画,然后蚀刻掉未受保护的表面,留下凸起的图文,然后再刷墨,使用滚动印刷器以印出凸面"(15,关于布莱克的印刷术,详见 Essick 1985;Viscomi 2003)。布莱克之所以使用这种方法,或许是因为它的成本只需要雕刻的四分之一左右(Mitchell 1978,42)。《毒树》就是用这种方法印刷的(见图3.5)。我还另外将此诗摘录于下:

图 3.5

威廉·布莱克《毒树》,来自《天真与经验之歌》
Lessing J. Rosenwald Collection, Library of Corgress.
© 2012 the William Blake Archive

我对我的朋友发怒;
我说出了愤慨,愤慨便消除。
我对我的仇敌发怒;
我不发一言,愤慨便增长。

我用恐惧来浇灌,
日夜辅之以泪水:
我用微笑之光来照耀,
助之以温柔的欺骗与狡诈。

它在生长，日夜不息，
结个苹果放光芒。
我的仇敌见它如此光亮，
便知那是我所种养，

他偷偷潜入我的花园，
趁着夜幕遮住了星光；
天亮了，欢喜地，我看见：
仇敌在树下已倒毙。

　　必须指出，此处所引诗歌版本仅为布莱克所作版本之一。格勒克纳和格林伯格（Gleckner and Greenburg 1989）指出，"布莱克在 1789 至1818 年间印刷和手工上色完成了《天真之歌》与《天真与经验之歌》。现在已知曾有 21 份《天真之歌》和 28 份《天真与经验之歌》面世。没有任何两份是一模一样的。布莱克经常改变每一份的上色、编排甚至印刷母版局部的图像志"（xii，比较 Essick 1985，883；Viscomi 2003）。[11]

　　学界围绕布莱克的多模态诗歌实践，尤其是围绕这首诗，已衍生出多种阐释传统，都可以用来研究跨媒介"建构故事世界"的规则。加拉格尔（Gallagher，1977）认为我们有必要思考《毒树》是否可以被视为一则寓言，通过诗歌（喻体）呈现出的具体故事梗概从属于它所示例普遍的主题或道德原则（本体）。正如加拉格尔所言："在一个叙事中，它的本体（［理念］即故意压制愤怒比自然表达愤怒更具毁坏力）显而易见是一个具有欺骗性质的老生常谈，极容易将诗歌喻体（毒树）视为一个为了体现其中所蕴含的道理而便利地用讽喻方式建构的寓言"（237）。然而对加拉格尔而言，将布莱克的文本仅仅视为寓言无法充分阐释这首诗歌，尤其是无法接受"那个将愤怒真正具象化为物体的惊人之语（毒树从虚空中长出）"（同上）。[12] 加拉格尔反其道而行之，将这首诗歌解读为对创世纪中人类堕落的一个黑暗戏仿，那个自我神化的叙述者扮演着愤怒而令人胆寒的上帝，这是一个险恶暗黑版的创世神话(247—248)。

与此同时,加拉格尔将注意力放在布莱克诗歌的最后两行(第
15—16行),动词"看"(see)切换到现在时("天亮了,欢喜地,我看见/
仇敌在树下已倒毙")。下面我将探讨为何将"看"作为历史现在时的
实例,它用于强调叙述者过去观察行动的特殊意义,跟诗歌中描述的
其他事件形成对比。然而对加拉格尔来说,诗人切换了时态,着重突
出了事件对叙述者心理造成了持续的影响:

> 虽然时态的切换可以被视作为了押韵的需要,但布莱克
> 也不会为了音韵而损害意义。本诗的结尾两句很清楚:一
> 个简单的过去的行为(叙述者的敌人死去)带来了一种效果,
> 它在永恒的现在产生决定性的回响——任何早晨,每个早
> 晨——我看到仇敌倒毙树下。这恰如原罪,所有人都已经死
> 在了亚当的致命忤逆之中(Gallagher 1977, 248)。

这种阐释强调叙述者扰乱世界(或者说腐蚀世界)行动中的连续
性特质,在本诗中叙述者选择不将自己对他人的愤懑情绪及原因告诉
当事人。这种阐释还凸显了叙述者记忆/意识心智的塑造世界的能
力。在视觉上矫正叙述者对自己观察行为的语言报道,文本设计将这
一瞬间前景化,显示出叙述者行为中最具毁灭性的是心智的行为,包
括那个愉悦地看着仇敌死去的行为,而这个敌人正是叙述者自己(通
过另一种心智行为)一手造就的。

因此,这首诗歌印证了米切尔(Mitchell 1978)的论断,即布莱克的
意象中:"图画空间并不是作为一种单一的、视觉上可以被察觉的形式
容器,而是对它所包含的人的意识的某种延伸"(38,同见 Connolly
2002, 26)。牛顿将空间概念视为一种先在的容器,容纳于其中的物
质受到物理力量的作用(Ault 1977/1986, 163—169;Hagstrum 1963/
1991, 76—77;Peterfreund 1988, 54),与之不同,布莱克反而强调具化
思想将空间围绕特定视角塑形成情境时的积极赋形作用。这跟下章将

要讨论的话题形成呼吁。或者说,如米歇尔所言:"布莱克的混合艺术的本质性凝聚力……在于各种形式(语言和视觉)的汇聚,在现实的结构中达到肯定人类形式的中心地位的目的(如诗歌中的意识或想象,以及绘画中的形体)"(Mitchell 1978, 38)。在《毒树》中,意识和身体正是这样交汇,在语言和视觉信息轨上通过一种特定的观察方式共同凸显自我和他者的毁灭。诗歌的视觉设计证实了米歇尔对布莱克图像形式的断言,它涉及的不是"内在"的精神现实以一种原表现主义的样式对"外在"物质世界的投射,而是强调"身体与空间之间的连续性与互动,作为意识及其对象之间辩证关系的象征"(59)。比如说,可以看到毒树的低枝,即构成语言文本底框的那些枝节,如何呼应仰面人物的胸廓的曲线,它跟死敌伸出的手臂跨度一样。在这里,可以认为图像由观察意识从它在故事世界中的有利位置产生,将世界的空间布局阐释为受其中人类形式情境所决定的,即使观察意识的识解方式是由其自身的所处的视角决定的,包括其相对于所描绘的场景在时间和空间上的位置。

因此,除了在意识及其对象、心智和世界之间建立辩证法外,布莱克的文字自反性地暗示了故事讲述的行为如何增益并从这种辩证法之中产生,通过各种符号学渠道(和渠道组合)来投射出心智所栖居的世界。这首诗形成了叙事世界建构的闭环,使得阐释者参与到故事世界,其中叙事本身是建构世界的重要手段。因此,《毒树》展示出本书中提到的两个叙事侧面之间的互动:叙述被视为阐释的目标和叙事被视为一种心智赋能或心智延伸的资源。现在我接下去讨论文本,为了与第二部分更宽泛的目的保持一致,将强调这两个侧面中的前者。

多模态叙述中的故事世界本体论

若干数量并不多的人、非人物体和事物状态在《毒树》的故事世界里占据重要位置:叙述者、一位朋友、一位敌人;一种真实或想象中的冲突;冲突过后反复叙述的时间流逝,在此期间,叙述者经历一系列情绪(特别是恐惧和悲痛),并有策略地诉诸多种行为和性情(微笑及狡诈);花园、树木和苹果与伊甸园人类堕落的故事产生互文效应;最终叙述者瞥见敌人倒毙在树下。这个简约的本体,连同布莱克从天堂中的原罪的侵入及随之而来的纯真的丧失这一宏大宗教上的叙事借用来的情境、物体和事件,一起造就了这首诗歌的寓言特质。

　　但是,故事世界的本体是否像它乍看起来那样是极简主义的? 在局部范围,如在第4行使用的否定结构给诗歌带来复杂的语义;"我不发一言"唤起两个参照世界:一个事实,一个反事实——实际发生的一系列事件和反事实世界,其中所不曾展露的东西至少都以一个否定的情境得以呈现(参见实例分析Ⅲ)。这首诗歌更在全局范围内展示出复杂性。如上文所述,加拉格尔(Gallagher 1977)反对将《毒树》狭隘地理解为讽喻寓言,否则诗歌喻体就完全从属于主题本体。从更广的范围而言,此诗的阐释可以激发出诸多推断策略,特纳(Turner 1996)将其与人类智性的基本机制联系起来,并纳入寓言映射或源故事向目标故事的映射之中。因此,在讲述某人因病死亡时,叙述者可以用一个与死亡斗争的故事作为模板来讲故事。从这个角度而言,用一个故事来讲述另一个故事(比如说将《毒树》与人类堕落的故事对照着读)可以被视为心智的基本普遍原则,这一过程并非局限于某种特定的文学类型,而是支撑着所有形式的叙事世界建构。

　　因此,对故事世界化的关注证明了世界建构过程中的复杂性,这些过程尽管看似并不费力,却是叙事经验所必需——包括跟布莱克这种简短叙事有关的相对被限制的体验。正如我在本章所讨论的其他例子中所展示的那样,这首诗歌显示出对故事的理解或多或少地牵涉以文本可供性来探索叙事世界的相关维度。因而阐释者可以在故事世界的**何时**、**何物**、**何地**、**何人**、**如何**、**为何**等方面得出(暂定的)结论。前文已述,这些问题涉及跟叙述时刻相关的被叙述事件何时发生和叙事中被报道的某一特定事件相对于其他被报道的事件何时发生,何种环境和事物占据了这个被谈及的世界,一个或多个在叙述情境和事件中的参与者的简介,同时还有他们如此行动的理由以及达成此种行为的方法。

　　来看故事世界中的**何人**和**如何**维度。在布莱克笔下,似乎在叙述者处理自己的愤怒之前,诗歌第一节中提到的两个人物已经分别是叙述者的朋友和敌人了;因此,这些关系只是叙述的前提。不过,作者可以采取更宏大的叙事结构,融入一系列相互关联的事件(Giora and Shen 1994;同见本书第六和第八章)。具体来说,这首诗歌可以被理解成"仇敌"这一概念谱系的形成过程,追溯了当冲突首次出现时不参与开放性讨论的破坏性后果。[13] 从这个角度来说,第一节采用了倒叙手法,先叙述后发生的事件,再叙述在此之前发生的事件。采用这种手法的主要原因在于诗歌语言风格相对单调,同时追求押尾韵。在谈到自己过去的行为(即当冲突出现时参与或不参与开放性讨论)之前,叙述者先提到了这些行为的后果:有些人成为自己的朋友,有些人则成为自己的敌人。此外,读者虽然可以通过诗歌提供的可供性以其他维度来解读故事世界,但诗人的意图是通过这样的世界建构过程呈现年轻的"我"在过去参与某项活动时的体验。这样,随着叙述细节的展开,诗歌便先写到了早年经历对现在的影响,或者这些经历如何造就了年长的叙述自我以现在的叙述方式谈论这些事件。[14]

　　关于故事世界中的**何物**及其与**何地**和**何时**的关系,可以运用指示转移理论(Duchan, Bruder, and Hewitt 1995)及艾默特(Emmott 1997)的语境框架理论进行分析。要理解如布莱克这样的叙事世界中的想象空间,就必须考虑认知重构的范围和性质要求。指示转移理论认为,"叙述世界中的地点是解读指示类(如'这里'和'现在')句子的关键"(Segal 1995, 15)。要找到这个地点,读者就必须将焦点"从文本的创建环境转移到代表话语世界的心理模式的轨迹上来"(同上)。该理论还提出,着眼于叙述世界中更长久、更持续的体验,在线索或语境支持下,阐释者应该根据叙述场景和事件的变化不断调整自身的定位,因为世界的建构是在叙述者话语结构中完成的。解读布莱克的诗歌时,读者也会发现,随着故事世界的推进,视角也在不断变化。例如,从第 11 行开始,诗歌的语言轨从讲述者对事件的看法转移到敌人的视角;而最后两行又回到了讲述者对事件的看法上来。(第 14 行例外:"趁着夜幕遮住了星光"这句话没有体现故事世界中的视角取向)。从时态上来说,布莱克在第 1—14 行使用了过去时。据此可以推测,经验自我遇到了仇敌,滋养了毒树,这早于年长的叙述自我当下叙述的时刻。

布莱克的时态处理方式也为我们提供了其他解读视角。诗歌开头采用过去时,表明事情发生在比现在讲述时刻更早的过去时间框架里,第15行叙述自我切换到现在时。时态的变化进一步证明,叙述者对已逝敌人的一瞥构成了一项非常显著的事件。[15] 而现在时也创建了一种语境,之前发生的事情让现在讲述时刻的情形变得简约。英语单词的词态并不能区分一般现在时和历史现在时,对时态的解读只能依赖于语篇语境。布莱克利用了语言的这一特征,即英语的现在时既能指代"这里"和"现在",又能将过去发生的事情"现在化"。这一来,敌人的死亡便不再是某一时间范围的事件,而是穿越了整个时间跨度的复杂事件-结构(比较 Herman 2007a, 320—321; 2010b, 204—206)。换言之,叙述者采用现在时便构成了同步语言(Herman 2002, 211—261),或者说事件场景出现在一段时间范围内的多个时间点。历史现在时"see"将叙述者的感知行为定位在过去,而对"see"的字面解读则将这一行为定位在当下,或者一直延续到当前的所有时刻。第15行的前半句提到了某个早晨,此时时态可能转向历史现在时。而诗歌最后两句中策略性的"see"和将"早晨"解读为任何一个早晨(Gallagher 1977)的可能性共同决定了叙述者的感知行为可能是与叙述行为同时发生的。

布莱克对这一意味深长的时刻的视觉设计也强调了敌人逝去的当下属性。敌人逝去的场景贯穿诗歌的整个时间线;毒树的枝蔓不仅完全遮住了敌人逝去的身体,还覆盖了诗歌全文。毒树的图像在诗歌结尾处才出现,意味着死亡的影响(而非叙述者眼中发生在过去的死亡本身这一事实)逐渐延续到未来。[16] 简言之,与时态选择一致的诗歌视觉设计会阻碍人们对事件在过去—现在—将来时间轴上位置的认知——从经验自我到叙述自我及其以后。但分析文本当前的空间逻辑会带来一个无法解决的问题:那么叙述者到底是站在哪个时间点去审视或者从情感上回应敌人的死亡的呢?

艾默特(Emmott 1997)的语境框架理论为我们提供了另外一套工具,帮助我们从另一个视角去解读布莱克诗歌中的故事世界,去理解叙述、媒介和心智之间的关系。艾默特假设《毒树》这类叙事的读者用符号线索关联进入及离开特定语境（即想象中的环境）的角色，这些语境在叙事的时间和空间中延展。将角色和其他元素融入语境后，读者便可以根据语境明确代词在叙事不同时间点的指代对象。这样，第2行以后，朋友就不存在于艾默特称之为的"原始语境框架"中，第3行开始出现敌人，被纳入框架，第4行开始出现叙述者的愤怒。第5/7/9行中的代词"它"便有了明确的指代对象或心理状态。第10行出现苹果，所以这一行中"它"的指代对象便不同于第11/12行中"它"的指代对象。从这个角度来看，一般来说，故事世界化可以被分析为建构（重构）语境的过程，也是寻找特定文本线索来帮助读者参与结合、准备、回顾、切换及其他涉及语境的世界建构行为的过程。

　　诗歌的视觉轨又对语境框架的建构产生了什么影响呢？第15行，诗人采用了现在时；与现在时使用的效果相补充，诗歌的多模式设计同时也引发了读者对语境框架的范围和适用的疑问。时态的变化让读者将看的动作定位到不同的框架中，每个框架都有不同的"时间戳"。这样，诗歌就有了认知灵活性，即有些世界建构模式涉及多个相互关联的框架，这样才能更好地理解特定事件的影响（即这些事件是如何塑造世界的完整历史的）。相反，从视觉上来说，在整个叙述过程中，敌人死去的形象仅与其中一个语境场景相关。从这个意义上来说，这首诗歌带来了所谓的认知经济，让读者以其中一个框架为参照，去解读贯穿多个时间和地点的一系列事件。从视觉轨来看，最后一个事件是主要的参照框架。如果对第一个事件（即叙述者没有公开直接地与其中一人对话，导致这个人成为其敌人）进行视觉解读，那么故事世界的建构方式就会有很多种。得益于语言和视觉效果的交互，这些对比鲜明又互补的框架建构方式对我们的理解产生了很大帮助。

　　目前，我主要关注布莱克的诗歌语言是如何带动阐释者参与建构世界活动，以及如何带动阐释者反思这些活动的影响的。但关于故事世界建构的另一个更大的问题在于叙事性，或者说是什么让文本可以被解读为故事。其中一个因素是文本或话语在很大程度上凸显或多或少显著地(因此值得注意或讲述)破坏了典型预期的事件顺序。一旦世界建立起来后,阐释者便会重新定位世界,将自身置于传统秩序或"既有视角"中。受激进的非传统事件和异常秩序的影响,特定世界的建构流程便会对既有视角形成挑战(Bruner 1990;Herman 2009a,133—136)。因此,在《毒树》建构的故事世界中,愤怒情绪的弥散并不明显。所以,诗人仅在第1—2行简单提到了与朋友的会面;相反,大量篇幅都在叙述由于未能解决分歧、最后导致仇恨的情形,这与前两行描述的世界秩序相悖。因此,诗歌87.5%的篇幅(第3—16行)都是关于叙述者和后来成为叙述者敌人的角色的经历。这样,诗歌的整体视觉效果都突出地集中在颠覆性事件(的影响)上,而不是与这些事件相悖的传统秩序——以前景对背景的方式。

在不同的语境下,同样的事件可能会产生不同程度的颠覆力。因此,我们无法事先决定哪些事件是值得讲述的,哪些事件是对世界秩序的显著颠覆。如布莱克的诗歌这样的文学叙事可以作为探索可叙述性阈值条件的资源,在某些语境下值得讲述的事件可能并不值得在另一种语境下讲述。所以,布莱克的作品强调了故事世界化(叙事是阐释的目标)和世界故事化(叙事是赋予意义的来源)之间的作用机制。

在实例分析Ⅲ中,我从另一个视角重新回顾了《毒树》,主要关注故事世界中的对话场景。下一节将分析《绿巨人》漫画中的片段。虽然这部漫画(就像我在最后一节中分析的弗雷纳和布朗的作品)也通过文字和图像带动故事世界的互动,但这种世界建构方式与布莱克的插画诗是不一样的。这些漫画并不依赖单一图画来补充语言轨,而是通过一系列图像呈现故事世界中不同时间点的画面,让阐释者通过大量语言-视觉线索或在一个个画格中逐渐探索故事世界。

案例二:《绿巨人》中的故事世界

《绿巨人》系列源于1962年创造的一个角色,讲述了来自俄亥俄州代顿的核物理学家罗伯特·布鲁斯·班纳的经历。班纳成长于一个有家暴行为的家庭。受到伽马射线辐射后，班纳分裂成正常的人类班纳和另一个变异的班纳——绿巨人。由于肾上腺素骤增，班纳变成了能够提起 100 吨重物、忍耐 3,000 华氏度高温的绿色庞然大物。[17] 我关于绿巨人的分析围绕两组片段。第一组来自系列漫画第二册第 102 期，用于分析漫画故事中逐帧投影的设计。这一期出版于 1968 年 4 月，主要讲述班纳刚刚遭受辐射以及变成绿巨人后的相关事件。[18] 第二组来自该系列漫画第二册第 155 期，出版于 1972 年 9 月。受血清影响，班纳缩小为亚原子大小。他在由世界中的小世界组成的微宇宙中漫步，最后驻足于"世界塑造者"控制的世界中。"世界塑造者"可以改变梦想，将前纳粹科学家的梦想变成了现实。故事中，美国军队和纳粹军队为纽约的所属权而战。对两组漫画片段的分析结果显示，流行漫画的故事讲述风格并不比布莱克、弗雷纳和布朗作品中的叙事风格更简单，漫画也运用了复杂的感觉构建手段（比较 Hatfield 2011，108—143）。这些手段也属于故事世界化的研究范畴。

在画格中探索故事世界

对巴特（Barthes 1966/1977）来说，人们关于世界的固有常识使他们有可能将叙述话语分割为多个行动序列（action-sequences）。这些序列组成一个更为广义的实验剧目单，而该剧目单建立在反复出现的行为模式（**探索**、**背叛**、**复仇**等）的基础上。行动序列可以启发我们如何阐释叙事主体的行为。后者引发这样一种推断，即他们参与某种具有显著文化特征的行为模式。但是，当巴特跟随布雷蒙德强调叙述内容独立于媒介之时，跨媒介叙事学则着重指出，在启发我们理解叙事的过程中，符号媒介具有塑造故事（即约束和启动）的能力。由此，在摘自《绿巨人》的图 3.6 中，一个关键问题就是，在使用文字-图像组合去追踪班纳变身为绿巨人的过程中，读者是如何参与一个接一个的画格映射的。如何通过变形（transformation）[19] 的启示作用来理解局部的文本细节，无论是文字细节还是视觉细节？漫画的媒介特征又如何反过来影响与文本相关的变形模式的引入？

图 3.6 《绿巨人》第 2 卷第 102 期（1968 年 4 月），第 7 页片段。

Created by Stan Lee, Written by Gary Friedrich and Marie Severin, inked by George Tuska, lettered by Artie Simik. New York：Marvel Comics Group.

在这里,映射关系形成一种几乎完美的倒序排列。班纳痛苦的衰弱过程恰是绿巨人获得不可战胜的力量的途径。绿巨人此时要获得这种力量的代价是认知或者至少是语言能力明显不及班纳。因而,在绿巨人的话语中,要留意那些被删减的、非惯用语的语法和被省去的词汇项或非标准的拼写法(例如,在最后一个画格的左边对话气泡中,too 被拼作 to,可以认为这个拼写不是作者或排版的错误)。然而,这是一种将班纳/绿巨人变身前后关系图式化的操作,未能精准地描绘出读者是如何基于文本线索而形成一种转换模式且会反过来用这个模式对之后的文本进行阐释的。实际上,理解这个转换过程需要推测一个时间轴,并沿着它投射文字-图像的复合体。因此读者可以跨画格来平衡不变和可变的特征,并计算出变化轨道,而不是推理出大规模被替换的叙事主体。

例如,第 6 画格的背景与第 1 画格一致,均为西瓜色加条纹纹理,而在最后三个画格中绿巨人穿的紫色裤子则让人回想起班纳在第三画格中接受医生检查时穿的紫色裤子。由此,画面的视觉逻辑增强了不经意间的时间联系。女巫奥尔达通过押韵对句提供的叙事框架表达或暗示了这种联系。押韵对句出现在白色的圆形对话气泡里,位于黄色的矩形框之中。对话气泡在内嵌或次级叙事层给出由奥尔达的故事引起的人物话语。[20] 同样,描述班纳变身为绿巨人的画格(画格 6)从视觉上唤起了对画格 1 的回忆。在后一画格,班纳身处激发变形的 γ 射线里。同时,紫色裤子则建立起参与者之间的连贯性: 这个颜色显示绿巨人是班纳的另一个版本,通过变形与后者产生关联,而非一个完全相异的参与者。

简而言之,为了探究《绿巨人》故事世界的**何人**维度,阐释者可以将文字线索或视觉线索投射到一个更大的叙事弧的片段上。即使在文字不能明确显示事件时间位置的场合中,人物外表或背景的渲染也可以暗示场景的位置或主要的时间轴。在这方面,上一节讨论过的艾默特(Emmott 1997)的语境框架理论再次提供宝贵的分析资源。具体而言,艾默特的**执行者**(enactor)概念说明了阐释者如何与故事世界中参与者互动。这里的执行者指同一角色在不同时间框架中的不同表现或版本,参与者则是阐释者在闪回叙事或诸如奥尔达故事的内嵌故事中遇见的。正如我们在前一节中所提到的,在艾默特的叙述中,印刷文本的读者依赖于包含参与者时空坐标信息的持续的记忆结构。艾默特称这些记忆结构为**语境**(context)。反之,语境也能使读者追踪到现在的执行者,因为闪回时间并不总是由动词时态变化来标示。在使用图形讲述故事的模式中,视觉线索或文字线索(人物的外表或衣着、画格背景的颜色和纹理、对话气泡的形状对比、人物言语行为的内容)能够激活与执行者或人物版本相关的语境。更通常的情况是,不同故事讲述的媒介提供与参与者相关的结构,而识别和描绘这些结构依然是未来故事世界化研究的一个任务。艾默特自身研究的焦点是单模态印刷文本的话语处理机制,其模式能在多大程度上阐释涉及不止一个信息轨道的(参与者的)语境监控,这依然是一个悬而未决的问题(详见 Bridgeman 2005a;Sagara 2011)。

图 3.6 表明,文本与图像的组合与故事的组织进行互动,深入叙事层面——一个内嵌或被内嵌的叙事结构,进而触发有关叙事参与者和事件的推测。我的下一个例子来自《绿巨人》系列漫画,强调叙事如何有目的地组织或消解故事的世界化进程,即便这些叙事邀请阐释者也做出同样的尝试。更具体地说,我所讨论的漫画片段运用了文字轨和视觉轨对情境和事件的模态状况(实际的还是想象的? 真实的还是梦境?)加以质疑。这些情境和事件表面上似乎构成了人物经历的故事世界。文本以这种方式与后现代的悖论风格达成一致,令故事非世界化,同时促使阐释者将之视为创造世界的基础(更多详细讨论,见实例分析Ⅱ)。

故事非世界化

帕维尔(Pavel 1986)、瑞安(Ryan 1991)、多勒泽尔(Doležel 1998)和沃斯(Werth 1999)等故事分析家曾从分析哲学、模态逻辑和语义学中借鉴想法,指出情境和事件的模态状态评估对叙事理解有重要影响。因此,瑞安(Ryan 1991)认为,所有叙事宇宙(一系列共享的世界或人物特有的世界)拥有根本的模态结构,因而是可识辨的。这个结构由一个真实的中心世界和各种卫星世界组成。我们可以通过叙述者或人物表达的反事实结构来造访卫星世界,也可以经由人物的思想、梦境、阅读内容等进入。目前,学界争论的焦点是那些可能的世界。它们运动轨道的中心是瑞安所说的"文本现实世界"(textual actual world, TAW),亦即在叙述中被认为是真实的世界。叙事的典型特征是一系列由人物居住或至少想象出来的私人世界或次级世界(比较 Werth 1999, 210—258)。这些卫星世界包括"信念世界"(knowledge-worlds)、"义务世界"(obligation-worlds)、"意向世界"(intention-worlds)、"愿望世界"(wish-worlds)、"虚假世界"(pretend-worlds),等等。而且,任何叙事中的情节都可以被重新定义为"上述世界在文本宇宙中运动后留下的踪迹。对于参与者而言,这个叙事游戏的目的……是让'文本真实世界'与尽可能多的私人世界形成交集。……游戏中的行动就是人物试图改变各种世界之间的关系采取的措施"(Ryan 1991, 119—120)。当然,并非每个叙事都体现了这种结构。实际上,正如麦克黑尔(McHale 1987)所言,后现代文学叙事的一个标志就是它拒绝遵守本体论意义上的界限及相应的等级。然而,即使在如弗兰·奥布莱恩(Flann O'Brien)的《双鸟渡》(At Swim-Two-Birds, 1939)和 A. S. 拜厄特(A. S. Byatt)的《占有》(Possession, 1992)的文本中,一个由故事中的故事唤起的虚构世界开始与基准现实融合在一起,而后者最初包含了相同的嵌入叙事(embedded narrative)(见实例分析Ⅱ),进行中的本体的颠覆性也可以被记录在案。记录在案的原因则是具有埃舍尔*式结构(M. C. Escher-esque structures)特征的文本偏离了创造世界的默认模版。

与同时期更广义的艺术和文化发展并行的是,《绿巨人》中描述绿巨人与"世界塑造者"相遇的漫画使用了文字-图像组合来凸显模态问题。一方面,互相嵌套的微小世界(视觉上由开篇时班纳穿越微宇宙

---

* 埃舍尔(M. C. Escher, 1898—1972),荷兰版画大师,擅长科学思维,以视觉陷阱闻名。——译者注

的自由落体行动所唤起)无穷无尽地叠置起来。形成这种叠置的前提会牵扯一个问题,即什么样的本体层面组成了基准现实。与此种现实相关的是,其他层次的世界可能被视作卫星世界。而且,为了与发生大部分行动的焦点世界产生关联,文本在句子层面设置了与话语层面对等的修复机制。该机制由花园小径式误导行为激活(见 Jahn 1999a;亦可参见第一章和实例分析 I)。班纳到达"世界塑造者"控制的世界,被纳粹飞机扫射,然后变成绿巨人。在此之前,他所认为的现实世界实际上是建立在一个从属的或内嵌的本体层面上的。这是前纳粹分子奥托·克朗斯泰格设想的一种状态,该状态被盗梦的"世界塑造者"转换为准现实。当一名死去的纳粹士兵在绿巨人面前变成了一个类似蜥蜴的生物时(《绿巨人》,第 2 卷第 155 期,7),这一最初的线索就告诉我们,一切并不像它看起来的那样。在后几页中,一个美国大兵给"世界塑造者"提供了一个出现在对话气泡中的口头阐释:"这是'世界塑造者'的世界,绿皮肤的世界……他似乎统治着我们……带走我们的梦想,'塑造'它们,给'它们生命'"(同上,14)。随后,当"世界塑造者"利用光束将克朗斯泰格运送到他的类似月球的太空飞船中时,该地被确认为文本现实世界。在之前几页中存在的世界则是它的一个(人造)卫星。因此,文本暗示了现实的领域——而非只是虚构的情节——是如何从世界的冲突中浮现出来的——从一个可能的世界统摄其他世界的过程中浮现出来。[21]

在图 3.7 再现的漫画中,文字和图像共同显示了绿巨人在开展行动时经历的情境和事件的模态状态。当绿巨人与"轴心队长"斗争并战胜后者时,"轴心队长"的非现实特性开始渗透到"世界塑造者"创造的伪现实中。"轴心队长"在战争期间以科学实验的形式占领了克朗斯泰格的一个意向世界,而"世界塑造者"现在已经从克朗斯泰格的心智中取出了"轴心队长"。"轴心队长"的非现实特性强行进入"世界塑造者"创造的虚假现实中,揭示出那个世界是建构和偶然的,而不是自然和必然的。视觉轨和绿巨人的话都突显了这个克朗斯泰格想象中强有力的虚构形象与自身"干瘪的老人"外表之间的对比。同样

图 3.7 《绿巨人》第 2 卷第 155 期（1972 年 9 月），第 27—28 页片段（转下页）。

Created by Stan Lee，Written by Gary Friedrich and Marie Severin，inked by George Tuska，lettered by Artie Simik. New York：Marvel Comics Group.

图 3.7(续上图)

地,随着现实世界开始显露,子世界中的街道和建筑物如沙漠的海市蜃楼一般逐渐消失。之后的画格描绘了"世界塑造者""从他的卫星据点发出尖叫"的样子。画格上方的无边框文字则进一步强调了文本现实世界和纳粹居住的子世界之间的差异。这个子世界产生于克朗斯泰格扭曲的想象之中。绿巨人强烈反对"世界塑造者"从"糊涂蛮族的"大脑中创造出一个新的伪现实,这意味着对本体论游戏的一种反后现代抵制,是对颠覆性的世界建构策略的拒绝——与漫画自身所塑造的拜占庭式的叙事宇宙形成对比。因此,文本反思性地批判了它所表现的结构。绿巨人对**真实**事物的偏爱与他被困其中的微宇宙的无穷分层形成矛盾。[22]

案例三:图像生命写作中的叙事世界建构

虽然布莱克的《毒树》与《绿巨人》漫画的故事世界形成的途径是那些能提供巨大不同导向性(navigational)策略的文本,并对更广泛的文化设定、规范和价值产生了不同影响,但它们同样也分享了它们作为虚构性世界的属性。与之不同的是,玛丽·弗雷纳的《狂欢生活》与杰弗里·布朗的《笨拙》和《不幸》则属于自传甚或回忆录的领域,这也就带来了非虚构与虚构的对立。[23] 除了暗示叙事文类之间的对比与世界塑造之间的不同如何能够互相对应之外,在弗雷纳、布朗等人的非虚构性叙事中,故事世界化的规则也展现了更早的结构主义模型的局限性。与此同时,布朗和弗雷纳的文本突出了这些叙事策略的多样性:这些策略被施加了影响,我把其目的称之为图像生命写作,或运用漫画来讲述一个人的生活故事。[24]

在由热奈特(Genette 1972/1980)所发展的结构主义-叙事学词汇中,"自传"构成了第一人称或同故事层(homodiegetic)叙述,也即自故事层(autodiegetic)叙述的独特实例,叙述者在其中也是故事的主要角色。[25] 这种对自传的理解就其自身而言是有效的。对于各种故事讲述媒介中(从印刷文本到播客)所实践的生命写作而言,这种理解把握了此类写作的一种核心属性。然而,如本书第一章所说,早期的叙事学模型借自索绪尔的语言理论,也被它所局限。这种理论与俄国形式主义文学理论家的作品一起,带来了一种二元分割:一是故事(fabula),形式主义者以之形容在一个叙事(=所指)中被讲述的东西,二是情节(sjuzhet),即叙事内容如何被呈现(=能指)。关键之处在于这种区别:一方面是在一个叙事中被重述的历时性事件时间序列;另一方面是顺序性排列的话语信号——读者以此为基础,重构这些事件的一条时间线。但后来的学者如多勒泽尔(Doležel 1998)和科恩(Cohn 1999)引入了第三个分析术语:指称或世界,用以阐释读者对不同叙事种类的对比性定位。[26] 对于那些就某个事实做出宣称的故事,读者有不同的定位,或者唤起一种被认为是我们或多或少所共享的公共世界的一种(可以被证伪的)版本;而他们对于虚构性叙事——即唤起用多勒泽尔的术语(Doležel 1998)所说的各个"主权"世界时,则并非如此。与自主的、独立虚构性世界有关,让意识去试图证实或证伪那些处境和事件是无意义的,如同警察或检察官用不同证人的证词来佐证他们所构建的犯罪事件的发生过程一样。换句话说,对于《包法利夫人》(Madame Bovary)中艾玛·包法利的死亡和《尤利西斯》(Ulysses)中莫莉·布鲁姆与布雷兹·博伊兰的幽会之类的事件,如果想要将之归为真或假,就犯了一种范畴错误;任何对这类事件的重新讲述,实际上都创造了新的虚构世界,而不是为福楼拜或乔伊斯的叙事中所发生的事情提供一种相关的支持性或反对性证据。

如勒琼(Lejeune 1989)和科恩(Cohn 1999)所论,自传属于事实vs虚构叙事的范畴——即,在这些叙事中,关于真相-价值(truth-value)的问题确实是相关的。根据勒琼所描述的"自传性契约"(the autobiographical pact),自传话语的阐释者与生产者共有这样一个假定:作者、叙述者和主人公有一种同源性。这种同源性将自传区分于第一人称虚构性叙述,如康拉德的《黑暗的心》(Heart of Darkness)或虚构性自传,如狄更斯的《大卫·科波菲尔》(David Copperfield)。在这类文本中,与自传相并行,叙述自我(讲述故事的自我)可以被视为经验自我（被讲述的自我）的后来的化身（Stanzel 1979/1984）；但是与自传性叙述不同，在这些虚构性叙述中，叙述者对其自身先前经历的事件的宣称不能被假定为作者会支持的命题：这些命题对于更大的世界是真实的，叙述的过程自身则嵌入了这个世界。

但是在弗雷纳和布朗这样的文本中，图像叙述的特定属性如何形塑话语的设计和阐释（读者则受邀按照自传性契约来对它们进行定位）？换句话说，在图像自传中，世界塑造的规则如何约束，同时如何也使一位作者叙述她的自我成长成为可能？这类文本如何运用文字-图像的组合来呈现故事世界？而正是通过对事件的重述，其主要角色可以被认为已经成为故事世界的创造者——其方式则是通过与其他叙述的相互比较可被证伪。

图像生命写作的多种样式

正如对弗雷纳和布朗文本的比较分析所强调的，图像叙事能够提供多种表述性资源——既包括世界塑造的语言资源，也包括视觉资源；这些资源支撑着对自传叙述的建构。为了暗示一系列可能性，我在此聚焦三种生命写作的关键维度，并指出弗雷纳和布朗所运用的叙事方法在每个维度中的区别程度。这三种维度是：将事件情节编制（emplotment），使之成为一种生活的故事；当那些更宏阔的故事情节通过某个特定文本中应用的表述风格而得以充实，自我的模型得以形成；叙述者使用或不使用叙述自我的公开评论，借此对更早的事件进行构造或语境化。虽然对于研究一般的自传话语（且不论何种媒介）中的世界塑造步骤，这些（有所交叠的）维度是相关的，我的讨论将强调这三种维度如何能够引出关于图像生命写作的富有成效的研究问题。此外，以下讨论中十分明确的是，我在这一部分中对图像生命写作诸方面的探索——比如，漫画的创作者如何将自我进行视觉化，或他们将时间的流动切割为分离、独立部分的程度——与研究作为一种意义赋予资源的叙事而不仅是作为一种阐释目标的叙事紧密相关。然而，由于本章和第二部分整体都聚焦于故事世界化而不仅仅是世界故事化,我主要的关注将在于如何让我的实例研究关联于叙事理解的诸议题。

编制情节的诸方法　所有回顾性叙事都有一个标志性特征,即它如何让过去时间上或多或少广泛间隔的事件链接在一起,形成一条故事情节,趋近——并帮助阐释——叙事的当下时刻。历史学家海登·怀特(Hayden White 2005)创造了"情节编制"这个术语,来描述这种叙事的事件-连接维度(对这个概念的进一步探讨,见第八章)。弗雷纳和布朗都将作为新兴故事情节因素的事件加以情节编制,但是他们情节编制的范围和选择标准有所不同,而且对于这些被情节编制的事件之间的关系,他们也有不同的处理。

米特尔(Mittell 2007)对比了电视剧长篇叙事的分集(episodic)和连续(serial)结构,并且表明,连续叙述将故事情节切割为多集,"有一个持续的叙事(diegesis),要求观众运用从整个观看史中所搜集的材料,建构一个综括性的故事世界"(164),然而在分集叙述中,"人物、场景和关系延伸到各集,但各个情节是自我独立的,对叙事的理解几乎不需要持续地观看或关于故事层历史的知识"(163)。用这些术语来概括的话,弗雷纳的文本主要运用的是世界塑造的分集方法,而布朗运用的则主要是连续方法。两位作家的不同方式或许部分来自其叙事的不同时间跨度。《狂欢生活》叙述了玛丽在分离式街区(独立单元)的经历,跨度有数十年;其二十六集在这段时间中铺开,在某些情况下,由若干人物和连续的主题所连接,但它们主要是各自独立的故事。这些故事有《关掉丛林音乐》("Turn Off That Jungle Music"),其中玛丽早年发现了家人的种族主义态度,但她自己则认同黑人音乐家;还有《安静的雅皮士》("Hush Yuppies"),关于吸食可卡因的朋友中一位既吸毒也有恋鞋癖的人;还有《博吉·基伦》("Boogie Chillum"),叙述了玛丽进入冲浪的世界并开始沮丧。跨越这些集的常驻人物是玛丽本人;她遇到了各种各样的人,而对情境的描绘,则通过叙述自我对她早先经历的呈现,依次为她灌注那些被强调的价值:忠于朋友和所爱之人、直言不讳、避免自我毁灭的行为、独立自主、有勇气尝试新事物。这样，弗雷纳的情节编制方法让我们可以对每集进行深入分析，这些分集为更年长的秉持这些精神的叙述自我之形成作出了贡献；而且，如我下文将讨论的那样，还明确地构造了她更早的经验（就这些经验所能提供的而言）。

与之不同的是，布朗的叙事更加微分析式地聚焦于那些与两段失败的恋爱相关联的事件——这些事件发生在几个月内而非几十年。布朗文本涵盖更短的时间段，被细分为更多的部分，远远超过了《狂欢生活》的 26 集：《笨拙》有 117 集，《不可能》(Unlikely) 有 83 集。其结果是一种高度细节化的呈现方式，其中，简要的描画(vignette)被用来呈现一个持续性故事之原子部分的轮廓——对浪漫爱情之吸引的首次感受，期待但从未接到的电话，一句伤害感情或令人耿耿于怀的评论，一对情人度过的最后一晚。通过这种方式，布朗的叙事能够更精细地探索行为的样式；这些文本断定，这些行为样式对它们所记录的两段恋情具有致命的毁灭作用。《笨拙》探索的是杰夫的不安全感和反复出现的对安慰的欲求(见 52—53, 108—111) 如何与特蕾莎想要退出的倾向产生冲突(前者或许也促发了后者)。例如，特蕾莎说，"我不能每天二十四小时都拉着你的手。不能每天二十四小时都搂着你。不能每天二十四小时都吻你。不能每天二十四小时都做爱"(196)。《不可能》的发表晚于《笨拙》，但探讨的是一段在其之前的恋爱，在其中，性的问题与爱丽辛"自我用药"(毒品和酒)的倾向联系了起来，在叙事中不断重现；对于破坏爱丽辛和杰夫恋爱关系的那些问题和行为倾向，这些描画构建了一幅复合式图像。[27]

自我的模型化　弗雷纳和布朗的情节编制方法蕴含着关于自我的不同模型，这些模型与作者使用的对照式表述风格一致。在弗雷纳的文本中，自我被关键的若干分集所形塑；在逐渐展开的生活故事中，这几集起了转折点的作用；与之相反的是，自我故事的逐渐展开包含的那些分集，如同格式塔结构一样：它们不仅仅是其各部分的总和，而是更大更广。这种自我的模型随着时间逐渐积累其复杂性（经验、记忆、关系、价值），与之平行的是，弗雷纳运用了一种较为巴洛克的视觉风格。单个页面包含着各种从或多或少近距离的场景视角（proximal views of scenes）的转换，并且使用了一种令人震惊的、毕加索一样的技巧，即弗雷纳所谓的**立体风格**（*cubismo*），被用以表现激烈的感受和心理状态（Zone 1996）——如下图 3.8 所示（来自《安静的雅皮士》）。第三格漫画描绘了玛丽对杰克吸毒的愤怒反应，第五和第六格展现了杰克正受到可卡因的影响。

整体上，文本在视角上的转换、对情境和事件不同程度的细节表现、对心理状态的表现主义-立体主义描绘，都让弗雷纳能够在视觉轨中标显事件相对醒目之处和情绪冲击之中的变化——无论是在特定的一集，还是在更大的时间跨度中，因为叙述自我在通过回顾性的讲述来阐释（或构建）事件的过程中，对它们进行了不同的评估，而不仅仅是经历那些过去的事件。这种分集-内在（episode-internal）波动在图 3.8 中非常明显，其中，弗雷纳对立体风格技巧的运用表明，对不同人物而言，事件如何拥有一种不同的经验质量或质感。同样，第四格漫画中，镜子中显现的骷髅头暗示杰克的吸毒意味着死亡，虽然并不清楚这种判断是否应该被归结于经验自我还是叙述自我，或者两者都有。

图 3.9 摘自《关掉丛林音乐》，其中表现了事件的情绪效价（emotional valence）如何在更长的时间流中发生变化。第二格漫画中，社区杂货店第 13 货架末端的最新流行唱片让年轻的玛丽欣喜若狂，而叙述自我则仅仅说玛丽"注意到"了这些唱片。在下一格漫画中，叙述自我对经验自我之状态的评价（"我是个九岁摇滚少年，想要拥有世界上的**所有**唱片"）进一步强调了叙述者和主人公之间在时间和情绪上的距离。

另一方面，在布朗的延续性微型连环画中，自我却总是显性的，体现的是一个敏感脆弱的形象，其情节是通过渐次增长构成的，显得很不稳定，读者几乎需要在每时每刻的发展中不断进行重新评判。画面的发展轨迹也与此相似。布朗的画风是极简的，几乎不加修饰——他

图 3.8　玛丽·弗雷纳的《狂欢生活》，第 114 页。

© Mary Fleener. Courtesy of Fantagraphic Books（www.fantagraphics.com）.

图 3.9　玛丽·弗雷纳的《狂欢生活》，第 14 页。

画的人物四肢瘦长,躯体也是拉长的,不像立体派画像,更像简笔画的人形。[28] 在选自《笨拙》的图 3.10 中,在给特蕾莎打了一个长长的电话后,杰夫的孤独和焦虑依然无法平息。在对方的催促下,他才十分勉强地挂掉了电话。

图 3.10　杰弗里·布朗的《笨拙》,第 52—53 页。
© Jeffrey Brown.

　　在表现事件的显著性和情感影响的时候,弗雷纳以绘画风格的变化为手段,而布朗几乎仅以中距视野来呈现情境。如图 3.10 中可见,在布朗的极简风格下,事件的情绪效价仅见于小节的标题(此处为"我很抱歉")以及人物对正在发生的事件作出反应时的面部表情和评论。在下一小节中,我将讨论以下问题:为了指明事件的相对重要性,弗雷纳不仅直接以叙述自我的语言进行评论,还调取了用来标志视角的各种手段,但在布朗的文本中,视角变化的"振幅"较小,而且这些文本还缺少年长的叙述自我在多年后对事件进行回顾时的直接评价。[29]

叙述模式

在图 3.9 中可见,在《狂欢生活》中,有关玛丽的形成性体验分布在多个文本层:话语和想法气泡,每个画格中具体物品上的描述性标签,以及叙述自我从现在的叙事位置出发对早期事件重要性的评价。在此种语境中,叙述自我的评价尤为重要,因为它们提供了一个总体框架,可以让故事世界中的人物(包括经验自我)的反应各得其所。因此,在图 3.9 中,通过使用矩形框与圆形气泡,叙述自我的评论与故事世界中人物的讲话得以分开(比较图 3.6 和 3.7),说明了九岁时的玛丽对蓝调大师"嚎叫野狼"(Howlin' Wolf)1961 年的蓝调金曲《后门男人》(Back Door Man)的惊讶反应。[30]

同样,在图 3.9 的前一页中,叙述自我评论了玛丽母亲的种族主义。这一点在图 3.9 的第一幅图里她所提出的建议中很明显,即她们家应该换一天购物,以及第二幅图中她的生气或厌恶的表情。叙述者在前一页上说:"我母亲在洛杉矶克兰肖区(Crenshaw)长大。在 30 年代和 40 年代,它被认为是'一个不错的居民区'。到了 50 年代,它变得种族混杂,我家人都觉得受到了羞辱"(Fleener 1996, 13)。

相比之下,布朗并没有使用长大后的叙述自我来为小时候的经验自我的遭遇事件的意义或影响提供一个明确的评价,从而使讲述世界与被讲述世界截然分离。布朗的文本可以被视为对其描绘事件所做的试探性的、临时性的、尚未完成的理解之举。[31] 这些叙事不是对过去的概括,而是活生生地卷入尚在形成的传统之中。在语言轨上没有总体的叙事层面(例如,以文本框的形式)表明过去的事件如何抵制以回顾性评价的形式进行的提炼,而这种提炼本来会统领并组织各个画面的内容。同样,因为没有直白的叙述自我的评论,就要求读者自行总结讲述故事的人当下对自己早先经历的理解(以及评价)究竟如何塑造了他在故事世界中对事件的呈现方式。

布朗的叙述方法还使读者需要自己在过去到现在的时间轴上确定某个场景的位置。这种时间定位在《笨拙》中特别具有挑战性,尽管在封底内页上确实有一张地图,图上也粗略标识了什么时间、地点发生了什么事件。例如,在叙事的尾声从一幅题为"结局"、描述杰夫因为接到了特蕾莎的分手电话而崩溃的小画开始;后面是题为"第一次"的画,描述的是他们俩第一次同床共眠;最后是"你可以求婚",标题取自特蕾莎在早先电话交谈中说的话:五年后,她会允许杰夫求婚。此处的呈现顺序是否反映了叙述自我如何处理这些事件,以及记忆里最持久的事情未必是最后发生的事情? 这是否想要表达一切人与人的约定或关系都脆弱易变? 或者,如果用更阴暗的解读方式,这是否在讽刺特蕾莎的"可能结婚"之说? 缺少任何明确的叙事框架会使这些问题悬而未决,并表明解决这些问题可能不符合过去经历的意义在广阔的人生背景下难以捉摸、不断变化的实际情况,因为人生的故事本身都是在永远变化发展着的。

结　语

本章讨论的实例研究表明了故事讲述者如何用特定叙事媒介中的符号学线索来为阐释者提供参与故事世界的手段。根据图 3.1—3.4 所显示的这类结构因素的具体情况,文本设计中的语义复杂性会有所变化,而阐释者用来将文本模式与叙事世界的**何时**、**何事**、**何地**、**何人**、**如何**与**为何**等维度相联系的规则也会有所变化。[32] 将这些类型的结构差异包容在一起的则是与特定叙事的体裁类别(或多个类别)相联系的建构世界的规则。因此,正如我在讨论《毒树》《绿巨人》与弗雷纳、布朗的文本对比时所指出的那样,情境和事件的阐释策略,在某种程度上会受到故事世界因其文类(如小说之不同于回忆录)所获得的指涉地位的影响。

与此同时,本章所探讨的文本设计的多样性也暗示了故事构建方法的范畴,因为读者、观众或听众都参与了通过叙事建构世界的实践活动。在布莱克的《毒树》中,一个意象就提供了故事世界的"快照",尽管这个世界的具体结构和历史要在语言轨中得以描述。然而,对

"快照"这个隐喻不能过于执着,因为这首诗的视觉设计与其文字部分的关系比较复杂,画面的作用不仅帮助理解文字,更是为它提供了新的语境,而文字则限制了图像对读者置故事于世界之中的努力所作的帮助。一方面,布莱克使用了动词 see 的现在时态,从而开放了这样的可能性:即"叙述自我"对视觉轨呈现的死去敌人的感知植根于多个时间框架内,这在一定意义上使叙述者的情感反应难以在过去与现在之间的时间轴上得以定位。另一方面,仇敌死亡的意象提示读者应选择叙事序列中的最后事件作为主要参照系,由此产生的建构世界的方法不同于序列其他阶段的意象所引发的建构世界的方法。

在《绿巨人》漫画和弗雷纳、布朗的作品文本中,故事世界化的挑战源于在单张漫画格内部或多张漫画格序列中安排好语言和视觉设计关系的需求(参见 Groensteen 1999/2007;Lefèvre 2011)。换言之,这些叙事并不是将单一图像跟语言轨形成对话,而是以一连串漫画格的形式组织起来的,它们代表展开的故事世界的时间片段,使得阐释者得以利用语言和视觉线索来逐个画格地渐次探索那个世界。我对图 3.6 中的班纳变身为绿巨人进行了分析,聚焦的是文字-图像组合如何通过区分故事叙事层次的等级结构——嵌入和被嵌入的叙事结构——使得漫画读者来建构故事世界,并将叙事参与者和事件放置在更大的结构之中。如图 3.7 所示,在那一系列描写绿巨人与"轴心队长"和"世界塑造者"之间战斗的画格里,故事世界里叙事层次的分层同样也是一大特色。然而,在这里,文本策略性地掩盖了不同层次之间的差异——只有在绿巨人打败了"轴心队长"之后,由"世界塑造者"创建的伪现实才被认清本来面目——此外,这个叙事还使用了微观宇宙的隐喻,暗示了一个故事镶嵌故事的无底世界。因而,后来的《绿巨人》漫画强调了叙事(笔者将在实例分析Ⅱ中讨论)如何有意阻碍甚至挫败故事的世界化企图,尽管这些叙事引导阐释者去进行这些尝试。

在《狂欢生活》中,视觉的复杂程度不同,还存在多重文本层,二者为阐释和评价过去事件提供了支架;弗雷纳的重点是关注过去的经验如何使叙述自我成其为自我,这些过去的经验因其在更大范围内的人生中所占据的位置而得以被理解。相比之下,在布朗的叙事中,视觉轨和语言轨较为稀疏,跟叙述的场景模式结合起来,[33] 表明了即使对过去进行微观分析,它也不可能从现在的角度被完全理解。因其本性之故,一些过去的事件仍未完成;它们继续抵制被同化融入一个更大的人生故事中,尽管现在的自我已尽最大努力从这些方面来理解那些过去的事件。

　　在第二部分剩下的篇幅里,我将在本章分析的基础上（并重新审视其中两个刚才提到的案例分析）更加全面地考察跟叙事世界建构有关的规则。我将继续探讨如何将心智科学中的理念与跨媒体故事讲述的研究形成对话,进而可以为被视作阐释目标的叙事带来丰富的语境化描述,这种描述对故事的学术研究以及认知科学研究都会产生影响。[34]

实例分析 II

叙事阐释的振荡光学：故事的
世界化/非世界化

在第三章，我讨论了作为我的案例研究之一的《绿巨人》漫画如何使用文字和图像在故事世界中的情境和事件的模态状态旁边打上问号。与悖论的广义上的后现代风格一致，[1] 文本"非世界化"的故事，同时使阐释者视之为一个创造世界的资源。我在这里集中于故事的世界化和非世界化、叙事世界的创造和拆解之间的辩证关系，反映了将故事作为阐释目标的过程的两个交叉面：一方面，投射出阐释者在理解叙事时想象性地重新定位的世界；另一方面，评估一个给定的文本如何（以及为什么或以何种效果）促进这种投射世界的行为。[2] 尽管我在本研究中的指导性假设是，**任何**叙事都可以加以细察，以揭示它如何为阐释者提供投射世界的手段，但有<u>些</u>叙事通过它们的结构（或主题）突出了这种考虑。因此，我在第三章提到的故事的非世界化是一种描述的方式，此时叙事世界化的机制不是作为叙事经验的一个使能条件在背景中起作用，而是它们本身成为给定文本或再现的焦点——通常具有反沉浸式的、打破幻觉的效果（Wolf 2004）。

换句话说，故事可以被设计来唤起对故事讲述本身的结构和功能的关注；这种反身性的能力，或者说递归的潜力，有助于阐释为什么叙事构成如此强大的理解经验的资源——从而预测我在第三部分"世界故事化"的标题下处理的问题。通过瞄准自己的机制和效果，叙事本身可以帮助重新调整以前的（或正在进行的）用故事来建构世界模型的尝试。出于同样的原因，故事的这种自我建模能力表明，塔米（Tammi 2006）所认为的文学叙事的属性，正是作为一种建构、重新设计和聚合世界的系统被建构到叙事中。用塔米（Tammi 2006）的话说：

> 我们现在应该问的是，这是否是文学虚构的能力——与叙事理论家所援用的标准叙事不同（例如，"自然的，日常的或现实主义的叙述方式"[27]）——专门处理我们人类尝试经验的不可能性、矛盾和问题……换言之，这不是文学叙事另辟可能的特定功能吗——以成百上千种方式使那些理论家基于（"现实模式"故事讲述）的标准、自然实例而想出的笼统公式出现问题、受到颠覆、变得怪异。(29)

但是，尽管塔米认为是文学小说（的一种特殊的风格或模式）给叙事的问题和悖论提供了空间，欧克斯和卡普斯（Ochs and Capps 2001），如第三章所述，认为关注故事的局限性代表了一种基本的叙事"倾向"，这是故事讲述实践的一个基本方面或内在张力。欧克斯和卡普斯关于"稳定的"与"真实的"对过去经历的重建之间的对比——"在构建一个将事件联系在一起的完整阐释框架的愿望与捕捉所经历事件的复杂性的愿望之间，包括偶然的细节、不确定性和主要人物之间的冲突的敏感性"(4)——强调叙述的本质之一是，无论在什么样的交际环境、体裁或媒介中，都关注故事讲述作为一种"人类编排经验的尝试"手段的问题和潜力。

根据类似的思路，与最近基于塔米的论点的学术研究不同，这些研究提出非现实主义或反现实主义的文学小说与其他形式的故事讲述实践之间的二元化区别，包括那些基于日常交流的互动（例如，见Alber et al. 2010和Richardson对Herman et al. 2012的贡献），本书提出的方法假设所有形式的故事讲述都有一个基本能力，即或多或少明确地展现它们自己所依赖的创造世界的方法,打破框架来评论那些它们激活的世界建构程序。但我也认为,如果在解读过程中,某些关键问题失去了它们的意义,那么文本就脱离了叙事的范畴——关于各种文本可供性所提供的**何时**、**何物**、**何地**、**何人**、**如何**以及我们**为何**进入故事世界的问题。因此,与塔米(Tammi 2006)、阿尔贝等人(Alber et al. 2010)和理查森(Richdson 2006)的理论相比,我的方法假设一个连续体或标尺将这些学者用二分法排列的独立的叙事连接起来。标尺的增量对应着给定文本使读者能够发挥作用的关于世界建构过程的不同程度的自反性。

像《绿巨人》中的第二个漫画例子那样,关于世界建构过程相对更具自反性的叙事,既可以与关于世界创造相对来说不太具自反性的叙事区分开来,如谍战惊险小说,像约翰·勒·卡雷(John Le Carré)的《柏林谍影》(*The Spy Who Came In from the Cold*, 1963)或埃里克·霍布斯鲍姆(Eric Hobsbawm)的《极端年代》(*The Age of Extremes*, 2004)中关于 20 世纪的历史叙述,也可以与那些为了突出建构过程本身的复杂性或不可能性而将一个世界的实际建构归为一类的文本区分开来,例如接下来将讨论的范例文本。因此,与基于"现实的"和"非现实的"、"自然的"和"非自然的"或"模拟的"和"反模拟的叙事"之间的对立叙述不同,我的方法假设一个连续体跨越了或多或少参与自反性叙述模式的故事,并且达到叙述性的临界阈值,这个连续体就变为非叙述性或反叙述性的文本。我还假设,所讨论的连续体适用于所有环境、媒体和类型中的故事讲述实践,对于叙事的问题和可能性的反思性立场可以在任何故事讲述的环境中采用,而不是局限于文学小说的特定领域。[3] 尽管如此,文学叙事的学者已经掌握了强有力的分析工具来捕捉颠覆性的故事讲述风格——关注叙事本身的范围和限制的策略——这些策略让阐释者解构自反性文本并使他们能够参与其中的世界。要再一次指出的是,当涉及研究作为阐释目标的叙事,或者一个给定的文本发挥支持叙事经验的心智能力、状态和性格的方式时,叙事研究的"本土"传统可以提供启发,而不仅仅是被心智科学正在探索的概念启发(见导论和尾声)。

可以肯定的是,像伊恩·麦克尤恩的《赎罪》(*Atonement*,2001)这样的后现代文本构成了故事的世界化和非世界化之间复杂辩证关系的一系列范例,叙事学家已经提出了重要的探究框架。因此,当布里欧尼·塔利斯在麦克尤恩小说的最后一节(350)中透露,她已经创作了多个(不兼容的)草稿,这些草稿是在前面小节的叙述过程中呈现的,用第三人称讲述,以布里欧尼本人作为关键人物——读者可能会将他们在文本中至此建构的世界排除或"去真实化"。布里欧尼的话表明,这个世界应该被视为小说中的小说,而不是基准现实或"文本现实世界"(Ryan 1991),这指的是在小说所涵盖的时间框架内,那里的各种角色都是真实的。[4] 但这种将世界排除的策略绝不是后现代小说的专属领域,正如劳伦斯·斯特恩(Laurence Sterne)的《项狄传》(*Tristram Shandy*,1759—67)等早期实验性作品和狄德罗(Diderot)的《宿命论者雅克》(*Jacques the Fatalist*,1796)所示。这里讨论的辩证法也不是局限于印刷媒介的现象。因此,在 2010 年上映的两部电影,克里斯多佛·诺兰(Christopher Nolan)的科幻惊悚片《盗梦空间》(*Inception*)和达伦·阿罗诺夫斯基(Darren Aronofsky)的心理惊悚片《黑天鹅》(*Black Swan*),同时假定和抹去了真实与非真实(梦或幻觉)状态和事件之间的分界线。

重申一个更宽泛的问题:一些文本的写作方式是为了抑制甚至积极地破坏建立一个确定的故事世界的尝试——然而,在这些尝试中,这些文本也自相矛盾地邀请阐释者参与进来。这种矛盾不仅可以通过叙述世界中事件的模态状态,还可以通过事件的整体结构来表现。因此,像乔治·佩雷克(George Perec)的《人生拼图版》(*La Vie mode d'emploi*[*Life A User's Manual*],1978)或彼得·格林纳威(Peter Greenaway)在 1982 年发行的电影《崩溃》(*The Falls*,1980),这样的作品,按照马诺维奇(Manovich 2001)所描述的数据库的范式逻辑(与叙事的组合逻辑形成对比)(225—243)来组织,很难将它们唤起的各种时空区域、事件序列和主体组合成一个世界。这样的文本通过自反方式探索两种不同文本类型之间的（模糊）边界，即"叙事"和"列表"（或"描述"）（见 Herman 2008，2009a，75—105）。这一界限将促进故事世界的共同建构文本和参与非叙事、反叙事或准叙事的地点列表的文本区分开，这些地点并不构成一个世界。这些非叙事性或反叙事性的作品与加夫列尔·加西亚·马尔克斯（Gabriel García Márquez）的《百年孤独》（*One Hundred Years of Solitude*）等魔幻现实主义作品或科幻小说叙事形成鲜明的对比。这样的文本不会破坏将物体、地点和时间框架连接成一个故事世界的尝试，也不会质疑所发生事情的模态状态；相反，它们使读者能够重新回到一个虚构的世界，这个世界由不同的物理规律所支配（因此容纳不同的可能性），而不是日常经验的世界。

接下来，我使用两个文本例子来探讨两种不同的策略，它们可以用于叙事中以促使故事的非世界化，同时关联着叙事的世界制造行为。一个策略横向或平行运作，方法是通过大量的故事版本——它们都位于相同的叙述层次。另一个策略是通过将表面上位于不同叙事层次的情境和事件进行本体上的去平衡化融合，进而分层或垂直地运作。我用帕特里克·莫迪亚诺（Patrick Modiano）发表于 1968 年的小说《星形广场》（*La Place de l'étoile*）和弗兰·奥布莱恩发表于 1939 年的文本《双鸟渡》来说明这两种方法，开启故事世界的创造和拆解之间的辩证互动。我的直接目标是展示故事是如何被精心设计，作为阐释它们的过程的一部分，来反思叙事意义产生的范围和限制。然而，我更大的目标是强调这种叙事实践模式对故事讲述和心智科学研究的重要性，并提出像莫迪亚诺和奥布莱恩等人的自反性文学叙事如何有助于形成这一领域的研究议程。

横向自反性：通过事件的扩散版本解构故事世界

费奇（Fitch 1991）和谢尔泽（Sherzer 1986）等人的研究为理解莫迪亚诺的《星形广场》如何促进进入故事的同时又为故事的非世界化

提供了背景,这些评论家描述了"在过去五十多年间,20世纪法国小说中的指称问题的逐渐凸显"(Fitch 1991,5)。谢尔泽认为,这一系列的虚构文本,通过凸显各种"系列建构""多媒体蒙太奇"和"自反性"特征,"提出了多种独特的经验编排方式和意义形成模式",从而暗示"唯一真实的现实是文本本身"(1986,1—2)。这样,像谢尔泽和费奇这样的批评家使用与描述通常被归类为**元小说**的文本相似的术语来描述近期和当代法国小说中的实验特征,元小说是一个叙事亚类,已经成为后现代主义本身的提喻。因此,对哈琴(Hutcheon 1988)来说,元小说是一种虚构的话语,在这种话语中,读者"明确地、有目的地意识到文本所指事物的虚构性"(96)。这个观点认为,元小说表明"在文学中,语言创造了它的对象;它不必描述自身之外的对象"(93)。然而,正如我探讨莫迪亚诺的文本时所言,叙事自反性可以横向也可以纵向运作,使阐释者能够参与正在进行的版本制作行为,这是一种普遍的释义实践。相应地,这种释义逻辑将文本中包含的故事版本与阅读叙事的世界中更宏大的交换和修改的版本联系在一起。这种自反性或许可以接受洗礼成为"外向的自反性"(extroverted reflexivity),以区别于哈琴(Hutcheon 1988)认为的她研究的某些小说所特有的"内向的自反性"(introverted reflexivity)。[5]

莫迪亚诺的文本在小说中嵌入其他小说场景,拒绝在横向或纵向层次上被图式化。尽管文本的故事版本增加了,但也妨碍将这些版本划分为更高或更低的等级,将它们分为叙事(diegesis)和次级叙事(hypodiegesis)(比较第七章我对华兹华斯的《废毁的茅屋》的讨论)。换言之,这部小说以一种抗拒容器和所容之物逻辑的方式叙述了状态、事件和行动,编码了一个丰富的可重复的叙述结构。因此,莫迪亚诺的文本和其他与之正式相关的文本(例如,罗伯特·库弗(Robert Coover)的短篇小说《保姆》["The Babysitter",1969]或黑泽明(Akira Kurosawa)的电影《罗生门》[*Rashomon*,1950])证实了有必要用故事版本的概念来丰富叙事学体系。阐释者在叙述结构各个方面的支持下进行的释义操作的结果是,故事版本在《星形广场》中以一种"横向化"方式大量涌现。它一直试图讲述的故事的多种版本将小说嵌入了一个更为广阔的思想、行动和互动的世界,人们试图通过使用叙事来建立和交流更多故事版本来理解这一世界。[6]因此,莫迪亚诺的小说非但没有把现实折叠成巴洛克式的语言监狱,反而扩大了读者对此理解的范围。真实并不是所有世界版本都可以也应该被还原的真实性的核心,而是一个潜在的区域,它拒绝还原到对事物本身的任何单一描述。[7]

从元小说到版本构建

就像费奇(Fitch 1991)和谢尔泽(Sherzer 1986)所讨论的其他法国小说一样,《星形广场》的特点是刻画了一个"自恋的、唯我的、自嘲的"叙述者,即拉斐尔·施莱米洛维奇和使用了"将诋毁、限制、困难和不完整性合理化的文本策略"(Sherzer 1986,79)。但是,我不同意谢尔泽的进一步推论,即莫迪亚诺的论述涉及"连续性、目标指向性以及因果或逻辑联系"(167)的整体消解。相反,《星形广场》是对纳粹占领法国的历史和文化的持续的、经常令人不安的沉思,对自反小说(reflexive fictions)如何处理那些官方历史没有解决的问题提供了借鉴。事实上,莫迪亚诺的小说尤其值得注意的地方更在于作者关于法西斯主义、协作、政治恐怖、酷刑、反犹太主义主题的急迫性与用来探讨这些问题的巴洛克式的话语相互交织的紧张关系。[8]莫迪亚诺本人在1976年的一次采访中,认为自己的文学创作并不单纯是文体风格的反复演练,他说:"我对任何实验流派都不感兴趣,我批评'新小说',主要是因为它既没有基调,也没有生活。我写作是为了探求我是谁,为自己寻找自我身份认同"(Morris 1990,196)。[9]那么,对莫迪亚诺来说,尝试小说技巧与其说是一种发明游戏,不如说是一种(自我)身份发现认同的工具。

然而,莫迪亚诺对风格的明确表述如何与《星形广场》这样一部小说的正式轮廓相协调呢?这部小说的特点是无情甚至令人眩晕的自反特性。它的主人公叙述者使用不知名和被遗忘作家的小说以及米其林指南(40),作为思想和行为的范例(70, 73)。他还与另一部小说中的一个人物展开了激烈的争论,这个人物从另一部小说中进入了故事,他就是塞利纳(Céline)笔下臭名昭著的贫民窟医生巴达姆——《茫茫黑夜漫游》(*Voyage au bout de la nuit*)中一个狂热的反英雄。实际上,施莱米洛维奇是一个双重的、三重的同故事叙述者(homodiegetic narrator),他在小说中虚构了自己和他人的境遇,比如虚假的《雅各布十世忏悔录》("Confession de Jacob X"),这反过来引起了萨特(Sartre)的一个虚构的回应,题为《圣雅各布十世喜剧演员和殉道者》("Saint Jacob X comedien et martyr")(17—18)。施莱米洛维奇也提出了一项自证其罪的研究,即《德雷弗斯的精神分析》(*Psychanalyse de Dreyfus*)——"在那里我用黑白两种文字确认了队长的罪责"(11)。他还将自己对各种法国合作者(包括德里欧·拉罗谢尔[Drieu la Rochelle]、莫里斯·萨克斯[Maurice Sachs]和命运多舛的罗伯特·布拉西拉克[Robert Brasillach])的分析引用到自己的准自传体记述中。他也希望,通过在日记中偶尔写下一些条目,"让自己摆脱年轻时的狂暴"(83)——这是一段私人历史,然而,叙述者在叙述过程中却变得越来越无法摆脱。

施莱米洛维奇也出彩地安排(并引发)与马塞尔·普鲁斯特(Marcel Proust)(36,40,94,125)进行各种比较,有些令人反感,有些带有嘲讽意味。对于莫迪亚诺的文本所表征的世界而言,《追忆似水年华》(*A la Recherche du Temps Perdu*)本身就是一本百科全书、一个跨小说数据库。例如,当施莱米洛维奇还在孩提时代,老特鲁弗尔丁男爵就讲述过普鲁斯特小说中的主要人物和次要人物的那些"无休止的历史"(13)。普鲁斯特的小说提供了成为历史人物和事件本身的东西。后来,施莱米洛维奇的朋友兼合作者让·弗朗索瓦·德斯·埃萨特"将我们的友谊与罗伯特·德·圣卢普和《追忆似水年华》的叙述者之间的友谊相比较"(14)。埃萨特的姓氏让人想起了于斯曼(Huysman)《逆流》(*À Rebours*)中的主人公。同样,查尔斯·列维-旺多姆子爵也否认有任何变态倾向,他敦促说:"德哈鲁斯男爵不是我的表亲"(66);后来列维-旺多姆讽刺地问施莱米洛维奇:"你把自己当成查尔斯·斯旺了吗?"(99)。

事实上,正如这些有关普鲁斯特的叙述所表明的那样,莫迪亚诺的话语在很多方面都是自反的。它不仅引起人们对小说本身的互文性的关注,也暗示了小说与历史之间边界的渗透性。在莫迪亚诺将小说与历史背景更为显著的融合中,施莱米洛维奇进行了一个幻觉般的时间投射,他回到了德国占领时期,把自己描述为"第三帝国的官方犹太人"(107),因为他已经成为希特勒密友伊娃·布劳恩的情人。然后,在一次近似嘲讽的精神分析式的场景中,这让人想起伊塔洛·斯韦沃(Italo Svevo)的《泽诺忏悔录》(Confessions of Zeno),这部小说以弗洛伊德坐在维也纳波茨莱恩多夫诊所的施莱米洛维奇的床边结尾。施莱米洛维奇揉着弗洛伊德的光头,试图确定他是真的还是幻觉。与此同时,弗洛伊德哭着恳求施莱米洛维奇承认"你不是犹太人,你只是众多男人中的一员"(150)。[10] 总的来说,莫迪亚诺的叙述者穿上了新的服装,扮演了新的角色,甚至用惊人的、更不用说精神分裂式的规律性和熟练重构了新的记忆。文本磨平了这些服装、角色和记忆之间的差异,包括与历史渊源有关的差异。这些都是关于施莱米洛维奇寻找自我故事的不同版本,或许有些偏颇,或许有些漫无边际。他在所看到的每一个地方都能找到(并鼓励读者找到)他自己故事的版本,这位主人公叙述者勾勒出了可能被世界叙事理论家称之为跨世界身份的轮廓。[11] 在文本中,可能的世界对应者的扩散并不意味着一个存在具有反事实版本的持久自我,而是将身份反现实化为一系列仅仅可能的自我,但这些自我都不是绝对真实的。复制和比较自我版本的任务优先于选择任何一个自我作为主要或模范。

诚然,莫迪亚诺的许多角色,包括施莱米洛维奇自己,都在寻找纯洁和本质。他们追求的是一种以持久的身份和场景属性为前提的代表性伦理。结果,他们分离、量化并建立了特征之间的等级关系,然而,莫迪亚诺的小说持续地展示了这些特征之间的基本关系。因此,施莱米洛维奇在开始他的叙述时引用了巴达姆医生对他的一句谩骂"特么黑人堕胎"(9)。反过来,施莱米洛维奇的书《真实的巴达姆》

(*Bardamu Unmasked*)激起了巴达姆更多的种族主义蔑视,书中提及,"巴达姆医生的措辞甚至比马塞尔·普鲁斯特的过度复杂的措辞更'犹太化':喜欢音乐,爱哭,有点黏人,有点多愁善感"(11)。与此同时,施莱米洛维奇发现自己"非常感动"。当时,施莱米洛维奇在一个山区小村庄做他的第一份工作,担任白人奴隶贸易招募员,阿拉维斯上校大声喊道,"我们看够了堕落的法国种族。我们想要纯洁"(75)。

然而,《星形广场》讽刺了施莱米洛维奇和其他角色对纯洁本质的怀念,讽刺他们对不妥协的身份的渴望。特别是,莫迪亚诺将某种意义上彼此类似的人物和事件以及或多或少不太可能类似的人物和事件相叠加融合,迫使读者将这些人物和事件放在更大的关系网络中,而不是试图按照一定的标准将它们分离为分散的类别或将它们分层分类。[12] 因此,莫迪亚诺用熟悉的隐喻来暗示各种人物的关系,无论是虚构的还是历史的。阿尔伯特·施韦策是萨特的叔祖父(74),施莱米洛维奇在不同场合称自己是种族主义者阿拉维斯上校的孙子,是前通敌者校长阿德里安·德比戈尔的侄孙(75),是奴隶贩子列维-旺多姆子爵的儿子(85),"犹太画家莫迪利亚尼"的表亲和格劳乔·马克思的孪生兄弟(113)。此外,文本中还着重描写了一系列女性角色,她们的经历和特点像万花筒一样千变万化。但在施莱米洛维奇的引领下,阐释者们可以把她们看成一种复合的女性身份,与施莱米洛维奇的身份一样,数量众多,分布广泛。其中有波兰犹太人塔妮娅·阿西塞夫斯卡,她"向我展示了她肩上文着的(集中营的)不可磨灭的编号"(31),她用施莱米洛维奇本人送给她的闪亮的吉列蓝刀片割腕(32);有虔诚的天主教徒洛蒂拉·佩拉奇,施莱米洛维奇起初把她理想化,后来又幻想着已经习惯了把她当作巴西妓院的奴隶;有为了让施莱米洛维奇可以轮番亵渎圣女贞德和布朗热将军而改换服装的侯爵夫人(95);有希尔达·穆尔祖克拉格,她是一个维也纳妓女,也是党卫军官的女儿;以及以色列陆军中尉丽贝卡兼施莱米洛维奇的救星——他幻想中的特拉维夫之行以及随后的监禁、酷刑和谋杀中的营救者。记住施莱米洛维奇不断变换的身份：学生、作家、得到遗产的富二代、肺结核患者、保镖、白人奴隶贩子、冒牌阿尔卑斯猎人、历史教授、神志不清的幻觉者、政治犯、党卫军官和精神分析病人。这种身份版本的不断增加，使得在层次结构中固定自我的状态和位置的一切努力白费——不管是叙事、次级叙事或是次次级叙事（hypohypodiegetic）的。它不仅把自我定位为可无限修正的，而且还是永不停歇地将自己置于修正之中。

我的主要论点则是，当莫迪亚诺之类的自反小说被描述为促进版本（version）创造的实践时，**其叙事形式明显展现了可阐释性和可修正性**。确实，故事可讲述的版本很可能——也许从定义上就决定了（Smith 1981）——无法穷尽。但莫迪亚诺的自反小说明确了可阐释的故事版本，因此突出了起初提到的叙事理解中的第二方面：不是真实世界本身的反映，而是对故事如何反映真实世界进行的考量。同时，通过展现人物和故事如何与其他人物及故事通过不同的方式产生联系，小说削弱了纯粹的逻辑（logic of purity），即对唯一的真实版故事的探寻，这种逻辑支配了法西斯主义的话语（也见 Herman 2002，223—237）。通过一系列文化、种族、地理和历史上的融合，小说赋予了其主人公叙述者以复合身份，不断变换其在时空、社会文化以及虚构空间中的位置。然而小说的自反性绝不等同于不受外界影响的自我封闭，抑或是将文本无限度地分割成虚构层——就如先前分析过的漫画《绿巨人》，以及我下一部分将讨论的弗兰·奥布莱恩的小说。恰恰相反，自反性起到横向作用。小说强调其故事各版本的集合地位，为自身在叙述和重述故事的过程中固定住方向，这个过程不仅是社会相互作用的结果，更是互动的优秀策略。这就是没有内省的自反性：基于多重自我阐释，莫迪亚诺的文本形式却在故事的社会流通中嵌入叙事，同时还阐明这种流通是如何进行的。确切地说，这表明故事就是在交流的过程中发生了改变。故事中的事件多于内容，并且从不以完全相同的方式被讲述，成了理解世界的详尽社会模型，而叙事交流（我将在第三部分继续探讨）就其本身而言则是强大的理论构建活动。

视角越界迁移（metaleptic migrations）：通过复杂的层次体系解构故事世界

现在来讲第二个叙事实例：弗兰·奥布莱恩的《双鸟渡》。该文本从叙事结构的其他方面入手，力图在建构和解构世界中起到辩证作用。第二个实例的关键问题，不在于叙事产生无限版本事件的能力，而在于它如何被用来产生分层本体，或是世界中的世界，甚至是部分或完全将这些世界层次瓦解。在叙事学专业术语中，这一过程被称为视角越界（metalepsis），最早由热奈特（Genette 1972/1980，235）提出。奥布莱恩文本中的视角越界层面表明，要解构故事世界，不仅可以通过横向衍生叙述版本，还可以纵向通过在叙事层次体系中嵌入或被嵌入场景进行合成或者纠缠。

视角越界指占据了叙事层的表面上不同的情境、人物或事件的相互作用，例如当处在故事中的故事（即次级叙事空间）里的人物迁移到叙事或初级叙事层次，或者相反的情况。[13] 因此，奥布莱恩的叙述者在《双鸟渡》中创作的一个故事中的故事里，一些角色原本是奥布莱恩文本中次级叙述者（subnarrator）的虚构产物，提升了叙述层级，攻击了他们的创造者。尽管其中一个次级叙述者降低了叙述层级，占领了他自己创造的人物所居住的世界（见下文图 II. 2）。一般来说，视角越界需要在假定构成叙事的叙述层级中进行一次或多次非法移动。[14] 要捕捉到这类视角越界移动，分析者首先需要识别叙事嵌入和被嵌入层级中的文本标记，相关标记的范围涵盖从提到的特定人物和事件到被语言学家称为语言风格（语域）的特定词汇和用法形式（见 Herman 1997）。理论家则需要展示如何将这类文本标记转换到不同的叙述层次，削弱对由最初对叙事结构的分析而设定世界的分层。这类转变或多或少都显而易见并且普遍；因此以视角越界为特征的故事，既有单一、瞬间融合的层次，例如当一个角色短暂地混淆了一个梦和故事世界的真实情况，又有嵌入叙事中所描绘的场景成为嵌入或包含它的高阶叙事中展开的场景的精确复制品(或与之融合)。这第二个更极端的实例实际上是视角越界的极端情况,与"嵌套"(mise en abyme)现象重叠,普林斯(Prince 1987/2003)将其定义为"文本的部分重复、反映或镜像反射整个文本(的一个或者多个方面)"(53;另见Dallenbach 1977/1989)。因此,在纪德(Gide)的小说《伪币制造者》(Counterfeiters, 1925)中,一个角色写了一本小说,结果这本小说就是《伪币制造者》。在此,文本使得其中的人物创造了一个故事,这个故事就包含纪德本人的小说——由此从另一个层面(以一种埃舍尔式的方法)解构这个叙事。

就《双鸟渡》本身而言,它是一部喜剧杰作,也是现代叙事实验(Imhof 1990)的原动力,是一种多重的,甚至是巴洛克式的内层叙事。它错综复杂的分层子叙述相互交叉和重复,创造了一个巨大的视角越界效应网络——一个嵌入和被嵌入场景的移动网格结构,[15] 而不是一个单一的、稳定的模型世界,其特定的区域、实体和事件在文本的主框架世界中扮演次要或"嵌入"的角色。[16] 起初,(无名)叙述者表达他对"一本书只有一个开头和一个结局"的不同意见,相反,他建议"一本好书可以有三个完全不同的开头,只和作者的预想有所关联,或者还可以有一百个或者更多的结局"(O'Brien 1939/1976, 9)。之后,叙述者列出了三个开头,每个开头介绍了一个不同却非离散的叙事框架。[17] 图 II.1 提供了组成奥布莱恩文本叙事框架的初始描述;然而,在叙事过程中,当视角越界迁移的其中一个因子发生变化,已有的层次结构须拜占庭式地重新构建。正如图 II.2 所示,除了与作为其他嵌入故事线一部分的角色交互之外,各种角色在层次结构中的多个层级上出现。

第一个框架涉及邪恶普卡,费格斯·麦克菲利和善灵,他们正在努力控制一个三阶的虚构存在和次级叙述者——奥利克·特雷利斯的灵魂。奥利克是次级叙述者德莫特·特雷利斯和希拉·拉蒙特的后代。希拉本人就是德莫特虚构的产物,德莫特对她十分迷恋,强暴了她。奥利克是作者创造和虚构人物类似于乱伦强奸产生的后代,通

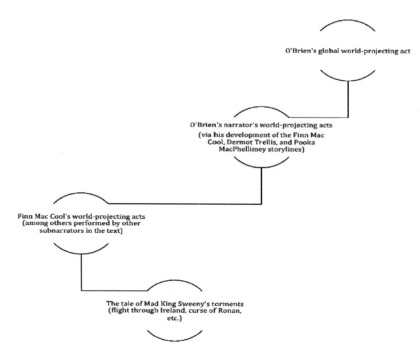

图 II.1 《双鸟渡》叙事框架层级示意图

过德莫特称之为"感官自体繁殖"(aestho-autogamy, 55)和奥布莱恩的叙述者后来称之为"感官—心理—优生"(aestho-psycho-eugenic, 206)的过程产生。第二个框架以约翰·弗瑞斯基为中心,德莫特·特雷利斯创造了另一个次级叙述者,由奥布莱恩同故事叙述者创造的虚构叙述者。弗瑞斯基"出生即 25 岁,进入这个世界时便有记忆,但没有个人经历"(10)。第三个开头以"老爱尔兰传奇英雄"芬恩·麦克·库尔为中心展开(10)。继而,麦克·库尔对失心疯的癫国王斯威尼"遍及爱尔兰的飞翔"(89)准史诗般的描述嵌入了由斯威尼"动听的乐谱"产生的故事世界。神职人员罗南因斯威尼打破了神圣但令人讨厌的钟而诅咒斯威尼,令他遭受了各种痛苦(91)。[18] 叙述的多种开头为相互竞争的叙述框架作引,随着小说的进展,这些框架不仅开始相互重叠,而且还蚕食、重获了最初主要叙述者——即都柏林大学学院的懒

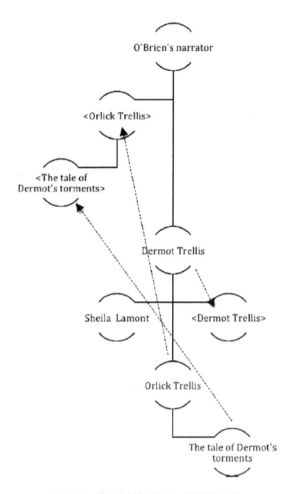

图 II.2　《双鸟渡》的视角越界的迁移

惰学生,他与自己的叙述后代德莫特·特雷利斯有着惊人的相似之处——所处的框架。

　　就这样,《双鸟渡》的次级叙事和次次级叙事(甚至是次次次级叙事)网格结构,以一种既由文本结构完整性造就、又威胁文本结构完整性的方式,着重创造了一系列视角越界迁移,将嵌入和被嵌入框架边界分开。换言之,文本同时使叙述者将叙述的场景和事件安排成一个层次,并促使他们将故事世界的相同元素重新组合到重组层次结构的不同层次上。这个错综复杂的层次结构让读者去解构他们在文本基础上建构的叙事世界。[19] 图 II.2 展示了层次结构的一部分如何通过奥布莱恩的叙述者所写故事中的故事而纠缠起来。图中突出展示了德莫特和奥利克·特雷利斯不断变化的本体状态,括号中的内容表示视角越界行为的输出,依次用箭头标出。(箭头的方向指示意味着人物的转变是从包含的叙述框架移动到被包含的叙述框架,反之亦然。)[20]

如图 II.2 所示,奥利克·特雷利斯向上迁移到奥布莱恩的叙述者和德莫特·特雷利斯之间的一个框架,德莫特·特雷利斯最初创造了希拉·拉蒙特,感官自体繁殖式地创造了奥利克。德莫特在层次结构中快速向下迁移,强暴了他创造的角色。同时,奥利克的不稳定状态使得他可以通过讲述一个故事(第 236 页以后)来报复德莫特,在这个故事中,德莫特经历的痛苦比芬恩·麦克·库尔创作的嵌入故事情节中斯威尼所经历的痛苦更加深切。

结　语

在我讨论莫迪亚诺和奥布莱恩的叙事时,我强调了一些故事,除了使阐释者投射出一个故事世界外,还可以通过它们的结构来凸显这种世界构造行为的本质和效果。这种具有自反性质方式的叙事,或多或少地促生了持续和无处不在的对故事的解构,这种叙述**也**声称通过文本讲述,这些文本涉及故事世界中最普遍的解构(或丧失现实感/去现实化)形式,逐渐变为非叙事、反叙事或准叙事模式。《星形广场》和《双鸟渡》指出了两种不同的建构方式,通过发掘上述方式,使得建构和解构这二元关系发挥作用。莫迪亚诺的文本利用了故事的内在可修正性——任何故事版本都在其他可能版本的组合中占据一席之地,从而促使拉斐尔·施莱米洛维奇同时所处的虚构世界的解构。[21]与此同时,奥布莱恩的小说用视角越界迁移方式——人物和事件处于多层级的叙述中——组合成文本阐释者将事件放入更大故事世界所依赖的层次结构。

正如这两个实例文本所示,叙事的部分力量源于其提供了一种研究自身可能性和局限性的视角。多亏了这种震荡式视角，无论是故事中令阐释者能够建构的世界，还是那些构造世界并居住在这个世界所依赖的建构方式，才能够经得起细查。发展性研究表明，获得思考不同形式思维的能力是人类个体发育的一个关键增长点（Flavell 1979；Dunlovsky and Metcalfe 2009）。以此类推，当开始用故事来衡量和潜在地完善叙事本身的世界建构能力时，叙事世界的建构达到了一个新的复杂程度，并且更加深入（和广泛）地融合了人类在意义建构中的努力。此处分析者的任务是设法理解叙事评估自身的尝试。当我们把这项任务放在故事讲述和心智科学等更广泛的研究背景下时，理论家们可以从文学叙事学家建立的描述性术语和研究框架中获益，而其他的故事研究者们研究了被嵌入叙事系统中的潜在自反性如何在具体文本设计中显现出来。

第四章

叙事世界的视角取向

如第三章所述,视角结构呈现了情境和事件的叙事组织序列,有助于阐释者解答故事世界中的**何人**、**何物**、**何地**、**何时**、**如何**与**为何**等维度的问题。这为观众、听众或读者提供一个暂时的答案,因为他们可以依靠特定媒介的功能可供性去理解叙事世界中的人物、空间文化地形、规范体系、冲突模式和变化轨迹。换句话说,与口语的超音段特征(例如重音和语调)在话语中跨越多个音段(Crystal 1980/1997,373)类似,热奈特(Genette 1972/1980)提出的聚焦模式——叙事中叙述事件时采用的视角类型——可以超越故事世界的任何特定维度,并在整体上影响故事世界的形成。[1]本章综述了两种关于视角形塑故事世界的方法,这两种方法都表明了将叙事学中关于聚焦的研究与心智科学的思想进行对话的益处。

我以詹姆斯·乔伊斯1914年出版的短篇故事集《都柏林人》,以及第三章中讨论过的《绿巨人》的连环漫画(如图3.7所示)来介绍第一种方法,研究如何将聚焦的概念与认知语言学的思想结合,以解释故事的视角索引特征是如何根植于具身化的个体的心智能力和性格倾向。这里所讨论的个体可能是通过故事世界所构建的人物,也可能是从他们自身的视角与故事中的人物互动的情境化或者具身化的阐释者。然后,我继续用伊迪丝·华顿1934年发表的短篇小说《罗马热》来探讨第二种方法。该方法将聚焦理论与理解智能行为的传统联系起来,将智能行为视为超个体系统的产物,涵盖了分布在不同时间与(社会)空间中的人类以及非人类主体。聚焦理论与该传统之间的联系表明视角切换如何影响叙事动态,也就是说,随着叙事时间的推移,阐释者对叙事的感受也在不断加深。在详述第二种方法时,我还会提及一些在第七章中将进一步解释的观点,即叙事分配智能的能力——传播与世界互动有关的知识或方式的能力——如何使叙事不仅是阐释的对象,而且是一个关键的思维工具。

总之,在提出这两种方法与叙事视角研究的相关性时,本章旨在论证可以采用多种策略来促进故事研究和认知科学研究之间的对话。正如我在第三章中所讨论的那样,当涉及研究阐释者如何投射和探索叙事世界时,心智能力和性格倾向的不同类型以及它们与特定媒介的功能可供性之间的联系,都构成了相关的研究课题。尽管这里的功能可供性仅限于那些对事件的标记视角,但由于所涉及问题的复杂性,需要运用多个框架进行研究。事实上,采用混合研究的方法能识别出总体的叙事世界和特定的叙事视角中的最紧迫的问题,同时也是解决这些问题的最有效的策略。因此,本章将结合通常突出个人心理的认知语言学等研究框架与强调社会互动、文化以及更为广泛的超个体心理维度的研究框架,后者包括受到维果茨基(Vygotsky 1934/1962, 1978)启发的社会文化研究传统以及在其影响下产生的分布式认知研究,有时称为"延伸心智"(如 Clark 1997, 1998, 2008;Donald 1991;Hutchins 1995a, b;Latour 2005;Wertsch 1998b, 2007;Wilson 2004;另见第三部分)。[2] 研究个体和超个体或延伸心智的框架可用于再现聚焦理论的重要方面;同时,要理解叙事世界中的视角取向的复杂性,需要超越这两种描述智能行为的方法之间的任何假定的矛盾(比较 Wertsch and Penuel 1996)。

视角、识解和聚焦理论

本节讨论了如何将聚焦理论与认知语言学的思想相结合,以阐释故事中的视角取向。更具体地说,我指出了将叙事学中的"聚焦"与认知语言学如兰盖克(Langacker 1987)、克罗夫特和克鲁斯(Croft and Cruse 2004)、塔尔米(Talmy 2000)、泰勒(Taylor 2002)等理论家提出的关于将"识解"或"概念化"的研究进行结合的优势。[3] 在这种方法中,视角可用于更广泛的识解活动(用于组织和理解经验领域),这种识解基于人类具身存在,可能会被特定的叙事充分利用。为了说明将"聚焦""识解"与"概念化"放到一起讨论的好处,并表明这种方法在分析各种叙事组织的符号系统(包括多模态和单模态系统)时的有效性,我在这里重点介绍两个案例。第一个案例是已出版的文学叙事,更确切地说,是来自詹姆斯·乔伊斯 1914 年的《都柏林人》(Joyce 1914/1967)中的几个故事。对这三个故事的具体讨论分别解释了斯坦泽尔(Stanzel 1979/1984)描述的第一人称叙事情境(first-person narrative situation)、作者叙事情境(authorial narrative situation)和人物叙事情境(figural narrative situation)(详见下文),构成了对照组。因此,我首先用文学文本来验证我的方法,通过分析这些文本,探讨在相同媒介下,不同的编码策略如何被用于表达叙事情境和事件的视角。我的分析表明,不同的聚焦模式如何涉及不同类型的识解或概念化模式。

我的第二个案例集中在《绿巨人》漫画中的两页,详见前一章图3.7。分析的重点在于探究图像叙事中的文字-图像组合如何投射出一个更宏观的视角结构,将两个各不相同但相互关联的信息轨衍生出的解释整合在一起。在这里,我使用《绿巨人》不仅是为了检验一个结合了叙事学和认知语言学的模型的阐释力,同时也旨在更广泛地勾勒出我认为跨媒介叙事学普遍面临的一个紧急任务,即认识到在不同叙事环境中可用的视角标记资源的范围(参见 Horstkotte and Pedri 2011;Mikkonen 2008,即将出版;Round 2007)。

聚焦理论的重新定位

根据叙事学的文献,热奈特(Genette 1972/1980)率先提出了"聚焦"的概念,试图在叙事中区分"谁看"(who sees)和"谁说"(who speaks）。雅恩（Jahn 2007）简洁地表述了热奈特提出的对比："**叙述**（narration）是以一种尊重观众需求同时争取其合作的方式来讲故事，**聚焦**（focalization）是将（可能是无限的）叙事信息提交给一个视角过滤器"（94）。因此，在热奈特传统中，聚焦是一种讨论感知和概念框架的方式，通过这些框架的包容或限制，在叙事中呈现参与者、情境和事件（Prince 1987/2003，31—32；Herman 2002，301—330）。在热奈特（Genette 1972/1980）提出的"内聚焦"（internal focalization）中，视角限于一个特定的观察者或"感知者"，而在他所说的"零聚焦"（zero focalization）（Bal 1978/1997 和 Rimmon-Kenan 1983 称之为"外聚焦"）中，没有固定的视角位置。[4] 就其本身而言，内聚焦的视角可以是固定的，从某一个人物的视角出发，叙述整个事件；也可以是变化的，从不同人物的视角来叙述不同事件；又或采用多重视角，通过不同人物的视角来叙述同一事件。

《都柏林人》中的故事段落可以用来说明这些概念。或者更确切地说，《都柏林人》是检验热奈特提出的叙事视角的理想案例。该故事集[5] 汇集了乔伊斯 20 世纪头十年创作的故事，展现了现实主义小说采用相对全景或全局的视角和通过某一感知者或观察者的视角对事件进行有限呈现两种方法。后一种方法由亨利·詹姆斯（Henry James）等早期现代主义者开创，成为乔伊斯之后作品的主要特征，包括《一个青年艺术家的画像》（*A Portrait of the Artist as a Young Man*，1916）、《尤利西斯》（*Ulysses*，1922）（更多讨论参见 Herman 2011b）。《阿拉比》（"Araby"）由第一人称叙述者或"同故事叙述者"进行回溯性叙述，讲述一个年长的叙述自我，重新审视他年轻时候的经验自我在当地集市上为迷恋的女孩买礼物的挫败经历。《委员会办公室里的常青节》（"Ivy Day in the Committee Room"）的故事发生在选举日，恰逢爱尔兰政治领袖查尔斯·斯图尔特·帕内尔（Charles Stewart Parnell）的逝世周年纪念日。故事以会议室为场景，一群为当地候选人拉票的人在那里讨论当天发生的议题。整个故事几乎全部通过对话呈现。最后，《死者》（"Thd Dead"）以第三人称叙述，通过加布里埃尔·康洛伊的视角呈现。当他了解到妻子的前任恋人是为她而死（至少在格莱塔·康洛伊对事件的解释中是这样的）时，他的意识受到冲击，并重新思考自己的态度和价值观。

以下摘自《阿拉比》和《死者》的段落都运用了热奈特所说的内聚焦：在(a)《阿拉比》中年轻的经验自我是聚焦者；而在(b)《死者》中，故事世界中的情境和事件都是通过加布里埃尔·康洛伊的视角呈现的。

(a) 我看到老师和蔼的面孔变得严厉起来；他希望我并不是开始变懒。（"Araby"，Joyce 1914/1967，32。译文出自詹姆斯·乔伊斯《都柏林人》，王逢振译，上海译文出版社，2013 年，第 28 页）

(b) 钢琴正在弹奏一首华尔兹乐曲，他能听见衣裙拂动客厅门的声音。也许有人正站在外面码头上的雪地里，仰首凝视着灯光照亮的窗子，倾听华尔兹音乐。那里的空气纯净。远处是树上压着积雪的公园。（"The Dead"，Joyce 1914/1967，202。译文出自詹姆斯·乔伊斯《都柏林人》，王逢振译，上海译文出版社，2013 年，第 235 页）

同时，《委员会办公室里的常青节》中的段落(c)主要通过一群纪念逝世的帕内尔的选举工作人员的外部视角呈现。

(c) 海恩斯先生重又坐到了桌子上。他朗诵完之后，房间里一片沉寂，接着爆发出一阵掌声：甚至莱昂斯也鼓起掌来。掌声持续了一会儿。掌声停止以后，所有听的人都默默无语，对着瓶口喝起酒来。（"Ivy Day in the Committee Room"，Joyce 1914/1967，135。译文出自詹姆斯·乔伊斯《都柏林人》，王逢振译，上海译文出版社，2013 年，第 153 页）

在很大程度上,《委员会办公室里的常青节》中运用了热奈特(与巴尔和里蒙·凯南不同)所谓的"外聚焦"(external focalization),其中"呈现的内容仅限于人物的外部行为(言语和行动,而非思想或情感)、外表以及他们出现的背景"(Prince 1987/2003, 32)。然而,当叙述揭示克罗夫顿先生因为"认为他的同伴们比不上他"(Joyce 1914/1967, 142)而拒绝发言时,乔伊斯又偏离(或者用热奈特的话说,在多叙[paraleptic]意义上"违反")了这一主要聚焦法则。

热奈特对聚焦采用的结构主义方法,为像乔伊斯这样的文本之间的对比与比较提供了重要见解,原则上也适用于所有叙事文本。然而,热奈特框架内不同方法之间的冲突,加上从斯坦泽尔(Stanzel 1979/1984)的"叙事情境"发展而来的独立研究传统与热奈特方法的冲突,都使叙事视角的经典图景变得复杂。首先,由施洛米斯·里蒙·凯南(Rimmon-Kenan 1983)和米克·巴尔(Mieke Bal 1978/1997)为代表的叙事学家们认为,聚焦过程既涉及聚焦者或聚焦的主体,也涉及聚焦的对象(它们反过来又可以从外部和内部进行聚焦)。然而,热奈特(Genette 1983/1988)对自己最初的这些论述的阐述提出了质疑。他援引"奥卡姆剃刀"(Occam's razor)原则,认为描述视角在故事中如何编码只需要格式塔概念。[6] 与此同时,斯坦泽尔将叙事视角纳入更为笼统的叙事"调解"(mediation)中,提出了一种不同的方法。他用图4.1中所示的三条线和区域来叙述"调解"的三组相关变量:事件的内部视角与外部视角、叙述者与叙事世界的同一性与非同一性、叙述主体(或讲述者)与知觉主体(或感知者)之间的调解。

正如赫尔曼和凡瓦克(Herman and Vervaeck 2005, 33—39)在他们对该模型的概要中指出的那样,作者叙事情境的主要特征(如《委员会办公室里的常青节》中的段落[c]所示)是作者型叙述者不参与故事世界,次要特征是叙述者与作为叙事主体的人物的非同一性,并且存在一个讲述者(或叙述者)而不是感知者或经验意识。相比之下,在人物叙述(即第三人称叙述,其中以某个特定人物的意识作为视角,如《死者》中的段落[b])中,为了突出感知者,叙述者被放置在背景中,

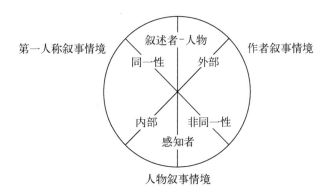

图 4.1　斯坦泽尔的"叙事情境"

导致视角是内部的。根据定义,人物叙事情境采用的是第三人称叙述模式,意味着叙述者与叙事主体并非同一人。

更笼统地说,热奈特以及受他影响的叙事学家严格区分了"谁说"和"谁看"、声音和视角、叙事和聚焦,[7]而斯坦泽尔的模型则表明叙事调解中的声音和视角以不同方式聚集在一起,构成不同叙事情境。此外,对于斯坦泽尔而言,这些方面更多是程度问题,而不是二元化的特征。正如作者叙事情境和人物叙事情境之间的对比所示,负责叙述的主体在某些情况下可以与负责感知的主体重合,从而产生的不是绝对的差距,而是讲述者与感知者、言语讲述者与图像讲述者之间可变可操控的距离。对比凯特·肖邦(Kate Chopin)的《觉醒》(*The Awakening*)与卡夫卡的《审判》(*The Trial*),前者在作者叙事和人物叙事之间来回切换,从内部视角呈现艾德娜·庞德烈的情境并得出普遍的真理,而后者则通过紧密围绕约瑟夫·K.作为感知者的立场暗示了这种概括的不可能性。

这一简略的概述也表明,几十年来对故事中的视角取向的叙事学研究导致了术语和概念的争议(另见 Broman 2004;Klauk and Köppe 2011;Niederhoff 2009;Nieragden 2002),究其原因,部分在于热奈特传统和斯坦泽尔传统两大模型内部以及两者之间的不一致。本节不是为了在这场有关聚焦的争论中为某个立场辩护,而是试图利用认知语言学研究来重新思考这场争论本身。更准确地说,我的目的是要指出如何通过与认知语言学中关于识解或概念化的观点进行对话,来重新认识叙事学对视角的研究,同时指出,聚焦理论为研究识解过程如何源自对世界的情境化和具身化视角提供了一个参考框架。在概述促进聚焦理论与认知语言学对话的策略之前,我将回顾雅恩(Jahn 1996,1999b)提出的一些建议,探讨如何通过关于心智的研究来重新定义"聚焦"概念的建议。

叙事视角与心智科学(一):雅恩模型

雅恩(Jahn 1999b)基于人们对视觉结构的理解以及认知科学的视觉研究,提出了一种强大的聚焦模型。

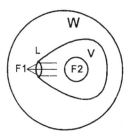

图 4.2 呈现了雅恩所描述的视觉心理模型(Jahn 1999b,87;另参见 Jahn 1996,242)。该模型不是基于视觉生理的精确映射,而是基于人类如何看待事物的倾向。在这一模型中,焦点-1(focus-1)对应"眼球晶状体的焦点"(Jahn 1999b,87),同时也隐含了在更大的故事世界中感知场景的起点或视点,即"所有知觉刺激聚集在一起的点,所有时空坐标和经验坐标开始的零点"(Jahn 1996,243)。

F1 焦点-1;L 镜头、眼睛;
F2 焦点-2,聚焦区域;
V 视野范围;W 世界

**图 4.2 雅恩的视觉心理模型
(Jahn 1999b,87)**

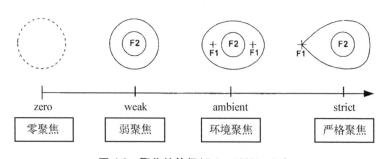

图 4.3 聚焦的等级(Jahn 1999b,96)

焦点-2(focus-2)同样对应于视野范围内被聚焦的对象或场景，而视野范围又嵌套在周围的环境或世界之中。

在这个模型的基础上，雅恩(Jahn 1999b)提出了聚焦等级，从零聚焦(其中没有特定的意识中心过滤被聚焦的事件)，到在第一人称叙述或类似卡夫卡所使用的人物叙述中采用的严格聚焦。图4.3呈现了雅恩的"聚焦等级"。上文引用的乔伊斯的段落可以根据该等级相应归类。例如，《阿拉比》中的段落(b)按照经验自我的视角严格聚焦，可以位于最右侧。在这里，焦点-2，即校长的脸，是"在精确且受限的时空坐标条件下从(或被[焦点-1，即经验自我])感知到的"(Jahn 1999b, 97)。相比之下，《死者》中的段落(c)可以位于段落(b)的左侧，因为除了加布里埃尔的感知之外，外部观察者的想象感知也短暂地充当了指示中心或视角。而《常青节》的段落(a)则必须位于段落(c)的左侧，靠近弱聚焦的地方，其中所有聚焦主体"以及与他们相关的所有时空联系，都消失了"，只留下一个被聚焦的对象(Jahn 1999b, 97)。

在下一节中，我将借鉴认知语言学的观点提出另一种策略来重构或重新审视先前的叙述视角。这种策略同样受到了经典聚焦理论中"互相冲突方法的困境"的启发(Jahn 1996, 241)。雅恩通过视觉心理模型来重新思考早期的叙述，而接下来要讨论的启发式框架则强调叙事与视角取向之间不可分割的联系。换句话说，这种方法始于这样一种假设，即故事讲述行为是以具身化的人类心智的感知-概念能力为基础的。

叙事视角与心智科学(二)：聚焦化和/作为概念化

我接下来所借鉴的认知语言学研究表明，若对识解或概念化过程及其在叙事中的反映能有更统一的描述并将叙事视角的经典理论整合进来，那么这些经典理论会如何从中受益——即便叙事学对聚焦的研究会为识解理论补充背景，情况也是如此。

概念化或识解背后的基本思想是，尽管表达方式存在差异，但借助于在真值条件上等价的表达,可以用不同方式对同一个情境或事件进行语言编码(更详细的概述参见 Croft and Cruse 2004, 40—73)。兰盖克(Langacker 1987)提出,一系列的认知能力,包括比较、运用意象、将一种识解转换为另一种识解和调整焦点,都是借助语义结构维度显现的概念化过程。换句话说,这些认知能力也是语言的设计参数。一个参数子集——特别是与焦点调整相关的参数——源于对事件具有具身化的、时空定位的视角的启用和约束条件。

一个简单的思维实验可以说明这个过程。假设陈述(i)—(vi)都真实地适用于同一时空中的参与者和条件,它们之间的差异反映了"人类"在心理上以不同的方式"识解"(或概念化)同一种情境的能力。

(i) 那一家浣熊盯上了池塘里的金鱼。

(ii) 池塘里的金鱼被那家浣熊盯上了。

(iii) 一家浣熊盯上了池塘里的几条金鱼。

(iv) 那一家浣熊盯上了那边池塘里的金鱼。

(v) 那一家该死的浣熊盯上了池塘里的金鱼。

(vi) 那一家浣熊盯上了池塘里那些该死的金鱼。

正如这些陈述之间的差异所表明的那样,作为叙事话语组织的基础,识解过程不仅仅受到视角或视点有关因素的影响,还受到时间、空间、情感等与具身化的人类经验相关的因素的影响(比较 Jahn 1999b, 88—89; Jahn 2007, 101—102)。(i) 和(ii)表明人物-背景(figure-ground)关系的变化会提供不同的概念化;(i)和(iii)展示了不同的言辞形式如何代表了对听众知识的不同识解(如限定词 the 和不定代词 some 所示);(i)和(iv)表明如兰盖克所指,"概念化"这一术语可以更加主观或不太主观,也就是说,包含对被解释场景中的话语情境的强调或淡化;(i)(v)和(vi)表明不同的识解如何体现不同的感情色彩。尽管认知语言学家倾向于在从句和句子层面研究这种识解过程,但我认为识解本身是可延展的,并且可以映射到叙事中的语篇层结构上。

特别在聚焦调整的参数上,兰盖克(Langacker 1987)提出了许多方式,通过这些方式,语言使用者能借助对世界的具身化体验对事件作出具体的识解。结合塔尔米(Talmy 2000)将视角作为"概念结构系统"的讨论,兰盖克的论述表明了如何在一个更广泛的视角取向过程中重新定位经典聚焦叙事。对兰盖克来说,聚焦调整包括以下几个设计参数:

- 选择,涉及谓词陈述的范围,换句话说,就是要选择在场景中识解什么内容。
- 视角,包括
  - 人物-背景对齐,即前景与背景的关系(参见 Talmy 2000,第 1 卷, 311—344)
  - 视点(=有利位置+由垂直轴和水平轴组成的方向网格中的定位)
  - 指示语(像**我**、**这里**、**现在**这样的指示性表达,在其直接陈述范围内包含对话语背景或情境的参考)
  - 主观性/客观性(对于兰盖克来说,一个话语的背景或情境在话语本身中越明显,说话者自己在话语投射的解释中就越被客观化)
- 抽象,涉及在识解中包含了多少细节,即识解的粒度大小。

与此同时,在塔尔米(Talmy 2000)的描述中,视角构成了一个概念系统。在该系统的基础上,语言建立了"一个概念化的视角,从这个视角出发,[指示实体能够]被认知"(Talmy 2000,第 1 卷,68)。与兰盖克的叙述类似,塔尔米的视角系统模型包含几个类别或参数,它们反映在给定语言的语义系统中(Talmy 2000,第 1 卷,68—76),其中包括:

- 视角在"指示场景"中的位置;
- 视点与指示场景的距离(远距、中距、近距);
- 视角模式,包括"动态性",即视点是静止的还是移动的;还包括"适当模式",即综观式与顺序式观察;
- 观察方向,即从已确定的视点对特定方向(空间或时间上)的"观察"。

　　我在此提出的更大的主张是,从热奈特和斯坦泽尔等的研究中发展而来的聚焦的叙事理论,可以和与视角相关的识解参数进行富有成效的对话,从而使叙事学研究和认知语言研究都有所裨益。

　　通过把聚焦理论置于关于识解过程的更宽泛的描述中重新定位,分析者可以探究叙事如何再现经过相对静态(综观式)或动态(顺序式)审视的场景(或事件结构)。这些场景有着相对宽或窄的范围(比较 Genette［1972/1980］对聚焦可能性的分类,以及 Jahn［1999b］从零聚焦到严格聚焦的等级划分)、焦点参与者与背景化因素、大小不同的粒度、纵横网格中的定位,还有一个大致客观的侧写,其中或多或少包含了话语的情境或背景(比较斯坦泽尔［Stanzel 1979/1984］关于叙事情境的分类)。场景也可以从特定的时间和空间上"观察",视点与场景的距离可以是远距、中距或近距。此外,距离的每一次增加,又包含了对识解粒度的默认期望。

　　回到《阿拉比》中的段落(a)。

　　(a)　我看到老师和蔼的面孔变得严厉起来;他希望我并不是开
　　　　始变懒。("Araby", Joyce 1914/1967, 32。译文出自詹
　　　　姆斯·乔伊斯《都柏林人》,王逢振译,上海译文出版社,
　　　　2013,第28页)

　　这段文字作为例子证明了,斯坦泽尔的第一人称叙事情境也可以用热奈特的术语来描述:为了符合故事的主要风格,年长的叙述自我将他对经验自我的举止行为的评论嵌入文本中,从年轻的经验自我的视角,采用内聚焦的方式进行叙述。[8] 因此,在(a)的第一个从句中使用的抽象名词(和蔼［amiability］、严厉［sternness］)从语言学上反映了语言的复杂程度,超出了经验自我可能具有的表达能力,尽管年轻的"我"在第二个从句中是观察校长外貌和态度变化,并且用语言表达的人(以自由间接话语形式表达)。在这段中还值得一提的是时间上观察方向的交叉:年长的叙述自我回头看年龄较小的经验自我,后者对

校长脸上越来越不满的表情的观察反过来看又是前瞻性的。这种双向的时间观察是第一人称回溯性叙事（无论是虚构还是非虚构）的标志，也是综观式和顺序式观察的结合。换句话说，这段文字展现了校长面部随着时间推移而发生的变化，但是这种识解本身是总结性的，将一种可以假设在更长时间内展现的情境压缩为一个从句。因此，叙事学框架提供了分析《阿拉比》以及像类似（a）段落中的视角环境的方法。兰盖克和塔尔米对识解过程的论述为对乔伊斯文本的视角结构研究提供了补充，也为探索视角结构如何能够因为它基于具身化的人类体验而得以解释提供了补充。

《常青节》中的段落（c）就其本身而言，除了用热奈特的话说是采用了外聚焦（用斯坦泽尔的话说是通过作者叙事进行呈现）之外，可以被看作叙述话语的一个实例。在该段中，概念视点是静态而非动态的，并且与指示场景的距离为中距，从而形成了对人物及其环境的中等范围识解。这进一步的描述性语言能够将段落（c）中的其他视角标记或视角结构特征纳入分析范围之内。具体而言，尽管视点与场景本身之间的距离保持不变，但该段在粒度上发生了变化：在（c）的过程中，焦点参与者从特定的个体（海恩斯先生、莱昂斯）转移到群体人物（"所有听众"）身上。相反，段落（b）除了是热奈特描述的内聚焦和斯坦泽尔描述的人物叙事的典型范例外，还值得一提的一点是视角距离的变化不会影响其提供细节的详细程度。加布里埃尔虽然离客厅很近，但是这句的副词"也许"表明他与他"想象"中的室外场景（码头和更远处的公园）仍有距离。然而，在这个由近向远延伸的过程中，无论定位在什么位置，识解的粒度或细节程度并没有明显的差异。与根据视角距离可以得到相应粒度的默认期望相反，不管是在这里，还是在故事的结尾，当加布里埃尔想象雪如何覆盖整个爱尔兰的时候，乔伊斯的文本都借助想象的力量超越了时间和空间的限制。因此，故事中体现的概念化过程模仿了乔伊斯本人的虚构话语；在这两种情境中人们的关注点都是，用戈夫曼（Goffman 1974）的话（参见第七章和实例分析Ⅴ）说，一组时空参数如何在另一组时空参数中"层叠"。换句话说,换位可以使读者重新定位或在指涉上转移至加布里埃尔在叙事世界中的时空坐标,而通过同样的换位方式,派对外的场景就几乎出现在他的脑海里了。

简而言之,叙事学中的聚焦理论为认知语言学的研究提供了补充,其前提是:(1)具有对事件进行具身化的、情境化的视角;(2)能够构建和解释描述这些事件的话语。研究语言叙事的分析者和认知语言学家都致力于探究语言模式——对指示性表达的选择,对"或许"(perhaps)、"极有可能"(probably)等句子副词的使用,以及表示观察者与被观察者场景之间空间关系的介词等——以揭示它们如何为事件识解提供指引。问题在于,特定表达的选择如何突显事件在概念化方式上的规模差异。聚焦理论家认为,视角标记特征往往聚集在一起,形成"内部"聚焦和"外部"聚焦等宏观类别;而认知语言学研究则指出在这样的视角环境中存在更严格的聚焦调整方法。此外,兰盖克和塔尔米等认知语言学研究者通过将概念化能力追溯到与世界的具身互动,强调了根据读者的情境化和具身化体验来理解和解释聚焦模式的重要性,因为读者的经验为识解"叙述者和人物自身对故事世界中事件的解释"提供了基础。

对《死者》的进一步分析

我在本节中的总体建议是,通过认知语言学对识解的研究,分析者能够提出关于叙事视角的新问题,而聚焦理论提供的重要见解又能够将语言使用的研究与具身体验相互关联。因此,综合识解与聚焦的方法为处理叙事结构中的视角相关方面提供了一种统一的、系统化的途径,避免了零散或零碎地处理。

为了体会这种方法的优势,我们可以对《死者》中另一个段落(d)进行更为深入的分析:

(d)当他看见弗雷迪·马林斯穿过房间来看他母亲时,加布里埃尔便把椅子空出来让给他,自己退到窗口的凹处。

餐具间已经清好,从后屋传来了盘子和刀子磕碰的叮当
声。仍然留在客厅里的那些人似乎已经跳累了,正在三
五成群地静静地交谈。加布里埃尔温暖颤抖的手指弹
着冰冷的窗玻璃。外面该是多冷啊! 独自一人出去散散
步,先沿着河走,再穿过公园,那该多么愉快呀! 雪会积
聚在树枝上,会在威灵顿纪念碑顶上形成一个明亮的雪
帽。在那里一定比在晚餐桌上愉快多了! ("The Dead",
Joyce 1914/1967, 192。译文出自詹姆斯·乔伊斯《都柏
林人》,王逢振译,上海译文出版社,2013 年,第 223 页)

在这段中,热奈特派的分析者讨论内聚焦,而斯坦泽尔派则关注
人物叙述。就像他在整个故事中的角色一样,加布里埃尔在引用的段
落中充当了感知者的角色。因此,尽管叙述者与加布里埃尔不是同一
个人(因此使用了第三人称代词"他"),但叙述通过加布里埃尔在故
事进程中遇到的各个场景中的视角来展现。此外,视角结构的不断变
化(以一系列文本线索为标志),表明在段落的后半部分视角从真实的
感知转变成想象的感知。尤其是这段文字的最后四句呈现了加布里
埃尔的想象投射——他想象着派对场外的景象是什么样子,或者可能
是什么样子。因此,感叹号暗示了那些曾经让加布里埃尔深受触动的
情感或想法。与叙述者中立的、非感叹的话语相比,这些表述与叙述
者的主观性联系更为紧密。另外,一系列包含情态动词的从句("**该是
多冷啊……**","**雪会积聚在……**","**一定比……愉快多了**"等)展示了
语言学家所称的**虚拟**情态的一部分。这种情态包括模糊修饰语、虚拟
语气、条件语句等语义资源,使语言使用者表明他们没有完全相信一
个关于世界的命题的真实性(Frawley 1992, 387—390)。在这里,由
助动词表示的虚拟语气,加上表达加布里埃尔主观性的感叹号,表明
加布里埃尔在对故事世界作临时推论,而非描述他认为真实的故事
世界。

但是,通过运用识解或概念化的观点,分析者能够捕捉到视角相

较于我们之前谈的所有因素更能对文本的细节程度产生影响,并能揭示相关细节之间的整体关联。用塔尔米的话来说,段落(d)揭示了加布里埃尔的视角如何形成一个概念结构系统,其中弗雷迪和他的母亲最初是按顺序呈现的场景中的焦点参与者。从时间视点来观察,过去时态的指示动词表明是从事件发生之后的时间来观看场景。从空间上观察,观察场景的视点与再现的场景处于同一个平面:例如,加布里埃尔并不是从下方观察场景,就像他将格莱塔理解为楼梯顶部"某物的象征"一样(Joyce 1914/1967,210)。[9]此外,加布里埃尔最开始处于场景的中距视点(马林斯夫人身边的椅子),这提供了一个中等范围的情境,伴随相应的中等程度的粒度或细节。

随后,当加布里埃尔以窗户口为新位置时,他与场景的距离增加,产生了对一个范围更广的场景的概念化,细节程度相应地降低:加布里埃尔根据群体而非个体来识解场景。与段落(c)一样,距离、范围和粒度等因素会同时变化:当你离某物越远时,你看到的背景越多,但整体细节更少。这些约束人们心理生活的视角,也塑造了像乔伊斯这样的作家如何描绘他们的人物在故事世界中的经历。与此同时,加布里埃尔现在已经更靠近窗户,他的位置使他能够再现一个近距离的、小范围的、高粒度的"手指弹着冰冷的窗玻璃"的场景。"外面该是多冷啊!"转向了自由间接话语,标志着新的概念化开始——这次是对外面场景的想象。随着新的识解的进行,距离、范围和粒度再次同时发生变化:想象的场景比窗口更远,包括整个河岸和公园的区域,并且没有任何详细的细节。但是随后,加布里埃尔想象了场景的具体特征,细节急剧增加,直到树枝和惠灵顿纪念碑顶部的积雪变得清晰可见。乔伊斯的文本再次挑战了人们对从何种视角距离可以获得多少细节的默认期望,在结构和主题上再次证实了想象超越空间和时间限制的力量。

本节提出了将聚焦叙事模型与认知语言学关于识解的研究相结合的策略,这种策略指向了一种统一的、综合的途径,解释视角及其对叙事生产和叙事阐释的影响,包括文体特征(如动词时态和语气、措辞、标点符号）、故事世界的时空配置、人物心理与性格特征和叙事主题。未来的研究任务是考虑如何将聚焦理论和识解研究结合起来解释叙事中的视角取向，也就是说，解释叙事中采用的（特征标记的）视角如何形塑故事世界的过程。对此我在这里不作进一步阐述，而是首先探讨该方法与跨媒介叙事学（transmedial narratology）的相关性。尽管认知语言学模型专门用于分析口头语言，但我的研究假设是，识解的概念，就其指向与具身化的人类认知相关的视角的启用和约束条件，可以延伸到其他的故事讲述媒介。为了检验这个假设，我回到第三章讨论过的《绿巨人》漫画，研究图像叙事中文字-图像组合的视角索引功能。

识解在多模态叙事中的应用：《绿巨人》中的视角结构

在《绿巨人》和其他图像叙事中，画格序列的语言-视觉组织，揭示了故事世界中一个或多个场景在相应的时间段内如何被识解的，以及何时、由谁来进行识解。至关重要的是一种时间结构的表现形式，包括人物-背景的对齐，指示场景内视点或视角的变化，以及视角模式和观察方向的变化。当要描述图像叙事中的视角结构如何随画格浮现时，将识解与聚焦讨论结合的好处再次显现，尤其是因为经典叙事学模型往往针对印刷文本的视角标记特征。相比之下，这里提出的综合方法允许故事分析者研究叙事视角的逻辑如何与特定叙事媒介的约束和激活属性相交叉。[10]

在图 3.7 的连环漫画中，文本的文字-图像组合反映出——并促使阐释者重现——不断改变的对故事世界的识解。视觉轨通过连环画中人物在时空上的方向顺序变化来展现视点的移动，而这些变化相应地又导致了识解的方向、范围及粒度的变化。因此，连环画的前两个画格呈现了两个人物之间决斗的对称对视图。在第一画格中，绿巨人的右肩和拳头附近的动作线表明绿巨人在向"轴心队长"靠近；接着在第二个画格中，动作线从绿巨人的身体向外辐射，表明由于"轴心队长"的推力，绿巨人的身体朝相反方向运动。在这里，特定媒介的功能可供性允许阐释者在一种聚焦模式中记录粒度的变化。这种聚焦模式,按照雅恩(Jahn 1999b)的说法,是"环境聚焦",将焦点分散在两幅画格上。在接下来的第三和第四画格中,随着视觉轨对人物的放大,对动作的识解范围缩小、更为详细。更重要的是,第四画格将读者置于一个越过绿巨人肩膀去识解绿巨人本人的识解行动的位置,"轴心队长"同样也在观察绿巨人的行动。在这里,识解过程立刻在故事世界中得以表现并且塑造了故事世界,涉及一系列望远镜式的观察行为。

第五画格投射了视点的另一个变化,从更远的距离去观察动作,提供了一个更广阔的范围,能看到绿巨人巨大的形象与克朗斯泰格缩小的形象形成对比。后者成为"轴心队长"的幻想已经被绿巨人的抵抗所摧毁。这里再次强调了识解中与视角相关的方面可以对画格的特征进行更详细的说明,提示阐释者将它分配到一个更接近雅恩视角分类上弱聚焦的位置,而不是环境聚焦,或者用热奈特的话说,是外聚焦而不是内聚焦。在第六画格中,前景—背景关系的变化标志着与"轴心队长"的冲突结束。克朗斯泰格现在已成为场景中的背景化元素之一,与此同时,绿巨人在语言轨中的评论通过强调它们的不确定模态,重新突显了这些元素:"街道,建筑物似乎**消失**了!"与此同时,跨版页的第二页在视点位置和识解范围方面也发生了巨大变化。页面顶部的画格呈现了具有行星规模的"世界塑造者"的视觉形象,随后利用视觉轨中的画格,在更广范围和更窄范围(或者说行星和地面)之间进行调节来展现行动。因此,动作线将这一页的第一画格和第二画格的不同比例的识解联系起来,并且可以沿页面右上角一直延伸到左下角的对角轴来追踪"世界塑造者"在连续缩小的范围内的形状,因为图像轨首先提供了"世界塑造者"的全球视图,然后呈现的是他嘴部——巨大但不再是行星规模的形状的细节视图,当时他威胁要用绿巨人"混乱的、无理性的大脑"中的记忆作为对付他的武器;最后是"世界塑造者"指着手指的视图,再次缩小了识解的范围。这一系列范围的变化标志着绿巨人与"世界塑造者"之间的距离越来越近,或者说交战越来越激烈，从而表现他们之间的冲突升级。同时，语言轨表明，时间和空间上的观察都有助于识解最后的画格。绿巨人开始攻击的人物可能在空间上与他相近，但作为他记忆中的片段，它们在时间上却相距甚远。

　　上述分析着重说明，在像《绿巨人》这样的多模态叙事中，阐释者在理解文本的视角结构时，必须综合考虑多个信息轨——尽管经典聚焦理论有助于阐明该视角结构的大致轮廓，但其更小粒度的特征需通过与识解相关的概念进行研究。在这种情况下，当读者致力于叙事进程的全面识解时，就不难协调语言轨和视觉轨。因此，在连环画的第一页中，克朗斯泰格和绿巨人之间的对话以及他们之间的斗争，与图像轨的空间组织变化相吻合，同时这些变化表明了两个角色之间冲突的不同阶段。同样，在第二页中，页面顶部文本框中提供的（故事外的）叙述，以及故事世界中"世界塑造者"和绿巨人的言语行为，迅速为由图像轨投射的不断变化的识解提供了补充与情境。然而，其他多模态叙事可能会利用它们的多重信息轨来投射出并不一致或甚至截然不同的识解。例如，识解的情感维度可以通过利用不同的符号渠道同时呈现不同种类的信息来实现主题化（从而去自动化）。在《绿巨人》漫画中，第二页上对"世界塑造者"最初的大范围的识解与绿巨人的震惊相呼应，表现为他的防守姿态；当他首次遭遇对手"尖叫着从他的卫星堡垒"发起强攻时，他用右臂护住脸部。然而，电影或电视可能会通过将令人痛苦和惊恐的图像与欢快的外景音乐配对，或者通过在表面上积极乐观的场景中使用不祥的音乐时来产生不和谐的效果。因此，在大卫·奇斯（David Chase）导演的电视连续剧《黑道家族》（*The Sopranos*）第六季《第五阶段》这一集的结尾时，约翰·库珀·克拉克（John Cooper Clarke）1979 年的歌曲《这就是鸡根镇》（"Evidently Chickentown"）的不祥音乐和黑暗、暴力的歌词，穿插在克里斯托弗·莫尔蒂萨蒂的小女儿接受洗礼的场景中。[11]

　　无论如何，在像《绿巨人》这样的图像叙事中，无论是单个画格的设计还是画格之间的连接，都会将读者与故事世界中的特定视角对齐。语言和视觉轨的集合投射出前景与背景关系的变化,以及与场景中聚焦元素的距离,这些结构化方式解释了阐释者如何利用文本的视角结构来构建故事。然而,由于投射识解的方法分布在不止一个符号轨上,理解叙事的含义需要把文本中各个视角标记特征关联起来,无论符号轨之间的关系是完全对齐还是部分对齐,一致还是不一致。此外,像本节中提出的将聚焦理论与关于识解的具身化过程的研究进行对话的综合模型,能够关注在特定符号轨中可用的视角索引资源的范围,以及当涉及多个轨迹时这些资源交互的方式。从这个意义上讲,这里所概述的模型为跨媒介叙事学提供了新的基础。心理能力和性格特征从身体与世界的互动中产生,同时也塑造了与世界的互动,并且实际上决定了叙事中的视角取向。保持心理能力和性格特征的系统不变,理论家可以研究特定的叙事媒介如何促进或抑制对该系统各个元素的依赖。因此,分析者可以研究在不同类型的单模态文本中,视角取向模式如何被激活和限制。他们还可以交叉比较多模态叙事文本中的不同符号,包括书面语言和静态图像、口语和手势、电影或电视中的移动图像和声音等,如何投射对故事世界中正在发生的事情的识解。

因此,《都柏林人》和《绿巨人》都验证了本节的主要假设,即聚焦理论可以与认知语言学研究有效结合,以探究特定表达格式如何反映对世界的识解。这些案例研究不仅表明了将视角结构固定在个体对故事世界中的场景进行概念化时的具身经验中的优势;更为重要的是,这些文本强调了跨媒介叙事学需要研究如何通过特定媒介的符号线索来投射识解,并将之用于特定的叙事目的。我的下一节将借鉴其他关于智能行为研究的传统,使用伊迪丝·华顿的一篇短篇小说来检验关于叙事世界中视角取向的另一种不同假设。这种假设是,叙事可以在一定程度上被定义为一个随着时间的推移而对事件采用不同视角的系统。因此,在某个叙事片段中可能选择但实际并未选择的视角,与在整个叙事过程中采用的视角之间的切换所留下的痕迹一样,有助于形塑故事世界,这是经典叙事学中的聚焦模型无法完全解释的。

视角取向、叙事动态和心智社会

到目前为止，我一直试图证明已有的聚焦理论成果和认知语言学研究如何互相补充，以提供对于故事视角索引特征的洞见，探索故事世界中的视角是如何基于具身化个体的心理能力和性格特征。相比之下，在本节中，我将重点放在视角取向的社会互动和更为广泛的跨个体动态上。我强调叙事如何在其结构中编码，以及叙事作为主题凸显时，故事世界中的多个视角之间的互动，而故事世界又如何反过来通过多个视角之间的互动展现其基本特征。为了探讨叙事视角下的社会或超个体维度，我将转向一个案例研究。其中，多个人物视角的复杂动态不仅调解了故事的呈现方式，而且也构成了叙事本身的一个关键问题。我的案例是华顿 1934 年出版的《罗马热》，它讲述了两位女士在罗马故地重逢的故事，25 年前她们在罗马经历了人生剧变，重逢后通过对话叙述了过去发生的事情——在对话过程中，她们对事件有了相较之前更为全面的理解，而这是之前所没有的。[12] 通过这种方式，华顿的文本典型地展现了如何通过多种视角叙述事件来塑造故事世界。借用马文·明斯基（Marvin Minsky 1986）的话来说，问题涉及双重性及其他更大的"心智社会"，包括由单个个体随着时间的推移而不断变化的视角所构成的心智社会（另见第七章）。[13]

在阐述案例研究时，我强调相关的研究传统。这些传统关注智能行为如何不可避免地嵌入社会和物质环境中。根据这些传统——其中一些思想可以追溯到 20 世纪初的苏联心理学家列夫·维果茨基（Lev Vygotsky 1934/1962, 1978）——跨学科理论家在思维领域需要进行重大的重新思考。在新的定位中，智能活动被定义为针对特定领域、具有目标导向的活动（Bruner 1991; Hirschfeld and Gelman 1994; Lave 1988; Lave and Wenger 1991; Rogoff 1990, 2003）；也就是说，智能活动是在一种社会和物质环境中努力解决特定领域内问题的努力。出于同样的原因，理解经验的过程应被视为超个体或跨个体的活动，交错分布在位于特定的行动、互动环境内的群体中,而不是作为一个完全内部的过程,在孤立、自主又贫瘠的认知者脑海里展开(Clark 1997,1998,2008;Donald 1991;Garnier, Gautrais, and Theraulaz 2007;Hutchins 1995a, b;Kennedy, Eberhart, and Shi 2001)。因此,最基本形式的智能活动不是抽象的、个人主义的和理性的,而是基于特定情境、社会分布的,并针对特定的目的或目标。[14] 我在第三部分中借鉴这些思想来探讨叙事本身如何作为一种思维工具——通过延展和分布关于过去的知识来创建心智社会的工具。《罗马热》表现了两个主要人物如何共同建构叙事并以此作为理解过去事件的资源。该小说也适用于这种分析。但是,在这里,我更关注像华顿作品这样的虚构叙事如何展现故事世界中心智社会的形成和运作。更具体地说,我表明了文本如何通过对事件人物视角的分布来描述智能行为的跨个体动态,即行动中心智的社会物质生态。[15]

为了方便下文讨论,我将先介绍《罗马热》的情节,然后更详细地分析故事世界中的多个叙事视角。在分析过程中,我不仅借鉴而且重新定位了"内部"(基于人物的)与"外部"(非基于人物的)的聚焦模式(Bal 1978/1997;Rimmon-Kenan 1983),以及热奈特(Genette 1972/1980)的可变聚焦叙事的概念,或者是那些涉及切换不同视角叙述事件的故事。我的更大目标是,再用这个案例研究来表明将聚焦理论与来自心智科学的思想进行对话的好处。这里的心智科学指的并不是针对个体心智的情境化、具身化本质的认知语言学研究,而是旨在捕捉使智能行为成为可能的跨个体系统或网络的研究。

《罗马热》概要

《罗马热》采用了回溯性叙事,讲述了"两个保养得很好的中年美国女人"(Wharton 1934/1991,342),格蕾斯·安斯利和艾莉达·斯莱德的一次相遇。故事的背景是一家俯瞰"辉煌的帕拉蒂尼山和罗马广场"(342)的罗马餐厅阳台,"巨大的纪念碑"(346)引发了两位女士对25年前在罗马初次见面时的经历的深思(无论是表达的还是未表达的、分享过的还是未分享的)(352)。因此,该故事是两个人物的追叙,她们分别回顾自身经历,一起完成叙事。这种叙事既使回溯得以实现,又具有回溯的印记。

正如故事第一部分所叙述,在罗马初次相遇后的几年中,这两位女士在纽约"都住在对方对面——实际上和比喻意义上都如此"(344)。在故事世界的此时此地,格蕾斯和艾莉达各自的丈夫在过去某个不确定的时间去世(但彼此相距仅数月),她们碰巧再次"在罗马的同一家旅馆碰上了,各自都带着一个活泼的女儿"(344)。尽管她们初次见面时格蕾斯"非常可爱",但她现在"对自己和她在世界上的权利显然没有[艾莉达]那么自信"(343)。确实,格蕾斯看上去比斯莱德太太(艾莉达)"更小、更苍白",而斯莱德太太则"肤色饱满,眉毛浓黑,鼻子小巧而挺拔"(342)。尽管格蕾斯看上去比艾莉达更娇小,也不那么自信,但这些刻画性格特征的信息需要与她在嵌入叙事或次级叙事中扮演的角色对照着考量。嵌入叙事或次级叙事是关于过去的故事,从两位女士在餐厅的互动过程中逐渐浮现出来。具体地说,随着她们相遇的展开,这两个人物先是随意地聊着当前罗马的环境,随后转到了共同叙述格蕾斯曾经和德尔芬·斯莱德的暧昧关系。德尔芬当时与艾莉达订了婚,后来两人结为夫妻。起初,关于格蕾斯与德尔芬本应在罗马竞技场幽会的那天晚上发生了什么,格蕾斯和艾莉达都只获得了部分信息。她们对那晚发生的事情进行的共同叙述——一种由斗争和对立而非合作、和谐的动机所推动的共同叙述——为25年前发生的事情提供了一幅更为完整的画面。艾莉达和格蕾斯共同构建的故事给两位人物都带来了痛苦的后果,读者必须认识到这一点。

在得知格蕾斯与德尔芬相互吸引之后,艾莉达伪造了一封信,说是德尔芬写的,目的是引诱格蕾斯前往寒冷潮湿的罗马竞技场。艾莉达曾预想,格蕾斯在那里可能会因为夜晚的空气而患上"罗马热",也就不会对他们的结婚计划构成威胁了。那晚过后,格蕾斯卧病在床,在她"康复"后的两个月内,嫁给了佛罗伦萨的贺拉斯·安斯利

（351）。就格蕾斯而言，她一直在用一种不完善的心理模型来理解过去发生的事情。具体地说，多年来她一直认为这封她们都记在心里的信是德尔芬写的，没料到却出自他嫉妒的未婚妻之手。但是，艾莉达对过去事件的认识偏差也同样严重。直到格蕾斯和她共同叙述了过去的事件，她才知道格蕾斯**回复**了那封伪造的信件，并去了罗马竞技场赴约。此外，格蕾斯的共同叙述表明，艾莉达彻底误解了格蕾斯嫁给贺拉斯的原因。格蕾斯在故事最后透露，她的女儿芭芭拉是她和德尔芬在罗马竞技场发生关系的结果（352）。这样一来，很明显，格蕾斯的母亲让自己已经怀孕的女儿与贺拉斯结婚，是想挽救家族颜面。因此，艾莉达对格蕾斯动机的评价是不准确的。在故事早期，她表达了一种假设，即格蕾斯是"出于**怨恨**（嫁给了贺拉斯）——是为了说你超过了我和德尔芬"（351）。

以上格蕾斯和艾莉达之间复杂的叙事互动初步勾勒了故事情境和事件的轮廓，这种次级叙事是华顿个人叙述的主要焦点。在下文中，我将更详细地描述文本在再现女性交流时是如何处理视角问题的。更具体地说，我指出叙事中视角取向的动态——文本对视角切换的使用——如何再次强调了在叙事学的聚焦与心智科学之间建立对话的重要性，且这对两者均有裨益。在这里，我概述了促进叙事视角研究与智能活动的社会维度，更广泛地说，是智能活动的超个体维度或跨个体维度研究之间对话的策略。这项研究与维果茨基的研究（Vygotsky 1934 /1962，1978；Wertsch 1985，1991，1998a，b，2007）以及后来关于分布式认知和延伸心智的其他研究有关。正如我在本书第三部分中详细讨论的那样，维果茨基的社会文化方法是基于这样一个假设，即基本的心理或"心理内"（intrapsychological）能力来源于"心理间"（interpsychological）的社会结构和过程（Lee and Smagorinsky 2000，4—5；Wertsch 1985，58—76；Wertsch 1998b，520），正如孩子们在"最近发展区"中向更年长的、经验更丰富的同龄人学习重要的解决问题的能力一样（Rogoff 1990，2003；另参见第六章）。同时，对分布式认知或延伸心智的研究（Clark 1997，1998，2008；Hutchins

1995a，b）和行动网络理论的相关研究（Latour 2005）共同探索了智能活动形式是如何从特定领域的人类和非人类主体之间的协调相互作用中产生的。[16] 我认为，无论是在结构还是在主题上，华顿的故事都描绘了一种类似于前述研究中探讨的心智社会的形成与运作的情境。它的核心是一个智能行为的跨个体系统，包括人类主体及其环境中的非人类元素，使得故事世界的视角可以在时间和空间上分布。就像我在上一节关于具身化个体视角的讨论中所述，在下面的内容中，我将阐述聚焦的叙事学解释如何既可以为关于跨个体智能模式的研究提供信息，又可以从中获取信息——在这种情况下，智能模式源于对故事世界的事件采取的不同视角之间的相互作用。

从可变聚焦到分布式聚焦

《罗马热》对人物外部和内部视角之间的切换，用热奈特（Genette 1972/1980）的话说，可以被视为一种可变聚焦叙事。[17] 正如本章第一节所述，在热奈特看来，内聚焦有三种类型：固定聚焦，在整个叙述过程中事件通过一个人物的视角叙述；可变聚焦，不同事件通过不同人物的视角叙述；多重聚焦，相同事件通过不同人物的视角叙述。然而，在这里，我提议将华顿的文本（以及其他可变聚焦或多重聚焦叙事）重新归类为**分布式**聚焦。分布式聚焦旨在表明视角取向的改变不仅是渐进的或累加的，一个视角逐渐被另一个视角所取代；更重要的是，视角的切换还有助于构成一个更大的系统，用于给事件分发不同的视角。因此，随着《罗马热》的展开，其视角切换创造了一个感知位置网格，即一个视角网络。它具有的新兴认知属性无法被简化为任何一个位置或节点的认知属性。相反，这些新兴属性源自整个故事过程中特定立场之间的相互作用。通过这种方式，叙事结构既可以阐明分布式认知或智力活动模式，也可以被其阐明。智力活动模式产生于二分或更大的社会分群内部，也产生于连接环境特定部分中人类与非人类主体的网络内部。

故事的开篇以人物-外部聚焦为特征：通过编码一个与人物视角

不完全一致(但实际上包含了其视角),文本引导阐释者注意观察周围环境的人物。更准确地说,人物先注意到对方,然后从餐厅露台上俯瞰罗马的环境。被感知到的环境本身有助于形成在故事世界中分发视角的系统,因为它们唤起了人物上一次在罗马相遇的时间框架内的感知行为。接下来,在为阐述目的所作的叙事停顿期间,文本中的视角取向活动(相对于主要或"基础"故事世界的此时此地)暂时中断。文本并未让阐释者盯着(或直视)这两位正在注视她们周围环境的女士,而是叙述了"这两位从小亲密无间的女士,反思她们对彼此了解甚少"(344)。然后,在第二部分的开头,叙事再次聚焦于在此时此地展开的行动序列。[18]

随着第二部分的推进,叙述者继续叙述艾莉达和格蕾斯在露台上的相遇,但在主要故事世界中,事件聚焦方式已从外部切换为内部。更具体地说,叙事很大程度上是通过艾莉达的视角来反映情境和事件,如段落(i)和(ii)所示:

(i) [与格蕾斯一起坐在露台上,艾莉达的目光]从她对面的废墟转到广场长长的绿色凹地,再到远处光芒暗淡的教堂,以及无边无际的古罗马圆形竞技场。(347)

(ii) [此后不久,当格蕾斯在消化艾莉达伪造信件的消息时]斯莱德夫人继续瞧不起她。她(即格蕾斯)的身体似乎被这个打击击垮了——似乎当她起身时,风可能像吹散一团灰尘一样把她吹散。(351)

这段文字并没有呈现格蕾斯对她们谈话的视角,尽管在短暂的瞬间,叙事确实引导读者通过一个由两位女士的视角构成的、可能被认为是混合或格式塔的视角来重建场景:

(iii) 头顶晴朗的天空黯然失色。暮色降临,"七山"顿时暗了下来。灯光开始在她们脚下的树叶间闪烁。空无一人的露台

上，脚步声来来往往——服务员从楼梯顶上的门口向外望了望，然后带着托盘、餐巾和酒瓶又出现了。(351)

故事的结尾呈现了一种模糊而非融合的视角。在(iv)中，方括号后的三句话从最开始的外部视角解释事件：格蕾斯转向露台门口，迈出一步，然后转过身面对"她的同伴"。这一系列行动可以从旁观者的视角观察到，但是(iv)的最后一句话让读者回到了艾莉达的视角——这一点有争议。位置短语"超过"(ahead of)可以解读为标记"投影"或是与观察者相对的位置(Herman 2002，280—282)。有人超过另一个人，意味着他或她正走向一个对被抛在身后的人来说更为领先的位置：

(iv)［在艾莉达评论格蕾斯"除了他(德尔芬)没写的那封信之外，什么都没有"(352)］安斯利夫人再次保持沉默。最后，她转向露台门口。她迈出一步，然后转过身面对她的同伴。

"我有芭芭拉，"她说，然后超过斯莱德太太，朝楼梯走去。(352)[19]

我在这里要强调的一点是，由于它们都是按顺序组织的，又是按空间(和社会)分布的，这些聚焦的切换加入了一个更大的视角取向生态。餐馆露台上最初的外聚焦场景就像电影中的一个固定镜头，用于在周围环境中定位故事世界的参与者。第二部分切换到艾莉达的视角，从她的感知经历中定位事件(包括人物自己的叙事行为)，从而阻止读者直接进入格蕾斯看待正在展开的故事的视角，但这可能不包括在上述段落(iii)中短暂的共同知觉活动。然后切换到外聚焦，回到艾莉达在格蕾斯身后看着她走向楼梯时的背影，这让一些想要了解在格蕾斯揭示了她女儿的事实后两个人物的内心活动的读者失望了。此外，尽管热奈特的可变聚焦概念首先描述了这个故事中涉及的视角切换，但它需要以跨个体智能概念为支撑，才能捕捉视角的切换如何随着时间的推移构成一个视角分发系统。该系统不仅是文本的不同部分体现的各个视角的总和,还支持在叙事展开的特定时刻采用故事世界中的某个视角,即在时间和(社会)空间中传播或分发视角。

表 4.1—4.3 概述了《罗马热》中外部和内部视角的分布情况。表 4.1 是一个简单的分类,主要针对的是叙事中的视角取向模式,实际上对应于叙事学聚焦研究的结构主义阶段。网格展示了聚焦模式的存在或缺失;同时,由于采用了不止一种类型的视角模式,整个叙事过程中聚焦的变化也得以记录。

表 4.1　伊迪丝·华顿《罗马热》中的聚焦模式

外部	内部(艾莉达)	内部(格蕾斯)	内部(艾莉达+格蕾斯)
X	X	Ø	X

表 4.2　《罗马热》中视角切换的动态表现

外部	内部(艾莉达)	内部(艾莉达+格蕾斯)
段 1、5	段 2、4、6	段 3

表 4.3　《罗马热》中的视角取向矩阵

	段 1	段 2	段 3	段 4	段 5	段 6
外部	√	*	*	*	√	*
内部(艾莉达)	*	√	*	√	*	√
内部(格蕾斯)	*	*	*	*	*	*
内部(艾莉达+格蕾斯)	*	*	√	*	*	*

相比之下,表 4.2 和 4.3 记录了叙事中视角在时间和空间上的分布。鉴于一个更完整的叙事需要包含更多的细节,表 4.2 和 4.3 都说明了在叙事展开的哪个阶段开始运用哪个视角,其中数字代表了前面讨论的故事段落。总结如下:段 1 = 开场场景(最初对露台上人物的

"推进");段2＝通过艾莉达的视角叙述一系列事件;段3＝艾莉达和格蕾斯共同聚焦的事件;段4＝回到艾莉达的视角;段5＝当两个女人开始离开露台时,切换到外聚焦("拉远");段6＝最后一段,(可以说是)内聚焦,呈现格蕾斯超过艾莉达走向楼梯。

表4.2列出了可变视角的先后顺序,并表明故事的整体效果是各视角之间随着时间推移而形成的。表4.3是一个更大的视角矩阵,显示了随着故事展开而采用及未采用的视角。因此,表4.3更好地描述了《罗马热》作为叙事格式塔的状态。按列阅读,矩阵呈现了在故事世界特定时间段内可能和实际的视角。按行阅读,矩阵显示了随着时间的推移,各种主体在感知活动中如何逐个选择视角。逐列和逐行地阅读,矩阵表明在结构上可能存在但未被选择的视角如何有助于叙事系统的运作。总的来说,通过查看表4.3中的特定单元格(而不是所有单元格),我们可以识别叙事系统的认知"指纹",即它对叙事世界建构的功能可供性。

从整个范围来看,叙事系统提供了一种随时间推移分布和协调视角的途径。最初的准全景场景提供了一个背景,在这个背景下,随后事件的真实变化通过艾莉达的视角叙述,从而促进故事世界以此而非其他方式形成。更准确地说,小说结构在开头建立了两个可能的人物内部视角,但只有一个视角在两位女士交流时表现出来(除了段3中潜在的共同聚焦的短暂时刻),直到故事结尾,艾莉达以及初读该文本的读者才了解格蕾斯与德尔芬交往的全部。按这个顺序对视角进行排序,系统延迟了艾莉达和故事阐释者对有关过去事件的理解进行关键(也必然是回溯的)调整的机会。反过来,系统通过延迟线索又让调整成为可能,也就是说,允许艾莉达在叙事事件结束之前保持对过去的错误假设,从而迫使艾莉达和读者对建构的故事世界进行突然的、大规模的重构。格蕾丝的视角被排除在外,使得艾莉达的假设一旦被证明是毫无根据的,就最大程度地扩大了重构的范围。因此,故事的意外结局通过其震撼的和引人入胜的力量,突显了知识为何是心智社会的产物,也是其产生作用的原因。换句话说,华顿利用叙事的视角分发能力,提供了一种特定的故事世界建构方式——一种强调通过社会物质环境以及人际关系框架来理解经验的方式。

但这不只是文本推迟揭示了谁写信邀请格蕾斯到罗马竞技场以及她接受邀请带来的后果——这种揭示被分布在不同的来源中,更重要的是,与华顿故事中任意特定片段相关的视角,其特征部分来自之前采用的视角,以及后来在阅读(或重读)体验中得以实现的视角。因此,《罗马热》暗示了特定的视角是如何由其他视角类型来塑造的,它们本来可以在给定故事片段中交代但却没有。

如表 4.3 所示,在所有段落(以及段落之间的过渡)中,格蕾斯的视角从未被采用,对于她们持续的交流带来了隐隐的压力,读者可以感受到这一点。借用语言学的一个隐喻,格蕾斯视角的缺失影响了叙事系统,就像没发出的音节可以帮助实现英语中的语音体系特征一样。例如,不发声可以使听众听到 pat 中[p]的声音,从而将其与 bat 中[b]的声音区分开来,尽管[p]和[b]在发声方式和位置上都属于双唇塞音。以此类推,《罗马热》中聚焦的"位置"依次是外部和内部,而"方式"则涉及外部和内部视角,而不是两个相对的内部视角之间的分配。或者,如果在故事的某一时刻,格蕾斯(个人)对两人当前叙事交流的视角得以呈现的话,那么叙事系统可能会提供完全不同的策略来呈现故事世界。格蕾斯的视角本来可以在谈话早些时候体现,从而在阅读体验中更快地体现其对艾莉达视角的影响,改变艾莉达如何看待叙事中的叙事怎样影响格蕾斯。相反,在每个连续的片段中,格蕾斯视角的缺失(可能但未被选择的视角)变得更加明显。因此,认知修复机制的广泛范围,即对故事世界的大规模重构,通过格蕾斯最终的揭示开始发挥作用。

更普遍地说,《罗马热》通过一系列视角切换来构建一个心智社会,一个由主体、机构、人工制品和场所组成的跨个体系统或生态。参与该系统或生态使艾莉达和格蕾斯能够弥补信息差,纠正对过去的错误假设,从而使人物在面向现在和未来时采取更灵活——也可能(暂时)在情感上具有破坏性——的策略。通过这种方式,故事戏剧化地表现了多重视角之间的互动产生新的思维结构的过程。这些结构取决于但不局限于人物的个人视角,因为支持智能行为的系统还包括格蕾斯和艾莉达的社会和物质环境要素,如她们相互联系的个人和家庭史,以及罗马。作为一个地方的时空结构,罗马同时是人物的过去和她们在故事世界中此时此刻的经历发生地。华顿的叙事再一次证实了将聚焦理论与心智科学的思想进行对话的好处。一方面,关于叙事视角的学术研究捕捉到了系统的关键要素,这些要素使华顿故事中所表现的跨个体智能成为可能,比如与特定人物相关的视角和与特定人物脱离的视角之间的基本对比。另一方面,关于在社会和物质空间分布或延伸心智的研究,表明了这些要素之间动态的相互作用如何产生超个人的感知模式,这是由智能主体努力与他们所处的更广泛的环境协商而实现的。综上所述,这两种研究传统可以综合起来,发展为丰富的、对情境敏感的跨个体心智模型。

同时,正如表 4.3 中的矩阵所示,华顿的文本如此设计,便能利用视角索引的功能可供性的总体分布来"建构故事世界",在此过程中,阐释者本身因此成为更广泛的心智生态的参与者。心智生态是一个智能行为系统,由对事件所采用的和未采用的视角之间的有规律交替产生。因此,即使是在文本设计的基础上建立网络或系统,文本也使读者能够进入或参与故事世界中的跨个体网络。在此,我提出了一些将在第七章中更详细地探讨的问题。在第七章中,我将叙事视为一种思维工具而不是阐释的目标,讨论了故事中的物品如何不仅可以刻画人物,还可以促进心智社会的形成。更具体地说,我将讨论嵌入叙事或故事中的故事如何有助于人们理解与此时此刻的叙事时间相距甚远的经历。

结　语

在本章中,我提出了视角如何影响对叙事的阐释。我借鉴了两个不同的研究传统来概述视角结构如何影响叙事理解的策略。一方面,对识解或概念化的研究可以补充叙事学中对视角的研究,重新思考之前受热奈特和斯坦泽尔范式影响及跨范式的学者之间的辩论。认知语言学上的识解表明,意义生成模式源于对事件具有情境化、具身化的视角,反过来又影响阐释者与叙事文本的互动,包括他们与故事视角结构的互动或取向。相反,聚焦理论揭示了我所描述的较大规模的"视角环境",在这种环境中,无论是在像乔伊斯的单模态文本还是在像《绿巨人》这样的多模态叙事中,都可以通过兰盖克和塔尔米等的认知语言模型来捕捉视点取向、视距和范围的变化引起的粒度变化。

另一方面,叙事学关于视角的研究也可以与研究分布式、延伸或跨个体心智的框架相结合,这些框架在本书第三部分中有更详细的介绍。因此,在讨论《罗马热》如何使用一个系统来对事件分发视角,描述心智社会(一个由主体、机构、人工制品和场所组成的跨个体系统或生态)的形成和运作时,我提出了聚焦理论如何捕捉跨个人系统的关键结构组成部分以产生意义。但是,就像其他类型的生态系统互相依赖,而不能还原为构成它们的个体生物体或结构一样,叙事视角的研究也可以通过关于智能行为如何从更广泛的、跨个体的行动和互动环境中产生的研究来补充。

与本章类似,第五章强调了在故事阐释者和认知科学领域的理论家之间建立开放、互惠的思想交流途径的重要性。具体而言,这一章认为,探讨小说人物的概念与"人"的概念研究之间的交叉领域可以使两个领域都受益。[20]

第五章

人物、分类和"人"的概念

本章重点讨论阐释者如何利用文本的功能可供性把握故事世界中的角色,其具体程度取决于他们与给定叙事之间的互动。同时,本章借鉴了第二章关于"人物"(characters)与"人"(person)概念研究的思想,考察这两个领域之间的交叉。在这方面,我不仅探讨了将文本细节映射到叙事世界的**何人**维度上的规则,而且还探讨了映射过程本身如何重塑规则。与叙事人物互动不仅取决于人们对个人能成为什么和可以做什么的理解,而且也会影响这种理解。因此,在某种程度上,对人物的研究是在继续证明我关于故事讲述和心智科学的大论断,可以与第二章中回顾的关于人(persons)与个人层面现象(person-level phenomena)的研究互相参照。

在虚构叙事和非虚构叙事中,"人物"可以被描述为故事世界中个体的基本文本类型(Margolin 2007,70—76;另见 Margolin 1987),或者可以称之为**典型人物**(model persons)。从这个角度来看,人物构成了叙事世界的**何物**维度所包含的实体子集——基于文本设计,我们可以推断故事世界充满了这些实体。这个子集由一类特殊的实体组成,即故事世界中的成员,他们或多或少会立刻被识别为"人"类别的成员。为了捕捉到人物与**何物**维度其他元素之间的区别,并记录这些差异如何影响叙事世界的形成,需要考虑人(persons)与物(things)之间,或人类(personal)与非人类(nonpersonal)实体之间的对比——以及"人"这一类别本身的内涵和它可变的、多孔的边界。如第二章所述,"人"(persons)与"非人"(nonpersons)之间的对比根植于人类具身化的经验,但也受到广泛传播的关于人是什么,以及人如何与整个世界建立联系的模型的影响。因此,对斯特罗森(Strawson 1959,87—116)而言,能够将(某些类型的)心理谓词和物质谓词归于同一实体——这是一种通过观察他人而非本人行为而进行的分类实践——是成为"人"类别的标准,将"人"与"非人"区分开。正如我接下来要讨论的,流行于特定文化或亚文化中的"人物类型"(models of persons)支撑了这种分类实践,使成员可以通过针对不同类型的个体分配特定的心理和物质谓词来细分"人"的空间,按照社会角色(**医生**、**兄弟**、**少年**),行为方式(**守法公民**、**叛逆青年**),性格倾向(**脾气暴躁**、**喜欢夸张**)以及其他因素进行分类。叙事中的人物不仅反映了对"人"的更广泛理解,还能够重塑这种理解,从而使这种分类(和子分类)成为可能。然而,这样的"人物类型"起源于何处? 阐释者如何利用它们来建构某个故事世界? 与故事世界中具体个体的相遇又会产生什么结果?

这里要提出的是,个体类型和性格塑造策略在与"典型人物"的互动中起到了调节作用。这些类型和策略可能与不同的叙事体裁(例如小报报道、流浪汉故事、医疗病史、风俗小说、侦探小说和警方报告)或多或少紧密相关,可能与作者或电影制片人的全部作品都相关,或者与某个具体的以一个人物为主的叙事文本相关。相应地,与"典型人物"的互动会影响并且有可能重塑对"人"的更广泛理解,这种理解既源于各种人物类型与性格塑造策略,也会影响人物类型与性格塑造策略的选择。[1] 换句话说,理解故事(和其他类型文本)或者日常社会交往中接触的人,可以让阐释者将文本类型映射到故事世界中与人物相关的方面。即使是对叙事世界中个体的文本推断,也重新影响或扩展以人为导向的情态(person-oriented modals),从而促进与他人的互动以及随后的故事讲述和阐释故事的行为。从这个意义上讲,关于人物的问题位于故事世界化与世界故事化,理解叙事与用叙事来理解经验的交汇点。因此,本章为本书第二部分和第三部分之间的过渡。

故事世界化:从类型到人物

在进一步讨论赫尔曼等人(Herman et al. 2012, 125—131)所概述的模型的基础上,我的方法强调的不是特定人物(或人物群体)体现的心理谓词和物质谓词的各种组合,而是导致与世界中的个体共同构建或协调参与的过程。在这里,讨论的焦点是文本通过何种手段以及产生何种效果,唤起了可以被推断具有更多或更少个人特征的虚构个体,即具有精神和肉体特征融合的人的特有标志。叙事理解的这个方面可以进一步分析为多个子方面,每个子方面都可以作为一个问题来对待,阐释者力求根据问题的答案建构故事世界。以下问题列表通过呈现叙事中与人物相关的特征可能引发的其他解释问题,为第三章中的更为笼统的列表提供了补充:

(1) 叙事世界中的**何物**维度的哪些元素是关于**何人**、**如何**、**为何**的问题? 换言之,在故事世界的哪些领域中,行动(actions) 取代了行为(behaviors),因此不仅要问是什么起因产生了什么影响,还要问谁做了(或试图做)什么,通过什么方式,出于什么原因?

(2) 文本如何结合对人的更广泛理解,使阐释者能够为居住在这些行动领域的人物建立一个特征档案? 换句话说,文本特征和(来自各种渠道的)人格类型如何为阐释者提供线索来给不同人物分配合乎其性格的特征?

(3) 相应地,为在故事世界中的个体制定这些档案的过程如何影响对人的更广泛理解?

在第二章中,我指出叙事是表现个人层面现象的最佳方式。因此结合上述问题(1),我们可以预期在涉及故事世界的**何物**维度时,行动将优先于行为占主导地位——因为故事已经最准确地再现了人类行动(见 Turner 1996,26—37)。[2] 尽管如此,个人在叙事中的优势并不意味着故事世界充满人物。相反,就像在现实世界中一样,在叙事世界中,个人层面现象在一个不仅包括其他人还包括非人元素的背景中展开。不同类型的故事基于不同的规则将这些人类和非人类实体联系起来(比较 Herman 2002,140—169)。问题(1)和(2)讨论了"规则"问题,这是我在本节中主要关注的问题。同时,我在下一部分要重点介绍问题(3),旨在揭示在一些情境中,将人物置于故事世界中的过程如何导致对支撑这一过程的人的理解的重新评估。

虽然已有许多分析家为我的研究奠定了重要的基础,但总的来说,本研究更侧重于人物类型如何允许人物以某种方式被解释,而不是与人物互动的过程如何反过来影响对人物类型的构建和运用(见Alber,即将出版;第四章)[3]。半个多世纪以前,巴特(Barthes 1970/1974)提出,在与其他四个"阅读符号"相结合的情况下,**语义素**(semic)符号控制了故事接受者对人物及其特征进行识别和解释的过程,从而使文本的语义特征(例如列举人物特征或描述他们所居住的地方)被归类为有助于理解"人",无论是虚构的人还是其他情况。[4]受到巴特的启发,查特曼(Chatman 1978)将人物描述为"特征范式"(paradigms of traits)。根据查特曼的分析,人物是"(一组特征或相对持久的品质或性格)的纵向组合,与构成情节的事件的语篇链相交"(127)。因此,查特曼探讨了阐释者如何依赖对文化和历史上可变的特征符号的知识,将文本线索映射到人物类型(123—126;比较 Culler 1975,236—237)。关于这些特征的名称有多种来源,包括专业领域,像精神分析、法学和文学史(**她是神经质的;他是蓄意的;他有希斯克利夫的火暴脾气**),以及更广泛的领域,如大众心理学(**他不是一个怀恨在心的人;她不能忘怀**)。[5]

最近一些理论家的研究,如格里格(Gerrig 2010)、詹尼迪斯(Jannidis 2004,2009)和施耐德(Schneider 2001),同样强调了人物类型对典型人物的建构和调节——事实上,使他们能够被识别(Margolin

2007，78—79）。格里格（Gerrig 2010）在他和戴维·阿布立顿（David Allbritton）之前研究的基础上（Gerrig and Allbritton 1990）指出，读者用来编码人物的过程是从他们编码现实世界熟人的过程中取样的（358），并且提出"读者经常不加反思地通过人物行为将他们与特定类型（例如，谨慎、有趣或聪明的人的类型）联系起来"（361）。格里格这种分类的手段以经验为方向，在方法上属于心理语言学。[6] 詹尼迪斯（Jannidis 2004，2009）、施耐德（Schneider 2001）与埃德、詹尼迪斯和施耐德（Eder，Jannidis，and Schneider 2010a）调查了这一领域内的各种理论构建策略。施耐德（Schneider 2001）解释了"理解文学人物需要……赋予人物性格和动机（并）对他们下一步会做什么以及为什么会那样做形成预期，当然对他们也作出情感上的反应"，认为"所有这些都是通过文本对人物的描述以及读者对世界的一般理解，特别是对人的理解，更具体地说，是对文学中的'人'的理解之间的复杂互动而发生的"（608）。在文本方面，施耐德确定了人物性格塑造的三种来源："（1）由叙述者、人物自身或其他人物对人物特征、言行、外表、相貌和肢体语言的描述/呈现；（2）人物的意识和心态的呈现；（3）从虚构空间的呈现转喻映射到人物，推断人物特征"（2001，611；另见 Gorman 2010，171—173；Jannidis 2004，195—237；Jannidis 2009，21—23）。在阐释方面，故事接受者利用有关个人类别或类型的先验知识（类型源自社会、文学以及特定文本知识）来理解这些信息（Schneider 2001，617—627）。[7] 因此，我对不同社会阶层成员或不同职业者，对各种叙事体裁中的主人公或反派，以及对在某个文本中之前遇到的人物的假设，将影响我与任何具体叙事中的典型人物的态度、行为和背景的互动。

想想这种动态是如何在罗伯特·路易斯·史蒂文森（Robert Louis Stevenson）于1886年首次发表的心理恐怖小说《化身博士》的开篇段落中展开的。小说末尾，厄特森先生发现爱德华·海德在理查德·杰基尔博士实验室内室中的尸体（死于他自己手下），然后通过兰扬博士和杰基尔博士的书面证词得知杰基尔研发了一种药水，通过这种药水,他定期将自己转变为海德。变身后的海德释放了医生在履行与他公共形象相关的职责时压抑的欲望。

> 律师厄特森先生(Mr Utterson)的脸老是绷得紧紧的,从来不露笑意。他神情淡漠,言寡语滞,感觉迟钝;身材瘦长,样子干巴巴的,看着就叫人泄气,然而自有其可爱之处。同老朋友聚首,加上酒味投他所好时,从他的眼睛里会闪现出一种浓郁的人情味。这种人情味虽然从不在言谈中宣泄,但是,不仅在饭后无语的脸部表情中有所流露,而且更多、更充分的是在他的做人之道中表现出来。他自奉甚薄:独酌时只喝杜松子酒,不敢放纵对葡萄佳酿的爱好;尽管他喜欢看戏,二十年来却未曾踏进任何一家剧场的大门。他颇有容人的雅量,有时看到一些人干坏事乐此不疲的那股劲头,他感到惊讶,几乎有些妒忌;不过对无论怎样十恶不赦的人,他总是倾向于挽救而不主张谴责。他还往往用一种古怪的口吻批评自己:"我中了该隐的谬论的毒,我是在听任我的兄弟自行毁灭。"本着这种性格,他常常有幸成为堕落者接触到的最后一个可敬的相识和最后一点良好的影响。对待这些人,如果他们找上他的议事室来的话,他的态度决计不会显示出丝毫变化。(Stevenson 1886/2008,5,译文出自斯蒂文森《金银岛·化身博士》,荣如德译,上海译文出版社,2018年,第231页,有所调整。)

在这个段落中,可以找到施耐德提到的三种人物性格塑造,即使在我根据先前对社会和文学类别的熟悉来分析人物性格时——也可以借助最开始这段对厄特森的叙述,来对史蒂文森随后塑造人物性格的具体策略作出解释。该段的第一部分包含对"律师厄特森"的外在特征描述和对于他的行为倾向的陈述,这种倾向在他过去的行为中是显而易见的,并且在一定程度上可以被投射到未来,被归为**性情**

（dispositions）（Craik 2000；Goldie 2004，11—13；Hampshire 1953）。因此，作为一个著名的公众人物，又处于一个相对受人尊敬的社会阶层，厄特森以一种"高高在上的、脸总是绷得紧紧的、不苟言笑、让人觉得有点单调或沉闷、说话简短、带着羞怯或拘谨的"形象出场，但这并没有减损他令人钦佩甚至可爱的品质，这些品质（引起一种根深蒂固到已经陈词滥调式的分类）更多地体现在他的行动，而非言语上。善良古怪的文学类型（例如托比亚斯·斯摩莱特［Tobias Smollett］1771年的书信体小说《汉弗莱·克林克》［*The Expedition of Humphry Clinker*］中的马修·布兰堡，或者狄更斯［Dickens］1871年的小说《圣诞颂歌》［*A Christmas Carol*］末尾改过自新的埃本尼泽·斯克鲁奇）补充了这里的语境，让我能够将厄特森纳入更大的虚构个体类别。此外，厄特森的个人习惯具有一定的禁欲主义倾向，明明更喜欢葡萄酒，却选择喝杜松子酒，否认自己在戏剧中获得的乐趣，所以厄特森拒绝评判（甚至略微羡慕）他人偏离主导规范的行为——他尽一切努力改善偏离行为规范的后果。的确，正如他反复的言语行为所表明的，厄特森对传统宗教和道德持讽刺的态度，但并没有因此失去声誉或社会地位，或者说失去对"堕落者"施加积极影响的权力。他在自己的议事室中对"堕落者"保持着一贯的、公平的举止，议事室这一空间模棱两可，作为个人是私人的，作为专业人士又是公共的。厄特森的多维特征的集合——一系列在某种程度上彼此构成张力的特征、态度和实践——为后面叙述中同样复杂的性格塑造设定了期望，而史蒂文森的杰基尔-海德结合体的双重性格大大超过了厄特森开场形象所引发的期望（有关史蒂文森和其他故事讲述者使用复影主题的进一步讨论，请参见下文）。

但是，人物性格塑造（characterizing）与分类（categorization）过程之间的相互作用比我前面的段落所揭示的更为复杂。一方面，阐释者借助叙事文本中出现的典型人物，比如史蒂文森的人物，不仅是具有社会基础、基于文学和文本类别的个体，而且还符合最基本的"人"的概念，即在个体发展过程中与他人互动，并且继续引起后面具身化的互动,如第二章讨论的那样。另一方面(与此相关),人物或典型人物可能更容易或更难通过可用的人物类型进行分类,无论这些类型是源自社会规范、叙事文本还是与他人具身化的互动。确实,为了强调我在本章中的一个主要观点,某些叙事被故意设计成不符合现有的以人为导向的类型,从而将这些类型置于有意识的审查之下,并促使重新考虑它们的范围和限制。

首先,詹尼迪斯借鉴了发展心理学、心智哲学和其他领域的研究,探讨了他所称之为“基础类型”(basis type)或“基本类型”(base type)(Basistypus)在人物理解中的作用(Jannidis 2004,185—195 和 2009,18—19;Eder, Jannidis, and Schneider 2010a,13—14)。詹尼迪斯(Jannidis 2009)指出:“人类从早期开始就区分物体与有意识的生命体”,一旦读者将故事世界中的实体确定为第二类,他们会将意图、愿望和信仰归因于该实体,并为该人物提供基础框架,“基础类型因此为人物提供基本轮廓……对某个特定人物可能是无效的,但要么是明确地这样做,要么是由体裁惯例产生的”(18;比较 Margolin 2007,74—75)。因此,基本类型可以假定为“仅由极少数且相当普遍的属性构成,这些属性似乎是人类学上区分人类和类人类生物的基础:与物体相反,人物具有感知、思想、情感和目标等心理状态”(Eder, Jannidis, and Schneider 2010a,13)。然而,在不同的情境下,基本类型会因不同的文化、社会、生物、美学和其他规范而发生变化(Jannidis 2004,193)。例如,在《化身博士》中,我对于厄特森的分类策略与我用来理解故事世界中的无感知实体(即非人)——包括葡萄酒、杜松子酒、剧院和律师事务所或议事室的分类策略截然不同。然而,如果史蒂文森一直遵循的是以无生命物体为中心的“物叙事”(it-narratives)传统[8](Blackwell et al. 2012),或者如果我用一种实验性的后现代的方式改编《化身博士》,那么可以想象的是,无感知实体可能以旨在触发通常保留给人类的分类过程的方式呈现。在这种情境下,故事世界化的过程开始与世界故事化的过程重叠,因为要理解叙事,就需要重新评估哪些实体属于人的类别,进而重新评估人与非人之间的关系。换句话说,正如我在下一节中将进一步详细讨论的那样,某些叙事将基本类型置于前景,故意使其陌生化,从而邀请阐释者探索"人"的概念本身的性质和边界。

这些观察将我引向上述的第二个问题,即人物性格塑造如何被归入已有的以人为主导的类别。再次借用施耐德的观点(Schneider 2001,617—627;Eder,Jannidis,and Schneider 2010a 和 Jannidis 2004,2009),**分类**(categorization)一词可用于描述当人物的文本细节自始至终都与人物类型保持一致的情况;在这种情境下,人物行动可以说忠实于类型,例如迈克尔·温纳(Michael Winner)的《死亡愿望》(*Death Wish*,1974)中查尔斯·布朗森(Charles Bronson)饰演的保罗·克尔西或雷德利·司各特(Ridley Scott)的《角斗士》(*Gladiator*,2000)中由罗素·克劳(Russell Crowe)饰演的马克西姆斯,满足了观众对人物为所爱之人报仇的期望。将克尔西和马克西姆斯解释为"复仇情节中的主角"类型,使观众可以将人物归到同一体裁的类别中,理解人物的价值观、行动和情感反应,尽管在不同的电影中他们的动机完全不同,从地理和文化上看也是迥然不同的故事世界,而且相距几个世纪。[9] 更令人印象深刻的是,《化身博士》通过下一段引文暗示了人物分类如何可能导致刻板化印象,[10] 使读者**不会**在意杰基尔的仆人的个性化。

> 他们走进厅堂时,那里灯火通明,炉火生得很旺,全体男女佣人围在炉边,像一群羊似地挤成一堆站在那里。一名女仆看到了厄特森先生,竟歇斯底里地哭泣起来;厨子大声叫着:"谢天谢地,是厄特森先生!"跑上前去像要和他拥抱。(Stevenson 1886/2008,35,译文出自斯蒂文森《金银岛·化身博士》,荣如德译,上海译文出版社,2018年,第265页。)

这段话将仆人塑造成一个无定形的集体,只能通过他们的职能来区分彼此,从而引导阐释者推论,在他们对杰基尔已被海德谋杀的可怕假设中,这些极其容易受到影响的仆人不但是被动的,而且显然需要来自更高社会地位的人的引导。相反,**个性化**(personalization)一词可用于这样的情况:当人物在给定类别中的成员身份被弱化,而成为一种属性之一时(Schneider 2001,625—626)。个性化发生在一个人物不是被纳入已有的类别或类型,而是需要以更为自下而上的互动模式,才能真正理解人物的个性的时候。例如,莎士比亚的《哈姆雷特》(*Hamlet*)促使观众将主人公个体化或个性化,他不具备复仇情节中典型的主人公特征(如专心致志、准备抓住第一个复仇机会等)。

类似的方法还解释了叙事进程中人物性格塑造策略的变化,以及由这些变化引发的动态影响——无论它们是有意设计的,还是作者前后不一致的结果。一种可能的变化轨迹是一个最初可以被归类的人物随后至少经历了某种程度的个性化。在伊夫林·沃(Evelyn Waugh)1945年的小说《故园风雨后》(*Brideshead Revisited*)中,朱莉娅·弗利特在之前的叙事中主要是塞巴斯蒂安·弗利特的兄妹之一,也就是说,是塞巴斯蒂安家庭生活中的一个要素,[11] 而当沃的叙述者查尔斯·赖德在小说中途转向他与朱莉娅的关系的演变来"重启"他的故事时,沃就采用了个性化。在另一种可能更不稳定的轨迹中,阐释者可能最初被邀请将人物分配某个特定类型,但随后会被提示对该人物去分类化和重新分类,阿加莎·克里斯蒂(Agatha Christie)的《罗杰疑案》(*The Murder of Roger Ackroyd*, 1928)就包含了这样的去分类化和重新分类。在这个文本中,叙述者詹姆斯·谢泼德博士被证明有罪,这显然违反了与侦探小说类型有关的期望,要求读者将谢泼德不再归类为主角,而是重新归类为反派——从而重新校准了他们对故事世界的几乎所有推断。

然而,另一种变化轨迹是从个性化回到分类。这种模式可能会无意地出现在有大量人物的小说中,作者难以追踪每个人物,或者出现在电视连续剧中,故事开始却未有后续发展,最终回到故事虚假开始之前的非(或更少)个性化的人物塑造模式。个性化→分类轨迹是缪丽尔·斯帕克(Muriel Spark)1961年的小说《让·布罗迪小姐的青春》(*The Prime of Miss Jean Brodie*)中设计的一个重要部分,也是其重要主题。在该文本中,斯帕克运用了预叙叙事(proleptic narration),闪进到未来,揭示了让·布罗迪按照"布罗迪式"为她的学生分配特定的功能角色的尝试——在分类上所作出的努力——所产生的毁灭性影响,例如罗斯·斯坦利成为"以性著称"的人,尤妮丝·加德纳以"其灵活的体操和值得称道的游泳"而闻名,而玛丽·麦克格雷戈尔则是"一个沉默的笨蛋,一个人人都可以责怪的无名之辈"(Spark 1961/1999,3—4)。通过预叙叙事来描述学生们以后的生活,然后回到布罗迪坚持将他们与狭义的类型匹配的早期时间框架,斯帕克揭示了布罗迪的不良影响。具体而言,斯帕克将布罗迪描绘成一位去个性化的代理人。这种去个性化是布罗迪在第二次世界大战前几年对法西斯主义言论表现出的狂热热情的结果。这种言论也包括我们与他们、英雄与替罪羊的黑白二元分类,以及将人普遍功能化并视为国家集体工具。

在本节中,我主要强调的是关于人物类型的问题——这些类型基于先前对故事以及其他经历的接触——以及它们如何调节阐释者与叙事文本中的典型人物互动。下一节中我将转而探讨为故事世界中的个体制定档案的过程如何影响对人的更广泛理解。

世界故事化:从人物到类型

正如我在本书第三部分中进一步讨论的那样,与故事世界中人物的经历互动可以在多种方式上促进人类对其周围环境进行协调和互动。在这里,我特别关注如何使用叙事来突显,从而引发对特定文化或亚文化中流行的人物类型的分类策略的重新评估。更具体地讲,我将探讨在非虚构和虚构叙事中,人物有时会引起对作为意义赋予资源的"人"的类别的两个方面的关注。一方面,尽管这项研究基于斯特罗森(Strawson 1959)将人作为一种概念原语的描述,即"人"作为一个紧密结合心理谓词和物质谓词的概念元,但叙事中的人物可以用来模拟可以称为"个体内部复杂性"（intrapersonal complexity）的内容。这里的问题是，尽管人因其包含心理和物理属性而被识别为"人"，但随着时间的流逝，人的这些属性也在不断调整。换句话说，尽管在斯特罗森的意义上，人是概念元，并且在没有从人类转换为亚人类的情况下，不能还原为任何更基本的东西（Baker 2000；Dennett 1969, 1991；另见第二章），但人并非简单的实体，而是会受到内部分化过程的影响——就像人在衰老过程中会失去和获得各种属性一样。一个关键问题是，在"人"的概念中可以容纳多少差异，使得被归为"人"类别的实体的不同属性集，不能再归为这一类别的单个实体，而是必须分布在不止一个类别的成员之间。

另一方面，除了作为探讨个体内一致性的阈值条件的一种手段外，叙事中的人物还可以用来探索跨类别关系（cross-category relationships），展现人与非人之间清晰或渐变、不可渗透或多孔、固定或可变的界限。例如，弥尔顿（Milton）的史诗《失乐园》（*Paradise Lost*）（最初于1667年出版）与洛夫乔伊（Lovejoy 1936/1964）所称之为"宇宙秩序"的其他叙事一起，将物种差异的"水平"轴投射到具有本体论地位和道德价值的"垂直"或"等级"轴上，严格区分了非人类动物和与"人"类别相关的特征，包括拥有灵魂和更高心智能力（另见 Descartes 1637/2000）。相比之下，通过指出"人"的类别与被排除在"人"类别之外的生物的相似之处，通过强调非人类经验现象的丰富性并展示它们如何也是在智能主体与周围环境的互动中产生的，或者通过描绘真正混合了人与非人特征的杂糅生物从而跨越之前的历史和文化的界限成为变体——以下讨论的叙事为重新评估"人"的主要标准，以及与这些标准相互关联的评价体系提供了途径。

奇异阈值：模拟人的复杂性

叙事可用于模拟个体内部复杂性，并且用于探索个体在面对心理和物质特性不断变化时的阈值条件。[12] 正如我在"实例分析Ⅳ"中将要讨论的那样，故事为理解"人"随着时间推移发生的或多或少根本的

（且可逆的）转变提供了资源。关于叙事的一些定义正是强调其在人类范围内追踪个人和社区生活的变化轨迹的适用性（见 Bruner 1991；Johnstone 1990；第二章）。从歌德的《威廉·迈斯特的学习时代》（*The Apprenticeship of Wilhelm Meister*，1795—96），到伍尔夫的《达洛维夫人》（*Mrs. Dalloway*，1925），再到 1976 年的电视连续剧《富人穷人》（*Rich Man, Poor Man*），它们都采用了成长小说叙事传统，来探讨影响人在其一生中不同阶段的因素，探讨在主人公的不同时间阶段中，如何按照其身份调节态度、行动和经验。的确，这些叙事可以引发关于哪些生命轨迹构成个人发展的可行途径的讨论，以及哪些轨迹表现了个体因其经历忽视了行为规范的影响而导致自我分裂。因此，尽管伍尔夫描绘了克拉丽莎·达洛维在三十年的时间里如何逐渐与莎莉·塞顿曾让她产生的生动、充满激情的感情和解，亚伯（Abel 1983）认为《达洛维夫人》整体上强调这种和解的代价。在亚伯看来，伍尔夫的文本展示了女性结婚的规范期望与非正统的女性发展模式之间的冲突。在这一模式中，婚姻的强制性并没有中断或以其他方式影响女性之间的关系，而在某些情况下却导致了人生的重大转折。因此，像伍尔夫这样的叙事文本探讨了不利于个体内部复杂性的与性别相关的因素，展现了社会规范为何不是导致多维度发展的人，而是导致了一个本来可能成为的自我与另一个实际成为的自我之间的分歧（另见第八章）。

上述评论指出了模拟人的复杂性的更广泛的策略，即通过比喻性或字面上对人物进行复制或分裂。如前两章所述，回顾性的第一人称叙述将自我分裂为一个年长的叙述自我和一个年轻的经验自我（Stanzel 1979/1984）。在某些情况下，回顾性叙述可以利用这种分裂或间隙，再加上叙述者是年长的主人公的假设，以表明与个体相关的属性如何随着时间的推移而发生或多或少根本的变化，同时仍然与同一个人相联系或共存。因此，在狄更斯的《大卫·科波菲尔》（*David Copperfield*，1850）等虚构自传或约翰·斯图尔特·穆勒（John Stuart Mill）的《自传》（*Autobiography*，1873）等非虚构叙事中，一系列渐进的变化,被呈现为一系列因果关系的线性数组,将早期的自我和后来的自我联系起来。但是,在其他情况下,叙述自我和经验自我之间的分裂,涉及过去的自我和现在的自我之间的一种绝对的、量化的转变,就像年轻的自我被描绘为以叙述自我陌生的方式行事,而叙述自我可能已经克服了双相障碍(凯·贾米森[Kay Jamison]的《躁郁之心》[*An Unquiet Mind*, 1997])或毒瘾(杰里·斯塔尔[Jerry Stahl]的《永久的午夜》[*Permanent Midnight*, 2005]),或相反地可能已经失去了健康(Hawkins 1993),或在叙述时经历了一场暴力的、改变一生的犯罪(爱丽丝·西博德[Alice Sebold]的《幸运》[*Lucky*, 1999])。这些叙述描绘了个体身份最复杂的情况,使用自我叙述的策略来测试人的概念的弹性。更确切地说,这些叙述表明,在某些情况下,与个体一生相关的属性集差异如此之大,以至于很难维持其奇异性。在这种情况下,个体线性变化所提供的连续性可能会打破,让位于对人在不同时期实际上是不同的人的说法。[13]

相反地,在故事世界中采用复影(doubles)和分身(doppelganger)的叙事,并非标志着超过一个复杂性的阈值后,自我的奇异性有名无实,也不是表明在多个人身上重新分配那些无法包容在单个人内的多种属性特征的优点,而是表明将一些特征重新分配给个人的必要,倘若将这些特征分配给多人可能会遭到破坏。这种叙事使用复影来弥补过度简化的人物类型。无论是想象的还是真实的人物类型,将不太受欢迎或者社会认可的特征投射到完全不同的人身上,可能会弄巧成拙。相反,复影叙事,首先出现在批判启蒙运动以理性和世界的可知性为主导的哥特式传统中,又促使了兰克(Rank)1914年对分身的研究和弗洛伊德(Freud)1919年对"暗恐"的研究(Luckhurst 2008, 16; Miller 1985),表明需要拥抱人的多维维度,拒绝采用一种"更单一的"不允许在不同时间,甚至同一时间内拥有相互矛盾属性的"人"的概念。[14]弗洛伊德(Freud 1919/1953)以 E. T. A. 霍夫曼(E. T. A. Hoffman)1817年的故事《沙人》("The Sandman")作为实例,将"暗恐"定义为被压抑物的回归,并且复影叙事通常可以追溯到试图否认或压制个体内部复杂性所带来的负面的、超出心理承受的后果。从费奥多尔·陀思妥耶夫斯基（Fyodor Dostoyevsky）对《双重人格》（*Double*，1846）中戈利亚德金以及他（可能是真实的）对应自我的妄想症诱发的行动的处理；到史蒂文森将杰基尔博士和海德先生描绘成互补对立的自我；再到奥斯卡·王尔德（Oscar Wilde）的《道林·格雷的画像》（*Picture of Dorian Gray*，1890）中公开露面时总是完美无瑕的道林·格雷与随着时间流逝而日益可憎的画像，画像表明了道林私下里行为的影响；最后到亨利·詹姆斯在《欢乐角落》（"The Jolly Corner"，1909）中描写的斯宾塞·布赖登与一个更具资本主义特征的新世界自我的可怕相遇，如果他留在纽约而不是搬到欧洲旧世界，他可能也会变成这样的人。所有这些叙事都运用了复影的母题来探讨（除了其他问题之外）自我过度克制的危险，这一概念涉及将可以解释为进行投射行为的个体的核心特征推卸给另一个据称是截然不同的个体的属性。这些个体努力隔离和中和自我不喜欢的方面，最终导致了自我毁灭。[15]

《化身博士》一书恰好在精神分析理论开始质疑人的奇异性之前出版（Luckhurst 2008，xvii），史蒂文森在书中的人物刻画法指向了理解"人"的一个中间时刻。杰基尔既意识到过度简化的自我模型的破坏性，又依靠这些模型来解释自己的行为。在杰基尔写的一封题为"亨利·杰基尔案的完整陈述"的信所呈现的嵌入式叙事中，杰基尔叙述了他最初是如何试图将爱德华·海德作为自己的一部分的："当我看着玻璃杯中那个丑陋的影子时，我意识到自己并不讨厌，而是非常欢迎。这，也是我自己"（Stevenson 1886/2008，55）。然而，当杰基尔发现自己在不经意间变成海德，而没有服用通常需要的药剂进行变身时，他再次回到了使他陷入困境的二元对立和等级化思维习惯，并得出结论："我正在慢慢失去原来更好的自我，逐渐变成另一个更糟糕的我"（59）。这一陈述可以与小说中的其他论述相吻合，表明海德与杰基尔相关的属性不同，构成了一个他者，实际上是非人类的个体。[16] 因此，小说中一名目击了袭击的仆人的证词表明，海德"如愤怒的猿猴"

(20)将丹弗斯·卡鲁爵士置于死地;普尔在向厄特森叙述海德的怪异行为时一直使用代词它(it),也称海德为"猴子"("它的速度如闪电般迅速"[39]),当普尔和厄特森最终推开了海德藏匿的那扇门时,杰基尔的另一个自我发出了"令人惊恐的动物般的尖叫"(41)。在这里,对个体内部复杂性的否定达到了合乎逻辑的终点,将自我不喜欢的因素从人的领域中彻底驱逐出去,并转移到已被归类为非人的实体上。[17] 然而,正如我在下一个小节即将讨论的,一些叙事使用人物来质疑人与非人的区别本身,从而重新评估"人"概念的范围和局限性。

跨类型关系和人格(Personhood)标准

人物性格塑造策略不仅可以用来探究"人"的概念的内部结构,还可以用来探究其适用性的极限——从而引发关于区分人和非人的本体论、伦理依据和法律依据问题。因此,除了揭示(或潜在地重塑)主要的人物类型之外,叙事中的人物还可以促使人们重新考虑什么样的实体应该或不应该最初被包括在人的类型中。[18] 如前所述,有几种性格塑造策略在这种语境下是相关的,这些策略存在部分重叠,并且一个给定的文本可以在它们之间组合或交替。就像人物复影的字面含义和隐喻含义都可以用来模拟个体内部复杂性一样,叙事可以通过提出位于"人"的类别内与类别外的实体之间的类比关系来探索"人"的概念的边界,并且通过对故事世界中的实体重新分类,让阐释者可以共同建构故事世界。为了说明这些策略,我参考涉及非人类动物和人类动物是否应该被纳入人的类型的争论的文本(关于这方面讨论,请参见 Cavalieri 1998;Giroux 2002, 2007;Herzing & White 1998;Smuts 1999)。

(1)描绘"人"的类型成员和常常被排除在该类型之外的实体之间的类比关系,以指示人—非人区别的渐变性质。

在多丽丝·莱辛(Doris Lessing)1972 年的短篇小说《老妇人和她的猫》("An Old Woman and Her Cat")中,可以找到一个关于人类与非人类领域的粗略的类比交叉映射。莱辛的叙述在两个人物的生命轨迹之间建立了类比关系,追踪了社会无法容纳年老体弱、一无所有群体的跨物种的影响。A. S. 拜厄特的中篇小说《尤金尼亚蝴蝶》(*Morpho Eugenia*, 1992)展现了更为复杂的类比映射。故事发生在19世纪的英格兰,当时的知识界深受达尔文进化论及其主张的物种长期变异引起的仅仅是梯度差异的影响。[19] 拜厄特的文本暗示了蚂蚁的生活与一系列人类制度和实践之间的对应关系,包括奴隶制、工业环境中工人的从属地位和非人化,以及在更局部层面上,主人公与尤金尼亚·阿拉巴斯特在布莱德利庄园的不幸婚姻,她的地位与"种群所有人无微不至照顾的产卵和进食的蚁后"(Byatt 1992, 43)的地位惊人地相似。[20] 在杰克·伦敦(Jack London)《野性的呼唤》(*The Call of the Wild*, 1903)中也能找到复杂的对应关系。伦敦在小说中用一只被绑架并且被迫在1897年的阿拉斯加淘金热中工作的雪橇犬来描绘一种准尼采式的寓言,反映了现代社会的弊病。伦敦暗示了像巴克一样,人类会从摆脱现代文明无力的束缚回到更原始的生活方式中受益。因此,伦敦的文本以非人类动物作为人类的行为和倾向的模板,甚至在叙事中将巴克狼式的返祖作为人类行为的标准。在以上所提及的三位作家——莱辛、拜厄特和伦敦的文本中,跨物种的类比表明非人如何类似(或应该是)人,反之亦然。

(2) 强调经常被归类为非人存在的经验现象的丰富性,表明非人与世界相遇的方式,具有与人和世界相遇一样的复杂性、趣味性和内在价值。

正如在第二章中所讨论的,我质疑贝克(Baker 2000)认为的非人类动物充其量具有"不健全的"第一人称视角,与人类动物"完整的"第一人称视角相反的观点(61—64; Baker 2007a, 26—29 和 Baker 2007b, 70—71)。相反,我认为体验世界的不同方式,可以追溯到智能主体与其周围环境之间的各种功能耦合,而在不同物种中,这种主体-环境互动在其质的细节上存在差异,但基本结构是相同的(Herman 2011b, d)。因此,在描述非人类主体如何面对世界时,叙事可以突显其经验的显著性和价值,与被纳入人的类型的存在的经验相比。

正如阿甘本（Agamben 2002/2004，49—56）的讨论所示，海德格尔认为，非人类动物是"世界上的穷人"（weltarm），与光谱一端"无世界的"（weltlos）像石头一样的无生命的物体，以及位于另一端的"构成世界的"（weltbildend）人类（Heidegger 1929—30 /1995，176—177；Buchanan 2008,65—114）形成对比。然而，与余克斯库尔（Uexküll）关于"多重环境"（"Umwelten"，即通过不同生物的感觉运动能力与其周围环境互动而产生的独特的、现象体验的世界）的概念一致，虚构和非虚构故事世界中的人物都可以用来模拟非人类经验的丰富性和多样性。例如，在弗吉尼亚·伍尔夫 1933 年的文本《阿弗小传》（Flush）这本关于伊丽莎白·巴雷特·布朗宁的小狗的传记中，她利用纪实的材料以及虚构叙事的资源（特别是现代主义的思维呈现方法［Herman 2011b］），以说明阿弗的知觉和情感反应的复杂性。因此，当阿弗被偷狗贼绑架并被关押在伦敦贫困的白教堂地区，这里距离巴雷特夫妇在温普尔街的豪华住宅仅一个街区之遥时，伍尔夫在随后一段的叙述中，通过阿弗内聚焦的视角，让读者可以想象这只狗受了惊吓后的反应。该段落的另一个主要特点是自由间接话语的运用；在这里，疑问句可以被看作表现阿弗意识的标志——更具体地说，他在被关押时可能一直在想：

是被杀死更好，还是留在这里更好？ 究竟是活着还是死去更为糟糕？ 喧嚣、饥渴、这地方令人作呕的气味……正在迅速抹去任何清晰的形象或任何一个愿望。旧记忆的碎片开始在脑海中翻腾。那是老米特福德（玛丽·米特福德的父亲，养大了阿弗）在地里吆喝的声音吗？是科伦哈勃克（米特福德家的厨子）跟面包师在门口说长道短吗？房间里传来一阵窸窣声，他以为听到了米特福德小姐捆扎一束天竺葵的声音，但那仅仅是风，今天是暴风雨的天气，是风吹打着破旧的玻璃窗上牛皮纸的声音；只是阴沟里醉汉咆哮的声音……他

已经被遗忘了,被遗弃了。没有人来救他。(88)

与此同时,在厄休拉·K. 勒古恩(Ursula K. Le Guin)的《妻子的故事》("The Wife's Story" 1982/1987)中,她利用幻想讲述了一个反向的狼人故事,其中一只雌狼采用第一人称叙事,讲述了她的伴侣如何令人震惊地转变为人类,成为"让狼讨厌的人":

> 它的全身开始掉毛,仿佛阳光对它们实行了电刑,都不见了。然后,他浑身上下都变成了白色,宛如蠕虫的皮肤。他转过身。我看到他的脸也在变化。它变得越来越扁平,嘴巴又扁又宽,牙齿方方钝钝,鼻子只剩下一个带有两个孔的肉瘤,耳朵消失了,眼睛变成了蓝色——周围有着白色的边缘——从那扁平、柔软、白色的脸上盯着我。
>
> 他的两条腿站了起来。(70)

与我将在实例分析IV中讨论的卡夫卡的《变形记》(*Metamorphosis*)和阿普列乌斯(Apuleius)的《金驴记》(*Golden Ass*)等变形故事中的情感极性相反,勒古恩的文本也让人的身体陌生化。在这里,恐惧不是因为人类属性的失去而是因为人类属性的获得。成为人类不是一种对规范的回归,而是一种偏离。同样,就像伍尔夫对阿弗的处理一样,勒古恩的故事通过暗示饱受人类之苦的生物的复杂知觉和情感生活,打破了人类与人格之间的严格界限。

通过赋予雌狼语言能力,勒古恩还使用了我接下来要讨论的人物性格塑造策略,即将通常被分类为非人的存在赋予类似人的特质。

(3)刻画结合了人类和非人类特征的杂糅的存在,以质疑主导的分类模式的范围和适用性。

世界文学传统充满了结合人与非人属性的人物。从奥维德的《变形记》(*Metamorphoses*)到卡夫卡的《变形记》,从《伊索寓言》(*Aesop's Fables*)到奥威尔的《动物农场》(*Animal Farm*),从漫画系列《沼泽物语》(*Saga of the Swamp Thing*)到罗伯特·奥恩·巴特勒(Robert Own Butler)1996 年的短篇小说《嫉妒的丈夫变成鹦鹉归来》("Jealous Husband Returns in Form of Parrot"),这些叙事中的人物都跨越了人与非人之间的界限,体现了故事对人格的基本标准重新评估的力量。这种类型的叙事提出了一些基本问题:杂糅的人/非人从一个类型跨越到另一个类型的临界点是什么?这种类型转换在多大程度上重新划定了所涉及类型之间的界限,表明有必要将先前被排除在人的范畴之外的存在重新归在人的类别下,或者反过来说,需要使"人"的标准**更加**严格,就像一种文化从万物有灵论世界观转为后万物有灵论时一样?[21]

近期的科幻小说中出现了许多涉及杂糅人物并突显这类问题的作品。例如,劳伦斯·冈萨雷斯(Laurence Gonzales)2010 年的小说《露西》(*Lucy*)的主角是一名少女,她是人类与黑猩猩杂交育种实验的结果。由于继承了多物种的基因,露西具有敏锐的感觉能力、力大无比、非常敏捷,小说中她一度称自己为"人猿"(humanzee)(54)。冈萨雷斯通过描述露西在阿拉莫戈多灵长类动物实验室(Alamogordo Primate Facility)(表面上是军方的国防研究基地)被迫接受脑部手术的经历,对在非人类灵长类动物身上进行类似手术是否合适提出了质疑。换句话说,冈萨雷斯使用人-猿杂糅体,来暗示如果一个具有许多人类属性的存在被剥夺了人类的法律保护,会是什么样子。冈萨雷斯在他虚构的杂糅灵长类动物身上,增加了与人相关的特征(语言能力、面部和身体形态等),以探讨将非人重新分类为人的临界点。

尼尔·布隆坎普(Neill Blomkamp)2009 年的电影《第 9 区》(*District 9*)同样利用了跨物种和杂糅生物以重新评估人格的标准。电影的标题和背景使人想起南非种族隔离时期贫穷的城镇。[22] 这部电影表明,人类种属内的种族主义为理解他们对其他物种的轻视态度提供了原型,反之亦然。就像在种族隔离期间,一些南非白人排斥和隔离非白人,后者被剥夺了在南非社会中(白人)所享有的全部权利和特权,在布隆坎普的科幻故事世界中,南非的黑人和白人支持种族隔离主义者将外星异类隔离在条件恶劣的第九区,并将他们驱逐到一个更恶劣的环境中。影片中人类甚至给外星异类取了一个侮辱性称号"大虾",以此来合法化他们将外星异类作为非人来对待的做法。

跨国联合公司(Multinational United,MNU)是一家类似于支持近期美国在阿富汗和伊拉克进行的军事行动的黑水公司的私人军事公司,该公司任命维库斯·范德墨维负责重新安置行动。在此过程中,维库斯接触了一种最终使他变成外星人的液体。电影在叙述维库斯逐渐变身时采用了一个交叉式情节结构:随着维库斯开始显示出明显的非人类特征(从异星手开始),人类人物立即将他重新分类为非人类。[23] 而由于外星人克里斯托弗·约翰逊及其儿子所具有的令人尊敬的价值观、理想和权利,维库斯开始将他们归为人类。因此,与《露西》一样,该影片使用杂糅人物来探讨重新分类的临界点,尽管这里的焦点是一个最初被分类为人的人物如何移到非人的类型中。而且,这两个故事都体现了在该领域的分类过程中存在一种固有的惯性,这种惯性的表现方式取决于人—非人跨界的方向。因此,对于经常被归类为非人的存在,人格的门槛设置得很高:冈萨雷斯的故事展示了露西由于其出身永远无法拥有足够的与人相关的特质,以符合故事世界中许多甚至是大多数人类居民将其视为人的标准。相反,《第9区》强调了人类人物出于利益考虑的权宜之计,将维库斯重新归类为非人。更笼统地说,这两个故事都利用杂糅人物揭示了意识形态力量如何通过阻止或促进跨类型的变化来形塑分类过程。反过来,通过对这些力量进行有意识的审查,冈萨雷斯和布隆坎普的人物性格塑造策略都强调了文化的内在性——潜在的可修正性——在理解"人"的类型上的作用。

结　语

本章在第二部分和第三部分之间起到一个衔接的作用,提出了关于人物和人物性格塑造的问题如何处于我研究的两个主要问题的交汇点:叙事理解规则(允许将文本设计映射到故事世界)和叙事意义生成的实践(使故事能够阐明经验的关键部分)。借助不同时期、不同体裁和媒介的叙事,我探讨了**人物类型**是如何源自先前与故事(和其他类型的文本)的相遇以及与他人的日常互动,并调节阐释者与故事世界中的**典型人物**的互动。相应地,这些互动能够重塑对人的更广泛理解,有助于对特定叙事作出阐释。

因此,在区分故事世界的**何人**维度与更广泛的**何物**维度,区分与人物相关的文本设计和其他所有实体的设计时,我尽可能地将人当作个体的本质类型(Strawson 1959)或者说"基本类型"(Jannidis 2004,2009),这种类型牢不可分地结合了心理谓词和物质谓词。同时我也借鉴了我从社会、文学和文本特定知识中衍生出来的对人的分类。尽管有些人物很容易用主导类型来理解,但另一些人物像前景与背景之间的鲜明对比一样显眼,随着故事的发展,人物性格塑造策略也在不断变化。同时,在故事世界中定位人物的过程,也可能导致对这一过程中的人物类型的重新评估。通过关注涉及回溯性第一人称叙事的实例,其中叙述自我和经验自我之间或多或少有明显的区分,以及以复影或分身为特点的文本,我提出如何使用叙事来探讨奇异阈值,即随着时间推移人们的心理和物质属性发生变化的程度。此外,正如我在讨论非人类主体叙事时所表明的那样,叙事中的人物也可以用来探索跨类型的关系,模拟将人与非人分开的边界的本质(和确切位置)(Herman 2012b)。

本章的一个主要目标是要展示对人物的研究不仅可以为第二章中所回顾的关于人和个人层面现象提供启发,而且还可以受到其启发。在第三部分,我的重点从将叙事视为阐释目标转向将叙事视为意义建构的手段;但在第六至第八章,如尾声部分所述,我将继续尽力在叙事学与心智科学研究之间建立更开放、相互作用的"跨学科"关系。

实例分析 Ⅲ

故事世界中的对话场景

  与第五章中讨论的人物性格塑造策略一样,文学家在故事世界中呈现话语的技巧——描绘人物进行交际行为,包括故事讲述行为的"对话场景"(scenes of talk)(Herman 2006)——连接了我在本研究中重点关注的两种叙事情况:作为阐释目标的叙事和作为意义赋予资源的叙事。在参与对话场景时,读者必须解析那些以叙事(以及其他话语模式)为特征的文本,这是一种分析经验本身的方法。

  在这个实例中,我回到第三章中讨论过的布莱克的诗,探讨《毒树》这首诗中描写的对话场景。该诗只有第一节描写了对话交流,展现了两种对话场景之间的鲜明对比:一种是参与者有机会就有争议的事情进行公开、明确讨论的场景;另一种是虽然公开讨论为形势所需,但并没有发生的场景。[1]然而,这一最初的对比构成了下面三节的主要焦点,它们追溯了当事件需要公开讨论但未讨论时的后果。从这个角度上看,布莱克等的文学叙事在总体上就与民间话语理论非常相关,说明理解特定文化或亚文化中广泛传播的话语的重要性。这首诗通过其言语-视觉设计来反射性地模拟了话语的生产与阐释如何使(实际上是要求)对话参与者考虑到对方的立场以及他们所谈到的话题。同时,与最近关于情感反应如何支持故事叙述与阐释的研究相辅相成(Hogan 2003,2011;Miall 2011;Oatley 2012),《毒树》表明了叙事中嵌入的交际事件如何反映,特别是促进了对情感对话的理解。[2]

《毒树》与民间话语理论

与我在之前的研究讨论过的对话场景相比,比如伍尔夫的《到灯塔去》(*To the Lighthouse*)中"岁月流逝"("Time Passes")部分之前拉姆齐夫妇的最后一次交流(Herman 2006),或者是海明威(Hemingway)的《白象似的群山》("Hills Like White Elephants")中男主人公和吉格之间复杂的、时而不真诚的对话(Herman 2009a, 2010a),布莱克的这首诗在第一节中唤起了两个相当简单的对话场景。在第一个场景中,叙述者讲述了"我对我的朋友发怒/我说出了愤慨,愤慨便消除"(第1—2行),参与者实际上进行了交谈,并取得了明显有益的社会和心理效果。此外,这首诗还证明了这样的推论:在讲述自己的愤怒时,叙述者通过叙事资源来说明他愤怒的原因,通过他如何以及为何变得愤怒的故事来解释这些原因(另见第二章和第八章)。因此,布莱克的叙事使用第一个对话场景来表明叙事本身如何在交流中发挥关键作用。然后,在唤起第二个场景时,文本使用了类似于句法倒装的手法(I told it not 而不是 I did not tell it)来创建一个(短暂的)反事实的场景(见 Roese and Olson 1995 和第一章),这表明能够讲述而没有实际讲述的后果:"我对我的仇敌发怒/我不发一言,愤慨便增长"(第3—4行)。在这里,叙事反映了不使用故事来阐明行动理由的有害影响,或者,在本例中,是特定类型的情感反应所产生的有害影响。

布莱克的第一节因此勾勒出非常微妙的对话场景,暗示了在第二个对话场景中被压抑的对话,这种对话语的压抑或抑制使说话者的愤怒得以增长,从而滋养了明亮的毒苹果。即便如此,这首诗叙述了民间话语理论的要点:利用话语来理解,并且补救堕落世界中的不和谐与冲突。更具体地说,布莱克的文字,早在尼采 1887 年对愤恨的起因和后果的判断之前(Nietzsche 1887/1968),已将愤怒的情感、对话的缺席和敌人的存在联系在一起。更准确地说,它通过无法利用公开讨论消除愤慨来表现敌人的存在(另见我在下一节中关于定位的评论)。

因此,这首诗对话语的反思性再现,表现了倘若不用对话(尤其是叙事组织的对话)来形成一个包含事件多种视角的全景图,对自己以及他人都可能造成破坏性的后果。问题在于我如何设想从他人的视角看世界,并反过来引导对方从我的角度出发看世界。涉及叙述者及其敌人的故事情节体现了如果不尝试对有冲突的解释进行交流和协商的话,会有怎样的结果。

因此,这首诗提出了一个更大的问题:民间话语理论以何种方式嵌入在布莱克等的文本中。当叙事使用嵌入的叙事场景对叙事的本质和假设进行总体评论时,给定的文本如何模拟话语生产与阐释的过程(Prince 1992;另请参见实例分析Ⅱ和第七章)。文本如何让故事世界中的话语生产行为,与其他形式的行为,如非语言行为、不伴随谈话的知觉行为等产生联系? 在不止一个符号渠道的叙事中,关于对话场景的信息是如何分布到不同渠道或轨迹之间(或之中)的,又会产生怎样的效果? 例如,在《毒树》中,视觉渠道表现了谈话被抑制的影响,但是关于抑制行为的信息,只能在言语文本中找到。值得思考的是,如果这种关系在全诗的设计中颠倒过来的话,读者对故事世界的理解将受到怎样的影响?

《毒树》中的定位

定位理论提供了另一种策略,用于研究像布莱克诗歌这样的多模态叙事如何能够反思性地关注话语实践及其影响。根据哈雷和凡·根霍夫的解释(Harré and van Langenhove 1999, 1—31),人们可以在话语中定位或被定位为强大或弱小,令人钦佩或应受谴责等。反过来,定位可以这样被确定:通过描述在一个总体故事情节的背景下,说话者的内容如何与这些和其他"性格极性"有关,参与者通过自我定位和他人定位的言语行为共同制定(或争论)自我和他人的叙事。随着故事的展开,自我定位和他者定位的言语生产有助于以人们理解自己和他人的行为为基础来建立总体的故事情节。同样,这些总体叙事又提供了将定位分布与话语联系起来的方法,例如对某人进行肯定或嘲讽的言论能强化(或削弱)关于该人的更大故事。《毒树》运用言语和视觉元素,对这种定位实践进行展现及重新评估。一方面,布莱克使用涉及故事讲述行为的完成或者非完成的对话场景,来模拟叙事逻辑如何与定位逻辑相结合。这些对话场景表明,通过讲述或不讲述故事的方式阐明他对事件的立场,叙述者由此在故事世界中通过与其他人物的关系来定位自己。另一方面,在更宏观的层面上,布莱克以同样反思性的方式使用了第一人称回溯性模式来叙述。这首诗模拟了自我叙事的行为如何将年长的叙述自我以及他或她的对话伙伴——参与故事时间的年轻的经验自我在故事世界事件中进行定位。[3]

首先,文本提出了将某人作为敌人联系起来如何转化为使用话语策略将自我和他人定位为敌人,以及不使用可能限定、抵消或否定这种二分的自我-他人定位的其他策略。因此,针对第二个对话场景(根据第3—4行),叙述者对敌人的指定并非发生在他与那个人的互动中,而是在他随后回顾这次相遇时——叙事行为对应于诗歌本身,是一种事后回顾的方法。这里的文本表明成为敌人不仅仅是在事后以一种特定方式叙述自我-他人的关系,还在于在关键时刻**没有**利用叙事资源来阐释自己的行动或态度立场,而在这些时刻这样做可能会重新影响相关的关系。相比之下,尽管这首诗并没有要求这种解释,[4]但是对第一个对话场景的一种可能解读(根据第1—2行)是叙述者已经用故事向他的朋友清楚地说明了他感到愤怒的原因,这种叙述的行为本身导致了一种"我-你"模式的互动(Buber 1923/1970),从而将自我和他人定位为朋友。反过来,公开的叙述行为确保了此类"我-你"继续互动的可能性。因此,这首诗在它所描绘的两个对话场景中都表明了基于故事的定位实践如何既能实现社会空间概念化又受其影响。特别是,敌人的概念既是不使用叙事来共同建构一个故事世界的原因,也是后果,在这个故事世界中,只有真正的互动才能构成实际的或可能的发展。

在更宏观的层面上,布莱克通过文本中的言语-视觉设计,探讨了

第一人称回溯性叙事如何允许采用不同的策略进行自我定位,进而促使接受者形成截然不同的对齐模式。这里再次回到在第三章中提出的问题,第15行中动词 see 从过去时变成现在时和与之相对应的知觉行为图像都至关重要。在第15行之前,叙述者对自己和读者的定位与过去事件都保持了距离。但是,"see"动词时态的变化,从过去时到第15行中变为现在时,可以被当作向内聚焦的转换:文本记录了当经验自我第一次看到仇敌在树下倒毙那一刻的感觉,诗歌的定位逻辑同样发生了变化,将讲述者和读者都带入了与敌人死亡事件的过去时刻的更直接的关系,这一瞬间的冲击通过图像得以强化。与此同时,保持"see"的现在时不变的解读以另一种方式定位叙述者和读者,这样一来文本中的文字-图像关系也可以有不同的诠释。在第二种解释中,仇敌之死的冲击一直延续到现在,直接由叙述自我遇见,而不是通过经验自我的记忆(或重新体验)的知觉进行回溯性地过滤。此时的图像表明对死去仇敌的持续感知在叙述行为开始之前就已经主导并预先决定了叙述者的故事讲述行为。保持现在时不变,图像不能使读者重新适应经验自我(瞬间生动的)对过去的感知,而是让阐释者能够采取一种与叙述自我一致的立场,观察到他本人之前的定位行为的影响。

　　因此,布莱克的诗在回溯性叙事中采用了两种不同的自我定位策略,每种策略都需要接受者用不同方式对齐文字与图像。在一种策略中,当前的自我叙事行为限制了过去的事件,从而限制了它们的影响;在另一种策略中,叙述自我指向当前时刻,将其作为融合了过去和现在的更大时间框架的一部分。[5] 综上所述,这些策略体现了如何使用自我叙事的行为来标记叙述自我和经验自我在时间、认知和情感上的不同距离,促使故事接受者将叙述自我定位为在处理过去事件方面更具备或更不具备情境化和适应的能力。更普遍地说,无论是通过文本中描绘的对话场景,还是通过整首诗中塑造的整体叙述行为,布莱克运用叙事来展示故事是如何根据正在展开的事件——包括那些被认为是尝试抵抗或超越自我叙述的事件,对自我和他人进行定位。

多模态故事讲述、情感话语和情感学

对情感话语的最新研究既有助于理解布莱克在言语和图像中展示的交际实践以及他对与这些实践相关联的心理状态、能力和性情的探讨，也从中受到启发。在本节中，我将重点关注这首诗如何借助言语和视觉元素将对话场景置于有关情感话语的更广泛语境中。

与此相关的是斯特恩斯（Stearns 1995）所描述的情感自然主义和情感建构主义方法之间的基本矛盾。自然主义者（比较 Ekman 1972/1982）主张存在与文化和亚文化或多或少一致的先天存在的、基于生物性的情感。相比之下，建构主义者认为情感具有文化特定性，即"语境和功能决定情感生活，并且这些因素是多样的"（Stearns 1995, 41）。格里菲斯（Griffiths 1997, 137—169）批评建构主义者对自然主义者的反驳是一种谬论，实际上没有任何研究者会支持。且不论格里菲斯批评的价值，阿道夫斯（Adolphs 2005）的研究表明，如果将情感不仅视为（1）受到进化过程塑造并在大脑中实现，同时又处于（2）由刺激、行为和其他认知状态形成的复杂网络中，那么自然主义者和建构主义者的立场是可以调和的。受（2）的影响，情感反应的共同点是都具有特定文化学习过程的烙印。

反过来，为了探讨文化背景对人类情感生活的影响，研究者可以研究"情感话语［作为］讨论事件、心理状态、心灵和身体、个人性格和社会关系的一个组成特征"（Edwards 1997, 170）。这种方法产生了"情感学"的概念，由斯特恩斯及斯特恩斯（Stearns and Stearns 1985）提出，用于指称一种文化的集体情感标准，而非情感本身的体验（另见 Harré and Gillett 1994, 144—161; Edwards 1997, 170—201; Greimas and Fontanille 1993）。该术语与最近提出的"本体论"用法一致，用以指定存在于特定领域内的一种实体模型及其属性和关系。因此，情感学是参与者在话语中采用的情感术语和概念体系，旨在将情感归因于他们自己和他们的群体。情感学是每个文化和亚文化所拥有的，为情感概念化、情感产生的原因以及话语参与者如何表现情感提供了框架。而且,叙事既根植于这种框架,又有助于构建这种框架,例如鬼故事和罗曼司将特定类型的情感与反复出现的叙事情境联系起来。[6]故事的情感特征,就像它的定位逻辑一样,以多种方式表现出来:通过叙事者对事件所承载的情感负荷的评估,通过人物之间的互动,以及通过阐释者与故事世界中的人物赋予自身和他人的情感状态和性情的互动。还应注意的是,即使是那些压制情感的叙述,也必然会与情感学产生关联。因此,正如我在分析《白象似的群山》中吉格和男性角色之间的对话时所讨论的那样(Herman 2010a),情感学的结论可以从上下文中缺少涉及情感状态的表达中得出,而这在其他文化和交际环境(以及叙述的其他模式)中通常是会使用的。

布莱克的诗歌通过视觉和言语元素探讨了它所描绘的对话场景的情感学含义。一方面,《毒树》的视觉设计既借鉴了理解情感的文化体系,又对其有所贡献。死去的敌人的图像相对较大,加上文本被毒树枝丫环绕,暗示了一种占主导地位的情感学主题,即当愤怒在话语中得不到解决时,很容易渐渐控制人的心性,从而变成有毒之物。此外,树枝沿着诗的右边缘向上延伸,随后在文本顶部卷曲,然后又沿着左边缘向下延伸,像棍子一样,光秃秃的没有叶子,甚至可能是干枯了。当愤怒或怨恨在对话交流中未能得到表达和协商时,它不仅使人类行动和互动的世界黯然失色;而且,它唯一的果实是一片荒凉、不适宜居住的环境,没有更新或再生的可能。

另一方面,布莱克诗歌在言语设计上也展现出丰富的情感学特征。全诗的 101 个单词中,很大一部分单词都是关于情感的单词:愤怒(angry)、愤慨(wrath)、恐惧(fears)、泪水(tears)、欢喜(glad)。因此,这首诗反映了在更普遍的日常对话中,人们如何利用情感术语来理解自己和他人的心智。更重要的是,这首诗讲述了在布莱克的话语所嵌入的文化、一般和情境等语境中发生的行动,在语用上而非词汇上与其所表达的情感联系在一起。它表明在未解决(或未表达)的愤怒或怨恨、恐惧、悲伤、沮丧,以及幸灾乐祸或者说在别人的痛苦中获得满足等情感之间,存在着一个复杂的认知和行为联系网络。这个潜在的概念网络,换句话说,即诗歌嵌入其中并反过来对其作出贡献的情感学,使读者能够重建情感状态之间未明示的因果关系,比如未表达的愤怒可能如何促使社会互动环境滋生出其他毁灭生命的情感。因此,当叙述者说到"我的仇敌见它如此光亮/便知那是我所种养"(第11—12行)时,第12行末尾使用物主代词来强调,加上"mine"/"shine"的押韵,一起表明嫉妒可能是敌人在夜间潜入叙述者花园的动机之一——大概是为了获得"放光芒的苹果"(第10行)。相反,当叙述者在第1至2行中公开表达他对因此成为他朋友的人的愤怒时,随着叙述者自己恶意的消失,嫉妒的可能性也消失了。

总之,像布莱克作品这样的文学叙事不仅吸纳情感学说,还对其形成和重新配置作出了贡献。可以说,布莱克的诗在试图进行一种情感学的干预,利用文字和图像来强调将愤怒的情感和通过阴谋诡计对让自己愤怒的人进行报复这两者分开的重要性,并暗示愠怒或愤慨一旦公开和明确表达了的话,就不会引起否定生命的行为。通过关注类似的文本模式,叙事分析者可以研究故事(重新)塑造情感学本身的力量。事实上,叙事疗法的实践(Mills 2005)侧重于通过构建关于自我的更积极的新故事来化解或引导特定行动或日常引起的情感冲动,使人们能够摆脱对心理健康有害的情感-行动联系。如果我放弃了那些我一直认为有效的故事——例如那些通过自残来获得宽慰或满足的故事,那么我可能会茁壮成长。同样,通过呈现某些交际行为模式既可能引起负面的、破坏性的情感又可能为其所推动,像布莱克作品这样的文学叙事,促进了更多关于在更广泛文化中流通的情感学的反思和自我认知。

结 语

本实例一方面概述了一些策略,以便在最新的语言表征和叙事对话的研究之间进行对话(Fludernik 1993;Herman 2002,171—207,

2006，2011a；Thomas 2007，2012），另一方面也概述了与对话有关的学科框架。我的讨论说明，一种研究对话的跨学科途径，利用叙事理论、话语分析、社会心理学以及语言情感学等领域的思想，可以阐释嵌入叙事中的交流事件。问题涉及那些在故事世界中较大环境或场景中以叙事格式塔形式展开的事件，包括但不限于言语行为（见Goffman 1974，1981；Levinson 1979/1992）。这些场景既可以被看作根据已经验证的交流互动的设计，也可以被看作用于理解各种交流动机、结构和效果的可能言语事件的模型。从任何一个角度来看，对话场景都构成了我在这项研究中所发展的双向研究途径的主要关注点。它们反思性地模拟了它们所需要的话语理解机制，要求阐释者建构一个故事世界，其中的人物（包括像布莱克诗歌中这样同时也是叙述者的人物）参与故事世界化。

在第七章中，我用另一首叙事诗——华兹华斯的《废毁的茅屋》来探讨一个对话场景，其中占主导地位的话语模式是叙事，使读者面对一个完全发展的次级叙事或故事中的故事。[7] 然而，为了与本书第三部分的重点保持一致，我对对话场景本身的关注较少，而更多地关注像华兹华斯这样的文本如何阐明叙事作为一种思维工具的能力。

第三部分

世界故事化：作为一种意义赋予方式的叙事

第六章

作为思维工具的叙事

　　本书第二部分的章节及实例分析旨在促进文学研究与心智科学研究之间的对话,以此为解读叙事或我所说的"故事世界化"提供启示。第二部分围绕各媒体中的文本构思如何与解读者的思维能力和性情发生关联,并产生叙事学体验。本书第三部分则提出这样一个相反的问题:叙事自身如何通过我称之为"世界故事化"的过程为建构经验意义提供支架? 因此,从第二部分到第三部分,本书关注的焦点从作为读者阐释目标的故事转变为作为思维工具的叙事。

　　本章将深入证实叙事学家提出的观点对认知科学研究有所裨益(不仅仅是后者对前者有单向作用)。基于对史诗《贝奥武夫》的解读,本章以此为主要实例,勾画了故事作为意义赋予资源的基本模式。本部分后续章节会引入更多关于这一模式的细节阐释,以此发掘叙事促进智慧的具体作用。[1] 因此,基于第四章提出的基本概念,第七章聚焦故事讲述如何跨越时间和空间分布智能——传播与世界互动的知识和方法。最后,在第八章中对第一部分提出的问题进行了深度探索,这也在第七章中进行了讨论。这些探索解释了叙事如何为揭示大众心理推理,以及自己和他人行动理由的推理提供了支持。这部分同样提供了两个实例。第一个实例分析对叙事和本章研究的转变的彼此关系进行了相关拓展,同时提出,故事为这种转变的映射提供了关键方法。第二个实例回到了第三章中提到的多模态话题,不过这一次关注的焦点是采用多种符号的叙事实践如何通过不同方式建构当前讲述行为发生的环境模式。

在本章中使用故事《贝奥武夫》勾勒叙事在心智延伸和心智赋能上所发挥的作用有以下几点理由。[2] 首先,故事文本将盎格鲁-撒克逊时代的口头叙事传统与早期中世纪英语文学结合起来,揭示叙事从人类文学的起源开始,便有助于形成、系统化和传播公共及个人的经验和价值。[3] 换句话说,《贝奥武夫》证实了叙事作为人类思维工具的持久性。更深入地说,这一古老的文学作品包含了多个嵌入叙事,将故事再现为一种做出承诺、挽回面子和应对社会存在的方式,它转换于同一及同一系列事件的同故事叙述者(第一人称)和异故事叙述者(第三人称)之间,对丹麦国王赫罗斯加和耶阿特人国王贝奥武夫采用几乎平行的生平故事的描写,由此这首诗帮助阐明了叙事是如何不但为个人经验,而且为集体经验意义建构提供关键资源。[4]

接下来,我将回顾近期有关分布及延伸认知的研究,这些研究可以部分被追溯到维果茨基关于"心理工具"的概念,将我对作为思维工具的叙事的阐述放置在这个更大的研究语境中。立足于《贝奥武夫》的文本分析,本研究调查了五种(有所重合的)意义建构的行为方式——将经验内容建构为可分析的组块、追溯事件之间的因果联系、处理现象典型性的问题、为行动排序、跨越时空分布智能。故事可为以上五方面提供重要的支持。本章包括两方面目标:一方面是类似《贝奥武夫》这样的叙事作品形式的叙述本身如何担当思维工具这一使命,另一方面是描述这种叙事方式组织的叙述所促成的更为基本的意义建构过程。我的首要设想是通过研究已完成的叙事文本产品,理论家可获得"世界故事化"的新见解,或知晓如何通过故事来理解世界的动态信息,正如语言学家也可基于已证实的语言行为来得出人类语言机制的相关假说。[5]

我也应该说明,唐纳德(Donald 1991)的人类认知能力的系统进化理据为我"叙事是思维工具"的研究方法提供了理论参照(也见Scalise Sugiyama 2005)。唐纳德将这一进化过程标注为从**片段性文**

化(体现为那些基于具体情境的非反思的行为[149])发展到**模仿性文化**(体现为把事件分割为不同部分并根据不同情境和目的以不同方式重新组合[171—173]),再到**虚构性文化**(体现为复杂语言系统的兴起使产生关于世界的叙事模式成为可能[216ff]),最终到**理论性文化**(体现为将集体和个人记忆存储卸载到外在的象征性存储系统[308—335]以及从"立刻、具体的问题解决和推理机制转换为将类似技能应用于外在记忆资源的永久性代表系统"[335])。然而,贯穿本章和第三部分的研究方法隐含了以上唐纳德归纳的虚构性文化和理论性文化的更为复杂的关系,这也基于我将叙事看待为这类智能行为的关键部分的来源。实际上,我认为按照唐纳德的定义,叙事从属于虚构性文化和理论性文化,或者是后者的代表方式。唐纳德将思维的叙事模式或表征策略看作语言的基本产物,而虚构性故事则是叙事模式的高级产物:"神话是人类世代关于现实世界辩论的、争议的、过滤的叙事交流的权威版本"(258)。他同样认为,如果故事为集体或个人提供一个记忆存储之外的外部显著的存储系统,[6] 那么叙事同样发挥着一个"**建模机制**"(260)的作用,或是一个关于人类早期记忆的运行、配置和推理机制。

故事与/作为延伸的心智

我将叙事视为思维工具的研究方法源于维果茨基的"心理工具"概念(Vygotsky 1934/1962, 1978),这已经在第四章中介绍过。对维果茨基来说,"心理工具"还包括其他符号系统里的概念,比如"语言、计算系统、记忆技巧、代数符号、艺术作品、写作、图式、图表、地图、机械图、所有常规符号等等"(转引自 Wertsch 1985, 79)。之后的各大研究领域的研究者,如发展心理学(Rogoff 1990, 1995, 2003)、社会文化心理学(Bruner 1990;Cole 1998;Wertsch 1998a)、认知人类学(Hutchins 1995a, b, 2010;Shore 1998)、语言学(Frawley 1997)和心智哲学(Clark 1997, 1998, 2008;Noe 1009a)都借鉴了维果茨基研究的不同方面。"心理工具"这一概念强调了思维的社会协调性,以及思维借由自然环境以及人工制品的内在结构搭建成为思想的支架。[7] 按照维果茨基的观点，个人的思维功能是一种基于社会行为的活动方式，因为基础思维能力都来源于社会机制及人际交往。这种交往发生在包含特定物质可供性的环境中。[8] 因此，基于他广泛的思维的语境化研究方法，"心理工具"可以被更准确（较为直白些）地描述为"源于社会心理环境且同时在物质层面得到赋能的工具"。因此，叙事也可以被描述为一种社会、文化、物质上镶嵌的思维工具，正如叙事学家们提出的观点能够明确这一工具的属性，并且在不同的经验领域内给予启示。

杰拉米·布鲁纳（Jerome Bruner 1986，1990，1991）的研究在这一研究领域提供了一个重要的先例。布鲁纳（Bruner 1991）对叙事如何"作为思维工具构建现实"进行了概要说明（6）。[9] 基于知识具有领域性（见 Hirschfeld and Gelman 1994）而非一套技能或能力适用于所有经验的前提，布鲁纳对于"我们如何构建和表征纷繁复杂的人际交流"进行了集中讨论（Bruner 1991，4）。他特别提出，和逻辑科学类现实的构建一样，推理实践领域也与社会经验密切相关：

> （我们的推理实践）有原则和程序作为支撑。它有可以获得的文化工具或传统作为基础，具体程序有模式可依，分布范围也像传播的话语一般广泛。推理的形式是如此熟悉和普通，以至于容易被人们忽视。……我们主要通过叙事的形式——故事、说辞、神话、做某事或不做某事的理由等来组织我们的人类生活经验和记忆。（Bruner 1991，4）

故事，既塑造了人类知识领域（社会信仰和程序），又被后者所塑造。布鲁纳逐条说明了被视为"符号系统"的故事的十大特征（21），主要包括：独特性（故事总是聚焦具体的情境、行动和事件）、阐释组合性（需要基于故事整体阐释各组成部分，反之亦然）、语境的敏感性和可协商性（故事的意义部分是由其讲述语境的功能决定的，语境本身也受涉及不同故事版本的协商过程的影响）、正规性与违背性（叙事性来自人们对行为及事件预期的未能实现而非实现）以及叙事积累（故事可以被组合在一起形成文化、历史和传统）。

布鲁纳的解释并非只为识别叙事的关键特征，而是旨在将这些特征投射到故事带来的意义建构方式上。例如，叙事的阐释组合性这一特征支持将社会行为者的行为设置在更广泛的解释和评价的语境中，并通过具体行动让这些语境充满意义。同理说来，根据布鲁纳提出的叙事语境的敏感性和可协商性，当一个叙述者向我怪罪我们的某个共同熟人时，我可能会根据所了解的他们之间的过往历史来解读叙述中的一些细节。反过来，叙述者也可能会根据他/她认为的我所了解的背景知识来修改自己的叙述内容。这种对叙述动机和前景知识的归因，为每日交流建立基础，提出叙事在何种程度上作为主要来源建构、占据并衡量日常社会现实。

接下来，布鲁纳强调叙事作为协调人际关系的方式与故事如何构成更大的社会物质生态的一部分相吻合（Hutchins 2010），形成一个文化与现实的可供网络，为人类意义建构活动提供了环境。因此，心智被认为在本质上具有可被延伸或者分布的特性。这种可供性（第七章中将深入说明）已在认知人类学、人机交互和其他关于"认知制品"的理论中得到阐述。与此相关的包括物质以及精神制品——日历、电子数据表、GPS 导航系统，以及习语、记忆技巧和经验法则，有助于将人类智能行为延伸和广泛分布于各类行动交互的大环境里。实际上，自然结构也可以被用于心智的延伸（Hutchins 1999, 127；Norman 1993），例如，密克罗尼西亚的水手们利用夜空来为岛屿之间的旅程导航（Hutchins 1995a, 65—114），农民利用季节的轮换来安排耕作、种植与收获。

心智哲学家克拉克（Clark 1997, 1998, 2008）、诺伊（Noë 2009a）和汤普森（Thompson 2007）从更广泛的视角对诺伊（Noë 2009a）的下列假设进行了拓展："为了深度了解人类和动物的意识，我们不应内在探寻，而应向外在寻找人类作为生物相互依存以及与世界相互联系的过程"（7）。[10] 与其相似的是，克拉克（Clark 2008）认为心智"容易受文化和技术改变的影响而被延伸和增强"（39），并可被描述为：

将身体和世界体验**混杂地**结合起来……永远检测并探索将新型资源和结构深度融入具身性行动和问题解决状态中。……人类心智不是装在古老陈旧、脆弱无力外壳中的处理器。相反,它们是**深度**具象化的主体所具有的令人吃惊的弹性心智。这些主体彼此的界限和组成部分都是可调节的,他们的身体、感知、思维和推理能力都是在情境化的、有意识的行动中不断灵活重复交织而得以形成的。(Clark 2008, 42—43)

我的研究假设是:故事讲述实践在更广泛的文化制度、规范、程序、技术创新以及与人造环境和自然环境的具体接触中占了一席之地,这些环境通过克拉克所说的"情境化的、有意行动的编织"为智能行为提供了关键的支架。但我想探讨的更具体的问题是,在智能活动展开的背景下,叙事是如何融入——帮助构成——这个更大的结构、规则和实践框架的。

本章剩余部分,以及整个第三部分,概述了解决这个问题的策略。在本章中,我综合了叙事性的基本概念和强调心智延伸性的研究,并借助《贝奥武夫》文本的分析来展示故事是如何使得人类活动与不同类型的经验取得一致——不仅仅如同布鲁纳所强调的在社会知识领域,而且也在其他领域之中。[11] 我们尤其强调之前提及的五类促进智慧的叙事功能,包括将经验内容"组块化"为可分析的部分、追溯事件之间的因果联系、根据现象"典型性"谈论问题、为行动排序、跨越时空分布智能。

叙事为智能行为提供支架的五种方式

经验组块化:故事作为组建结构的资源

从一开始,"组块"的概念被认为是智能主体将经验流切分为有界限、可划分因而更容易识别和记忆的单位的过程。组块经验在心智科学中因此发挥了重要作用。例如，明斯基（Minsky 1975）提出的**框架**，即典型事件的代表和记忆结构（如在客厅或房间里），被他认为是一种将世界知识组织为具体、可管理的组块的方式（也见 Nebel 1999）。如果大量的经验可以被细分，那么人类便能更容易地组织知识和行为。实际上，如果每时每刻都需要梳理每一个具体概念和行动过程，那么人类世界便会变得无法掌控。明斯基"框架"概念的初衷在于解释了解人在房间里会做什么与了解人在杂货店会做什么是如何划分开来的，所以人们不会在邻居家的客厅里寻找购物推车，也不会在商店麦片区的货架过道里寻找一张舒适的沙发。

同时，西蒙和蔡司（Simon and Chase 1973）用组块概念来解释棋类技艺的构成（也可见 Gobet 1999），认为棋类技艺在于将棋盘划分为包含各个典型模块和棋步的分区，棋手的棋艺会随着他所掌控的分区的增加而不断提高。科施（Kirsh 1995, 65）描述了类似的现象。一连串字母如果能被提前"加工"为更熟知的单位，那么便更容易在工作记忆中储存。例如，要存储 OSPOSWATBAKUATSD 这一串字母，可以分解为五个单独组别（这里是词汇）——也就是 A BAT SWOOPS AT DUSK（一只蝙蝠在黄昏猛冲下来），那么便可以节省很多记忆努力。

叙事可以提供方法来解决如何将经验流分解为独立且可操控的子结构的问题。故事叙述允许故事被划分为（正如亚里士多德所言）开始、中间和结束，这些短暂的结构会依次支撑起心智更复杂的运作。例如，在时间连续体上标记一个时间节点，设其为开始，故事从哪里开始不仅形塑了叙事本身的设计和解读，而且也为通过各种方式理解世界、追溯当前发生事件的源头提供了线索和指引。同理而言，叙事也是结束的一种来源。任何叙事的讲述都会终结，即使被讲述的叙事是未完成的或无法完成的；在到达结束时，讲述也会将最痛苦、最令人不安的经历描述为可忍受的，因为它是有限的。在这样的语境下，叙事成了再现事件的工具，不是表达事件已经终结，而是通过表达正在到达终结来结束那些带有创伤性的事件。[12]

通过将经验的范围划分为有限的状态、事件和行动序列,《贝奥武夫》的作者展示了叙事将宏大现实"组块化"为子模块的能力,后者的具体范围和结构能让史诗更易于理解。这方面的一项重要来源便是人生故事——指的是对贝奥武夫、赫罗斯加、哥伦多等主要角色人生历程的讲述,以及那些在诗人强调的故事情节中影响及被影响的角色的人生历程。[13] 诗人尤其比较了赫罗斯加与贝奥武夫人生故事中的相似之处:在英雄主义、慷慨大方和严格统治之间达成的平衡难以维持,但两位国王都借此在长达 50 年的时间内受到了臣民的忠诚爱戴,随后却遭遇了怪物强敌的威胁,这些怪物对于人类社会的法纲伦常完全不予理会。但是,最后赫罗斯加和丹麦人还是找到了一种外在的补救来对抗怪物哥伦多的破坏式进攻。贝奥武夫在抗击巨龙时完全依靠自己,但也意外地得到了来自耶阿特人领地,尤其是威格拉夫的帮助。[14] 尽管人生最后的结束方式不同,赫罗斯加和贝奥武夫的人生故事都可被视为叙事赋能策略的结果,通过组块化将这些经历划分为容易理解和分辨的组成部分,每一部分都有清晰的开始与终点。每位国王的故事均取自他们各自的人生经历,将独立的故事参与者、状态、行动、事件和结构整合为一个连续整体,也可以重新回归为一个未完成的、无界的时间流逝过程。更深入地说,两个国王的故事将主人公、反面角色、其他角色放置在一个可识别的、连续的行动结构中,涉及相对立的目标和达成目标的计划,以及下面我要提到的因果联系。[15]

赫罗斯加和贝奥武夫的人生故事是按照时间顺序在诗歌中出现的,强调这一点很重要(尽管贝奥武夫自己也作为参与者参加了赫罗斯加的人生,反之亦然)。赫罗斯加人生故事的讲述提供了一种解释性的模板,为引导贝奥武夫个人成就叙事的产生和解读提供了划分的范式。前面关于赫罗斯加的故事不仅为叙述贝奥武夫的成就和死亡提供了装饰性的"组织成分",而且让诗歌的解读者能够检查文本中的"后赫罗斯加"部分,找到那些类似组织(划分)的单位的开始、中间和结束的标志。换句话说,第一个故事建构了对结构的期许,即(读者)会期许第二个故事也聚焦描述一位好国王,他的使命会因为命中注定的一个非人类(且反人类)的反面角色的出现而处于危险中。

诗人描述包含的许多预先闪现也有类似的功能,这也是热奈特(Genette 1972/1980, 67—68)所说的"**预叙**"(prolepses),[16] 意为对线性叙事的预期偏离。预先叙述涉及按照非时间顺序来讲述事件,所以原本是 ABC 的事件顺序会被描述为 CAB 或者 ACB。让讲述者或者阐释者把正在发生的事件划分为若干个部分,预叙这种方式提前就标记出了两类时间范围内最明显的界限,在时间上向前提前了。一方面,预叙之后,接下来要发生之事的细节会在文本中被详细描述,这会有一个跨度;另一方面,预叙中暗示的一系列事件也会有一个跨度,但是在当前叙事的终点之后再到达终结。

诗人使用第二种预先叙述,在哥伦多进攻前对鹿厅(Heorot)的描述中写道:"大厅高大开阔,典雅气派,有宽大的山形墙;它会等待带有敌意的报复之火;现在还没有到女婿和丈人拔出仇恨之剑的时刻"(28;4.81b—85b,比较 28;5.118b—119b)。[17] 热奈特(Genette 1972/1980, 48)所说的预叙的"**抵达范围**"(reach)超过了诗人描述的时间范围,在后面的事件被透露之前就将叙述的重点从赫罗斯加和丹麦人转移到了贝奥武夫和耶阿特人上(明显涉及赫罗斯加和他的女婿)。然而,其他的预叙直接预先描述了片段的结束,诗人后面再进行细致描述。[18] 这一类预叙提前标识了描述阶段的范围和概要,便于叙述者和阐释者能够从时间流中提取一个可被界定的结构,内在可被区分为开始、中间和(提前宣告的)结束。例如,在贝奥武夫和哥伦多的战斗之前,诗人写道,"主已经许诺给予他们战争中的好运,因为耶阿特人王国的人民安慰和帮助他们,通过一个人的力量战胜他们的敌人"(36;26—27.696b—700a)。另外,在哥伦多的母亲为了孩子的死复仇而进攻鹿厅之前,诗人已经描述了"一个喝啤酒的人(即埃斯切尔),准备好受死,躺在大厅的角落里"(43;47.1240b—1241b)。在贝奥武夫和威格拉夫与龙的大战中,龙在受重伤之前,诗人描述它"信任它的战车、它的战斗、它的墙:它的期待最终欺骗了它"(57;87. 2322b—2323b)。

追溯因果联系：超越复仇启发式

基本上来说，《贝奥武夫》聚焦于复仇行为，探索了盎格鲁-撒克逊人常见假说的后果，即当群体成员遇害后，对方需为此做出弥补性赔偿（"人价"［wergild］），否则受害者群体可实施复仇行为。[19]然而，诗歌不仅将复仇表现为一种行动和反应的动机、一种针对（真实的或想象的）破坏社会均衡的挑衅行为的纠正手段，它也是故事角色使用的一种大众心理，用来预测和解释同伴的行为、目标和计划，同时也被叙述者用来反映角色的行为和彼此的行为方向。在此之外，文本还显示了叙事本身如何支持将复仇理念用于大众心理学目的，也即推理自身和他人的行动理由。[20]在《贝奥武夫》中那些关于复仇的故事，包括想要寻求和避免复仇的角色使用的类似叙事的精神投射，建构了一种基本策略，将故事解析为原因和结果，因此是意义建构的关键方式。

典型的情况是，故事将施动者和受动者置于那种追求相反目标的行动结构中。特别密切相关的是，一个角色或团体的目标的实现会促使另一个角色或团体形成围绕报复（或至少回应）最初激发行动目标的新计划。被上帝及命运从"大厅的高声欢笑"（28;4.88b—89a）中驱逐出去的哥伦多满怀恨意，有了复仇的目标，其中的子目标便是进攻鹿厅。结果，它进而谋杀和吞食丹麦人的目标只有在贝奥武夫无法执行计划实现自己目标的情况下才能实现。后者的目标便是为鹿厅中死去的人报仇，并阻止哥伦多进一步进攻。但贝奥武夫的目标也进一步引发了哥伦多母亲想要实施复仇的计划，这一计划的成功也会促使贝奥武夫为埃斯切尔的残忍死去而展开复仇。通过这种方式，叙事将原本割裂的各类行动和事件统一安置在一个复仇和反复仇的网络中。马克·特纳（Mark Turner 1996）提出，故事植根于人们的认知倾向，即**把事件作为行动来阅读**，也就是说，把故事世界里的经历识解为在一个更早的、条件化的行动和反应的语境中展开的目标导向的行动（16—37，也可以参阅第二章）。《贝奥武夫》构建了一个模式，展示了一个叙事赋能的因果效应法则可以用来将故事世界投射到参与者以复仇为指向的目标、计划和行动上。

前面已经提到,为了描述叙事如何将一系列事件理解为因果网络内的行为,有必要同时强调叙事结构的核心要素和该结构在具体文化和语境中的使用,以达成对世界的理解。首先,从结构的角度出发,叙事的特点之一便是将现象与因果—时间整体联系起来。故事提供了将分隔的事件组合为片段或情境的可能,其中的组成部分可通过因果网络来表征为系统性地相互关联(比较 Fillmore 1977, 72—74)。换句话说,故事承担了判断性启发式或"元启发式"的作用,是一系列阐释经验法则的积累,也会附带产生**偏见**,其影响值得细致关注。[21]类似《贝奥武夫》这样的叙事可以被视为一种发掘按序列呈现的状态、行动、事件之间的因果联系的倾向的真实反映及反馈。

罗兰·巴特(Roland Barthes 1966/1977)作过类似阐述,描述了叙事作为"之后,因此之后"(post hoc, propter hoc)的文化谬误的应用(94)。这可以解释为,故事的讲述促进了启发式假说,即认为如果事件 Y 是在事件 X 之后提及的,那么 X 不仅发生在 Y 之前,而且也是导致 Y 的原因。这种判断性启发式对于叙述者和阐释者同样重要。对于叙述者来说,它可以将那些需要花费许多时间和精力来叙述的事情暂且放心地不作说明。对于阐释者来说,他们得以解读那些简化的说明,否则这些会看起来无可救药地晦涩难懂。在讲述一个故事时,我提到有人上了床,并且这个人入睡了。我不需要特意阐述这两件事之间的因果关联,而完全可以假定读者能使用床是入睡的场所的世界经验来建立联系。

这个例子说明,叙事支持的因果推导类型是受到文化和情境约束的,对于故事的理解因此得以成立。如果对一群不知"床是何物"的文化群体成员讲这个故事,那么势必要明示"上床"和"入睡"这两件事的因果关联,而不是含混不语,让阐释者去推测必要的关联。反过来,阐释者对故事中相关情境、对象、事件、行为的熟悉程度越高,那么叙述者就越可以依赖阐释者的自我能力来"计算"可能的因果关联,即使是在最为省略的描述中(比较恺撒大帝的"我来、我见、我征服")也是如此。因此,在《贝奥武夫》中,叙述者没有阐明(或有意轻描淡写了)依靠外来援助与自我颜面受损之间的关系、夸耀自我英雄成就与承诺完成英雄行为之间的关系(见 Clark 1990, 57—68)、部落间联姻"编织和平"与战斗派系之间的关系(52;73, 1942a)、接受国王的奖赏与为国王英勇冒险之间的关系、死者的威望与死者被埋葬和被怀念方式之间的关系。相反,叙述者依赖"之后、因此之后"的启发式判断法,来触发读者理解第二件事是第一件事引发的结果。这里有更深的考虑。随之往后,通过暗含和强化这种因果关联,故事可以构成一个种类多样的因果关系体系,看起来不仅频繁、常规,而且更为自然和正常。因果联系会看似存在于事物的内在结构中,而不是人类假设、风俗和实践的产物。[22]

在这个意义上,叙事不仅构建了思维的工具,而且为民族志(尤其是认知人类学)研究提供了重要的研究对象,也就是为探究人类思维方式跨越时空的差异提供了重要的研究对象。很多研究问题因此可以被提出。例如,没有叙事可以穷尽性地明确叙述中情境、行动和事件之间的因果联系,那么何种**因果不完整性的模式**会在指定的故事或故事类型中显现? 更进一步,假设这样的模式支持叙事文本的理解、在文本中发现相关表达并被叙事文本传播,那么相对于阐释者自己的文化或亚文化中流传的叙事,在何种程度上这些模式会与阐释者熟悉的模式重合呢? 各种不完整性模式与某种文化熟悉的叙事类型范围之间是什么样的对应关系? 在一种文化中被讲述、交流或阐释的叙事,其描述最广为不足的因果联系会是那些附着于该文化的最基本(即最无可置疑)的信念、假设和规范,这一点是否属实? 换句话说,叙事如何立刻从文化成员当作相互判断态度、性情和做法依据的"常识"中衍生出来并使之得以存续?

这些当然都是影响深远的问题,需要历史、法学、伦理学以及叙事理论和心智科学等不同领域的学者合作探讨。下一节,我将关注不同的问题——关于叙事如何在常识的限制之外作为思维工具发挥作用。

发现问题和解决问题：部落正义的典型性和局限

故事为平衡预期和结果、一般模式和特殊事件提供了方法。简单来说，就是典型与实际之间的平衡。布鲁纳（Bruner 1991）以"正统与违背"为题讨论一些概念，提出"一个故事要值得被讲述，一定是关于某个隐藏的正统被违反了，或者以某种方式从常规轨道上偏离了，破坏了一个正统剧本的'合理性'"（11，也见第八章）。肖（Shore 1998）发表了类似观点，但他也提出叙事对于异常事件或者非典型事件的表征，可以重新形成文化或社区对于规范和典型的理解，因此有助于构建理解世界的新模式（58）。阿尔弗雷德·舒茨（Alfred Schutz 1953/1967）提出的典型化的概念，即认为"我们关于世界的所有知识，在常识性以及科学性上来说，都涉及了'结构'，也就是针对具体思想结构的一套抽象化、普遍化、形成化、概念化过程"（5），此处可以有效发挥作用。

对舒茨来说，典型化是提前加工世界的一种方式，也可以与我们之前提及过的经验组块化策略发生关联。正如舒茨形容的，人类

　　提前通过一系列日常生活现实的常识性结构选择和解读了这个世界。正是这些思维对象决定了他们的行为、定义他们的行动目标以及达到目标的手段。简单来说，帮助他们找到了在自然和社会文化环境中的自我位置，并与之和谐共存。（1953/1962，6；比较 Husserl 1939/1973，321—338）

舒茨进而认为典型化的过程跨越了许多意义建构行为，包括从把一个个对象组织为类别和类别成员，到学习语言的词汇和句法模式，到在社会交往中把动机归属到其他人身上（7—23）。这些行为中的共同特征是典型化提供了预期的方式，或者是预期的策略，最终得以通过已经历过的事件建构没有经历过的事件。如果同化到之前存在的事件类型中，任何遇见过的对象、情境或者事件都可以放置在一个"熟

悉性和预先通知的视野范围，一切都想当然预设好，直到未被质疑的或者是有疑问的知识储备出现问题。未被质疑的先前经验就是手头**典型**的经验，带有期待中类似经验的开放视野"（7）。

当典型化失效时，叙事便开始发挥作用，这与布鲁纳提出的违反典型性是叙事的基本特征这一说法保持一致。他认为，当预期经验与已有经验中相似却并未实现时，可以利用故事来解决出现的问题。而且，故事可在预期未实现之前或者缺失的情况下进行叙述，目的是考察预期引发和预期维持的典型性的解释性限制。当与布鲁纳的观点同置的情况下，舒茨的解释表明典型性的概念实际包含两个由叙事支持的完全不同的意义建构行为。一方面故事可以用来参与**发现问题**，或发掘故事中的情境与事件脱离典型或预期的方式；另一方面，被接受的世界故事也提供了典型性的语境来解释未被预期的事件该如何被解读，允准了各种**解决问题**模式。

发现问题和解决问题都在《贝奥武夫》的故事中占据了重要作用。因此，诗人的解释聚焦并努力为没有实现的预期行为建构意义，包括哥伦多期望贝奥武夫可以像其他凡人一样被杀死和吞食；丹麦人假设当贝奥武夫杀死哥伦多之后，鹿厅会重新安全起来；贝奥武夫虽然拿着恩弗兹所给的宝剑，但却未能伤害哥伦多的妖母，不论是丹麦人还是耶阿特人都没预料到"这战争的光无法伤害她，无法为王子提供帮助"（46；57.1523a—1525a）；以及巨龙也期待自己会在和贝奥武夫的斗争中取得胜利。通过准确地重述这些与预期违反的事件，诗人为它们提供了真实的语境，并使它们看起来容易被理解。但是叙事也同时将与人们的文化知识和常识相关的典型性事件进行归类，试图质疑"人们手头的知识"，正如舒茨强调的，"任何时候都是可以被质疑的"（Schutz 1953/1962，7）。值得争论的是，回到第五章里讨论过的话题，《贝奥武夫》里所强调的怪物作为反面角色，服务了重新类型化或者元类型化的写作目的，对之前标准的"人"与"非人类/怪物"的划分的一致性提出了质疑。[23] 在这个意义上，与此相关的是作为人类与社会道德准则的典型性，它们定义了成为人的意义，也就是成为人类社会中的一员所必须具有些什么。

通过叙述人类如何与非人类(半人类)怪物展开斗争——杀死或被它们杀死,《贝奥武夫》检测了盎格鲁-撒克逊文化中最基础的一些假设和规范的限度,尤其是那些与社区正义相对的古日耳曼人对部落正义的承诺。[24] 如同前面指出的,以往典型性故事的产物之一就是"人价"制度,要求如果某部落成员受伤或被害了,那么该部落理应收到对方提供的财务补偿,否则将施以同样的报复。这部史诗多处探索了一般意义上的部落正义的预期产生的标准,以及特殊意义上的"人价"的做法。

首先,那些典型性的标准并不能预测到怪物的准确行为。假定坚守部落正义的原则是人类社会的区别性特征,这也是人类文明与自然的分界线。那些在鹿厅受到哥伦多攻击的人忽视了一个可能性,即一些准则(比如为某个家庭成员的失去而复仇)同样支配了"哥伦多的母亲、女性、野兽的妻子"(43;48.1258b—1259a)"虽然冷酷贪婪,却会为了儿子的死而展开一段悲伤复仇"(43;48.1276b—1278b)。这种人类文明与自然界的重合是未想象到的,说明了一种内在的不一致或概念上的绝境,诗歌使用叙事来协调两种文明,而不是相互征服。[25] 诗人描述中的这种概念上的冲突之所以形成,是因为人类总是认为自身与怪物之间有绝对的不同,也即文明世界与野蛮世界天差地别。文明世界与自然世界的现象,从这个角度来看,体现为具有典型的差异,(人们)认为在贝奥武夫杀死哥伦多之后不会再有复仇了。[26] 当这个想象上的冲突发生时,你会发现哥伦多与它母亲的行为也暗合了盎格鲁-撒克逊人的古老信念。将这个话题扩大到我后面和在第七章中提到的叙事也是"分布智能"的方式,这部史诗提出有必要对人类与广大环境之间的联结进行新的典型性区分。通过描述哥伦多母亲的攻击对人类是如何出乎意料,《贝奥武夫》说明诗歌中的角色以及观众都应该建立个人在各自行为环境中定位的新标准。

文本的其他部分强调了部落正义作为意义建构框架的局限性。即使人类角色可以把自身行为模式投射到怪物的身上来再典型化经验,这些已有的原则仍缺乏广度和精细度来解释怪物的具体行为和原因。[27] 在诗人的描述中,哥伦多进攻鹿厅是因为它憎恨被从丹麦人酒馆的友好和欢乐中驱逐出来。相应地,这种憎恨表现为上帝对该隐后代报复的间接后果。因为谋杀不仅违背了部落的法律,更违反了凌驾于一切部落习俗和结构之上的神圣法律。从龙的角度来看,它杀死贝奥武夫的初衷确实是为了保护消失部落的宝藏。可以说,龙的行为并不是为了报复导致部落灭绝的"战争-死亡"(56;85.2249b),而是源于部落最后成员的祈祷:"从现在开始,守住主人的宝藏,不要被外人夺走。好人先有资格获得"(56;85.2247a—2249a)。更有甚者,在以上这些案例中,例如哥伦多因为针对它的孤立寻求"惩罚"丹麦人、哥伦多的母亲打算为儿子的死复仇、巨龙努力保护宝藏,金钱赔偿都不能阻止怪物实现它们的目标,尽管这些赔偿在人类社会人价制度的背景下有抑制暴力的效果。

在描述人类与非人类的冲突中,《贝奥武夫》重新绘制了关于熟悉度的视野范围。在新的视角下,实现部落正义需要及时进行调整,也会在某种程度上威胁原有准则的一致性。此外,史诗的情节提示人类与非人类之间的差别是模糊而渐变的,而非一分为二的差异。从这个意义上看,《贝奥武夫》所创设出的新视野对怪物的描述本质上是超自然的。史诗迫使人们去重新思考以往对于自然类事物的概念(人与非人),并对经验重新典性化。这种重新典性化的行为要求在个人和集体层面上对人类思想和行为进行重新组织。

给行动排序:交际和表征规则

除了为组块化经验、追溯事件之间的因果联系、讨论与典型性及规范相关的问题等意义建构活动提供支持以外,叙事还为故事中的行动排序提供了方法规则,也就是说分清故事人物应该做什么、在哪里做、什么时候做、以什么顺序做。在叙事文本中,叙事的这项功能体现为两种层次:一是在叙事交流层次,二是参与者通过叙事交际而建构的故事世界。[28]

在交际性的故事讲述中,叙事提供了面对面交际互动那样的为所发生的事件排序的资源。具体来说,通过安排谈话参与者完成最小单位话轮的延伸性交流,从而确保谈话者完成合作交流,并组织了谈话的话轮顺序(Schegloff 1981)。通过让交谈者克服谈话内在趋向最小话轮的偏向(Sacks, Schegloff, and Jefferson 1974),故事方便作者创作仔细安排的结构和计划好的话语片段。这些话语的产生和解读需要谈话者对之前的、现在的和可能的经验进行反思和评价。先提一下与第七章和下一小节的内容,叙事集中促进社会互动者共同完成的持续性心智练习。

另外,正如玛丽·路易斯·普拉特(Mary Louise Pratt 1977)提及的,一些相同的排序规则引导了书面语和口语体叙事的解读(可见Herman 2001b, 2004a, 2009a, 46—54; Norrick 2000)。在文学作品里,叙事话语的创造者和阐释者的确并不需要对真实故事情境作实时评价。然而,正如普拉特提出来的,言语情境里的参与者角色结构与"同伴间未标注的情境类似,所有人(理论上)都有同等发言的机会"(113)。换句话说,现如今《贝奥武夫》的读者,就像真实时空情境里聆听故事讲述者的交谈者那样,承担起观众角色,将基本权利让渡给话语创造者,希望能最终拥有"充满喜悦的期待"(Pratt 1977, 116)。为了达到这个目标,不论是文本还是对话叙事的创作者都要提出发言请求。在口语体故事中,叙述者可以通过摘要提前表达想讲述故事的意图。文本叙事的创作者可以通过很多副文本线索来表达要求(例如,在包含其他叙事书册中发表一个故事),以及其他篇章途径(例如使用"很久很久以前"等故事开始语)。《贝奥武夫》中出现的第一个词"听"(1;1a),便暗示这是个混合的叙事情境。在这里,文本语言被用来以类似传统口语叙事风格的表达方式提出请求。叙事者可能会请他/她的对话者来"听"。这部史诗开头的方式佐证了罗德(Lord 1995)将《贝奥武夫》作为一部"口语体与书面体过渡"作品的看法(105; 比较 Lord 1995, 212—237; Niles 1993, 101—109; Renoir 1962, 154—157)。

在任何情况下,很有必要强调叙事交际并不等同叙述者的主动性加上交谈者(或一群交谈者)的被动性。与此相反,故事要求把故事阐释者和叙述者的排序策略结合起来。这两者都应通过为实施和未实施行动排序,努力促使叙事产生。口语叙事的接受者通过自我抑制不在关键时刻接过话轮来保证故事讲述的进行。读者采取类似的方式在关键时刻重新集中在非自己的话语上,使得叙事顺利发生。实际上,《贝奥武夫》通过将社会交互的部分前景化对故事讲述情境进行表征。恩弗兹与贝奥武夫公开描述了贝奥武夫与贝雷卡游泳比赛的决斗故事(33—34;19—23.499a—606b),前者通过口头挑衅(flyting)的方式对贝奥武夫的能力表示怀疑(Clark 1990, 60; Clover 1980)。这部史诗强调了讲述故事不仅是单方面的言语行为,也是多个参与者言语与非言语行为的结合。[29] 在交际发生的社会环境作用下,恩弗兹的叙述行为对贝奥武夫的勇气起到了质疑作用,而贝奥武夫的反向叙述又证实了他的勇气,促使他能够匹配他自己叙事中的英雄形象。在诗歌描述的世界中,根据故事讲述的情境和叙述者身份的不同,故事采取了不同的叙事方式和具备了不同功能。相对而言,故事叙述与反叙述的相互转换为参与者表述情境意义提供了规则方式。

正如最后这些话表明的,叙述支持故事人物的行动排序,不仅通过提供交际规则,而且通过建立模式说明故事世界中的行动是关于什么、如何发生、在哪里发生、什么时候发生。不论是什么形式的故事,虚构的还是真实的,或是介于两者之间,都可以产生这种建立行动模式的功能。很多评论家,从贺拉斯(Horace)、菲利普·西尼爵士(Sir Philip Sidney)、查尔斯·F. 墨菲(Charles F. Murphy)(1954 年美国漫画准则管理局的建立者)到玛莎·努斯鲍姆(Martha Nussbaum)(1992),都认为叙事有能力影响现实的人类行为,为行为方式提供模式,这不仅在叙事暗示阐释者共同建构的世界中,还发生在这种共建慢慢展开的过程中(也可参照本书第二章和第五章及实例分析 V)。在《贝奥武夫》中,这种行为规则可以在嵌入式或者次叙事里实现,这时的叙述者也是故事世界里的角色。这些嵌入式的讲述提供了故事主要内容之外的情境和事件的细节,但与故事主要人物的经历却或多或少有重要关联。

例如,在贝奥武夫战胜哥伦多之后的庆祝中,一位丹麦的吟游诗人或诗人,"一位国王的领主,擅长讲述探险故事的人,记忆里存储大量的歌曲,能够回忆起古老的故事,带来了一个精心组织的新故事。他背诵了贝奥武夫的英勇传奇"(38;33.868b—872b)。这位诗人将贝奥武夫与郝罗莫德进行了鲜明对比。后者是一位不成功的丹麦国王,他想向朱特人寻求复仇,但是最后被他们所杀。然而,郝罗莫德的统治方法带来了"潮水般的苦痛"(38;34.904b),"以至于成为贵族阶层上上下下的沉重负担"(38;34.905b—906b),而到了贝奥武夫时代,这位"海德拉克的亲属""对他的臣民们要和善得多"(38;34.905b—906b)。后来,在贝奥武夫战胜哥伦多母亲后的庆祝中,赫罗斯加认为贝奥武夫的英雄事迹在未来的叙述中,可以成为勇士们学习的对象。赫罗斯加同样对之前那位吟游诗人关于郝罗莫德的故事表示支持,将这个故事作为贝奥武夫(反面)行为规则的来源放在了他重新叙述的最后部分。

> 你将成为臣民们安全和永久的安慰,并给予勇士们帮助!
> 郝罗莫德不是丹麦人的儿子。因为膨胀的野心,他杀死了自己的同伴,并肩作战的伙伴,直到他远离了人间的欢愉,最终他成了孤身一人、臭名昭著的国王。他的胸中充满了饥渴的鲜血,他没有给予丹麦人光荣。贝奥武夫,你应以他为鉴,谨记慷慨做人。(49)

故事的模式塑造能力可以被更加微观地分析,因为叙事可以为真实的和道德文化中的世界行动和行动顺序提供模板。例如,故事通常会有一个同时以时间和空间为参照的主角。叙事可以作为支架,为人类活动指导方向,指引主体如何在复杂和动态的即现空间环境中找到指定方向。[30]

　　实际上,叙事为梳理故事中的主体、地点和目标之间的空间关系,即人物运动的潜在路径和空间中的可能路径提供了一系列结构。运动动词是为故事世界"导航"的特有"工具"。在英语中,这些动词可以具体位于从"来"(come)到"去"(go)之间的语义连续体之中(Brown 1995, 108—124, 188—191;比较 Herman 2005b;Landau and Jackendoff 1993;Mani and Pustejovsky 2012;Zubin and Hewitt 1995)。通过编码运动的方向,运动动词表达了叙述者观察到的与观者相关的实体的位置,以及故事中角色和物体发生位移的路径。在布朗(Brown 1995)研究的自然语言叙事中,动词和动词短语,例如"come、arrive、walk"等动词可用来表达进入一个靠近观察者的空间,而"go、walked off/out、leave"则表达离开那个空间(190)。类似的是,在哥伦多与贝奥武夫的战斗中(36—37;27—32.702b—836b),诗人通过动词和动词短语来描述两个战斗者面向鹿厅和离开鹿厅运动中的路径关系。[31] 我在以下段落中强调了相关的表达形式(所有这些都出现在唐纳德森[Donaldson]的现代英语版本的第 36 页)。

There *came gliding* in the black night the walker in darkness.

　　黑夜里,行路人在黑暗中穿梭。

Then from the moor under the mist-hills Grendel *came walking*, wearing God's anger.

　　在雾气蒙蒙的山下的旷野里,走来怪物哥伦多,带着愤怒之情。

The creature deprived of joy *came walking* to the hall.

　　这个被人类剥夺了快乐的怪物向大厅走去。

From his eyes *came* a light not fair, most like a flame.

　　从他的眼睛里喷发出愤怒之火。[32]

He [Grendel] *stepped closer*, then felt with his arm for

the brave-hearted man on the bed, reached out towards him, the foe with his hand.

他向前一步，手臂朝床上的勇士探去，用手去抓他的对手。

His heart was eager to *get away*, he would *flee* to his hiding-place, seek his rabble of devils.

他的心急切逃离，回到他的藏身之所，寻找他的乌合之众。

The giant *was pulling away*, the earl *stepped forward*. The notorious one thought to *move farther away*, wherever he could, and *flee* his way *from there* to his fen-retreat.

怪物向外撤离，伯爵向前一步。恶贯满盈的怪物想伺机逃跑，回到他的沼泽藏身处。

以上斜体强调的动词和动词词组表示哥伦多的位置处于一个移动轴的末端，其最近端点是贝奥武夫的视角，他在进攻发生时正在鹿厅里假装睡着。这些结构编码了空间里沿着单一线状一分为二的运动过程。此外，这些移动动词便于诗人（以及诗歌的阐释者）根据他们在移动轴上的移动方向来辨别两人的战斗阶段。只要哥伦多在接近贝奥武夫最初的位置，那么怪物便占据了进攻者的位置，也是接下来继续发生动作的可能胜利者。但是他一旦感受到贝奥武夫的力量，意识到他们棋逢对手，哥伦多便伺机逃跑。从贝奥武夫的角度，他则要去追击怪物，向前移动，到达对手之前占据的移动轴的末端位置，这意味着贝奥武夫现在是进攻者，也是实际的胜利者。通过这种方式，故事内事件的发生顺序便被投射到讲述者和阐释者共同创建的整体行动里。这种事件结构允许故事中的事件被（部分）理解为角色目标导向行动的结果（请见第八章）。一般意义上来说，故事为整合事件的运动路径和意义建构、导航策略和广泛的解释实践提供了方法和指导策略。

分布智能：跨越时空讲述世界故事

故事也可以是分布智能的工具，以跨越时空的方式传播世界及与世界交互的知识。实际上,叙事反映并强调了智能超脱个人层面的本质,也就是**试图建构意义**和处于个人之上的环境**之中**之间密不可分的关联(Brooks 1991;Clark 2008;Gibson 1950,1979;Noë 2004,2009a;O'Regan and Noë 2001;Rosch 2001;Thompson 2007;Varela,Thompson,and Rosch 1991;Warren 2006)。我将在下一章中展开具体讨论,抓住这种自我-环境的连接意味着反对持中心控制观的智能论框架,这种智能论认为在心智或其他活动中智能可从背景中凸显出来。与此相反,我们需要的是某种在环境中的事件主体的概念模式,一个比分子相加要大的"摩尔"概念,以捕捉意义建构过程如何在群体和个人层面展开(比较 Wertsch 1998a,20—21;同见第二章)。正如帕尔默(Palmer 2004,2010)在他的引领性研究中所展现的,解读小说和其他叙事需要弄懂它们是如何描绘个人之上或者群体水平的意义建构形式,也就是帕尔默所称的"跨心智"(intermental)思想。然而,不仅于此,叙事也是社会分布智能的即时载体和目标,通过共同构建和分享的故事**来实现**,最终在对世界是什么、会怎样、应该怎样的文本塑造和再塑造中**得以完成**。

提前预告下一章的内容。只要故事讲述者邀请读者共同参与其他时空发生的经验,那么类似于《贝奥武夫》作者这样的讲述者(包括传统口头讲述者)能够将关注的焦点延伸到此时此刻之外的情境、参与者和事件中去。因此,按照戈夫曼(Erving Goffman 1974,1981)的定义,类似《贝奥武夫》这样的故事是把情节进行"叠层"(lamination)的基本方式,即把想象中的和非现在的场景嵌入当前交谈的语境下。在第七章中我们也会谈到在主要的叙事层级中设置嵌入或次叙事文本,这是超越时空分布智能的一种重要方法。因此,在叙述贝奥武夫与贝雷卡的游泳比赛时(恩弗兹口头挑衅的一部分),贝奥武夫自己提及了国王哈雷索的一个儿子不小心误杀了另一个儿子,诗人也提及了命运多舛的郝罗莫德国王对人民的残酷统治。诗歌采用了这种内嵌式的方式传递了非临近事件的知识,甚至在一般意义上代表了故事传播知识的这一基本功能。处于故事主要叙事层级上的故事人物通过使用内嵌式的叙事来辨别（也是衡量自身行动）偏向和不偏向的行为模式。在这里，诗歌展示了叙事如何提供一种整体模式，可在既定社群演化的共时和历时阶段表达和传播社会规范。通过这种方式，这部诗歌例示了故事讲述如何为跨越时空展开叙事投射提供了基础，目标是弄清发生过的事，规划未来的事情或评估文化假设和规范如何塑造或者被自己和他人的行为所塑造的。

正如以上所说的，我将在第八章中进行细致说明，除了提供一个将不同时空经验表征协调起来的框架，叙事也可以通过另外的方式来分配智能。具体说来，叙事可以提供方式来通过追溯行动理由解释自身和他人行为。正如第一部分所讨论的，这类理由是构建大众心理学的基石，或者人们用来理解自身和他人心智的日常启发式。反之，行动理由可以被分析为不同类的概念和动机态度，例如相信、怀疑、渴望和不渴望。这些被叙事的方式支持的关于思考的思维方式，也就是使用故事来评价行为模式，把目标和动机归因为自身或者他人，或对未来事件的反馈进行预测。这些从本质上来说，是在不同心智中分布的，或至少是分布在同一心智的不同发展阶段中。一些评论家最近探索了这些大众心理学启发式如何有助于理解故事讲述实践以及源于此的叙事产品，审思解读不同叙事文本中行动意义的大众心理能力的本质、范围和起源。[33] 然而，强调叙事作为一种思维工具，凸显了相反的问题，即叙事如何支持大众心理实践或行动理由的推理实践。因此，关键问题不是大众心理能力如何支持自身或他人故事的建构，而正好相反，应该是构建叙事如何在虚拟情境和真实情境中通过人类心理状态与更大行动和互动环境的相互结合，推动对自身和他人心理状态的推理过程。

举例来说，史诗《贝奥武夫》通过叙事来分辨和阐述哥伦多及他母亲的行动理由。诗人将大厅中的其乐融融与哥伦多在荒野中流浪的悲惨孤立进行对比，从而解释了为什么哥伦多要对鹿厅发起蓄意进攻。嫉妒、经历驱逐的痛苦、仇恨，诗人的故事展示了当理解哥伦多在《贝奥武夫》故事世界中的行动时，这些心理状态构成了哥伦多行动的

主要原因。采用同样的方法,诗人通过叙事分辨和解释理由的能力来
解读哥伦多母亲对鹿厅的进攻行为,其行为是基于为儿子的死进行复
仇。诗人同样通过将不同时间跨度内的行为进行关联,来解释和描述
故事角色行动的其他理由。因此,诗人将叙事的时间线延长,将哥伦
多及母亲与该隐残杀亚伯这一被诅咒的罪恶串联起来,通过解释世界
罪恶之源来阐释他们的行动理由。最后,史诗的结尾部分继续强调了
叙事支持推论理由的力量。诗人将巨龙的破坏性举动归结为要保护
消失部落的宝藏,将威格拉夫的行为解释为他是为了维系耶阿特人社
区历来的英雄主义传统,因为传统本身也就是通过叙事得以传递的。

结　语

　　本章中我通过史诗《贝奥武夫》勾勒了作为心智延伸和心智赋能
工具的叙事,它在支持智能行为的广阔文化结构、技术创新、具身式情
境行动中发挥作用。为了捕捉故事如何与更大的可供性框架衔接,我
聚焦了五种叙事支持跨领域智能行动的方式。叙事可以用来划分经
验流、列举(质疑)事件间的因果关系、将已发生与未发生的事情进行
关联、为行动排序提供规则、跨越时空分配智能。第三部分的剩余内
容将深化对这一模式的具体探讨,来考察这种提升智慧过程的具体细
节,我称之为世界故事化,或用叙事来解释情境、行动和事件。

实例分析 Ⅳ

作为智能活动框架的转变故事

本章继续第六章的讨论,聚焦叙事如何为智力活动提供重要的资源,并对之前的观点进行深化,认为有必要打通叙事学和心智科学之间的学术交流。本实例聚焦关于转变的两种叙事:阿普列乌斯的《金驴记》(2 世纪)和卡夫卡的《变形记》(1915)。两部叙事作品都探索了历经时间的身份问题,以及如何协调持续性、变化、稳定性与流动性的关系。[1]尽管表面上较为相似,在叙事如何充当思维工具的方式中,这两个故事显示出了显著的差异。这也说明了叙事作为智力行为来源的支持性部分来自它内在的灵活性,以及面对各类对象、情境和事件的调整性。在我关于这两个转变性叙事的讨论中,我仍然聚焦在第六章中分析《贝奥武夫》时涉及的五类意义建构活动上。[2]

作为结构来源的故事:《金驴记》和 《变形记》中的转变和组块

正如我们在第六章中强调的,叙事可以被视为人类努力建构经验意义的结构来源。但是不同类型的叙事,甚至是涉及转变故事的不同叙事表述形式,都为经验流细化为单位,并使这些单位相互关联提供了不同的方式。

《金驴记》中（可逆的）变形的功能

卢修斯，《金驴记》的讲述者，在幸运地由于女神伊西斯的干涉重新变回人类之前，曾经历了从人类到动物的转变。而且，这个"米利都故事"（Milesian tale）包含几个内嵌的叙事，既涉及真实，又涉及隐喻的转变——包含从人类到动物的形变，以及从人类到神灵的深层变化。这种转变的主题提供了"黏合剂"，将不同的趣事与卢修斯的冒险故事框架结合在一起。

除此之外，《金驴记》中的单向和双向的转变将事件过程切割为界限分明的结构，每个均有开始和终结，又或者是一个起源状态和一个目标状态，各自代表转变过程的起点和终点。换言之，这些转变故事从时间流中抽出一个限定的事件范围，为理解其他的事件范围提供了一个结构来源。与此相关的是马克·特纳（Mark Turner 1996）提出的"寓言映射"的概念，在第三章中有所介绍。在寓言映射的情况下，叙事可以将一个熟悉的经验故事映射到现实世界所发生的事情上，有助于加深理解。具体来说，在《金驴记》中，转变提供了一个模板，可以将叙事世界中状态变化的谓词赋予主体者从而在变化中追踪具体身份。即使是最剧烈的变化（如从人到驴，从山羊的毛发到被赋予了魔力的跳舞的酒囊），都可以借助这种转变表达意义。经验也可以被分解为不同的时间范围，主体 X 获得、显示并且失去了谓词，而不是作为无法区分开头、中间和结尾的混合的经验流。差别在于：一个世界中，限定数量的主体经历了时间变化；另外一个世界中，存在无限量依次出现的主体，主体之间无法建立真正的概念联系。

格里高尔·萨姆沙的不可逆的转变

在卡夫卡的作品中，格里高尔·萨姆沙从旅行销售员变为巨大昆虫的转变以另一种方式限制了他的经验流。读者直到转变过程的终结才知情。而且，故事并未暗示，双向转变过程即从人到昆虫，再从昆虫到人，是存在任何可能性的。与此相反，《金驴记》展示了可以逆向的转变过程,而卡夫卡的《变形记》中的转变是立刻的,也是终结性的。

和卢修斯不同,格里高尔的世界与弗洛伊德的知名理论是同时代的,后者提出关于以往创伤的难以解释的后遗症影响现在依然存在,并且会给未来带来某种危险。自我的转变可以追溯这些创伤性的转折时刻,但是在经历了不可避免的导致创伤的时间、语言和经历之后,就不能再转变回去了。与带有开始、中间和结束,尤其结束有时与回到转变前自我的反向转变过程重合了的转变过程不同,这种不可逆过程之前形成的经历与之后截然不同,而且难以企及(因此,在之前的场景中,当他的母亲与父亲拥抱在一起,并为儿子的生命祈祷时,格里高尔失去了知觉;见 Kafka 1915/1986, 39)。这个转变的故事形成了一种结构来源,并以某种方式与卡夫卡的同胞及继承者米兰·昆德拉(Milan Kundera)的"多重半生"(half-lives)概念有所平行(Steiner 1996)。这种叙事方式将格里高尔的存在划分为早期的自我和现在的自我。对于现在的自我而言,早期的自我比起作为前身存在,更像是遥远和易逝的记忆。

对于阿普列乌斯和卡夫卡而言,转变故事为将经验流组块为转变前和转变后两大部分提供了方法。然而,两者在转变过程的开始和结束之间采用了不同的模式和相互连接的程度。阿普列乌斯和卡夫卡的文本都吸取了"世界故事化"的经验方法,但是对这些资源的运用采取了不同的方法,并产生了不同的结果。

叙事、转变和因果

"转变"和"因果"的特征都是相互联系的概念。然而,不同类型的转变类叙事为追溯故事世界各类事件的因果联系提供了不同叙事"模板"。反过来,不同的因果类型也是同一个历史时期不同文体的印记,它们也为跨越历史阶段的叙事技巧的发展提供了索引(见 B. Richardson 1997, 2005)。

《金驴记》中作为行动结果的转变

阿普列乌斯作品中关于转变的集合性描述,将转变呈现为受到人物态度和行动触发的多多少少具有持续性的过程。换句话说,转变的叙事将人物置于因果联系中,而因果联系可以通过或许局部化和孤立化的事件行动来建立。卢修斯出于对魔法的过分好奇而被变为一头驴,当他的好奇转变为对女神伊西斯的信仰后被恢复为人形,女神出现在卢修斯的幻觉中并指引他如何重新变为人。弗提斯带走的山羊毛在她的雇主潘菲尔的魔法下变成了跳舞的酒囊。卢修斯的崩溃源自弗提斯试图欺骗潘菲尔,她要把人类的毛发变为她自己的爱人。赛克跟卢修斯一样也了解到了好奇心的危害,在丘比特与朱庇特的关照下,赛克成了神祇。因此,在阿普列乌斯的作品中,故事赋能的转变表达不仅基于人们的经验流雕刻出了叙事结构,而且基于这个结构创作出了片段,状态、事件、行动在其中都通过因果链彼此联系。

卡夫卡作品中的局部与全部的因果

卡夫卡的文本将格里高尔的经历切割成转变之前的数年和转变之后的几个月,它示范了如何在局部性的转变叙事中建立因果联系。更为精准的是,文本例示了局部因果实例的确定性和可知性,而全部因果关系则是不确定和不可知的(或只有部分可知)。因此,在故事的最初几页,警察在进入萨姆沙家门厅前的退缩来自他对格里高尔新形象的惊恐,以及他急于逃离现场的迫切心情。后来,当格里高尔的妹妹和妈妈开始着手将家具从他的卧室搬走(为了他方便在屋内爬行)时,他一边挑衅地看着妈妈和妹妹,一边紧紧抓住墙上的画。他如此行动的原因也十分明确:他不顾一切希望保留曾经作为人类的一些痕迹。[3]

但在例示更加全局的因果联系中,这些因果联系把格里高尔目前的情况和行为与转变之前的情境和事件联系起来,叙事提出了一些问题,是阐释者不能立刻确定回答的。格里高尔目前的生活是他之前生活的具象化的体现吗？之前他在家人尤其是父亲的眼里是一个"害虫"。他所遭受的这些是否是他的家庭对他施加的影响而造成的呢？或者说，是否其他非家庭的力量也引发了他的变形呢？例如工作中老板的不信任，以及他本人从神采奕奕的军人降级为卑躬屈膝的小公务员，把空闲时间花在拼杂志上剪下来的照片的这种不幸遭遇。又或者所有这些因素综合起来导致了他的变形？这背后的具体原因，在故事中并没有明确提及。卡夫卡的作品反映和评论了现代社会早期文化观念和价值的消融，用令人印象深刻和惊人的准确性投射出了一个具体轮廓清晰的故事世界。但是，这其中主要的致使性原理，以及行为规范，都只能被定义为回避性的，概率性的概念。

转变和典型化

和《贝奥武夫》一样，《金驴记》和《变形记》展示出在期待落空或期待的情节往往不是真实可行的典型经验时，叙事如何填补空白，为意义建构提供资源。与《贝奥武夫》进一步相似的是，阿普列乌斯和卡夫卡的叙事都涉及了基于将生物分为人类和其他物种的基本典型化（可参见第五章内容）。但是它们的处理方式有所不同，也产生了不同的结果。

阿普列乌斯作品中的转变和典型化

基于古希腊神话和奥维德故事中的先例，阿普列乌斯的米利都故事基于以下前提，即认为人类世界和非人类世界的界限是可以相互渗透的，而不是界限分明、不可逾越的。例如，潘菲尔使用她的魔法变形为猫头鹰，弗提斯误用了魔法而把卢修斯变成了驴。更广泛地说来，在阿普列乌斯的故事世界中，这种形式改变的可能性是较为普遍的现象。因此，在早期内嵌的阿里斯托美尼斯叙述的故事中，阿里斯托美尼斯的朋友苏格拉底强调了与他结交的酒馆老板麦罗埃的神奇的超能力。她把她的一个爱人变为河狸,把生意竞争对手变为呱呱叫的青蛙,把律师变为长角的公羊,用和以往完全不同的方式进行叙述和反驳。后来,泰勒弗在叙述夜晚看守尸体的故事时,讲述了色萨利女巫的欺骗性的行为。他被雇用他的人警告说:"这些被抛弃的身体可以把自己变为任何动物,他们通过欺骗太阳和正义来观看你。他们有时变化为鸟,有时是狗和老鼠,有时是苍蝇。这是千真万确的"(63—64)。简单来说,考虑到阿普列乌斯的人物角色或许自愿,或者不情愿地,都获得了河狸、鸟类、青蛙和苍蝇的外形,人类和非人类的差别可以被重新表述为渐变和模糊的,而不是界限分明、一分为二的。

然而,要弄清异教徒阿普列乌斯写作的文化和时代中,两种划分人类—非人类界限的方式哪种更为盛行,并不是一件容易的事。古希腊和古罗马故事的关键在于不同种类的变形方式。在阿普列乌斯之前的时代,奥维德使用变形来质疑并否定奥古斯都式的、关于秩序的强调,目的是消融维吉尔的基于罗马史诗的阶级分明的等级制度,并且形成一个跨越各个物种和分类的变形的整合体(Galinsky 1975)。但在阿普列乌斯的例子中,值得争论的是,人和动物的混合能结合为不同的目标。真实情况是,卢修斯的动物的视角帮他体验到了真实的被奴役的悲惨遭遇,并且揭露了罗马帝国的黑暗一面。故事的发展使得卢修斯转为信仰伊西斯和奥斯瑞斯。然而,这种人类—非人类的混合也可以用另一种方式来解读,那就是对精神(神灵)和物质(人世)的关系的质疑。这个故事通过提醒人类和动物的相似,并有可能随时发生互换,进而提出人类行为可以围绕新的典型化来构建,这种典型化可以让人类更有效地从自己扎根的物质世界中脱离出来。通过这种方式,他们也可以像卢修斯那样,能更成功地进入神灵世界。

卡夫卡作品中的转变和典型化

卡夫卡的作品中也涉及了不同种类的混合,例如人类和昆虫被认为是处于连续体的两边,而不是界限分明的绝对差别。和阿普列乌斯不同的是,卡夫卡的写作是基于达尔文的进化论来创作的,尤其是达尔文在《人类的由来》(*The Descent of Man*)中关于人类和非人类动物在基础连续体上的分布的表述(Darwin 1871/1936,445—470;Rodman 2009,4—5)。哈罗尔(Harel 2010)反对关于卡夫卡作品中对非人类动物使用的寓言式解读,强调了达尔文的进化论思想对解释卡夫卡作品中人类和非人类世界关系的中肯性。他这样写道:"将人类和动物的差别表现为可变的特征,达尔文关于进化的观点使得人类和动物的界限模糊了……人类和其他种族的差异,根据达尔文的观点,是一种程度差异,并不是价值差异"(60,同见 Norris 1985)。[4]因此,即使《变形记》和《金驴记》都对人类经验的重新典型化提供了素材,便于重新思考人类和动物基于自然物种的差异,但是《变形记》体现了人与动物连续体上相反的转变方向。卡夫卡认为有必要基于人类处于生物系统中的位置,重新认识人类行为,因为人类和非人一样都是处于生物物理性变化之中。这个故事揭露了重新对经验进行典型化的必要性,人类更多地将自己置身物质世界之中,这种生物属性影响了他们与周遭世界环境交互的范围与质量。

　　从卡夫卡故事的开始,格里高尔就注定要了解昆虫身体为他带来的新束缚,例如他的甲壳的哪个部分最容易受攻击,如何处理新的不熟悉的身体上出现的痒痒的白点,如何最好地利用他纤细的多条腿,以及空间物体的哪一种摆放方式让他感觉最自在。卢修斯只是暂时被困在驴形中的人,格里高尔却是带着逐渐黯淡的人类记忆的昆虫。卢修斯希望获得与以前一样的食物,并以同样的道德标准要求别人。格里高尔却发现自己很排斥之前喜爱的事物,并必须挣扎着才能维系对自己和妈妈及妹妹的熟悉关系。《金驴记》同时引领卢修斯和读者前往通向净化和去物质化的道路,而《变形记》却是通向格里高尔废弃身体的腐烂过程。实际上,《变形记》体现了一个家庭对自己儿子和兄弟逐渐产生的忽视,部分原因来自他们未能基于卡夫卡的文本框架,通过格里高尔的个人经验和其促成的读者阅读参与模式,重塑人与动物之间的关系。

阿普列乌斯和卡夫卡故事中的行动排序

不论在形式上还是在主题上，《金驴记》均体现了与传统口头叙事类似的特征，尤其接近经典的民间故事。阿普列乌斯的米利都故事包含好几个嵌入的故事，其中的内故事叙述者有时会讲述一些人物的故事，这些人物也会依次讲自己的故事，因而形成了包含多个层次的故事世界，具体分为主故事层以及次故事，以及更下一层次的次次故事。然而，这些层级之间的转移是清晰和明确标识的（试比较实例分析Ⅱ中的故事）。因此，阿里斯托美尼斯用下面的话开始了他关于苏格拉底和麦罗埃的故事，"我很乐意为你（卢修斯）重新开始我的故事"（34）。卢修斯通过评论"在此结束了阿里斯托美尼斯的故事"来提示读者从一堆叙事层级中推敲出这一嵌入叙事（44）。[5] 包含这一提示层级技巧是该文本源于口头传统的体现，口头传统中，故事的讲述者必须标注这些层级、参加者和时间框架的相互关系，不能含混不清，因此接受者能够现场理解叙述者所讲的构建内容。故事对话者没有书面文本的优势，依靠这些提示来协调他们的阐释性活动，也就是说，参与那些适合面对面交流的叙事世界建构的叙事规则（参见Herman 2001b，2004a）。

卡夫卡的故事，尽管与民间故事传统相去甚远，采用的仍然是与面对面交际在程度上而非种类上不同的讲述故事的方式。这个故事的前几句话就如同威廉·拉波夫（William Labov 1972）描述的一般的对话类叙事的摘要一般，提前预告了故事的主人公，并预示了进一步叙事的需求："当格里高尔·萨姆沙从不安的梦中醒过来时，他发现躺在床上的自己变成了一个怪物"（Kafka 1915/1986，15）。与第六章中讨论过的《贝奥武夫》有所联系，故事的这一开头方式并不是被动地邀请阐释者的参与，而是一种特别的策略，引导读者参与卡夫卡文本赋予结构的交流活动中。卡夫卡故事的阅读者，如同在现场听故事的听众一般，承担着将其发言权让渡给故事构建者的受众角色，故事构建者则需要努力满足"喜悦感的更高期待"(Pratt 1977, 116)。另外,参与类似《变形记》这样的文学叙事的过程与面对面交际中的故事讲述核心上是一致的。

更深一步来说,在那些允许读者进行深度探索的故事世界中,《金驴记》和《变形记》都为探索整个宏观的社会空间环境提供了模板。文本种类和它们为读者提供的导航阅读模式之间的一个重要差异在于它们对于人物在时空中的行动和相互交际中的形态和运动轨迹的细节描写程度(Talmy 2000,卷2,21—146,参见 Herman 2005b)。卢修斯和格里高尔的行动轨迹都穿越了好几个空间域,但是他们跨区域行动的范围和本质有很大的差异。卢修斯的旅行朝着希腊的色萨利(Thessaly)而去,然后巡游了希帕塔(Hypata)这座城市来找寻他主人的房子,以及一位著名魔术师的房子,然后继续他作为驴子按不同主人要求规定的行程。卡夫卡的故事对于格里高尔在屋子的移动作出了非常细节的微型描写,例如,他一开始努力寻找一条从他的床通过卧室的门再通往客厅的路,以及他曲折迂回、多腿并用地试图逃离复仇心切的父亲。因为格里高尔的活动范围比卢修斯受到更大的约束,他的运动轨迹在卡夫卡的描写下更为细致。而阿普列乌斯,在重新叙述一个范围广泛的流浪小说的旅程故事中,勾画了一个广阔的运动轨迹网络,但是没有明确这些运动轨迹中的行动方式。

分布智能:从单一体到心智社会

正如在第七章中将展开讨论的,在把故事定义为分布智能的资源时,有必要从个体心智转向更为广阔、超越个人的叙事情境,以此作为最基本的叙事单位。从维果茨基关于智能的社会文化基础的研究及其他关于心智的分布和延伸本质的研究视角出发,意义建构行为可以被描述为功能性格式塔,这源于个体智能主体、他们使用的社会心理工具和他们活动和互动的周遭环境因素的交互而形成的协调互动。这个系统作为一个整体,类似于生态系统中具有相互依存关系的网络

（Hutchins 2010，706），以"向下因果联系"为特点。其中，个体组成部分因为他们参与整体及作出的贡献而具有某些特征[6]——正如人群中的个人部分控制整体系统的运动，而又被他们参与的更大系统所控制（Clark 1997，107；见 Garnier，Gautrais，and Theraulaz 2007）。与此类似，在叙事语境中，叙述者、故事以及讲述的解读者的特征和属性，并不仅仅是因为他们自身的特质，同样也是由于他们集体创建的跨越和超越个人的叙事情境。

与第七章中我将对华兹华斯的《废毁的茅屋》展开的分析类似，阿普列乌斯使用嵌入叙事来把故事的讲述和解读描绘为一个跨越个人的系统，在这里可以产生关于过去及其对现在和未来影响的知识。在《金驴记》中，这些历史的智慧及其对现在和未来的行为的指引——例如，通过鼓励物质和世俗的追求应该从属于非物质的神灵世界，挽救了卢修斯所处的困境——并不单独依存于创作、交换和解读叙事的系统中任何一个孤立的元素，而是来源于各部分综合作用形成的格式塔。同时，《变形记》所参与的是完全不同的分布智能系统。与第四章中关于聚焦的讨论有所呼应，卡夫卡的文本在人类和非人类的视角之间转变，提出智能行为可以在更广阔的行动和交互中同时分布在人类及非人类主体之中（见 Latour 2005）。

正如之前所讨论过的，叙事将格里高尔快速消失的关于人类生活的记忆与他当前的昆虫状态的感知与经验交织在一起。卡夫卡使用了格里高尔的跨越物种的特殊处境塑造了非人类主体如何与他们周遭环境所提供的机会进行交互。[7]此外，卡夫卡的文本在两种叙述模式之间变换：一方面是人物叙述，或者第三人称叙述，能够描述一种经由意识中心或"反射者"折射出的事件过程（Stanzel 1979/1984），正如格里高尔下降的视力限制了他在故事世界里的视野范围；另一方面是更有距离感或者权威性的叙述，展现了格里高尔所接触不到的事件，比如记叙了格里高尔死去后家庭的春游。通过这种方式，卡夫卡利用虚拟叙事的资源描绘了一个故事世界。在这个故事世界中，非人类动物的**环境**（或现象体验的现实）可以与人类的体验现实一同被建模,或者更准确地说,与人类**多重环境**密切协调(见 Uexküll 1934/1957 和 Herman 2011d 及第五章)。《变形记》因此在本体论而非时空上放大了社会的心智:叙事分配视角不在于时空概念的跨越,而在于种族范围的跨越。相应地,该文本使读者能够想象非人类与世界相遇的方式(比较 Nagel 1974),因而形成了一个更大的叙事系统,使得读者可以将他们自己放置于更大的包含人类和非人类心智的社会中。

结　语

本实例聚焦一对主人公发生剧变、跨越物种界限的叙事文本,探索了在第六章中概述的通用模式的更深层次的意义(和应用)。阿普列乌斯和卡夫卡的文本都支持我提出的叙事作为意义建构方法的一个框架性假设。我的假设是,故事具备的心智赋能和心智延伸的功能使其能够建构多层级、目的和效果的故事世界,即使是对于同一概括性主题的叙事也是如此。因此,在涉及主要人物发生跨越种族剧变的叙事中,《金驴记》和《变形记》展示了对经验的组块化,追溯因果关系、解决典型化问题、探寻交际和其他行为主线,以及分布智能的相关策略。然而,通过对具体策略的不同使用,两个故事表现出了对剧变过程的立场和接受方式的不同。这就是故事可以作为强有力思维工具的关键,它们允许对经验进行非粒度的交叉比较,从而可以被理解为或多或少类似的经验,因此与合适的理解结构、标准的框架和未来附带事件的解决策略相一致。

第七章

叙事嵌入和分布智能

　　框架叙事的特征是采用了故事中嵌入故事的写法。正如《黑暗的心》(*Heart of Darkness*)的作者约瑟夫·康拉德(Joseph Conrad)在马洛讲述的故事里提及了库尔茨的故事，或杰弗雷·乔叟(Geoffrey Chaucer)的《坎特伯雷故事集》(*Canterbury Tales*)中的叙述者记述了一群朝圣者前往圣托马斯·贝克特圣坛途中所讲的故事。这类框架式的故事近年来得到了许多叙事理论研究者的关注。分析者们准确界定了一些早期的学者们使用时不够细致，甚至有时会误用的学术术语。[1] 更进一步来说，在研究叙事嵌入的形式机制，即一个故事如何嵌套进另一个故事，以及如何被阐释者理解之外，理论家们已经明确了一些故事中故事重要的功能性特征，描述嵌入式故事是如何影响其发生的具体和主要的叙事语境。正如我接下来讨论的，这类叙事研究为框架叙事的形式及功能提供重要见解。

　　总体上看，叙事理论家并没有寻求去解释——民间文学和书面文学中的叙事嵌入为何由来已久，或为何流传如此广泛？为什么历史各个朝代各个区域和媒介的叙述者，从荷马和阿普列乌斯到亨利·詹姆斯和安德烈·纪德(André Gide)，从中世纪骑士小说的创作者到诙谐的后现代小说的作家，从电影制作者和图表小说家到儿童小说和互动故事的作者，都一致选择叙事嵌入作为叙事方式？在本章中，我力求对跨越不同文化场景、叙事媒介和历史阶段的叙事嵌入的广泛性和持久性提供一个普遍的认知解释。我的核心主张是框架叙事不仅是一种合作式的意义建构实践的模式和载体,而且促成了社会分布和物质支持式智力行为的模式。在阐释该主张时,我完善了叙事如何构成思维工具的解释,也即"世界故事化"如何为构建协商式经验提供丰富资源。我还继续展示叙事概念与心智科学之间的对话如何对两个领域的探索有所裨益。

我使用华兹华斯的叙事体诗歌《废毁的茅屋》(创作于1797—1798)作为教学文本,探索这样的框架叙事如何跨越不同时空区域既表征又支持意义建构策略的分布。更深一步,为了讨论《废毁的茅屋》中的叙事嵌入作为社会内分布认知的记录和主要思维工具,我借鉴了芭芭拉·罗格夫(Barbara Rogoff 1990, 2003)以及其他理论家的研究,他们也认为智能行为可以通过协商策略,尤其是行为的社会和物质性构建来凸显特征。以此类推,这个作品可被置于更大的研究传统之中,该研究传统追溯至20世纪早期苏联心理学家维果茨基(Vygotsky 1978;见Frawley 1997;Wertsch 1991, 1998a)。按照这一传统,正如以前提及的(见第四章和第六章,以及实例分析Ⅳ),心智本身被转化为指定环境中的行动模式;而智能也不再局部化,而是延伸至展示和赋能智能性行为系统范围的组成部分内(Clark 1997, 2008;Hutchins 1995a, b, 2010)。这些组成部分既具有人类特性,又有非人类特性,既有物质特性,又有精神属性(比较Latour 2005)。基于这些理念,本章讨论认为故事分析者的一个重要考虑是明确叙事如何构建行为系统,这些系统包含从对话叙事到悼念仪式的悼词,不仅体现而且促进了心智的延伸以及智能的分布。在《废毁的茅屋》这一类框架叙事中,叙事嵌入对于形成一类特殊的智能系统发挥了重要作用,其中,嵌入式场景或多或少远离了此时此地的框架交流事件,而后者本身就是一种叙事行为。这类系统的特征在于能够宣传经验性的框架,具体来说,就是角色跨越时空的经历(在华兹华斯的文本里,就是角色-叙述者的经历)。因此,本章的核心是框架叙事如何帮助促进"心智社会",再一次借鉴和反思了明斯基(Minsky 1986)提出的术语(见第四章）。

接下来,在介绍了华兹华斯的《废毁的茅屋》的概要内容后,我回顾了一些叙事理论家对叙事嵌入的命名法,之后探讨了综合叙事学概念并应用至社会交互层面的心智研究的益处,提出将叙事作为社会分布智能的一种主要的符号资源的作用。本章后面部分聚焦华兹华斯文本的具体方面如何为智能系统提供结构,或者说这首诗如何为分布智能的系统作出贡献。具体说来,我讨论了框架叙事如何为过去的知识传播以及大众心理模式的心智构建提供方法。这些心理模式允许通过具体行动理由解释个人和他人行为。我不仅吸取了罗格夫(Rogoff 1990)受维果茨基启发的解释,认为思想作为辅助可以解释华兹华斯的主要讲述者和故事中故事讲述者阿米蒂奇之间的互动关系;我也提出,主要叙述者在故事促进智能方面受到帮助的故事为这首诗设置了情境,并且帮助构建了更广大的心智社会。[2]

《废毁的茅屋》概要

在《废毁的茅屋》中,这位没有被命名的第一叙述者或主要叙述者,在夏季散步的酷热中感到筋疲力尽,到达了一座被废弃的茅屋。他写道:"四面裸露的墙壁,相向而对"(第28—29页,第30—31行)。[3]在那里叙述者遇到了阿米蒂奇,这是前几天与叙述者同游的小贩。当两个人在阴凉的凳子上避暑时,小贩讲述了他自己家庭的故事,原先他家就居住在现在这所被废弃的房屋里。阿米蒂奇在开始讲述故事时,注意强调了叙事具有的纪念(Fosso 1995)和道德说教(Cohen 1978,189—190)功能。阿米蒂奇也明示了他讲述故事的目的:是为了纠正主要叙述者不能把小屋与具体个人经历联系起来的问题,更不要提他个人知道的那些在小屋里的发生的磨难了。

> 老人说:"我四处环顾
> 那些你们看不到的东西。我们死去,我的朋友,

不仅是我们自己,还有我们曾经热爱,

和珍视的世界上的每一个角落,

也会伴随我们离去,或被很快改变,

即使是好的纪念也不会被留存,

诗人们在挽歌和颂歌里,

哀悼逝者,向坟墓歌咏,

他们向青山和河流歌咏悼念……

　　四周充满了同情,

这情感源于沉思的思绪,

随着思想萌发。"

(第 30 页,第 67—75 行,第 79 行,第 81—82 行)

　　第一叙述者没有直接嵌入或者转达阿米蒂奇关于消失的家庭和废弃房屋的故事,而是记录了自己对阿米蒂奇故事的反应。具体来说,他叙述了他的同情是如何通过小贩的叙事来得以表达和多样化的。因此,在诗歌的结尾,主要叙述者对于这个诗歌开篇时仅是野草萋萋的残破小屋表达了深深的同情。正如预设的目标,故事中故事使得诗歌的匿名叙述者能够重新建构这所四面裸露墙壁的废弃小屋为一个承载历史的地方。

　　如同阿米蒂奇描述的,过去某时房屋的居住者玛格丽特和罗伯特,他们"在平静和舒适中安稳度日,两个可爱的孩子是他们除了上帝外最大的希望"(32,第 130—132 行)。然后,诗歌当前时间的十年前,田里的庄稼一连两季受了灾。美国战争带来了额外的灾祸。最终,罗伯特深陷郁闷和压抑,不能维持家庭的正常生活。他去参了军,留给玛格丽特一个装满入伍奖励金的钱袋。这个礼物是罗伯特最后留给家人的一点救助。在他走后,阿米蒂奇有时还会回到旧屋来,他亲眼看见了玛格丽特的毁灭。无法得知丈夫的音讯,从来无法接触到那些关于罗伯特下落的社会信息,玛格丽特变得越来越心烦意乱。她经常在乡村里游荡,搜寻关于丈夫的消息,"她的脸……苍白瘦削",她的身体也越来越差(39,第338—339行)。她的大儿子也被征入伍,年幼的孩子随后也死去了。

然而,即使玛格丽特"残破的小屋不断衰落"(43,第477—478行),她也觉得自己"满不在乎并且孤独寂寞"(43,第481行),阿米蒂奇这样描述道:

> 然而
> 她热爱这个残破的小屋,
> 无论如何不肯离开这里。……
> 　在这里,我的朋友,
> 她病得奄奄一息,香消玉殒,
> 是这些残垣最后的守护者。
> (43—44,第486—488行,第490—492行)

被阿米蒂奇的故事结尾深深触动,叙述者从他和阿米蒂奇坐着的板凳上站起来。在"极度的无力"中转身而去,走到一边带着"无能为力的悲伤"为玛格丽特"祈祷"(44—45,第495和500行)。当他从故事中恢复过来回到小屋后,阿米蒂奇劝诫他不要过度悲伤:

> 我的朋友,你的悲伤已经足够多了,
> 出于理智不要再提及:
> 只要睿智和喜悦,不要再继续阅读了
> 不要用其他的视角来看待这些事情了:
> 毕竟,她宁静地安息在这里。
> (45,第508—512行)

本部分在阿米蒂奇和主要叙述者交替的叙事中交代了往事的来龙去脉。我将在下一部分中借鉴关于叙事的最新研究,对《废毁的茅屋》中的嵌入叙事的结构和功能进行更为细致的细节描写。这一研究为探索框架叙事如何为跨越时空的智能分布构建模式并提供方法给出了探索的新起点。

框架故事：叙事学视角

经典结构性叙事学出于叙事层级和变化之间转化的需要，提供了一套描述该现象的术语，所处情境中的人物角色同时也是叙述者。起源于热拉尔·热奈特（Genette 1972/1980）的开创性研究，这些术语有助于把握彼此细微的差异和关系，这在早期叙事嵌入的研究中较少被涉及。

里蒙-凯南（Rimmon-Kenan 1983，91—94）提供了热奈特开创性的解释的概要说明，展示了热奈特描述的叙事层级中"从属关系"的简要概况。[4] 在类似华兹华斯这样的框架叙事案例中，叙事的最高级别是热奈特所说的"故事外叙事层"，也即高于嵌入叙事或主要叙事的层级，与主要故事的展示有关（见图7.1）。

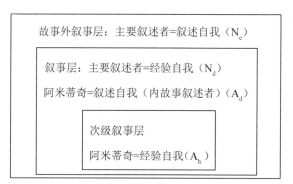

图7.1　叙事层级和《废毁的茅屋》中的角色—叙述者地位的转变

（说明：e 代表故事外叙事，d 代表叙事，h 代表次级叙事）

在《废毁的茅屋》中，故事外叙事层由诗歌的匿名主要叙述者占据。此处用之前提起过的斯坦泽尔的术语体系（Stanzel 1979/1984）补充热奈特的术语。第一人称或次级叙事叙述者是更年长的叙述自我讲述了他(更精确的是,经验自我的早期版本)在废弃小屋遇到阿米蒂奇的经历。这一层之后是叙事层,也即用第一人称讲述事件的层级。在这一层级中,叙述者的更年轻的自己或经验自我发现了茅屋的遗迹,并且遇到了阿米蒂奇,和他一起坐在板凳上纳凉。

同时,阿米蒂奇承担的讲述行为,他自己也是叙事层所包含的情境和事件中的一个角色,构成了热奈特命名的内故事叙述。[5] 阿米蒂奇的故事讲述创造了嵌入的、二级的叙事,也就是一个在叙事层之下的次级叙事层级(Rimmon-Kenan 1983,92)。[6] 阿米蒂奇的故事,是第一人称讲述,也是同故事叙事(叙事者就是故事中的角色)。因此,诗歌中的两个主要叙事场景立刻就有了对称性和相互紧扣性:对称性是因为在主要叙述者和阿米蒂奇讲述的故事中,他们或早先的他们都是参与者;相互紧扣性是因为阿米蒂奇作为叙述自我时是与主要叙述者互动的人物,作为叙述者此时是经验自我(见图 7.2)。[7] 实际上,两个叙述情境的相互紧扣性甚至更为复杂。主要叙述者的理解和同情之心渐涨,把他自己从经验自我转变为叙述自我,并把自己通过想象投射到阿米蒂奇的角色中去,后者讲述了导致他在过去事件中发生的对应改变的事件。

图 7.1 展现了华兹华斯《废毁的茅屋》的叙事层级,以及穿越两大界线的角色-叙述者地位的改变,这两大界线分别是故事外叙事层和叙事层以及叙事层和次级叙事层之间的界线。即使随着诗歌的推进,主要叙述者和阿米蒂奇需要在两大界线之间不停来回穿梭,文本设计仍然为建构故事世界提供了安全的结构,允许故事角色、情境和事件发生在叙事发展过程中的指定时间的合适层级内。例如,在诗歌第一部分的最后,阿米蒂奇在讲述故事时有所停顿,变成了故事里的一个角色,也就是主要叙述者形容的叙述自我(并且直接目睹了经验自我的故事):"当这个老人停顿的时候,往上去看巨大的榆树"(34,第185—186 行)。类似的转变发生在诗歌的结尾,当阿米蒂奇讲到玛格丽特死亡的顶峰事件时(44,492 行)。更大体说来,诗歌为将次级叙事层(A_h)与叙事层(A_d)的阿米蒂奇区别开来、故事外叙事层(N_e)和

叙事层(N_d)的主要叙述者区别开来提供了方法。框架结构随之允许华兹华斯将这些角色安置在连接过去和现在的时间连续体的不同时间点上,将 A_d 和 N_e 描述为较 A_h 和 N_d 更年长且富有经验和知识的角色(例如当阿米蒂奇建议主要叙述者"出于理智"不要过于悲伤)(45,第 509 行)。作为了解玛格丽特家庭经验者的阿米蒂奇(A_h)与讲述家庭衰败的叙述者阿米蒂奇(A_d)完全不同,正如遇到阿米蒂奇的主要叙述者(N_e)与两天前一起旅行的那个角色(N_d)也有所不同。

华兹华斯诗歌里还有一种明显的对称叙述情境的对比。当首要叙述者讲述他在遇到阿米蒂奇之后某个时间再遇的故事时,阿米蒂奇的故事中故事明确了叙述自我和经验自我的时间距离。在这个时间范围内的最远点,讲述故事的阿米蒂奇与"十多年前"的他自己有所区别(32,第 133 行),那时也就是家庭遇到灾难的时候。后来在他的描述中,阿米蒂奇提到在丈夫离开后的五年里玛格丽特在"烦躁的寡妇生活"中徘徊(42,第 446—447 行)。因此,在阿米蒂奇的经验自我和叙述自我间隔的最紧凑处,五年将玛格丽特的死与阿米蒂奇所讲述的她及她的家庭故事分离开来。

与在不确定的时刻聆听小贩故事的主要叙述者不同,阿米蒂奇积极利用现在和过去的间隔带来的时间结构,随着他叙述的进展,他讲述起看望悲伤的玛格丽特时经历的岁月流转,这种时间的间隔也在慢慢缩短。小贩使用这些增量提供的结构来反映出这个家庭的逐渐败落。他一开始交代玛格丽特、罗伯特和两个孩子过着尚且不错的生活,接下来到玛格丽特随着季节变换逐渐消沉,直到最后提到这个家庭现在彻底消失。一方面,这种逐渐描述的方式使得主要叙述者(并且延伸到诗歌的读者)意识到玛格丽特、阿米蒂奇和读者的世界都是一个流动的世界,且在这个世界中人不能永远拥有健康和财富;另一方面,框架叙事开始和结束于主要叙述者和小贩在板凳上的交谈,发生在"这个宁静平和的季节"(34,第 188 行),阿米蒂奇的故事表明了五年的时间跨度伴随对大自然的魅力和宁静的持续反思,也能缓解衰落、死亡和失去的痛苦。

她睡在安静的土地里,这里很安宁。

我能清晰记得那些羽毛,

那些野草,以及墙上高高的长茅草,

笼罩在薄雾和寂静雨点之下。

当我路过这里我的思绪

仍是一片安静的景象,

如此平静和安宁,看起来如此美丽

在这弥漫于我头脑的不安的想法中,

我们感受到的悲伤和失望

来自败落和变化,以及悲伤

是那些被留下人们的指示,

显示为一个闲散的梦无法存留在

沉思存在的时刻。

(45,第 512—524 行)。[8]

因此,这个部分回顾的叙事方法对描述类似华兹华斯诗歌中框架叙事的本质和使用有所启示。尽管热奈特(Genette 1972/1980)和里蒙-凯南(Rimmon-Kenan 1983)等已经证明了叙事嵌入发生在不同叙述层级的界限和转化之中,但是他们的研究并不全面。框架叙事不仅通过跨越时空分布角色、情境和事件来建构故事世界。在此之外,叙事嵌入提供了人类理解的结构,具体来说,就是跨越时间框架、空间位置和社会交互情境下的心智分布。通过扩大调查聚焦范围,下一节认为叙事理论的角度和方法可以有效与智能的社会交互基础研究框架进行整合。这些框架与心智可以延伸、跨越时空分布智能的理论一致,而不是认为心智仅限于人类大脑(Clark 2008)。

当热奈特遇到维果茨基:作为思维工具的框架叙事

与本书更宏观的目标一致,接下来的分析提出,关于智能行为社会分布本质的研究可以影响对一般意义上的故事尤其是框架故事的结构与功能的研究，而不仅是受其影响。[9] 关于分布智能的广泛研究要求在解释性框架的比照下来思考，这一框架提出一个中心式控制性的智能从心智和其他行为的背景中集中凸显出来（见 Brooks 1991；Clark 1997，1998，2008；Gibson 1979；Rosch 2001；Varela，Thompson，and Rosch 1991）。所欠缺的正是环境中的主体的概念，也即格式塔理论之整体大于部分之和的概念，来解释个体及集体的意义建构的组织过程。正如在第四章和第六章以及实例分析Ⅳ中所提及的，目前一种对环境中的主体进行概念化的方式已经从研究中显现出来，这些研究聚焦不同社会组织和物质环境里的分布式智能系统（Wertsch 1998a，20—21；也见 Frawley 1997；Leont'ev 1981；Rogoff 1990，2003）。与之前章节提及的叙事模式相结合，本研究将对框架叙事的心智赋能和心智延伸功能提供启示，提出例如华兹华斯文本中的故事中故事发挥了维果茨基所谓的"心理工具"的作用（Vygotsky 1934/1962，1978）。

基于维果茨基的洞见，理论家已经将思维工具界定为"认知制品"。作为认知制品，可以在广义上被定义为物品——既是精神和文化的，同时也是物质性的，可以为意义建构活动提供支持（Hutchins 1999，126；比较 Norman 1993）。正如哈钦斯（Hutchins 1999）所言，然而，这种宽泛的定义使得界定这些概念的边界较为困难（127）。认知制品的概念被广泛描述，似乎这一概念不仅可以涵盖典型的种类（例如袖珍计算器和心脏监视仪），也包含更为模糊的例子如社会规范（例如对话中的话轮转换系统）和自然世界里的现象模式（例如，季节的变更用于指示农业活动）。各类人工形式和使用的范围的确有一个持久的特征，那就是通过构建和组织对于世界的理解，为智能主体应对经验的复杂性提供资源。对于哈钦斯（Hutchins 1995a，154—155，1995b）而言，认知制品参与进了更大的功能系统中。这些讨论中的系统并不是介于"使用者"和"任务"之间的技术，相反，两者可以被视为更加基础的超个人系统和环境中的维度——意义建构的行为在这一过程中逐渐形成。因此,在哈钦斯(Hutchins 1995b)关于"驾驶舱如何控制速度"的分析中,他认为关于飞机速度的知识并不在飞行员大脑中,而是分布在各类仪器和标准,特别是驾驶舱的空间陈列所提供的视觉线条,以及关于这一整体格式塔结构的人类和非人类结构基础上形成的推论中。这些系统中参与者的相互关系使得系统整体更智能,系统的动态也为每个参与者包括人类带来了渐生知识的属性(见 Rogers and Ellis 1994)。[10]

　　这种对智能系统的强调与聚焦个人心智的认知科学主流有所差异(Frawley 1997, 13—34)。特别说来,广义的维果茨基关于智能行为的研究方法意味着要抛弃以往的"方法论个人主义"的定条,这种观点认为"没有哪种所谓关于社会或个人现象的解释可以被算作解释或……最基础的解释,除非它们能提供关于个人的事实"(Lukes 1977,转引自 Wertsch 1998a, 19;也见 Wilson 2004, 77—99)。为了避免这种"个人还原主义"(Wertsch 1998a, 21),研究者们"需要超越孤立的个人来试图了解人类行动,包括交际性和思维活动"(Wertsch 1998a, 19)。主要关注转为被视为"中介行动"形式的意义建构,由智能主体策略性地使用文化和物理资源与复杂和逐渐显现的环境进行协商,在这个过程中他们自己的行为也得以塑造(Wertsch 1998a, 23—72;1991, 28—43, 119—147;Rogoff 1990, 51—55)。[11] 这一主张遵循"思维功能的概念能够合理运用于社会和个人形式的活动中"(Wertsch 1991, 27)。

　　但是这个关于思维本质的再思考对类似华兹华斯文本的框架叙事的研究有何作用,反之如何呢? 维果茨基强调的中介行动认为叙事嵌入,和其他思维工具一样,支持在各经验域进行协调。根据第六章勾勒出的论点,叙事(整体上)为跨越不同领域的智能行为提供支持。但是该观点仍然为此处的问题留出了空间,这个问题就是心智科学与叙事研究创造性的交融点:这些特殊的叙事结构,这种带有特殊结构特征的故事类型,相对于更广泛的行动与交互环境而言,如何与人类的意义建构行为发生关联? 请注意,为避免任何从一个领域到另一领域的单向知识转移,来自叙事学研究领域的专家**和**来自认知科学领域的研究者都需要回答这个问题,既然这个问题涉及了叙事结构是如何与智能行为叠加发生的。

从这个角度出发,框架故事可以被看作从叙事结构中"招募"出来为智能行为提供某种支持。这种叙事嵌入的心智赋能和心智延伸功能来自故事中故事的复杂性或者格式塔结构。在之前部分(及本书之前章节)讨论过的叙事研究允许接下来的对如华兹华斯的框架叙事构成的格式塔结构,即智能分布系统的拆解。我们讨论的系统包含以下成分或者维度:

(1)通过叙事媒介可以得到符号资源;

(2)框架故事的讲述者;

(3)被框架故事的讲述者;

(4)(5)叙事参与者或受述者[12](如果有的话),他们是框架和框架故事的讲述对象;

(6)框架叙事中讲述的情境和事件;

(7)构建了框架叙事的情境和事件;

(8)以上1—7组成部分构成的格式塔的阐释者

(9)引发格式塔结构形成的事件链的起初行为的作者(们)。[13]

整个结构为分布智能提供了机会,这是其他区分度不高的叙事"制品"不具备的。在一个不涉及叙事嵌入的文本中,以上(3)(5)和(7)都不存在,由这些部分与其他部分关系组成的格式塔将会无法定义,削弱叙事产生不同经验框架知识的能力。换句话说,系统传播来自不同时空的信息源的信息的能力将会出现净减少。叙事嵌入因此提高了框架故事的传播范围,使得智能生成系统的整体能力有所提高。

在接下来对华兹华斯作品的分析中,我将讨论华兹华斯的文本是如何用叙事嵌入的资源应对协调经验的两个中心的挑战,以此对最后的论断进行具体说明。第一个挑战是通过目前可及的零散(和不断减少的)信息来获得关于过去的知识。另一个挑战是根据行动理由来理解自己和他人行动的意义。[14]

叙事嵌入和历史智慧

《废毁的茅屋》中的角色-叙述者都试图在两个不同的时间框架内获取关于过去的知识。因此,关于嵌入和被嵌入的叙事达到了对称。此外,主要叙述者基于阿米蒂奇的故事中故事,构建了关于茅屋过去的历史以及如何它最终被摧毁的推断。因此,关于叙事和次级叙事层面的关联得以形成。在这一部分中,阿米蒂奇的叙述源于两个来源:一方面,来自玛格丽特自身的故事(这是她亲自向阿米蒂奇讲述的,从叙事层或者框架叙事层一直往下两个层级);另一方面,他的叙述来自阿米蒂奇自身在罗伯特离去后拜访小屋的经历中的自我推理。诗歌将分享故事描绘为一种传播以往场景和事件知识的主要来源。[15] 然而,在华兹华斯的主要叙述者提供的这类回溯性叙事中,故事的**交换**仅仅是一种分布智能的方式。在这类情境中,如果不在已有叙事中**插入**或**嵌入**新的故事,往往不可能完成一个叙事行为。叙事嵌入因此允许一个关于物体、场所、人物和情境的连贯的历史故事得以形成。

基于《废毁的茅屋》,图 7.2 提供了另一种、与图 7.1 相比更侧重时间导向的叙事嵌入模型。(图 7.1 没有考虑存在回溯性第三人称或者异故事叙述嵌入的可能性,也没有涉及与即时或未来的同故事叙述相关的可能性。)如图 7.2 所示,随着每一次向叙事(或次级叙事、次次级叙事)框架中嵌入框架叙事,系统提供的事件信息便在最广阔的时间框架中愈加零散分布,距最早时间框架的时间距离越来越远。换句话说,整个框架结构越分散,整个系统就越"智能",因为当涉及关于过去的知识获取时,系统会提供更多的智慧。关于以往情境和事件的知识不能具体局限于系统某个部分中。相反,我所指的"历史智慧"相当于分层分级的叙事网络的复杂结构,与过去和现在产生关联,或者更准确地说,将当下整合进更为接近的过去时刻的组合中。

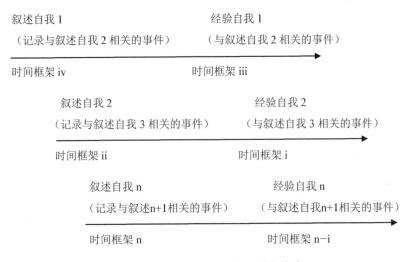

图 7.2　作为分布过去知识方法的叙事嵌入

　　其他源于叙事学的考虑提供了补充支持,认为类似《废毁的茅屋》的框架叙事有助于形成关于分布过去知识的系统,换句话说,可以生成历史智慧。与此相关的是热奈特(Genette 1972/1980,232—234)提出的为了捕捉嵌入对象(例如叙事)和被嵌入对象(例如次级叙事)叙事层级的功能性关系的分类。正如里蒙-凯南(Rimmon-Kenan 1983,92—93)提出的,热奈特认为对于被嵌入的叙事框架而言,叙事嵌入可以发挥一个行动的、解释的或者主题的作用。换句话说,故事中故事可以推进、解释或者通过类比(比较异同)来描述主要或底层叙事中的事件,嵌入叙事自身作为第二层级的叙述移植其上。在华兹华斯的诗中,这三种关系均存在于故事与故事中故事之间。然而,其中的两种关系,解释的和主题的关系,在使诗歌用叙事嵌入以便生成关于过去的知识中发挥了重要作用。

　　一开始,在框架故事和被框架故事之间存在一个行动关联。阿米蒂奇关于废毁茅屋的故事推动了叙事层的行动,这体现为主要叙述者从他自己和小贩会面之后发生了改变。在某种意义上,叙事层的主要行动涉及叙述者的同情心的增长和多样化(或对他人同情心的识别能力),阿米蒂奇讲述的关于茅屋的故事也客观允准了这种情绪的发生。

当涉及使用叙事结构来构建生成历史智慧的系统时,华兹华斯的框架故事和被框架故事之间的解释性和主题性的关系就变得至关重要了。一方面,阿米蒂奇的故事解释了引发小屋目前现状的事件。很有必要强调,过去事件和小屋现状之间的因果联系是两位角色-叙述者的叙述之间关系的结果。诗歌展示了将一个故事嵌入另一个故事的系统如何产生历史智慧,而不仅仅是历史智慧的产物。关于小屋历史的知识是叙述者描述阿米蒂奇叙述的结果,其本身源自小贩在主要叙述者作为经验自我所在场景中所用的解释性描述。

另一方面,两个主要叙事层级之间的对称和类比关系也发挥了重要作用。尤其是,小贩在自身讲述中对于玛格丽特和小屋变化的态度为叙述者(以及读者)提供了模板。主要叙述者使用了阿米蒂奇从经验自我到叙述自我的演进作为形成自身对过去事件的理解和情感回应的模式。[16] 被嵌入的叙事使得之前对小屋过往一无所知的人变得对它的历史有所了解并能完全怜悯曾住在那里的人。关于过去的知识,指对别人的经历和苦难感同身受的知识,存在于框架故事和被框架故事两者的类比关系中。因此,如果主要叙述者(作为经验自我)未能把自身类比投射到阿米蒂奇的角色中,或者小贩未能详细说明自身的转变,系统就不能形成同样程度的关于过去的知识。

的确,如果整首诗没有框架叙事而只有阿米蒂奇的叙述,华兹华斯文本的阅读者仍然可能了解到(虚构的)过去。原则上来说,阐释者或许还是能够把自身投射到故事世界里,并能对小贩关于小屋主人玛格丽特及家人的悲惨故事表达同情。然而,下一节我也将详细说明,如果去除主要叙述者叙事层的存在,那么这一层次与阿米蒂奇故事中故事之间的交互关系,会导致系统产生关于过去知识能力的净减退,并不能与现在及当下的故事叙述行为产生关联。这一能力不仅来自阐释者对于玛格丽特家庭困难的理解和怜悯,还来自阐释者进行类比投射时对主要叙述者情境的类比投射。通过这种具有伸缩性的识别链,诗歌提升了读者对于过去人物的特定情感理解(针对性而非扩散性的)的可能性:叙述者对小贩的故事的反应提供了一种同情模式,并使读者的反应更有针对性和透明性。[17] 所有这个分布结构的部分——阿米蒂奇的故事、叙述者对阿米蒂奇故事中角色的识别、解读者对叙述者识别的识别,对于形成关于角色、情境和事件的同情理解都很有必要。在此基础上,这些部分合作形成的格式塔结构也为本例中历史智慧的形成提供了充分条件。

作为大众心理资源的叙事嵌入

通过叙述其他时代和场所的经历,像华兹华斯诗中的故事讲述者能够把关注的焦点延伸到当下范围之外的情境、参与者和事件中去。叙事嵌入蕴含着从当下叙述中或多或少延伸出去的出发链,通过想象性投射与嵌入的故事世界跨越时间框架发生关联。通过这种方式,类似《废毁的茅屋》的框架叙事允许形成大众心理的启发式,即构建理解人物行动理由意义的策略,可以延伸到非近距离的社会交往中。相反来说,通过跨越时空分布这些启发式,框架叙事允许它们的智慧力量、接触范围和细致程度被重新评估,被以此转化为对心智模型的重新校准和完善。

正如第一部分讨论过的(将在第八章中继续讨论),大众心理的意义建构模式包含了基础的、一般的过程,通过这个过程人类将心理状态、属性和特征划归给彼此。这一过程在文学和非文学叙事中或多或少都较为明显,这取决于它们的文体和主题焦点。这些过程构成了人们关于思维如何运作的日常理解的部分内容,也是他们追求的关于思维本身的大体的启发式。这些启发式渗透在社会交往和每日交谈中,表现为以下惯用语的频繁出现,例如"你是不是嫉妒了""他那样做是为了更进一步""我希望我之前没有那么愚蠢"以及"要是你爸爸知道了会非常生气的"这样一些习惯表达。这些关于思维本身的思考,或关于智慧的智慧,从本质上而言跨越了单体心智。但在此之外,如华兹华斯这样的叙事嵌入可以被用于检测民族心理学的范围和限度,与人种生物学、人种植物学、人类语言学实践形成类比(见第一章)。叙事嵌入支持建构或多或少跨越时空的复杂社会网络,并可以用来衡量可及的心智启发式的能力。从这种意义来说,框架叙事提供了探索和改善有时相隔甚远地分布在社会与物理空间的行动理由之间的映射关联的资源,包括发展中的自我在各个阶段最突出的行动理由(例如叙述自我与经验自我的相互关系)。

在华兹华斯的诗歌中,他将阿米蒂奇塑造为内叙事叙述者,在故事内故事里使用了一种隐性心智模型来追溯玛格丽特和罗伯特的行动理由。[18] 因此,接下来的几节诗歌不是玛格丽特和罗伯特的自我陈述,而均反映了阿米蒂奇通过心理状态(包含情感、性格和态度)积极塑造人物行为模式:"玛格丽特/挣扎着度过了那些灾难性的岁月/怀着欣喜的希望"(33,第146—148 行);"在这扇门前他(罗伯特)伫立/低声哼唱着没有欢笑的轻快旋律"(33,第162—164 行);"他的幽默很快/变成毫无乐趣的压力,/贫困带来愤怒的心情/和痛苦的脾气。日复一日他渐渐消沉了"(33,第172—175 行)。同时,主要叙述者提到,通过建构一个玛格丽特、罗伯特和阿米蒂奇心理状态和性格的共同合作模式,以及一个基于这些状态和性格的更大结构,这个小贩的故事叙述使得叙述者可以讲述自己的框架故事。[19] 通过主要讲述者讲述阿米蒂奇的故事如何使他重温"玛格丽特的苦难",并在一种无力的悲哀中为她祈祷(45,第498、500 行),诗歌便运用了叙事嵌入和其评论大众心理功能。它尤其使用故事世界内的叙事过程说明通过将自己和同伴置于叙事网络中,作为执行规避和消除冲突、与盟友最大化合作、达成预期目标的角色等等,关于他人思维的日常思考可以被赋能和延伸。

这些最后评论为过渡到第八章提供了桥梁,第八章将通过其他角度来阐述叙事为何可视为大众心理的资源。与聚焦叙事嵌入提升智慧的效果不同,第八章讨论了叙事如何提供构建行动事件时间关系的模式,因此成为理解自身与他人行动理由的方式。

结语:框架故事、引导参与、心智社会

华兹华斯的文本具有双重聚焦,一方面是阿米蒂奇描述的事件,

另一方面是叙述者对阿米蒂奇描述的反应和再叙述,文本采用了任务导向的学徒期(或引导参与)。罗格夫(Rogoff 1990)和其他的研究者认为这是儿童认知发展中的必要因素,它也描述了日后人生历程中的学习情境。[20] 薇拉·约翰-斯坦纳(Vera John-Steiner 1985/1997)在她关于指导如何促进创新思维和科学探索的叙述中提出,学徒期过程为儿童期之外的人们提供"超越已知"的能力(61)。教师与学徒之间正式及非正式指导的关系提供给"初学者关于人类产出能力公开活动的见解",以及那些支持这些活动的不公开的技巧和实践(200)。《废毁的茅屋》证明框架叙事既可以被视为这种指导关系的结果,也可以作为宣传这种积极效果的载体,从而可以在即时语境下传播合作的、引导的思考(比较 Rogoff 1995 关于"参与性挪用"[participatory appropriation]的概念)。

因此,在罗格夫(Rogoff 1990)勾勒的个体发育模型中,

> 孩子可以被视为思考过程的学徒,他们积极通过对同龄人及社会中更熟练成员的观察和与其互动进行学习,使用工具来提升处理文化问题的技巧,基于这些已知因素来构建社会文化语境内的解决方案。(7)[21]

在解释这种学徒关系时,罗格夫借鉴了维果茨基的另一个观点,即"最近发展区",维果茨基(Vygotsky 1978)提出通过参与超出当前能力的活动,儿童可以提升自己的认知能力(Rogoff 1990, 14—18)。尽管《废毁的茅屋》描述了一个涉及成人的指导情境,华兹华斯的主要叙述者,作为经验自我,占据了这个区域。叙事叙述了主要叙述者生成和使用叙事解释来实现特殊意义建构目标的学徒期。通过把叙述者在故事讲述实践中的这种引导参与进行戏剧化处理,诗歌将他如何把叙事不仅视为一种记忆过去的方式同样进行了戏剧化处理(Fosso 1995, 330)。尤其是,叙述者与阿米蒂奇的相遇强调了故事如何作为用过去的知识与现实进行协调的资源,这通过把当下时刻安放在更长

的时间发展过程中得以实现。以同样的方式,这次相遇提升了叙述者将大众心理启发式投射到罗伯特和玛格丽特行动理由上的能力,在这一过程中这种交互使得叙述者获得了对小屋以往居住者更深的同情。通过聚焦叙事的学徒期,华兹华斯的诗歌反思性地展示了叙事如何跨越时空和社会环境作为一种延伸和分布智能行为的方式。

　　然而诗歌使用叙事嵌入不仅仅为了将思维描述为分布式的,也是为了传播这种关于思维的思考。通过讲述阿米蒂奇的叙事行为,《废毁的茅屋》再一次展现了作为心智社会的智慧,也即一种社会合作(物质架构)行为,协调组织复杂、多变有时具有威胁性的环境。同时,诗歌又为提升和延伸心智社会作出了贡献。主要叙述者故事讲述的学徒期提供给读者一个类似的学徒行为的机会:在阐释者建构诗歌中表现出的引导参与的模式时,这种文本的参与就有助于通过文化和历史空间传播分享思维的策略(Herman 2004b)。因此,回到实例分析Ⅱ中讨论的莫迪亚诺的《星形广场》,这里华兹华斯对于叙事嵌入的使用提供了一种“横向”自反性,使这首诗能够捕捉周边接受语境,而不是回到自身内部深不可测的结构中。换种方式说,类似《废毁的茅屋》的框架叙事构建了分布智能的一种模式和致因。关于叙事嵌入的更多研究,尤其是关于它在不同子文化、时代、文体和媒介中使用的研究,都可以为了解框架故事如何促进人类意义建构活动系统提供另外的视野,并可揭秘这些系统在特定语境中发挥了哪些心智延伸功能。

实例分析 V

叙事、空间和地点

　　本书第二部分探讨了叙事理解过程如何涉及使用文本可供性来探索故事世界的多维度,包括那些分布在时空结构中的**何地**和**何时**维度。在这个最后的实例分析中,与第三部分的综合目标保持一致,我再一次反转研究的方向,审视叙事实践是如何支持在更宏大的时空环境把握方向的努力,叙事在此之中得以产生并被解读。

　　我的分析基于第三章中的分类法,它检验了单模态和多模态的叙述内部及不同类别间的结构差异(参见对图 3.1 至图 3.4 的讨论)。具体来说,我通过真实世界里面对面故事讲述中的身势语来探索叙事、空间与地点。作为研究我叙述者身势语和口头表达的交互的基础,我的研究聚焦在录像叙事上,包含两个不同的叙事情境:一个是叙述者在场内讲述事件,当时讲到的事件已经发生了;另一个是讲述的事件发生在场外,即在空间上与当下有间隔。在对比这些情境时,我强调了各类叙事实践类型差异的相关性,这一对比影响了第三章中讨论的单模态-多模态的差异。一类叙事唤起了外指的世界,讲述者指向(或者使用指示类表述,如**那边那个地方**或**我站在这儿**)当下交际语境的特征。另一种叙事唤起了内指的世界,讲述者使用语言或身势语(或两者皆有)来暗示对话者从当下转移到叙述中提到的早先场景和事件的不同时空组合中去。场内的故事讲述,如同我接下来要讨论的,提供了外向所指的故事建构的可能性,这不是场外叙述或多模态叙事,比如漫画和图片小说,所能提供的。[1]

　　更概括地说,仔细观察这些叙事场景差异,凸显了完善下一节回顾的研究中所提出的假设的必要性,该假设认为故事可以把**空间**转变为**地点**,把单纯的地理位置转化为有人居住的世界。我的分析认为,叙事有一系列方式可将抽象空间转化为居住的、情境化的、有意义的地点。我的分析同时提出,和之前的框架叙事与分布智能的研究相似(如第七章讨论的),这类关于叙事、空间和地点的叙事同样需要叙事学家和认知科学家的专业研究。这里的问题是这些具体的故事结构如何与人类的意义建构策略结合起来。为了对这个问题展开充分研究,理论家必须超越从一个领域向另一个研究领域的单向知识输入,而应努力构建如同这本书尾声处描述的传统的叙事研究和心智科学之间更开放的跨学科对话。

建构地点:将生活经验渗透入叙事空间

　　叙事将人们的生活经验组块化为包含事件链的有限结构(见第六章和实例分析Ⅳ),在支持这一形成过程中叙事创造的不仅是时间序列,还有一系列时空语境或者环境(比较 Bridgeman 2007;Dannenberg 2008)。这些是一系列的情境行动和事件,通过故事世界的某个视角,由叙事过程串联。讨论的焦点是我之前研究中所说的故事世界的**空间化**(Herman 2002, 263—299;Herman et al. 2012, 98—102)。当涉及解读叙事,或者故事世界化时,空间化需要探索参与者、对象、地点在叙事领域内的结构化。与此相反,既然我此处聚焦在"世界故事化"上,我意在探索的内容是不同的,即叙事世界时间和空间结构化的过程如何与理解更大世界发生关联,这个更大的世界是故事讲述本身展开的语境或环境。

　　与此相关的是在若干不同的领域内存在关于抽象的、几何上可描述的**空间**与充满实际人类生活感的**地点**的差异的研究。在邓肯(Duncan 2000)的描述中,地点是一个地理空间,更是一个"可以把社会关系和身份建构于有限的环境中"的组织原则(582)。[2] 按照这个思路，一些地理、城市研究、民族学、话语分析和社会语言学等领域的研究者，认为**叙事**协调了空间和地点。正如约翰斯通(Johnstone 1990)所言："了解一个地点意味着了解它的故事；新的城市和街区并不会如熟悉的那样引起人们的共鸣，直到有故事可讲"(109，比较 119 和 Johnstone 2004；Easterlin 2012，111—115；Finnegan 1998；Relph 1985；Tuan 1977)。根据这一观点，"在人类经验中，地点是叙事结构，故事是通过地点显现的"(Johnstone 1990，134)。因此，叙事的世界建构也可被描述为建构地点的资源，将生活化的经验渗透进物体、场所、领域和地区的抽象的空间之中。

叙事的地点建构功能可以通过雅各布·冯·余克斯库尔(Jakob von Uexküll)的**环境**(Umwelt)的概念以另一种方式来描述。正如第二章中所讨论的，余克斯库尔用它来形容一个生活化的、现象的世界(与"地点"形成对比)，这产生于有机体与其必须要协调的一个更宏大的环境(Umgebung，与"空间"形成对比)的交互。正如余克斯库尔(Uexküll 1934/1957)所说的，"我们希望研究的任何生物的环境(Umwelt)都只是从环境(Umgebung)中刻出的一个部分，本身环绕在那周围"(13)，因此，"当生物表现的数量增加时，环境容纳的物体的数量也会增加"(48)。从这个角度出发，叙事可以被认为是实际表现的假象，是对真实生活的模拟，叙事的世界建构可以被认为是从更广大的行动和交互环境中共同再现的真实或假想的环境(见 Herman 2011b，d)。因此，在讲述我发生在某个地点的童年往事时，我使你了解发生在所述地点的相关经历。反过来，由于这个叙事过程，这个地点对我们而言变成了一个地点而并非抽象空间。

余克斯库尔的这个例子强调了环境的概念与研究作为思维工具的叙事的相关性，即世界故事化这一过程的相关性。正如余克斯库尔所说："没有两个人的环境是一样的，发现这一事实的最好方法就是让熟悉该地的人引领你穿过未知的领地，你的向导完美无误地沿着你看不到的道路前进"(50)。正如我在第七章中对华兹华斯的《废毁的茅屋》的讨论中所提及的,叙事自身可以参与并推动故事讲述作为探索未知领域的手段。在华兹华斯的文本中,叙事交换使主要叙述者将废毁的小屋从一个未知世界带到了自己的环境内。实际上,叙述者故事讲述的学徒期的一个重要方面便是学会使用叙事来重新将地点建构为一个特别的经验域。这首诗不仅仅描述了叙事如何用来创造地点与经验之间不可分解的联系,[3] 它也同样展现了重新启动、激活这种联系的方式,只要有一个被记起和讲述的故事。

我此处的目的是勾勒出探索故事、空间与地点之间关系的附加策略。我的观点是不同类型的叙事实践支持了建构地点这一活动——通过把抽象的空间以不同方式转换或者投射在地点上。下一部分将转向面对面叙述的身势语部分,我会借鉴身势语研究、指称研究和其他研究来探讨真实叙述中的言语、身势语和地点建构过程的交互。

面对面叙述中的言语、身势语和地点建构

将**身势语**广泛定义为"一定范围的身体行动,或多或少被认为表达了一个人的意愿"(Kendon 2000,47),我在此聚焦在叙事话语中使用的伴随言语的身势语功能上。在麦克奈尔(McNeill 2000)的描述中,这种身势语可被划为**手势动作**,与**象征性符号**(例如 OK 手势)、**哑剧手势**或**手语**有所不同(见 McNeill 1992)。

本部分的试点研究基于录像数据,考察了来自美国北卡罗来纳的故事讲述者在叙事中使用的身势语。[4] 故事讲述者在场景内外讲述的叙事中使用了很多身势语。他们在各种身势语中尤其使用了指称性身势语或者"指示点",来指代叙事言语事件中多重时空坐标内的情境、对象和事件。回到第一部分提及的分类法,在场外叙事中使用的身势语的功能是内指的(通过谈及不同过去时间框架内的情境和事件),无论其在故事讲述行为中唤起多少个参照世界。与之相反,如果讲述者采用指示点来指代当下交互场景中的因素,同时又可以唤起叙事域中的情境和事件,场内叙事中使用的身势语可以作用于外指多模态叙事。一般来说,

叙事化的情境、实体和事件都或多或少被认为在空间和时间上脱离了当下语境和即时交流，故事讲述者可以利用语言和身势语来创造我称为两个或多个不同协调系统中的**转换**和**叠加**。此处讨论的协调系统是那些在指定叙事中组织被讲述的过去以及那些组织着当前叙事行为的系统。

这些一般结构化的考虑触发了下面两个部分的分析，探讨了故事讲述者是如何通过使用"指示点"和身势语来将空间投射到地点，把生活经验渗透进空间内。

语境中的指示点：基于身势语功能的资源库

我分析的核心是叙事中的指示点或指示身势语[5]的角色，既包含场内叙事，也包含场外叙事。然后，指示点需要被放置在更加宏大的身势语的功能分类中——即由身势语实现的交际功能的集合内。一个比较好的起点是卡赛尔和麦克奈尔（Cassell and McNeill 1991）提出的模式，下表 V.1 对其进行了调整。这个模式区分了两大类的身势语：表征性和非表征性。

表 V.1 基于卡赛尔和麦克奈尔（Cassell and McNeill 1991）身势语分类的种类划分

表征性身势语
A. 标志性身势语：模仿或者代表叙述对象的命题内容的要素
B. 隐喻性身势语：这些也是表征性身势语，但是它们代表的是抽象概念或者概念关系，而不是特定的对象或事件。

非表征性身势语
C. 节拍性身势语：节奏性身势语，可以标记新篇章话题的起始，在一系列子话题中标记成员，等等。
D. 指称性身势语：索引式的指称身势语，或"指示点"。
在吉塔（Kita 2003b）的描述中，"典型的指示性身势语是交际性的身体动作，提供了基于身体的矢量。这一矢量可以是一个具体的方向、位置和对象。"（可参见 Goodwin 2003, 1）

然而，正如哈维兰德（Haviland 2000）关于"身势语空间"的描述中所说明的，指示语或指示点的范畴需要被进一步划分。哈维兰德提

出,就像其他非指示性的身势语那样,指示性身势语通过将一个概念空间投射在一个指定的话语参照物内发生作用,换句话说是模式内的实体。因此,指示点并非简单且原始地连接语言或符号外的世界,而是投射可变范围内的概念域。一个区别各类指示点的方法就是区别指向对象所在的、不同的身势语空间。这些空间可以用来说明指示性身势语和指代内容的非简单关系。换句话说,当"'所指'的概念实体位于"指示点投射的周围情境或空间时(Haviland 2000,22),这些空间就会根据言语行为发生的环境以不同方式进行校正。哈维兰德确定了四种身势语空间:一个**当场**的身势语空间,当前的言语行为得以展开;一个**叙事**的身势语空间,被讲述的情境、实体和事件位于其中;一个**交互**的身势语空间,"通过交互者身体的结构和方向得以定位"(23);一个**叙事交互**身势语空间,在这里一个叙事交互通过框架叙事得以容纳另一个叙事(参见第七章中我对于叙事嵌入的讨论)。

借鉴这些思考,在表 V.1 中的原始表格需要被扩展到更大的范围中,以便更全面地反映 D 类中的指称性身势语和所投射的不同的概念空间的子集。表 V.2 呈现了拓展后的指示点表格。

表 V.2　拓展后的指称性身势语

D. 指称性身势语/指示点
1. **基础性指称身势语**:指即时交互语境里的环境因素(参见 Rubba 1996);换句话说,这些是即时参与者可**感知**的实体和位置的指示点;
2. **延伸性指称身势语**:指交互者无法感知,但是在当下的环境中却可以察觉到的实体和位置;
3. **故事世界的指称身势语**:指叙事事件展开的彼时环境或故事世界中的因素;换句话说,这些是叙事世界里的实体和位置的指示点,其时空坐标通过叙事空间里的指称中心来建立(Zubin and Hewitt 1995)
4. **元叙事指称身势语**:用来指示和明确叙述中对象、事件和参与者的地位、位置和身份。

场内和场外叙事中的身势语使用:模拟与位置计算

在我的试点研究中,我转录了来自两位叙述者的四个故事,他们每个人讲述了一个在现场和不在现场的故事。我将这些故事转录为文本,从而标示出由叙事身势语实现的多层功能。我再比较了场外与场内叙事中身势语使用的频率次数。图 V.1 和图 V.2 是说话者 X 的叙述截屏,他分别在进行场内和场外的叙述。[6] 我在最初研究中记录的符号数量太少了,仅能为进一步研究提供方向。然而,从这些发现中,我可以尝试勾勒出一些这两种多模态叙事中的地点建构的基本原则。

图 V.1　场内叙述的身势语使用　　　图 V.2　场外叙事中的身势语使用

图 V.3 和 V.4 表示每一百行文本记录中的身势语空间的转换和叠加数量(按照 Haviland 2000 的术语定义)。[7] 这可以进一步明确为:转换对应的是在叙事过程中的身势与空间的转化,而叠加则是指用一个指示点来将一个身势语空间投射到另外一个,创造出当前交际语境中通过各种方式校准的单层或者混合空间。我通过测量以上每一行及不同子类型的指示点中转换发生的次数确定转换的数量。因此,如果一个叙述者在上一行中使用的指示点是故事世界的指称身势语,而在下一行中使用的指示点是基础性指称身势语或者基础性指称身势语+故事世界,那么将会构成一个转换,而连续两行使用故事世界的指称身势语则不会。同时,叠加对应于与当下身势语空间(基础的、延伸的、交互空间)发生关联的指示性身势语,被叠加于元叙事或故事世界的指示语之上。因此,在我使用的转写系统中,只要有"+"号把那些与能感知或指向的身势语空间相关的指示点和在非临近叙事世界里固定的身势语相关的指示点联系起来,叠加已经存在或可以看作存在。

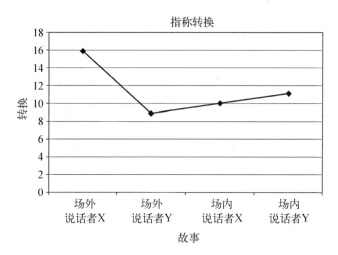

图 V.3　身势语空间中的指称转换数量

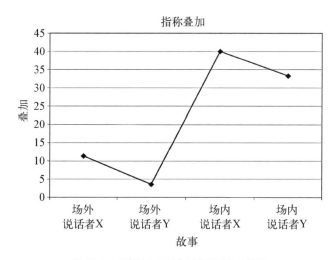

图 V.4　身势语空间中的指称叠加数量

在图 V.3 中,除了第一个场外叙事的高峰之外,其他几个叙事的指称转换(或身势语空间转换)都较为平稳。说话者 X 场外叙事中的高频率转换可以通过叙事语境的交互动力来解释。因为交互中的另一个参与者不愿意让过讲话权,说话者 Y 不得不对自己叙事的开启进行协调,在这一过程中叙述者的指向身势语在叙事世界的叙事空间与正在展开的交互空间进行转换。

但是,虽然正如图 V.4 中展示的,不同叙事中身势语空间的转换数量较为稳定,但叠加数量却显示出了巨大差异。这里的显著因素是叙事情境下的空间而不是交互参数。场内叙事提供了更多叠加的机会,也可以被定义为指称"混合"(Liddell 2000),此时此地和彼时彼地可以通过这种方式相互叠加。换个角度阐释,当符号系统内讲述叙事的语义资源提示故事世界中事情发生在何地的推断时,那么叙事对世界的导引可能是内指的;而当此时此地的对象和位置支持在所指世界中投射出位置、地点和移动界标时,叙事对于世界的导引则是外指的。在面对面叙事语境中,身势语使用的叠加数量越大,叙事的世界建构的外指性就越强。

因此,为讲述世界故事使用更多内指或外指,可被定义为两种建构叙事世界地点的方法。图 V.5 分别标示出了叙事模拟和叙事的地点计算的两种方法。如图 V.5 所示,叙事赋能的模拟和地点计算可被视为一个连续体的两端。叙事模拟占据了连续体的一端,阐释者必须脱离此时此地转移至另一套时空坐标来把握叙事世界的空间结构轮廓(比较 Ryan 1991, 31—47)。也就是说,阐释者必须参与一个准时的、永恒的向不同的指示中心的转换(Zubin and Hewitt 1995)。与此不同,叙事计算占据了连续体的另一端。建构叙事世界空间的意义不是意味着即刻和一劳永逸地向另一个指示中心转换,而是意味着一个持续的、将不同时空坐标并置和校准的过程。我关于面对面故事讲述中身势语的试点研究可以证明用故事来模拟和计算地点也会因情境而发生改变。场内讲述的故事支持了身势语空间的叠加,也有利于叙事地点的计算,就是通过基础性和延伸性指称身势语,使用此时此地的特征来支持和指引建构叙事世界。场外讲述的故事叠加较少,一定程度上有利于叙事地点的模拟。一般意义上来说,图 V.5 中沿着连续体的增量对应了将生活化的情境填入空间的不同机制,也就是不同的叙事地点建构方法。

模拟　　　　　　　　　　　　　　　　　　计算

（用于地点建构的内指策略）　　　　　　　（用于地点建构的外指策略）

- 更少叠加；　　　　　　　　　　　　　・更多叠加
- 准时（和永恒）的向叙事世界的指示转换；・关于此时此刻故事世界的持续和进行中的校准
- 更依赖对符号语境内更具语用性的语义资源；・更依赖对交互的内嵌性
- 讲述故事的系统

图 V.5　关于叙事地点建构的连续体

结语：叙事地点建构和延伸心智

这个关于面对面叙事中的身势语研究提出，叙事提供了关于空间和地点的关键的协调连接，但是在不同的"叙事场合"或不同的讲述场景中会有不同类型的体现（Herman 2009a，37—74）。确定其他叙事场合的种类或场景在多大程度上推动地点的模拟和计算需要进一步的研究。对这些文本行间的对比研究可以证实跨越不同场合的地点建构的总体倾向性的存在，我研究中所使用的语料库也体现了这个倾向性。在从场外到场内讲述的切换中，叙述者原则上主要依靠内指的策略或者模拟。然而，当本地或延伸环境中的对象和位置成为空间参照的可能锚点时，讲述者表现出了使用这些资源来协助听众计算（不仅是模拟）叙事世界里的地点的倾向性。这一起作用的倾向性似乎表现为："**不论何时，只要有可能，从当下语境中提取元素并用它们来帮助听众计算出地点，可以减少需要的模拟数量，并将地点建构的认知负担在尽可能多的物理空间中进行分配。**"[8] 这一明显的倾向性与第六和第七章中讨论的研究相符合，将心智定义为在物理环境和社会空间中延伸，作为"身体与世界的**任意探索**"（Clark 2008，42）。但是检测这一特别倾向性的范围和极限仍是未来研究的一项任务。分析家们尤其需要探索当外指的故事讲述可能时跨越广大环境范围的叙事地点建构方法，以此来检测叙述者是否在所有语境中都更倾向计算而不是模拟。

第八章

故事化思维(再论人与理由):
大众心理学的叙事支架

在第一章和实例分析 I 中,我探讨了大众心理的推理原则,即推导人们行动理由的准则,如何为提升叙事理解或故事世界化的过程提供支持。本章中,我基于第二、第六和第七章中的观点,聚焦在相反的问题上,也就是叙事自身如何为大众心理学提供支持。为了论证叙事学研究可以与心智科学相互支持,我将从叙事学研究、布鲁纳(Bruner 1990,1991)和哈托(Hutto 2007, 2008)的讨论以及其他认知科学家的研究三方面分析麦克尤恩 2007 年的小说《在切瑟尔海滩上》。[1] 即使认知科学研究证明故事讲述可以作为理解自己和他人心智的资源,叙事理论的核心概念,尤其是关于叙事时间性的观念,也可以对叙事如何支持我之前章节中所提及的民族心理学提供启示。

布鲁纳(Bruner 1990)认为:"大众心理学的组织原则在本质上是叙事的而不是逻辑的或范畴的"(42)。本书第二章也提到,哈托(Hutto)在叙事实践假说这一标题下,对布鲁纳的观点进行延伸和深度阐释。总体说来,与探索阐释者如何在叙事中识解人物心智的研究不同(见第五章),本研究提出在部分语境下故事讲述实践为理解心智首先提供了基础,也就是说,为形成关于人们行动理由的合理和充分的解释性描述提供了基础。[2] 以此说来,关于叙事的学术研究——其相关性在本章中将用《在切瑟尔海滩上》来强调——有助于阐明是什么使叙事成为理解和阐明人们行为的宝贵资源。不仅在《在切瑟尔海滩上》等小说和书面叙事中如此,在面对面交际的故事中(Ochs and Capps 2001, 156—200; Ochs et al. 1992),叙事也形成了强大的"技术"来建构行动顺序模式。这些模式使故事讲述者和阐释者可以通过不同视角和态度,对叙事发生的行动和情境形成动机、结构和结果的判断。叙事也可以作用于操控时间范围来压缩和延长事件链,重新为事件进行排序,以便为事件链内有明显联系的事件进行目标性评价。叙事可以把具体行动聚合到一起形成以目标为导向的行动模式,既塑造其展开的物质和社会文化环境又反过来被后者所塑造。同时,叙事还可以生成并交叉比较反事实的情境,允许将实际域与更大可能性相比较,这样本可能发生的事情可以用实际发生的来衡量。

尽管本章不能具体探究叙事作为行动模式系统的每个方面,我仍努力说明叙事如何嵌入构建和评价人们行为模式的整套"技术",这技术经过千年不断成熟,并跨越世界不同文化(包括文学)传统得以传播开来。[3] 这技术,正如接下来要具体讨论的,有助于解释叙事为何成为设计和检测大众心理学关于人类行动理由解释的重要资源。在提出这一观点时,我寻求超越"后经典叙事"领域的典型论说模式(Herman 1999, 2012d; Alber and Fludernik 2010)和目前基于经典和结构叙事模式开发并且用之前如罗兰·巴特、热拉尔·热奈特、A. J. 格雷马斯和茨维坦·托多罗夫等早期理论家无法触及的概念和方法进行补充的叙事框架。然而,对该领域的贡献通常会吸取其他领域研究的成果,从而重新思考关于叙事结构和叙事理解的核心方面,本章强调基于以上综合而充实进来的叙事解释能够解决所借鉴学科中的问题。因此,虽然以往文学叙事学家的研究都聚焦在吸收认知科学的成果来研究读者如何为角色的行动和交互构建意义上(Butte 2004; Keen 2007; Palmer 2004, 2010; Zunshine 2006),与此相反,我强调大众心理研究能够从叙事学术研究传统中有所获益。

故事讲述实践和大众心理学

布鲁纳认为大众心理学本质上具有叙事属性,这源于他对于建立文化心理学基础的广泛兴趣。文化心理学基于这样一种信念，认为"文化塑造了人类生活和人类思维，并通过将潜在意向状态放置在解释性系统内而赋予行动一定的意义"（Bruner 1990，34；比较 Cole 1998；Shore 1998）。对布鲁纳来说，大众心理学是文化心理学的基础，它构建了将人类行动与意向状态联系起来的解释系统，叙事也因此是这一系统的组织原则（35）。因此，大众心理学研究要求分析那些"大众心理包含的人类困境的叙事基本信条和前提"（39）。[4] 一个类似的前提就是人们拥有信念和渴望，他们对于一些事物更加看重，他们的信念、渴望和价值观都是或多或少相互关联的。类似于一个人强烈不喜欢黄色却用这个颜色来刷书房的墙壁，这就会形成一个大众心理学上的困惑。事实上，正是这种困惑的出现，才使得大众心理学叙事成为必要，也即"当任何人按照一种不符合世界状态的形式信仰、渴望或行事，去采取一项无理由的行动，就会在大众心理学上被认为失去了理智，除非他作为主体被叙事性地重构为处于一种窘境或者分崩离析的处境中"（40）。例如，有着黄色书房的这个人可能是为了满足某个家庭成员对黄色的喜爱，又或是奉行某种禁欲主义要求违背自己的意愿来行事。一个更普遍的观点是"尽管文化包含一系列规范，它也必然包含一系列解读程序，使那些对规范的偏离在既定信念模式下有意义。大众心理学依靠叙事和叙事解读实现这种意义。叙事通过用可理解形式阐明这些偏离常规的变化来建构叙事意义"（47）。

因此，对布鲁纳而言，大众心理学的叙事结构可以被追溯到叙事的两个关键方面。首先，叙事为明示行动理由提供了解释方法，这些理由涉及个人的信念、渴望和价值观如何在一个特定环境中结合为整体。其次，叙事源于"正常与反常"这一现象并为这一辩证性提供了认知管理方法，它是人们的期待实现与违背之间的相互作用，也塑造了日常社会经验（Bruner 1991，11—13，参见第三章讨论）。因此，布鲁纳的解释与叙事学研究的主要传统较为一致。弗拉基米尔·普罗普（Propp 1928/1968）将这些破坏性事件（如恶行）看作叙事的动机。基于这个观点，叙事学家茨维坦·托多罗夫（Todorov 1968）力求捕捉这样一种直觉,那就是叙事典型地包含一种对期待或常规性事件的颠覆。更具体的是,托多罗夫认为叙事典型地沿着起始于最初平衡状态、经历了中途的不平衡、再经过中间事件恢复最后的平衡(源于中途的不平衡性)的轨迹,尽管不是所有的叙事都会经历这一完整过程(见Bremond 1966/1980;托多罗夫模式的改良,参见 Kafalenos 2006)。实际上,对许多叙事分析者而言,叙事性或者那些使得文本可解读为叙事的特征,不可避免地与叙事如何违背世界秩序和打破事件预期进程有关(Herman 2009a,105—136;参见第三章)。同理说来,叙事与非常规性之间的紧密联系使得故事讲述成为引导日常生活中期待的与真实发生的事件之间鸿沟的理想工具。当一个守时的人错过了一个约定,或一个原本礼貌的同事忽然爆了粗口,或一个厌恶黄色的人忽然把屋子刷成了黄色时,叙事会通过以下方式来构建这样的特殊行为:"解读主人公原本的意向状态(信念和渴望)以及文化中的常态……**故事的功能是找到一个意向状态,它能够缓和或者至少帮助理解对常规性文化模式的违背**"(Bruner 1990,49—50)。叙事帮助解释了与人们或多或少的固定期待相反、采取(或不采取)特定行动的理由。

通过展示布鲁纳的见解与最近的心智哲学争辩的相关性,哈托(Hutto 2007,2008)的叙事实践假说也将叙事作为大众心理学的主要来源。对哈托来说,"叙事是建立本地标准的潜在方法,这些标准涉及哪些行动是可接受的,哪些事件是重要的和值得关注的,哪些行动是有合理理由的"(Hutto 2008,38)。因此,有必要强调哈托将叙事实践假说确立为替代性心智理论,这是按照斯洛斯与麦克唐纳(Slors and Macdonald 2008)界定的概念来解释的(见 Herman 2011a,12—18,以及第二章)。换句话说,叙事实践假说提出,并非要求人们掌握理论及规则或是要求人们执行场外的模拟过程来将自身投射到别的情境中,大众心理学植根于个人及个人层面的现象中的操作的实践问题(参见第二章和第五章)。更为具体的是,叙事实践假说认为解读和产生叙事是人们"通过最低限度地将行动原因与信念/渴望相配对来熟练掌握预测、解释和说明行为的手段"(Hutto 2007,44),哈托在严格意义上将这种推论定义为大众心理。因此，每当需要解释一个人的行动时，都需要借助"大众心理的叙事"来建构基于那个人的信念体系、语境环境、根据其信念和环境的假定渴望的解释。

更进一步来看，哈托和布鲁纳都对叙事与大众心理能力的个体发生现象的关系有兴趣。布鲁纳提出早期通过文化嵌入和情境触发推动的叙事性地组织经验调节了语言习得的过程。他同样提出学会使用叙事可以让孩子们提前了解文化，因为在日常语言中，叙事不仅呈现而且将人们的行动相对于家庭或更大社区成员的信念、目标和价值进行合法化（Bruner 1990，67—97）。哈托假设人们正是通过儿童时期与信念-渴望图式的叙事的交互学习大众心理学的形式和规范，即大众心理的推理需要的形式和使推理成立的规范。在形式层面，故事讲述角色的行事方式会让儿童将叙事内化为"方式-目的推理的**结构模板**"，在这个过程中可以嵌入特殊的信念和渴望（Hutto 2007，57），因此可以用来为或多或少复杂的行动理由来建构框架。在规范层面，或者大众心理学解释的发生规则层面，触动叙事的包含布鲁纳所言的对期待或常规的违背。这些违背需要对意图、目标、渴望和信念进行复杂的归因，叙事实践可以解释执行非常规性行为的理由，或者是忽略常规行为的理由。

到目前为止，我已经描绘出一些将叙事定义为大众心理学的核心资源的研究的动因和含义。接下来我以麦克尤恩的《在切瑟尔海滩上》作为实例，下一部分将更直接地讨论认为叙事能够支持人们推理自己及他人行动的分析者所必要回答的这个问题：是什么样的叙事结构使它们更适合成为大众心理的支架，支持它们更具持久性、可传输性、跨越时空的可用性？叙事关于非常规性的观点是这个回答的一部分，因为表单、数据分析和其他非叙事的实践同样能够表征那些对常规和期待的偏离。要充分回答什么使叙事成为一个大众心理的有力工具这一问题，我认为需要对关于叙事研究的最近框架有更多的涉及，也就是说考虑叙事理论和社会心理学、心智哲学以及认知科学内的其他领域的相关性。

通过故事建立行动次序模式

研究故事何以适合大众心理学,是将叙事作为思维工具或心理文化工具的更广阔研究的一部分,这也遵从了维果茨基的理念(Vygotsky 1934/1962, 1978;系统发育而非个体发育的观点见 Abbott 2001; Austin 2010; Boyd 2009; Donald 1991; Easterlin 2012; Gottschall 2012; Kramnick 2011; Mellman 2010a,b; Scalise Sugiyama 2005;以及 Tooby and Cosmides 2001)。在第六章中,我提出叙事在一般语境下的作用,为不同类型的意义建构活动提供支持。具体来说,我提出叙事作为宝贵的心理文化工具或资源的作用,这与智能行为的五个关键方面有直接关联:(1)将经验组块化为可分析的部分;(2)追溯事件之间的因果关系;(3)处理与典型性现象相关的问题,即使用"日常生活现实的普遍建构"(Schutz 1953/1962, 6);(4)为行动排序,包括(4a)与故事的创造与解读有关的交际行动和(4b)叙事世界里表征或模拟的行为模式;(5)跨越时空传播智慧。在本部分,我使用麦克尤恩的小说来聚焦以上功能分类中的一种——(4b),即用叙事通过"行动示范"来模拟出行为模式,也就是在丰富的叙事世界里的可能行动过程。最近关于叙事研究的框架有助于阐明叙事的行动模式塑造能力,也以此帮助解释叙事在分布智能上的作用,即功能(5),用叙事将非此时的情境嵌入当下的交际语境中来。[5]

在将叙事定义为在社会文化以及物质环境中建构结构、动机和行动结果的一种方式时,我也借鉴了豪吉斯(Hodges 2005)对**模式**(model)这一概念的更广义阐释,"你通过对其进行描写来构建一个希望建立的系统/结构"(第 5 部分,第 44 段)。同样,《牛津英语词典》对"模式"的定义不仅包括塔斯基*意义上的"满足了形式或公理系统

---

　　* 阿尔弗雷德·塔斯基(Alfred Tarsk, 1901—1983),波兰裔美国数学家、逻辑学家和哲学家,提出了哲学和认知范畴内的"元"概念。——译者注

准则的一系列实体"（def. 8b，比较 Suppes 1960，290），也包括了"一个对特定系统、场景或过程的简化或理想化的描述或概念，通常通过数学的术语来呈现，作为理论、实践理解或计算和预测等的基础提出，是一个对某物的概念或思维表征"（def.8a）。[6] 然而，将行动的叙事模式与其他模式构建区别开来的，是这里的模式不需要呈现简单化或者理想化的行动情境表征。这里借鉴了冯·莱特（von Wright 1966）所说的在一些环境中会执行特定的行动而非其他的可能行动（见 Herman 2002，53—84）。然而，叙事模式与行动和互动系统存在一种显著而独特的关系，它对其产生影响，也源自其中。

在大众故事和神话传说中，人们都认同流氓无赖和英雄人物的界限泾渭分明。在这些情境中，叙事行动体现了属于模式的简化和理想化功能（见 Godfrey-Smith 2005，2—4；Hodges 2005）。[7] 但是类似麦克尤恩的复杂叙事特意抑制了现成的价值安排，而凸显那些衡量行动理由的过程。这类故事通过视角的变化、沿着事件时间轴的前后运动以及其他的世界建构的策略来促使对角色的动机、方法和环境的思考。实际上，复杂的日常行动情境与麦克尤恩文本中的复杂行动情境之间的同质化可以解释叙事用于大众心理目标的合适性。在这种情况下（或许绝无仅有地？），模式**确实**严丝合缝地融于事物之中。

在麦克尤恩的小说中，两个主要角色关于发生在婚礼之夜性接触的对立或冲突性立场，是叙事中最带有趣味色彩的关键要素。新郎爱德华·梅休的父亲是小学校长，母亲由于月台上的交通事故而受到脑部创伤。对他来说，和新婚妻子的性生活既充满诱惑又令他压力重重："这一年来，爱德华魂不守舍，满心期待着七月的某个夜晚，他身上那个最敏感的部分，将会栖居在——不管时间有多么短暂——这个美丽动人、聪明得教人敬畏的女子体内的一个天造地设的洞穴里。怎么才能做得既不荒诞，又没遗憾呢，这念头弄得他心烦意乱"（McEwan 2007，7—8 译文出自麦克尤恩《在切瑟尔海滩上》，黄昱宁译，上海译文出版社，2008 年，第 7 页*）。弗洛伦

---

* 后文引用的黄昱宁译文均出自该译本。——译者注

斯·梅休（娘家姓庞丁）是一位声名鹊起的职业音乐家,她的母亲是一位哲学教授,父亲拥有一家电器公司。对她来说,一想到要和爱德华结婚便陷入了令人麻痹的焦虑中。这种焦虑的源头顺着小说的叙事进程浮现出来,源于年少时来自父亲的性虐待。新娘和新郎新婚之夜的复杂和情感性的情境行为受到了人物角色历史的影响,这些也塑造了人物的未来。此外,人物所处的更广阔的文化环境——考虑到他们的婚姻是在 1960 年代早期的英格兰,处于性解放运动的前夜——也有助于确定这两位主人公在这一情境下的行动范围。麦克尤恩使用有力的叙事行动模式资源从不同的时间、空间和评价的视角对这些情境进行定形和重新定形,就像通过复杂的计算机画图程序可以在虚拟空间呈现复杂的分子和建筑结构一样。只有在这种情况下,这种模式化的结构本身是一个在时空中展开的动机驱动的过程,它的动态轮廓反映了叙事这一"装置"被用于建构一个行动序列多维度的模式。在下一节中,我将勾勒出对于叙事时间的研究方法如何能够对这个叙事赋能的建构程序有所启示。虽然有所争议,叙事可以说是一种出色的塑造行动模式方式。

用于行动建模的叙事结构

热奈特（Genette 1972/1980）关于叙事时间的基础性研究,以及后来分析者的后续优化研究（例如 Bridgeman 2005b；Herman 2002,211—261；Ireland 2001；Matz 2011；Sternberg 1978）纷纷证明了类似麦克尤恩的文本如何允许人物角色的行动从多重时间角度进行检验。故事,如同本研究所言,是建构事物在时间中展开的意义的主要技术。[8] 它有助于揭示人类行动从无到有的过程,行动是如何关联的,行动在一个给定环境中应在多大程度上凸显。

在热奈特的研究建立的叙事传统中,叙事可以被分析为一种**故事**的维度或层次（也就是描述的状态、行动和事件的基础次序）；阐释者基于**文本**和**语篇**重构故事；**叙述**行为产生了文本。在这种启发式的程序中,如图 8.1 所表征的,类似人物、行动和非意志事件及发生事件的

要素是一个故事的组成部分,而叙事时间的特征可以按照这三大维度
进行讨论。预叙和倒叙可以被定义为与故事顺序和话语顺序不一致
的形式。与此相反,回顾式讲述和即时讲述的区别——接下来我们将
进行具体讨论——取决于叙述行为何时相对于叙事事件发生(比较
Reichenbach 1947 关于**话语时间**和**事件时间**的对比)。

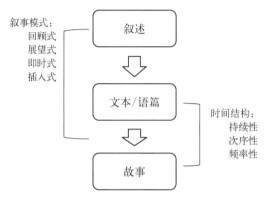

图 8.1　行动模式的叙事结构

　　为了捕捉故事与文本层次的时间关系,热奈特确定了三大关系种
类:持续性、次序性和频率性。持续性可以通过事件在故事世界展开
的时长和用来叙述它的文本的比例来计算,讲述速度从描述性停顿到
场景描写到总结再到省略不等。这种时间系统构成了一个价值或至
少注意力显示的标准:从延伸叙事中迅速带过的背景故事或说明性
材料,逐渐转换到缓慢的场景化模式呈现,可以表明叙述者重视(或注
意到)叙事世界的方方面面(Sternberg 1978)。同时,通过匹配事件叙
述的次序与人们认为其发生的次序,可以分析次序性,并形成时间性
叙述和倒叙、预叙及这些非顺序时间模式的各种子类别。最后,可以
通过计算事件叙述的次数与它在故事世界发生的次数之间的比例关
系来计算出频率性。再次强调,频率不仅是一系列的形式可能性,同
时还提供了分配注意力并评估行动和事件的方式。在这个过程中,重
复叙述会将一些行动前景化,迭代叙述提供了多个故事世界事件的总
结性注释,单叙事成为这一语境中的基础标准。

《在切瑟尔海滩上》证明了这些范畴与建构行动模式的广泛相关性。正如我将继续详细讨论的,麦克尤恩这样处理叙事顺序:把当前时刻放置在一个更大的人生历程中,可以无限延伸到过去并通往未来。全书的前192页通过在弗洛伦斯和爱德华的新婚之夜叙述的转换,暗示他们的话语和行动将会塑造他们的未来,提及导致他们走到此时此刻的早期行动和事件。这些共同勾勒出了行动网络或集合,强调没有什么行动可以与其历史割裂开来,行动从行动历史中产生,又影响了行动历史。在最后十页中,在这对夫妇在海滩边的愤怒争吵后,麦克尤恩又切换到一个严格的时间性叙述模式中,但是重置了持续性参数。麦克尤恩在相对短的文本中概括了较长的事件经历。他提供了一个时间流逝图像的叙事等同物,让读者见证人物跨越较长时段的行动结果,特别是对爱德华来说。[9] 同时频率性参数也开始发挥作用了。文本重复性地提到弗洛伦斯与父亲的航行与她追求音乐事业的关联,凸显了正由于她父亲的性虐待才导致了她完全把自己沉浸在音乐世界中的弥补性行为,[10] 也间接解释了她婚姻之夜的行动理由。

同样,当热奈特区分即时的、回顾的、展望的和插入的叙事模式(正如在书信体小说中,叙述行为发生在一些事件之后,但在另一些事件之前)时,他实际上界定了支持各种建构人物行动的叙事模式。在即时叙述的情境下,如同在体育赛事的直播和现场新闻播报中那样,人物行动随着讲述者和听众理解叙事域的轮廓和界限而慢慢展开。关于人物的所作所为对更广阔的故事世界影响的推断仍然是尝试性的、可能性的和开放性的。对比而言,类似麦克尤恩的回顾式叙述讲述了故事世界的全局,允许建构过去与未来行动与事件的联系。这类叙述允许对形成性事件进行回顾,也允许对人物行为的最终结果和人物无法控制的未来进行预期性展望。例如,通过爱德华和弗洛伦斯对于新婚之夜食物的评价,麦克尤恩的文本显示了叙述时刻与描述事件发生的时刻的显著距离。他这样描述:"这(1963年)不是英国餐饮历史上好的一年"(5)。这个幽默的评价间接提示出一个更大的时间范围,特指的这一烹饪时刻(1963年)可以被定位于其中并被认为是不足的。同样以将事件放置在一个更广阔时刻范围的方式，叙述者记录了新郎和新娘在新婚之夜的所言所行以及产生的后果，提出"弗洛伦斯会因为她和爱德华在海滩上发生的愤怒争吵而倍感折磨，但是她自己补充'这是非常令人厌恶的'"（175），用这句话来指她和爱德华未遂的性尝试。

这个用于时间模式建构的策略，即在一个更大的时间范围内凸显行动和事件，囚此它们的隐藏含义可以得到全面式的发掘，[11] 小说较后的部分里有一个扩展的实例。弗洛伦斯在海滩上拒绝了爱德华，并走回了酒店，她说："我很抱歉，爱德华。我非常抱歉！"在这之后，叙述者继续写道：

> 此后，许久许久，她的话，他们当时那迂腐的遣词造句的腔调，时时萦绕在他心头。午夜梦回，这些话会在他耳边响起，要不就是听见某种声响，仿若它们的回音，还能听见话里饱含着的既渴望又懊悔的声调，一想到那一刻，想到他一言不发、怒气冲冲别过头不理她，想到后来他是如何在海滩上又捱了一个钟头，充分品尝着她带给他的伤害、冤屈和侮辱的"美妙"滋味，想到他无辜而悲剧性地掌握着正义，由此而生的伤感的自恋倒也让他精神一振——一想到这些，他就会低低呻吟。（192，黄昱宁译，第178页）

在涉及弗洛伦斯自身折磨性记忆的片段中，麦克尤恩使用了虚拟语气的动词表达（**她将用这段记忆来自我折磨**和**他会在午夜醒来**等）来提供关于行动的缩略性描述，这植根于海滩上的记忆，将在未来反复重现。[12] 这段文字在时间上向前推移，将一系列复杂的、分散的行动压缩进一个可描述的次序中，将爱德华对弗洛伦斯最后和解话语的愤怒藐视与多年来这个行动造成的悔恨、自我分析和最后的自我轻视联系起来。通过这种方式，叙事解释了一个行动如何随着时间演变影响其他行动，一个时间段实施的行动可以阐释跨越时间的行动理由。

　　因此,故事不仅要求读者的理解,还提供了建构吉奥拉和申(Giora and Shen 1994)所说的**行动结构**的基础(参见第六章)。一个行动结构可以被定义为"一个更高层的结构,不仅按照层级将临近事件……还将特定话语中那些在时间轴上相距较远的事件连接起来。因此一个故事……不仅涉及事件之间的平行关系,更是一系列融合为一个心理整体的事件集合"(Giora and Shen 1994,450)。到目前为止,我讨论了麦克尤恩的文本如何塑造未来行动的结构,或者从叙事聚焦的婚礼之夜的具体时刻向前延伸的行动次序。在这些语境中,叙事能够追溯出事件源于某个行动的一系列结果串联,从而在不同时间框架中分配行动理由。[13] 但是故事同样帮助人们建立时间往后延伸的行动结构。当叙事这样发挥作用,将时间轴往回拨时,它使得目前的行动可以通过导致目前状态的前期行为来加以解释。这类行动结构是布鲁纳的研究和哈托的叙事实践假说的核心观点,麦克尤恩的文本强调了过去的、时间上分散的行动如何形成事件链,趋向并帮助解释当下发生的事件(比较 Bruner 1990, 99—138)。正如在第三章中指出的,历史学家海登·怀特(Hayden White 2005)发明了**情节编制**这一术语来描述叙事的这个事件连接功能。《在切瑟尔海滩上》强调了理解自己和他人的思维需要将行动编制成过去某个时间点结束的情节要素。[14] 另外,这部小说使用了第三人称或者异故事叙述——由未参与小说事件的人来叙述,展现了当人物自身无法将过去事件与即时事件发生关联时会发生什么。这一技术提供了行动建构的双层环境。使用能够在时间上来回移动的叙述,文本叙述了人物角色是如何试图建构连接事件的故事情节,以此作为解读自身和他人行动的方式,并或多或少取得了成功。[15]

　　叙事包含了一系列事件,其中人物共同建构故事的情节,或至少认为有必要进行某种描述,将过去行动和事件与当下情境连接起来。例如,在这对夫妇不幸的新婚之夜的经历后、海滩争吵之前,爱德华想起了弗洛伦斯把他带到威格摩大厅的表演场地的经历。文本写道:"演员休息室也好,小更衣室也好,即使是观众席和穹顶,在他看来,也无法解释她何以对此地敬畏有加"(152,黄昱宁译,第143页)。虽然爱德华在这里没能进一步进行叙事建构,麦克尤恩更大的文本设计暗示了进行深度叙事建构的必要,弗洛伦斯的崇敬可以与故事情节融合起来,在这里即关于性虐待的故事情节,从而变得有意义。同理说来,在弗洛伦斯突然离开宾馆房间和爱德华在海滩上见到她的这段时间中,文本标示出了爱德华记忆的空白或"遗忘的半影"(160),说明他也经历了激动的情绪压抑。这种压抑,即促发读者参与自己的叙事构建的更大的框架叙事,或许源于爱德华对自己在弗洛伦斯面前展现的卑微家境的焦虑:"他们走到农舍时,肯定是发现家里只有母亲一个人——父亲和妹妹应该已经到学校去了。玛约蕾·梅休但凡撞到一张陌生面孔,通常都会乱作一团,可是爱德华一点儿都不记得到底怎么介绍弗洛伦斯的,也不记得,当她看到那些拥挤而肮脏的房间,闻到从厨房下水道里飘来的恶臭——在夏天总是最严重——时,又有什么反应。关于那个下午,他只抓得住某些记忆的碎片,某些画面,像几张旧明信片"(160—161,黄昱宁译,第150—151页)。

最为关键的是,文本提出了对小说中的核心冲突建构叙事的必要性,也就是爱德华和弗洛伦斯对待新婚之夜以及它导致的一切的态度的冲突。如何解释弗洛伦斯对和爱德华发生性关系的深层的厌恶?同理而言,为什么对弗洛伦斯怪异而又"好意"的建议——让爱德华与自己保持婚姻关系而和其他女人睡觉——爱德华表现得如此愤怒与不可忍耐?另一方面,麦克尤恩将爱德华的行动与其以往经历过一系列暴力活动的故事情节及他日后对自己总是反应过度的悔恨连接起来。这样,当这对夫妇在协调他们艰难的性生活时,叙事基于爱德华早期的经历,解释为何此时他无法信任自己:"他大学朋友都知道,他属于平素安安静静,抽冷子会闹得惊天动地的那种人。按照他父亲的说法,他还是个小孩的时候,就发过几次让人难忘的泼天大怒……他时不时地会起由着性子打上一架的冲动。"他在其中发现了"打架有一种激动人心的不可预知性,还发现有一个既冲动又决断的自我,从除此之外的那个沉静的自我中逃之夭夭"(112—113,黄昱宁译,第

103—104 页）。这段文字指向了具有足够解释力的故事情节,能够解释爱德华对弗洛伦斯在海滩上无法克制的愤怒的言语(174—192),[16]以及几十年后他得出的结论,"如果他可以当年同时拥有爱和耐心,就可以使他们度过"(202—203)那段困难时期。通过回顾爱德华早期的经历,对他在新婚之夜的行动将会如何影响到他日后的生活的预示(192),以及在故事的结尾处对爱德华后来的生活快速的说明(196—203),整个叙事的时间结构为构建爱德华行动的理由提供了方式。尤其是,这部小说将新婚之夜的中心事件编制为爱德华一贯冲动鲁莽行为的后果,以他迟来的对自身性格趋势的了解告终。在这方面,麦克尤恩在此利用了向上的反事实建构方式(Roese and Olson 1995):"**如果他当年同时拥有爱**和耐心就好了。"这个反事实建构凸显了伴随着故事情节建构而形成的悔恨之情,这种解释性和预测性的能力原本可以避免自我毁灭性的决定和行为。

另一方面,弗洛伦斯对待新婚之夜的态度和行动植根于分散的、难以建构的故事情节中。[17]这种叙事网络的节点在文本中间断性地显示出来,这始于当两人还在约会时爱德华的思考,认为"她可以让她令人恐怖的父亲按她的想法行事"(20)。后来,在第二章开头出现了延伸性的追溯,开始提到"他们是如何遇见的,现代社会的爱人怎会如此腼腆和无知?"(45),叙事揭露了弗洛伦斯的父亲在她十二三岁时曾带她坐船出去,如今他"激起了她反抗的情绪"(61)。弗洛伦斯经常觉得父亲"令人厌恶,一点也不想看到他"(62)。但是另外情况下,"有时候,一阵关切之情掺杂着内疚的爱意涌上心头,她会在他坐着的时候张开双臂,从背后抱住他的脖子,亲亲他的头顶,再用鼻子蹭蹭他,她很喜欢他身上那股清清爽爽的香味。她会把这全套动作都做完,事后又为此觉得很可笑"(62,黄昱宁译,第58页)。后来,当爱德华在他们热烈地准备亲热之前脱衣服时,海的气味又让她想起了过往的经历:

那时她十二岁,就像现在这样静静地躺着,等着,在窄窄的、四面围着桃花心木的船铺上瑟瑟发抖。她的脑中一片茫然,觉得自己很可耻……天色已晚,她父亲一边在昏暗狭小的船舱里走来走去,一边脱衣服,就像爱德华现在这样。她记得衣服的窸窸窣窣,记得解开一条皮带、碰响一串钥匙或者一堆零钱的丁丁当当。她别无选择,只能闭上眼睛,心里想着一段她喜欢的曲调。或者不管什么曲调都行……在横渡时她通常要吐上好多次,也没法像个水手那样给父亲帮个忙,毫无疑问,她就是因为这个才觉得可耻的。(123,黄昱宁译,第114页)

这段文字,加上之后这对夫妇尝试的亲热如同"拖曳着一股子腥臭,那是锁在发霉密室里的某个见不得人的秘密所散发的气味"(131)的情节,爱德华对这对父女之间"很在意对方"的直觉(140),以及他也感觉到当他宣布他有意迎娶弗洛伦斯时,杰弗里·庞丁非常"巴不得要把女儿嫁出去"(141,黄昱宁译,第122页,132页,133页)。以上这些都建构出了一个故事情节,也就是弗洛伦斯遭受的来自父亲的性虐待影响了她新婚之夜的行为,也促使她过分沉浸在音乐中。这令人想到小说一开头,当夫妇二人在酒店用餐时,作者就描写了弗洛伦斯对于性生活的本能的恐惧,将其视为"忍不住要作呕的感觉,就跟晕船一样明显"(8,黄昱宁译,第8页)。同样回想起的还有爱德华早先的推测,即弗洛伦斯对她有朝一日能进行四重奏演出的场所表示出的不相称的崇敬之情。

虽然小说展示出了将弗洛伦斯的行动与悲剧性的故事情节串联到一起来解释她的行动的可能性,但是也揭露了此类叙事建构的解释力的有限性。具体而言,麦克尤恩指出了与所谓叙事过度相关的危险,即构建过度包容的情节,在此情况下,所有的行动和事件都可以归入其中,因此就没有了证伪的标准。这是在阴谋性叙事中展现的结构,在爱德华大脑受伤的母亲参与的对话中很明显:"当玛约蕾宣告她正在拟一份到沃灵顿市场购物的清单,或者她有不计其数的床单得熨烫时,整个家庭里就出现了另一个并行不悖的、既光明又正常的世界。可是,只有对这场梦幻讳莫如深,它才不会破灭"(84—85,黄昱宁译,第 79 页)。类似地,当他与弗洛伦斯在海滩上争吵时,爱德华建构了一个叙事,其中弗洛伦斯是一个哄骗他与她结婚的骗子,"他……一边前前后后又想了一遍,顺便铲平毛毛糙糙的边边角角和磕磕绊绊的迁移转换——这些过渡段落,都是从他本人的犹豫中挣脱出来的,这样一来,他就将自己的案例打磨得完美无瑕了,而与此同时,他的火气又上来了"(164—165,黄昱宁译,第 154 页)。正如爱德华和他母亲叙事实践的相似性所显示的,如果故事过于简洁,那么故事作为基础提供的行动模式的整体性和可靠性会受到影响。挑战在于在叙事的过度概括与概括不够、任何行动或事件无法否定的正在建构的叙事与缺乏故事支持的行动模式的空洞和不连贯之间取得平衡。

结语:未来研究的方向

在本章中,我使用了一个文学叙事来审视故事可以为自然、资源和人物行为含义提供最佳环境的一种方式:也就是允许操控时间这一变量。今后,这里描绘的方法需要通过两种方式展开。一方面,需要延伸分析范围,探索我通过麦克尤恩小说来描述的行动建模系统如何覆盖各种叙事环境。比如,面对面交际的参与者是如何借用这套系统来理解另一方违背期待的行动呢?对此而言,不同种类的交际或情境紧急事件,例如陌生人或认识的人相对于熟人和家人的违法行动,是如何使得依赖该行为系统不同的方面成为必要?跨越不同媒介的叙事实践是否通过不同建构行动来固定到系统中,使得在某些媒介中更容易对其中一些行为进行建模?如果是这样,有哪些特别的约束条件和可供性塑造了故事讲述媒介中的行动建构力呢(见第三章)?

另一方面,明确行动的叙事模式的本质,也就是叙事结构的不同方面如何对故事的行动建模能力有所促进,需要更多研究。例如,叙事视角的转换,如第四章讨论的,提供了行动理由的多维度空间模式来补充基于不同时间框架并置的模式。另外,正如我在本研究其他部分中提出的那样,叙事可以展示和评论故事世界中角色对自己与他人的行动理由的推论策略。这些策略可以基于(亚)文化中的与人有关的范畴(如第五章)或指出什么样的情感反应经常紧随或先于什么样的行为情感学理论(实例分析Ⅲ)。类似地,故事有助于检查关于精神与物理空间联系的或多或少普遍的理解。这发生在麦克尤恩将爱德华描述为"精神上被不可实现的欲望束缚"(28;比较147—148)时;也发生在他错误地解读弗洛伦斯的行为,认为是基于一目了然的行动理由时:"特别得如此奇妙如此温情,诚实而自省得如此痛苦,她的每一个念头,每一丝情感似乎都清晰可见,如带电粒子般,从她变动不居的表情和手势里汩汩流出,这样的人,他怎么能不爱呢?"(19,黄昱宁译,第18页)。长远来看,研究不同文化、语体、文学传统和历史阶段的叙事语料有助于探讨叙事结构的这些及其他方面是如何使得故事成为行动建模的关键资源。参与这种跨部分和时间的研究将因此需要在叙事研究和心智科学研究之间展开更加开放和持久的对话。

尾 声

叙事和心智——走向跨学科研究方法

在本研究历程中,我将叙事作为一种阐释目标和建构世界意义的方式进行探讨,并认为叙事理论家对人类智力行为本质和范围的讨论有所贡献,也从中受益。相应地,在提出这个论点并努力超越叙事学界从心智科学单方面借鉴的视角时,我努力探寻跨越杰罗米·卡根(Jerome Kagan 2009)提出的自然科学、社会科学和人文学科的三种文化(在 C. P. Snow 1959/1998 研究的基础上有所发展)的叙事与心智方法。将叙事和心智的问题置于以上三大领域的交汇点,我致力于勾勒出一个跨学科的研究方法(同见 Herman 2011e,2012c)。按照这一研究方法,不同学科可以汇集在心智-叙事的联结中,每个学科都带来了自身学科的概念和方法用以解决问题,这样促进了真正的对话与交流而不是让卡根所说的三种文化中的某一类从属于其他类文化(比较 Easterlin 2012;Wilson 1998)。

使用跨学科研究方法来研究叙事和心智的部分动力来自认知心理学家理查德·格里格(Richard Gerrig)在最近一次会议中的非正式发言。具体来说,在康涅狄格大学 2006 年举办的"文学与认知科学"会议结束时的圆桌论坛上,格里格认为从心智科学向文学研究的单向知识迁移是有危险的,这与梅厄·斯滕伯格(Meir Sternberg 2003)的一些关于单方面借鉴研究的警告不谋而合。格里格提出,当文学界的学者采用心理学等领域的一些理念时,有时会采用一种过泛甚至随意的方式,因为他们没有意识到所引进新概念的原领域中产生的更宏大的争端。格里格提到一个相关的观点:在认知科学领域内,"心智理论"概念(例如 Baron-Cohen 1995)容易产生争议,一些关于虚拟心智的文学-叙事研究还没有充分认识到这一点。[1] 这一类问题在这种情况下会变得更严重:叙事学家试图在更广泛的范围内参与认知科学研究,借鉴了多学科的理念和方法,它们竞争性的研究传统交织在一起。因此,本研究努力展开叙事学研究与发展心理学、社会心理学、话语分析、文体学、心理哲学、认知行为学和其他领域的互动交流。问题在于如何将不同学科的研究框架协调在一起,而它们各自带有不同的研究实践的判断标准。

在这本书中,我尝试探索一种研究策略,即将叙事和心智的联结——心理状态、能力和性格是如何为叙事体验提供研究土壤,又是如何扎根于叙事体验中的——作为一个跨领域的问题进行研究。通过采纳不同范围的叙述命名法和分析方法及提出叙事研究传统和与认知科学相关的叙事相关模式如何交织在一起,我尝试将目标现象作为解释的中心,当需要讨论相关话题时可以借鉴不同学科资源。以这种方式,我们不再认为人文科学的词语和方法次于社会或自然科学,反之亦然,在之前的章节中我展示了多维度方法的优势。我的目标是将不同的学科框架汇聚在复杂的问题,类似心智-叙事的联结上,这类问题具有广阔的启示意义。[2] 新的研究策略可以产生于和手头问题相关的不同学科交融的自下而上的研究趋势,而不是以某一或某些学科为主导的自上而下的方式进行。

在探讨这一研究方法的过程中,我采取了与之前研究不同的立场,之前我认为叙事学应被视为认知科学的一部分(Herman 2000,2002)。我不再将所有叙事学研究传统纳入心智科学范畴,这样会削弱叙事界的主动性,我的研究目标转为针对本书的关键内容,凸显多方面研究工具的必要性。这样我得出了本书主要的引导性假设之一。单方面的学科借鉴虽然与跨学科融合混淆,但却削弱了不同学科间的真正对话和交流,所以有必要促进心智-叙事联结分析视角的多样性。因此,不论来源学科是什么,聚焦在叙事和心智科学联结研究上的学者们应该努力超越改编孵化于其他领域内的观点;相反,他们应该致力于在最基础层级共同打造出建立和描绘这个新兴研究区域的方法。

本研究旨在尝试提出问题,这些问题不是为了促进从一个领域到另一个领域的术语和概念的转移,而是围绕叙事和心智的跨学科的融合。一些关键问题已经在之前章节里中得以塑造。从叙事学到现象学,从媒介研究到心智哲学,不同领域内的资源和探究技巧如何解释阐释者依据他们对特定叙事的参与程度使用文本设计来填充故事世界的方式? 与各类叙事媒介相关的可供性和约束性是怎样的,它们如何与叙事中的视角选择过程发生关联? 在文化中的传播以及源自不同社会交互的人的模式如何协调阐释者与故事世界的人物的交互,这些相同的交互如何重塑对人的更宏观的理解? 其他与叙事和心智的跨学科研究方法相关的问题,仍需要在未来得到解决。[3] 在这个研究领域,传统人文社科的研究对象,在与特殊文本的广泛交互的基础上,如何可以被更多聚焦在跨叙事语料库的模式研究而不是特定的文学作品上的数据-驱动的方法进行补充(见 Salway and Herman 2011; Semino and Short 2004)? 普遍意义来说,在对心智-叙事联结的探究中,将量化实证性的研究与基于分析者对特定叙事案例直觉的质性研究结合起来的前景如何? 在这个领域中解释理论与语料库的关系的最佳方式是什么,也就是说心智-叙事联结的研究如何通过不同的叙事实践进行塑造? 例如,鉴于在任何特定时间叙事媒介内和跨媒介中叙事实践的多变性,关于叙事和心智的研究如何适应随着时间发展而变化的叙事实践?

这些问题开启了跨学科研究的新视野。我的希望是,随着这个领域内的新视野的不断发展,本研究可以为深化叙事和心智科学的跨学科对话提供研究基础。

注　释

前言

1. 更多关于个人/遗传生物因子层面的区别,见 Davies(2000)、Dennett(1969, 1991)、第二章。如下面更充分地讨论,我使用**叙事学家**的字眼,来指称那些集中研究叙事的生产加工与问题的研究者。与科学社会学家、计算机工程师、大脑研究人员,或者广泛地说,与其他任何可能从事这类研究传统的人相比,他们探索叙事与他们本学科的基础性问题相关的问题。

2. 参见第一章关于叙事行动结构更细致的分析。

3. 与第一章和第二章中的构想相呼应,我在这里和下文中用了模糊限制语("通常被定位在""众多交集")。因为研究表明,理解人的行动不仅仅包括有意识的慎重的意向归因,还包括预先概念或非概念性的通过人际协调创造意义的方法,以及更普遍的体现行为和互动的社会和物质环境的协调。

导论

1. 我将在本节后面的部分讨论叙事研究的跨学科方法的概念。同见 Herman (2011e, 2012c),以及本书的尾声部分。

2. 同样,图比和科斯米德斯(Tooby and Cosmides 2001)认为,参与虚构叙事的倾向可以被视为一种增强适应性的改编。就像图比和科斯米德斯说的那样,与不适应游戏的心理结构相比,关于特定体验元素的价值权重信息"被锁定为情感反应,等待着正确的情境线索组合的揭示而触发","虚构的信息输入作为模拟或想象的体验的一种形式,呈现出各种各样的情境线索,可以解锁这些反应,并使这些价值信息可用于产生远见、规划和移情的系统。随虚构小说释放出我们对潜在的生活和现实的反应,我们会对那些没有实际经历过的事情有更丰富和更适应的感觉"(23;同见 Barkow, Cosmides, and Tooby 1992)。

3. 请参阅我在第二章对菲利普·罗斯关于他父亲最后得病的回忆录《遗产》的

讨论,以及我在第三章对玛丽·弗雷纳和杰弗里·布朗图片回忆录的分析。

4. 正如马丁(Matin)所言,"士兵需要承受坚忍的现代火力,这种肯定[代表了]一种对进攻的早期反技术崇拜。这种崇拜得到了大多数英国军官和军事规划者的支持,其影响在一战的伤亡率中显现出来"(2011, 822)。

5. 虽然本书确实依赖于上述四种研究策略,但正如我的评论所指出的,本书的不同部分对这些策略给予了不同程度的强调。因此,第一章和第二部分主要来自策略一和策略二,而第二章和第三部分主要来自策略三和策略四。

6. 然而,我应该在这里澄清,我并没有像瑞安(Ryan 2010)在她的评论中那样,使用**自上而下**和**自下而上**的术语来研究叙事和心智之间的关系。对于瑞安来说,以自下而上的方式(她倾向的策略)研究心智与叙事之间的关系意味着从叙事文本入手(Ryan 2010, 489)。但在我看来,这一提法回避了一个问题:在探究的语境下,什么才是描述文本本身的最佳方式? 对我来说,自下而上的方法意味着跨越学科边界来识别文本模式和它们的研究策略。这些文本模式和研究策略可以被共同认为是研究故事讲述相对于心智科学的有效方法。出于同样的原因,当瑞安总结其评论时表明,关于叙事和心智之间的关系"提出正确的问题",将在这一研究领域中促进最行之有效的方法(488)。她不承认她列出最恰当的问题如何在这个连接中有特殊的共振(包括"沉浸在一个故事是什么意思,是什么特性支持或抑制沉浸式阅读?""什么机制能让读者从文本提供的非常片面的信息中构建一个合理全面的故事世界的形象?""读者如何处理矛盾和不一致的故事世界?")不是因为它们来源于或保持完全专注于"文本本身",而是因为它们来自持续创建更紧密的叙事研究和心智导向研究领域融合的尝试,瑞安在这些尝试中作出过自己的贡献(例如Ryan 1991)。

7. 赫尔曼(Herman 即将出版 b)提供了下一节中实例研究的进一步分析。我非常感谢柯林恩·斯块尔(Corinne Squire)的评论,这些评论为我对《世界大战》及其各种版本的讨论提供了信息。

8. 《世界大战》最初由英格兰的《皮尔森》杂志(*Pearson's Magazine*)和美国的《大都会》杂志(*Cosmopolitan Magazine*)于 1897 年连载,独立小说版于 1898年首次出版。从那以后,它就一直再版。这本书有一系列引人注目的封面,与 H. G. 威尔斯小说的多个译本和版本相对应,见 http://drzeus.best.vwh.net/wotw/。

9. 拉夫根(Lovgen 2005)引用一项研究的数据,该研究估计有 20% 的听众认为广播是真实的新闻报道。拉夫根预料到了坎贝尔(Campbell 2010, 26—44)的分析结果,然而他也注意到,在广播越来越重要的新兴媒体生态中,印刷媒体的记者为了争夺自己的地位,有意夸大了听众被奥逊·威尔斯的作品所吸引的程度。在我对 1938 年广播的讨论中,我还引用了一些其他来源,包括莫森(Morson 1979)以及国家公共广播电台节目《电台实验室》关于奥逊·威尔斯广播的那一集(http：//www.radiolab.org/2008/mar/24/)。我非常感谢麦克·福尔曼(Mike Furman)向我介绍了《电台实验室》关于奥逊·威尔斯广播的节目。

10. 有关 H. G. 威尔斯(H. G. Wells)原著小说中提到的地名,请参阅修斯和格顿尔德(Hughes and Geduld 1993)出版的九页词汇表(227—235)。修斯和格顿尔德也指出(Hughes and Geduld 244),H. G. 威尔斯对电台改编的最初反应是让他在纽约的代表抗议改编版没有经过他同意对他的原始文本所做的变化。或许还伴随着召回 H. G. 威尔斯两个《世界大战》盗版的连载的一整个事件,即在授权小说印刷版的《世界大战》出现前,在 1897 年《纽约晚刊》(*New York Evening Journal*)和 1898 年《波士顿邮报》(*Boston Post*)上刊登的两个版本。这些未经授权的版本分别将事件重设在纽约和波士顿(见 Hughes 1993)。

11. 包含莫里森广播的声音文件可以在这里找到：http：//www.otr.com/hindenburg.shtml。奥逊·威尔斯广播节目的链接可以在维基百科的条目中找到,该条目专门介绍了 1938 年的广播改编版：http：//en.wikipedia.org/wiki/the_war_of_the_worlds_(radio_drama)。

12. 有关这些版本和其他版本的更多信息,除了 Herman(即将出版 b),其他请参见 http：//www.war-ofthe-worlds.co.uk/index.html。这个全面的网站专注于《世界大战》及其各种改编和修改。请参阅我在本节后面部分对这两个概念的讨论："跨媒介世界"(Klastrup and Tosca 2004)和"跨媒介故事讲述"(Jenkins 2006)。

13. 参见 Stanzel(1979/1984),以及本书的第三章和第七章,进一步评论在回顾第一人称或同故事叙述的情况下,年轻的经验自我和年长的叙述自我之间的对比。关于热奈特(Genette 1972/1980)"同故事"和"异故事"术语的定义,以及热奈特模型的其他方面的讨论,见实例分析 Ⅱ 和第七章。

第一章　行动理由背后的故事

1. 正如棱曼(Lenman 2011)所指出的,在哲学文献中,分析者把为**阐释**行动和**证明**行动提供动机区分开来。见 Ritivoi(2009),以及本书的第二章和第八章。

2. 故事讲述者和故事创造者的角色有时是一致的,但并不总是一致的。不重合的实例包括更长口述传统故事的个体表现(见 Lord 1960,以及第六章);电影画外音叙述;文学文本中不可靠的第一人称或同故事叙事,如 1915 年福特·

马多克斯·福特(Ford Madox Ford)的小说《好兵》(*The Good Soldier*)或1842年罗伯特·布朗宁(Robert Browning)的戏剧独白《西班牙修道院独白》("Soliloquy of the Spanish Cloister")。

3. 然而,我在实例分析 I 对 CAPA 模型(语境、行动、人、归因)的讨论中提出了意向性叙事研究方法如何假定这两个域之间基本的连续性。一个域包含行动理由,归咎于给定叙事的创造者或创造者们;而另一个域包含原因,归属于占领最终故事世界的角色。

4. 正如我继续讨论的那样,丹内特将意向系统定义为可以通过采取"意向立场"来阐释和预测的行动集合——也就是说,将信念、欲望和理性的敏锐归因于所讨论的行动集合(例如见 Dennett 1987, 49)。

5. 在这里,我要模糊一下我的主张("**众多交集**"),这就回到导论中首次提出的一个问题,后面我将在本章中再涉及,并在第二章中详细讨论。因为多项研究表明,如何理解人的行动需要不仅仅是有意识的、故意的意图归因,也需要无意的(即预先概念或非概念的)方法。通过人与人之间的协调,或更广泛地说,为行为和互动而体现的、对社会和物质环境的具体协商来产生意义。相关讨论见 Agre(1997)、Butte(2004)、Dreyfus(1992)、Gallagher(2005)、Gallagher and Zahavi(2008)、Gibbs(2005b)、Gibson(1979)、Heidegger(1927/1962)、Hobson(2002)、Merleau-Ponty(1945/1962)、Searle(1983)、Trevarthen(1993)、Warren(2006)和 Zahavi(2007a, b)。

6. 我之所以关注文学叙事,部分原因在于,这些文本体现的特征,正好激发了维姆萨特和比尔兹利等的反意向性讨论。相关特征不仅包括对审美效应超越了实际用途的强调,还包括产生时刻和接收时刻之间时间上的分离。这里说的审美效应,即雅各布森(Jakobson 1960)所描述的诗意功能,或是一组主宰指称功能的消息设计集合,或是一组针对消息内容的集合。正如格里格(Gerrig 1993)指出的,这个时间差距将文学叙事的领会与日常互动中的叙述活动的交集区分开来:"在日常语言的情况下,至少有两个原因令我们相信听话人将正确地还原我们的意图:首先,通过与我们的听众成员分享共识,并持续参见这种共识,我们可以设计我们的话语;其次,我们能够从这些成员那里得到关于相对可理解度的反馈。在很大程度上,作者被排除在这些纠正过程之外"(113;比较 Gibbs 1999, 176—202)。为了适应读者与文学书面叙事交流的复杂性,格里格本人的观点建立在克拉克和卡尔森(Clark and Carlson 1982)的话语概念的基础之上,即话语作为信息或言语行为,在言语情境中为不同类型的参与者分配不同种类的信息;具体地说,格里格对叙事话语的信息性分析表明,"作者把读者当作副参与者(而不是旁听者),把真实的信息传达给他们"（Gerrig 1993，156）。虽然我采用的方法与格里格的分析从细节上看不尽相同，但我跟他的目标是一致的，就是在更普遍的心理倾向和能力范围内定位叙事理解的过程。这里的心理倾向和能力使人类在各种交际背景下理解语言和其他行为，无论是非叙事还是叙事，事实还是虚构的文体。换句话说，我在本章的重点是文学叙事，因为人们普遍认为，文学叙事对如我在本研究中提出的意向性方法构成了严峻的，甚至是不可克服的挑战。我的可行假设是，如果我通过展示意向主义在文学叙事研究上的力量和多产性，来完成这个挑战，然后我加以变通，就可以将论述框架成功地使用在其他叙事实践中，包括那些我在本研究进行讨论的叙事实践。

7. 吉布斯（Gibbs 1999，22—23）区分了四种描述意图的不同方法，这些方法有时会在关于意向性的辩论中同时出现：（1）意图的表达（**我要完成这一章**），（2）意图的归因（**他打算完成这一章**），（3）意图的描述，同时执行一个动作（**他在书写尾注，目的是完成他本章的研究**），（4）行动分类是有意的还是无意的（书中一章的撰写是一个有意的行动，而被在地板上的一本书不小心绊倒不是）。虽然我自己的分析主要集中在问题（2）上，但在叙述语境中阐释归因实践时，我也涉及了问题（3）和问题（4）。更广泛地说，吉布斯（Gibbs 1999）的研究涵盖了一系列的主题，在这方面需要进一步检查，包括无意识的意图、集体意图、导致意图的归因或错误归因的因素、随着时间对意图理解的调节（当一个人继续仔细琢磨一篇具有挑战性的电影或文学叙述时）、讽刺、（不同模式的）口头和书面话语对作者意图归因的共性和对比、多作者文本的归因实践，以及斯坡伯和威尔逊（Sperber and Wilson 1986/1996）的关联理论中关于意图问题研究的针对性（关于最后的这一点，同见 Walsh 2007）。

8. 感谢梅丽尔·卡普兰（Merrill Kaplan）在其他语境中让我注意到这一学术丑闻。另外，要感谢佩·克罗·韩森（Per Krogh Hansen）慷慨地帮助我获得了图 1.3 中图像的副本。*

9. 在这里，我再次背离了克纳普和迈克尔斯（Knapp and Michaels 1982）关于意义即意图的论述。为了支持他们关于意义和意图不可分离的主张，克纳普和迈克尔斯进行了一个思想实验，其中包括刻在沙滩上的华兹华斯的诗节（727—730；同见 Walton 1990，87—88，一个类似诺那摩岩的岩石裂缝上刻了关于金发姑娘的故事，以及 Gerrig 1993，135—137 中 Walton 的实例分析）。克纳普和迈克尔斯（Knapp and Michaels 1982）作了对比：（a）发现第一节已经写在沙子上，假设其意义等同于作者的意图；（b）看到沙滩上对应第二节

---

* 由于图片版权，该图未呈现在译本中。——译者注

诗句的标记,这些标记看上去像海浪随机操作的结果。作者评论道:"只要你认为这些标记是诗歌,你就认为它们是故意的。但是,剥夺它们的作者,就是把它们变成语言的偶然相似性。它们毕竟不是没有意图意义的例子;一旦它们变得没有意图,它们也会变得毫无意义。"(1982,728)然而,我对诺那摩岩的讨论却有不同的焦点。况且,我关心的不是意图的归属如何被定义为意义,而是这些归属最初的动机是什么,以及这种归属如何与意义建构活动的更广泛生态环境相关联,意义建构活动包括最重要的叙事世界创造。

10. 丹内特的这种地位重塑不仅要考虑我在之前段落中提到的发展的、现象学的和生成主义的见解,也要考虑塞尔(Searle 1983)的描述。塞尔提出,任何特定意图的特征来自更广泛全面的意图"网络",反过来,这一网络扎根于前概念"背景"。当对意图的执行或理解尝试出错时,这种背景变得显而易见(155)。正如塞尔所说,"有意识的状态……形成一个复杂的网络。这个网络逐渐隐入到能力的背景中(包括各种技能、能力、先于意图的假设和预设、立场和非表征性态度)。其背景并不在意向性的**边缘**,而是**渗透**在整个意向性状态网络之中。……没有背景,就不会有知觉、行动、记忆,也就不会有意向状态"(Searle 1983,151—152)。比较德雷弗斯(Dreyfus 1992)和卡拉乔洛(Caracciolo 审稿中)认为塞尔的背景概念可以作为小说叙事研究的生成主义方法的观点。

11. 在史迪奇(Stich 1999)的描述中,取消式唯物主义(或"取消主义")"主张在常识心理学中被唤起的某种心理状态实际上并不存在。取消主义者认为,这种心理状态类似于燃素或热量液体,或者可能类似于古代宗教中的神灵:它们的理论严重错误,是不存在的假设"(265)。

12. 这种对意向立场和意向系统的描述比丹内特的要宽泛一些,这让我避免了在丹内特(Dennett 1987)所说的原始意向性和派生意向性之间作出明显的区分:前者以一个人为例,后者以文本为例(289)。也就是说,丹内特(Dennett 1991)在关于如何用意向立场来阐释文本的论述中,他本人的观点超越了这种区分。例如,转写交流互动录音的文本时,他指出:"我们必须超越文本;我们必须把它阐释为**言语行为**的记录;不仅仅是发音或背诵,还有断言、问题、答案、承诺和评论……这种阐释要求我们采取我所说的**意向立场**……发出的声音应被阐释为主体**想说**的东西。例如,出于各种**原因**,他们想要**断言**的命题"(76)。比较吉布斯(Gibbs 2005a)的主张:"任何理论都无法消除假定**某人**为了某种**意向目的**而写了一篇叙事的认知冲动"(249)。

13. 比较列夫·维果茨基(Lev Vygotsky 1934/1962,1978)的心理发展社会文化理论。根据该理论(如我在第三部分中的讨论),心理间过程先于心理内过程,并构成心理内过程的基础。

14. 托宾(Tobin 2008, 2010)以托马塞罗的观点为基础,探索现代主义文学作品如何在共同注意下呈现出分裂,进而阐明作者-读者-文本互动的结构。正如托宾(Tobin 2010)所说:"文学现代主义常常思考,当共同注意(我们现在可能会这样描述它)在运作中受挫时,当作者-读者-文本表面上顺畅的循环被打乱时,会发生什么。然后,人物之间共同注意的场景作为隐喻为整个文本的形式服务,也为保证文本形式的作者和读者之间的新问题式关系服务"(185—186)。库里(Currie 2007)认为,对叙事的参与可以用**引导注意**来描述,通过或多或少协调对构成叙事的事件的相对情感显著性,这种参与是有可能的(25—26;比较 Currie 2010, 97—100, 109—122; Hogan 2011; Velleman 2003)。

15. 这里我的论点与阿波特(Abbott 2008a)的建议不同,叙事的**意向性**阐释可以和他所称之为的叙事的**症状性**和**适应性**阐释放在同样的基础上。这两种阐释分别把故事当作产生条件(社会、意识形态或其他)的症状,或者当作彻底复述的起点(100—111)。相比之下,我认为意向性阐释比其他两种阐释更为基本或基础。你可以把一篇文章解读为一篇叙事性的文章,而不需要从症状或适应的角度去解读它;但是你首先要证实一个故事设计可以追溯到特定叙事的动机,才能从症状或适应的角度去解读。有了动机,然后你可以研究背景或支架,来解读症状或进行彻底改编。

16. 在实例分析 I 中,我认为从布思的叙述中衍生出来的叙事传播模型,不仅扩展了启发式结构,而且使它们具体化。

17. 然而,费伦(Phelan 2005, 66—97)提出,一些自传体叙事(如弗兰克·麦科特[Frank McCourt]于 1996 年出版的回忆录《安吉拉的灰烬》[Angela's Ashes])在叙述者和作者之间存在着差异。

18. 叙事交际图是在文学叙事研究的语境中发展起来的,具有三个层次或层面:最外层是实际的作者和实际的读者;下一个层次,是隐含作者和隐含读者;最后是叙述者和被叙述者。在实例分析 I 中,我认为,通过隐含作者的基本假设,交际图一开始就受到了反意向主义的影响。

19. 有些理论家主张把理由与原因等同起来。更多关于原因-理由区分本身以及相关争论的讨论,见例如 Brockmeier(1995)、Davidson(1980)、Dretske(1989)、Malle(2001)、McDowell(1996)和 Sellars(1956/1997)。

20. 关于类似的评论,"当代语言、行动和意义的哲学家提供的见解表明,维姆萨特和比尔兹利错误地坚持意向性行动的隐私性和公共检验的不可及性",施文顿(Swinden 1999)呼吁一种文学理论,考虑"目的性的概念,这一概念本身存在于我们对世界的体验中,正如它在文学文本中是被复制的一样"(51—52)。

21. 关于形而上和形而下的反事实,见 Roese and Olson(1995);关于这两种反事实在叙事语境中的功能,请参阅 Dannenberg(2008)和 Harding(2007)。形而上的反事实以积极的方向修正实际情况,并与失望的感觉相关联,就像法夸幻想着逃跑,而实际上却死于绞刑。相反,形而下的反事实会做出负面的修正,并与放松的感觉相关联,比如当有人因为避免了一场他们可能但没有被卷入的车祸而心存感激时。参见我在第八章对麦克尤恩的《在切瑟尔海滩上》中反事实的讨论。

22. 请参阅第二章,特别是第八章对非时间顺序叙述的进一步讨论,以及叙事如何能够脱离事件发生的时间线,同样如何压缩或延长事件的相对持续时间——使其成为一种强大的思维工具。

23. 在接下来的段落里,比尔斯用假想动词"知道(knew)"诱导读者走下去,开启了故事的第三部分,讲述了叙事最终揭示只是逃跑幻想的第一时刻:"当佩顿·法夸从桥上径直地向下坠落时,他已经没有了意识,就像是死了一样。仿佛过了很久,颈部剧烈地挤压所带来的疼痛使他从这种状态中清醒了过来,接着就感到了窒息……突然随着'啪'的一声响,环绕在他身边的光迅速地向上升起,他的耳边传来一阵可怕的怒吼,一切陷入了冰冷和黑暗之中。思考的能力恢复了,他**知道**那条绳索已经断了,他坠入了河中"(Bierce 1909/2004,第 18 段;黑体为后来标示)。戴维森(Davidson 1984)认为,比尔斯贯穿于作品中对感知的重释能力的强调出于一种更高阶的意图。与这一强调相关联的是,比尔斯在《鹰溪桥上》中使用了花园小径式诱导:"[比尔斯]的虚构实验功能之一……是缩小虚构事件及其阐释者之间的差距,通过找出这些事件的内在阐释。人类的局限性……导致读者误读《鹰溪桥上》,与让法夸相信绳子断了,或更抽象地说,一开始引导他来到鹰溪桥的原因是一样的"(55)。

24. 比较吉布斯(Gibbs 1999)的表述:"我的观点是,理解另一个人说(或写、创造)的意思,需要对这个人的交际意图有一定的认识,即使我们有时推断出的含义与那个人的意图不同。理解别人所说的话不能被归结为,或扎根于考虑人类意图之外的人工制品的自然或传统的意义"(42)。

25. 比较俄罗斯形式主义文学理论家使用的 sjuzhet 和 fabula,或者类似的搭配,如 discourse 和 story(Chatman 1978)、narrative 和 narrated (Prince 1982)或者 text 和 story(Rimmon-Kenan 1983)。

26. 多勒泽尔(Doležel 1999)认为,通过选择**叙事**或故事的概念而不是世界的概念作为叙述各种的共同特征,早期的叙事学家,如罗兰·巴特,没有办法记录阐释者如何引导自己到达自主的小说世界与可证伪的历史叙事世界的差异。为了捕捉这类差异,科恩(Cohn 1999)认为历史话语是指称性的,而虚构的话语是非指称性的,因为它是不可证伪的。然而,正如第三章中所讨论的,我使用了比科恩意义更广泛的措辞,如"叙事的指称维度"等。在这种过程中,我试图保持这样一种直觉,即虚构和非虚构的叙事都是由"指称表达的序列"组成的(见 Schiffrin 2006)。指称表达的性质和范围将根据所涉及的叙事媒介和文类而有所不同。根据叙事性世界创造的协议,其中包括将交际意图(可取消的)归因于故事创造者,阐释者将所涉及的指称表达式阐释为具有世界索引的功能。

27. 根据热奈特(Genette 1987/1997)所定义的,这种副文本包括"口头或其他产品,如作者的名字、标题、前言(或)插图……围绕(文本)展开,目的恰恰是为了**展示**文本。'展示'这个动词采用的不仅是其通常意义,也是其最强的意义:**使展示出来**。确保文本,它的'接收'和消耗,在世界上展现出来。……副文本不仅仅是一条界线或一个封闭的边界,更确切地说,它是一个门**槛**,或是一个'前厅'(博尔赫斯在序言中使用的一个词),为整个世界提供了进入或返回的可能性。它是内外部之间的一个'未定义区域',一个在内部(转向文本)或外部(转向关于文本的世界话语)都没有任何硬性和稳固界线的区域"(1—2)。热奈特将副文本的这两面分别标记为**内文本**(peritext)和**外文本**(epitext)。

28. 欧文斯(Owens 1994)指出,比尔斯文本中所描述的事件并没有完全脱离经过证实的历史事实,它们的部分成效来自于事实的(因为可证伪)地理和历史信息的关系。欧文斯指出,比尔斯作为联邦军队的制图师,把鹰溪从其田纳西州的实际位置移到虚构世界中的亚拉巴马州北部,比尔斯的"移位肯定是故意的,并且因为他对地理位置的关注,这不仅仅是偶然的地理虚构"(84)。确切地说,比尔斯转置鹰溪的位置,使得法夸的绞刑现场与记录的1864 年晚期的战时事件更可信地契合在一起,与建成的铁路线路位置一致,也与故事读者可能了解的田纳西州真正的鹰溪桥布局一致(Owens 1994,84—85)。在欧文斯的描述中,通过这些改变,比尔斯去除了可能阻碍或至少抑制读者(某些)转移到虚构故事世界的想象力的特征,增强了叙事沉浸式的潜力。

29. 戈尔曼(Gorman)指出,其他类型包括隐喻和反讽;比较"你是我咖啡里的奶油"或者"比尔斯的故事有这样一个幸福的结局"。

30. 因此,欧里根和诺伊(O'Regan and Noë 2001)认为,视觉感知,"不是包含在对外部世界的内部表征创新中,通过外部世界的激活生成的视觉体验,而是[可视为]一种探索性的活动"(940)——尤其是,通过由感觉运动偶然性的相关知识来调节探索环境的活动,例如,作为一个视觉感知者就是"有能力使用掌握感觉运动偶然性的相关视觉规则"(943)。同样,诺伊(Noë 2004)认为"感知取决于对某种实用知识的拥有和运用"(33),而诺伊(Noë 2009a)则认为"意识不是在我们内心发生:它是我们在与周围世界的动态互动中积极做的事情"(24)。

31. 再次,比较欧里根和诺伊(O'regan and Noë 2001)关于视觉感知是一种探索活动的模式的论述,这种探索活动涉及特定种类的技能或专门知识,允许将场景的聚焦特征作为越过世俗环境的可供性(946)。沿着同样的思路,诺伊(Noë 2009b)指出他感兴趣的是发展他所谓的准入普遍理论,提出"对于有意识的心灵来说,世界并不是呈现出来的,而是可用的,或者是可进入的。获取准入的基础是人类(或动物)拥有接触周围世界的技能和能力"(137)。

32. 比较特洛先科(Troscianko 2010)的评论,关于卡夫卡的文本如何实现部分陌生化效应,"剥夺了我们通常意义上对常见实体和空间,如路径和城堡等的熟悉度,[因此]显示出我们在多大程度上相信熟悉的事物,因为它可能对我们可用"(157)。

33. 参见第四章进一步讨论斯坦泽尔的叙事情境概念。

34. 我把文本设计和故事世界之间的映射关系描述成新兴的、概率性的、基于显著性的,就是要调用吉布森(Gibson 1956/2001, 1966, 1979)的生态心理描述,即动物、人类和非人类的知觉系统如何根据当前环境的可供性与其周围的环境交涉。正如吉布森(Gibson 1956/2001)所说:"假设感官刺激不能指定物体,只能指定它们的某些属性,那么这些刺激必须被视为**线索**。感知和对象必然是物体的间接功能,因为线索作为物体指示的有效性是有限的。即使是最精细的感官刺激组合也不能为动物指定一个物体——它只能使物体的存在变得极为可能……[因此]感知过程和环境本身都是**概率性的**,也就是说,是不完全合理的"(244—245)。通过这种方式,吉布森提倡"一种一致的功能主义,有机体通过调整其行为而生存,以适应一个世界,其中只有可能存在的物体"(246)。关于吉布森思想的进一步讨论见第二章。

35. 在这里,我借鉴了杜威(Dewey 1934)开创的美学体验方法,以及舒斯特曼(Shusterman 1992)对这一方法的重述。对于杜威,美学体验不是作为可以被封锁和划分的自主实践的一部分,例如,在博物馆、展览或者在文学叙事中。美学体验一般需要被理解为一部分更广泛生态或环境的人类体验。在人类体验中它们出现,并朝着这个方向以新的方式将阐释者的注意力进行自身重新导向(Shusterman 1992, 34—61;比较 Johnson 2010, 133)。类似地,我认为,在文学语境中赋予交际意图的过程,可以将阐释者的注意力转向归因实践的更广泛生态,即跨越各种交际环境。

36. 格里格（Gerrig 1993）评论了伊顿（Eaton 1983）关于亨利·詹姆斯的多义的（和多种诠释的）小说《螺丝的转动》（*The Turn of the Screw*）的描述,指出"作者为了满足他们的审美目标,可能故意使某些问题含糊不清……[这样]争取一个独特的意义是无法以詹姆斯意图的方式来体验小说的"（115）。

37. 克纳普和迈克尔斯（Knapp and Michaels 1982）在保罗·德·曼（Paul de Man）的著作中发现了同样的分析方法。正如克纳普和迈克尔斯所言,"对于像保罗·德·曼这样的理论家来说,对比语言行为[比较**言语** parole],语言[比较**语言** langue]的优先性表明,通过增加意图来达到确定意义,所有这样的尝试都违反了语言的真实条件"（733）,这"在本质上是随机的和机械的"（735）。因此,作为"消极的"或反意向主义的理论家,德曼基本方法论的规定可以描述如下:"当面对一个疑似言语行为时,将它解读为语言"（736）,也就是说,解读例证语言系统的性质或品质,不带任何交际意图或目的。

38. 有关这一让步的一些问题性的后果,进一步讨论请参阅实例分析Ⅰ。

39. 本章对所探讨的问题进行了富有成效的讨论,其中一些问题也构成了实例分析Ⅰ的重点。在此我感谢 Porter Abbott、Jan Alber、Jens Brockmeier、Marco Caracciolo、Richard Gerrig、Luc Herman、NickHetrick、Matti Hyvärinen、Anne Langendorfer、Paul McCormick、Kai Mikkonen、Jarmila Mildorf、Alan Palmer、Maria Stefanescu、Leona Toker 和 Emily Troscianko。

实例分析Ⅰ：CAPA 模型：超越叙事交际图

1. 正如最初在本书导论处提出,并在尾声中进一步讨论的,在故事和心智科学的跨学科方法中,多种学科都聚焦于心智-叙事联结上。每个学科对于手头的问题都带来了自己领域的概念和方法,在某种程度上促进真正的对话与交流,而不是任何参与学科从属于其他学科（同见 Herman 2011e, 2012c）。

2. 我转向詹尼和古德温对比尔斯的故事的图像改编,预示着我在第三章对多模态叙事的分析,包括用文字和图像讲述的故事。我要感谢俄亥俄州立大学比利·爱尔兰漫画图书馆兼博物馆的苏珊·利伯拉托尔（Susan Liberator）,感谢她帮助我获得使用詹尼和古德温作品的许可。

3. 克拉申（Claassen 2012）使用实验方法,包括有声思维法、问卷调查和阅读时间测量,指出了实证（特别是心理语言学）方法在研究读者对文学叙事中作者意图和态度的推断方面的相关性。克拉申发展了对作为联合伪装的小说的广泛意向主义方法（107—111）;这种方法建立在第一章的讨论之上,不仅包括托马塞罗（Tomasello 1999, 2003）对共同注意场景的研究,还包括克拉克（H. Clark 1996）、丹内特（Dennett 1981, 1987, 1991, 1999）还有一些认为"当人们从事日常交流活动时,理解他人的意图是至关重要的"(Claassen 2012, 56)的分析者的研究。克拉申既关注读者参与叙事过程中的在线推理,也关注读者完成文本后的离线推理;她的研究结果表明,"即使读者没有关于文本实证作者的任何信息,他们(以自下而上的方式)创造带着某种目的写文本的人的心理表征",而如果读者有关于文本作者的传记信息,"他们基于语境信息和来自文本的信息(以自上而下的方式)创造作者的心理表征"(211)。克拉申的研究对这里和第一章的阐述都有显著的意义;然而,考虑到我所说的隐含作者概念的反意向主义遗产,我认为克拉申在调用隐含作者的概念来描述作者形象时,通过读者基于文本对潜在交际意图进行推断,这么做削弱了她自己的论点。同样的批评也适用于克拉申对叙事交际图作为分析资源的诉求(例如,参见48—50)。

4. 普林斯(Prince 1987/2003)将**叙述者**定义为"进行叙述的人,正如文本中记载的"(67),将**受述者**定义为"被叙述的人,正如文本中记载的"(57)。因此,正如我接下来要讨论的,被叙述者处于一个文本记载的接受位置,与**隐含读者**有着不同的地位——这是一个接受策略的标签,由给定文本触发,而不是在文本中表现出来的。

5. 纽宁(Nünning 2005)指出,布思(Booth 1961/1983)描述隐含作者"不是作为一种技术或形式的手段,而是作为文本的信仰、规范和目的的来源,其意义的起源,'所有角色的每一点行动和痛苦的道德和情感内容'的体现"(239)。有关他创造的**隐含作者**一词的最初动机,生动、可读的描述请见 Booth(2005)。关于概念的范围和限制的进一步讨论可在以下文献中找到:Abbott(2008a,2011)、Claassen(2012)、Cohn(1999)、Genette(1983/1988)、Herman et al.(2012)、Kindt and Müller(2006)、Nünning(1997, 2005b)、Phelan(2005, 38—48)、Richardson(2006, 2011)和 Ryan(2001b)。

6. 有关这项重新评估计划的不同意见,请参阅 Shaw(2005)。肖(Shaw)认为,对图表的不同理解和使用反映了关于各种叙事的不同假设,应该视为正常,例如,那些相对突出、完全特征化的叙述者(如亨利·菲尔丁[Henry Fielding]的小说),相对于更加秘密、隐性的叙事存在(如许多卡夫卡的叙事)。

7. 因此,尽管热奈特(Genette 1983/1988)在使用奥卡姆剃刀原理批判隐含作者的概念时,对代写的叙事和骗局破例(146—147),但我认为在这些情况下,用意向主义方法来叙述世界创造也不失为一种节俭。

8. 有关这些问题的进一步讨论,请见 Herman et al.(2012,150—154)。

9. 关于单模态和多模态叙事的结构对比的进一步讨论见第三章。有关改编中媒介转换的讨论,见 Bolter and Grusin(1999)、Genette(1982/1997)和 Herman

（2004a）。

10. 这种跨媒介的、或如热奈特（Genette 1982/1997）所称的跨声音的内容,在比尔斯的原文中以第三人称或异质叙事的形式出现,这些叙事总结但并不旨在引用法夸的精神状态和态度。将第一个文字气泡中的内容与比尔斯文本中的相关摘录进行比较:"一想到他的妻子和孩子们,他又竭力地继续向前走。"在这句反思中通过对法夸戏剧化的活动,并通过扩展文本（"他们会等待……担忧"）,詹尼和古德温推进变化的总体轨迹,当他们的改编与比尔斯的来源故事相对比时,变化的总体轨迹变得明显:以这样一种方式定位读者,使他们与法夸更加紧密地同步起来,因此更倾向于同情他的遭遇。同样,将图 I.3 中第一幅图使用的对话气泡的内容与比尔斯的原始版本进行比较,比尔斯的原始版本在这部分文本中没有使用直接话语。关于这种（文本提示的）定位动态和提供的同步模式,更多信息见实例分析 III 和 Herman（2009a, 55—63）。

11. 注意,这句话的第一个**阐释**与以下用法类似,如**指挥家对交响乐的阐释**或**演员对哈姆雷特这个角色的阐释**。其中,一个阐释,如改编,由一个人在一个语境中实施的行动组成,可以或多或少直接映射到另一个之前的语境。尽管阐释和阐释语境的特点可能不同,但指挥家可以通过改变交响乐的节奏或特定音符的重音程度来诠释交响乐。《哈姆雷特》的背景可以设定在 19 世纪的维也纳,也可以设定在 21 世纪的蒙特利尔。每一种情况下,行动理由之间都由程度不同的类比关系联系在一起。因此,CAPA 模型可以用来强调一般阐释实践之间的基本连续性,产生音乐、戏剧和其他表演的阐释实践模式,还有其他种类的对之前的文本进行电影、图像和其他改编的阐释实践。

12. 关于最后一点,请参阅我在实例分析 III 中对"对话场景"的讨论。

13. 关于语篇中的衔接关系,见 Halliday and Hasan（1976）。关于连载漫画单页和跨页的语言-视觉设计所产生的衔接形式,请参阅格伦斯滕（Groensteen 1999/2007）对他称之为**编织**的结构的描述。

第二章　将人（及其理由）置于故事世界

1. 丹内特（Dennett 1969）首先阐明了描述和阐释在个人层面和遗传及生物因子层面之间的区别（同见 Dennett 1991）。戴维斯（Davies 2000）概述了丹内特的观点,该观点基于这样一种假设,即行动、情感和经历等个人层面的现象不应等同于遗传及生物因子的心理机制和过程。正如戴维斯所言,"在个人层面上,我们谈论的是这样的人,体验、思考的发出者和主体。我们描述人们的感觉和行为,并根据他们的感觉、欲望、信仰和意图来阐释他们的行为。这些阐释是独特的,不是直接因果关系的。它们不是通过阐述心理过程来起作用的。个人层面的阐释更不可能假设物理机制支撑人的活动来起作用了"（2000，88）。戴维斯还提出，个人和遗传及生物因子层面是通过互动而非还原的方式联系在一起的，他发展出的论点与贝克（Baker 2000，2007a，b，2009）对个人的非/反还原主义的描述相一致，下文有相关讨论。

2. 在这里和下文中再次使用模糊限制语（"通常扎根于""众多交集"），因为我在第一章中提到的研究以及我在本章继续讨论的研究表明理解人的行动不仅仅需要有意识的故意的意图归因，而且需要与行为和互动的社会和物质环境进行非心理化、具体的协商。

3. 这种说法的一个推论是，可能存在人类与非人类。支持将非人类以及人类动物纳入人的范畴的论点，见 Cavalieri（1998）、Giroux（2002，2007）、Herzing and White（1998）及以下注 7。也参见第五章。

4. 正如第一章所指出的，史迪奇（Stich 1999）将取消式唯物主义描述为"在常识心理学中引发的、并不真正存在的某种心理状态"（265）。

5. 海德（Heider 1958）也区分了人的感知的两个方面：感知他人和作为感知者与他人进行互动（22）。我在本章后面讨论的发展研究表明：尽管第一个方面在婴儿出生时就可以观察到，但第二个方面涉及后天获得的技能；研究表明，这些技能在孩子两岁时就会显现出来（见 Barresi 2007；Hobson 1993，2002，2007；Trevarthen 1993，1999）。

6. 我在第五章回到斯特罗森的叙述，在那里我讨论了人的概念对理解故事世界中的角色的含义。更具体地说，本章将人物置于第一部分概述的两种叙事视角之间的接口：叙事视为阐释的目标（从这个角度看，一个人物形象是一个典型人物或世界中的个人），而故事视为一种阐释的资源（从这个角度看，人物形象促成了典型人物在文化中的循环，从中出现了给定的叙事，而叙事有可能反过来影响文化）。

7. 贝克认为，与人类动物拥有"完整的"第一人称视角相比，非人类动物顶多拥有"最基本的"第一人称视角（Baker 2000，61—64；2007a，26—29；2007b，70—71）。我反对这一观点。因此，在之前的研究中（Herman 2011d，2012a，b，c，d），我以余克斯库尔（Uexküll 1934/1957）的开创性的有关**多重环境**的概念或现象性体验世界的研究为基础，并基于来自认知行为学领域（Allen and Bekoff 1997；Griffin 1976/1981；Ristau 1999）和来自心智哲学（Noë 2004，2009a；Thompson 2007；Varela，Thompson，and Rosch 1991）的其他观点，探索在面对世界的方式上物种间的差异问题。这里所说的差异可以追溯到智能主体和周围环境之间不同种类的功能耦合（见第一章）。反过来，一个既定主体的感觉运动能力使其利用环境的方面作为生态情境功能，通过这种方式,耦合模式成为可能。我的研究方法从一个假设出发,不同物种中主体与环境的相互作用在定性细节上有所不同,但它们的基本结构仍然如此。因此,与贝克相反,我认为非人类和人类的经历在不同等级的思维种类中的层次并非不同,而是在相互交叉的认知生态系统中所占的位置不同(见 Hutchins 2010 和第五章)。

8. 贝克(Baker 2007b)用一个引人注目的例子来证明她的立场。谈及 2001 年 9 月 11 日纽约恐怖分子袭击世贸中心双子塔,她提出,取消主义者致力于认为,"当(我们说)世贸大楼倒塌了,唯一变化的是粒子的排列。但什么也没有消失";而还原主义者的观点是"之前有塔,但塔实际上只是占据时空点的物质,按塔的方向排列";非还原论认为,"可以这么说,表面上的塔确实是独立存在的。粒子组成了塔,但塔不只是完全相同的粒子……排列成塔的方向"(26)。贝克继续写道,"只有非还原论才能将我们的日常话语视为表面的真实,根据这种观点,'双塔倒塌'暗示着一些重要的东西完全消失了"(31)。

9. 贝克的模型为非人类(如外星生物)存在的可能性留下了余地(Baker 2007a, 28),并认为接受人工耳蜗植入或其他仿生增强的人,尽管他们的生物体特征发生了改变,但仍然是人(2000,106—107;2009,4)。正如在注释 7 中指出的那样,贝克先验地否定了非人类动物作为人的地位。在我看来,这是有问题的(再参见第五章)。

10. 个人层面的现象构成了一个独立的研究领域,将这种想法比较弗拉纳干(Flanagan1984/1991)关于"心理学阐释的自主性论题"的描述。他将这一论题追溯到一众理论家中弗洛伊德的论述。根据这个论题,"心理科学应该用自己的词汇来构建它的规律和原则,而不是试图强迫将其翻译任何已经存在的自然科学词汇。这种**自主论题**涉及对还原主义方案的全盘否定"(60)。

11. 因此,扎哈维(Zahavi 2007b)写道:"我很乐意承认,叙事在自我的某个维度或方面的构成中发挥着重要作用。然而,我反对排他性主张,也就是说,**这种自我是一个叙事建构的实体,每一次**对自我和他人的访问都是通过叙事作为中介的"(184)。对于斯特罗森来说,有些人不认为体验是一个历时展开的单一整体,而是一系列的因果关联的、现象上离散的事件(Strawson 2004),斯特罗森反对他所称的"心理叙事性论题"或声称"人类通常将他们的人生看作或过成或体验作为某种形式的叙事或故事,或者至少是一组故事"(428),也反对他所说的"道德叙事性论题"或声称"将一个人的生活体验或想象成叙事是一件好事;一个丰富的叙事视角对于美好的生活、真实的或完整的人格至关重要"(428)。反过来,在某种程度上,瑞提沃(Ritivoi)将叙事作为意义创造的实践,或"世界故事化"的资源,与我描述的叙事范围一致。瑞提沃(Ritivoi

2009)批评了斯特罗森的立场,认为他遗漏了更广泛的故事阐释功能,故事讲述的是自己或他人的行动理由:"斯特罗森并不认为故事描述人们的情况。但是,无论是否如此,根据其他一些已经毋庸置疑的说法以及基于因果关系的事件之间的联系,叙事肯定能阐释人们的行为,通过使人们的生活经历——决定、意图、计划、欲望——显得连贯而合乎逻辑、高尚或琐碎、善良或不道德"(39)。

12. 约翰逊(Johnson 2010)对由约翰·杜威(见 Dewey 1896, 1925, 1934)发展的体验的整体讨论表明,杜威的观点预示了吉布森的生态方法:"杜威认为体验的基本单位是一个集成的动态整体,经由一个活跃的生物体及其复杂的环境之间的协调而出现。因此,体验具有有机体的各个方面和环境特征的动态关系。只有在这样一个多维的、有目的的整体中,我们才标记出区别并认出与我们作为社会生物的目的、兴趣和活动相关的模式"(124)。

13. 同样,对于吉布森来说,对人类时间体验的研究需要进行生态校准。用吉布森的话来说,"人们所感知到的变化,即行为所依赖的变化,既不是非常缓慢,也不是非常迅速。人类观察者不能察觉山的侵蚀,但他们能察觉岩石的坠落……在[生态方法]中,重点将放在物质世界地球层面的事件、周期和变化上"(1979, 11—12)。在这种情况下考虑叙事的暂时性方面是有趣的。叙事的暂时性被热奈特(Genette 1972/1980)称为持续的时间或故事的力量,通过改变文本空间使用量和故事世界中经过时间之间的比例,故事的力量可加快或减慢所报道事件展开的速度。见第八章和我下面关于菲利普·罗斯的《遗产》的讨论。我认为罗斯使用叙事的时间控制力量,将他父亲行为的各个方面与行动理由相吻合,这在重建赫尔曼·罗斯更长的生活史中变得越发明显。

14. 与此相比,德雷福斯(Dreyfus 1992)讨论了与人类尺度环境的协商,是如何取决于熟练利用适于人类活动和目标的可得性。正如德雷福斯所说:"我们在这个世界上是自由自在的,我们可以在其中找到自己的方式,因为这是**我们**自己创造的世界,作为我们实用活动的环境……这个世界或情境……使我们能够专注于其中的重要对象,[并]根据我们的任务进行组织。这些都与目标有关,而这些目标又与人的社会和个人需要相对应,正是这些人的活动创造了世界"(292)。

15. 这里比较一下加拉格尔和哈托(Gallagher and Hutto 2008)的评论:"我们对他人行动的理解发生在最高、最适当的实用层面。也就是说,我们在最相关的实用(有意的、目标导向的)层面上理解行动,忽略了可能的遗传及生物因子或较低层面的描述……如果,在一块松动的木板附近,我看到你伸手去拿锤子和钉子,我从锤子、钉子和松动的木板上知道你的意图,就像我从你的身体动作或头脑中的假设观察到的一样。我们根据语境化的情境中设定的目标和意图,来阐释他人的行动,而不是根据他们的肌肉表现或他们的信念来抽象地阐释"(24)。

16. 与宏观层面或聚合模式的最后一点相结合,参见实例分析Ⅱ关于讨论马诺维奇(Manovich 2001)数据库的范式逻辑与叙事的组合逻辑之间的对比(225—243)。同时,韦特海姆(Wertheim 2009)用一本书的长度描述了2008年罗杰·费德勒(Roger Federer)和拉菲尔·纳达尔(Rafael Nadal)之间的温网男单决赛,表明了如何利用故事逻辑来阐明数据库的逻辑。比赛统计数据显示,费德勒有66%的第一发球得分,有25个直接发球得分和52个非受迫性失误,而纳达尔有73%的第一发球得分,有6个直接发球得分和23个非受迫性失误(Wertheim 2009, 207)。但可以说,正是韦特海姆对这场比赛的描述,才使得这些统计数据上的差异能够被语境化,并映射到策略和风格上的差异:"费德勒天生厌恶风险……尽管他很保守,[在与纳达尔的比赛中输掉前两盘后]他意识到,要想扭转局面,他需要少一些克制,尤其是在关键时刻"(105)。

17. 关于维果茨基(Vygotsky 1934/1962, 1978)的类似观点,即内部过程源自社会、心理间的参与模式,这方面的论述见第四章和第三部分。同见卓普林(Jopling 1993)的评论:"一个人之所以成为一个人,其原因不是在'头脑内部',而是在外部,在人与人之间的关系中,在'对话网络'中……没有社会关系性和人与人之间的相互关系,就不能充分地描述人。主体间性哲学的共同主题是自我和人格的可能性条件被他人所承认。在人际二元关系之前没有自我或认知主体"(298)。

18. 比较扎哈维(Zahavi 2007b):"从发展的角度来看,将叙事作为主体间性的基础是行不通的。儿童只有在相对较晚的阶段才能习得叙事技巧,但从出生起,他们就开始参与越来越复杂的社会互动形式"(195)。

19. 加拉格尔和哈托(Gallagher and Hutto 2008)将这些参与模式称为"直接的、非心理化的"(21)。

20. 正如霍布森(Hobson 2007)所写,"这些视角有一种以人为本的特质,由此为孩子与他人态度的接触创造了条件。在这种条件下,孩子不仅能认识到有不同的视角的存在,还能认识到正是人们拥有不同的视角"(57)。

21. 相比之下,布鲁纳(Bruner)的评论是:"只有用孤立的个人主义思维模式取代交易思维模式,英美哲学家才能让其他思维显得如此晦涩难懂"(1990, 33)。

22. 比较加拉格尔和哈托(Gallagher and Hutto 2008)的观点,他们认为,在儿童的早期,"人类互动和主体间理解的能力已经在某些具体的实践中完成了——这些实践包括情感的、运动感觉的、感性的和非概念性的。……这些具体的实践构成了我们理解他人的主要途径。即使我们在这方面有了更先进的能力,这些实践也会继续发挥作用"(20)。

23. 参见加拉格尔和哈托(Gallagher and Hutto 2008):"寻求他者动机的叙事理解,不是描述他者的'内在'生活——如果这被理解为一系列因果有效的心理状态。我们试图理解的东西要丰富得多;这是他者的动机,在更长的历史和项目中显现出来,这最好以叙事的形式捕捉。理解他人的动机不应被理解为指定他们离散的'心理状态',而应将他们的态度和反应作为整体情境下的人们来理解。我遇到了一个他者,不是从他们的环境中抽取出来的,而是在某件事的中间。这件事有一个开端,并往某个地方前进。我把他们放在一个故事的框架里,在这个框架里,我可以扮演一个角色,也可以不扮演。叙事是……关于他们周围世界正在发生的事件……,以及他们理解和应对这些事件的方式"(33—34)。

24. 请参阅霍金斯(Hawkins 1993)关于**病情记录文体**的描写——也就是说,疾病的传记或自传体描写。其中关注疾病的方面,可以跟罗斯的《遗产》产生关联。另外参见 Charon(2006)和 Hyden(2005)。

25. 正如第八章中详细讨论的,**迭代叙述**是热奈特(Genette 1972/1980)的术语,指单次叙述的行动或事件在故事世界中可能发生过不止一次。**单一叙述**是单一地报告单一事件,而**重复叙述**是重复报告不止一次发生过的事情,两者都属于时间现象的范畴,热奈特用**频率**这个词来标记。

26. 对于本章的评论,要感谢 Rita Charon、Shaun Gallagher、Dan Hutto、Irene Kacandes、Eddie Maloney,以及参与 2008 年 7 月由欧洲科学基金会资助的圣马力诺社会认知和社会叙事大讲堂、2009 年 10 月由俄亥俄州立大学叙事研究所倡议主办的"叙事、科学和表现"研讨会、2011 年在加州洛杉矶举行的现代语言协会大会"跨媒介和跨学科叙事理论"特别会议上的各位演讲者和讨论者。

第三章　跨媒介与跨文类建造故事世界

1. 正如我在第一章中讨论并在本章最后一节中重申的那样,结构主义者未能研究叙事世界建构的问题,这可以被追溯到索绪尔语言理论(Saussure 1916/1959)的各个方面,早期的叙事学家将其视为"实验科学"。相比之下,自结构主义以来,多年来各个领域,包括课程分析、认知语言学、哲学以及社会和认知心理融合研究的发展揭示了研究人们如何部署各种符号系统指代并构成其体验的各个方面的重要性。因此,与叙事分析学家最近的其他研究(例如 Doležel 1998;Duchan, Bruder, and Hewitt 1995;Gerrig 1993;Pavel 1986;Ryan 1991;Werth 1999)相似,我认为叙事的根本功能是世界创造和世界探索,也就是说,通过故事讲述和相互之间的交流来与世界进行富有想象力的互动（同见 Herman 2002、2009a 和即将出版 b，以及 Herman et al. 2012 中本人的部分）。

2. 有关经典叙事方法与后经典叙事方法的更多详细信息，请见 Herman（1999）、Alber and Fludernik（2010）、Herman（2012d）和第八章。关于结构主义革命及其形成方式的说明，特别是叙事的结构主义理论，分别见 Dosse（1997）和 Herman（2005a）。

3. 更准确地说，回到我在第一章中关于文本可供性和叙事世界建构的问题，阐释者勾勒出故事世界的这些方面的程度将取决于他或她参与有关叙述的目的和本质。

4. 在 Herman（2009a）中，我更充分地将叙事描述为一种表征方式：（1）必须根据特定的语篇上下文或场合进行阐释；（2）着重于特定事件的结构化时间过程；（3）关注本身在故事世界中造成的某种破坏或不平衡；（4）表达这个流动的故事世界中的生活景象。

5. 参见 Herman（2009a）和我在 Herman et al.（2012）中的部分，可以初步看出本段所述模型的各个方面的草图，并在本书第二部分得以进一步论述。此外，正如 Herman（2009a，105—136）中讨论的那样，我对古德曼（Goodman 1978）的具有开拓意义的著作进行调整，聚焦于世界建构叙事的叙事方式，用于分析世界创造和探索中具有特色的叙事方法。

6. 在此方面，具有重大的历史讽刺意味的是，结构主义叙事学的一个奠基性的文献是弗拉基米尔·普罗普（Vladimir Propp 1928/1968）关于口传民间故事的研究。早期的叙事学家并未考虑到普罗普观点的适用范围，试图将其扩展到所有叙事中，包括复杂的文学文本，而他的观点是为适用范围有限的俄罗斯民间故事语料库设计的工具。详情见 Herman（2004a）。

7. 本章未考虑的另一个重要问题是：用言语和静态图片表达的故事，它们是否提供了不同于多模态叙事的故事讲述可能性？多模态叙事利用了不同的符号学渠道，如面对面叙述中使用的言语和手势，或者电影或电视叙事中使用的运动图像和音轨，或者是通过现场戏剧表演传达的叙事。本章无意再深入探讨在所有这些符号环境中"故事世界化"的过程（请参见我在实例分析 V 里关于日常故事讲述中身势语使用的讨论）。相反，我专注于文字-图像组合所造就的一系列故事叙述风格，试图描绘出一种多模态语境中的叙事世界建构的典型情境，而不是穷尽所有可能。即便如此，此处概述的查询框架旨在也适用于其他类型的故事讲述环境。

8. 布朗（Brown 1995）认为严格来说没有所谓外指（exophoric reference），因为所有指称都是通过人们想要指称的实体和领域的概念模型而产生的。详情见实例分析 V 和 Herman 2002,第 331—371 页。

9. 像"我""此地""此时"这样的指示性词汇,其含义取决于谁在说它们,以及在什么话语场景来说(再次参见实例分析 V)。关于指示转移(deictic shifts)的进一步研究,请参阅后文。

10. 然而,米切尔(Mitchell 1978)认为"与 18 世纪的插画家的同学做法不同",布莱克的方法"并不是为了给文本中描述的场景提供一种合理的视觉效果,而是场景所蕴含思想的象征性再创作"(18)。因此,布莱克的图像轨与语言轨是一种转换,而不是翻译(19)。

11. 例如,在现存的《经验之歌》的首批印本中,布莱克为《毒树》使用了两种不同的配色方案(Phillips 2000, 104),"现存的 28 份合订本中,布莱克对诗歌有 19 种不同的排版"(Gleckner and Greenberg 1989, xiv—xv)。尽管我不会进一步评论《毒树》的印制方法,也不会再讨论《天真与经验之歌》中它跟其他诗歌一起排版时的设计考虑意图,布莱克对这些问题表现出的明显关切在我们在考察他作品的语言和视觉元素互动之时同样值得关注。正如米切尔(Mitchell 1978)所言:"布莱克的书有一个特点是图画和印刷形式的相互自由渗透,如果将印刷工和雕刻师的工作分开,这个特点就无法展现……从某种意义上说,如果要讨论一种在概念和执行上都融为一体的艺术组成部分之间的'关系',这在道理上是说不通的"(15)。

12. 加拉格尔(Gallagher 1977)将布莱克的毒树跟《经验之歌》中另一棵树更加正统的寓言再现区别开来,那就是《人的抽象》("The Human Abstract")中的"秘密树"("地球和海洋之神/到自然中来寻找这棵树;/但他们的搜寻全然无用:/有一棵长在人脑中"[第 21—24 行])。与这种修辞用法相反,"布莱克的毒树不是隐喻:它是叙述者声称用来导致仇敌之死的物体工具"(242)。比较 Welch(1995, 243—244)。

13. 我所用的"谱系"一词接续了弗里德里希·尼采(Friedrich Nietzsche 1887/1968)所开拓、并由米歇尔·福柯(Michel Foucault 1971/1984)注入活力的意义传统;在这种用法中,谱系是叙事式研究模式,旨在发现被遗忘的相互关系,重新建立模糊或未确认的血统传承,并揭示机制、信仰体系、话语或分析模式之间的关系,之前它们可能被认为是完全不同且无关联的。跟实例分析 III 中讨论的一些想法一致,布莱克的文本可以被视为一个实践行为的谱系,它导致人们被建构成仇敌或敌人,换言之,是拒绝将憎恨、冲突或敌意视为关于社会关系的残酷事实。

14. 关于叙述自我和经验自我的分野问题,见 Stanzel(1979/1984)、本章最后一节和第七章。

15. 关于叙事中时态切换的功能问题，见 Schiffrin（1981）、Wolfson（1982）和 Johnstone（1987）。

16. 在此有必要再次强调文本的文字部分是如何跟结出毒苹果的树枝缠绕在一起的。因此，作为一种言语和视觉的复合体，这首诗用转喻的方式暗示了重述这些事件的语言本身就源于破坏性的不和谐，这种不和谐植根于故事世界中（关于转喻方式，参见实例分析 II）。

17. 关于绿巨人的历史和超能力，见 http：//www.hulklibrary.com/hulk/info/ profile.asp 和 http：//en.wikipedia.org/wiki/Hulk _（comics）。

18. 本期出现在 1962 年出版的《绿巨人》第 1 卷的 6 期之后，也在绿巨人在《惊奇故事》系列人物中的出场之后，这些人物包括巨人（Giant Man）、摧毁者（the Wrecker）、死神夫人（Madam Macabre）、水鬼（the Sub-Mariner）等。

19. 关于叙事转化如何凭借自身能力为理解经验提供关键资源的讨论，详见实例分析 IV。

20. 因此，《绿巨人》中的这一页是一种多模态再现，召唤出多重参照世界，与图 3.4 中所示的结构一致。此处，多重故事层产生于漫画的语言和图像信息轨道的互动之中。更具体地说，奥尔达的框架为重述绿巨人的起源提供了契机。

21. 因此，将《绿巨人》的这个漫画片段与我在导论中关于奥森·威尔斯电台广播中改编的《世界大战》的讨论进行比较。

22. 第四章中我将回到图 3.7，在那里我将使用这个漫画片段来研究《绿巨人》等多模态叙事中的视角取向。

23. 尽管《笨拙》的副标题是"一部小说"，但副文本因素，例如封底内的声明"《笨拙》……描述发生于 2000 年 7 月 3 日至 2001 年 6 月 27 日之间的事件"将它跟生命写作联系在一起。

24. 与**图像生命写作**具有相同语义范围的其他术语，包括弗雷纳创造的 *autobigraphix* 和惠特洛克（Whitlock）创造的 *autography*（2006；同见 Whitlock and Poletti 2008）。佐恩（Zone 1996）和加德纳（Gardner 2012）都将现当代图像叙事中的自传冲动跟罗伯特·克鲁姆（Robert Crumb）和贾斯汀·格林（Justin Green）等人的开拓性作品，以及其他地下漫画作品传统的参与者联系起来，这一传统于 20 世纪 60 年代在美国西海岸生根发芽（见 Gardner 2012，107—148）。

25. 关于此句所涉及的叙事学术语的进一步讨论，见实例分析 II 中的第 48 条注释以及第七章。

26. 如第一章所述（同见第八章），我在比 Cohn（1999）和 Doležel（1998）等人所用更广泛的意义上使用了"**指称**"一词。但是，即使我扩展该术语的范围，以保留一种直觉：虚构以及非虚构叙事由**指称表达的序列**所组成（根据 Schiffrin 2006 的描述）。我还假设体裁因素会影响世界建构过程，如此一来，阐释者对虚构的故事世界的定位跟对叙事世界的定位不同，后者可以通过跟其他叙事进行比较证伪。

27. 在这方面，利用图像叙事的表意资源，布朗在《不幸》中总是在人物角色的眼睛下方画圆圈表示他们在使用毒品。

28. 正如詹姆士·科查尔卡（James Kolchalka）在《笨拙》的封底所言："所绘线条的脆弱跟故事中人类的脆弱形成绝配"（见 Gardner 2011）。

29. 同样，布朗很少使用想法气泡（thought balloon）作为情感反应和其他精神状态的标识物。

30. 关于这首歌曲的更多信息，见 http://en.wikipedia.org/wiki/Back_Door_Man.。

31. 欧克斯和卡普斯（Ochs and Capps 2001）对重构过去经验的"稳定"和"真实"之间的区分（17）启发了我对弗雷纳和布朗的叙述模式之间的对比。正如欧克斯和卡普斯所说："所用的叙事表现出了两种意蕴之间的张力：一种是想要构建总体故事情节并在完整无缺的解释框架中将事件联系在一起；另一种则想获取所经历事件的复杂性，包括偶然的细节、不确定性以及主角之间的情感冲突"（4）。

32. 总而言之，我的分析揭示出，布莱克和布朗的叙事中使用的文字-图像组合展示出某种结构或然性，介于图 3.3 和图 3.4 之间；弗雷纳和《绿巨人》漫画中的语言轨和视觉轨，则因其更多关涉到过去和现在时间框架的交叉断面，更加接近图 3.4 中的结构。

33. 在热奈特（Genette 1972/1980）的笔下，场景叙述涉及叙述行为和被叙述事件之间特定的时空关系。更准确地说，在场景模式下，叙述行为的持续时间意在接近被叙述事件的持续时间。参见第八章。

34. 感谢 Michael Chaney、Jared Gardner 和 Les Tannenbaum，他们为本章的研究提供了诸多帮助。

实例分析 II：叙事阐释的振荡光学：故事的世界化/非世界化

1. 麦克黑尔（McHale 1987, 2005）认为，后现代主义的标志性特点是对本体论问题的前景化；因为它们具有这种"本体论意义上的显性"特征，后现代叙事以特殊的攸关问题如"什么是世界？有多少个世界，是何种世界，以何种方式构成？"为特征（McHale 2005, 456）。我赞同有些叙事比其他叙事更关注"虚构世界的建构、解构和增殖对我们思考和生活在其中的现实世界所造成的影响"（同上）。然而，我反对将后现代叙事严格地与对世界建构的反思性关注联系在一起,认为它应是像欧克斯和卡普斯(Ochs and Capps 2001)所说的那样,嵌入于叙事系统作为其基本组织原则。换言之,或许作为一种规则,后现代叙事促进了人们对世界建构行为的意识,它们同时使阐释者能够参与其中。但"振荡光学"的范围超越了后现代小说,潜在地包含了任何背景下的任何讲故事的行为。因此,即使本体论问题的前景化被视为后现代叙事的必要条件,这种前景并不构成一个充分条件。

2. 关于叙事的这两个方面中的第二个方面,见贝托尔特·布莱希特(Bertolt Brecht 1936/1964 年)在史诗戏剧的背景下所作关于"离间效果"的重要描述。布莱希特想要创造出颠覆性的戏剧,不让观众沉浸在舞台的行动中,意在促进批判性的反思,用更大的社会意识形态力量对抗个人向角色的认同。参见瑞安(Ryan 2001a)关于沉浸和互动作为叙事经验两个互补维度的描述,以及与此类似,参见洛特曼(Lotman 1981/1988)对文本在一种文化中的两种主要功能的论述:"充分传达意义,并产生新的意义。当说话者和听话者的符码完全一致时,因此,当文本具有最大程度的单义性时,第一个功能得以最佳实现……文本的主要结构属性在第二个功能中是其内部异质性。文本(现在)是作为异质符号空间系统而形成的一种装置,构成一个连续体,一些初始信息在其中循环"(34,37)。有一句话特别适合本实例分析,洛特曼还评论道:"当听众的中心注意力从信息转向符码,一个框架(比如说把文本与它更大的话语背景分开)必须被添加到文本中"(Lotman 1981/1988,49)。

3. 关于这方面更多的讨论,参见本人的相关论述(Herman et al. 2012)。

4. 我在不同的课堂上都教过这部小说,我可以证明一些读者觉得被麦克尤恩通过布里欧尼提供的这一故事去世界化的迟来的线索欺骗了,或者至少是感到失望。

5. 从历史角度而言,在元小说讨论中强调自我包含的自动呈现可以追溯到让·里卡杜(Jean Ricardou)对法国新小说的开创性研究。参见哈琴(Hutcheon 1988)简明扼要的描述(21—22),以及 Scholes(1970)、Rose(1979)和 Waugh(1984)研究中发现的平行模型。与之相反,威廉姆斯(Williams 1998)对"元小说"这一术语进行了批判(8,28)。同见哈琴(Hutcheon 1988)对历史编纂元小说作为一种典型后现代文类的讨论——这个文类与自然、实践和历史编纂的勾连使之与莫迪亚诺在《星形广场》的特殊关注与文本被视为"外向的自反性"表达方式保持一致。

6. 参见第七章关于华兹华斯 1797 年的诗歌《废毁的茅屋》如何利用框架故事提供的结构可能性来产生横向自反性的相关论述。在主要叙述者尝试讲故事的过程中,他被引导参与了叙事实践。那个人物讲述故事中的故事,可以熟练地运用这种叙事实践。因为如此,文本使读者参与到类似的尝试之中,以至于文本跟故事的自反性特质让诗歌依附于接受语境,而不是向内转,或表现出封闭的境况。

7. 参见赫尔曼(Herman 2004b)的分析,该研究认为乔伊斯 1939 年的小说《芬尼根守灵》(*Finnegans Wake*)同样适用于这一解读模式。

8. 关于这种张力关系如何在莫迪亚诺的作品整体中显现的研究,见莫里斯(Morris 1996)。内特贝克(Nettelbeck 1985)认为,莫迪亚诺的第一部小说"是 1968 年战争后叙事现象的典范",聚焦"被官方历史掩盖的占领区",例如"黑市—帮凶—盖世太保这条线,以及(随之而来的)法国身份和犹太人生存问题"(102—103)。除此以外,莫里斯(Morris 1985)表明,莫迪亚诺只是众多法国小说家和电影人中的一员(这批人包括让-路易·柯蒂斯[Jean-Louis Curtis]、阿方斯·布达[Alphonse Boudard]、布丽吉特·弗里昂[Brigitte Friang]、马塞·奥福尔斯[Marcel Orphüls]和路易·莫尔[Louis Mall]等)。他们对戴高乐神话提出了异议,因为后者美化了法国抵抗行动并对法国的帮凶堕落避而不谈。关于这一点,同见 Kaplan(1986)。

9. 若非特别指出,所有引文均由笔者译自法文。

10. 弗洛伊德亮眼的光头使他又成为莫里斯·萨克斯(19)和查尔斯·列维-旺多姆(65)的影子。

11. 关于跨世界身份,参见 Doležel(1998, 17—18)和 Pavel(1986, 36)。此二人均受 Kripke(1980)的影响。

12. 与此相关的是罗伯-格里耶(Robbe-Grillet 1977)的评论,他将《嫉妒》(*La Jalousie*)跟传统小说进行对比:"与其说是置身于一系列被偶然联系在一起的场景,我们会感觉是同一个场景在不断重复,却又有变化;即 A 场景后面不跟着 B 场景,而是 A′,它可能是 A 场景的变体"(5)。感谢布莱恩·理查森(Brian Richardson)对本段引文的协助。

13. 要想全面了解叙事转喻,可参见 Pier(2009)。

14. 术语"叙事"(diegesis)源于热奈特的叙事理论(Genette 1972/1980)和结构主义电影理论(Metz 1968/1974),被用作参考点来确定叙事层次之间的关系、叙事者在这些层次上的位置关系以及叙述者参与他们所叙述的事件的程度。首先来谈叙事结构的最后一个方面,热奈特创造了"同故事叙事"(homodiegetic)一词来指那些叙述者在参与的故事中叙述故事的情形。而"异故事叙事"(heterodiegetic)一词则是指叙述者在报告自己并未参与其中的事件(热奈特选择了这些术语,而不是更常见的术语"第一人称叙事"和"第三人称叙事",因为有些同故事叙述是以第三人称的声音讲述的,如《亨利·亚当斯的教育》[*Education of Henry Adams*])。相比之下,斯坦泽尔[Stanzel 1979/1984]则继续使用术语"第一人称叙事情境",将其与作者叙事情境和人物叙事情境进行对比。关于斯坦泽尔模型的更多探讨,见第一、二、四章)。"自故事"(autodiegetic)是热奈特的术语,用来指以他或她自身为主要事件参与人的叙述者。同时,就叙事层次的问题而言,一个嵌入主体层面的叙事(如约瑟夫·康拉德《黑暗的心》中马洛的故事,讲给不知名的主要叙述者和"内莉号"上的其他人听,所有这些角色都位于主体叙事层),是一种"次级叙事"(hypodiegetic),它的叙述者是"内叙事的"(intradiegetic)。根据同样的逻辑,库尔茨给马洛讲述的经历也是一种"次次级叙事"(hypo-hypodiegetic)。详见第七章关于热奈特叙事层次的讨论,以及将故事世界分层的可能性如何有助于使叙事成为一个强大的思维工具。

15. 在这方面,值得注意的是,奥布赖恩的两个分述者(subnarrators)名字都叫特雷利斯(Trellis)。用作名词时,"trellis"的意思是"框架或格栅结构,用于作为屏风或作为攀援植物的支撑物"和"形成一种结构,给人格栅的效果"。用作动词时,"trellis"的意思可以表示"交叉或交错或交织"(《韦氏词典》(第九版)。

16. 关于这个意义上的模型世界,参见 Herman(1995, 124—138)。关于"框架化"(framing)和"嵌入"(inset)结构,参见 Sternberg(1982)。

17. 在此处和后文使用框架(frame)一词代替层次(level)时,我借鉴了戈夫曼(Goffman 1974)对框架的描述。"框架"是戈夫曼对一系列规则的类型标签,它们组合各种经验,包括在故事世界中生成或遇到的经验,支持动态的、随之出现的"一连串活动",如问候、交谈和故事,"框架涉及对规范的期待,关乎个人投入到由框架组织的活动中的深度和广度"(345)。我的一个理论假设是,当叙事组合镶嵌和被镶嵌产生的规范性期待(这些期待由文本线索所激活)被故事中的**其他线索**故意颠覆或撤销时,视角越界就会发生。

18. 斯威尼的诗源于奥布莱恩从盖尔语翻译过来的中世纪爱尔兰史诗。奥布莱恩将其用于自己的硕士论文,后又将其融入他的第一部小说《双鸟渡》中。此外,奥利克在关于他的初稿中刻画了他那"感官自体繁殖"的前辈德莫特,颇费笔墨地描写了一个神职人员。这位神职人员用棍子敲打一个罐子,当的一声大响,粗鲁地吵醒了德莫特(238)。这样一来,文本使阐释者能够在奥利克的故事和芬恩·麦克·库尔所讲述的斯威尼的故事之间产生勾连和类比,故事也就具有了像莫迪亚诺《星形广场》中那样显而易见的横向自反性。奥布莱恩的小说因此揭示了一个文本如何同时使用"水平"和"纵向"策略来解构它让阐释者所建构起来的故事世界。否则,横向自反性和视角越界也可以被视为互补,而不是相互排斥的方法,使得各种世界的投射可以归为一类,因此将以往承载世界投射行动的机制带到瞩目位置。

19. 关于纠缠等级结构的讨论,参见麦克黑尔(McHale 1987, 119—121);正如麦克黑尔所言,这个术语来源于道格拉斯·霍夫斯塔德尔(Douglas Hofstadter),他指出"当你以为清楚的等级结构让你大吃一惊,而且用一种违背等级结构的方式重叠,这时纠缠等级结构就产生了"(McHale 1987, 119)。

20. 绘制村上春树三卷本小说《1Q84》(Murakami 2011)的情节结构图同样需要复杂的视角越界矢量。一方面,两个人物角色合写了一部看似小说中的小说,之后被镶嵌的小说中的情境和事件上浮(并重塑了这个本体)到主体叙事层中来。另一方面,通过紧急楼梯从东京一条堵塞的道路上爬下来的时候,第三个人物青豆似乎真的要下降到这个被改变的本体领域——从 1984 年来到她所认为的 1Q84 年。在小说结尾,同样的楼梯可能会,也可能不会为青豆提供一条回到最初世界的道路:世界是否还保持叙事过程中视角越界发生之前的结构,或者说这楼梯是否通向另一个与迄今为止在文本中所遇到的都不一样的世界,这还是个问题。一般而言,村上春树的楼梯可以被解释为字面意思——为了审视一些跟读者所涉及的多重叙事层面有关的"大众意象"。楼梯颠覆又依附于那些认为需要"下降进入"和"重新爬出"世界中的世界的期待。感谢马尔科姆·利驰菲尔德(Malcolm Litchfield)对村上春树小说结尾的精彩解读。

21. 与此类似,在博尔赫斯的《小径分叉的花园》("The Garden of Forking Paths")(1941/1962)中,汉学家斯蒂芬·艾伯特将叙事可能性的增殖扩散确定为崔朋次级叙事的组织原则,这个次级叙事本身名为《小径分叉的花园》:"在所有的虚构作品中,一个人每次都要面对几个选择,他选择了其中一个,也就消灭了其他选择;在崔朋的小说中,他同时选了所有的选择。他用这种方式创造了多种不同的未来和不同的时代,它们也会增殖和分叉"(26)。

第四章　叙事世界的视角取向

1. 因此,赫尔曼(Herman 2002)将视角描述为叙事性"宏观设计"的资源,也就是说,视角是一个"大的"设计原则,"与其说决定了各个组成部分或局部特征,不如说决定了故事世界的……整体轮廓"(8)。

2. 在**集群智能**原理下进行的研究也与超个体智能模式研究有关。该研究聚焦于鸟群、羊群、鱼群和昆虫群等动物群体的自我调节行为,旨在确定让自我调节行为实现(Garnier, Gautrais, and Theraulaz 2007)并具有文化和进化适应性(Kennedy, Eberhart, and Shi 2001, 287—296)的基本原理(如功能分布)。正如多里戈(Dorigo 2007)所说,"集群智能研究是由多个个体组成的群体的行为系统,这些个体彼此进行交互或与环境交互,并使用分布式、自组织的形式来实现其目标"(1)。尽管伊迪丝·华顿的《罗马热》只详细描述了两个人物的视角,但未来结合叙事视角与跨个体心理的研究将很好地探索集群智能概念与真正的人物"群体"的叙事(如乔伊斯的《尤利西斯》)之间的联系。

3. 在本章中,我将术语"概念化"和"识解"当作同义词。请见 Evans and Green(2006, 156—175)关于认知语言研究提出的观点:意义建构需要概念,概念化是"一个动态过程,其中语言单元作为概念活动和补充背景的提示"(162)。关于如何使用认知语言学的概念来分析叙事中的观点和视角的不同解释,请见 Dancygier(2012, 87—116)。

4. 正如这句话所示,对不同理论家而言,"聚焦"具有不同的含义,这使叙事学关于聚焦的争论变得更加复杂,我在后面将对此进行更详细的讨论。对热奈特(Genette 1972/1980)而言,外聚焦叙事就像海明威的《杀手》("The Killers")一样,从外部呈现人物,也就是说,读者无法通过人物自身的视角来了解故事世界。然而,对于巴尔(Bal 1978/1997)和里蒙-凯南(Rimmon-Kenan 1983)而言,外聚焦叙事的视角不与任何特定的感知者联系在一起,从而提供了观察故事事件的全景视角,这种聚焦方式相当于热奈特(Genette 1972/1980)所说的零聚焦。但是,关于聚焦理论中内外极性问题的讨论,请参见注释17。

5. 《都柏林人》不仅仅是一个短篇故事集,而且还是一部短篇循环体小说或复合小说,也就是说,具有共同的人物和背景的短篇故事系列(见 Fludernik 2005)。

6. 布劳曼(Broman 2004)指出,受热奈特传统影响的研究者之间也存在分歧:一部分人和热奈特本人一样致力于发展一种全球性、类型学的分类方法,认为聚焦模式的差异为(全部的)小说和短篇小说的分类提供了基础;另一部分人遵循巴尔(Bal 1978/1997)提出的对"文本段落和句子之间,有时候甚至是同一句内的视角变化的细微分析"的方法(71)。

7. 热奈特提出声音和视角存在严格的界限,对此的不同意见和批评,请见Broman(2004)、Broman(2004)、Grishakova(2002, 2006)、Herman(2009b)和Phelan(2001)。

8. 比较一下故事的最后几行:"凝视着黑暗,我把自己看作一个被虚荣所驱使和嘲弄的生物;我的眼睛因痛苦和愤怒而燃烧"(Joyce 1914/1967, 35)。

9. 同样,在段落(c)中,方向和(空间)观察的因素也发挥了作用。加布里埃尔首先想象的是其他人抬头看着明亮的窗户,听着屋子里的音乐。然后,他在心理上转向那些假想的外部观察者所在的位置,想象站在他们的位置,并沿着水平轴而不是垂直轴想象公园中看到的场景。与此相关的是布赫霍尔茨和雅恩(Buchholz and Jahn 2005)讨论的尤里·洛特曼(Iurii Lotman)的思想,即空间对立中充满了价值观念,即近/远、高/低等之间的差异与好/坏、有价值/无价值等(554)密切相关。在这种情况下,加布里埃尔的观察行为的方向性,无论是实际的还是假设的,都暗示了整个价值体系——《死者》(连同乔伊斯的整部作品)都在讽刺这一点。因此,加布里埃尔认为自己的"文化品位"(179)比在他姑姑聚会上的客人要高的那种感觉,体现在空间上他的位置的上升,让他具有更高的价值,如果从远处与地平线平行的视线来看则不会如此。

10. 关于克雷斯和范·列文(Kress and van Leeuwen 2001)提出的模式(即符号学被视为构建或设计表征的途径)与媒介(即符号学被视为是生产或分布某一表征的途径)之间的相关性以及跨媒介叙事学的讨论,请见第三章。另请参考 Horstkotte and Pedri(2011)、Mikkonen(2008,即将出版)和 Round(2007),他们通过漫画和图像小说中的视角模式对经典聚焦理论所面临的挑战作了进一步的探讨。

11. 该集于2007年4月15日首次播出。克拉克的歌词包括以下几行:"该死的酒吧真他妈的闷/该死的俱乐部到处都是/该死的男人和女人/他们眼里透着该死的杀意/一个该死的蠢驴被杀了/他正在等他妈的出租车。"

12. 华顿的故事集中在人物身上,在当前"对话场景"中共同建构关于过去的叙事,这使其可以通过实例分析Ⅲ来讨论分析。正如我在下文所指出的,我在第三部分中强调的叙事是一种思维工具也与此相关。关于华顿故事其他最新观点,请参考 Mortimer(1998)和 Phelan(2007, 95—108)。

13. 尽管我采用了明斯基的用语,但本节概述的方法与明斯基的方法大不相同。明斯基(Minsky 1986)建议关注"智能如何从非智能中产生",或如何"从许多本身不具备思维的微小部件形成思维",我将其称为"心智社会"。这种方案中,每种思维都由许多(可以称为)**主体**的更小部分组成……当这些主体在社会中以某种特殊的方式相互连接时,就产生了真正的智慧"(17)。与他相反,我用华顿的《罗马热》来探讨故事世界的多个视角之间的切换,如何将叙事视角问题与认知研究中的社会分布,或在二分体或更大的社会群体中分布的意义建构方式(John-Steiner 1985/1997; Kennedy, Eberhart, and Shi 2001; Rogoff 1990; Vygotsky 1934/1962, 1978),以及对延伸心智的研究,或由人类与非人类主体,工具或制品之间相互协调产生的智能行为形式(Clark 1997, 1998, 2008; Rogers and Ellis 1994; Wertsch 1998b, 2007;同见第八章)联系起来。肯尼迪、埃伯哈特和施(Kennedy, Eberhart, and Shi 2001)对明斯基的方法提出了以下批评:"心智与社会之间的关系是毋庸置疑的,但是明斯基的过分简化却忽略了这一点,因为'社会'被置于心智之下"(118—119)。

14. 因此,罗格夫(Rogoff)将思维描述为本质上"具有功能性、主动性和基于目标导向的行动"(1990,8)。像沃茨(Wertsch 1985,1991,1998a)、约翰·斯坦纳(John-Steiner 1985/1997)和弗劳利(Frawley 1997)等的研究一样,罗格夫的方法建立在维果茨基(Vygotsky 1934/1962,1978)、列昂特夫(Leont'ev 1981)和其他苏联心理学家提出的以社会文化为导向的"行动理论"上。罗格夫(Rogoff 1990)解释说:"从维果茨基的角度来看,分析的基本单位不再是个人的(属性),而是社会文化活动的(过程),包括人们在社会活动中的积极参与……维果茨基理论的核心思想是,儿童在更熟悉的伙伴引导下,参与文化互动,可以由此内化在社会环境中予以实践的思考工具,并采取更成熟的方法来解决问题。文化创造引导了每一代人的技能,个体的发展是通过与更熟练使用该文化工具的人们的互动来实现的"(14)。另请参见第六章和第七章。

15. 关于另一种通过强调思想的社会互动层面的传统研究来处理视角问题的方法,见 Palmer(2010,84—85)。

16. 克拉克(Clark 2008)对他所说的智能活动的大脑内部模型和延伸模型进行了广泛的对比。根据大脑内部模型,"(非神经)身体只是大脑系统的传感器和效应器,世界的其他部分只是一个需要适应的场域,而且脑-身体系统在其中必须感知和行动"(xxvii)。相比之下,延伸心智模型认为"实现某些人类认知形式的实际部分操作包括反馈、前馈和自由回路的交织,其中自由回路杂乱地跨越了大脑、身体和世界的边界。如果这种(观点)是正确的,那么部分心智机制就并非全部在大脑内。认知渗入身体和世界"(xxviii;比较 Clark 1997,1998;Noë 2009a;Thompson 2007;Varela,Thompson, and Rosch 1991)。进一步的讨论,请见第六章。

17. 尽管我在接下来的分析中暂时采用了叙事学术语,但请见赫尔曼(Herman 2011a,b,c)对内外极性的批评,内外极性不仅组织了聚焦模式的分类法,而且还更普遍地组织了描绘人物心理体验方式的叙事研究。与这些其他研究一致,我对**外部**和**内部**描述符(在这种语境中)的用法可以分别看作"主体-环境相互作用的相对粗粒度表征"和"主体-环境相互作用相对的细粒度表征"的简写。

18. 因此,我将第一部分最后一句中的想象行为解释为非字面上的,即由艾莉达和格蕾斯对过去事件进行"想象"或记忆的过程。在这里,叙述者对倒置望远镜的隐喻允许了这样一种推断,即关于过去的记忆已经超越了——削弱了对现在的感知的重要性:"这两位女士彼此通过小望远镜的错的一端看到对方"(346)。

19. 因此,华顿的最后一句话回应了,或者说用双关语指涉了格蕾斯的错误判断,她嫁给贺拉斯"是为了说你**超过了**我和德尔芬"(351,强调为笔者所加)。

20. 感谢 Geert Brône、Peter Hühn、Manfred Jahn、Emma Kafalenos、Uri Margolin、Chris Meister、Jim Phelan、Wolf Schmid、Meir Sternberg 和 Jeroen Van-daele 对本章给予的宝贵意见。

第五章　人物、分类和"人"的概念

1. 正如詹尼迪斯(Jannidis 2009)所言,人物塑造是故事讲述者通过排列各种文本资源来赋予人物属性的过程(21)。戈尔曼(Gorman 2010)将人物塑造分为三类:行为(通过人物所说、所做或所想)、报告(通过叙述者、其他人物或人物本人的口头报告)以及联想(通过人物的名称、外表或周围环境)(171)。另请见 Eder,Jannidis, and Schneider(2010a):"人物塑造(广义上)可以被定义为将文本中的信息与人物联系起来的过程,以便为虚构世界中的人物提供与身体、心理、行为或与(社会)环境有关的某种或某些属性。从接受的角度来看,有关人物的信息分布与理解人物的过程相对应:文本线索或符号使读者能基于现实、媒体和传播的认识进行推理"(32)。

2. 如第一章所述,行动与行为可以区分,因为尽管两者都受到物理或物质原因的影响,但只有在采取行动的情况下,才有必要询问理由——这就是为什么行动主体选择以某种方式而非其他可能的方式行动(同见 Brockmeier 1996; Herman et al. 2012, 44—45; Malle 2001)。

3. 埃德、詹妮迪斯和施耐德(Eder,Jannidis, and Schneider 2010a)认为,人物理论在四种独立研究中仍然处于分裂状态,每一种研究都在很大程度上与其他三种隔离。这四种研究分别是:阐释学方法"主要将人物视为人的表征,并强调必须考虑人物及其塑造者的特定历史和文化背景";心理分析方法使用弗洛伊德、拉康和其他的人格心理动力模型来探索人物的动机;结构主义和符号学方法通过聚焦人物作为建构之物或者文本设计,强调人物和人类之间的差异;认知理论"[将人物]视为基于文本的人类思维结构,其分析需要理解文本的模型和人类心理的模型"(5)。在本章中,我并非致力于发展埃德、詹尼迪斯和施耐德所描述的认知方法,而是寻求建立一个研究框架,在该框架中,有关人物的四种研究能够结合在一起,能与心智科学进行更紧密的对话。

4. 巴特(Barthes)认为,每一个符号都是"可以替换一种文本的力量之一……,是文本被编织出来的声音之一"(1970/1974, 21),提出"多种声音(符号)集合成为**书写**,……符号相交的立体空间"(21)。除了语义素外,还有其他四类符号。原始符号控制着情节展开时各行动之间的相互联系;阐释符号,也与情

节结构有关,涉及留作悬念的问题或谜题,并且在文本中得到回答或解决(或不解决);指示符号将文本与科学、文化和其他知识体系联系起来,从而使阐释者可以利用他们对故事讲述体裁的理解、对自然界真相的了解以及其他各种方法来理解叙事;而象征符号使读者可以根据潜在主题的对比或对立(善与恶、天真与复杂等)来理解故事。(在定义巴特的符号时,我借鉴了 Herman,McHale, and Phelan 2010,第296—297页中的"阅读符号"的词汇条目)。戈尔曼(Gorman 2010)则认为,"巴特在《S/Z》中使用了五个符号体系,故意省略了人物符号;他在语义素符号下使用了许多在传统分析中被称为人物塑造元素的谓词,在其他符号中也分布了人物塑造元素"(167)。

5. 参见 Herman et al.(2012,129—131)在查特曼模型上所作的推断,特别是研究与情感经历相关的特征符号如何影响人物塑造策略的描述。另请参见实例分析Ⅲ。

6. 更具体地说,格里格试图利用他对基于记忆的文本处理理论的见解来分析小说人物,其中一个核心主张是"读者进行文本处理的唯一无意识的过程就是普通的记忆过程。……我希望能提出一个有说服力的实例,即读者对文学人物的建构只是利用了其日常生活中必不可少的经历"(Gerrig 2010,360)。

7. 尽管表述稍有不同,埃德、詹妮迪斯和施耐德(Eder, Jannidis, and Schneider 2010a)对源于以下几个方面的人物分类资源进行了区分:(1)源于"对现实世界,尤其是社会世界的了解";(2)源于"媒介知识[与特定媒介对文本过程、一般地位、审美惯例的认识有关]";(3)源于"关于总体上对虚构世界的叙事知识,[以及]关于[特定]叙事世界的规则"(14)。

8. 布莱克威尔等(Blackwell et al. 2012)的四卷集收集了1750—1830年的英国的物叙事,不但包含以无生命物体为中心的叙事,而且还包含以非人类动物作为主要角色的叙事。因此,第1卷包含以金钱为主题的叙事(如安·玛丽·汉密尔顿[Ann Mary Hamilton]的《七先令历险记》[*The Adventures of a Seven-Shilling Piece*, 1811]),而在第3卷中,衣服和交通工具发挥了中心作用(如多萝西·基尔纳[Dorothy Kilner]的《出租马车历险记》[*The Adventures of a Hackney Coach*, 1781]),以及集中在"玩具,小玩意和便携式家具"叙事的第4卷(如西奥菲勒·约翰逊[Theophilus Johnson]的《幻影:金头拐杖历险记》[*Phan-toms; or, The Adventures of a Gold-Headed Cane*, 1783]),第2卷包含非人类动物的叙事(如阿拉贝拉·阿格斯[Arabella Argus]的《聪明猪托比历险记》[*The Life and Adventures of Toby, the Sapient Pig*, 约1817])。究其原因,在第二章中已经有所提及,下文将进行更全面探讨的是将物叙事(即涉及无生命的、无感知的物的叙事)与涉及有生命的并且有感觉力的生物的叙事区分开的重要性。将以非人类动物为题材的叙事归为物叙事,就产生了一个问题,即是否应根据科学、道德、法律或其他理由扩大"人的范畴",从而包括非人类和人类(见 Giroux 2002, 2007)。在此还应注意,一些科幻叙事通过探究先进的计算技术可能引起的情感能力,追问科学本身的范围和局限性。比较关于斯坦利·库布里克(Stanley Kubrick)的《2001:太空漫游》(*2001: A Space Odyssey*, 1968)中的 HAL9000 计算机,或电视连续剧《星际迷航:下一代》(*Star Trek: The Next Generation*, 1987—1994)中的机器人数据少校的描述。

9. 回到第一章和第二章中使用的术语,将两种叙事都解释为报仇情节的实例,就等于在这些电影中寻找相同的环环相扣的信念和欲望结构,特别是需要惩罚那些冒犯家人的人的信念,并且希望犯罪人受到与其罪行同等的定罪。就是说,《角斗士》和《死亡愿望》是两个典型的报仇情节类型:因为在一种情况下,报仇的主要目标是一个单一的、显然是邪恶的个体;而在另一种情况下,报仇的目标更加分散,电影变成了对私刑的辩护。

10. 正如詹尼迪斯(Jannidis 2009)所说,"可以在社会类型和刻板印象之间进行区分。社会类型之所以广为人知,是因为它们属于读者所熟悉的社会,而刻板印象则是已有的,未知的图像……[带有]隐含的叙述"(26)。同见戴尔(Dyer 1993)。

11. 在《化身博士》中可以找到类似的变化,但范围有所限制。该文本最初将杰基尔的男管家普尔描述为"一个衣冠楚楚的老年仆人"(Stevenson 1886/2008, 16);但是后来,当他和其他仆人都担心海德谋杀了杰基尔时,他来到厄特森的议事室寻求帮助,叙事使读者可以通过普尔的不修边幅和反常行为来把握其个性。文本中包含的细节信息促进了个性化,也就是说,至少使普尔的经历与他的职能角色有些脱节:"该男子的外表充分说明了他的话[即,'我担心了一周'];他的行为更糟了;而且,除了他刚宣布自己感到恐怖的那一刻,他没有看律师一眼。即使现在,他仍然坐着,膝盖上的酒杯丝毫未动,望着地面的角落出神。'我再也受不了了',他反复说"(34)。

12. 在下面的讨论中,为方便起见,**人**、**自我**、**身份**和**个体**等术语可以互换。但请见罗蒂(Rorty 1976)的论点,即"人的概念作为一个通用名,只是一个概念"(302)。正如罗蒂所说:"'英雄''角色''主角''演员''特工''人''灵魂''自我''人物''个人'都可以区分。每个人在故事和社会中都居住在不同的空间中。当前一些有关人的身份、人物塑造和人物重新定义的争议陷入了僵局,因为概念经历了历史性的重大变化,而每一方都选择了一个概念中的不同因素,试图使自己的因素充当中心线"(Rorty 1976, 301—302)。

13. 随着时间的推移,人们或多或少地表现出不同的性格特征,这可能是为什么 J. M. 库切(J. M. Coetzee)决定在他三卷本实验性的、体裁多样的回忆录,即《男孩:外省生活场景》(*Boyhood: Scenes from Provincial Life*, 1998)、《青春:外省生活场景 II》(*Youth: Scenes from Provincial Life II*, 2003)和《夏季》(*Summertime*, 2009)中,运用第三人称来叙述他的早期生活经历,以及在《夏季》中通过虚构的笔记本条目和几个虚构人物的证词来折射其经历。

14. 因此,值得探讨的是,以复影为主要特点的叙事如何塑造了有关多重人格的心理学和精神病学话语的谱系。赫金(Hacking 1995)指出,尽管具有多种人格特征的确诊实例主要为女性,但多数复影虚构处理的焦点都是男性角色(71—73)。赫金指出,这种差异可以追溯到对公众对男性多重人格群体的描述强调暴力和犯罪。围绕涉及犯罪、暴力行为和犯罪行为的情节展开的复影叙事也相应地以男性人物为主。

15. 夏洛特·珀金斯·吉尔曼(Charlotte Perkins Gilman)1892 年的故事《黄色墙纸》("The Yellow Wall-Paper")是这种结构的改良版。主人公患有产后抑郁症,她幻想自己要解救一名囚禁在她房间墙纸中的女人,并试图以此摆脱她自己受限制的环境——吉尔曼指出,不惜以其理智为代价。

16. 与之形成对比的是,杰基尔早前承认个人内部的复杂性,当时他推测"人最终将被认为是仅仅以一种由多样化、不协调和独立的居民组成的政体"(53)。

17. 史蒂文森的文本还提出了人与非人之间的差异如何与种族和阶级差异纠缠在一起,或用来暗示这种差异。因此,杰基尔在信中暗示,尽管他的手"在形状和大小上都很专业","大、结实、白皙、漂亮",而海德的手"瘦削、青筋突出、苍白、毛发浓密"(58)。另请参见下面我有关尼尔·布隆坎普的《第 9 区》的讨论。在布隆坎普的故事世界中,南非种族隔离时代的种族压迫史体现了人类对其他物种的简化态度,反之亦然。

18. 值得一提的是,在美国,最近的两起法律争议与人格标准有关。这些争论的争辩者已经参与了阿波特(Abbott 2008a)所描述的"叙事竞争"(175—192)中,即在法律纠纷或其他异议中双方都利用相互竞争的故事来支持他们的案件。在一起争议中,美国最高法院和公民联合(Citizens United)一起反对联邦选举委员会,同意《美国宪法第一修正案》(保障人民的言论自由)禁止政府限制公司和工会对政治事业的捐款,实际上赋予这些实体个人的法律地位,至少在《第一修正案》方面是这样。裁决全文见 http://www.supremecourt.gov/opinions/09pdf/08-205.pdf;同见利普塔克(Liptak 2010),了解与该裁决相关的相互竞争的叙事提要。在另一起争议中,反对合法堕胎的人认为人格始于受孕,试图对州宪法进行修正,以赋予未出生的胎儿与人相同的法律保护。

在第二起争议中,叙事竞争也很激烈,参见埃克霍尔姆(Eckholm 2011)等。相比之下,我接下来讨论的故事有助于对人与非人类动物的标准的叙事争论。

19. 罗曼(Rohman 2009, 4—5)强调了达尔文在他 1871 年的著作《人类的由来》(*The Descent of Man*)第三章中提出的"人与低等动物的心智能力的比较"的意义,强调人类和非人类动物的心智能力的差异是程度差异而不是种类差异(Darwin 1871/1936, 445—470;另请参见实例分析Ⅳ)。

20. 同样,在非虚构领域,克奥(Choe 1999/2012)不仅使用叙事来支撑他对蚂蚁复杂社会生活的描述,而且还对蚂蚁进行性格塑造,通过人的社会角色来映射蚂蚁。因此克奥的蚂蚁世界中充满了奶农、蚂蚁族、阿兹特克女王、保姆、劳工、士兵和其他等。

21. 另请参见马格林(Margolin 2007)的评论:"显然,不同的故事世界(科幻小说、幻想小说、写实小说)包含不同种类的物种,在某些情况下,这可能与我们当代的现实世界物种谱有很大的不同。但不论是什么种类,如果一个人物具有属于不同(类别)物种的特征,例如人与动物/蔬菜/机器(的特征),那么其种属关系也成问题"(74)。想了解更多有关杂糅人物以及他们对叙事创造者和阐释者所提出的挑战,请见 Zunshine(2008,65—71)。同见申和吉尔(Shen and Gil)即将出版的专著对人类>非人类动物>植物>无生命的物等不同层次属性的生物杂糅的讨论。

22. 参见 Gready(2008)对可能为第 9 区原型的博物馆的讨论:即第 6 区,"开普敦一个多元化的内城社区在种族隔离制度下被迫迁移"(144—145)。

23. 故事世界的一个关键前提是,被跨国联合公司(MNU)没收的外星武器只能由外星人自己发射。因此,维库斯一在他接受治疗的医院里伸出他那只异形的手,医疗军事机构出于研究和开发目的,便决定对他进行研究。换句话说,维库斯的转型一开始,他就成为 MNU 的无价之宝,MNU 试图利用他。

实例分析Ⅲ：故事世界中的对话场景

1. 第二个场景出现在布莱克的歌的第 3—4 行中,它证实了戈夫曼(Goffman 1981)的见解,也就是即使在某个时刻什么也没说,人们仍可以处于"对话状态"。反过来,这一关于对话的基本见解,即沟通过程必须在行动和相互作用的更大背景下理解,为语言语用学、人类学语言学、会话分析和互动社会语言学的研究作出了重要贡献(见 Brown and Levinson 1987;Goffman 1981;Goodwin 1990;Sacks 1992;Sacks, Schegloff and Jefferson 1974;Schegloff 1972;Tannen 1993)。布莱克的文本与这场哥白尼革命式的对话语的理解是一致的,后者认为话语密不可分地嵌入在活动中,而不是把活动视为多少与讲话无关的背景(同见 Herman 2001c, 2006, 2007a, 2010a)。

2. 有关情感谈话的一系列研究方法,请见 Bednarek(2008)、Goodwin and Goodwin (2001)和 P. Lee(2003)。

3. 参见巴姆伯格(Bamberg 1997, 2004, 2005)和赫尔曼(Herman 2009a, 55—63)以更全面地了解定位理论。巴姆伯格的研究利用定理论来分析叙事的三个维度,可以想象为面对面故事讲述所唤起的同心圆,从故事世界向外扩散(比较 Moisinnac 2008):第一,人物在表征的情境和事件中如何相互定位;第二,故事讲述者如何在叙事所呈现的语境中定位自己与对话者;第三,故事讲述者的话语如何与关于世界的主导故事情节联系起来。

4. 感谢彼得·拉比诺维茨(Peter Rabinowitz)在评论这个分析的早期版本时指出,“这首诗从未说过叙述者把他的愤怒告诉了他的朋友;他可能告诉了别人,并[以这种方式]减轻了负担。”

5. 这两种策略再次比较了欧克斯和卡普斯(Ochs and Capps 2001)对过去事件的“稳定的”和“真实的”的重建区分(17)。我在第三章简要讨论弗雷纳和布朗的自我叙事模式时也提到了这种区别。

6. 有关情感学与面对面互动叙事的讨论,请参见 Herman(2007a, 321—325)。

7. 同见我在第四章中对伊迪斯·华顿的《罗马热》的讨论。

第六章　作为思维工具的叙事

1. 在本章和整个第三部分,我对叙事作为思维工具的解释建立在第二章的基础上。在第二章中,我涉及了叙事作为意义赋予方式的可能性和有限性。正如我在第二章中指出的,为了避免夸大叙事作为智能行为资源的能力,有必要将叙事作为核心发挥作用的意义建构活动与那些以故事为核心的活动区别开来,更不要提那些无法用叙事概念描绘的活动了。本书第三部分因此聚焦在叙事可提供关键性支持的意义建构模式上,同时也认可了其他与故事关系不太紧密的智能行为的重要性,以及那些通过与行为和互动的社会物质语境进行具身协商的与世界交互的前概念及非概念(进而非基于叙事的)方式。

2. 此处我要表达对贝基·查尔兹(Becky Childs)的感谢,她为我在本章中引用的一篇文章的一些古英语文本(Herman and Childs 2003)提供了翻译和格式的帮助。我也表达对莱斯利·洛卡特(Leslie Lockett)的感激,她在古英语的文字和格式方面给出了良好的建议。

3. 可以参见 Bjork and Obermeier(1997)来了解学术界围绕《贝奥武夫》的创作日期、出处、作者和读者展开的一系列讨论。关于诗歌的创作日期,博杨克和奥博梅尔(Bjork and Obermeier 1997, 13)指出从公元 515—530 年及公元 1000 年都被一致认为是可能的极限。然而早期的学者却认为 650—800 年是最有可能的创作时间。更近的学者则认为第 9 世纪晚期和第 10 世纪早期是较为可能的。更多细节可以参见 Niles（1983，96—117）。

4. 许多在我之前的学者都讨论过《贝奥武夫》的叙事形式和功能，我的章节主要建立在这些丰富的研究传统上。与我的讨论密切相关的研究，有些我在接下来的部分直接引用了，这些研究包括诗歌的片段和题外话：例如埃德安·彭如赫（Adrien Bonjour 1950）和罗伯特·博杨克（Robert E. Bjork 1997）的论述；阿尔伯特·罗德（Albert Lord 1960，1965）对口头和书面以及总体的"过渡型"叙事诗歌，尤其是《贝奥武夫》的分析；约翰·D. 纳尔斯（John D. Niles 1993）对诗歌的时间和叙事维度进行的讨论（179—204）；纳尔斯（Niles 1993，1997）和约翰·M. 希尔（John M. Hill）对《贝奥武夫》叙事曾经和继续承担的文化使命进行的探讨；阿兰·雷诺阿（Alain Renoir）和彼得·理查森（Peter Richardson）对诗歌的展开视角的研究。

5. 正如布拉德·肖（Bradd Shore 1998）提出的，一方面叙事"指的是通过描述调整和创作现实的行为"，也就是人们利用故事来"'即时'理解他们的世界"的行为。另一方面，叙事指的是"这个构建过程的建立结果"（58）。

6. 斯卡丽斯·苏格雅玛（Scalise Sugiyama 2005）同样将叙事描述为"一个信息储存和转换系统"（190），为人类"在战胜实际困难和危险中获取信息、演练策略和优化技能"提供调整性功能（187）。苏格雅玛的描述与我在导论中提及的借鉴了进化理论和进化心理学的其他研究一致，将叙事描写为一种增强恰当性的调整性或者作为其他调整策略的附生品。可参见 Austin（2010）、Boyd（2009）、Dissanayake（2001）、Easterlin（2012）、Gottschall（2012）、Mellmann（2010a，b）和 Tooby and Cosmides（2001）来了解他们关于以上内容的讨论。相反的观点可参见 Cameron（2011，63—64）、Kramnick（2011，324—333）。

7. 参见 John-Steiner and Meehan（2000），他们认为在维果茨基的研究框架中"从共享行为到内化行为的转化取决于**符号中介**。基于这个框架，我们指的是使用**心理工具**，即信号和符号系统，例如语言、数学符号、科学公式等等。这些心理工具是社会建构的。我们可以通过参与心理工具被使用和分享的社会世界来接触这些工具"（32）。

8. 因此，在进行受维果茨基影响的研究中，许多理论家指出个人参与社会生活导致、提供条件并使得人类的认知行为成为可能。可以参见其他学者，如：Cole（1995，1998）；Frawley（1997）；Hutchins（2010）；Lave（1988）；Lave and Wenger（1991）；Lee（1997）；Lee and Smagorinsky（2000）；John-Steiner（1985/1997）；

Nunes（1997）；Resnick，Pontecorvo，and Säljö（1997）；Rogoff（1990，2003）；Shore（1998）；Wertsch（1985，1991，1998a）。

9. 在布鲁纳之前,路易斯·O. 明克（Louis O. Mink 1978）同样把叙事描写为一种思维工具,实际上是"一种主要和不可消减的人类理解的形式,在人类常识构成中的部分"（132）。明克认为叙事自身可通过持续且必要地提及发展过程中的位置,从而确定和描述世界的各个方面（146；可见 Ricoeur 1983—1985/1984—1988）。同时,研究叙事心理学传统的学者们基于明克和布鲁纳的研究来发展故事作为意义建构资源的其他视角。例如,布罗克梅尔（Brockmeier 2000,2009）已经广泛探究过叙事,尤其是自传性叙事（见 Wang and Brockmeier 2002）,作为一种了解经验的时间视角或者时间（结构和影响）的经验的方式。关于这方面,巴姆伯格（Bamberg 2004 和 Bamberg and Andrews 2004）,德·菲那（De Fina 2003）,乔治卡普卢（Georgakopoulou 2007）和尼古洛普卢（Nicolopoulou 2011）等已经探索过故事如何为社会文化情境身份的建构和协商提供资源。

10. 比较克拉克（Clark 1997）的讨论："生物学家往往仅聚焦于个人生理作为调整性结构的位置"。他们将这一生理机制看待为能独立于物理世界的系统。在这一方面,生物学家和那些单方面探寻认知现象的内在解释机制的认知科学家较为类似"（46,见 Bateson 1972,转引自 Hutchins 2010，706）。相反来看,按照克拉克自身推崇的研究方法,"我们面对那些作为调整性回应中的平等成员的具象化的、嵌入的主体,这些调整性回应基于心智、身体和世界的体验"（47）。比较克拉克（Clark 2008，xxvii）引用的豪格兰德（Haugeland 1998）的程序性的论断："如果我们将心智理解为智能行为的发生地,我们就不能遵循笛卡尔将其独立于身体和世界的原则。……那些从带有偏见的承诺中解放出来的更广泛的研究方法,可以再次审视人类感知和行动,审视公众设备和社会机构的有技巧的参与,看到的不再是有原则性的分离,而是各种紧耦合作和功能性的和谐统一。"可参考 Gibson（1950，1956/2001，1979）；Varela，Thompson，and Rosch（1991）；Thompson（2007）。

11. 我关于叙事平面的领域普及性的说法,与艾伦·斯波尔斯基（Ellen Spolsky 2001）的观点,即"叙事本身就是人类在不稳定的世界里不断发展来理解、表达和满足不断变化的需求的过程"的说法较为一致（181；见 Talmy 2000，Vol.2，417—482）。同时,我提出叙事通过文化、文体、特定情境的方式来延伸和赋能人类心智。因此,在勾勒叙事组建经验理解的原则的同时,我提出这些原则在人类历史不同阶段得到不同形式的使用,在同一时期的不同叙事"产品"中也有不同的应用。本章和整个第三部分为研究这种不同如何与历史、文化和类属因素发生关联提供了基础，而这些因素影响了叙事作为意义赋予资源的应用。

12. 参见 Abbott（2000）将叙事作为一种对待悲伤的处理策略，通过"记录与死亡相关的事件"来适应死亡（251）。

13. 关于人生故事的更具技术性和广泛性的定义，可以参见 Linde（1993）。

14. 另一种表达这一观点的方法是，在耶阿特人中只有威格拉夫做到了罗马历史学家塔西佗（Tacitus）提出的原则，在他公元 98 年完成的专著《日耳曼尼亚志》（*Germania*）中将其描述为"扈从队"（comitatus）。"扈从队"指一队武士，包括国王或主帅和他的随从（参见奇克瑞恩［Chickering］1977 版的《贝奥武夫》，259—263）。正如塔西佗提到的："当日耳曼部落战斗时，主帅充满勇气，而随行人员缺乏勇气是很耻辱的事情。并且，随从在战场上抛弃主帅逃离战场也是令人震惊和可耻的。随从展现忠诚性的首要任务就是保护和护卫主帅，用自己的勇敢行为来捍卫荣誉：主帅为胜利而战，随从为主帅而战"（Tacitus 公元 1 世纪/1999，27—29）。

15. 我使用吉奥拉和申（Giora and Shen 1994）描述的"**行动结构**"这一术语。对于吉奥拉和申而言，行动结构就是"一个更高的层级系统，不仅可以连接相邻事件，……同样也可以连接指定话语里时间轴上相距较远的事件。因此一个故事……涉及的不仅是事件的配对关系，而是一连串组合为心理整体的事件"（450）。第八章中包括了更多故事是如何在这个意义上被建构以及认知开发为行动结构的讨论。

16. 与下列观点相关的内容，可以参见纳尔斯关于"时间的维度"的讨论，这是"将这第一部伟大的英语文学作品与其他的民间故事和英雄传奇区别开来"之处（Niles 1983，195）。正如纳尔斯指出的，"在《贝奥武夫》中，事件并不是像那些民间传说和短篇故事一样按照线性顺序依次发生；这些事件植根于过去，影响持续到了未来，进入尚未被有形的事物占据的空间"（194）。关于作为构建事件关系资源的非时间叙事的更多讨论可以参见第八章。

17. 我在本章使用了下列引用格式。引号所引用的段落来自 E. T. 唐纳德森（E. T. Donaldson 1966）把该诗翻译为现代英语的版本。这些现代英语段落后面的是古英语文本，引自弗里德里克·克莱博（Friedrich Klaeber）1950 年第三版的《贝奥武夫》。这些引用文本后面的括号中，第 1 个页码数字指的是唐纳德森的翻译本，后面的是克莱博版的原文部分的页码和行号。我使用了古英语诗歌研究的学术领域中较为常见的字母"a"和"b"来表示在页面的哪一边的文字被引用，例如"103a"表示在 103 行的句逗的左边的内容被引用。并且，我还遵循了克莱博在他的诗歌版本中的其他体例。具体来说，我用斜体标出了古英语文本中经过编辑修改的字母。有时,我使用圆括号来表示"推测性插入的字母,对应字母 MS,这对应已经缺失和不可辨别的情况,这在托克林(Thorkelin)的抄本中也是如此"(*Beowulf* 1950 版,clxl)。

18. 这些预叙可以与拉波夫(Labov 1972)在对话叙事体中定义的"**概要**"进行对比。故事讲述者使用这些提前宣告来表示他们要讲述故事的意图,因此需要足够的"讲话时间"来传递叙事。类似,《贝奥武夫》中频繁出现的预告或预期也证实了该诗基于口头叙事传统。根据小弗兰西斯·马古恩(Francis P. Magoun Jr.)和阿尔伯特·罗德(Albert Lord)及其他学者的研究,其他关于该诗继承了口头叙事传统的依据在于它结构和主题要素的形式上的重复(见 Magoun 1953;Lord 1960, 30—98, 198—221;Lord 1995, 117—166)。

19. 关于更多"人价"的研究,可以参见 Hill(1995, 1997)。

20. 更多关于将大众心理学视为推理自身和别人行动理由的规则的研究,可以参见本书第一、二、八章。更多关于盎格鲁-撒克逊人的大众心理学研究,可以参见 Lockett(2011)。

21. 对于这类启发式的有影响力的研究,可以参见 Tversky and Kahneman(1971, 1974)和 Kahneman, Slovic, and Tversky(1982);以及可以参见 Fischhoff(1999)来了解关于这方面研究的综述。

22. 可以参见 Fairclough(1989, 77—108)来了解关于这些线索的延伸讨论,以及 Abbott(2008a, 44—46)关于叙事情境中"正常化"的讨论。

23. 为了深入了解叙事与心智科学中人与非人类界限关系研究的重要性,可以参见本书第五章,第二章,实例分析Ⅳ,以及 Herman(2011d, 2011b)。

24. 处理这个问题的经典方法当然是埃斯库罗斯(Aeschylus)的《阿伽门农》(*Agamemnon*)(见 Goldhill 1992)。Hill(1995, 1997)提供了一个看待《贝奥武夫》中的部落正义的整体性和民族性的研究视角,这被视为是在"诗人创作的整体性的社会世界"里固定的(Hill 1997, 259)。希尔认为,"《贝奥武夫》是盎格鲁-撒克逊文化社会神话的一部分"(Hill 1997, 268)。对比而言,我认为尽管诗歌的部分内容发挥了社会神话建构的作用(比较 Niles 1993,1997),在其他方面,叙事的结构则帮助探索,实际阐释了主要的文化和制度上的规范的限度。

25. 类似地,在《神话的结构性研究》("The Structural Study of Myth")中,克劳德·列维-施特劳斯(Claude Lévi-Strauss 1955/1986)将神话定义为文化使用的思维工具来处理从一个主要的宇宙理论到另一个理论的过渡。这些过渡(例如从人类本土起源理论到对此否定的相关理论)会涉及特定历史阶段内一种文化中的相互矛盾的模式的流传。

26. 在这里,我把怪物与诗歌的自然世界和文化世界联系起来,此处的研究建构在以往关于《贝奥武夫》怪物的学术研究的基础上。可以参见 Niles(1983,12—13)。此外,该著作的第 262—263 页和注释 11、12、15、16、19 引用了对怪物的其他相关研究。

27. 诗歌中的一处嵌入叙事,即贝奥武夫在他准备与巨龙搏斗时讲述的一个故事,暴露了人类社会中部落正义的局限性。这个故事类似于埃斯库罗斯的《阿伽门农》,聚焦在家族间的斗争上,尽管涉及了杀害兄弟的偶然事件。在描述国王哈雷索的儿子如何误杀了自己的兄弟时,贝奥武夫评论道:"这是次致命性的斗争,没有补偿的可能,一次错误的行为,令人苦恼不已。然而,这确是一位王子失去了性命却无法报仇"(58;92.2441a—2443b)。

28. 涉及这两个层次或领域,可以对比杨(Young 1987)关于"故事领域"与"故事世界"的概念。

29. 在克洛弗(Clover 1980)的描写中,贝奥武夫和恩弗兹的口头决斗非常接近北欧人的口头诗句形式争斗,这指的是"充满敌意的说话者在可预测环境下的口头挑衅的对话。他们的大话和侮辱都是传统的,措辞和修辞格式都是高度程式化的"(445—446)。

30. 与此相关,比较 Downs and Stea(1977)、Gould and White(1986)和 Ostroff(1995)讨论的故事赋能的空间环境的模式建构与认知投射的实践。也可参见 Herman(2001a,2002,263—299)。

31. 然而我的分析强调故事讲述者如何使用运动动词来勾勒出情境、实体和事件不断演变的结构,部分通过将不同时期的展开的行动与故事世界空间的不同部分连接起来。之前的评论者已经确定了这些动词的其他功能。例如,雷诺阿(Renoir 1962)强调了运动动词编码可以用来控制读者情感反应的视角,例如,通过制造悬念。彼得·理查森(Peter Richardson 1997)认为诗人"不断重复性邀请读者采取一个特别的视角,即领主的视角,仔细设计来获得他们的认同"(290)。理查森认为按照这种方式,当有统治者"明显关注良好的统治时",诗人就使他的读者理解领主并努力去"解释这一新兴皇室下属阶级的行为、态度和忠诚"(296)。

32. 唐纳德森使用了动词短语"来自(come from)"翻译古英语中的一个不涉及移动的动词(from his eyes gleamed)。然而,正如本章所引用的 Herman and Childs(2003)的一位匿名审稿人所指出的,动词 standan("to stand",站立)通常暗示"从某个地点站起来"。此处,介词"of"也暗示了当运动轴的近端对应于行动聚焦者的位置时,从远端离开的过程。这个聚焦者或者感知者就是贝奥武夫。

33. 对涉及内容的一些讨论,可以参见 Jaén-Portillo and Simon(2012)。

34. 约翰·加德纳(John Gardner)1971 年创作的小说《哥伦多》(*Grendel*)是作为《贝奥武夫》的前传来写的。它实际是详细阐述了怪物的行动理由的具体细节,《贝奥武夫》则以省略的方式展示行动理由。

实例分析Ⅳ 作为智能活动框架的转变故事

1. 关于围绕阿普列乌斯和卡夫卡文本的评论传统的更多细节,可分别参见 Carver(2007)和 Corngold(1973)。

2. 参看第五章可以了解更多关于转变性叙事话题的讨论。要了解更多面对面互动中的转变性故事的研究分析,可以参见 Herman(2003, 2004a)。

3. 具有讽刺意味的是,这幅画本身是一位手臂放在皮毛手筒里(因此和它共存)的女性,代表了卡夫卡的文本所整体建构的人类与非人类世界的混合。

4. 为了解达尔文(和弗洛伊德)对 20 世纪早期非人类动物表征的观点,可以参见 Rohman(2009)。同样可以参见 Herman(2012b)以及本书第五章,来了解叙事如何被用来质疑以往关于人与动物的关系的主流想法,并且提供了了解物种差别的另一些方法。

5. 我这里暗示的是瑞安(Ryan 1991)提出的叙事嵌入的动态模式。瑞安基于计算机程序的语言建议向次级叙事或者叙事嵌入的转移可以被标示为"推入"叙事层。如果回归到基础层次,可以被定义为低级或者二级的叙事重回到了叙事群落。

6. 按照科学的哲学观,向下因果联系,如发生事件的广泛概念,始终具有争议性。可以参见 Hüttemann(2004)与 O'Connor and Wong(2006)的研究来了解相关争论的概述。克拉克(Clark 1997)认为**发生事件**的基本意义可以被描述为:"系统内有趣的,非中心控制的行为作为不同简单组成部分交互的结果"(108)。在我把叙事作为分布智能的资源的论述中,定义发生事件或发生特质的方式是相关的,因此第七章将框架叙事描述为分布智能行为的系统。这些系统的发生特质来自叙事包含的巢状结构,也来自这种结构如何被固定于独特的故事讲述的情境中(见 Herman 2004b)。

7. 与此相关的是,在故事的第一部分,格里高尔最终把腿放在了身下,并可以最大程度利用它们与环境进行适应,感觉到了轻松。

第七章 叙事嵌入和分布智能

1. 例如,与本部分讨论的技术术语不同,Bonjour(1950, 12—43)使用**片段**(episode)和**离题**(digression)来指称《贝奥武夫》中的嵌入和被嵌入叙事,暗示嵌入的叙事在某种意义上不如嵌入框架那样相关。但是不是所有的叙事嵌入都是离题的,也不是所有的离题都是叙事嵌入。由于这个原因,最近关于叙事的研究(例如 Genette 1972/1980;Nelles 1997)避免了混淆**叙事层级**与**叙事凸显程度**。我的分析受到最近的叙事嵌入研究的影响,具体包含热奈特(Genette 1972/1980)、里蒙-凯南(Rimmon-Kenan 1983)和以下讨论的内容,还有杜弗伊岑(Duyfhuizen 1992)、奈尔斯(Nelles 1997)和威廉姆斯(Williams 1998)的研究。威廉姆斯(Williams 1998)在某章中使用艾米丽·勃朗特(Emily Brontë)的《呼啸山庄》(*Wuthering Heights*)作为解释性的实例(99—145),提供了关于以往故事内故事研究方法丰富和创新性的综合。

2. 在这方面,本章节与我在第四章中对华顿《罗马热》的分布式聚焦的研究有所重合和延伸。华兹华斯使用主要叙述者和阿米蒂奇的交互来模拟跨越时间框架和社会情境分配智能的系统形成过程,与华顿用格蕾斯·安斯利与艾莉达·斯莱德来描绘对过去事件的意义建构如何分散于心智社会中是相似的。然而,与第三部分重点保持一致,本章并不局限于探索华兹华斯的文本如何描述包含超过一种心智的智能行为。在这个概念之外,本章讨论《废毁的茅屋》中的这类叙事嵌入如何为跨越时空的智能行为分布提供结构。

3. 《废毁的茅屋》所有的引用来源于 Wordsworth(1985)。关于该诗复杂文本历史的更多信息,即华兹华斯在 1797 年至 1814 年间多次重新打磨,最终将其发表在《远足》(*The Excursion*)的第一卷中,可见詹姆士·巴特勒(James Butler)关于 Wordsworth(1979)的编辑技巧,Cohen(1978)、Fosso(1995)和 Ulmer(1996)。该版本的诗被称作"MS D"(Wordsworth 1979),这份手稿在 1799—1800 之间被创作出来,并且删除了 250 行更早(1797—1798)的"MS B"版本中关于小贩阿米蒂奇的内容。尽管科恩(Cohn 1978,187)认为"叙事解决性建议能力在 MS D 版本中删除了小贩部分"后被削弱了,我仍在这里使用该文本,它也是目前出版和流行最广泛的文稿版本。其他我曾经借鉴过的研究包括 Bialostosky(1984)、Brooks(1965)、Miall(1992)、Richardson(2001)和Swann(1991)。

4. 要了解更多热奈特关于叙事层级的分类研究,参见 Nelles(1997)。有关热奈特模式的关键部分深远的批判性研究,可参见 Walsh(2007,69—85)。

5. 正如热奈特指出,叙事间的叙事可以通过一系列方法和手段实现:"每个叙事间叙事并不一定产生……口头叙事。它可以包含一个书面文本,甚至是一个虚拟叙事文本,一个作品中的作品"(1972/1980,230—231;比较 Duyfhuizen 1992)。费伦(Phelan 2005)则使用**角色叙事者**来描述同时也是叙事中角色的讲述者。

6. 热奈特（Genette 1972/1980, 228, 41）起初令人疑惑地将这一叙事层级表述为"元叙事层级"。然而，**次级叙事**这个术语，即米克·巴尔（Mieke Bal）提出的概念，现在更受到叙事理论家们的偏爱（Rimmon-Kenan 1983, 140, 7）。

7. 注意该诗还包含另一个叙事场景：一个关于罗伯特的衰落的次次级叙事或者第三等级叙事。阿米蒂奇记录了玛格丽特如何向他重述这个故事，这发生于罗伯特走后某个未明确的时间（34, 第 183—185 行；36, 第 257—273 行）。因为他在罗伯特离开之后的多事之秋漂流于异国他乡，阿米蒂奇和主要叙述者都必须依赖于分布智能的系统，以此获取这些关键事件的知识。在两种情况下，早先的叙事使得过去发生的事件通过讲述行为跨越时空再现成为可能。

8. 然而，布鲁克斯（Brooks 1965）认为华兹华斯的文本在这个方面仍处于模棱两可的状态。他声称诗歌不能确定阿米蒂奇关于玛格丽特的故事提供的安慰的准确来源和本质特征（382—385）。科恩（Cohen 1978）将这个问题的模棱两可的本质追溯到诗歌的不同手稿版本中，提出华兹华斯较短的版本删除了对小贩的讲述进行丰富语境化需要的材料。

9. 参见艾伦·帕尔默（Alan Palmer 2004, 2010）关于社会分配认知或者帕尔默所说的心理思想的开创性的讨论，认为以上可以为叙事理解过程提供更新的见解（相似的内容可见本书第四章）。本章探讨了相反问题，也就是关于叙事的结构和动态的研究如何对社会分布智能作出贡献。

10. 同样，正如在第六章中已阐述的，克拉克（Clark 1997）提出，将语言学和其他工具作为意义建构资源，为将心智看作智能主体与生活环境之间的延伸或交错提供了支持，"正如要在太空中将手臂移到指定位置，神经网络控制器定义指令时需要考虑肌肉活力与重力作用，所以推理过程也需要考虑文本的卸载、再组织、声音的训练和交互的潜在性贡献"（214, 见 Clark 1998, 2008）。对比科尔（Cole 1995）更加文化和历时的研究手段："我采用了所有社会-文化-历史视角的共同起点……即假设人类物种的特有特征是需要且有能力居住在前人改造的环境中。这些改造和从一代到下一代的传承机制是人类创造和使用产品的能力的结果，也就是物质环境中那些被采纳入人类行动作为与物质和社会环境交互的方面"（190）。

11. 这里有必要提及沃尔茨（Wertsch 1998a）将叙事作为表征过去的"文化工具"来讨论（73—108）。

12. 杰拉德·普林斯（Prince 1987/2003）将受述者定义为"被叙述的对象，在文本中被记载"（57）。换句话说，受述者是文本记录的对话对象，相对于真实读者或者假想的目标读者（[Eco 1979] 称之为模范读者），后者是文本设计的对象。在《废毁的茅屋》中，主要叙述者作为经验自我时，同时也是阿米蒂奇所述（次级叙事）故事的受述者。可参见实例分析 I 和下面的注释 17。

13. 一些叙事理论家可能会在这个复杂整体中识别出额外组成部分。布思（Booth1961/1983）通过区分自传作者和隐含作者将组成部分（9）进行划分。拉比诺维茨（Rabinowitz 1977）认为应该进一步划分组成部分（3），提出读者应该同时参与不同类型的观众的活动（在读者体验中）来充分理解叙事。也可以参见实例分析 I，以及 Herman et al.（2012, 226—232）的内容来了解反对在分析叙事的结构时沿着故事主线增加解释性实体的论点。

14. 米亚尔（Miall 1992）认为，《序曲》（The Prelude）中的感情和情感知识具有首要性，对于米亚尔来说，它"建立了心智话语，其中话语本身不足以作为用来探索情感充分的载体"（246）。相比而言，我提出《废毁的茅屋》没有强调话语与情感的不可比较性，而是通过跨越时空建立与故事主人公情感上的关联来传播关于过往的信息和知识。类似地，比亚斯托斯基（Bialostosky 1984）提出华兹华斯的"代表性的话语（可以说）暗示了人类关系而不是感情"（63）。

15. 实际上，在叙事层上，主要叙述者从阿米蒂奇那里了解到了茅屋的历史过往。小贩的嵌入叙事是了解过往的**唯一**来源。

16. 我在本章结尾处结合"学徒期"以及"引导参与"的概念回到了这一点。

17. 叙事研究学家（例如 Prince 1982）已经在"内故事叙述者"的标题下讨论过这一现象，或者将交谈者描述为故事世界中通过直接接受某人的叙事达到听、读和接受信息，因此充实了关于读者反应的研究框架。参见 Keen（2007）来了解在叙事故事的语境中触发关于同情的社会认知维度的广泛讨论。同样参见霍根（Hogan 2011）来了解关于叙事同情问题的不同视角。

18. 在这里，有必要强调概念层（更深度历史层）的华兹华斯的诗歌实践理论与其他大众心理学的关联。在华兹华斯 1802 年的《抒情歌谣集序言》（"Preface to Lyrical Ballads"）的解释中，诗人评论道诗集中的每首诗歌都有如下目的，那就是"受到人类伟大而简单的本性冲击后的思维的流淌和再流淌"（Wordsworth 2000, 242）。可参见 Richardson（2001, 66—92），来了解更多关于华兹华斯的诗歌、18—19 世纪发展"情感的科学性"的相关探索（受到了洛克的感觉主义心理学、启蒙运动人类学，以及新的对心智的自然和生物学研究方法的影响）与同期的认知语言学以及范畴化理论研究的关联性。

19. 关于这一点，对比我在第八章中的讨论，也即叙事被视为是大众心理推理的资源而不是目标。

20. 关于"引导参与"，见 Lave（1988）和 Lave and Wenger（1991）。罗格夫（Rogoff 1995）对于合作思考的形式进行了区分，划为**学徒期**、**引导参与**和**参与性挪**

用,这些分别对应微层次的个人发展过程、中层次人际关系和宏观层次的社会互动。

21. 罗格夫的个体发育模式可以通过基于演化视角的社会分布智能分析进行有效补充(Byrne and Whiten 1988;Donald 1991;Humphrey 1976;Tomasello 1999,2003;Whiten 1999)。如同在第一章讨论过的,这些分析均提出能够推断其他人的行为意图和理由是人类系统发育或者物种遗传概念上的重要部分,同时也是个体发育或个体认知与交际发展的一方面。

实例分析 V 叙事、空间和地点

1. 正如我以下讨论所证实的,内指和外指引用的差别不是泾渭分明的。二者都涉及在概念模式内定位实体和位置(见 Brown 1995,以及第三章来了解更多相关讨论)。在这里,我主要是出于启发式的目的使用**内指**和**外指**的术语,来对这两种重构故事世界的策略进行区分。外指策略将故事世界与目前交际发生的环境特征发生关联,而内指策略则不通过这种方法固定在语境中(参见 Herman 2002, 331—371)。正如我在下一节中准备讨论的,华兹华斯的《废毁的茅屋》证明采用内指策略的叙事可以描述并对世界的外指建构模式进行反思式评论。

2. 对比吉布森(Gibson 1979)在发展视觉感知的生态学方法中关于使用**观察点**的评论:"这并非在抽象空间中的几何视点,我指的是生态空间中的位置,在媒介中而不是空缺的。这是一个观察者**可能**随时进行观察的场所。抽象空间只有物体的点,然而生态空间却包含地点、位置和场所"(65)。

3. 值得讨论的是,只有通过第四章展现的这类微观分析,这种建构地点的过程才能被颠倒过来,叙事世界才能被分解为远端-近端轴、前景-背景关系、视觉线和其他空间结构,通过叙事行为与经历过的场景和事件联系到一起。

4. 我关于故事讲述身势语使用的研究得到了美国国家科学基金 BCS - 0236838 和 BCS - 9910224 的支持。在此对 Neal Hutcheson、Ben Torbert、Walt Wolfram 提供的研究协助表示感谢。

5. 正如在第三章中提到的,指示性表达,类似**我**、**这儿**、**现在**等表达会随着使用者和话语情境而发生意义的改变。或者,按照克里斯托(Crystal 1980/1997)的构想,**指示语**在语言学领域中被用来"包含语言特征,指代话语发生情境的人称、时间或地点特征,这个意义也与情境有所相关,类似**现在/然后**、**这里/那里**、**我/你**、**这个/那个**"(107)。这些指示语的相同特征经过必要修正也适用于指称性身势语,即包括了身势语专家称为"点"的伴随着话语的身势语的子范畴。

6. 这两个故事的转写文本,以及注释示例(有些包含本文中未涉及的编码技巧),可以在这个网址中找到: http://people.cohums.ohio-state.edu/herman145/sampletranscripts.html。同样,要了解更多我使用语料库语言学分析身势语种类分布的方法,可见 Biber, Conrad, and Reppen(1998)。赫尔曼(Herman 2005b)使用同样的技巧来探索动词种类使用和叙事文体的潜在相关性,而索维和赫尔曼(Salway and Herman 2011)提出了将自下而上或数据驱动的语料库分析技术用于叙事分析的优势。

7. 行的数量对应我将故事文本划分为单独的从句(的数量)。当涉及使用话语和身势语参与叙事地点建构时,故事讲述情境(也即场内和场外叙述)优先于故事讲述风格(即由不同讲述者个体差异所致的讲述方法区别),图 V.3 和图 V.4 反映了这一假说(比较 Johnstone 1996)。这里两张图将场外故事置于 X 轴的左端且将场内故事置于右端,符合该对比而不是任何个人叙事风格的对比是这一关联中最明显的变量的假说。当然,关于这一假说的充分验证需要更大的类似成对叙事样本,由一个相同的讲述者讲述场内和场外的故事。我在此感谢雷朗德·麦克雷瑞(Leland McLeary)对于这些表格的有益评价。

8. 这个倾向性是克拉克(Clark 1997)所说的"007 原则"的一个更具体的版本:"一般来说,进化的物种使用环境结构时,会采用一种便捷的方式来进行信息的处理程序,而不会以高成本的方式来储存和处理信息。也就是说,他们知道仅需要了解足够完成任务的信息"(46)。

第八章 故事化思维(再论人与理由):大众心理学的叙事支架

1. 在讨论麦克尤恩小说的时间结构如何为行动模式提供支架时,本研究建立在对 Herman et al(2012, 71—75)的论述进行优化的基础上。本章也同时也基于第二章末尾关于菲利普·罗斯的作品《遗产》的讨论。

2. 从更宽泛的角度探讨叙事如何与解释进行关联可以参见 Herman(2008, 2009a, 100—104)。

3. 在 Herman(2009c)中,我探讨了叙事概念作为一种建构行动模式的技术可以与哲学家尝试将大众心理推理作为一种模式工具的努力联系起来(见 Andrews 2009; Godfrey-Smith 2005; Maibom 2003, 2009)。

4. 布鲁纳指出**大众心理学**这个术语是"因为它对这些如信念、渴望和意义等意向类的状态的热情被认知科学家们以嘲弄的想法创造出来的"(Bruner 1990, 36)。这类话题的研究始于本土分类系统结构研究,并在哈罗德·加芬科尔(Harold Garfinkel)的民族方法论研究中得到了支持,加芬科尔的目的是创造"一门借鉴人类日常生活范畴下划分的社会、政治和人类学区别的社会科学",同时也基于海德对人们日常互动的本土心理理论化的研究(37—38,同样参见第二章)。

5. 正如斯卡丽斯·苏格雅玛(Scalise Sugiyama 2005)提出的,"叙事提供了低成本的、现成的方法来扩大社会经验,使我们可以从多角度(例如受害人、凶手、同伙、亲戚、朋友、敌人)见证多样协调性的时刻行动(例如,强暴、通奸、乱伦、阴谋、杀人、流放)"(188)。

6. 豪吉斯(Hodges 2005,第5部分,第45段)观察到英语单词"模式"(model)来自晚期拉丁语单词 modellus,意指衡量的工具。随着时间的演变,该词衍生出了三个新的英语单词:模子(mold)、模块(module)和模式(model)。同时,《牛津英语词典》列举的相关定义,涵盖从"一个总结、象征和摘要;文学作品的观点"到"一个黏土或蜡做成的物体和人物,作为形成雕塑和艺术品的辅助;一个模型"到"一个高度值得效仿的人物;一个完美的示范"。Herman(2012b)提供了更加充分的讨论。

7. 参见库能(Keunen)即将出版的著述来了解伦理规范和"厚重的伦理概念"如何结构化文学领域中与多样叙事实践密切联系的行动模式。

8. 比较阿波特(Abbott 2008a)的评论:"叙事为我们做了什么?……如果我们只能选择一个答案,最有可能的是'**叙事是人类物种构建对于时间理解的主要方式**'"(3,也可见 Brockmeier 1995, 2009; Ricoeur 1983—85/1984—88)。更多可以参见 Matz(2011)来了解文学叙事中的时间结构模式如何影响时间体验更广泛的生态体系?对马兹而言,叙事文本可以被看作"可借助它来转换时间现实的现象性工具和让时间成为一个开放的问题的实用机会"(Matz 2011, 275)。

9. 一个建构长期行动和事件的模式资源,这个能够改变持续性的能力,在本实例中策略性地减少了用于故事世界指定时间范围内的文本量(Rimmon-Kenan 1983, 53—59),也被建构进了叙事系统,而不是限制在故事中。因此,在回忆自己被强暴的经历的自传《幸运》中,爱丽丝·西博德花了230多页来描写围绕强暴事件的经历(有很多场景化的预叙和倒叙,正如在麦克尤恩的小说中那样),花了大约15页描述"后果",其中涵盖了此后几十年间发生的事件。西博德使用更短的持续时间(也即更快的叙事速度)在"后果"部分中来强调她花了多久时间才能与这场创伤经历和解。

10. 与此相关的是弗洛伦斯对于音乐厅的态度,她希望有朝一日可以在这里进行专业表演。从爱德华的视角出发,"演员休息室也好,小更衣室也好,即使是观众席和穹顶,在他看来,也无法解释她何以对此地敬畏有加"(152,黄昱宁译,第143页)。在小说后面的部分中,在一种暗示回归到将音乐作为逃避的早些自己的意象中,弗洛伦斯建构了一种反事实情境,好像她正在准备一场音乐表演而不是与爱德华在切瑟尔海滩上争吵："她看见自己站在牛津火车站到伦敦的月台上,早上九点,手里拿着小提琴,肩上的旧书包里放着一捆乐谱和一把削尖的铅笔"(182,黄昱宁译,第169页)。关于更多反事实的内容,请参见注释13。

11. 和我在实例分析V中关于叙事、空间与地点的讨论有关的是,麦克尤恩采用了同样的策略来进行时间建模,也就是凸显较长时间范围内的特殊行动和事件,以此对人物如何使用叙事来参与故事世界**内**的地点建构实践来进行反思式评论。因此,在弗洛伦斯穿过树林到特维尔曲棍球俱乐部去带给爱德华惊喜的四十年后,爱德华徒步穿越这片树林。他回忆起弗洛伦斯最初与他分享的经历,四十年前她是如何穿越树林找到他(156—159)。树林不是抽象的空间域,而是一个充满了弗洛伦斯的叙事传达的经历堆积的地点,这些经历重叠堆积,带着爱德华之后的人生经历的新的意义:"即便年逾六旬,他已经成了一个身板宽厚结实、头发花白稀疏、脸膛红润健康的男人,他还是保持着长途远足的习惯。……偶尔,在山毛榉林深处,他会走到一条岔道跟前,懒懒地想,那年八月的那个早晨,她一定曾在这里停下脚步查看地图,于是他会栩栩如生地想象她——只不过隔着几英尺和四十年罢了——全力以赴地寻找他的样子。或者,他会在俯瞰斯托纳山谷的风景时驻足片刻,琢磨她有没有停在这里吃过橘子"(201,黄昱宁译,第186页)。

12. 按照热奈特的术语,这一技巧可以被定义为"迭代叙述",就是一种单次叙述多次发生事件的频率模式(Genette 1972/1980, 116—117)。

13. 沿着模态而非时间性的维度,叙事也会促进反事实情境的建构;相应地,这些情境支撑了跨越真实和非真实事件的行动建构(可参见第一章中我关于比尔斯《鹰溪桥上》的讨论,也可以参见Dannenberg 2008;Harding 2007)。麦克尤恩使用反事实方法来提示一种关于事件可能性的更大的背景,它定义了人物发现自我的行动情境,提供一种他们选择的行动可以被凸显的后果情况的情境(参见拉波夫"对比者"的概念[Labov 1972, 381])。与此相关的是在小说结尾处的令人心痛的反事实情境,爱德华从他几十年后的视角回首事件:"在切瑟尔海滩上,他本来可以冲着弗洛伦斯喊出来的,他本来可以去追她。他不知道,或者说他不想知道,当她从他身边跑开时,在即将失去他的痛楚中,她对他的爱一定比以往更强烈,或者更难以自拔,此时如果能听到他的嗓音,她会得到某种解脱,她会回过头来"(203,黄昱宁译,第187—188页)。

14. 正如第三章中讨论的叙事指称性的概念,我在更加广义的范畴上使用科恩(Cohn 1999)的论述中的**情节编制**这一术语。按照我的方法,情节编制是一种讨论叙事的事件顺序可能性的方式,这种可能性通过故事和话语的差别,或者是讨论事件的发生顺序(fabula)和讲述顺序(sjuzhet)来提出。对比而言,科恩(Cohn 1999)提出情节编制的概念只与非虚拟叙事有关:"一本小说可以说是情节的结果,但不是情节编制的结果。小说的次序时刻并不指向,也不产生于一个本论上独立且时间上更早的混乱的、无意义事件构成的数据库,这些事件被重构了顺序和意义"(114)。

15. 正如在第四章和第七章所讨论的,相同的基础结构也存在于被框架叙事中,其中故事世界里的人物通过讲述自己角度的叙事来参与建构其他嵌入的故事世界。

16. 斯匹兹(Spitz 2010)使用关于口头争端或者"冲突对话"中的社会文化研究来探讨两个主要人物在切瑟尔海滩上的良久的争论的结构和动态性特征。

17. 萨尔维斯基(Zalewski 2009)指出提摩西·加顿·阿诗(Timothy Garton Ash)关于小说早期草稿的评论导致作者删除了更直接提及弗洛伦斯受到父亲性虐待的内容。

尾声　叙事和心智——走向跨学科研究方法

1. 关于围绕心智概念理论的相关争论,可以参见第二章和第八章,以及 Gallagher(2005)、Gallagher and Hutto (2008)、Hobson (1993, 2002, 2007)、Hutto (2008)、Slors and Macdonald (2008)和Zahavi(2001a,b)。

2. 我提议用跨学科研究方法来处理叙事和心智的研究属于更宽泛的话题的一部分,这个话题是为什么在如今高度预算性的时代,人文研究应该被视为基础而不是依赖性的研究(参见 Herman 2011e)。在探索知识的过程中,人文学科应该是关键性伙伴而不是装饰性点缀,人文领域的概念和方法可以为不局限于心智-叙事联结并且涉及更广泛的跨学科研究的对象提供基础。这些研究对象包括(仅列举一部分):创造力、环境、正义、伦理、时间、非人类动物。这些跨学科对象,有些占据了智力空间的部分重叠位置,处于卡根所说的三种文化的交界处。尽管人文学科研究不能穷尽关于对象的研究,但如果没有人文学科学者大量的贡献,就很难与跨领域现象进行充分接触。

3. 参见赫尔曼(Herman 即将出版)来充分了解关于这些问题和处理它们的策略的讨论。同样,关于本段最后的三个问题,即叙事的定量研究法与定性研究法,理论与语料库的适应性,历时和共时角度,分别参见 Herman(2005b)和 Johnstone (2000), Gardner and Herman(2011), 以及 Fludernik (2003)和 Herman(2011a, 23 – 30)。

参 考 书 目

Abbott, H. Porter. 2000. The evolutionary origins of the storied mind: Modeling the prehistory of narrative consciousness and its discontents. *Narrative* 8: 247—256.

Abbott, H. Porter. 2003. Unnarratable knowledge: The difficulty of understanding evolution by natural selection. In *Narrative Theory and the Cognitive Sciences*, ed. David Herman, 143—162. Stanford, CA: CSLI Publications.

Abbott, H. Porter. 2008a. *The Cambridge Introduction to Narrative*, 2nd ed. Cambridge: Cambridge University Press.

Abbott, H. Porter. 2008b. Narrative and emergent behavior. *Poetics Today* 29 (2): 227—244.

Abbott, H. Porter, ed. 2011a. *On the Origin of Fictions: Interdisciplinary Perspectives. SubStance* 94/95: Special issue of *SubStance* 30 (1—2).

Abbott, H. Porter. 2011b. Reading intended meaning where none is intended: A cognitivist reappraisal of the implied author. *Poetics Today* 32 (3): 461—487.

Abel, Elizabeth. 1983. Narrative structure(s) and female development: The Case of Mrs. Dalloway. In *The Voyage: Fictions of Female Development*, ed. Elizabeth Abel, Marianne Hirsch, and Elizabeth Langland, 161—185. Hanover, NH: University Press of New England.

Adolphs, Ralph. 2005. Could a robot have emotions? Theoretical perspectives from social cognitive neuroscience. In *Who Needs*

Emotions: The Brain Meets the Robot, ed. Michael Arbib and Jean-Marc Fellous, 9—28. Oxford: Oxford University Press.

Agamben, Giorgio. 2002/2004. *The Open*. Trans. Kevin Attell. Stanford: Stanford University Press.

Agre, Philip E. 1997. *Computation and Human Experience*. Cambridge: Cambridge University Press.

Alber, Jan. 2009. Impossible storyworlds—and what to do with them. *Storyworlds* 1: 79—96.

Alber, Jan. Forthcoming. *Unnatural Narrative: Impossible Worlds in Fiction and Drama*.

Alber, Jan, and Monika Fludernik, eds. 2010. *Postclassical Narratologies: Approachesand Analyses*. Columbus: Ohio State University Press.

Alber, Jan, Stefan Iversen, Henrik Skov Nielsen, and Brian Richardson. 2010. Unnatural narratives, unnatural narratology: Beyond mimetic models. *Narrative* 18 (2): 113—136.

Allen, Colin, and Marc Bekoff. 1997. *Species of Mind: The Philosophy and Biology of Cognitive Ethology*. Cambridge, MA: MIT Press.

Andrews, Kristin. 2009. Telling stories without words. *Journal of Consciousness Studies* 16 (6—8): 268—288.

Ankersmit, Frank. 2001. *Historical Representation*. Stanford: Stanford University Press.

Anscombe, G. E. M. 1957/1963. *Intention*, 2nd ed. Ithaca: Cornell University Press.

Apuleius. 1962. *The Golden Ass*. Trans. Jack Lindsay. Bloomington: Indiana University Press.

Aristotle. 4th c. BCE/1971. Poetics. In *Critical Theory Since Plato*, ed. Hazard Adams, 48—66. San Diego: Harcourt Brace Jovanovich.

Atkinson, Robert K., Sharon J. Derry, Alexander Renkl, and Donald Wortham. 2000. Learning from examples: Instructional principles from the worked examples research. *Review of Educational Research* 70 (2): 181—214.

Ault, Donald. 1977/1986. Incommensurability and interconnection in Blake's anti-Newtonian text. In *Essential Articles for the Study of*

William Blake, 1970—1984, ed. Nelson Hilton, 141—173. Hamden, CT: Archon Books.

Austin, J. L. 1962. *How to Do Things with Words*. Cambridge, MA: Harvard University Press.

Austin, Michael. 2010. *Useful Fictions: Evolution, Anxiety, and the Origins of Literature*. Lincoln: University of Nebraska Press.

Baker, Lynne Rudder. 1987. *Saving Belief: A Critique of Physicalism*. Princeton: Princeton University Press.

Baker, Lynne Rudder. 2000. *Persons and Bodies*. Cambridge: Cambridge University Press.

Baker, Lynne Rudder. 2007a. Persons and other things. In *Dimensions of Personhood*, ed. Heikki Ikäheimo and Arto Laitinen, 18—36. Charlottesville, VA: Imprint Academic.

Baker, Lynne Rudder. 2007b. *The Metaphysics of Everyday Life*. Cambridge: Cambridge University Press.

Baker, Lynne Rudder. 2009. Response. In *Mind and Consciousness: 5 Questions*, ed. Patrick Grim, 1—10. Copenhagen: Automatic Press/VIP.

Bal, Mieke. 1978/1997. *Narratology: Introduction to the Theory of Narrative*, 2nd ed. Toronto: University of Toronto Press.

Bamberg, Michael. 1997. Positioning between structure and performance. *Journal of Narrative and Life History* 7 (1—4): 335—342.

Bamberg, Michael. 2004. Positioning with Davie Hogan: Stories, tellings, and identities. In *Narrative Analysis: Studying the Development of Individuals in Society*, ed. Colette Daiute and Cynthia Lightfoot, 133—157. London: Sage.

Bamberg, Michael. 2005. Positioning. In *Routledge Encyclopedia of Narrative Theory*, ed. David Herman, Manfred Jahn, and Marie-Laure Ryan, 445—446. London: Routledge.

Bamberg, Michael, and Molly Andrews, eds. 2004. *Considering Counter-Narratives: Narrating, Resisting, Making Sense*. Amsterdam: John Benjamins.

Barkow, Jerome H., Leda Cosmides, and John Tooby, eds. 1992. *The Adapted Mind: Evolutionary Psychology and the Generation of Culture*. Oxford: Oxford University Press.

Baron-Cohen, Simon. 1995. *Mindblindness: An Essay on Autism and the Theory of Mind*. Cambridge, MA: MIT Press.

Barresi, John. 2007. Consciousness and intentionality. *Journal of Consciousness Studies* 14 (1—2): 77—93.

Barthes, Roland. 1966/1977. Introduction to the structural analysis of narratives. In *Image Music Text*, 79—124. Trans. Stephen Heath. New York: Hill & Wang.

Barthes, Roland. 1970/1974. *S/Z*. Trans. Richard Howard. New York: Hill & Wang.

Bateson, Gregory. 1972. *Steps to an Ecology of Mind*. New York: Balentine Books.

Bednarek, Monika. 2008. *Emotion Talk across Corpora*. Basingstoke: Palgrave Macmillan.

Beowulf. 1993. Trans. E. T. Donaldson. In *The Norton Anthology of English Literature*, 6th ed., vol. 1, ed. M. H. Abrams, 27—68. New York: W. W. Norton.

Beowulf: A Dual-Language Edition. 1977. Ed. and trans. Howell D. Chickering, Jr. Garden City, NY: Anchor Books.

Beowulf and The Fight at Finnsburg, 3rd ed. 1950. Ed. Friedrich Klaeber. Lexington, MA: D.C. Heath.

Berman, Ruth A., and Daniel I. Slobin. 1994. *Relating Events in Narrative: A Crosslinguistic Developmental Study*. Hillsdale, NJ: Lawrence Erlbaum.

Bialostosky, Don H. 1984. *Making Tales: The Poetics of Wordsworth's Narrative Experiments*. Chicago: University of Chicago Press.

Biber, Douglas, Susan Conrad, and Randi Reppen. 1998. *Corpus Linguistics: Investigating Language Structure and Use*. Cambridge: Cambridge University Press.

Bierce, Ambrose. 1909/2004. An occurrence at Owl Creek Bridge. Originally published in 1890. In *The Collected Works of Ambrose*

Bierce, *vol. 2: In the Midst of Life: Tales of Soldiers and Civilians.* Downloaded from Project Gutenberg: http://www.gutenberg.org.

Bjork, Robert E. 1997. Digressions and episodes. In *A Beowulf Handbook*, ed. Robert E. Bjork and John D. Niles, 193—212. Lincoln: University of Nebraska Press.

Bjork, Robert E., and Anita Obermeier. 1997. Date, provenance, author, audiences. In *A Beowulf Handbook*, ed. Robert E. Bjork and John D. Niles, 13—34. Lincoln: University of Nebraska Press.

Blackwell, Mark, Liz Bellamy, Christina Lupton, and Heather Keenleyside, eds. 2012. *British It-Narratives, 1750—1830.* London: Pickering & Chatto.

Blake, William. 1794. A poison tree. From Copy C of *Songs of Innocence and Experience.* Lessing J. Rosenwald Collection, Library of Congress. http://www.blakearchive.org/blake/indexworks.htm.

Bolter, Jay David, and Richard Grusin. 1999. *Remediation: Understanding New Media.* Cambridge, MA: MIT Press.

Bonjour, Adrien. 1950. *The Digressions in* Beowulf. Oxford: Blackwell.

Booth, Wayne C. 1961/1983. *The Rhetoric of Fiction*, 2nd ed. Chicago: University of Chicago Press.

Booth, Wayne C. 2005. Resurrection of the implied author: Why bother? In *The Blackwell Companion to Narrative Theory*, ed. James Phelan and Peter J. Rabinowitz, 75—88. Oxford: Blackwell.

Borges, Jorge Luis. 1941/1962. The garden of forking paths. Trans. Donald A. Yates. In *Labyrinths: Selected Stories and Other Writings*, ed. Donald A. Yates and James E. Irby, 19—29. New York: New Directions.

Bortolussi, Marisa, and Peter Dixon. 2003. *Psychonarratology: Foundations for the Empirical Study of Literary Response.* Cambridge: Cambridge University Press.

Botterill, George, and Peter Carruthers. 1999. *The Philosophy of Psychology.* Cambridge: Cambridge University Press.

Boyd, Brian. 2009. *On the Origin of Stories: Evolution, Cognition, and*

Fiction. Cambridge, MA: Harvard University Press.

Brandt, Per Aage. 2004. *Spaces, Domains, and Meaning: Essays in Cognitive Semiotics.* Bern: Peter Lang.

Brecht, Bertolt. 1936/1964. Alienation effects in Chinese acting. In *Brecht on Theatre: The Development of an Aesthetic,* ed. and trans. John Willett, 91—99. London: Hill & Wang.

Bremond, Claude. 1980/1996. The logic of narrative possibilities. Trans. Elaine D. Cancalon. *New Literary History* 11: 387—411.

Bridgeman, Teresa. 2005a. Figuration and configuration: Mapping imaginary worlds in Bande Dessinee. In *The Francophone Bande Dessinee,* ed. Charles Forsdick, Laurence Grove, and Libbie McQuillan, 115—136. Amsterdam: Rodopi.

Bridgeman, Teresa. 2005b. Thinking ahead: A cognitive approach to prolepsis. *Narrative* 13 (2): 125—159.

Bridgeman, Teresa. 2007. Time and space. In *The Cambridge Companion to Narrative,* ed. David Herman, 52—65. Cambridge: Cambridge University Press.

Brockmeier, Jens. 1995. The language of human temporality: Narrative schemes and cultural meanings of time. *Mind, Culture, and Activity* 2: 102—118.

Brockmeier, Jens. 1996. Explaining the interpretive mind. *Human Development* 39: 287—295.

Brockmeier, Jens. 2000. Autobiographical time. *Narrative Inquiry* 10 (1): 51—73.

Brockmeier, Jens. 2009. Stories to remember: Narrative and the time of memory. *Storyworlds* 1: 115—132.

Broman, Eva. 2004. Narratological focalization models: A critical survey. In *Essays on Fiction and Perspective,* ed. Göran Rosshold, 57—89. Frankfurt: Peter Lang.

Brooks, Cleanth. 1965. Wordsworth and human suffering: Notes on two early poems. In *From Sensibility to Romanticism: Essays Presented to Frederick A. Pottle,* ed. Frederick W. Hilles and Harold Bloom, 373—387. New York: Oxford University Press.

Brooks, Rodney. 1991. Intelligence without representation. *Artificial Intelligence* 47(1—3): 139—159.

Brown, Gillian. 1995. *Speakers, Listeners, and Communication: Explorations in Discourse Analysis*. Cambridge: Cambridge University Press.

Brown, Gillian, and George Yule. 1983. *Discourse Analysis*. Cambridge: Cambridge University Press.

Brown, Jeffrey. 2002. *Clumsy: A Novel*. Marietta, GA: Topshelf Productions.

Brown, Jeffrey. 2005. *Unlikely: A True Love Story*. Marietta, GA: Topshelf Productions.

Brown, Penelope, and Stephen C. Levinson. 1987. *Politeness: Some Universals in Language Usage*. Cambridge: Cambridge University Press.

Bruner, Jerome. 1986. *Actual Minds, Possible Worlds*. Cambridge, MA: Harvard University Press.

Bruner, Jerome. 1990. *Acts of Meaning*. Cambridge, MA: Harvard University Press.

Bruner, Jerome. 1991. The narrative construction of reality. *Critical Inquiry* 18: 1—21.

Buber, Martin. 1923/1970. *I and Thou*. Trans. Walter Kaufmann. New York: Scribner.

Buchanan, Brett. 2008. Onto-Ethologies: *The Animal Environments of Uexküll, Heidegger, Merleau-Ponty, and Deleuze*. Albany: SUNY Press.

Buchholz, Sabine, and Manfred Jahn. 2005. Space in narrative. In *Routledge Encyclopedia of Narrative Theory*, ed. David Herman, Manfred Jahn, and Marie-Laure Ryan, 551—554. London: Routledge.

Burke, Michael. 2011. *Literary Reading, Cognition, and Emotion: An Exploration of the Oceanic Mind*. London: Routledge.

Butte, George. 2004. *I Know That You Know That I Know: Narrating Subjects from* Moll Flanders *to* Marnie. Columbus: Ohio State

University Press.

Byatt, A. S. 1992. Morpho Eugenia. In *Angels and Insects*, 3—183. New York: Vintage.

Byrne, Richard W., and Andrew Whiten. 1988. *Machiavellian Intelligence: Social Expertise and the Evolution of Intellect in Monkeys, Apes, and Humans*. Oxford: Oxford University Press.

Cameron, Deborah. 2011. Evolution, science, and the study of literature: A critical response. *Language and Literature* 20 (1): 59—72.

Campbell, W. J. 2010. *Getting It Wrong: Ten of the Greatest Misreported Stories in American Journalism*. Berkeley: University of California Press.

Cantril, Hadley, Hazel Gaudet, and Herta Herzog. 1940. *The Invasion from Mars: A Study in the Psychology of Panic*. Princeton: Princeton University Press.

Caracciolo, Marco. Forthcoming. Blind reading: Towards an enactivist theory of the reader's imagination. In *Stories and Minds: Cognitive Approaches to Literary Narrative*, ed. Lars Bernaerts, Dirk De Geest, Luc Herman, and Bart Vervaeck. Lincoln: University of Nebraska Press.

Caracciolo, Marco. Under review. *Narrative and the experiential background*.

Carroll, Noël. 1992. Art, intention, and conversation. In *Intention and Interpretation*, ed. Gary Iseminger, 97—131. Philadelphia: Temple University Press.

Carver, Robert H.F. 2007. *The Protean Ass: The "Metamorphoses" of Apuleius from Antiquity to the Renaissance*. Oxford: Oxford University Press.

Cassell, Justine, and David McNeill. 1991. Gesture and the poetics of prose. *Poetics Today* 12 (3): 375—404.

Cavalieri, Paola, ed. 1998. *Etica & Animali* (special issue on "Nonhuman Personhood") 9: 3—128.

Charon, Rita. 2006. *Narrative Medicine: Honoring the Stories of*

Medicine. Oxford: Oxford University Press.

Chatman, Seymour. 1978. *Story and Discourse: Narrative Structure in Fiction and Film*. Ithaca: Cornell University Press.

Chesney, George T. 1871/1997. The Battle of Dorking: Reminiscences of a Volunteer. In *The Battle of Dorking and When William Came*, ed. I. F. Clarke, 3—48. Oxford: Oxford University Press.

Choe, Jae C. 1999/2012. *The Secret Lives of Ants*. Trans. Dan Leonard. Baltimore: Johns Hopkins University Press.

Churchland, Patricia. 1986. *Neurophilosophy*. Cambridge, MA: MIT Press.

Claassen, Eefje. 2012. *Author Representations in Literary Reading*. Amsterdam: John Benjamins.

Clark, Andy. 1997. *Being There: Putting Brain, Body, and World Together Again*. Cambridge, MA: MIT Press.

Clark, Andy. 1998. Embodied, situated, and distributed cognition. In *A Companion to Cognitive Science*, ed. William Bechtel and George Graham, 506—517. Oxford: Blackwell.

Clark, Andy. 2008. *Supersizing the Mind: Embodiment, Action, and Cognitive Extension*. Oxford: Oxford University Press.

Clark, George. 1990. *Beowulf*. Boston: Twayne.

Clark, Herbert H. 1996. *Using Language*. Cambridge: Cambridge University Press.

Clark, Herbert H., and T. B. Carlson. 1982. Hearers and speech acts. *Language* 58: 332—373.

Clarke, I. F. 1992. *Voices Prophesying War*. Oxford: Oxford University Press.

Clarke, I. F. 1997. Future-war fiction: The first main phase, 1871—1900. *Science-Fiction Studies* 28: 387—412.

Clarke, I. F. 1999. The Battle of Dorking: Second thoughts. *Extrapolation* 40 (4): 277—283.

Clover, Carol J. 1980. The German context of the Unfert episode. *Speculum* 55: 444—468.

Cohen, Philip. 1978. Narrative and persuasion in *The Ruined Cottage*.

Journal of Narrative Technique 8: 185—199.

Cohn, Dorrit. 1978. *Transparent Minds: Narrative Modes for Presenting Consciousness*. Princeton: Princeton University Press.

Cohn, Dorrit. 1999. *The Distinction of Fiction*. Baltimore: Johns Hopkins University Press.

Cole, Michael. 1995. Socio-cultural-historical psychology. In *Sociocultural Studies of Mind*, ed. James V. Wertsch, Pablo Del Río, and Amelia Alvarez, 187—214. Cambridge: Cambridge University Press.

Cole, Michael. 1998. *Cultural Psychology: A Once and Future Discipline*. Cambridge, MA: Harvard University Press.

Connolly, Tristanne J. 2002. *William Blake and the Body*. Basingstoke: Palgrave Macmillan.

Corngold, Stanley. 1973. *The Commentator's Despair: The Interpretation of Kafka's* Metamorphosis. Port Washington, NY: Kennikat Press.

Craik, Kenneth H. 2000. The lived day of an individual: A person-environment perspective. In *Person-Environment Psychology: New Directions and Perspectives*, 2nd ed., ed. W. Bruce Walsh, Kenneth H. Craik, and Richard H. Price, 233—266. Mahwah, NJ: Lawrence Erlbaum.

Crane, Mary. 2000. *Shakespeare's Brain: Reading with Cognitive Theory*. Princeton: Princeton University Press.

Croft, William, and D. A. Cruse. 2004. *Cognitive Linguistics*. Cambridge: Cambridge University Press.

Crystal, David. 1980/1997. *A Dictionary of Linguistics and Phonetics*, 4th ed. Oxford: Blackwell.

Culler, Jonathan. 1975. *Structuralist Poetics: Structuralism, Linguistics, and the Study of Literature*. Ithaca: Cornell University Press.

Currie, Gregory. 2004. *Arts and Minds*. Oxford: Oxford University Press.

Currie, Gregory. 2007. Framing narratives. In *Narrative and Understanding Persons*, ed. Daniel D. Hutto, 17—42. Cambridge: Cambridge

University Press.

Currie, Gregory. 2010. *Narrators and Narratives: A Philosophy of Stories*. Oxford: Oxford University Press.

Dällenbach, Lucien. 1977/1989. *The Mirror in the Text*. Trans. Jeremy Whiteley and Emma Hughes. Chicago: University of Chicago Press.

Damasio, Antonio R. 1999. *The Feelings of What Happens: Body and Emotion in the Making of Consciousness*. New York: Harcourt Brace.

Dancygier, Barbara. 2012. *The Language of Stories: A Cognitive Approach*. Cambridge: Cambridge University Press.

Dannenberg, Hilary P. 2008. *Coincidence and Counterfactuality: Plotting Time and Space in Narrative Fiction*. Lincoln: University of Nebraska Press.

Danto, Arthur. 1968/1985. *Narration and Knowledge*. New York: Columbia University Press.

Darwin, Charles. 1871/1936. *The Origin of Species and the Descent of Man*. New York: Modern Library.

Davidson, Cathy N. 1984. *The Experimental Fictions of Ambrose Bierce: Structuring the Ineffable*. Lincoln: University of Nebraska Press.

Davidson, Donald. 1980. *Essays on Actions and Events*. Oxford: Oxford University Press.

Davies, Martin. 2000. Interaction without reduction: The relationship between personal and sub-personal levels of description. *Mind & Society* 2 (1): 87—105.

De Fina, Anna. 2003. *Identity in Narrative: A Study of Immigrant Discourse*. Amsterdam: John Benjamins.

Dennett, Daniel C. 1969. *Content and Consciousness*. New York: Routledge & Kegan Paul.

Dennett, Daniel C. 1981. Intentional systems. In *Brainstorms: Philosophical Essays on Mind and Psychology*, 3—22. Cambridge, MA: MIT Press.

Dennett, Daniel C. 1987. *The Intentional Stance*. Cambridge, MA: MIT

Press.

Dennett, Daniel C. 1991. *Consciousness Explained*. Boston: Little, Brown.

Dennett, Daniel C. 1999. The intentional stance. In *The MIT Encyclopedia of the Cognitive Sciences*, ed. Robert A. Wilson and Frank C. Keil, 412—413. Cambridge, MA: MIT Press.

Derrida, Jacques. 1966/1999. Structure, sign, and play in the discourse of the human sciences. Trans. Alan Bass. In *Modern Criticism and Theory: A Reader*, ed. David Lodge and Nigel Wood, 88—103. Harlow: Longman.

Derrida, Jacques. 1967/1976. *Of Grammatology*. Trans. Gayatri Chakravorty Spivak. Baltimore: Johns Hopkins University Press.

Derrida, Jacques. 1972/1988. Signature event context. In *Limited Inc*, ed. Gerald Graff, 1—23. Evanston: Northwestern University Press.

Descartes, René. 1637/2000. *Discourse on Method and Related Writings*. Trans. Desmond M. Clarke. New York: Penguin Classics.

Dewey, John. 1896. The reflex arc concept in psychology. *Psychological Review* 3: 357—370.

Dewey, John. 1925. *Experience and Nature*. Chicago: Open Court.

Dewey, John. 1934. *Art as Experience*. New York: Capricorn Books.

Dissanayake, Ellen. 2001. Becoming *Homo aestheticus*: Sources of imagination in mother-infant interactions. *SubStance* 94/95: 85—99.

Doležel, Lubomír. 1998. *Heterocosmica: Fiction and Possible Worlds*. Baltimore: Johns Hopkins University Press.

Doležel, Lubomír. 1999. Fictional and historical narrative: Meeting the postmodern challenge. In *Narratologies: New Perspectives on Narrative Analysis*, ed. David Herman, 247—273. Columbus: Ohio State University Press.

Doležel, Lubomír. 2010. *Possible Worlds of Fiction and History: The Postmodern Stage*. Baltimore: Johns Hopkins University Press.

Donald, Merlin. 1991. *Origins of the Modern Mind: Three Stages of Evolution of Culture and Cognition*. Cambridge, MA: Harvard

University Press.

Dorigo, Marco. 2007. Editorial. *Swarm Intelligence* 1: 1—2.

Dosse, François. 1997. *History of Structuralism*, vol. 1. Trans. Deborah Glassman. Minneapolis: University of Minnesota Press.

Downs, Roger M., and David Stea. 1977. *Maps in Minds: Reflections on Cognitive Mapping*. New York: Harper & Row.

Dretske, Fred. 1989. Reasons and causes. *Philosophical Perspectives* 3: 1—15.

Dreyfus, Hubert L. 1992. *What Computers Still Can't Do: A Critique of Artificial Reason*. Cambridge, MA: MIT Press.

Duchan, Judith F., Gail A. Bruder, and Lynne E. Hewitt, eds. 1995. *Deixis in Narrative: A Cognitive Science Perspective*. Hillsdale, NJ: Lawrence Erlbaum.

Duncan, Jim. 2000. Place. In *The Dictionary of Human Geography*, 4th ed., ed. R. J. Johnston, Derek Gregory, Geraldine Pratt, and Michael Watts, 582—584. Oxford: Blackwell.

Dunlovsky, John, and Janet Metcalfe. 2009. *Metacognition*. Los Angeles: Sage.

Duyfhuizen, Bernard. 1992. *Narratives of Transmission*. Rutherford, NJ: Fairleigh Dickinson University Press.

Dyer, Richard. 1993. The role of stereotypes. In *The Matter of Images: Essays on Representations*, 11—18. New York: Routledge.

Easterlin, Nancy. 2012. *A Biocultural Approach to Literary Theory and Interpretation*. Baltimore: Johns Hopkins University Press.

Eaton, Marcia. 1983. James's turn of the speech act. *British Journal of Aesthetics* 23/24: 333—345.

Eckholm, Eric. 2011. Push for "personhood" amendment represents new tack in abortion fight. *New York Times*, October 25: http://www.nytimes.com/2011/10/26/us/politics/personhood-amendments-would-ban-nearly-all-abortions.html? pagewanted=all.

Eco, Umberto. 1979. *The Role of the Reader*. Bloomington: Indiana University Press.

Eder, Jens, Fotis Jannidis, and Ralf Schneider. 2010a. Characters in fictional worlds: An introduction. In *Characters in Fictional Worlds: Understanding Imaginary Beings in Literature, Film, and Other Media*, ed. Jens Eder, Fotis Jannidis, and Ralf Schneider, 3—64. Berlin: de Gruyter.

Eder, Jens, Fotis Jannidis, and Ralf Schneider eds. 2010b. *Characters in Fictional Worlds: Understanding Imaginary Beings in Literature, Film, and Other Media*. Berlin: de Gruyter.

Edwards, Derek. 1997. *Discourse and Cognition*. London: Sage.

Ekman, Paul. 1972/1982. *Emotion in the Human Face*. Cambridge: Cambridge University Press.

Emmott, Catherine. 1997. *Narrative Comprehension: A Discourse Perspective*. Oxford: Oxford University Press.

Essick, Robert N. 1985. William Blake, William Hamilton, and the materials of graphic meaning. *English Literary History* 52 (4): 833—872.

Evans, Vyvyan, and Melanie Green. 2006. *Cognitive Linguistics: An Introduction. Malwah*, NJ: Lawrence Erlbaum.

Fairclough, Norman. 1989. *Language and Power*. London: Longman.

Fauconnier, Gilles. 1994. *Mental Spaces: Aspects of Meaning Construction in Natural Language*. Cambridge: Cambridge University Press.

Fauconnier, Gilles, and Mark Turner. 2002. *The Way We Think: Conceptual Blending and the Mind's Hidden Complexities*. New York: Basic Books.

Fillmore, Charles. 1977. The case for case reopened. In *Syntax and Semantics*, vol. 8, ed. Peter Cole and Jerrold Sadock, 59—81. New York: Academic Press.

Finnegan, Ruth. 1998. *Tales of the City: A Study of Narrative and Urban Life*. Cambridge: Cambridge University Press.

Fischhoff, Baruch. 1999. Judgment heuristics. In *The MIT Encyclopedia of the Cognitive Sciences*, ed. Robert A. Wilson and Frank C. Keil, 423—425. Cambridge, MA: MIT Press.

Fitch, Brian T. 1991. *Reflections in the Mind's Eye: Reference and Its*

Problematization in Twentieth-Century French Fiction. Toronto: University of Toronto Press.

Flanagan, Owen. 1984/1991. *The Science of the Mind*, 2nd ed. Cambridge, MA: MIT Press.

Flavell, John H. 1979. Metacognition and cognitive monitoring: A new area of cognitive-developmental inquiry. *American Psychologist* 34: 906—911.

Fleener, Mary. 1996. *Life of the Party*. Seattle: Fantagraphics Books.

Fletcher, Garth. 1995. *The Scientific Credibility of Folk Psychology*. Mahwah, NJ: Lawrence Erlbaum.

Fludernik, Monika. 1993. *The Fictions of Language and the Languages of Fiction*. London: Routledge.

Fludernik, Monika. 1996. *Towards a "Natural" Narratology*. London: Routledge.

Fludernik, Monika. 2003. The diachronization of narratology. *Narrative* 11 (3): 331—348.

Fludernik, Monika. 2005. Composite novel. In *Routledge Encyclopedia of Narrative Theory*, ed. David Herman, Manfred Jahn, and Marie-Laure Ryan, 78. London: Routledge.

Ford, Arthur Peronneau. 1905/1999. *Life in the Confederate Army*. New York: Neale. Available via UNC-Chapel Hill's "Documenting the American South" digital archive, http: //docsouth. unc. edu/fpn/ ford/ford.html.

Fosso, Kurt. 1995. Community and mourning in William Wordsworth's *The Ruined Cottage*, 1797—1798. *Studies in Philology* 92: 329—345.

Foucault, Michel. 1971/1984. Nietzsche, genealogy, history. In *The Foucault Reader*, ed. Paul Rabinow, 76—100. New York: Pantheon.

Frawley, William. 1992. *Linguistic Semantics*. Hillsdale, NJ: Lawrence Erlbaum.

Frawley, William. 1997. *Vygotsky and Cognitive Science: Language and the Unification of the Social and Computational Mind*. Cambridge,

MA: Harvard University Press.

Freud, Sigmund. 1919/1953. The uncanny. In *The Standard Edition of the Complete Psychological Works of Sigmund Freud*, vol. XVII, trans. James Strachey, 219—252. London: Hogarth.

Frey, James. 2003. *A Million Little Pieces*. New York: Random House.

Galinsky, G. Karl. 1975. *Ovid's* Metamorphoses: *An Introduction to the Basic Aspects*. Berkeley: University of California Press.

Gallagher, Philip J. 1977. The word made flesh: Blake's "A Poison Tree" and the Book of Genesis. *Studies in Romanticism* 16: 237—249.

Gallagher, Shaun. 2005. *How the Body Shapes the Mind*. Oxford: Oxford University Press.

Gallagher, Shaun, and Daniel D. Hutto. 2008. Understanding others thorugh primary interaction and narrative practice. In *The Shared Mind: Perspectives on Intersubjectivity*, ed. Jordan Zlatev, Timothy P. Racine, Chris Sinha, and Esa Itkonen, 18—38. Amsterdam: John Benjamins.

Gallagher, Shaun, and Dan Zahavi. 2008. *The Phenomenological Mind: An Introduction to Philosophy of Mind and Cognitive Science*. London: Routledge.

Gardner, Jared. 2011. Storylines. *SubStance* 40 (1): 53—69.

Gardner, Jared. 2012. *Projections: Comics and the History of Twentieth-Century Storytelling*. Stanford: Stanford University Press.

Gardner, Jared, and David Herman. 2011. Introduction to special journal issue on *Graphic Narratives and Narrative Theory*. *SubStance* 40 (1): 3—13.

Gardner, John. 1971. *Grendel*. New York: Vintage.

Garnier, Simon, Jacques Gautrais, and Guy Theraulaz. 2007. The biological principles of swarm intelligence. *Swarm Intelligence* 1: 3—31.

Genette, Gérard. 1972/1980. *Narrative Discourse: An Essay in Method*. Trans. Jane E. Lewin. Ithaca: Cornell University Press.

Genette, Gérard. 1982/1997. *Palimpsests: Literature in the Second*

Degree. Trans. Channa Newman and Claude Doubinsky. Lincoln: University of Nebraska Press.

Genette, Gérard. 1983/1988. *Narrative Discourse Revisited*. Trans. Jane E. Lewin. Ithaca: Cornell University Press.

Genette, Gérard. 1987/1997. *Paratexts: Thresholds of Interpretation*. Trans. Jane E. Lewin. Cambridge: Cambridge University Press.

Genette, Gérard. 1991/1993. *Fiction and Diction*. Trans. Catherine Porter. Ithaca: Cornell University Press.

Georgakopoulou, Alexandra. 2007. *Small Stories, Interaction, and Identities*. Amsterdam: John Benjamins.

Gerrig, Richard J. 1993. *Experiencing Narrative Worlds: On the Psychological Activities of Reading*. New Haven: Yale University Press.

Gerrig, Richard J. 2010. A moment-by-moment perspective on readers' experiences of characters. In *Characters in Fictional Worlds: Understanding Imaginary Beings in Literature, Film, and Other Media*, ed. Jens Eder, Fotis Jannidis, and Ralf Schneider, 357—376. Berlin: de Gruyter.

Gerrig, Richard J., and David W. Allbritton. 1990. The construction of literary character: A view from cognitive psychology. *Style* 24 (3): 380—391.

Gibbs, Raymond W. 1999. *Intentions in the Experience of Meaning*. Cambridge: Cambridge University Press.

Gibbs, Raymond W. 2005a. Intentionality. In *Routledge Encyclopedia of Narrative Theory*, ed. David Herman, Manfred Jahn, and Marie-Laure Ryan, 247—249. London: Routledge.

Gibbs, Raymond W. 2005b. *Embodiment and Cognitive Science*. Cambridge: Cambridge Univesity Press.

Gibson, James J. 1950. *The Perception of the Visual World*. Boston: Houghton Mifflin.

Gibson, James J. 1956/2001. Survival in a world of probable objects [a review of Egon Brunswik's 1956 book *Perception and the Representative Design of Psychological Experiments*]. In *The*

Essential Brunswik: Beginnings, Explications, Applications, ed. Kenneth R. Hammond and Thomas R. Stewart, 244—246. Oxford: Oxford University Press.

Gibson, James J. 1966. *The Senses Considered as Perceptual Systems*. Boston: Houghton Mifflin.

Gibson, James J. 1979. *The Ecological Approach to Visual Perception*. Boston: Houghton-Mifflin.

Ginzburg, Jonathan. 2012. *The Interactive Stance*. Oxford: Oxford University Press.

Giora, Rachel, and Yeshayahu Shen. 1994. Degrees of narrativity and strategies of semantic reduction. *Poetics* 22: 447—458.

Giroux, Valéry. 2002. Le statut juridique de l'animal. *Conjonctures* 33/34: 31—51.

Giroux, Valéry. 2007. Du racisme au spécisme: L'esclavagisme est-il moralement justifiable? *Das Argument* 2 (1): 79—107.

Gleckner, Robert F., and Mark L. Greenberg. 1989. Introduction: Teaching Blake's songs. In *Approaches to Teaching Blake's Songs of Innocence and of Experience*, ed. Robert F. Gleckner and Mark L. Greenberg, x—xvi. New York: Modern Language Association.

Gobet, Fernand. 1999. Chess, psychology of. In *The MIT Encyclopedia of the Cognitive Sciences*, ed. Robert A. Wilson and F. C. Keil, 113—115. Cambridge, MA: MIT Press.

Godfrey-Smith, Peter. 2005. Folk psychology as a model. *Philosophers Imprint* 5 (6): 1—16.

Goffman, Erving. 1974. *Frame Analysis: An Essay on the Organization of Experience*. New York: Harper & Row.

Goffman, Erving. 1981. *Forms of Talk*. Philadelphia: University of Pennsylvania Press.

Goldhill, Simon. 1992. *Aeschylus: The Oresteia*. Cambridge: Cambridge University Press.

Goldie, Peter. 2004. *On Personality*. London: Routledge.

Gonzales, Laurence. 2010. *Lucy*. New York: Knopf.

Goodman, Nelson. 1978. *Ways of Worldmaking*. Indianapolis: Hackett.

Goodwin, Charles. 2003. Pointing as situated practice. In *Pointing: Where Language, Culture, and Cognition Meet*, ed. Sotaro Kita, 217—241. Mahwah, NJ: Lawrence Erlbaum.

Goodwin, Marjorie Harness. 1990. *He-Said-She-Said: Talk as Social Organization among Black Children*. Bloomington: Indiana University Press.

Goodwin, Marjorie H., and Charles Goodwin. 2001. Emotion within situated activity. In *Linguistic Anthropology: A Reader*, ed. Alessandro Duranti, 239—257. Malden, MA: Blackwell.

Gorman, David. 2005. Fiction, theories of. In *Routledge Encyclopedia of Narrative Theory*, ed. David Herman, Manfred Jahn, and Marie-Laure Ryan, 163—167. London: Routledge.

Gorman, David. 2010. Character and characterization. In *Teaching Narrative Theory*, ed. David Herman, Brian McHale, and James Phelan, 165—177. New York: Modern Language Association.

Gosling, John. 2009. *Waging the War of the Worlds: A History of the 1938 Radio Broadcast and Resulting Panic*. Jefferson, NC: McFarland.

Gottschall, Jonathan. 2012. *The Storytelling Animal: How Stories Make Us Human*. Boston: Houghton Mifflin.

Gould, Peter, and Rodney White. 1986. *Mental Maps*, 2nd ed. Boston: Allen & Unwin.

Gready, Paul. 2008. The public life of narratives: Ethics, politics, methods. In *Doing Narrative Research*, ed. Molly Andrews, Corinne Squire, and Maria Tamboukou, 136—150. London: Sage.

Greimas, A. J., and Jacques Fontanille. 1993. *The Semiotics of Passions: From States of Affairs to States of Feeling*. Trans. Paul Perron and Frank Collins. Minneapolis: University of Minnesota Press.

Grice, Paul. 1989. *Studies in the Way of Words*. Cambridge, MA: Harvard University Press.

Griffin, Donald R. 1976/1981. *The Question of Animal Awareness: Evolutionary Continuity of Mental Experience*, 2nd ed. New York:

Rockefeller University Press.

Griffiths, Paul E. 1997. *What Emotions Really Are: The Problem of Psychological Categories*. Chicago: University of Chicago Press.

Grishakova, Marina. 2002. The acts of presence negotiated: Towards the semiotics of the observer. *Sign Systems Studies* 30 (2): 529—553.

Grishakova, Marina. 2006. *The Models of Space, Time, and Vision in V. Nabokov's Fiction: Narrative Strategies and Cultural Frames*. Tartu: Tartu University Press.

Groensteen, Thierry. 1999/2007. *The System of Comics*. Trans. Bart Beaty and Nick Nguyen. Jackson: University Press of Mississippi.

Hacking, Ian. 1995. *Rewriting the Soul: Multiple Personality and the Sciences of Memory*. Princeton: Princeton University Press.

Hagstrum, Jean H. 1963/1991. William Blake rejects the Enlightenment. In *Critical Essays on William Blake*, ed. Hazard Adams, 67—79. Boston: G. K. Hall.

Halliday, M. A. K., and Ruqaiya Hasan. 1976. *Cohesion in English*. London: Longman.

Hamburger, Käte. 1957/1993. *The Logic of Literature*, 2nd ed., trans. Marilyn J. Rose. Bloomington: Indiana University Press.

Hampshire, Stuart. 1953. Dispositions. *Analysis* 14 (1): 5—11.

Harding, Jennifer Riddle. 2007. Evaluative stance and counterfactuals in language and literature. *Language and Literature* 16 (3): 263—280.

Harel, Naama. 2010. De-allegorizing Kafka's ape: Two animalistic contexts. In *Kafka's Creatures: Animals, Hybrids, and Other Fantastic Beings*, ed. Marc Lucht and Donna Yarri, 53—66. Lanham, MD: Rowman & Littlefield.

Harré, Rom, and Grant Gillett. 1994. *The Discursive Mind*. London: Sage.

Harré, Rom, and Luk van Langenhove, eds. 1999. *Positioning Theory: Moral Contexts of Intentional Action*. Oxford: Blackwell.

Hart, F. Elizabeth. 2011. 1500—1620: Reading, consciousness, and romance in the sixteenth century. In *The Emergence of Mind:*

Representations of Consciousness in Narrative Discourse in English, ed. David Herman, 103—131. Lincoln: University of Nebraska Press.

Hatfield, Charles. 2011. *Hand of Fire: The Comics Art of Jack Kirby*. Jackson: University of Mississippi Press.

Haugeland, John. 1998. Mind embodied and extended. In *Having Thought: Essays in the Metaphysics of Mind*, 207—307. Cambridge, MA: Harvard University Press.

Haviland, John. 2000. Pointing, gesture spaces, and mental maps. In *Language and Gesture*, ed. David McNeill, 13—46. Cambridge: Cambridge University Press.

Hawkins, Anne. 1993. *Reconstructing Illness: Studies in Pathography*. West Lafayette, IN: Purdue University Press.

Heft, Harry. 2001. *Ecological Psychology in Context: James Gibson, Roger Barker, and the Legacy of William James's Radical Empiricism*. Mahwah, NJ: Lawrence Erlbaum.

Heidegger, Martin. 1927/1962. *Being and Time*. Trans. John Macquarrie and Edward Robinson. New York: Harper & Row.

Heidegger, Martin. 1929—30/1995. *The Fundamental Concepts of Metaphysics*. Trans. William McNeill and William Walker. Bloomington: Indiana University Press.

Heider, Fritz. 1958. *The Psychology of Interpersonal Relations*. London: Wiley.

Herman, David. 1995. *Universal Grammar and Narrative Form*. Durham: Duke University Press.

Herman, David. 1997. Toward a formal description of narrative metalepsis. *Journal of Literary Semantics* 26 (2): 132—152.

Herman, David. 1999. Introduction. In *Narratologies: New Perspectives on Narrative Analysis*, ed. David Herman, 1—30. Columbus: Ohio State University Press.

Herman, David. 2000. Narratology as a cognitive science. *Image & Narrative* 1 (1). http://www.imageandnarrative.be/inarchive/narratology/davidherman.htm.

Herman, David. 2001a. Spatial reference in narrative domains. *Text* 21 (4): 515—541.

Herman, David. 2001b. Story logic in conversational and literary narratives. *Narrative* 9 (2): 130—137.

Herman, David. 2001c. Sciences of the text. *Postmodern Culture* 11 (3). http://www.iath.virginia.edu/pmc/text-only/issue.501/11.3herman.txt.

Herman, David. 2002. *Story Logic: Problems and Possibilities of Narrative*. Lincoln: University of Nebraska Press.

Herman, David. 2003. Stories as a tool for thinking. In *Narrative Theory and the Cognitive Sciences*, ed. David Herman, 163—192. Stanford, CA: Center for the Study of Language and Information.

Herman, David. 2004a. Toward a transmedial narratology. In *Narrative across Media: The Languages of Storytelling*, ed. Marie-Laure Ryan, 47—75. Lincoln: University of Nebraska Press.

Herman, David. 2004b. From narrative narcissism to distributed intelligence: Reflexivity as cognitive instrument in Joyce's *Finnegans Wake*. Frame 17 (2—3): 27—43.

Herman, David. 2005a. Histories of narrative theory (I): A genealogy of early developments. In *The Blackwell Companion to Narrative Theory*, ed. James Phelan and Peter J. Rabinowitz, 19—35. Oxford: Blackwell.

Herman, David. 2005b. Quantitative methods in narratology: A corpus-based study of motion events in stories. In *Narratology beyond Literary Criticism*, ed. Jan Christoph Meister, in cooperation with Tom Kindt, Wilhelm Schernus, and Malte Stein, 125—149. Berlin: de Gruyter.

Herman, David. 2006. Dialogue in a discourse context: Scenes of talk in fictional narrative. *Narrative Inquiry* 16 (1): 79—88.

Herman, David. 2007a. Storytelling and the sciences of mind: Cognitive narratology, discursive psychology, and narratives in face-to-face interaction. *Narrative* 15 (3): 306—334.

Herman, David. 2007b. Ethnolinguistic identity and social cognition:

Language prejudice as hermeneutic pathology. *Sign Systems Studies* 35 (1/2): 217—229.

Herman, David. 2008. Description, narrative, and explanation: Text-type categories and the cognitive foundations of discourse competence. *Poetics Today* 29 (3): 437—472.

Herman, David. 2009a. *Basic Elements of Narrative*. Oxford: Wiley-Blackwell.

Herman, David. 2009b. Beyond voice and vision: Cognitive grammar and focalization theory. In *Point of View, Perspective, Focalization: Modeling Mediacy*, ed. Peter Hühn, Wolf Schmid, and Jörg Schönert, 119—142. Berlin: de Gruyter.

Herman, David. 2009c. Storied minds: Narrative scaffolding for folk psychology. *Journal of Consciousness Studies* 16 (6—8): 40—68.

Herman, David. 2010a. Narrative theory after the second cognitive revolution. In *Introduction to Cognitive Cultural Studies*, ed. Lisa Zunshine, 155—175. Baltimore: Johns Hopkins University Press.

Herman, David. 2010b. Multimodal storytelling and identity construction in graphic narratives. In *Telling Stories: Building Bridges among Language, Narrative, Identity, Interaction, Society, and Culture*, ed. Anna de Fina, Deborah Schiffrin, and Anastasia Nylund, 195—208. Georgetown: Georgetown University Press.

Herman, David. 2011a. Introduction. In *The Emergence of Mind: Representations of Consciousness in Narrative Discourse in English*, ed. David Herman, 1—40. Lincoln: University of Nebraska Press.

Herman, David. 2011b. 1880—1945: Re-minding modernism. In *The Emergence of Mind: Representations of Consciousness in Narrative Discourse in English*, ed. David Herman, 243—272. Lincoln: University of Nebraska Press.

Herman, David. 2011c. Post-Cartesian approaches to narrative and mind: A response to Alan Palmer's target essay on "Social Minds." *Style* 45 (2): 265—271.

Herman, David. 2011d. Storyworld/Umwelt: Nonhuman experiences in graphic narratives. *SubStance* 40 (1): 156—181.

Herman, David. 2011e. Narrative worldmaking across media and disciplines. American Council of Learned Societies, "Focus on Research" Series. http: //www.acls.org/news/5-24-11/.

Herman, David. 2012a. Formal models in narrative analysis. In *Circles Disturbed: The Interplay of Mathematics and Narrative*, ed. Apostolos Doxiadis and Barry Mazur, 447—480. Princeton: Princeton University Press.

Herman, David. 2012b. Toward a zoonarratology: Storytelling and species difference in animal comics. In *Narrative, Interrupted: The Plotless, the Disturbing, and the Trivial in Literature*, ed. Markku Lehtimäki, Laura Karttunen, and Maria Mäkelä, 93—119. Berlin: de Gruyter.

Herman, David. 2012c. Transmedial narratology and transdisciplinarity. *Storyworlds* 4: vii—xii.

Herman, David. 2012d. Pathways to narrative theory. In *Narrative Theories and Poetics: 5 Questions*, ed. Peer F. Bundgaard, Henrik Skov Nielsen, and Frederik Stjernfelt, 73—83. Copenhagen: Automatic Press/VIP.

Herman, David. Forthcoming a. Narrative and mind: Directions for inquiry. In *Stories and Minds: Cognitive Approaches to Literary Narrative*, ed. Lars Bernaerts, Dirk De Geest, Luc Herman, and Bart Vervaeck. Lincoln: University of Nebraska Press.

Herman, David. Forthcoming b. Approaches to narrative worldmaking. In *Doing Narrative Research*, 2nd ed., ed. Molly Andrews, Corinne Squire, and Maria Tamboukou. London: Sage.

Herman, David, and Becky Childs. 2003. Narrative and cognition in *Beowulf*. *Style* 37 (2): 177—202.

Herman, David, Brian McHale, and James Phelan. 2010. Glossary. In *Teaching Narrative Theory*, ed. David Herman, Brian McHale, and James Phelan, 295—316. New York: Modern Language Association.

Herman, David, James Phelan, Peter J. Rabinowitz, Brian Richardson, and Robyn Warhol. 2012. *Narrative Theory: Core Concepts and*

Critical Debates. Columbus: Ohio State University Press.

Herman, Luc, and Bart Vervaeck. 2005. *Handbook of Narrative Analysis*. Lincoln: University of Nebraska Press.

Herzing, Denise L., and Thomas I. White. 1998. Dolphins and the question of personhood. In *Etica & Animali* (special issue on "Nonhuman Personhood," ed. Paola Cavalieri) 9: 64—84.

Hill, John M. 1995. *The Cultural World in Beowulf*. Toronto: University of Toronto Press.

Hill, John M. 1997. Social milieu. In *A Beowulf Handbook*, ed. Robert E. Bjork and John D. Niles, 255—269. Lincoln: University of Nebraska Press.

Hirschfeld, Lawrence A., and Susan A. Gelman, eds. 1994. *Mapping the Mind: Domain Specificity in Cognition and Culture*. Cambridge: Cambridge University Press.

Hobson, Peter. 1993. Through feeling and sight to self and symbol. In *The Perceived Self: Ecological and Interpersonal Sources of Self-Knowledge*, ed. Ulric Neisser, 254—279. Cambridge: Cambridge University Press.

Hobson, Peter. 2002. *The Cradle of Thought*. London: Macmillan.

Hobson, Peter. 2007. We share, therefore we think. In *Folk Psychology Re-Assessed*, ed. Daniel D. Hutto and Matthew Ratcliffe, 41—61. Berlin: Springer.

Hodges, W. 2005. Model theory. In *The Stanford Encyclopedia of Philosophy*, ed. Edward N. Zalta. http://plato.stanford.edu/archives/win2005/entries/model-theory/.

Hogan, Patrick Colm. 2003. *The Mind and Its Stories: Narrative Universals and Human Emotion*. Cambridge: Cambridge University Press.

Hogan, Patrick Colm. 2007. The brain in love: A case study in cognitive neuroscience and literary theory. *Journal of Literary Theory* 1 (2): 339—355.

Hogan, Patrick Colm. 2011. *Affective Narratology: The Emotional Structure of Stories*. Lincoln: University of Nebraska Press.

Hopper, Paul J. 1988. Emergent grammar and the a priori grammar constraint. In *Linguistics in Context: Connecting Observation and Understanding*, ed. Deborah Tannen, 117—134. Norwood, NJ: Ablex.

Hopper, Paul J. 1998. Emergent grammar. In *The New Psychology of Language: Cognitive and Functional Approaches to Language Structure*, ed. Michael Tomasello, 155—175. Mahwah, NJ: Lawrence Erlbaum.

Horstkotte, Silke, and Nancy Pedri. 2011. Focalization in graphic narrative. *Narrative* 19 (3): 330—357.

Hughes, David Y. 1993. Appendix II: The War of the Worlds in the Yellow Press. In *A Critical Edition of The War of the Worlds: H. G. Wells's Scientific Romance*, ed. David Y. Hughes and Harry M. Geduld, 281—289. Bloomington: Indiana University Press.

Hughes, David Y., and Henry M. Geduld, eds. 1993. *A Critical Edition of The War of the Worlds: H. G. Wells's Scientific Romance*. Bloomington: Indiana University Press.

Humphey, Nicholas K. 1976. The social function of intellect. In *Growing Points in Ethology*, ed. Paul P. G. Bateson and Robert A. Hinde, 303—321. Cambridge: Cambridge University Press.

Husserl, Edmund. 1936/1970. *The Crisis of European Sciences and Transcendental Phenomenology*. Trans. David Carr. Evanston, IL: Northwestern University Press.

Husserl, Edmund. 1939/1973. *Experience and Judgment*. Ed. Ludwig Landgrebe, trans. James S. Churchill and Karl Ameriks. Evanston: Northwestern University Press.

Hutcheon, Linda. 1988. *A Poetics of Postmodernism: History, Theory, Fiction*. New York: Routledge.

Hutchins, Edwin. 1995a. *Cognition in the Wild*. Cambridge, MA: MIT Press.

Hutchins, Edwin. 1995b. How a cockpit remembers its speeds. *Cognitive Science* 19: 265—288.

Hutchins, Edwin. 1999. Cognitive Artifacts. In *The MIT Encyclopedia of the Cognitive Sciences*, ed. Robert A. Wilson and Frank C. Keil, 126—128. Cambridge, MA: MIT Press.

Hutchins, Edwin. 2010. Cognitive ecology. *Topics in Cognitive Science* 2 (4): 705—715.

Hüttemann, Andreas. 2004. *What's Wrong with Microphysicalism?* London: Routledge.

Hutto, Daniel D. 2007. The narrative practice hypothesis: Origins and applications of folk psychology. In *Narrative and Understanding Persons*, ed. Daniel D. Hutto, 43—68. Cambridge: Cambridge University Press.

Hutto, Daniel D. 2008. *Folk Psychological Narratives: The Sociocultural Basis of Understanding Reasons*. Cambridge, MA: MIT Press.

Hutto, Daniel D., and Erik Myin. Forthcoming. *Radicalizing Enactivism: Basic Minds without Content*. Cambridge, MA: MIT Press.

Hutto, Daniel D., and Matthew Ratcliffe, eds. 2007. *Folk Psychology Re-assessed*. Dordrecht: Springer.

Hydén, Lars-Christer. 2005. Medicine and narrative. In *Routledge Encyclopedia of Narrative Theory*, ed. David Herman, Manfred Jahn, and Marie-Laure Ryan, 293—297. London: Routledge.

Imhof, Rudiger. 1990. Chinese box: Flann O'Brien in the metafiction of Alasdair Gray, John Fowles, and Robert Coover. *Eire-Ireland* 25: 64—79.

Ireland, Ken. 2001. *The Sequential Dynamics of Narrative*. Cranbury, NJ: Associated University Presses.

Iser, Wolfgang. 1974. *The Implied Reader: Patterns of Communication in Prose Fiction from Bunyan to Beckett*. Baltimore: Johns Hopkins University Press.

Jackson, Frank. 1982. Epiphenomenal qualia. *Philosophical Quarterly* 32: 127—136.

Jaén-Portillo, Isabel, and Julien J. Simon, eds. 2012. *Cognitive Literary Studies: Current Themes and New Directions*. Austin: University of Texas Press.

Jahn, Manfred. 1996. Windows of focalization: Deconstructing and reconstructing a narratological concept. *Style* 30 (3): 241—267.

Jahn, Manfred. 1999a. "Speak, friend, and enter": Garden paths, artificial intelligence, and cognitive narratology. In *Narratologies: New Perspectives on Narrative Analysis*, ed. David Herman, 167—194. Columbus: Ohio State University Press.

Jahn, Manfred. 1999b. More aspects of focalization: Refinements and applications. GRAAT (*Groupes de Recherches Anglo-Américaines de Tours*) 21 [issue topic: "Recent Trends in Narratological Research"]: 85—110.

Jahn, Manfred. 2007. Focalization. In *The Cambridge Companion to Narrative*, ed. David Herman, 94—108. Cambridge: Cambridge University Press.

Jakobson, Roman. 1960. Closing statement: Linguistics and poetics. In *Style in Language*, ed. Thomas A. Sebeok, 350—377. Cambridge, MA: MIT Press.

Jannidis, Fotis. 2004. *Figur und Person: Beitrag zu einer historischen Narratologie*. Berlin: de Gruyter.

Jannidis, Fotis. 2009. Character. In *Handbook of Narratology*, ed. Peter Hühn, John Pier, Wolf Schmid, and Jörg Schönert, 14—29. Berlin: de Gruyter.

Jenkins, Henry. 2006. *Convergence Culture: Where Old and New Media Collide*. New York: New York University Press.

Jenney, Bob, and Archie Goodwin. 1969. An occurrence at Owl Creek Bridge. *Eerie Magazine* 23: 22—27.

Jewitt, Carey. 2006. *Technology, Literacy, and Learning: A Multimodal Approach*. London: Routledge.

Johnson, Mark. 2010. Cognitive science and Dewey's theory of mind, thought, and language. In *The Cambridge Companion to Dewey*, ed. Molly Cochran, 123—144. Cambridge: Cambridge University Press.

John-Steiner, Vera. 1985/1997. *Notebooks of the Mind: Explorations of Thinking*. New York: Oxford University Press.

John-Steiner, Vera P., and Teresa M. Meehan. 2000. Creativity and collaboration in knowledge construction. In *Vygotskian Perspectives on Literacy Research: Constructing Meaning through Collaborative Inquiry*, ed. Carol D. Lee and Peter Smagorinsky, 31—48. Cambridge: Cambridge University Press.

Johnstone, Barbara. 1987. "He says ⋯ so I said": Verb tense alteration and narrative depictions of authority in American English. *Linguistics* 25: 33—52.

Johnstone, Barbara. 1990. *Stories, Communities, and Place: Narratives from Middle America*. Bloomington: Indiana University Press.

Johnstone, Barbara. 1996. *The Linguistic Individual: Self-Expression in Language and Linguistics*. Oxford: Oxford University Press.

Johnstone, Barbara. 2000. *Qualitative Methods in Sociolinguistics*. Oxford: Oxford University Press.

Johnstone, Barbara. 2004. Place, globalization, and linguistic variation. In *Sociolinguistic Variation: Critical Reflections*, ed. Carmen Fought, 65—83. Oxford: Oxford University Press.

Jopling, David. 1993. The philosophy of dialogue. In *The Perceived Self: Ecological and Interpersonal Sources of Self-Knowledge*, ed. Ulric Neisser, 290—309. Cambridge: Cambridge University Press.

Joshi, S. T., and David E. Schultz. 2003. Introduction. In *A Much Misunderstood Man: Selected Letters of Ambrose Bierce*, ed. S. T. Joshi and David E. Schultz, xv—xxiv. Columbus: Ohio State University Press.

Joyce, James. 1914/1967. *Dubliners*. New York: Penguin.

Kafalenos, Emma. 2006. *Narrative Causalities*. Columbus: Ohio State University Press.

Kafka, Franz. 1915/1946. *Die Verwandlung*. In *Gesammelte Schriften, Bd. I, Erzählungen und kleine Prosa*, 2nd ed., ed. Max Brod, 69—130. New York: Schocken Books.

Kafka, Franz. 1915/1986. *The Metamorphosis*. Trans. Stanley Corngold. New York: Bantam Books.

Kagan, Jerome. 2009. *The Three Cultures: Natural Sciences, Social*

Sciences, and the Humanities in the Twenty-First Century. Cambridge, MA: Harvard University Press.

Kahneman, Daniel, Paul Slovic, and Amos Tversky, eds. 1982. *Judgment under Uncertainty: Heuristics and Biases.* Cambridge: Cambridge University Press.

Kaplan, Alice Yeager. 1986. *Reproductions of Banality: Fascism, Literature, and French Intellectual Life.* Minneapolis: University of Minnesota Press.

Keen, Suzanne. 2007. *Empathy and the Novel.* Oxford: Oxford University Press.

Kellner, Hans. 1989. *Language and Historical Representation: Getting the Story Crooked.* Madison: University of Wisconsin Press.

Kendon, Adam. 2000. Language and gesture: Unity or duality? In *Language and Gesture*, ed. David McNeill, 47—63. Cambridge: Cambridge University Press.

Kennedy, James, and Russell C. Eberhart, with Yuhui Shi. 2001. *Swarm Intelligence.* San Diego, CA: Academic Press.

Keunen, Bart. Forthcoming. Plot, morality, and folk psychology research. In *Stories and Minds: Cognitive Approaches to Literary Narratives*, ed. Lars Bernaerts, Dirk De Geest, Luc Herman, and Bart Vervaeck. Lincoln: University of Nebraska Press.

Kindt, Tom, and Hans-Harald Müller. 2006. *The Implied Author: Concept and Controversy.* Berlin: de Gruyter.

Kirsh, David. 1995. The intelligent use of space. *Artificial Intelligence* 73: 31—68.

Kita, Sotaro. 2003a. Pointing: A foundational building block of human communication. In *Pointing: Where Language, Culture, and Cognition Meet*, ed. Sotaro Kita, 1—8. Mahwah, NJ: Lawrence Erlbaum.

Kita, Sotaro, ed. 2003b. *Pointing: Where Language, Culture, and Cognition Meet.* Mahwah, NJ: Lawrence Erlbaum.

Klastrup, Lisbeth, and Susana Tosca. 2004. Transmedial worlds—Rethinking cyber-world design. In *Proceedings of the 2004*

International Conference on Cyberworlds. Los Alamitos: IEEE Computer Society.

Klauk, Tobias, and Tilmann Köppe. 2011. Puzzles and problems for the theory of focalization. Discussion of Niederhoff 2009 posted on the site for *The Living Handbook of Narratology*, ed. Peter Hühn, John Pier, Wolf Schmid, and Jörg Schönert. Hamburg: University of Hamburg Press. http://hup.sub.uni-hamburg.de/lhn.

Knapp, Jeffrey, and Walter Benn Michaels. 1982. Against theory. *Critical Inquiry* 8 (4): 723—742.

Koch, Howard. 1938/2009. Script for 1938 radio broadcast of *The War of the Worlds*. In John Gosling, *Waging the War of the Worlds: A History of the 1938 Radio Broadcast and Resulting Panic*, 193—218. Jefferson, NC: McFarland.

Koch, Howard. 1970. *The Panic Broadcast: Portrait of an Event*. Boston: Little, Brown.

Kramnick, Jonathan. 2011. Against literary Darwinism. *Critical Inquiry* 37: 315—347.

Kress, Gunther, and Theo van Leeuwen. 2001. *Multimodal Discourse: The Modes and Media of Contemporary Communication*. London: Arnold.

Kripke, Saul A. 1980. *Naming and Necessity*. Cambridge, MA: Harvard University Press.

Kuzmičová, Anežka. Forthcoming. The words and worlds of literary narrative: The tradeoff between verbal presence and direct presence in the activity of reading. In *Stories and Minds: Cognitive Approaches to Literary Narrative*, ed. Lars Bernaerts, Dirk De Geest, Luc Herman, and Bart Vervaeck. Lincoln: University of Nebraska Press.

Labov, William. 1972. The transformation of experience in narrative syntax. In *Language in the Inner City*, 354—396. Philadelphia: University of Pennsylvania Press.

Lakoff, George, and Mark Johnson. 1980. *Metaphors We Live By*. Chicago: University of Chicago Press.

Laland, Kevin N., and Gillian R. Brown. 2002. *Sense and Nonsense: Evolutionary Perspectives on Human Behaviour*. Oxford: Oxford University Press.

Laland, Kevin N., John Odling-Smee, and Marcus W. Feldman. 2000. Niche construction, biological evolution, and cultural change. *Behavioral and Brain Sciences* 23: 131—175.

Landau, Barbara, and Ray Jackendoff. 1993. "What" and "where" in spatial language and cognition. *Behavioral and Brain Sciences* 16: 217—265.

Langacker, Ronald W. 1987. *Foundations of Cognitive Grammar*, vol. 1. Stanford: Stanford University Press.

Langellier, Kristin M., and Eric E. Peterson. 2004. *Storytelling in Daily Life: Performing Narrative*. Philadelphia, PA: Temple University Press.

Latour, Bruno. 2005. *Reassembling the Social: An Introduction to Actant-Network-Theory*. Oxford: Oxford University Press.

Lave, Jean. 1988. *Cognition in Practice: Mind, Mathematics, and Culture in Everyday Life*. Cambridge: Cambridge University Press.

Lave, Jean, and Etienne Wenger. 1991. *Situated Learning: Legitimate Peripheral Participation*. Cambridge: Cambridge University Press.

Lee, Benjamin. 1997. *Talking Heads: Language, Metalanguage, and the Semiotics of Subjectivity*. Durham: Duke University Press.

Lee, Carol D., and Peter Smagorinsky. 2000. Introduction: Constructing meaning through collaborative inquiry. In *Vygotskian Perspectives on Literacy Research: Constructing Meaning through Collaborative Inquiry*, ed. Carol D. Lee and Peter Smagorinsky, 1—15. Cambridge: Cambridge University Press.

Lee, Penny. 2003. "Feelings of the mind" in talk about thinking in English. *Cognitive Linguistics* 14 (2/3): 221—249.

Lefèvre, Pascal. 2011. Some medium-specific qualities of graphic sequences. *SubStance* 40 (1): 14—33.

Le Guin, Ursula K. 1982/1987. The wife's story. In *Buffalo Gals and Other Animal Presences*, 67—71. Santa Barbara, CA: Capra Press.

Lejeune, Philippe. 1989. *On Autobiography*. Trans. Katherine Leary. Minneapolis: University of Minnesota Press.

Lenman, James. 2011. Reasons for action: Justification vs. explanation. In *The Stanford Encyclopedia of Philosophy* (winter 2011 edition), ed. Edward N. Zalta. http://plato.stanford.edu/archives/win2011/entries/reasons-just-vs-expl/.

Leont'ev, A. N. 1981. The problem of activity in psychology. In *The Concept of Activity in Soviet Psychology*, ed. and trans. James V. Wertsch, 37—71. Armonk, NY: M. E. Sharpe.

Leslie, Alan M. 1987. Pretense and representation: The origins of "theory of mind." *Psychological Review* 94: 412—426.

Levin, Janet. 1999. Qualia. In *The MIT Encyclopedia of the Cognitive Sciences*, ed. Robert A. Wilson and Frank C. Keil, 693—694. Cambridge, MA: MIT Press.

Levine, Joseph. 1983. Materialism and qualia: The explanatory gap. *Pacific Philosophical Quarterly* 64 (4): 354—361.

Levinson, Stephen. 1979/1992. Activity types and language. In *Talk at Work*, ed. Paul Drew and John Heritage, 66—100. Cambridge: Cambridge University Press.

Lévi-Strauss, Claude. 1955/1986. The structural study of myth. Trans. Claire Jacobson and Brooke Grundfest Schoepf. In *Critical Theory Since 1965*, ed. Hazard Adams and Leroy Searle, 809—822. Tallahassee: University Presses of Florida.

Lidell, Scott K. 2000. Blended spaces and deixis in sign language discourse. In *Language and Gesture*, ed. David McNeill, 331—357. Cambridge: Cambridge University Press.

Linde, Charlotte. 1993. *Life Stories: The Creation of Coherence*. Oxford: Oxford University Press.

Liptak, Adam. 2010. Justices, 5—4, reject corporate spending limit. *New York Times*, January 21: http://www.nytimes.com/2010/01/22/us/politics/22scotus.html? pagewanted=all.

Livingston, Paisley. 2005. *Art and Intention*. Oxford: Oxford University Press.

Lockett, Leslie. 2011. *Anglo-Saxon Psychologies in the Vernacular and Latin Traditions*. Toronto: University of Toronto Press.

Lord, Albert Bates. 1960. *The Singer of Tales*. Cambridge, MA: Harvard University Press.

Lord, Albert Bates. 1995. *The Singer Resumes the Tale*. Ed. Mary Louise Lord. Ithaca: Cornell University Press.

Lotman, Yuri. 1981/1988. Text within a text. *Social Psychology* 26 (3): 32—51.

Lovejoy, A. O. 1936/1964. *The Great Chain of Being*. Cambridge, MA: Havard University Press.

Lovgen, Stefan. 2005. "War of the Worlds": Behind the 1938 radio show panic. *National Geographic News*, June 17: http://news.nationalgeographic.com/news/2005/06/0617_050617_warworlds.html.

Luckhurst, Roger. 2008. Introduction. In Robert Louis Stevenson, *Strange Case of Dr Jekyll and Mr Hyde and Other Tales*, ed. Roger Luckhurst, vii—xxxii. Oxford: Oxford University Press.

Lukes, Steven. 1977. Methodological individualism reconsidered. In *Essays in Social Theory*, ed. Steven Lukes, 177—186. New York: Columbia University Press.

Magoun, Francis P., Jr. 1953. The oral-formulaic character of Anglo-Saxon narrative poetry. *Speculum* 28: 446—467.

Maibom, Heidi. 2003. The mindreader and the scientist. *Mind & Language* 18 (3): 296—315.

Maibom, Heidi. 2009. In defence of model theory. *Journal of Consciousness Studies* 16 (6—8): 360—378.

Malle, Bertram F. 2001. Folk explanations of intentional action. In *Intentions and Intentionality: Foundations of Social Cognition*, ed. Bertram F. Malle, Louis J. Moses, and Dare A. Baldwin, 265—286. Cambridge, MA: MIT Press.

Mani, Inderjeet, and James Pustejovsky. 2012. *Interpreting Motion: Grounded Representations for Spatial Language*. Oxford: Oxford University Press.

Manovich, Lev. 2001. *The Language of New Media*. Cambridge, MA: MIT Press.

Margolin, Uri. 1987. Introducing and sustaining characters in literary narrative. *Style* 21 (1): 107—124.

Margolin, Uri. 2007. Character. In *The Cambridge Companion to Narrative*, ed. David Herman, 66—79. Cambridge: Cambridge University Press.

Matin, A. M. 2011. The creativity of war planners: Armed forces professionals and the pre-1914 British invasion-scare genre. *English Literary History* 78 (4): 801—831.

Maturana, Humberto R., and Francesco Varela. 1980. *Autopoesis and Cognition: The Realization of the Living*. Dordrecht: D. Reidel.

Matz, Jesse. 2011. The art of time, theory to practice. *Narrative* 19 (3): 273—294.

McDowell, John. 1996. *Mind and World*. Cambridge, MA: Havard University Press.

McEwan, Ian. 2001. *Atonement: A Novel*. New York: N. A. Talese/ Doubleday.

McEwan, Ian. 2007. *On Chesil Beach*. New York: Anchor Books.

McHale, Brian. 1987. *Postmodernist Fiction*. London: Methuen.

McHale, Brian. 2005. Postmodern narrative. In *Routledge Encyclopedia of Narrative Theory*, ed. David Herman, Manfred Jahn, and Marie-Laure Ryan, 456—460. London: Routledge.

McNeill, David. 1992. *Hand and Mind: What Gestures Reveal about Thought*. Chicago: University of Chicago Press.

McNeill, David. 2000. Introduction. In *Language and Gesture*, ed. David McNeill, 1—10. Cambridge: Cambridge University Press.

Mellmann, Katja. 2010. Objects of "empathy": Characters (and other such things) as psycho-poetic effects. In *Characters in Fictional Worlds: Understanding Imaginary Beings in Literature, Film, and Other Media*, ed. Jens Eder, Fotis Jannidis, and Ralf Schneider, 414—441. Berlin: de Gruyter.

Mellmann, Katja. 2010b. Voice and perception: An evolutionary approach to the basic functions of narrative. In *Toward a Cognitive Theory of Narrative Acts*, ed. Frederick Aldama, 119—140. Austin: University of Texas Press.

Merivale, Patricia, and Susan Elizabeth Sweeney. 1998. *Detecting Texts: The Metaphysical Detective Story from Poe to Postmodernism*. Philadelphia: University of Pennsylvania Press.

Merleau-Ponty, Marcel. 1945/1962. *Phenomenology of Perception*. Trans. Colin Smith. London: Routledge.

Metz, Christian. 1968/1974. *Film Language: A Semiotics of Cinema*. Trans. Michael Taylor. Chicago: University of Chicago Press.

Miall, David S. 1992. Wordsworth and *The Prelude*: The problematics of feeling. *Studies in Romanticism* 31: 233—253.

Miall, David S. 2011. Emotions and the structuring of narrative response. *Poetics Today* 32: 323—348.

Mikkonen, Kai. 2008. Presenting minds in graphic narratives. *Partial Answers: Journal of Literature and the History of Ideas* 6 (2): 301—321.

Mikkonen, Kai. Forthcoming. Transmedial focalization: Theory and the narratological challenge of graphic narratives. *Amerikastudien: American Studies*.

Miller, Karl. 1985. *Doubles: Studies in Literary History*. Oxford: Oxford University Press.

Mills, Linda. 2005. Narrative therapy. In *Routledge Encyclopedia of Narrative Theory*, ed. David Herman, Manfred Jahn, and Marie-Laure Ryan, 375—376. London: Routledge.

Mink, Louis O. 1978. Narrative form as a cognitive instrument. In *The Writing of History: Literary Form and Historical Understanding*, ed. Robert H. Canary and Henry Kozicki, 129—149. Madison: University of Wisconsin Press.

Minsky, Marvin. 1975. A framework for representing knowledge. In *The Psychology of Computer Vision*, ed. Patrick Winston, 211—277. New York: McGraw-Hill.

Minsky, Marvin. 1986. *The Society of Mind*. New York: Touchstone.

Mitchell, W. J. T. 1978. *Blake's Composite Art: A Study of the Illuminated Poetry*. Princeton: Princeton University Press.

Mittell, Jason. 2007. Film and television narrative. In *The Cambridge Companion to Narrative*, ed. David Herman, 156—171. Cambridge: Cambridge University Press.

Modiano, Patrick. 1968. *La Place de l'étoile*. Paris: Éditions Gallimard.

Moisinnac, Luke. 2008. Positioning in conversational stories: Advances in theory and practice. Prospectus of Panel Discussion held at the Georgetown University Roundtable in Linguistics, March 2008. http://www8.georgetown.edu/college/gurt/2008/.

Montfort, Nick. 2007. Narrative and digital media. In *The Cambridge Companion to Narrative*, ed. David Herman, 172—186. Cambridge: Cambridge University Press.

Morris, Alan. 1985. Attacks on the Gaullist "myth" in French literature since 1969. *Forum for Modern Language Studies* 21: 71—83.

Morris, Alan. 1990. Patrick Modiano. In *Beyond the Nouveau Roman: Essays on the Contemporary French Novel*, ed. Michael Tilby, 177—200. Oxford: Berg.

Morris, Alan. 1996. *Patrick Modiano*. Oxford: Berg.

Morson, Gary Saul. 1979. The War of the Well(e)s. *Journal of Communication* 29 (3): 10—20.

Mortimer, Armine Kotin. 1998. Romantic fever: The second story as illegitimate daughter in Wharton's "Roman Fever." *Narrative* 6 (2): 188—198.

Murakami, Haruki. 2011. *1Q84*. Trans. Jay Rubin and Philip Gabriel. New York: Knopf.

Nagel, Thomas. 1974. What is it like to be a bat? *Philosophical Review* 83 (4): 435—450.

Nebel, Bernhard. 1999. Frame-based systems. In *The MIT Encyclopedia of the Cognitive Sciences*, ed. Robert A. Wilson and Frank C. Keil, 324—326. Cambridge, MA: MIT Press.

Neisser, Ulric, ed. 1993. *The Perceived Self: Ecological and Interpersonal Sources of Self-Knowledge*. Cambridge: Cambridge

University Press.

Nelles, William. 1992. Stories within stories: Narrative levels and embedded narrative. *Studies in the Literary Imagination* 25: 79—96.

Nelles, William. 1997. *Frameworks: Narrative Levels and Embedded Narrative.* New York: Peter Lang.

Nelson, Katherine, ed. 2006. *Narratives from the Crib.* Cambridge, MA: Harvard University Press.

Nettelbeck, Colin. 1985. Getting the story right: Narratives of World War II in post-1968 France. *Journal of European Studies* 15: 77—116.

Nicols, Shaun, and Stephen P. Stich. 2003. *Mindreading: An Integrated Account of Pretence, Self-Awareness and Understanding of Other Minds.* Oxford: Oxford University Press.

Nicolopoulou, Ageliki. 2011. Children's storytelling: Toward an interpretive and sociocultural approach. *Storyworlds* 3: 25—48.

Niederhoff, Burkhard. 2009. Focalization. In *Handbook of Narratology*, ed. Peter Hühn, John Pier, Wolf Schmid, and Jörg Schönert, 115—123. Berlin: de Gruyter.

Nieragden, Göran. 2002. Focalization and narration: Theoretical and terminological refinements. *Poetics Today* 23 (4): 685—697.

Nietzsche, Friedrich. 1887/1968. On the genealogy of morals. In *Basic Writings of Nietzsche*, ed. and trans. Walter Kaufmann, 437—599. New York: Modern Library.

Niles, John D. 1983. Beowulf: *The Poem and Its Tradition.* Cambridge, MA: Harvard University Press.

Niles, John D. 1993. Locating *Beowulf* in literary history. *Exemplaria* 5: 79—109.

Niles, John D. 1997. Myth and history. In *A Beowulf Handbook*, ed. Robert E. Bjork and John D. Niles, 213—232. Lincoln: University of Nebraska Press.

Noë, Alva. 2004. *Action in Perception.* Cambridge, MA: MIT Press.

Noë, Alva. 2009a. *Out of Our Heads: Why You Are Not Your Brain, and Other Lessons from the Biology of Consciousness.* New York:

Hill & Wang.

Noë, Alva. 2009b. Response. In *Mind and Consciousness: 5 Questions*, ed. Patrick Grim, 135—143. Copenhagen: Automatic/VIP.

Noë, Alva, and Evan Thompson, eds. 2002. *Vision and Mind: Selected Readings in the Philosophy of Perception*. Cambridge, MA: MIT Press.

Norman, Donald. 1993. *Things That Make Us Smart*. Reading, MA: Addison-Wesley.

Norrick, Neal. 2000. *Conversational Narrative: Storytelling in Everyday Talk*. Amsterdam: John Benjamins.

Norris, Margot. 1985. *Beasts of the Modern Imagination: Darwin, Nietzsche, Kafka, Ernst, and Lawrence*. Baltimore: Johns Hopkins University Press.

Norris, Sigrid. 2004. *Analyzing Multimodal Interaction: A Methodological Framework*. London: Routledge.

Nunes, Terezinha. 1997. What organizes our problem-solving activities. In *Discourse, Tools, and Reasoning: Essays on Situated Cognition*, ed. Lauren B. Resnick, Roger Säljö, Clotilde Pontecorvo, and Barbara Burge, 288—311. Berlin: Springer.

Nünning, Ansgar. 1997. Deconstructing and reconceptualizing the implied author. *Anglistik* 8 (2): 95—116.

Nünning, Ansgar. 2005a. Implied author. In *Routledge Encyclopedia of Narrative Theory*, ed. David Herman, Manfred Jahn, and Marie-Laure Ryan, 239—240. London: Routledge.

Nünning, Ansgar. 2005b. Reconceptualizing unreliable narration. In *The Blackwell Companion to Narrative Theory*, ed. James Phelan and Peter J. Rabinowitz, 89—107. Oxford: Blackwell.

Nussbaum, Martha C. 1992. *Love's Knowledge: Essays on Philosophy and Literature*. Oxford: Oxford University Press.

Oatley, Keith. 2012. *The Passionate Muse: Exploring Emotions in Stories*. Oxford: Oxford University Press.

O'Brien, Flann. 1939/1976. *At Swim-Two-Birds*. New York: Plume.

Ochs, Elinor, and Lisa Capps. 2001. *Living Narrative: Creating Lives in*

Everyday Storytelling. Cambridge, MA: Harvard University Press.

Ochs, Elinor, Carolyn Taylor, Dina Rudolph, and Ruth Smith. 1992. Storytelling as theory-building activity. *Discourse Processes* 15: 37—72.

O'Connor, Timothy, and Yu Hong Wong. 2006. Emergent properties. In *The Stanford Encyclopedia of Philosophy* (spring 2009 edition), ed. Edward N. Zalta. http://plato.stanford.edu/archives/spr2009/entries/properties-emergent/.

Olney, James. 1999. *Memory and Narrative: The Weave of Life-Writing.* Chicago: University of Chicago Press.

O'Regan, J. Kevin, and Alva Noë. 2001. A sensorimotor account of vision and visual consciousness. *Behavioral and Brain Sciences* 24: 939—1031.

Ostroff, Susan. 1995. Maps on my past: Race, space, and place in the life stories of Washington D.C. area teenagers. *Oral History Review* 22: 33—53.

Owens, David M. 1994. Bierce and biography: The location of Owl Creek Bridge. *American Literary Realism, 1870—1910* 26 (3): 82—89.

Palmer, Alan. 2004. *Fictional Minds.* Lincoln: University of Nebraska Press.

Palmer, Alan. 2010. *Social Minds in the Novel.* Columbus: Ohio State University Press.

Pavel, Thomas G. 1986. *Fictional Worlds.* Cambridge, MA: Harvard University Press.

Peterfreund, Stuart. 1998. *William Blake in a Newtonian World.* Norman: University of Oklahoma Press.

Peterson, Carole, and Allyssa McCabe. 1994. A social interactionist account of developing decontextualized narrative skill. *Developmental Psychology* 30: 937—948.

Phelan, James. 2001. Why narrators can be focalizers—and why it matters. In *New Perspectives on Narrative Perspective*, ed. Willie van Peer and Seymour Chatman, 51—64. Albany: SUNY Press.

Phelan, James. 2005. *Living to Tell About It: A Rhetoric and Ethics of Character Narration*. Ithaca: Cornell University Press.

Phelan, James. 2007. *Experiencing Fiction: Judgments, Progressions, and the Rhetorical Theory of Narrative*. Columbus: Ohio State University Press.

Phelan, James, and Peter J. Rabinowitz, eds. 2005. *A Companion to Narrative Theory*. Malden, MA: Blackwell.

Phillips, Michael. 2000. *William Blake: The Creation of the Songs (from Manuscript to Illuminated Printing)*. Princeton: Princeton University Press.

Pier, John. 2009. Metalepsis. In *Handbook of Narratology*, ed. Peter Hühn, John Pier, Wolf Schmid, and Jörg Schönert, 190—203. Berlin: de Gruyter.

Poulet, Georges. 1969. Phenomenology of reading. *New Literary History* 1 (1): 53—68.

Pratt, Mary Louise. 1977. *Toward a Speech Act Theory of Literary Discourse*. Bloomington: Indiana University Press.

Premack, David, and Guy Woodruff. 1978. Does the chimpanzee have a theory of mind? *Behavioral and Brain Sciences* 1: 515—526.

Prince, Gerald. 1982. *Narratology: The Form and Functioning of Narrative*. The Hague: Mouton.

Prince, Gerald. 1987/2003. *A Dictionary of Narratology*, 2nd ed. Lincoln: University of Nebraska Press.

Prince, Gerald. 1992. *Narrative as Theme: Studies in French Fiction*. Lincoln: University of Nebraska Press.

Prince, Gerald. 1995a. On narratology: Criteria, corpus, context. *Narrative* 3 (1): 73—84.

Prince, Gerald. 1995b. Narratology. In *The Cambridge History of Literary Criticism*. vol. 8. ed. Raman Selden, 110—130. Cambridge: Cambridge University Press.

Propp, Vladimir. 1928/1968. *Morphology of the Folktale*. Trans. Laurence Scott; revised by Louis A. Wagner. Austin: University of Texas Press.

Punday, Daniel. 2012. Narration, intrigue, and reader positioning in electronic narratives. *Storyworlds* 4: 25—47.

Rabinowitz, Peter J. 1977. Truth in fiction: A reexamination of audiences. *Critical Inquiry* 4: 121—141.

Reichenbach, Hans. 1947. *Elements of Symbolic Logic*. New York: Macmillan.

Reiss, Tom. 2005. Imagining the worst: How a literary genre anticipated the modern world. *New Yorker* 106 (November 28): 106—114.

Relph, Edward. 1985. Geographical experiences and being-in-the-world: The phenomenological origins of geography. In *Dwelling, Place and Environment*, ed. David Seamon and Robert Mugerauer, 15—31. New York: Columbia University Press.

Renoir, Alain. 1962. Point of view and design for terror in *Beowulf*. *Neuphilologische Mitteilungen* 63: 154—167.

Resnick, Lauren B., Clotilde Pontecorvo, and Roger Säljö. 1997. Discourse, tools, and reasoning. In *Discourse, Tools, and Reasoning: Essays on Situated Cognition*, ed. Lauren B. Resnick, Roger Säljö, Clotilde Pontecorvo, and Barbara Burge, 2—20. Berlin: Springer.

Richardson, Alan. 2001. *British Romanticism and the Science of Mind*. Cambridge: Cambridge University Press.

Richardson, Alan. 2010. *The Neural Sublime: Cognitive Theories and Romantic Texts*. Baltimore: Johns Hopkins University Press.

Richardson, Brian. 1997. *Unlikely Stories: Causality and the Nature of Modern Narrative*. Newark: University of Delaware Press.

Richardson, Brian. 2005. Causality. In *Routledge Encyclopedia of Narrative Theory*, ed. David Herman, Manfred Jahn, and Marie-Laure Ryan, 48—52. London: Routledge.

Richardson, Brian. 2006. *Unnatural Voices: Extreme Narration in Modern and Contemporary Fiction*. Columbus: Ohio State University Press.

Richardson, Brian, ed. 2011. *Implied Author: Back from the Grave or Simply Dead Again*. Special issue of *Style* 45(1).

Richardson, Peter. 1997. Point of view and identification in *Beowulf*. *Neophilologus* 81: 289—298.

Ricoeur, Paul. 1983—85/1984—88. *Time and Narrative*, 3 vols. Trans. Kathleen McLaughlin and David Pellauer. Chicago: University of Chicago Press.

Rimmon-Kenan, Shlomith. 1983. *Narrative Fiction: Contemporary Poetics*. London: Methuen.

Ristau, Carolyn A. 1999. Cognitive ethology. In *The MIT Encyclopedia of the Cognitive Sciences*, ed. Robert A. Wilson and Frank C. Keil, 132—134. Cambridge, MA: MIT Press.

Ritivoi, Andreea Deciu. 2009. Explaining people: Narrative and the study of identity. *Storyworlds* 1: 25—41.

Rix, Robert. 2005. "Letters in a strange character": Runes, rocks, and romanticism. *European Romantic Review* 16 (5): 589—611.

Robbe-Grillet, Alain. 1977. Order and disorder in fiction and film. *Critical Inquiry* 4: 1—20.

Roese, Neal J., and James M. Olson. 1995. *What Might Have Been: The Social Psychology of Counterfactual Thinking*. Mahwah, NJ: Lawrence Erlbaum.

Rogers, Yvonne, and Ellis, Judi. 1994. Distributed cognition: An alternative framework for analysing and explaining collaborative working. *Journal of Information Technology* 9. http://mcs.open. ac.uk/yr258/papers/dcog/dcog94.pdf.

Rogoff, Barbara. 1990. *Apprenticeship in Thinking: Cognitive Development in Social Context*. New York: Oxford University Press.

Rogoff, Barbara. 1995. Observing sociocultural activity on three planes: Participatory appropriation, guided participation, and apprenticeship. In *Sociocultural Studies of Mind*, ed. James V. Wertsch, Pablo Del Río, and Amelia Alvarez, 139—164. Cambridge: Cambridge University Press.

Rogoff, Barbara. 2003. *The Cultural Nature of Human Development*. Oxford: Oxford University Press.

Rohman, Carrie. 2009. *Stalking the Subject: Modernism and the Animal*.

New York: Columbia University Press.

Ronen, Ruth. 1994. *Possible Worlds in Literary Theory*. Cambridge: Cambridge University Press.

Rorty, Amélie Oksenberg. 1976. A literary postscript: Characters, persons, selves, individuals. In *The Identities of Persons*, ed. A. O. Rorty, 301—323. Berkeley: University of California Press.

Rosch, Eleanor. 2001. "If you depict a bird, give it space to fly": Eastern psychologies, the arts, and self-knowledge. *SubStance* 94—95: 236—253.

Rose, Margaret A. 1979. *Parody//Meta-Fiction: An Analysis of Parody as a Critical Mirror to the Writing and Reception of Fiction*. London: Croom Helm.

Roth, Philip. 1991. *Patrimony: A True Story*. New York: Vintage.

Round, Julia. 2007. Visual perspective and narrative voice in comics: Redefining literary terminology. *International Journal of Comic Art* 9 (2): 316—329.

Rowlands, Mark. 2003. *Externalism: Putting Mind and World Back Together Again*. Montreal: McGill-Queen's University Press.

Rubba, Jo. 1996. Alternate grounds in the interpretation of deictic expressions. In *Spaces, Worlds, and Grammar*, ed. Gilles Fauconnier and Eve Sweetser, 227—261. Chicago: University of Chicago Press.

Ryan, Marie-Laure. 1991. *Possible Worlds, Artificial Intelligence, and Narrative Theory*. Bloomington: Indiana University Press.

Ryan, Marie-Laure. 2001a. *Narrative as Virtual Reality: Immersion and Interactivity in Literature and Electronic Media*. Baltimore: Johns Hopkins University Press.

Ryan, Marie-Laure. 2001b. The narratorial functions: Breaking down a theoretical primitive. *Narrative* 9 (2): 146—152.

Ryan, Marie-Laure, ed. 2004. *Narrative across Media: The Languages of Storytelling*. Lincoln: University of Nebraska Press.

Ryan, Marie-Laure. 2006. *Avatars of Story*. Minneapolis: University of Minnesota Press.

Ryan, Marie-Laure. 2010. Narratology and cognitive science: A problematic relation. *Style* 44 (4): 469—495.

Ryan, Marie-Laure, and Jan-Noël Thon. Forthcoming. Introduction. In *Storyworlds across Media: Toward a Media-Conscious Narratology*, ed. Marie-Laure Ryan and Jan-Noël Thon. Lincoln: University of Nebraska Press.

Sacks, Harvey. 1992. *Lectures on Conversation*. Oxford: Blackwell.

Sacks, Harvey, Emanuel A. Schegloff, and Gail Jefferson. 1974. A simplest systematics for the organization of turn-taking for conversation. *Language* 50: 696—735.

Sagara, Alison. 2011. Graphic narrative theory: Comics storytelling in *Watchmen*. Unpublished Senior Honors Thesis, Department of English, Ohio State University.

Salway, Andrew, and David Herman. 2011. Digitized corpora as theory-building resource: New methods for narrative inquiry. In *New Narratives: Stories and Storytelling in the Digital Age*, ed. Ruth Page and Bronwen Thomas, 120—137. Lincoln: University of Nebraska Press.

Saussure, Ferdinand de. 1916/1959. *Course in General Linguistics*. Ed. Charles Bally and Albert Sechehaye (in collaboration with Albert Riedlinger), trans. Wade Baskin. New York: Philosophical Library.

Scalise Sugiyama, Michelle. 2005. Reverse-engineering narrative: Evidence of special design. In *The Literary Animal*, ed. Jonathan Gottschall and David Sloan Wilson, 177—196. Evanston, IL: Northwestern University Press.

Schafer, Roy. 1981. *Narrative Actions in Psychoanalysis*. Worcester, MA: Clark University Press.

Schegloff, Emanuel A. 1972. Notes on conversational practice: Formulating place. In *Studies in Social Interaction*, ed. David Sudnow, 75—119. New York: Free Press.

Schegloff, Emanuel A. 1981. Discourse as an interactional achievement. In *Analyzing Discourse: Text and Talk*, ed. Deborah Tannen, 71—

93. Georgetown: Georgetown University Press.

Scheler, Max. 1954. *The Nature of Sympathy*. Trans. Peter Heath. New Haven: Yale University Press.

Schiffrin, Deborah. 1981. Tense variation in narrative. *Language* 57: 45—62.

Schiffrin, Deborah. 1987. *Discourse Markers*. Cambridge: Cambridge University Press.

Schiffrin, Deborah. 2006. *In Other Words: Variation and Reference in Narrative*. Cambridge: Cambridge University Press.

Schneider, Ralf. 2001. Toward a cognitive theory of literary character: The dynamics of mental-model construction. *Style* 35 (4): 607—640.

Searle, John. 1983. *Intentionality: An Essay in the Philosophy of Mind*. Cambridge: Cambridge University Press.

Sebold, Alice. 1999. *Lucky*. New York: Scribner.

Seemann, Alex. 2008. Person perception. *Philosophical Explorations* 11 (3): 245—262.

Segal, Erwin M. 1995. Narrative comprehension and the role of deictic shift theory. In *Deixis in Narrative: A Cognitive Science Perspective*, ed. Judith F. Duchan, Gail A. Bruder, and Lynne E. Hewitt, 3—17. Hillsdale, NJ: Lawrence Erlbaum.

Sellars, Wilfrid. 1956/1997. *Empiricism and the Philosophy of Mind*. Cambridge, MA: Harvard University Press.

Semino, Elena, and Michael Short. 2004. *Corpus Stylistics: Speech, Writing, and Thought Presentation in a Corpus of English Narratives*. London: Routledge.

Shaw, Harry. 1995. Loose narrators. *Narrative* 3: 95—116.

Shaw, Harry. 2005. Why won't our terms stay put? The narrative communication diagram scrutinized and historicized. In *The Blackwell Companion to Narrative Theory*, ed. James Phelan and Peter J. Rabinowitz, 299—311. Oxford: Blackwell.

Sherzer, Dina. 1986. *Representation in Contemporary French Fiction*. Lincoln: University of Nebraska Press.

Scholes, Robert. 1970. Metafiction. *Iowa Review* 1: 100—115.

Schutz, Alfred. 1953/1962. Common-sense and the scientific interpretation of human action. In *Collected Papers*, vol. 1, ed. Maurice Natanson, 3—47. The Hague: Martinus Nijhoff.

Shen, Yeshayahu, and David Gil. Forthcoming. Language, thought and the animacy hierarchy: Experimental studies of hybrids in Hebrew, Indonesian, and Minangkabau. *Pacific Linguistics*.

Shore, Bradd. 1998. *Culture in Mind: Cognition, Culture, and the Problem of Meaning*. New York: Oxford University Press.

Shusterman, Richard. 1992. *Pragmatist Aesthetics: Living Beauty, Rethinking Art*. Oxford: Blackwell.

Simon, Herbert A., and William G. Chase. 1973. Skill in chess. *American Scientist* 61: 393—403.

Slors, Marc, and Cynthia Macdonald. 2008. Rethinking folk-psychology: Alternatives to theories of mind. *Philosophical Explorations* 11 (3): 153—161.

Smith, Herrnstein Barbara. 1981. Narrative versions, narrative theories. In *On Narrative*, ed. W. J. T. Mitchell, 209—232. Chicago: University of Chicago Press.

Smith, Sidonie, and Julia Watson. 2010. *Reading Autobiography: A Guide for Interpreting Life Narratives*, 2nd ed. Minneapolis: University of Minnesota Press.

Smuts, Barbara. 1999. Reflections. In *J. M. Coetzee's The Lives of Animals*, ed. Amy Gutmann, 107—120. Princeton: Princeton University Press.

Snow, C. P. 1959/1998. *The Two Cultures*. Cambridge: Cambridge University Press.

Sorrell, Tom. 1991. *Scientism: Philosophy and the Infatuation with Science*. London: Routledge.

Spark, Muriel. 1961/1999. *The Prime of Miss Jean Brodie*. New York: HarperCollins.

Sperber, Dan, and Deirdre Wilson. 1986/1996. *Relevance: Communication and Cognition*, 2nd ed. Oxford: Wiley-Blackwell.

Speitz, Michele. 2008. Aural chiaroscuro: The emergency radio broadcast in Orson Welles's *The War of the Worlds*. *English Language Notes* 46 (1): 193—197.

Spitz, Alice. 2010. The music of argument: The portrayal of argument in Ian McEwan's On Chesil Beach. *Language and Literature* 19 (2): 197—220.

Spolsky, Ellen. 1993. *Gaps in Nature: Literary Interpretation and the Modular Mind*. Albany: SUNY Press.

Spolsky, Ellen. 2001. Why and how to take the fruit and leave the chaff. *SubStance* 94/95: 177—198.

Stanzel, Franz Karl. 1979/1984. *A Theory of Narrative*. Trans. Charlotte Goedsche. Cambridge: Cambridge University Press.

Stawarska, Beata. 2007. Persons, pronouns, and perspectives. In *Folk Psychology Re-Assessed*, ed. Daniel D. Hutto and Matthew Ratcliffe, 79—99. Berlin: Springer.

Stearns, Peter. 1995. Emotion. In *Discursive Psychology in Practice*, ed. Rom Harré and Peter Stearns, 37—54. Thousand Oaks, CA: Sage.

Stearns, Peter, and Carol Stearns. 1985. Emotionology: Clarifying the history of emotions and emotional standards. *American Historical Review* 90: 13—36.

Steiner, Peter. 1996. Ironies of history: *The Joke* of Milan Kundera. In *Fiction Updated: Theories of Fictionality, Narratology, and Poetics*, ed. Colin-Andrei Mihailescu and Walid Harmaneh, 197—212. Toronto: University of Toronto Press.

Sternberg, Meir. 1978. *Expositional Modes and Temporal Ordering in Fiction*. Baltimore: Johns Hopkins University Press.

Sternberg, Meir. 1982. Proteus in quotation land: Mimesis and the forms of reported discourse. *Poetics Today* 3 (2): 107—156.

Sternberg, Meir. 2003. Universals of narrative and their cognitivist fortunes (I). *Poetics Today* 24: 297—395.

Stevenson, Robert Louis. 1886/2008. *Strange case of Dr Jekyll and Mr Hyde*. In *Strange Case of Dr Jekyll and Mr Hyde and Other Tales*, ed. Roger Luckhurst, 5—66. Oxford: Oxford University Press.

Stich, Stephen. 1983. *From Folk Psychology to Cognitive Science*. Cambridge, MA: MIT Press.

Stich, Stephen. 1999. Eliminative materialism. In *The MIT Encyclopedia of the Cognitive Sciences*, ed. Robert A. Wilson and Frank C. Keil, 265—267. Cambridge, MA: MIT Press.

Strawson, Galen. 2004. Against narrativity. *Ratio* 17: 428—452.

Strawson, P. F. 1959. *Individuals*. London: Methuen.

Suppes, Patrick. 1960. A comparison of the meaning and uses of models in mathematics and the empirical sciences. *Synthese* 12 (2—3): 287—301.

Swann, Karen. 1991. Suffering and sensation in *The Ruined Cottage*. *Publications of the Modern Language Association of America* 106: 83—95.

Swinden, Patrick. 1999. *Literature and the Philosophy of Intention*. London: Macmillan. Tacitus. 1st c. CE/1999. Germany. Trans. Herbert W. Benario. Warminster: Aris & Phillips.

Talmy, Leonard. 2000. *Toward a Cognitive Semantics*, vols. 1 and 2. Cambridge, MA: MIT Press.

Tammi, Pekka. 2006. Against narrative ("A boring story"). *Partial Answers: Journal of Literature and the History of Ideas* 4 (2): 19—40.

Tannen, Deborah. 1993. What's in a frame? Surface evidence for underlying expectations. In *Framing in Discourse*, ed. Deborah Tannen, 14—56. Oxford: Oxford University Press.

Taylor, John R. 2002. *Cognitive Grammar*. Oxford: Oxford University Press.

Thomas, Bronwen. 2007. Dialogue. In *The Cambridge Companion to Narrative*, ed. David Herman, 80—93. Cambridge: Cambridge University Press.

Thomas, Bronwen. 2012. *Fictional Dialogue: Speech and Conversation in the Modern and Postmodern Novel*. Lincoln: University of Nebraska Press.

Thompson, Evan. 2007. *Mind in Life: Biology, Phenomenology, and the Sciences of Mind*. Cambridge, MA: Harvard University Press.

Tobin, Vera. 2008. Literary joint attention: Social cognition and the puzzles of modernism. Ph.D. Dissertation, University of Maryland. http://hdl.handle.net/1903/8059.

Tobin, Vera. 2010. Joint attention, *To the Lighthouse*, and modernist representations of intersubjectivity. *English Text Construction* 3 (2): 185—202.

Todorov, Tzvetan. 1968. La Grammaire du récit. *Langages* 12: 94—102.

Tomasello, Michael. 1999. *The Cultural Origins of Human Cognition*. Cambridge, MA: Harvard University Press.

Tomasello, Michael. 2003. *Constructing a Language: A Usage-based Theory of Language Acquisition*. Cambridge, MA: Harvard University Press.

Tooby, John, and Leda Cosmides. 2001. Does beauty build adapted minds? Toward an evolutionary theory of aesthetics, fiction, and the arts. *SubStance* 94/95: 6—27.

Torrance, Steve. 2005. In search of the enactive: Introduction to special issue on enactive experience. *Phenomenology and the Cognitive Sciences* 4 (4): 357—368.

Trevarthen, Colwyn. 1993. The self born in intersubjectivity: The psychology of an infant communicating. In *The Perceived Self: Ecological and Interpersonal Sources of Self-Knowledge*, ed. Ulric Neisser, 121—173. Cambridge: Cambridge University Press.

Trevarthen, Colwyn. 1999. Intersubjectivity. In *The MIT Encyclopedia of the Cognitive Sciences*, ed. Robert A. Wilson and Frank C. Keil, 415—419. Cambridge, MA: MIT Press.

Troscianko, Emily. 2010. Kafkaesque worlds in real time. *Language and Literature* 19 (2): 151—171.

Tuan, Yi-Fu. 1977. *Space and Place: The Perspective of Experience*. Minneapolis: University of Minnesota Press.

Turner, Mark. 1996. *The Literary Mind*. New York: Oxford University Press.

Tversky, Amos, and Daniel Kahneman. 1971. Belief in the "law of small numbers." *Psychological Bulletin* 76: 105—110.

Tversky, Amos, and Daniel Kahneman. 1974. Judgment under uncertainty: Heuristics and biases. *Science* 185: 1124—1131.

Uexküll, Jakob von. 1934/1957. A stroll through the worlds of animals and men: A picture book of invisible worlds. In *Instinctive Behavior: The Development of a Modern Concept*, ed. and trans. Claire H. Schiller, 5—80. New York: International University Press.

Ulmer, William A. 1996. Wordsworth, the one life, and *The Ruined Cottage. Studies in Philology* 93: 304—333.

Varela, Francisco J., Evan Thompson, and Eleanor Rosch. 1991. *The Embodied Mind: Cognitive Science and Human Experience.* Cambridge, MA: MIT Press.

Van Peer, Willie, and Seymour Chatman, eds. 2001. *New Perspectives on Narrative Perspective.* Albany: SUNY Press.

Velleman, J. David. 2000. *The Possibility of Practical Reason.* Oxford: Oxford University Press.

Velleman, J. David. 2003. Narrative explanation. *Philosophical Review* 112: 1—25.

Virtanen, Tuija. 1992. Issues of text typology: Narrative—a "basic" type of text? *Text* 12: 293—310.

Viscomi, Joseph. 2003. Illuminated painting. In *The Cambridge Companion to William Blake*, ed. Morris Eaves, 37—62. Cambridge: Cambridge University Press.

Vygotsky, Lev S. 1934/1962. *Thought and Language.* Ed. and trans. Eugenia Hanfmann and Gertrude Vakar. Cambridge, MA: MIT Press.

Vygotsky, Lev S. 1978. *Mind in Society: The Development of Higher Psychological Processes.* Ed. and trans. Michael Cole, Sylvia Scribner, Vera John-Steiner, and Ellen Souberman. Cambridge, MA: Harvard University Press.

Walsh, Richard. 2007. *The Rhetoric of Fictionality: Narrative Theory and the Idea of Fiction*. Columbus: Ohio State University Press.

Walton, Kendall L. 1990. *Mimesis as Make-Believe: On the Foundations of the Representational Arts*. Cambridge, MA: Harvard University Press.

Wang, Qi, and Jens Brockmeier. 2002. Autobiographical remembering as cultural practice: Understanding the interplay between memory, self, and culture. *Culture and Psychology* 8 (1): 45—64.

Warren, William H. 2006. The dynamics of perception and action. *Psychological Review* 113 (2): 358—389.

Waugh, Patricia. 1984. *Metafiction: The Theory and Practice of Self-Conscious Fiction*. London: Metheun.

Welch, Dennis M. 1995. Blake's songs of experience: The word lost and found. *English Studies* 3: 238—252.

Wells, H. G. 1898/2005. *The War of the Worlds*. London: Penguin.

Wertsch, James V. 1985. *Vygotsky and the Social Formation of Mind*. Cambridge, MA: Harvard University Press.

Wertsch, James V. 1991. *Voices of the Mind: A Sociocultural Approach to Mediated Action*. Cambridge, MA: Harvard University Press.

Wertsch, James V. 1998a. *Mind as Action*. New York: Oxford University Press.

Wertsch, James V. 1998b. Mediated action. In *A Companion to Cognitive Science*, ed. William Bechtel and George Graham, 518—525. Oxford: Blackwell.

Wertsch, James V. 2007. Mediation. In *The Cambridge Companion to Vygotsky*, ed. Harry Daniels, Michael Cole, and James V. Wertsch, 178—192. Cambridge: Cambridge University Press.

Wertsch, James V., and William R. Penuel. 1996. The individual-society antimony revisited. In *The Handbook of Education and Human Development: New Models of Learning, Teaching, and Schooling*, ed. David R. Olson and Nancy Torrance, 415—433. Oxford: Blackwell.

Werth, Paul. 1999. *Text Worlds: Representing Conceptual Space in Discourse*. Ed. Michael Short. London: Longman.

Wertheim, L. Jon. 2009. *Strokes of Genius: Federer, Nadal, and the Greatest Match Ever Played*. Boston: Houghton Mifflin.

Wharton, Edith. 1934/1991. Roman fever. In *The Selected Short Stories of Edith Wharton*, ed. R. W. B. Lewis, 342—352. New York: Scribner's.

White, Hayden. 2005. Emplotment. In *Routledge Encyclopedia of Narrative Theory*, ed. David Herman, Manfred Jahn, and Marie-Laure Ryan, 137. London: Routledge.

Whitehead, Alfred North. 1927/1956. *Science and the Modern World*. New York: Macmillan.

Whiten, Andrew. 1999. Machiavellian intelligence hypothesis. In *The MIT Encyclopedia of the Cognitive Sciences*, ed. Robert A. Wilson and Frank C. Keil, 495—497. Cambridge, MA: MIT Press.

Whitlock, Gillian. 2006. Autographics: The seeing "I" of the comics. *Modern Fiction Studies* 52 (4): 965—979.

Whitlock, Gillian, and Anna Poletti, eds. 2008. *Biography* 31 (1) (special issue on "Autographics"): v—222.

Williams, George C. 1966. *Adaptation and Natural Selection*. Princeton: Princeton University Press.

Williams, Jeffrey J. 1998. *Theory and the Novel: Narrative and Reflexivity in the British Tradition*. Cambridge: Cambridge University Press.

Wilson, E. O. 1998. *Consilience: The Unity of Knowledge*. New York: Knopf.

Wilson, Robert A. 2004. *Boundaries of the Mind: The Individual in the Fragile Sciences: Cognition*. Cambridge: Cambridge University Press.

Wimsatt, William K., and Monroe C. Beardsley. 1946/2001. The intentional fallacy. In *The Norton Anthology of Theory and Criticism*, ed. Vincent B. Leitch, et al., 1374—1387. New York: W. W. Norton.

Wolf, Werner. 2004. Aesthetic illusion as an effect of fiction. *Style* 38 (3): 325—351.

Wolfson, Nessa. 1982. *The Conversational Historical Present in American English Narrative*. Dordrecht: Foris.

Woolf, Virginia. 1933/1983. *Flush: A Biography*. San Diego: Harcourt.

Wordsworth, William. 1979. *The Ruined Cottage and the Pedlar*. Ed. James Butler. Ithaca: Cornell University Press.

Wordsworth, William. 1985. *The Ruined Cottage, The Brothers, Michael*. Ed. Jonathan Wordsworth. Cambridge: Cambridge University Press.

Wordsworth, William. 2000. Preface to lyrical ballads. In *The Norton Anthology of English Literature*, 7th ed., vol. 2, ed. M. H. Abrams and Stephen Greenblatt, 238—251. New York: W. W. Norton.

Wright, Georg Henrik von. 1966. The logic of action—a sketch. In *The Logic of Decision and Action*, ed. Nicholoas Rescher, 121—136. Pittsburgh: University of Pittsburgh Press.

Young, Katharine. 1987. *Taleworlds and Storyrealms: The Phenomenology of Narrative*. Dordrecht: Martinus Nijhoff.

Young, Kay. 2010. *Imagining Minds: The Neuro-Aesthetics of Austen, Eliot, and Hardy*. Columbus: Ohio State University Press.

Young, Kay, and Jeffrey L. Saver. 2001. The neurology of narrative. *SubStance* 30: 72—84.

Zacks, Jeffrey M., and Joseph P. Magliano. 2011. Film, narrative, and cognitive neuroscience. In *Art and the Senses*, ed. Francesca Bacci and David Melcher, 435—454. Oxford: Oxford University Press.

Zahavi, Dan. 2007a. Expression and empathy. In *Folk Psychology Re-Assessed*, ed. Daniel D. Hutto and Matthew Ratcliffe, 25—40. Berlin: Springer.

Zahavi, Dan. 2007b. Self and other: The limits of narrative understanding. In *Narrative and Understanding Persons*, ed. Daniel D. Hutto, 179—201. Cambridge: Cambridge University Press.

Zalewski, Daniel. 2009. The background hum: Ian McEwan's art of unease. *New Yorker* 85 (2): 46—61.

Zone, Ray. 1996. Introduction. In Mary Fleener, *Life of the Party*, 9—11. Seattle: Fantagraphics Books.

Zubin, David A., and Lynne E. Hewitt. 1995. The deictic center: A theory of deixis in narrative. In *Deixis in Narrative: A Cognitive Science Perspective*, ed. Judith F. Duchan, Gail A. Bruder, and Lynne E. Hewitt, 129—155. Hillsdale, NJ: Lawrence Erlbaum.

Zunshine, Lisa. 2006. *Why We Read Fiction: Theory of Mind and the Novel*. Columbus: Ohio State University Press.

Zunshine, Lisa. 2008. *Strange Concepts and the Stories They Make Possible*. Baltimore: Johns Hopkins University Press.